昨天晚上他来接她的时候
一路上，远远地听到出动的消防车在街头呼啸
听上去好像爱情古鸣笛，警示他这个劫匪要逃离
真有这一刻，他只想把油门踩到最大，
快一点，再快点，好下一秒就能见到她
哪管鸣笛嘶声力竭，叫喊叫惊醒，他不在乎。
如果这是爱情的失火，
他已经决定要用最快的速度扎过去
如果逃不出来，那就看看他的心 能不能
烧成一颗舍利，然后留给她
当作一个纪念品。

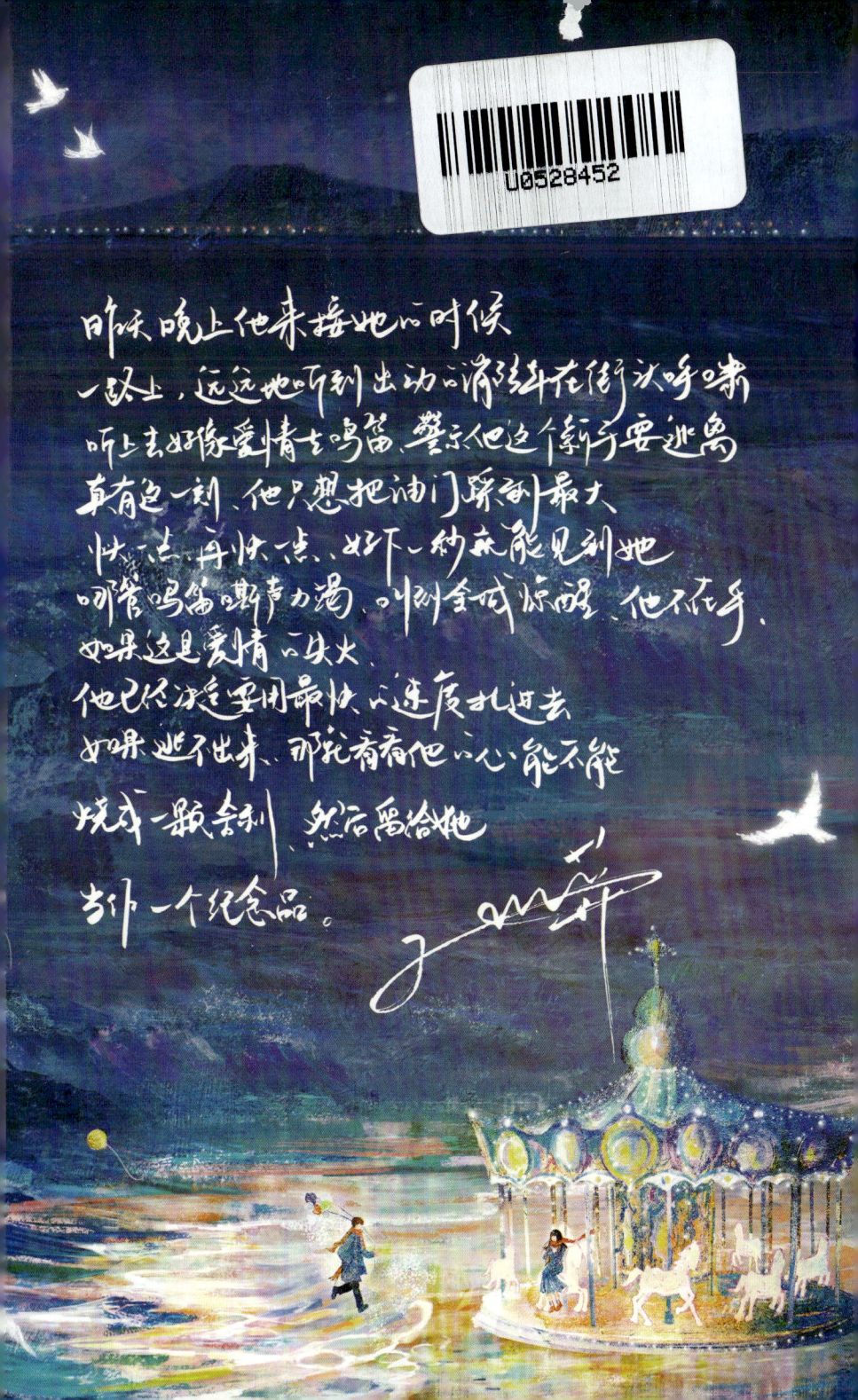

有爱的青春陪伴者

图书在版编目（CIP）数据

霓虹天气 ／ 严雪芥著. -- 成都：四川文艺出版社，2025.3. -- ISBN 978-7-5411-7185-7

Ⅰ. I247.5

中国国家版本馆CIP数据核字第2025JP3589号

NI HONG TIAN QI
霓虹天气

严雪芥 著

出 品 人	冯　静
责任编辑	梁祖云
特约编辑	蒋彩霞
装帧设计	颜小曼　唐卉婷
封面绘制	廿一ovo

出版发行	四川文艺出版社（成都市锦江区三色路238号）
网　　址	www.scwys.com
电　　话	0731-89743446（发行部）　028-86361781（编辑部）

排　　版	长沙大鱼文化传媒有限公司		
印　　刷	天津睿和印艺科技有限公司		
成品尺寸	145mm×210mm	开　本	32开
印　张	12	字　数	502千字
版　次	2025年3月第一版	印　次	2025年3月第一次印刷
书　号	ISBN 978-7-5411-7185-7		
定　价	45.80元		

版权所有·侵权必究。如有质量问题，请与大鱼文化联系更换。0731-89743446

目录

contents

第一章 / 001
祝你万圣节快乐

第二章 / 017
雪中送炭

第三章 / 035
你可以带我去兜风吗?

第四章 / 051
祝你今天快乐

第五章 / 066
希望有一天,我能不再喜欢这个人

第六章 / 085
5分朋友

第七章 / 103
唯一的玫瑰

第八章 / 116
这里好像更需要我一点

第九章 / 133
零点的旋转木马

第十章 / 155
在圣诞夜见面吧

第十一章 / 172
分分钟都渴望跟你见面

目录
contents

第十二章 / 188
然后我联到了你

第十三章 / 205
我喜欢你，不是对朋友的那种喜欢

第十四章 / 222
谁会舍得只和你做朋友？

第十五章 / 238
那见一送一，也见一下我吧

第十六章 / 257
吹进心里的风就该是这样的

第十七章 / 279
对不起，让你久等了

第十八章 / 303
我会为我的狐狸负责

番外一 / 322
老牌约会

番外二 / 338
初体验

番外三 / 363
十六张照片

番外四 / 373
不远万里

第一章
祝你万圣节快乐

"收音机前的各位朋友,今天是十月三十一日晚七点整,您正在收听的是无线之声,我们的新闻已经播放完毕,现在是自由连线环节,欢迎大家通过业余无线电设备与我们联系……"

宿舍里除了尤雪珍没有别人,她任由收音机开着,边听边分神在抽屉里找祛痘膏。抽屉里一堆杂物,皱巴的电影票根、发黄的手机硅胶壳、缺了一只的香奈儿耳钉……她使劲往里扒拉,终于摸到一管白色膏体。

尤雪珍草草扫了一眼,拧开盖子就往下巴上抹。

宿舍门从外头被推开,尤雪珍边抹边瞥向门口,是舍友袁婧拎着快递进来。她看见尤雪珍,毫无预兆地爆笑出声。

尤雪珍莫名其妙地看过去,只见袁婧努了努嘴,指向她手里的药膏:"你痔疮长脸上了?"

尤雪珍两只眼睛瞪大,视线集中到药膏的字体上,眼角一抽。

手里的药膏上赫然写着"医用卡波姆痔疮敷料"。

"啊——"尤雪珍一阵哀号,手忙脚乱地把刚才涂的痔疮膏从下巴上刮下来,"这不是你的痔疮膏吗?怎么在我抽屉里?"

"我怎么知……"袁婧狂笑的表情突然一滞,面色凝重地拉开自己那桌的抽屉一看。

"晕,好像放错了……你的祛痘膏在我这里。"她颤着手,揪出一管写着"痤疮"二字的白色药膏,"我前两天一直在用它抹痔疮……"

两人面面相觑,双双沉默了。

袁婧垂下嘴角:"我说我的痔疮怎么一点都没好……"

尤雪珍安慰道:"没关系,有痔疮也不一定是坏事。"

袁婧捂住屁股:"是吗?"

"是啊,有'痔'者事竟成!"尤雪珍笑得很缺德。

袁婧无语地把祛痘膏扔给她,转移话题问道:"你明晚趴上穿啥?给我参考一下。"

明晚,袁婧所在的话剧社组织了一场万圣节聚会,在一处已荒废多年的游乐园里。这种刺激的场地当然是人越多越好，所以袁婧也叫上了尤雪珍。

尤雪珍这人平常既宅又懒，难得参加一次活动也不上心，从衣柜里翻出黑色卫衣和黑色紧身裤，说："这身吧。"

袁婧眯眼一看："这能变装成什么？"

"再加上一件重要道具——"尤雪珍接着翻出一条黑色连裤袜，"我到时候在上面剪两个洞，套头上。"

"……你这是扮演抢劫犯呢？"

"不是啊！"尤雪珍笑出一口大白牙，语气铿锵有力，"柯南里面那个黑衣嫌犯！"

十分钟后，尤雪珍被袁婧直接拖出宿舍，来到了学校后街强制重新挑衣服。

这条街五花八门，什么店都有。而在万圣节前夜，最受欢迎的要数后街里巷的一家cosplay（角色扮演）店。这里平常是动漫社成员才会出入的地方，可到了万圣节，这家店会推出万圣节套装，很多人都会来凑凑热闹。

她们来到店前，门口摆着一溜儿扎眼的浮夸衣服，旁边一块板子上写着字——

租用99元/天，租两件打八折！

袁婧一看打折，整个人都来劲了，让尤雪珍必须和她一起挑一件。

店很大，总共两层，一楼陈列的都是服装，二楼主要是道具和假发，并配有试衣间。她们来得晚，店里已经没什么人了，能租的衣服也不多了。

袁婧勉为其难从中挑了一套神父和一套修女的衣服，然后把修女那套推给了尤雪珍，让她去试衣间换。

然而，这可不是普通的修女装。

换上后，尤雪珍才看到衣架标签上写着"邪恶修女"四个小字。

原本该是将身体包裹得严严实实的黑色长袍，被无良店家改成了露腿的黑色短裙，裙子下配了一双黑色薄丝袜，镂空款，从小腿一直镂空到大腿，刚好将大腿的皮肤勒出十字架的形状。

……真是够邪恶的！

尤雪珍有点难为情地看着试衣镜里的自己，这怎么穿得出去啊？

她也懒得脱下再换自己的衣服，拜托已经换好催她出去的袁婧："这修女裙我穿不了，你再帮我找一件来吧。"

"为啥啊？我看看。"

袁婧说着就要挑帘子进来，尤雪珍抢先一步摁住："你知道我现在像啥吗？"

"啥？"

"电线杆上跟男科医院广告贴一起的色情小广告里的模特就穿成我这样，一出去'扫黄打非'办就得给我抓走！"

"可是这店里好像没剩下什么正常的衣服了。"袁婧的语气有点羞涩，"我的神父黑袍居然是露背装呢。"

尤雪珍彻底无语了："总之……你看哪件布料齐全的拿来给我就行了。"
袁婧见她不出来，只能答应下楼帮她挑衣服。
尤雪珍在试衣间里干等，有一搭没一搭地看着镜子里的自己。奇怪，怎么越看越顺眼了？
她装模作样地打开手机前置摄像头，东照照西照照，最后心虚地定格在镜子上，忍不住开始自拍……
这个腿得再往前伸一点，表情要跟上，再性感地撩一下头发，嚯！自己演起蛊惑人心的邪恶修女还蛮有一手的嘛。
尤雪珍沉浸在摆姿势中时，隔壁试衣间传来脚步声，有人进去换衣服了。她没在意，继续狂野自拍，直到隔壁传来很轻的说话声。
"我后背的拉链拉不上，师哥你进来帮我拉一下好不好？"
被女生央求的人没出声。
里面的女生似乎以为对方没听到，声音又大了几分，这回在隔壁的尤雪珍也听得一清二楚。
接着，尤雪珍又听到脚步声，不疾不徐的。
似乎等在外面的人终于进去了。
尤雪珍不由得往墙壁挪了几寸，竖起耳朵，但隔壁诡异地安静下来，什么都听不到。
这份安静引人遐想之际，隔壁终于又模糊地传来点动静。
女生带点不安地催促："师哥你怎么不动呀？"
男生终于开口，语气挺疑惑的："你手这么短啊？这都拉不到？"
女生一愣。
他这才憋不住地轻笑："逗你的。"
偷听的尤雪珍脸上的猥琐笑容逐渐僵在嘴边。
这个声音她太熟悉了。
某个人孩提时代跟女孩一般脆脆的声音到了青春期就开始变粗，好像小鸭子"嘎嘎"地从河边摇头晃脑地走过。这种搞笑的声线贯穿了他的整个变声期，然后某一天嗓音突然蜕下了那层厚厚的皮，最终变成了现在这样，听上去像风，总是让人捉摸不定。
这个声音，尤雪珍一路听过来，一清二楚。
——是叶渐白的声音。
叶渐白是她的发小、损友、死党。
但他现在的语调是他平常绝不会在她面前展现的一种——用来调情的，带着钩子的声音。
隔壁的女生继而松了口气，说："你别开我玩笑了嘛。"
尤雪珍沉默了一会儿，又听旁边那两人一来二去的，额角青筋直跳，点开手机的音乐软件，精准搜索"社会大哥车载音乐"，将音量调到最大，开始播放歌单，以此"委婉"地提示他们这里是公共场所。

"在你辉煌的时刻,让我为你唱首歌……我的好兄弟!心里有苦你对我说!"

"我不做大哥好多年!我不爱冰冷的床沿!不要逼我想念,不要逼我流泪,我会翻脸……"

"时光时光慢些吧,不要再让你变老了,我愿用我一切换你岁月长留!一生要强的爸爸,我能为你做些什么,微不足道的关心收下吧!"

隔壁立刻沉默了。

尤雪珍一直在很安静地自拍,他们估计没想到居然还有个人在,刚才有多旖旎的氛围都被她手机里撕心裂肺的"一生要强的爸爸"给打破了。

尤雪珍在笑出声的前一秒立刻拧住大腿抿住嘴,小心地不暴露自己。

女生的语气变得有些慌张:"我把衣服换回去吧,谢谢师哥帮忙。"

"嗯,我去一楼等你。"叶渐白也有些无语。

尤雪珍听着他从试衣间里退出去往楼下走的脚步声,同时又听到有人从一楼跑上二楼的声响,突然有种不妙的预感。

果然,下一秒——

"尤雪珍,你知道布料全的一套有多难找吗?"

连名带姓、中气十足的喊声从帘子外传来。

大腿一下子被掐过头,尤雪珍"嗷"地痛叫出声。

"你……你咋了?"袁婧听到她哼哼,不明所以地问。

尤雪珍不确定叶渐白到底走没走,没听到他的动静,便选择装死不出声,心虚地往帘外伸手勾了勾,示意袁婧把衣服递进来。

手心触到了绵软的衣料,尤雪珍刚准备揽住衣服,它们却往后收了一寸。她下意识地跟着往前捞,又扑空,这才察觉到不对。

这根本就是在戏弄她。

她气势汹汹地准备一把夺过衣服,那只戏弄着她的手也顺着势,用衣服圈住了她的指尖,不让她动。

即便隔着布料,尤雪珍也立刻反应过来那是叶渐白的指节。

"真巧,在里头换什么呢?"他又变了声线,是面对朋友时无比熟稔的语气。

她继续装死不出声,袁婧只好替她回答,声音洪亮:"哦,就是'扫黄打非'办看了会抓走的那种!"

就在一分钟之前,袁婧拎着几套衣服上来,意外地看见了叶渐白。

作为尤雪珍的舍友,她当然认识他,正要打招呼:"你……"

叶渐白"嘘"了一声,与此同时,试衣间内传来尤雪珍的痛呼,袁婧连忙关心地问:"你……你咋了?"

叶渐白本来往楼下去的脚步突然拐弯,跟在袁婧身后很轻地走回来,又很"体贴"地把袁婧手中的衣服拿过,用口型说道:我帮你拿。

试衣间的帘后，尤雪珍正伸出手，于是袁婧眼睁睁地看着叶渐白勾着那团衣服，诱着尤雪珍的手不断乱晃，最后一把将她捉住。

身高的缘故，袁婧只能仰头瞥叶渐白，正好瞥到这人弯起的嘴角，他看着尤雪珍眼角眉梢都下垂着，透着一股坏心眼，却又莫名孩子气，因此不会让人讨厌。

但说实话，袁婧对他并无好感，甚至有点怕这个人。

学校里最不缺桃色八卦，其中流传最多最广的就数叶渐白。入学伊始他就是焦点人物，长着一张播音主持的脸，却是计算机系专业的第一。学校表白墙上一大半都是他的名字，还有人偷拍他的照片投稿给微博上的帅哥营销号小火了一把。

入学第三个月，隔壁学校一个小有名气的网红忍不住发了一条炫男友的微博，那男友虽然没露脸，但被粉丝扒出就是叶渐白。而叶渐白当天事不关己地发了条朋友圈——他转发了一条牧羊犬贴在快被冻死的羊身为它取暖的视频，并且配文：狗狗是我们最好的朋友！

入学第五个月，网上传了一条该网红来校堵人的偷拍小视频，她伤心地质问叶渐白为什么要分手，叶渐白蹙起眉头，满眼心疼地替她擦掉眼泪，然后温柔地反问："我们在一起过吗？"

袁婧不巧刷到过该视频，看到叶渐白反问时的那个表情，鸡皮疙瘩都起来了。

都说漂亮的女人是老虎，那漂亮的男人，特别是像叶渐白这样的，就是毒蛇。

袁婧那会儿很纳闷这样的人怎么会和尤雪珍相熟。以她对尤雪珍的了解，尤雪珍应该看不惯叶渐白这种作风才对。

她后来问过尤雪珍一次，尤雪珍茫然地回答："可能因为很小的时候就认识了吧，习惯了，不过我们也经常动不动吵架。"

"你们都吵啥？他很过分吗？"

"是啊！我和他吃饭，我特意把最喜欢的布丁放最后吃，结果他一口给我挖光了。"

"就这啊？"

"还有，明明是我买的辣条，我都半根半根地吃，他一下子给我拿走四根！"

现在，袁婧已经非常习惯围观这两人幼稚的较劲场面了。

叶渐白嘴角勾得更弯，因为他知道尤雪珍已经意识到给她递衣服的人是谁了。

两个人扯着那团衣服的手开始用力，像拔河一样。

他兴味十足，尤雪珍力气用尽，还是没能把衣服抢回来，应该说甚至没把自己的手指收回来。她正懊恼，帘子被外面的人一把拉开。

两个人猝不及防地对视上。

尤雪珍愣了一下，登时恼羞成怒地把帘子拉回去，阻断叶渐白从上往下的视线，大吼："我还在换衣服啊，大哥！"

"可你这不是没在换吗？"

叶渐白太了解帘子内的这个人了，换上衣服就懒得再穿自己的衣服出来去找其他衣服，便拜托袁婧找，所以这人肯定是等下一套来了再换，所以他毫不犹豫地拉开了帘子。

"就你现在这身要'扫黄打非'办出动？"他的轻笑声从帘外传来，"小朋友穿的。"

拜叶渐白所赐，一旁的袁婧满足了好奇心，看见了那裙子上身什么样，插了一嘴："其实我觉得蛮好看的，你就穿这套去呗！"

叶渐白的视线转到袁婧身上："你们明晚要去万圣节趴？"

"是啊，我们社办的，就一起去凑个热闹。"

"这样啊……"叶渐白沉吟，"有点伤心，你怎么不叫我呢？我以为我们算是朋友的。"

"呃，我以为你早就有安排了啊。"袁婧看着他故意挤出来的伤心表情，硬着头皮问，"……那你要来吗？"

隔壁的女生此时已经换回衣服，抱着试穿的裙子出来了。

她看看袁婧，又看看叶渐白，显然也听到了他们刚才的对话，却很乖地一句不问，只是说："我下去等你们。"

"不用，一起下去吧。"叶渐白没回答袁婧刚才的问题，径自下楼了。

女生跟在叶渐白身后亦步亦趋，袁婧还隐约地听到女生这个时候才小心翼翼地出声问"那个人是谁呀""明天万圣节师哥你到底打算怎么过呀"，语气焦急又小心。

袁婧目送他们的背影消失，心里哀叹，又一个被毒蛇吃得死死的猎物。

试衣间里的尤雪珍也听到了逐渐远去的脚步声，两个人的。直到再也听不见，她才快速把身上的修女裙脱下，这时手机微信一振。

发来消息的人是叶渐白。

此人极为自恋，头像是他的侧脸——那是她用胶片机给他拍的。

但她不会用胶片机，不知怎么拍出来就曝光成一片蓝色，他笼罩在这片底色里，脸部的轮廓却反倒更分明。

叶渐白十分满意，说帅哥就算被菜鸟胡乱拍都是帅哥。

被嘲讽为菜鸟的尤雪珍迅速回击，把换完头像的叶渐白备注为"阿凡达"。

叶渐白看到后鼻子都气歪，因此完全不会想到"阿凡达"的拼音首字母是a，可以顺理成章地占据在她通讯录里最前列，她的私心因此蒙混过关。

叶渐白也曾经给尤雪珍拍过照片让她当头像，但她没用。她的头像是《樱桃小丸子》里爷爷拉着小丸子在夕阳下回家的背影，一直没换过。

阿凡达：你穿那件不合适，换一件吧。

珍知棒：哪里不合适？

珍知棒：因为后背没拉链吗？我觉得挺好啊。

"毕竟不需要人进来帮忙拉"这句话停在输入框中，她的手指在发送的按键上顿住，又一字一字删掉。

语气太阴阳怪气了，没必要。

她删删减减，最后用很哥们儿的口吻发送了另一句。

珍知棒：试衣间不是法外之地，你下次注意点吧。幸好这次隔壁是我，不然真有人叫"扫黄打非"办过来咯。

没想到叶渐白脸不红气不喘地直接发了一条语音过来。

"怎么就法外之地了？我帮人拉拉链这算助人为乐吧？'扫黄打非'办见了都得表彰我小红花。"

尤雪珍回了他一个"呕吐"的表情包。

阿凡达：你赶紧把那衣服换了吧，思想都跟着变邪恶了。

换什么换？

尤雪珍逆反心上来，拉开帘子举着邪恶的修女裙对袁婧说道："就穿它了！"

万圣节当晚，整个学校都很有节日气氛。操场上有人提着南瓜灯在散步，林荫道里偶尔会窜出一些奇装异服的人向过路者讨糖，学校小卖部也推出了万圣节糖果礼盒，十分畅销。

宿舍内，袁婧刚刚穿好神父装。她本就理了个男孩子头，看上去还挺像回事的。妆面是尤雪珍负责的，不开玩笑地说，尤雪珍化妆的水平可以收费。她感觉自己省了两百块，心里美滋滋的。

等尤雪珍给自己化完，袁婧站到她身边，两人凑到门后贴着的全身镜前自拍。袁婧揽着尤雪珍被裙子箍出腰线的腰调侃："你看看你这身……"

尤雪珍面无表情地打断她的话："门口保安大哥穿这身也能婀娜多姿。"

化妆化得太久，所剩时间已经不多，两人赶紧叫车，一看排号100吓晕。等了大概半小时才被接单，结果开到半路车还没油了，拐道又去加油站。一来一回折腾，万圣节的夜晚都快掉一半。

她们迟到许久，其他人早就进游乐园里了。袁婧在群里问具体位置，刷了半天才有人抽空回了她一条语音："等着，有人出去接你们。"

袁婧用哭腔回道："快啊，这里好吓人。"

荒废多年的游乐园里没有一盏明灯，夜色下只有杂草嶙峋的怪影，几乎塞住游乐园入口。尤雪珍打开手机电筒往上一照，爬山虎一路延伸，几乎嵌满了曾经霓虹璀璨的招牌。

梦幻城。

这是这座游乐园的名字，如今看上去分外寂寥。

她仰头看得专注，以至于倏忽从草堆里蹿出的野猫吓了她一大跳。袁婧更是吓得惊声尖叫，一把贴住她的胳膊。

尤雪珍回过神，嗤笑："你不行啊，这有什么好怕的？就是一只小猫。"

袁婧呵呵冷笑："那你有本事身体别抖啊。"

尤雪珍清清嗓子："他们不是说派人来接吗？怎么这么磨叽？"

"估计已经玩嗨了吧……"

一阵夜风吹过，树叶哗哗作响，又把这两人吓个半死。

尤雪珍哆哆嗦嗦掏出手机，再次点开公放，音量调到最大，一首由中国佛学院法师倾情念诵的《金刚经》在荒凉的废地上悠悠地回荡。

"南无普贤菩萨，南无弥勒菩萨，南无十方菩萨摩诃萨……"

听着诸佛的名号，两个人顿时觉得安心多了。

在大师们念到"诚意方殷，诸佛现全身"这一句时，乐园里头应景地射来一束手电光线，仿佛真有神佛降落。

应该就是接她们的人。

袁婧晃了晃手机示意对方，那束光回应似的往她们这儿一晃，随后光线越来越强烈，那人加快脚步走过来了。

只是那人越走近，尤雪珍的脸色就越难看。

在确认来人后，她立刻把《金刚经》给关了，但还是迟了一步。

"怎么还是穿这身来了？"叶渐白拿手电在她脸上晃，笑道，"小修女听佛经，中西合璧呢？"

他也变了装，白衬衫黑斗篷，虎牙处嵌了两颗假的尖牙，脖间戴了一串珍珠项链。珍珠不全是纯白的，有几颗染了红，边缘还坠下一串红水晶，粗看就像滴落在锁骨上的血。

这副打扮完全就是刚拧断人脖子的吸血鬼，懒洋洋地进食完，还没来得及擦干净嘴角就出来继续狩猎。

尤雪珍呆呆地看了叶渐白两秒，惊讶道："你怎么会在这儿？"

"袁婧昨晚邀请我的。"他大言不惭，看向袁婧，"是不是？"

袁婧擦汗："呃……嗯。"

尤雪珍顿了顿，还是开口问："你不和你女朋友过吗？来我们这里瞎凑什么热闹？"

"女朋友？你说谁？"

"试衣间那个啊！"

"那个算不上吧，还没开始。"叶渐白的语气就像是在懊恼塞满冰箱的食材快过期了，"感觉没什么意思，不如和朋友过节。"

所以，他才会在今天来这个趴。

尤雪珍瞬间明白为什么了，当然不是因为她，而是他需要抽身的借口。

而她总会成为那个借口的便利选择。

谁叫自己是他发小呢？

尤雪珍自嘲地扯起嘴角："哦，那带路吧。"

"等会儿，你这个裙子……"

"怎么了？"

"说了不适合你。你要不搭一个我的斗篷？"他直接取下斗篷塞到她手里，"盖上腿。"

尤雪珍把斗篷扔回给他："哪里不合适？"

袁婧帮腔道："我觉得挺合适啊，很性感！"

"性感？小升初的那种？"叶渐白笑得肩膀耸动，在看到尤雪珍咬牙切齿后，收敛嘴角，识时务地把斗篷又穿回去。

三人转道往园里走，叶渐白打头带路，尤雪珍和袁婧跟在他身后。入口处是曾经的检票闸口，需要每个人单独通过。尤雪珍让袁婧排自己前面进，她排在队伍末尾，忍不住频频向后看……总觉得身后有人在盯着自己。

虽然她知道这只是在黑暗时常有的想入非非，但还是觉得瘆人。

袁婧从闸口过去后，叶渐白示意她拿一下手电，然后整个人突然手一撑闸口的栏杆，从里侧一跃而出。

袁婧手忙脚乱接住手电："哎哎，怎么又出去？"

他三两步站到尤雪珍身后，指着她说："刚才忘了这家伙怕黑，不能让她走最后一个。"他弯下身从后搭着她的肩，"是吧？"

真没出息啊，尤雪珍。

她转头望，身后的黑暗被这个人占满。他俯着笑脸，正在看她。

这须臾，她的心和这座荒废多年的乐园同频，也隐约响起了被闯入的声音。

叶渐白领着两人来到派对场地，居然是在乐园最深处的一处空地上，怪不得他出来花了那么久时间。

和一路过来的荒凉截然不同，这处被精心布置过，在榕树上挂满气球和彩灯，社团甚至租了台发电机，将这里照得灯火通明。

尤雪珍看到所有人都穿得很浮夸，差点以为真的穿越到了《圣经》里。他们甚至还凑齐了十二恶魔，她听到有人叫社长为"路西法"，戏不要太多，只能说，不愧是话剧社。

"你们是最后到的了！""社·路西法·长"兴奋地搓手，"终于到齐了，我们能进入重头戏了！"

袁婧好奇道："什么重头戏啊？"

"寻宝。"社长得意扬扬于自己的游戏计划，"这座游乐园的好多地方我都事先藏了万圣节糖果，温馨提示：越恐怖的地方藏得越多。搜索时间是一个小时，不能组队，到点之后在这里集合，按照每个人找到的糖果数量排名。前三名我准备了很'哇塞'的礼物。"

有人嘘声："别是你的演出签名照吧？"

"欸，你怎么知道？"

"滚啊！"

"喊，你们没品位。不跟你们开玩笑了，第一名的礼物价值三千！"

"真的假的？"

"别是'千万要开心，千万要健康，千万要幸福'啊？"

社长尴尬地摸了摸鼻子："好吧好吧，这都被你小子猜到了。虽然第一名没礼物，但最后一名有惩罚啊，那个人要负责今晚点外卖，请大家吃夜宵。"

众人无语。

"不是吧，这么偏的地方能送？"

"找全城送的呗，就是运费贵点。反正最后一名大出血是一定的了。"

尤雪珍摩拳擦掌，话都说到这份上，那必须得拼一把，出不出血是其次，主要是她不喜欢垫底。

社长又说道："这个游戏还有最后一条规则，那就是找糖的时候会有恶魔捣乱。"他指了指连自己在内的十二恶魔，"我们是负责抓你们的，如果被我们抓到，就会没收一颗糖做代价，所以你们看到我们千万要躲好或者赶紧跑掉哦。"

这规则可以，刺激度直线上升。

"噢，对了，寻宝的过程中还有小彩蛋哦，等你们去发现了！"

游戏在哨声响后正式开始，所有人立刻四散跑开，尤雪珍却慢了一拍。

虽然规则是不能组队，但她以为叶渐白多少会问她一句要不要一起找，结果扭头看，身旁已经空了。

他跑得飞快，转眼就消失在夜色中。

行，玩起来真够六亲不认的。

尤雪珍深吸一口气，立刻把刚才在大门口冒出的一点感动赶走，握紧拳头也开始跑得六亲不认。

她一边朝人流稀少的方向跑，一边在心里盘算要去哪里。根据刚才社长的提示，越恐怖的地方藏的糖越多，那肯定就是鬼屋，或者海盗船，也有可能是跳楼机。

鬼屋她打死都不会去，海盗船或者跳楼机吧，看自己能找到哪个。

打定主意，她开始加快速度奔跑，还警惕地观察四周。跑出百米，她终于找到了第一个设施点——碰碰车，此刻场子里还停了几辆废弃的碰碰车。

估计车身里会藏有糖。

她直奔离自己最近的一辆开始地毯式搜索，结果还真让她摸到了一个东西。

开门红啊！

尤雪珍喜上眉梢，把东西从车底下抽出来，一看，整个人差点吓飞。

一个邪门的娃娃在手电光下明晃晃地咧嘴笑着。

确实是开门红，红到直接摸到"彩蛋"。

尤雪珍的心跳还没平复，手机因为刚才开了音量最大的公放，一来消息，发出"叮咚"一声巨响，差点让她魂又飞出去。

消息是叶渐白发来的。

阿凡达：找到糖没有？

尤雪珍定了定神，敲下两个字。

珍知棒：当然。

阿凡达：那拍来看看。

尤雪珍咧嘴一笑，对着娃娃的脸特写拍照发了出去。

叶渐白一接收，一连发了五个奥特曼的表情把鬼娃娃图顶上去。紧接着，他也发来一张图片。尤雪珍以为他要以牙还牙发鬼图，赶紧眯起眼睛，做好心理准备后才偷偷睁开一只眼看向屏幕。

照片里是他摊开的手掌，上面放着两颗橘色包装的糖果。

阿凡达：我以德报怨，分你一颗。

珍知棒：说吧，什么条件？

阿凡达：明天请我吃外卖。

阿凡达：比请所有人好多了吧？

珍知棒：算你狠。

叶渐白又贱兮兮地发了个得意表情，分享了他的实时位置。尤雪珍跟着点进去，也分享了自己的实时位置，为了作弊两个小蓝点在地图上逐渐靠近。

当地图上代表他们的点已经重合，尤雪珍却没看到叶渐白的人影。

这一片是小火车游乐区，轨道锈迹斑斑，但火车居然还在，只是火车头已经没有了，轨道里零星地分散着几节车厢。

"喂——唔！"

她刚喊出声，就被人捂住嘴往某节小火车厢里一拖。

拖她的人在她耳边小声说："嘘，我刚看见这附近有恶魔。"

是叶渐白。

她紧绷的身体顷刻放松，点点头。他便松开手，隐蔽地探出半个脑袋观察外面。

这里的小火车原本是给小朋友坐的，塞下他们两个成年人太勉强。尤其是叶渐白有一米八七，长手长脚，此刻完全是团在车厢里。即便如此，他还是占据了几乎四分之三的空间，她被迫贴在剩下的空隙里，但……还是会碰到。

肩，胳膊肘，膝头。

都是锋利的骨头，硬碰硬，她的那些关节却一寸寸不受控地软下来。

车厢里挤满了叶渐白的味道，是他常用的一款香水，蝴蝶工匠的烟草玫瑰。

她一开始听名字时觉得应该很臭，因为她不喜欢烟味，但后来从他身上闻到，才发现不是香烟点燃时那种难闻的气味，而是在点燃前散发的干草气味。

那是一种引诱人去点燃自己的味道。

"好像没发现我们。"叶渐白收回头。

好了，这回变成鼻尖对着鼻尖。

这一刻，烟草仿佛真的烧起来了，空气里飘着危险的气味。

她摁压着自己的掌心，屏住呼吸。

-011-

"糖给你。"他毫无所觉,一心作弊。

尤雪珍感觉他在黑暗中摸索着把糖递过来,她连忙伸手,却被他无视。他直接斜倾着身子,将糖放进她裙子的口袋里。

她的耳郭被他的发丝扫过。

"咳咳、咳……"

她一下子没忍住,咳得脸通红。

"哦!发现!"

咳嗽声惊动了原本要离开的恶魔,脚步飞快地往他们这里来,一节一节车厢门被打开,最后到了他们这节。

一位手拿黑皮鞭、穿着皮胸衣的女生站在门外,用话剧腔笑着开口:"两位晚上好,我是恶魔阿斯莫得。"

一个小时后,大家又回到了原点集合,开始清点糖果。

尤雪珍看着排在前面的人纷纷拿出七八颗糖果,而自己仅有一颗,心里很虚。

这一颗并不是叶渐白作弊给她的那颗。在被恶魔发现后,两人的糖果都被没收,他们因此又开始吵嘴,无非是关于到底是谁把恶魔引来的问题。叶渐白怪尤雪珍咳嗽,她怪他突然靠过来头发扫到她,然后两个人各自"哼"了一声,扭头大路朝天各走一边。

如果有谁路过听到,一定会以为自己不在游乐园,而是在幼稚园。

剩下的时间里,尤雪珍独自找到了一颗糖果,也就是现在放在她裙兜里的这一颗。

叶渐白不动声色地换到她身边的位子,炫耀地问:"我又找到两颗,你呢?"

她一顿,对他翻一个白眼:"我是你的两倍。"

虽然是一个马上就会被戳破的谎言,但能看到叶渐白吃瘪的表情就行。

尤雪珍刚乐了一秒,社长就走到她跟前:"来,看一下你的糖果。"

她脸上的笑容戛然而止,不情愿地把孤零零的糖果翻出来。

这下轮到叶渐白欣赏她吃瘪的表情,嘴角越咧越大。

"哎呀,嘴硬干吗?你说实话我就分一颗给你了。"

"呵呵,别放马后炮。给我你就倒数第一了,鬼才信。"

"啧,以小人之心度君子之腹。"

"是吗?那等会儿我要是倒数第一,外卖你来买单?"

"今晚月亮真大啊……"

最后一圈下来,果然是尤雪珍垫底。

她认命地打开外卖软件,找到一家可以全城送的烧烤店,包圆了今晚的夜宵。

等夜宵来的间隙,社长又提出要玩一个新的游戏——"trick or treat(不请吃糖就捣蛋)"。

"大家刚才都跑累了，现在我们就坐下来休息休息，玩个喝酒游戏！用酒瓶转圈圈，被瓶口对准的人要选一个异性问对方 trick or treat，如果对方愿意给你糖就算赢，不给糖你就喝酒。"

"就这？"

"来点劲爆的啊，社长！"

"你们别急，我还有一点没说完。"社长嘿嘿笑，"糖不是直接就给，要叼在嘴里，然后对方用嘴接住。"

"哇，这个可以。"

"哈哈哈，还是你会玩啊。"

"来来来……"

尤雪珍听到最后附加的规则时眉头微皱，要是瓶口不巧对着自己怎么办？要选谁？

她侧过眼神，在不被叶渐白察觉前迅速垂下眼。

大家围坐一圈，中心的啤酒瓶开始晃荡，最后瓶口停在一个男生跟前。

"这还不简单，我肯定选我女朋友啊！"

然而女朋友却不配合，傲娇地摇头："我不给。"

一阵哄笑。

男生无奈地笑了笑，说："行吧，那我喝。"

结果他刚拿起酒瓶，他女朋友劈手夺过酒瓶吻了上去。

"哇——"

气氛顿时被点燃，促狭的口哨声不绝于耳。

开场很点燃，后面接连转到的几个就不够看了，纷纷被拒绝。其中有个男生瞄准了尤雪珍，想要走她身上那颗糖。

她毫不犹豫道："抱歉啊。"

"你就是这样才一直单身。"袁婧凑过来咬耳朵，"这种时候就要答应啊，这么好的机会……那个男生还挺帅的。"

尤雪珍摸了摸兜里的糖，低声说："反正不给。"

"行吧，随你。"袁婧叹气。

尤雪珍玩到后面有点走神，直到余光瞥到瓶子的转向，她一激灵——

啤酒瓶晃晃悠悠，晃晃悠悠，似乎就要在她这一侧停住。

瓶口先是路过袁婧，颤巍巍地指向尤雪珍，眼看它就要静止，一阵夜风吹过，瓶身再次扭转，对准了坐在尤雪珍另一边的叶渐白。

尤雪珍觉得这简直比停在她跟前更令人窒息。

众人的视线齐刷刷地聚焦到叶渐白身上，他成为全场的焦点。

尤雪珍也顺势看向他，表情随意，插在兜里的手却握紧了那一颗糖，那颗其实是为他而预留下来才没给出去的糖。

虽然她猜到他不会需要。

果然，叶渐白在场内环视一圈，唯独没有看向她，最后落到对面一个人身上。

"这位'阿斯莫得',trick or treat?"

"我?"被他指到的女生满脸惊讶。

叶渐白冲她眨了下眼:"当然是你。我不喜欢吃瘪,你没收了我一颗糖,所以我现在向你讨回来。"

那女生拉长语调:"好高傲的语气哦,我考虑考虑。"

叶渐白微笑地注视着她,两人的目光隔空碰撞。

尤雪珍松开糖,从前兜抽出手,去摸口袋里突然振动的手机。

一个陌生的号码打进来,手机屏幕照亮她的掌心——那里因为刚才太用力抓糖而挤出了一片指印。

"喂?"

"您好,您点的外卖到了,我现在在门口,有件事……"

她略显烦躁地打断对方:"知道了,我现在出来。"

挂断电话,她没有惊动任何人,静悄悄地起身走了,或许用"逃走"来形容更合适。

走过转角前,她隐约听到那个女生说了句:"考虑好了,那就还你糖吧。"

接着是爆发的起哄声,哪怕她已经走出一段距离还能听到。

午夜十二点,月上中天,在一片漆黑的乐园门口洒下清辉。尤雪珍一下子就看见了外卖小哥,还有他旁边的黑色摩托。

居然有人骑摩托车送外卖?

她奇怪地走近,越走越发现不对。

他没穿外卖制服,只套了件白色短袖,露出的胳膊肌肉很紧绷,两条显眼的擦伤像两条血爬虫盘踞在上面,白色的运动鞋鞋头上更是遍布划痕和泥点。他戴着头盔,看不清脸是否受伤,但塑料面罩上全是刮花的痕迹。

尤雪珍都蒙了,舌头打结:"这是怎、怎么了?"

对方摘下头盔,被压了一路的头发像狐尾草般炸开,把脸遮得模糊不清,但依稀能看出是一张非常年轻的脸。

他很迟疑地看着尤雪珍:"您是……彪哥?"

"对对对,我是彪哥。"

尤雪珍在外卖平台上用了一张肌肉光头男的对镜自拍当头像,ID叫"给你彪哥送餐快点"。

见尤雪珍确认,他才把东西递过来。

"今天运力太紧张,没有骑手接单。我有在平台问您要不要取消,但您没回,我就直接从店里送过来了。"

他说得有些急,而且普通话的发音也不是很标准,导致尤雪珍有些没听清。

"消息?"

她赶紧看了眼手机,果然平台上有一条商家的未读消息。

"不好意思……我没注意。"

"没事。"他从摩托车上把挂着的三个大袋子取下来,"对不起,来的路上被撞了,有一部分掉了,但还好,只是一小部分,我要赔您多少?"

尤雪珍心里一惊,心想不会是自己ID惹的祸吧?为了送快点,还让人摔了!

"天……你赶紧去医院啊!"尤雪珍一边连忙摆手,示意他不需要赔,一边要去接他手里的袋子。

他没动,看了这位"彪哥"的细胳膊一眼:"还是我来拿进去吧。"

"不用不用,你赶紧去医院!"

"我没事。"他抽不出手,只能扬扬下巴示意她带路。

尤雪珍拗不过他,让步道:"那你让我帮忙一起拎总行吧?"

他重复:"我拿得过来,您带路就行。"

语气有一种界限分明的固执。

于是最后她什么都没拎,那人拎着所有的食物往园里走。两人一前一后,漆黑的路上只有脚步声和两道漆黑的影子。

月光很亮,背后那个人的影子很长,长到一直盖住她的。

他们终于走到乐园最深处,袁婧最先看到,大叫着:"我说你刚去哪里了,你去拿外卖怎么不叫我?"

"你们玩得正开心嘛,拿个外卖多大点事儿啊。"

其他人注意到纷纷围上来,七嘴八舌。

"好饿好饿。"

"哇,谢谢老板!"

"老板大气,老板破费了!"

叶渐白也靠过来,此时他的嘴里含了颗糖,右侧的脸颊一鼓一鼓,语气黏黏的:"有记得帮我点烤鱼丸没?"

尤雪珍瞥见他鼓鼓的脸颊,心头还是拧了一下,随即若无其事地指向袋子:"自己去拿。"

拎着袋子的那个人刚才一直远远地站在一边,见尤雪珍指向他,才提着袋子过来。

灯光的映照下,他手臂上的伤口更清晰,皮肉绽开,血都凝固了,泛着点黑。

凑过来拿串的社长随意瞥了一眼,吹了声口哨:"这手上的血妆化得不赖。"

另一个人哈哈笑:"你们送外卖的还挺会搞气氛啊。"

对这些突如其来的打趣,这人一言不发,把东西放下就走,走前只对着尤雪珍点了下头,说:"今天真的抱歉,希望您别给差评。"

尤雪珍目送他转身离开,白色的背影看上去灰扑扑的。

进来时,她走在前头带路,没发现其实他走路的姿势也不大利索,应该是被撞了的缘故。

刚才那群人的玩笑她全都听到了，一点都不好笑。也许那帮人真没看出那就是血，也许他们看出了，故意那样说，只是觉得好玩。

　　他们尽情狂欢的万圣夜，对一个出了车祸不顾身体赶过来就怕顾客给一个差评的人而言，根本只是个煎熬的夜晚。

　　而不巧，对她来说，同样是个煎熬的夜晚。

　　"喂——"尤雪珍叫住他，摸出前兜里唯一的那颗橘色糖果扔过去。

　　他回头，没看清是什么，但下意识地接住了它。

　　她挥挥手："虽然已经过12点了，但还是祝你万圣节快乐。"

/ 第二章 /
雪中送炭

当晚吃完夜宵,大家又把带来的啤酒全部喝光了。

尤雪珍喝得不多,后半夜她一直兴致缺缺,不知道是因为那群人倒胃口,还是身边的叶渐白倒胃口,总之就是倒胃口。要不是袁婧玩得上头,她肯定拍屁股就走了。

于是她干脆全程低头玩手机,结果玩一个做手抓饼的经营小游戏玩得上火。奇葩客人太多,手抓饼的饼不能放蛋,葱要90克,多一克就翻脸,她额外多塞一根香肠还被骂怎么加无关的东西,钱都不付了!

怒,大怒!

她气得退出游戏,心想服务业真不是人干的,玩个游戏都得脑充血,而现实里奇葩客人只多不少。

想到这儿,她又想起今晚那个送外卖过来的小哥,希望他身体没事。

尤雪珍垂下眼,忽然发现外卖平台里跳出了一则消息。

她十分意外地点开。

很神奇,刚脑子里想的人,居然就这么蹦出来了。这种感受有点像她听收音机的时候,想着会不会转到某个频道呢,结果调频真的调到时那一刻的神奇。

尤雪珍点开对方发过来的图片,是在餐馆的后厨,案板上放着一只小南瓜,被挖了两只三角眼和一张大嘴巴,雕工上乘。

对方似乎看到了信息变成已读,随即又发了一条过来。

商家-孟记烤串:多谢您的糖,也祝您万圣节快乐。

尤雪珍本来没想回复,但她现在太无聊了,于是在联系界面里,一个肌肉光头男对镜自拍的头像跳了出来,回复了他。

给你彪哥送餐快点:这难道是你自己刻的吗?

这条信息也立刻变成已读。

对方似乎只是礼尚往来,没想到她居然还会接话,顿了好久才回复。

商家-孟记烤串:是的,我本来还犹豫要不要发过来。

给你彪哥送餐快点:为啥?

商家–孟记烤串：因为头像……这个号像您爸爸在用。
给你彪哥送餐快点：哈哈哈，不是，我偷的网图。
给你彪哥送餐快点：我爸有头发的。
商家–孟记烤串：哦，不好意思。
给你彪哥送餐快点：没事，我还有很多这种自拍，你要不要换上当头像？这样找碴的顾客就会少了！

说完，尤雪珍一口气发了好几张给他，有戴墨镜抽烟的、举着杠铃练深蹲的、坐在大卡车上秀文身的……

顺便她把自己的ID也改了一下，把那些后缀都删了。

商家–孟记烤串：……
商家–孟记烤串：谢谢，我怕顾客不来点单了。
你彪哥：也是哈。
商家–孟记烤串：您改名了呢。
你彪哥：怕下次还有人像你一样送餐给我摔了就不好了。

对面沉默几秒，发过来三个字。

商家–孟记烤串：对不起。
商家–孟记烤串：如果下次还有机会，不会再把您的餐摔了。
你彪哥：我说的是你别摔了！不是餐别摔了！
商家–孟记烤串：哦，我没事。
你彪哥：你没去医院检查吧？

不然怎么还有时间刻南瓜。

商家–孟记烤串：伤口简单处理过，不用担心。
你彪哥：是不是你老板不愿意报销医疗费啊？真黑心。
你彪哥：我给你报销，你得去检查啊，这个不能大意。
商家–孟记烤串：谢谢，不过我老板应该是愿意报销的。
你彪哥：真的吗？资本家都不是好东西！
商家–孟记烤串：嗯，他是我爸。
你彪哥：……

尤雪珍默默把"资本家都不是好东西"这句给撤回了。
原来是自家生意，怪不得这么拼。

"这么晚了你在和谁聊天？"冷不丁，叶渐白头一偏，凑过来看她手机。

她下意识手指一滑，从联系界面退出去，变成了外卖的店铺。

"看吃的。"她随口敷衍。

"……你还能吃得下？"

"So what？"

"行，吃多少都行。这回我帮你点吧，你要点什么？"

尤雪珍根本吃不下了，只好装作打哈欠："不饿了，困。"

叶渐白很自然地接话："那你要不要去我那儿睡？"

哈欠顿时卡住，她掩饰住慌乱，立刻回绝："不去。"

宿舍有十二点的门禁，很多人从大二大三开始就出去租房子住，尤雪珍住的四人宿舍常年只有她和袁婧两人就是这个原因。另外两个女生，一个是本地人，另一个大二就搬出去和男朋友同居了。

叶渐白更是一开学就物色好房子。据他的说辞是，和那帮不讲卫生的男大学生住，跟去睡桥洞没有任何区别。

不过他那房子不是租的，而是买的。他买的地方离学校不远，明明就一个人住，还买了两居室，说是另一间可以用来收留朋友。

但尤雪珍很少去。

以前在老家熟到互相串门不知道多少次，而只属于他的房子就不一样了，那完完全全是他的领地。所以她有怯意，不敢去。

叶渐白却不以为然，似乎在他的观念里，她不是女生，而是一个无性别生物，所以总能那么轻易脱口而出问她要不要过去住。

她的情绪被复杂的恼怒塞满，分不清是恼怒他的不以为然多一点，还是因为联想到其他而恼怒多一点，比如，他是不是总是这么轻易邀请别人回家？虽然她知道事实可能就是如此。

他还是那副随随便便的口吻："真不去？"

她哈哈干笑着摇头："不打扰你。"

"打扰？和我这么见外？"

尤雪珍用眼神示意他对面的"阿斯莫得"："你们俩不是看对眼了？"

他笑了笑，并不否认地耸耸肩："你还真贴心。"

派对一直持续到快天亮，尤雪珍扶起醉得不行的袁婧准备打车回学校，直起身一看，果然，叶渐白已经没影了，那个"阿斯莫得"也不见了。

她早有预料般地扯了扯嘴角。

叫的车很快被接单，她扶着袁婧走到门口，一辆白车随之停在她们跟前。这也太快了吧，刚看的时候明明还有两千米。

她心里嘀咕，拉开车门把几乎已经不清醒的袁婧丢进去，自己随即坐进去，正要关车门的手却一僵。

叶渐白正坐在副驾，回头看着她："没叫你就上来了？真是心有灵犀。"

"……我以为是我叫的车到了。"

"取消吧，我叫代驾先送你们回去。"

尤雪珍瞥了一眼窗外，看见"阿斯莫得"站在不远处等车，才意识到这两人根本没有一起。

她指了指窗外："你不去送一送？反正我们都叫了车，不占你这辆。"

"袁婧你一个人扶不动。"说完，他直接示意司机开车。

她读懂了他的潜台词，心想，算他还没那么重色轻友。

"对了，你什么时候换车了？"

刚刚她根本没认出来这是叶渐白的车。高中毕业那年的暑假，叶渐白就火速考了驾照买了车，一直是辆黑色的特斯拉。

他"啧"了一声："车子借给别人，结果给我撞了，这两天拿去修了。"

"噢。"尤雪珍点点头。

她对车子一窍不通，也不感兴趣，暑假考驾照那会儿，叶渐白问她要不要一起去考她都没去。

她对开车有一种本能的恐惧，能驾驭的交通工具上限就是自行车了，连骑个"电驴"都战战兢兢。叶渐白就捉着她这点大肆嘲笑，考到驾照那一天迫不及待来找她炫耀，偷开了他爸的车，说要带她去海边兜风。

还记得那一天，他单手转方向盘，突然飙起的速度让风灌进没关上窗的车里，两个人的发丝在猛烈的风里跳舞。她的心怦怦跳，仿佛已经在靠海的环线上飞驰，下一秒，"砰"一声，追尾了。

这人第一次夸下海口说要带她兜风，结果，戛然而止在家门口的马路边。

看着窗外飞驰而过的景色，尤雪珍回忆着这些，连叶渐白叫了她两声，她都没听到。

她回过神："你刚刚在叫我？"

"对啊，你发什么呆呢？"

"就突然想到了你第一次说要带我兜风那事。"她哈哈一笑，故意说，"那真是一次风驰电掣的体验啊！"

叶渐白从副驾回过头，看着她说："再来一次吧。"

"来什么？"

"等车子修好了，我让你见识下什么是士别三日，咱们再去海边兜风。"

尤雪珍听到这个提议，熬夜的瞌睡瞬间被涌上来的期待驱赶，整个人都精神了。但表面上，她依然是懒洋洋地耸了耸肩，装腔道："再说。"

不知不觉，到了学校。刚在路上还可以哼哼两句的袁婧已经睡死，叫她下车完全没反应。

这就伤脑筋，就算叶渐白帮忙把人弄下车，他也进不了女生宿舍楼，尤雪珍没办法一个人把袁婧扶上去，也不好求助宿管阿姨。因为宿管阿姨闻到她们一身酒气肯定一通说教，麻烦。

尤雪珍犹豫的间隙，叶渐白直接说道："让她去我那儿睡吧。"

尤雪珍一愣："……这不太好吧？"

"当然你跟着一起来啊。"

叶渐白语气理所当然，让代驾按原定的终点走。

尤雪珍张了张口，又闭上了。

司机启动车子，速度飙起，她的背贴向后座，好像回到了叶渐白第一次带她兜风那天，心脏突然就怦怦乱跳起来。

十分钟后，车子停在了叶渐白的公寓楼下。

他背着袁婧上楼，不方便摁密码，直接让尤雪珍开门："密码没变。"

"哦。"

1130。

尤雪珍在密码盘上按下这四个数字。这既是叶渐白的生日，也是她的生日。

就是有这么巧的事，他们出生在同一天。或者说，恰巧是因为他们出生在同一天，而且是在连城人民医院的同一间产房内，所以两家人才由此产生契机相熟。

按下数字，尤雪珍才意识到离两人的生日很近了，也就一个月。

两人带着袁婧进屋，叶渐白的公寓是个 loft，一楼是客房。他将袁婧送进客房，尤雪珍则站在玄关——每次进门前她都要小心地环视一圈。

对她而言，眼前这个花里胡哨的空间就是一个战场，可能藏着好多炮弹——某个女孩子留下的香水、发卡，或者其他什么私密物件，所以她要小心侦察，防止自己不经意就被炸伤。

但她粗粗扫了一眼，还好，还是之前那些摆设，她终于松口气走进公寓。

叶渐白安顿好袁婧，出来后累得往沙发上一躺，抱怨："她怎么这么重？"

尤雪珍踹了踹他的脚，示意他挪开："这说明你体力不行，你还好意思说。"

"哈，我每天至少泡一小时健身房！"

"那你赶紧起来，别赖着了。"

"干吗？"

"我要睡这儿啊，"她指了指沙发，"困死了。"

"你还挺自觉。"叶渐白一骨碌从沙发上起身，也没和她客套一句"你去我床上睡"。

尤雪珍刚想往沙发上倒，就被叶渐白嫌弃地拎住后衣领："停停停……你怎么能这么懒啊？！先去洗漱，睡衣就穿我的 T 恤吧。"

他一边说，一边推着她往楼上走，而楼上就是他的房间。

这一刻，尤雪珍觉得自己的脖子好像和兜帽一起被叶渐白勒住了，有些呼吸困难。

"干吗？我用楼下那个卫生间就行。"

她停在门口不想进去，叶渐白手一使劲，把她推进去了。

房间里比楼下简单许多，没什么眼花缭乱的摆设，床上孔雀蓝色的珊瑚绒床单像一片湖，湖上漂着一个双人枕。

她的视线在双人枕上停了片刻，身后叶渐白已经把衣服翻出来丢给她。

"刚逗你的，真让你睡沙发啊？"他终于也困了，眼睛因为打了个哈欠而湿漉漉的，"我下去了。"

尤雪珍收回视线，摇摇头："不要，我睡沙发。"甚至衣服也没拿，急匆匆地要往门外走。

叶渐白不明所以，伸手一挡门框把人拦在跟前。

"怎么还跟我抢上沙发了？那要不然我们一起睡床得了。"他湿漉漉的

021

眼睛垂下来看她,笑着,"反正又不是没睡过。"

他这话听上去好像很暧昧,实际上没有任何一点暧昧色彩,所以他才随口挂在嘴边。

那是一场荒唐闹剧。小学毕业那年,叶渐白说他们以后就是大人了,要干点大人该干的事!于是他把爸爸珍藏的茅台酒顺来,两人躲在他家的阁楼偷喝,各自抿了一口后直挺挺地昏过去了,缩着抱一起在阁楼睡了半宿。

他们醒来后,叶爸爸追着叶渐白打,他满屋子乱逃,张口就胡说是尤雪珍想喝,所以他才舍命陪君子,这才免于被他爸暴打。

尤雪珍咬牙切齿:"你还好意思提。"

叶渐白毫无歉意:"后来我不是给你赔罪,暑假的零花钱都孝敬给你了吗?"

"要不是那黑锅我帮你背了,你看你爸不把你打死,那么点钱买你一命太便宜了好不好。"

"所以我怎么能让救命恩人睡沙发啊?"他的手离开门框攀住她的肩头,往里一推,"睡吧,祖宗。"

说完,他直接后退一步,把门从外一甩,关上了。

尤雪珍在原地呆站了一会儿,环顾这间房。她上一次踏进来是去年某次聚会,叶渐白喝得不省人事,她和其他人一起把他丢进房间,没有细看就出去了。但匆匆一瞥,她注意到床上的双人枕中间有一只玉桂狗玩偶,而当时他交往的女朋友的微信头像就是玉桂狗。

那个女生早已和叶渐白分手,那只玉桂狗也不知去向,大概是被丢了吧……

尤雪珍收回目光,抱着衣服进了卫生间。

洗漱台上的东西堆得乱七八糟,水槽边还有没擦干净的染发膏。乱归乱,但好在没有其他会让人呼吸一窒的东西。她像个执勤的士兵,如履薄冰地洗完澡,走到洗手台边时,看见了坐便旁的柜子里遗留下了一片卫生巾。

不知道是他的哪一任女朋友留下的。

本以为已经幸运地横跨了战场,却还是在最后一秒踩到雷,血条清零。

此时的心情就和去年看见玩偶的那一刻如出一辙。

……所以她就说她不要睡这里。

窗外的天越来越亮,初升的日光穿过白纱窗照向床。她擦干净头发,不情不愿地靠近那里。

身上是叶渐白的T恤,床单和被子都沾着他的气味,烟草玫瑰的香水味。

香水有时候会令人心旷神怡,而有时候,过了头就会让人觉得恶心。

尤雪珍僵硬地躺上床,忍住想呕吐的感觉。

最终她还是抵不过熬了一整晚的困意,迷迷糊糊睡着了。她好像做了个梦,梦到自己被塞进一个充满血腥气的世界里。有什么东西拉着她往下,不受控制地下坠,在这片血浆里坠到底,不能呼吸了。

再次醒过来时,窗外的天色已经经历了一个轮回,又暗下去了。

公寓里很安静,叶渐白已经离开了,在微信里给她留了条消息。

阿凡达:我去上课了。

阿凡达:醒来饿的话,柜子里有螺蛳粉可以煮。

后面还带了个小猪表情包。

尤雪珍起床把身上的衣服脱下来,把换下来的衣服还有床单枕套全部塞进楼下的洗衣桶里。

洗衣机嗡嗡转动的声音吵醒了客房里的袁婧,她迷迷糊糊地从房间里出来,妆都还没卸,满面油光的,蒙蒙地看向四周:"这是哪儿啊?"

"叶渐白的公寓。"

"……我昨晚是不是喝多了?"

"你是完全喝挂了,所以就带你来这儿睡了。"

袁婧吐了吐舌头。

尤雪珍按下洗衣机的暂停键,对着她说道:"你把客房的床单啥的扒下一起放进来吧。"

"是哦,枕头上全是我的粉底……"

两人合力把床上用品洗了晾了准备走人。

袁婧是第一次来叶渐白的公寓,走到玄关处看见摆放的灵位,猛地被吓了一跳。

这个灵位供奉的照片,是叶渐白自己。

确切地说,是小时候的叶渐白。

一个猜想冒出,她惊讶地问尤雪珍:"妈呀……叶渐白有个早夭的双胞胎兄弟?"

尤雪珍正在穿鞋,抬头看见袁婧手指着相框,忍不住笑了:"没有啊,那个就是他本人。"

袁婧惊呆了。

尤雪珍指向照片里叶渐白怀中的兔子:"这是白白的灵位。这兔子他小时候养得贼胖,被他亲戚带去山上吃草放风结果跑丢了,就剩这么一张刚买回来时的照片当遗照了。"

哪个神经病会为了祭奠宠物把自己也框进去放灵位上啊?

心里是这么想,袁婧表面上还是摆出感动的表情说:"他真有爱心。"

尤雪珍面无表情:"倒也还好,兔子跑丢的前一天他还问我想不想吃红烧兔头呢。"

袁婧一愣,怪不得它要跑。

"说到兔头,我饿了。你呢?"

"我也饿了。"袁婧点点头。

于是她们的肚子就在兔子的灵位前开始此起彼伏地叫。

忙活到现在什么都没吃，尤雪珍可不打算动叶渐白的螺蛳粉——要是继续翻他柜子，鬼知道还能翻出些什么，不如直接叫外卖到学校。

她打开外卖软件，发现昨晚匆忙退出的页面遗留了两条未读消息。

商家-孟记烤串：总之这次很抱歉。

商家-孟记烤串：有机会再点单的话会给您优惠。

尤雪珍划开的手指一顿，决定择日不如撞日，算是她的一点小愧疚吧。她回复了一句"不用优惠"，又迅速下了一单。

两人回到宿舍躺平。

大四课很少，大部分时间都要用来准备论文以及实习。但尤雪珍不着急实习，确切地说是她没那个精力。她前阵子刚考到业余无线电的操作证，这阵子忙于写论文，光这两样就够她焦头烂额了。

袁婧则和尤雪珍不同，早就投了简历给多家新媒体公司。她很有一心二用的天赋，之前最要命的考试周都能抽空飞去外地参加女团演唱会再当天回来。

"哇啊啊，我的梦中情司给我回复邮件了，让我明天去参加面试！"

看，就像现在这样，她不仅能一边卸妆，卸妆油都浸到两只眼睛里去了，一边睁大着眼刷手机，还因为突如其来的消息高兴得从座位上蹦起来，带倒了脚边的海报筒。

尤雪珍十分佩服她的这种活力，在上铺懒洋洋地翻了个身："那祝你明天面试成功。"

叶渐白的消息在这个时候突然跳进来。

阿凡达：回学校了？走了怎么也不和我说一声？

尤雪珍装作没看见，他又发了一条。

阿凡达：我下课了，好饿，来食堂陪我吃饭。

尤雪珍摁灭手机，套上卫衣翻身下床——当然不是为了去陪叶渐白，而是她的外卖到了。

她走到女生宿舍楼下，有情侣正在入口处难分难舍，一个有点眼熟的人影刚好站在那对情侣身后，神态冷淡得像在俯视两块挡路的石头。

咦，居然又是那个小哥来送？

他的脸依旧被头发遮得七七八八没有辨识度，全靠被头盔压了一路又炸开的狂野发型，还有小臂上裹着两圈纱布的伤口，使得她认出好像是同一个人。

尤雪珍拉下卫衣帽朝他小跑过去。

对方似乎没认出她来，直到她在自己面前站定，还把厚厚的眼镜框往下拉了拉，才把她和昨晚的"修女"画上等号。

他又迟疑地叫那个称呼："彪哥？"

旁边还在亲热的情侣诡异地看了尤雪珍一眼。

尤雪珍尴尬地笑了两声："哎哟，我叫尤雪珍啦！怎么还是你来送？今天运力也很紧张吗?"视线又往他缠着纱布的胳膊一晃,挠了挠头,自己明明是想帮忙,怎么感觉像添了麻烦,"你伤应该还没好吧?早知道我就不今天点了。"

"谢谢,已经好多了。今天有运力,是我想来送。"

"欸?"

"我有在你们这里蹭课,所以是顺便的。"

她好奇道:"啊?我们学校有什么课好蹭的?"

"有一门人像摄影课。"

"啊……那门大课啊。"尤雪珍下意识就说,"我上过,讲得挺一般的啊。"

那是大一的时候她随手选来加学分的,上过几次发现太无聊,后来就干脆翘掉不去了。

跑这么远来听这么一般的课,不是浪费时间吗?

她刚想这么说,就听见他先开口:"没关系,我也没上过大学,有得听就好,不挑。"

尤雪珍语气停滞,把即将脱口而出的话语咽了回去,意识到自己好像踩雷了。

她这才去注意他拎着袋子的手,手背上有几根脉络凸起的青筋,指头圆滑,处理得很整洁,指腹长着老茧,并不是和笔摩擦产生的那种茧,要更粗糙一些。

是一双很辛苦的手。

尤雪珍微微皱起眉头,问道:"那你下次什么时候来?我在学校的话还点你们家,你就能顺便帮我送了。"想了想又补了一句,"你家的烧烤真的很好吃!"

这点不作假,确实还挺好吃,但也没好吃到必须要追着点的地步,不过反正是顺手,能帮忙照顾一下人家生意也不赖。

他微微一怔,很拘谨地问:"不介意的话您加下我微信?下次想点单直接留言给我,我给您优惠。"

尤雪珍想起之前看过某个报道,说外卖平台对商家抽成特别狠,瞬间理解了他想绕过平台点单的做法,估计给她优惠后都还比在平台卖一单赚得多,于是点头说:"好。"

他把手机掏出来,打开了二维码伸到她眼前。

尤雪珍低下头看到手机屏幕……裂的。

可能是昨晚发生事故被撞碎后就没想着去修吧,毕竟这人连自己的身体都顾不上修……

她越发觉得自己该照顾人家生意,扫描二维码后,微信跳出了一个红彤彤的烤串头像,名字叫"A-孟记烧烤"。

她按下添加好友申请。

下一秒,她的微信联系栏里,这位新加入的 A 字打头的朋友空降到了最前排,甚至顶掉了那个一直占据在首位的"阿凡达"。

一直看习惯的头像跑到了第二位，尤雪珍觉得有点怪怪的，而第一位这个大烤串头像要是深更半夜随便一拉就能看见，真的很容易勾起人食欲。

所以还是让他下去吧。

出于这个简单的理由，她点开他的备注，抬头问："你叫什么名字？"

他正准备离开，闻言回头又看向她，就像昨晚他回头接住她的糖时露出的神情，带有一丝困惑。

"名字。"她晃了晃手机，"我刚刚已经告诉你我的名字了，你的呢？"

他朝她伸手，示意她把手机递过去。

尤雪珍看着手机落在他掌心里，明明平常大到自己握不过来的尺寸，现在看上去居然分外小巧。

对方很快输入完毕，将手机递还给她。

备注栏里变成了"孟仕龙"这三个字。

尤雪珍下意识念了一遍他的名字，按下确认键，返回联系栏一看，那个大烤串头像便掉下去了。此刻依然是她看习惯的界面，习惯了的阿凡达在首位。

尤雪珍拎着袋子回到宿舍，喊袁婧过来一起吃。

袁婧打开袋子，惊呼："我们就两个人，你点这么多干吗？很浪费呢！"

尤雪珍纳闷："啊？我就点了……"她探头一看，里面被多塞了数串她没有点的大烤串。

尤雪珍连忙给刚加上的人发消息。

珍知棒：你好像送错外卖了！

附上图片。

珍知棒：我没点这些串呢。

对方很快回复。

孟仕龙：没有送错，那是送给您的，因为在平台上点的我没法给您优惠金额，就多放了一些串。

这是一些吗？尤雪珍咋舌，冬天还没来，她还没遇上心软的神，倒先遇上心软的烧烤店家，挺好，这个比较实在。

珍知棒：谢谢老板。

珍知棒：对了，不用那么客气一口一个您的。

总有一种一块钱花出了一百万的尊贵VIP派头的感觉，怪不习惯的。

这回，他隔了两个小时才回复。

孟仕龙：好。

后面是个微笑表情包。

尤雪珍看着那个表情有点想笑。如果光从聊天表情看，这人完全是中老年级别的，这让总是和朋友发各种表情包的她不太习惯。

不过也不会和他聊天就是了。

第二天，尤雪珍醒来已过中午，袁婧已经从公司面试完回来了，趴在桌子上吃麻辣烫吃得正香。

"醒了啊？"袁婧听见动静，含混着说了一声，"我也给你打包了一份，你赶紧下来吃。"

"谢啦。多少钱啊？"

"请你。"

尤雪珍倍感稀奇，袁婧这丫头铁公鸡一枚，能省绝不多花，如果多花那绝对有诈！

她防备道："别卖关子，你要干啥？"

袁婧"嘿嘿"一笑："找咱们珍珍大美女帮个忙。"

"果然……命运馈赠的所有礼物，其实在暗中早已标好了价格。"尤雪珍感叹，"茨威格诚不欺我。"

"哎哟，至于吗？我就想找你帮忙化个妆！"

"你又要去参加趴了？"

"不是给我啦。早上我不是去面试了吗？然后有个考核，要交一条短视频给他们，视频会发到平台上看点赞量，最后按点赞量录人。"

尤雪珍听懂了："所以你要拍美妆视频？"

"不是，那个不好脱颖而出。我想了一个素人改造计划，就是拍摄素人前后大变身的视频，所以你这双妙手绝对不可或缺！"

说来有点心虚，这个计划还是袁婧从尤雪珍身上得来的灵感。

大一刚开学在宿舍碰见尤雪珍时，她没化妆，戴着厚镜片，下巴两颗痘，是那种丢进人群里就找不着的类型。第二天袁婧醒过来，低头看见有人坐在尤雪珍的桌前化妆，那人抬起头对袁婧说早安。袁婧大惊道："啊，我们宿舍来了个美女！欢迎欢迎，不过你那个位子有人了哈，是尤雪珍的。"

对方说："哦，我就是尤雪珍。"

袁婧睁大眼睛，比对那张妆后丢进人群里绝对一眼就能看到的脸，差点从床上掉下来。

从此，尤雪珍在袁婧的微信备注里叫"东亚邪术大师"。

这位"东亚邪术大师"听到袁婧的请求，痛快地答应："我没问题啊。不过这个素人你想找谁？底子还是得有点吧，巧妇也难为无米之炊。"

袁婧思索说："我想找个男生，网上美妆的美女博主太多了，化妆前后冲击力就小一点。男博主的话大多数都妖里妖气，所以找个直男大帅哥那种类型的应该会比较新鲜。"

她分析得头头是道，尤雪珍不置可否，只问："所以你想找谁？"

"何炻怎么样？"

袁婧提到的是他们班班长，喜欢不同颜色的polo立领衫、小脚牛仔裤和豆豆鞋，大杀器是挂在牛仔裤边的AirPods耳机套。之前袁婧刷到过一条短视频,叫"男生过了二十就不能再穿得那么幼稚了",里面那些男生刻意扮土的造型不及班长原汁原味的十分之一。

尤雪珍哈哈笑:"他打造一下应该变化蛮大的。不过我不敢打包票,毕竟没给男生化过。"

"你肯定可以的!我觉得以你的技术去当美妆博主说不定也能火。"袁婧好奇地问,"你到底是怎么学的啊?"

"高中那会儿看视频学的。"

"高中?这么早……我那个时候连美瞳都不会戴。"

尤雪珍含混道:"就是好奇心,瞎鼓捣。"

她当然不会说自己当时是不甘示弱。因为叶渐白的初恋那么漂亮,她在镜子里看到自己都会不自觉较劲,开始无比在意脸这东西,而化妆是让人变身的最快捷径。

高中那会儿网络自媒体还不算发达,没那么多美妆视频可供参考,她按照点击量点进最前面的视频,标题是"美妆达人教你硬核化妆"。

她津津有味地看,果然牛,一卸妆,连眉毛都没有。

眉毛削光了,这样想要什么样的眉形都能自由画出来。

哦,不破不立嘛,明白!

她果断挥刀把两边眉毛剃了,自信满满地画了两条粗线上去,把眼睛画得圆滚滚,腮红打得浓浓的,还扎了两个小辫,美滋滋地发了自拍到空间里。

然后QQ一闪。

她最期待得到反馈的那个人的确很迅速地给了反应,只不过……

叶渐白:你和这人好像哦。

后面是个"李逵怒目圆睁"的表情包,表情包上还有"卡哇伊内"四个大字!

……卡哇伊你个头。

尤雪珍被激起了逆反心理,本来只是抱着玩票性质学习,到后来发誓要让叶渐白看到她化妆后的样子,心服口服。雪耻是比兴趣更强大的动力,在这种力量的驱使下,她确实练出了不错的化妆技术。只是叶渐白并没有如她所想的那样大吃一惊,也没有盯着她看并流露出什么惊艳的神色,她很不爽,忍不住问:"我化得还是不行吗?"

当时他们在书店,叶渐白在书架的另一侧,把挡在他们中间的那本书拿下来,看着她说:"没有啊,挺漂亮的。"

"那你怎么都不惊讶?"

"因为你不化也挺漂亮的啊。"

尤雪珍蒙住,回过神后匆忙从其他书架上拿了本书,塞住他们之间的缝隙,挡住自己通红的脸。接着,她就听到书架后叶渐白像是捉弄她成功的笑声。

她就知道这家伙才不是真心夸她,可事后还是总会反反复复回想起这句话。

在自己素面朝天的青春时代,有这样一个人称赞她原本的样子是漂亮的。

尤雪珍回过神，发现袁婧已经走到阳台给何炀打电话，讲了挺长时间，进来后翻了个白眼说："这小子真懂得见缝插针……"

"怎么了？"

"他说想他帮忙可以，但他也有个忙想请我们帮。"

尤雪珍敏感地捕捉到一个关键词："我们？"

"对，你和我。"袁婧双手合十，"他朋友组织了个联谊，女生人数不够，希望我们也能帮忙去撑个排场。"

尤雪珍倒回床上："不去。"

"姐，好人做到底，送佛送到西啊！"

尤雪珍开始装死，不一会儿就感觉到某人爬上她的床，无耻地开始挠她的脚心。

"君子动口不动手！"她缩起脚把身子团成球。

袁婧捞不着，无语道："说真的，你没想过谈一次恋爱吗？到毕业都没体验过一次校园恋爱不会遗憾吗？"

连她这种沉迷追星的人也试着谈了一个，虽然谈完之后就索然无味，跟玩"黄金矿工"似的，以为抓到金子，费劲拉上来一看，就是个石头。但她觉得，如果她不挖挖看，还是会不甘心，所以她不懂尤雪珍是不是真的连好奇心都没有。

尤雪珍一时间不知道该如何回答袁婧的这个问题。总不能说不是不想谈，而是没法和喜欢的人谈。

世界上多的是不对等的喜欢，比如对万众瞩目的人，抑或已经把你固定在亲近位置上的朋友。很遗憾，这样的喜欢总是自己一头热，没有等量的回音。

但控制自己收回这份喜欢好像更遗憾。

不愿收回，又不敢声张，她的喜欢像一只鬼眼，只有她自己能看到。

尤雪珍最后什么都没说，妥协道："好吧好吧，那就去吧，当蹭饭了。"

联谊安排在周末，地点就在学校后街。

尤雪珍没怎么折腾脸，直到临出发还剩半小时才意意思思洗了个头，和全副武装的袁婧一起去赴约。

到场后发现人果然多，大半尤雪珍都不认识，毕竟不同学院，而且大部分是大一新生，像她们这种大四学姐真是被拉来凑数的。

然而，两人进门却收到了极为热烈的注目礼。

尤雪珍和袁婧面面相觑，想看看彼此脸上是不是出了什么洋相。

直到两人身后传来招呼声，她们才尴尬地意识到，原来那些人根本不是在看她们……

"大家好，我没来迟吧？"

尤雪珍回过头，忍不住瞳孔微缩。

用粗暴的两个字概括——美女。

她拉着袁婧，非常识趣地把道路让出来，麻利地滚到角落里去，还有点后悔地说："早知道这样今晚就不洗头了，这样和人同框的时候还能戴个帽子把脸挡一挡。"

袁婧恨铁不成钢地吐槽："你就不能'卷'一下？正常人应该想的是早知道今晚就化个全妆来啊！"

尤雪珍垮下肩："那多累啊，而且也比不过。"

她很有自知之明，自己的漂亮是一种限定款。"限定"两个字放在商品上显得珍贵，放在人身上就是一种挑剔，挑发型挑妆容挑衣服。自己试过那么多错才研究出一套心得慢慢进化成美女，但卸妆后又会被打回原形。

如果单论素颜的话，优点就是皮肤白吧。但这也不是她与生俱来的基因优势，相反，她非常容易被晒黑。

以前她根本没有皮肤黑白的概念，小学好不容易跟着家人出门旅游一次，在游轮上过了一个礼拜，结果回到学校后发现大家都在背地里笑她。

那个时候《少年包青天》时不时就在电视上重播，他们说她像包拯一样黑，叫她"包青天"。

她打开电视一看，真的很像，气得哇哇大哭。

从那之后，她才非常注重防晒，能不晒太阳就不晒太阳，养了好几年才把皮肤慢慢养回来。

除此之外，可能眼睛也不错，她以前被夸过眼睛很漂亮，但自打她近视且度数越来越高，平常戴的框架镜片越来越厚之后，就没什么人说过这点了。

而眼前这位就不同了——她脸上的妆很淡，轻易就捕捉了众人的目光。

这是货真价实的大美女。

对方也跟着坐下，与她们不同，坐到了座位中心。

她自我介绍："我是播音专业的毛苏禾，今年的新生，很多东西都不懂，还麻烦各位师哥师姐多关照。"

一呼百应，男生们的反应尤为热烈。

袁婧一直盯着人瞧："好喜欢这师妹的长相，如果她去参加《明日星》，我一定给她打投！"

尤雪珍点头："算我一个。"

大家全部自我介绍过后就是聊天吃饭，酒过三巡，气氛有些放开了，便开始玩起酒桌游戏，最俗套的开场便是真心话大冒险，大家击鼓传花，看花落谁家。

而第一轮，击鼓放音乐的人就故意把东西传到了毛苏禾手上。

毛苏禾想了想："真心话吧。"

坐在她对面的男生似乎早就想好了问题，跃跃欲试地问："你的理想型是什么样的？"

毛苏禾苦恼道："理想型吗？这很难说……不过我喜欢幽默的人。"

"幽默！那不就是我的代名词？"男生精神一振，"那我和叶渐白，哪个更符合你的理想型？叶渐白你应该认识吧？"

尤雪珍早已处于溜号状态，突然听到这个名字，瞬间回了魂。

真是莫名其妙，明明这个人不在场中，但他偏偏就有本事比在场所有男生的存在感都强，难免被当作坐标请出场。

毛苏禾微微摇头："叶渐白师哥吗？没接触过，但有听说过。"

"那我俩二选一，你选谁？"

"选你。"

"真的假的？！"

毛苏禾听不出真假地回道："真的。"

男生很有自知之明地叹气："我不信，除非你亲我一下证明。"

毛苏禾苦笑："好吧，假的。"

众人发出一阵哄笑。

尤雪珍也跟着皮笑肉不笑，其实看到毛苏禾的第一眼，她就想到了叶渐白的初恋。

她们是同一种类型的美女，具体要描述是什么类型……那就是叶渐白会中意的类型。

而吸引力都是相互的，也许，叶渐白也是她们会中意的款吧。

联谊开到通宵，不过尤雪珍早在他们转场去 KTV 的时候就撤了。袁婧跟着去了 KTV，熬到早晨才回宿舍，尤雪珍已经准备起来去图书馆列论文大纲。

接下来的几天她都泡在图书馆里。她一早就确定好了论文方向，研究的是无线广播在如今新媒体传播文化语境下的现状。

她很小就开始跟着爷爷收听广播，也是凭借这份喜欢考了传播专业，并且到现在一直都保持着听广播的习惯，最固定听的是一个叫无线之声的广播电台。

这个电台为业余无线电爱好者提供了一个可以自由交流的平台，他们会分享一些关于无线电的新闻、技术、活动，听众还能通过无线电和其他爱好者进行交流。

无线之声电台原本每周一次，但近两年新媒体变化太快，无线电越来越小众，变成了每两周才有一次。不变的是她依旧定点收听，每次都像街头对暗号一样去他们的官网找这次电台的特定频率和调制，然后通过调试收音机找到电台。

过程虽然麻烦，不过当信号成功连接上的那一刻，就是她觉得最有成就感的时候。因此她还挺着迷于这样的麻烦，也着迷于不同的无线电爱好者在电台上的交流，所以前阵子还去考了无线电台的 A 类操作证，虽然她几乎从没有交流过，只是通过设备进行收听。

今天正好是无线之声隔了半个月的广播日，但袁婧定的今天拍视频，她后知后觉意识到这一点，只能放弃例行活动，急匆匆收拾好东西从图书馆赶回宿舍。

路上手机振了一下。点开微信，那个大烤串头像发了条消息过来。

孟仕龙：我今天会来你们学校，你要点单吗？

尤雪珍看见这条消息还有点惊讶，才想起来自己上次主动和人提的要点单，差点忘了。

珍知棒：要！

她噼里啪啦点了一堆，还帮袁婧还有班长一起点上了。

孟仕龙：OK。

珍知棒：嘿哈。

尤雪珍回到宿舍，一推开门就听到袁婧在打电话发飙。

"班长，你这样不行啊！上次我们那么给你面子帮你忙了，你怎么能放我鸽子啊？"

"那你给我找人啊，反正不能给我开天窗！我可是给你撑到通宵啊！"

她气呼呼地挂断电话，尤雪珍也算听明白怎么回事了。

"他放你鸽子了？"

"说起这个我就来气。"袁婧握紧拳头，"班长那傻子在联谊上撩一个大一师妹，结果那师妹有个异地男友，人家以为他撬墙脚冲来一顿揍，脸给打破相了。你看。"

她把何炀发过来的照片展示给尤雪珍看。

"天……这个伤口确实遮不了。"

袁婧急火攻心："是吧！我为了等他空出时间等了一星期，他现在拍不了，我真的要吐了。我后天就要交了啊！"

"你先别急。"尤雪珍缓声安抚她，"要不这样，咱们现在去随机抓人，看谁有空。"

"唉……也只能这样了。"

但说实话，非常难。

首先要满足这个视频的先决条件，至少这人得是潜力股，这就已经很难了。尤雪珍和袁婧蹲在人流量最大的食堂门口看了半天后，已经放弃了高要求，只要不是歪瓜裂枣就行。

其次，毕竟是要发到社交网络上去的，很多人一听就不乐意。

最后，还得有时间陪着她们折腾。化妆造型加服装，至少得一晚上。好不容易抓到一个，结果晚上有课，不愿意牺牲出勤率来录这个。

困难重重。

袁婧唉声叹气，但眼睛还是紧紧盯着路过的人不放。尤雪珍已经乏了，低头看手机，才发现孟仕龙在五分钟前给她发了一条消息。

孟仕龙：你好，你的餐到了。

珍知棒：啊！

珍知棒：你在宿舍楼下吗？可以麻烦拿来食堂门口吗？我们在这里。

孟仕龙：好。

微信里还有其他消息没回，尤雪珍还没全部回完，胳膊就被袁婧抓紧晃了晃。

"你快看，你快看！"袁婧眼睛都亮起来了，指着往食堂方向过来的人。

尤雪珍顺着她手指的方向看过去，不用问好像就知道她在说谁——如果西洋棋被丢到了全是扁平的黑白子棋盘上，谁都能一眼看到吧？那位路人的身量就是如此，在人群里高得分明。

等再走近些，尤雪珍愣住，一时间有些啼笑皆非。

因为那个人正朝她们跟前笔直过来，手里拎着尤雪珍眼熟的外卖袋。

那是孟仕龙。

袁婧看着那人走近，喃喃说："怎么觉得这人好像在哪里看到过？"

尤雪珍刚提示"万圣节"三个字，袁婧就一拍大腿："哦，我想起来了！那个送外卖的！"

尤雪珍诧异："你居然有印象？"

"因为他很高啊，没见过几个比他高的。"袁婧喜上眉梢，"这人感觉比班长还合适，够高，又够土！"

说话间，孟仕龙已经走到了她们面前。

尤雪珍接过外卖，介绍说："这是我叫外卖的那个店家，叫孟仕龙。"

袁婧恍然，一拍手掌："哥，孟哥，你送的哪是外卖，而是炭啊！"

被莫名搭腔的人一脸茫然，又一本正经地回答："什么？我没有送炭。"

尤雪珍有些尴尬："呃，她的意思是你的出现就是雪中送炭。"

袁婧狂点头："对对对，我是想问你能不能帮我们个忙啊？"

不等孟仕龙拒绝，她劈头盖脸就把来龙去脉解释了。趁着人家还不太明白开始添油加醋，仿佛孟仕龙拒绝她就等于毁了她的大好前程。

孟仕龙的脸上依旧看不出什么表情，眼睛都被头发遮住，只余下嘴唇轻轻抿起，像有些担忧的样子："……这么严重？"

袁婧语重心长："哥，真的，你不帮我，我就没工作了……过年回去我爸妈还会念死我……"

孟仕龙神色凝重，显然已经相信了袁婧的鬼话。

尤雪珍忍不住想，这人也太好骗了。她怀疑他去分发传单的街道上走一圈，别人都两手空空，只有他手上会塞满传单。

她想让孟仕龙不用勉强，打断袁婧，插嘴道："其实……"

却不想孟仕龙和她同一时间出声了，点头道："没问题。"

袁婧高兴得快蹦起来。

他却又迟疑地话锋一转："但是改造后要帅这一点……你们找我是找错人了。"

袁婧踮起脚，拍拍他的肩让他宽心："男人嘛，一高遮三丑，收拾收拾

-033-

也能成个氛围感帅哥。"
　　然而半小时后,在孟仕龙的头发被全部撩起,五官袒露的那一刹,追过那么多星的袁婧都没忍住飙了一句脏话。

/第三章/
你可以带我去兜风吗?

半个小时后,原本该去蹭课的孟仕龙被她俩带到了美发沙龙,她们先让理发师给他理一个新的发型。

于是,在理发师慢慢把他的头发撩起来的过程中,袁婧惊讶得慢慢张开嘴。

尤雪珍抬头扫了眼镜子,也是一怔。

她和叶渐白一起长大,看惯了他的漂亮皮囊,对其他好看的脸就脱敏许多,但眼前这张脸,居然会让她感觉意外。

可能是和前两次见面时给她的潦草感反差过大,因此掀开孟仕龙头发的过程就像是在一片污池前拨开上面的淤泥,看见了藏匿于底下的莲花。

不是平常开在夏天里的那种,因为他的表情并不舒展,显出冰冷的生命力。要形容的话,反而是罕见的、开在冬天里的莲花,根部垒着一堆雪,从源头冻熄自己。

这张不舒展的脸此刻更紧绷了,似乎并不习惯毫无遮饰的自己。他和镜中的自己对视,微微一眯,就扫过去了。

尤雪珍碰了碰袁婧的胳膊,小声问:"这还有我给他化妆的必要吗?"

"好像没有……"袁婧吞下惊讶,回过神,"不过计划不能变!就当锦上添花了!"

理发师看着镜子里的脸也端详了很久,建议道:"帅哥的五官和骨相特别优异,尤其是头型,这个头型最适配的发型就是贴头皮的短发。"

孟仕龙微微皱眉:"要全部剪掉?"

袁婧忙说道:"没关系,孟哥你要是喜欢长发的话咱们就不剪,长发也能做造型的嘛,就是最后效果打点折扣,唉……"

她装模作样叹完气,就听到孟仕龙说:"没事……那就剪吧。"

理发师拿起工具:"那我们就开始了。"

等他弄头发的工夫,袁婧就在旁边一直举着手机拍照。尤雪珍跑去附近给大家买喝的,估摸着时间差不多的时候回去,一进店,发现孟仕龙的座位附近十分热闹。座位旁边的发型师和客人都在打量他,唯独他本人不感兴趣地闭着眼睛。

不，不应该说是不感兴趣地闭眼，因为尤雪珍观察到孟仕龙均匀起伏的胸膛，才意识到他居然是睡着了。

她和袁婧面面相觑，应该迅速叫醒他去买衣服的，但她们对着这张脸都有点不忍心下手。

袁婧借故结账，把这个棘手的工作留给了尤雪珍。

尤雪珍只好硬着头皮上前，可就在手即将碰到他肩膀的刹那，他就先一步感知到似的睁开了眼睛。

他先是看了眼镜子里的自己，流露出一种特别陌生的审视，随后又迅速挪开目光看向镜子里的尤雪珍。

"不好意思，我睡着了。"

尤雪珍连连摆手："是我们该说不好意思。你应该很累吧？但我们接下来还得折腾你……"她把刚买的咖啡递过去，"请你喝。"

"我不累，只是觉得太舒服了才睡过去了。"

"舒服？"尤雪珍恍然，"你是不怎么来理发店吧？"

孟仕龙回得理所当然："剪头发没必要来店里，长到不行的时候随便一剪，最多一分钟就处理完了。"

"处理"这个用词听上去就像他把自己的头发当作随便切一切的食材。

尤雪珍心想，这话被叶渐白听到，他一定会发疯。他最喜欢折腾他的头发，隔几个月就会去染一个发色，就和换女朋友一样，总是追求新鲜和漂亮。

如果说叶渐白的头发是定时精心修剪的园林，那么眼前这个人就是园林围墙外的爬山虎，把自己都盖住了。

想到这之后可能又会变成那样，尤雪珍本着别暴殄天物的想法多嘴了一句："你可以不去店里剪，自己剪头发讲究一下剪的手法也可以剪好的。你看我的刘海……"她扒拉了一下自己的刘海，"之前总是剪得很呆，但跟着视频多剪几次就练出来了。"

孟仕龙点点头，也不知道听进去没有。

袁婧结完账回来，三人从理发店离开，决定转场去宝事区。

宝事区是西荣市的一大商圈，潮人汇聚，像宝石一样闪瞎人眼。到了晚上，那条街还特堵，为了节省时间，他们便乘地铁过去。

夜晚的地铁车厢并不算太拥挤，但也没有座位，尤雪珍和袁婧两人一上车就直奔两个车厢连接的部分，这里通常人比较少。而孟仕龙没跟着她们靠过来，而是很有距离感地停在门边。

袁婧低头检查刚才的录制素材，尤雪珍点开没看完的电子书，时不时看一眼地铁的电子屏以防坐过站。

偶尔一瞥时，她目光一偏，不由得注意到了孟仕龙。

他很奇怪，什么都不做地站着，双眼盯着窗外飞驰而过的广告牌，仿佛感觉不到无聊的样子。他不玩手机，一只手抓着手环，而另一只手……

机械的女声播报下一站,车门打开,一波人潮涌上,填补了他和她们之间的空隙,也挡住了尤雪珍的视线。

尤雪珍收回目光继续看书,脑海里留存的却还是刚才的影像。

一位坐在车门边的老奶奶睡着了,微张着嘴,头往后斜仰,头顶随着摇晃的车厢一下一下撞着车壁凸起的那一块。

而孟仕龙的另一只手,就垫在车壁和老奶奶头顶的缝隙里,承受着对方的撞击。

直到到站,尤雪珍才看到他轻轻抽出手。

他就这么给一个毫不相干打瞌睡的陌生人枕了一路。

真是……这种人不骗他骗谁?

尤雪珍再次在心里嘟囔。

宝事区此时果然堵得水泄不通,从地铁出站口一路走过去,街头充满了各种不耐烦的车鸣声,除此之外就是不绝于耳的快门声了。

这里常年蹲着街拍的摄影师,因为此处经常有潮人和网红出没。以往尤雪珍和袁婧来这里逛街时也经常会收获很多快门声,但这次和孟仕龙走在一起,收获的快门声史无前例的多,三个人都吓了一跳。

袁婧听着这声音,更确信这条视频最后剪出来效果一定不会差。

挑衣服的重任就交到了尤雪珍身上,袁婧继续举着手机拍摄他们挑衣服的过程。卫衣、牛仔、夹克……无论哪件穿在孟仕龙身上都很合适,袁婧边拍边感叹孟仕龙和衣架一样百搭。

尤雪珍给孟仕龙挑尺码的时候,发现他的身形和叶渐白差不多。其实那天在游乐园她就感觉到了,虽然那两人没有站到一起,隔着一段距离,像是一黑一白的两枚西洋棋,但投在地上的影子比别人长出一截。

等孟仕龙换衣服的过程中,尤雪珍又在衣架上翻出一件花样繁复的飞行服。和平常酷酷的飞行服不一样,这件给人的第一感觉是绮丽,装饰多到眼花缭乱。

袁婧见她看了看尺码,然后把这件外套取下来,有点不解:"这件衣服好像不太适合孟仕龙吧?"

"不是给他挑的。"

"啊?"

"马上就到叶渐白那小子生日了,刚好这次就顺便买了,省得再挑。"

"哎,那岂不是也要到你生日了?你提醒我了!"

"你不用特意给我买礼物啦!"

两人闲聊的工夫,孟仕龙已经换好一件兜帽卫衣出来。

他看见尤雪珍手上的外套,没多想就接过来要往自己身上套。

尤雪珍刚想出声说不是,但话到嘴边,话锋一转:"唔不……嗯……"

袁婧看了一眼尤雪珍。

尤雪珍压低声音解释:"我刚好看看上身效果,他们身材很像。"

袁婧白了她一眼:"哦,你真把我孟哥当衣架用啊?"

尤雪珍无语:"你这一口一个孟哥喊得可真顺,万一人家比你小呢?"

"不能吧?"袁婧"嘁"了一声,"我去问问。"

孟仕龙正在套衣服,袁婧凑到他旁边很直接地问道:"孟哥,你几岁啊?不会是弟弟吧?"

"我二十二。"

"啊,原来我们同岁!那你生日是几月?"

"三月。"

"太好了,果然还是我孟哥!"

"嗯……但是你不用叫我哥的。"

"那我叫你什么?仕龙?"

孟仕龙终于哽住:"不用……了吧。"

袁婧逗他逗得直乐,拍马屁:"还是孟哥吧,配你,霸气。"

孟仕龙露出一言难尽的表情,很难说是因为"霸气"这个评价,还是因为刚套到身上的外套。

他回头看向尤雪珍:"这件太花了。"

袁婧意识到他嫌弃的是叶渐白的审美风格,更乐了,赶紧举着手机把这一刻录下来。

尤雪珍看着这一身与孟仕龙格格不入的衣服,忍俊不禁,赶紧解释:"放心,这件不是搭给你的。"

大小肩宽都完全没问题,她想一不做二不休,干脆让孟仕龙帮忙多试几件好了,于是又拿了几件外套,对孟仕龙说明了来意,麻烦他再帮忙试一下。

孟仕龙看着她手上一水儿的风格花哨的衣服,沉默了两秒,点了点头。

袁婧在一旁笑疯,拿着手机的手一直抖,像得了帕金森。

换来换去,尤雪珍最后还是决定买最开始的那件飞行服给叶渐白。而关于孟仕龙的,逛了一圈下来,她敲定了黑T恤、黑夹克和牛仔裤,还搭配了一双黑靴子,加上一些零碎的银饰,酷得要命。

这一套下来可不便宜,袁婧欲哭无泪地结完账,只想快点离开这座销金窟。

三人从首饰店出来,经过左侧的潘海利根,尤雪珍突然停住脚步,紧接着匆匆跑进去:"等我一下,马上出来。"

袁婧在她后头喊:"不会吧,你还要给叶渐白买礼物啊?"

孟仕龙刚才试衣服时就听到了这个名字,现在又听到,于是问道:"叶渐白是谁?"

袁婧朝店内努了努嘴:"她发小。"

过了一会儿,尤雪珍拎着潘海利根的袋子出来,却将它递给了孟仕龙:"给你。刚才谢谢你帮我试了好几件衣服,不是白试的,送你这个。"

孟仕龙立刻拒绝:"不用送我东西。"

"收下吧！只是个香水。"

"很浪费。"

见他不收，尤雪珍只好换了种说辞。

"这个其实也是改造的一环啦。"

不过孟仕龙还没好骗到这种程度："拍视频并不需要改造气味。"

尤雪珍无赖地点头："可是被改造的那个人自己能闻到啊。"

她猜想他没说的后半句话是"我身上都是油烟味，所以浪费"。

可恰巧因为如此，她才觉得他或许需要一些可以浪费的香气。人生里如果没有专门用来浪费的东西，那太难熬了。

尤雪珍又递过去些，袋子在她的指尖勒出一条细细的红痕。

孟仕龙看着她指尖上的红痕，终于将袋子接过："谢谢。"

着装造型总算大功告成，三个人赶紧坐地铁回了学校，直奔话剧社团的排练教室。

今晚没有社团活动，袁婧特意和社长要了教室作为今晚的化妆场地，也是改造的最后一个环节。

尤雪珍把化妆包放在桌上摊开，要求孟仕龙去洗把脸。袁婧则忙着布置灯光、架设手机，务必要把人拍出最理想的状态。

"你这个灯的位置放得不对。"

她把灯架好，就听到孟仕龙在她身后出声。

他站在门口，脸上的水还没擦干，湿漉漉的，往地板上滴着水。

袁婧诧异道："那该怎么放？"

"我坐这里是吗？"孟仕龙指了指自己的位置，见袁婧点头，于是他将灯架往后挪了挪。

袁婧看了下手机镜头，果然灯光效果更好了。

尤雪珍和袁婧都很惊讶。

袁婧不过脑子地问："你还懂打光呢？"

一问出口，才觉得好像有点看不起人的意思，她刚想说自己没有那个意思，孟仕龙却毫无所觉地给她解释："因为我最近在学习。"

尤雪珍反应过来："啊，你上次说在蹭课！"

糟了，她才意识到他今晚其实也是为了来上课的，她们就直接把人拉出来了。

袁婧好奇道："什么课？"

尤雪珍替他回答："人像摄影，就我之前选过的那门。"

袁婧立刻捧场："噢！怪不得懂打光，原来是专业的！"

孟仕龙纠正她："不算专业，我还没有买相机。"

袁婧摆摆手："工具不重要，其实现在大家都用手机拍了。"

他摇头："那不够好，太随便了。"

-039-

正在用手机拍的袁婧膝盖一痛。

刚好,她拍了一路的手机很有存在感地跳出一则低电量提醒。

"啊,我去宿舍拿下充电器!你们先化起来,手机我现在也在录着。"

袁婧撂下这句话就匆匆跑出去了,偌大的排练室里便只剩下两人。

尤雪珍把化妆工具从收纳袋里全部拿出来,拍了拍桌子:"你过来坐,我要开始给你化妆了。"

孟仕龙依言坐下。

"眼睛先闭上哦。"

他听着她的指示闭上眼,双眼皮褶里还残留着水珠。尤雪珍抽出纸巾往他脸上摁,在心里感叹:眼窝真深啊,幸好眼睫毛没我密没我长,不然我说不定会忌妒地偷偷拔掉他两根。

将脸擦干后就是做基础的水乳保湿。尤雪珍先将乳液倒在手心搓揉,等变得温热了,张开双手,左右贴上他的双颊。

这瞬间,她掌心下触到的皮肤好像紧绷了起来。

尤雪珍一愣,比较近的距离,他眼皮的颤动也看得一清二楚。

这让她觉得自己不是在什么话剧排练室,而是在一间实验室里近距离观察一只虫蛹,眼皮的颤动预示着虫蛹即将破裂,有什么东西就要飞出来。

她双手停了停:"不习惯吗?"

孟仕龙眼皮的颤动也随之停下,"嗯"了一声:"平时不太涂这些。"

"……基础的保湿也不涂啊?"

"有随便擦点面霜。"

尤雪珍听他这么说忍不住翻了个白眼。

她再次相信皮肤是彩票基因这句话,有些人再怎么保养都比不上有些人随便糊弄。很明显,她手底下的这片皮肤就属于后者。如果非要说有瑕疵,那就是他鼻梁上有几粒雀斑。可这些雀斑的位置长得太巧妙,让几乎完全接近男人的偏硬的骨骼带上了几分少年气。

于是她故意没往那儿遮瑕,往他脸上打完隔离就算完成底妆。

到了眼妆的部分。那是他全脸最好看的位置,更不需要多修饰。尤雪珍想了想,决定简单画个内眼线就好了。

"眼睛现在可以睁开了,要睁着才能画。"

她拧开眼线笔,另一只手掐住孟仕龙的下巴,弯腰靠近他。

他如临大敌地盯着靠近的眼线笔,眼球互相凑近,像一只小鸡。

她觉得有趣,抿了抿唇,语气柔和地说道:"会有点不舒服,你忍一忍。"

但是眼线笔一下去,他就条件反射地将眼睛闭起来了。

尤雪珍徐徐诱导:"你别怕,以我的技术绝对不会戳到你眼睛的。"

"我没有害怕。"

"哦,那你别闭……"

她还没说完,他为了证明自己的话,眼睛忽而就睁开了,直直地看着她。

虫蛹破了。

尤雪珍一愣,和那双深黑的瞳仁对上视线。

没有任何东西飞出来,而是她的目光被吸了进去。

愣神的间隙,排练室的大门被人推开,刚才仿若真空的世界也被打碎,虫蛹细微的破裂声音被覆盖,各种声音又有序地响起来。

"化得怎么样啦?"袁婧拿着充电器进来。

尤雪珍回过神,"哦"了一声:"……蛮顺利的,还在画内眼线,画完就差不多了。"

"辛苦辛苦!"

尤雪珍轻吸了口气,掐着孟仕龙下巴的手松开,转而轻轻掀开他的上眼皮。

他的眼睛发酸,泪水快要从眼眶里落下来。他眉头随即皱起,仿佛在和眼睛角力,不允许自己丢脸。

这让尤雪珍不由得恶趣味地想再拖延些时间。

明明就是化个妆,这人的脸上怎么会有这么丰富的表情?实在很新鲜。

虽然这想,但她还是加快了手上的动作,莫名不想再看这双眼睛太久。

等到内眼线画完,孟仕龙立刻闭上眼睛,按了下眼角,硬是没让奇怪的泪水真的掉出来。

最后她又把他眉毛边的杂毛修掉,他本身野生的眉形就不错,修得太工整反而没有现在的味道,所以她没做太多调整。

"可以了!"大功告成,尤雪珍退开两步距离欣赏,又猛然打了个响指,"等等,差点忘了最关键的一个步骤!"

她折身去掏袋子里的香水,递给他:"你试试喷喷看。如果不喜欢这个味道也没关系,但要试试看嘛。"

她买的是潘海利根的狐狸,瓶身上雕刻着狐狸兽首。

她目光热切地拧开瓶子,只是单纯地取下盖子的过程,香气已经四溢开来。她挑选的依然是一款玫瑰香,但和叶渐白的那款烟草玫瑰的味道截然不同。

这是麝香木质调夹着果香,她在试香的时候,立刻联想到毛茸茸的小狐狸从开满鲜花的院子里跑过,隐没在春天里,让人忍不住想追上前的画面。

孟仕龙不自在地接过香水,接着对准脸,浇花一般喷向自己。

一旁的袁婧赶紧拦住:"喂喂,哥,香水不是这么喷的!会太浓!"

他停住手:"那要怎么喷?"

尤雪珍摆手,说:"没事,想怎么喷就怎么喷,自己能闻到味道就行。"

"能闻到。"他轻轻抽了下鼻子,"很香。"

尤雪珍很自豪自己的选品:"你不讨厌这个味道就好!"

"好了好了,那现在来拍个最终效果!"袁婧此时已迫不及待,从支架上卸下手机走向孟仕龙,从下往上慢慢移动镜头,最后逼近他的脸,"来来,看镜头!"

041

他看着镜头,然后用手指比了个耶:"要这样吗?"

袁婧笑出声,觉得这个姿势太可爱了,土土的可爱。

"不要比耶,太土了!"她老实回答。

孟仕龙有点为难:"我不会摆动作。"

尤雪珍瞎提建议:"要不然拿个道具吧!"她把刚才他喷过的香水塞回他手里,"拿着这个试试。"

孟仕龙捏着香水,然后看着镜头,没有任何多余的动作,姿态端正,似在拍寸照。

袁婧本来还想让他再换个姿势,比如自己刷到的那些男网红拍短视频常用的 wink、顶腮、勾唇笑……总之就是"丫头,看爷不狠狠拿捏你"的七十二变,但直视镜头的孟仕龙让袁婧想起了曾经看过的一部野生动物纪录片——摄像机架在原始丛林里,路过的一只野生动物凑近,拿鼻子顶了顶镜头,一双没有杂质的眼睛就这么直勾勾盯着镜头瞧。

孟仕龙就好像那只野生动物,很衬他手上拿着的那只狐狸雕塑兽首。

袁婧放弃了指导的念头,用镜头紧迫地记录着这双眼睛。

这部分尤雪珍没有可以帮得上忙的地方,就搬了个凳子坐到一边看他们拍,手机在这个时候振了一下。

某位外星朋友发来消息。

阿凡达:之前叫你吃饭怎么不回我?

阿凡达:我现在在学校,要不要去吃夜宵?

珍知棒:不去了,现在有事情在忙。

阿凡达:什么事?

珍知棒:在帮袁婧的忙。

得到答复,叶渐白就没有再回,估计是转头又去抓别人陪他吃夜宵了。他这人是绝不会委屈自己孤单的。

袁婧并没有拍太久,毕竟只是短视频,这一晚的素材就够挑了,拍完了这些必要的镜头,今晚的任务算是圆满完成。

忙活一晚上,肚子咕咕叫起来,然后她也提议:"去学校后门吃夜宵吧?"

孟仕龙看了眼手机:"抱歉,我得回店里了。"

袁婧遗憾地"啊"了一声,她差点忘了,他并不是他们学校的学生,有生意要做的:"那行吧,等下次有机会,我好好请你一顿!"

大家原地解散。

肚子还是叫,袁婧问尤雪珍:"那咱俩去吃?"

尤雪珍不免犹豫:"其实刚才叶渐白也问我吃不吃夜宵来着,要不然一起?"

袁婧眼睛一亮:"他请客?"

"敲他一笔试试。"

"那行行行！"袁婧收起手机，"我先去上个厕所哈。"

尤雪珍点头，又给叶渐白发消息。

珍知棒：我们这边刚好忙完了，还要一起吃夜宵吗？

她一边收拾化妆包，一边等叶渐白回复，在摸到包里卸妆油的小样时，手指一顿，突然意识到一个问题。

她又赶紧拿起手机给孟仕龙发了条消息。

珍知棒：你还没走远吧？

那边却一直没回复。

她有些伤脑筋，没回的话……那就算了？反正也不是什么大事。

刚在心里盘算着，手机一振。

孟仕龙：我在取摩托，还没走。

她想了想，还是决定把卸妆油给他拿过去。

珍知棒：那你在大门口等我一下吧。

尤雪珍将那瓶卸妆油小样从包里拿出来，又抽了几片化妆棉，一起拿着跑出了教室。

此时晚课都已经结束了，校内走动的人很少，校门口的人稍微多些，都是准备打车出去彻夜鬼混的。三三两两的人群中，尤雪珍一下子就看到了站在摩托边的孟仕龙。

他姿势的重叠让她想起万圣节那天的初见，但仿佛已经是截然不同的两个人，皮夹克、黑靴搭配摩托车，左耳垂还挂着一只银色圆环，他没有耳洞，那是她特意挑的耳夹——想到这模样居然出自自己的手笔，尤雪珍就越看越顺眼。

虽然看上去有点像个坏男孩，但坏男孩可不会这么板正地站着等着她来。

尤雪珍还没走近，一旁等车的一群女生中忽然有人先一步靠过去，对着孟仕龙伸出手机："同学，你介意加一下微信吗？我最近想学摩托，看到你这个摩托感觉很厉害！所以想跟你请教请教！"

对方看着孟仕龙的冷脸有点紧张，这种外形的酷哥一般都惜字如金，只会点头或者摇头。

结果，他一点都没有架子地回答："可以是可以，但我的车不厉害。"

"不会哦，我觉得好厉害！好想坐坐看。"女生喜上眉梢，把这当成了默许撩拨的信号，立刻得寸进尺，"但我自己又不敢开，你能不能改天带带我呢？"

接下来，他又出乎意料，毫不客气地拒绝了："不太行。我这车没带过人，只带过外卖。"

"……啊？"

与此同时，女生扫上了他的二维码，一个红彤彤的大烤串头像蹦了出来。

女生的脸都绿了。

她还没来得及问怎么回事，叫的车就已经到了，同伴们招呼她过去，她

-043-

只好匆匆留下一句"再见,我们微信再聊"。

尤雪珍在一旁津津有味地围观,等女生走了才凑上去揶揄:"人家跟你搭讪,你怎么给做生意的号啊?"

"搭讪?"孟仕龙微愣,"她不是要问我摩托的事吗?"

尤雪珍一时不知道该说什么,但听他笃定的语气,不像是演的。

她忍住匪夷所思的心情,小心试探说:"我没有冒犯你的意思哈,就是想问问,你……是不是没谈过恋爱?"

他大方承认:"没有拍拖过,怎么了?"

尤雪珍酝酿了一下措辞:"那个……没怎么,我就是建议,你要是一直用做生意的号加别人,很难谈成恋爱的。你想想,有一天你碰上了喜欢的人也这么加,她会误会你在拉客,那缘分就跑了啊。"

"我没有想要拍拖。"孟仕龙一句话就让她闭上了嘴。

"好吧……"尤雪珍悻悻然,意识到自己好像被袁婧带偏,不知不觉也去关心人家要不要谈恋爱这回事,赶紧悬崖勒马。

她冲他扬起手里的东西:"对了,我是来给你这个的。"

"这是什么?"

"卸妆用的,你连水乳都不涂,我猜你肯定没有这个。带妆后不能用清水洗,洗不干净的,要用卸妆油。"

孟仕龙许是没想到她是为了这个特地跑出来,语气一顿,最终还是很词穷地说:"谢谢。"

尤雪珍把东西一股脑塞给他:"顺手的事,不然你长痘就不好了。"她指了指自己的下巴,"我今天化妆了可能不明显,之前妆没卸干净长了两颗痘,到现在都还没瘪!"

孟仕龙随着她点着下巴的动作微微弯下身,似乎想仔细看清她这两颗痘。

尤雪珍不好意思地后退一步,还反手把痘痘捂住了:"干吗?没什么好看的。"说完就捂着痘跑了,"拜!"

她回到排练室去取化妆包,微信里叶渐白直接发了个定位过来,还说叫了其他朋友,大家一起。

尤雪珍撇撇嘴,就猜到他果然叫了别人。

珍知棒:哦,那这顿你请。

深夜的学校后街依旧人群熙攘,尤雪珍和袁婧来到定位的地方,是一家韩餐店。

叶渐白坐在最里面的圆桌边,他的身边环绕着三个人,尤雪珍都认识,其中两个人都是叶渐白的同班同学,而另一个人……是万圣节那晚的"阿斯莫得"。

怪不得那晚最后他没送人回去,也许当时他便笃定就算不那么做,他们也会有后续。

女生坐在叶渐白左手边,头离他很近。他正用手机点餐,女生的手指时不时划一下屏幕,咕哝着:"不要这个,会胖。"

叶渐白直接把手机推过去:"那你自己点。"

袁婧看到此景默默翻了个白眼,与尤雪珍咬耳朵:"怎么回事啊,这俩这么快就搞到一起了?"她"啧"了一声,"试衣间那个才过去多久啊,他可真行。"

尤雪珍假笑:"不知道,他信息里说的是朋友。"

叶渐白抬起头,招手让她们坐下来:"你们嘀嘀咕咕什么呢?"

"在想吃什么。"尤雪珍掏出手机扫码点餐,一副准备大快朵颐的模样,似乎对叶渐白身边出现了新的谁漠不关心,"你们已经点了部队锅啊?那我再加份芝士年糕。"

"阿斯莫得"扬了扬叶渐白的手机,热心地说:"我帮你点了吧,我这手机正好在点呢。"

我这手机……

尤雪珍无声地重复了一遍这四个字,看向她,笑着点头:"好啊,那麻烦你了。"

对方一边操作,一边继续和尤雪珍搭话:"我刚刚过来的时候在校门口看到你了,本来想和你打招呼要不要一起的,但看你和你男朋友在聊天就不当电灯泡了。不过你男朋友很帅嘛!他怎么没过来?"

尤雪珍很蒙地"啊"了一声。

叶渐白原本在和右边的人说话,闻言身子一偏,横插进来。

他仿佛听到什么天方夜谭,"哈"了一声:"男朋友?"

"阿斯莫得"绘声绘色地描述:"对啊,他还弯腰凑近,我差点以为他们要在校门口接吻呢。"

她话音一落,餐桌上诡异地呈现出一片寂静。

袁婧不知道她说的人是孟仕龙,因为不知道尤雪珍后来还追出去过,所以对这位校门口弯腰凑近的"男朋友"极为震惊:"真的假的?"

"阿斯莫得"点头说:"当然真的啊!不过那个男生很面生,长这样我不可能没印象,是大一的吗?"

尤雪珍头都痛了,这都什么跟什么,这姐的思维发散能力可真强。

然而她还没有回答呢,叶渐白就咕咚咕咚喝了口水,语气含混地说:"不可能。"他挑起视线看向她,"是不是?"

尤雪珍点头:"……他不是我男朋友。"随后简单解释了今晚几人都是帮袁婧的忙才聚到一起。

叶渐白成竹在胸地笑了笑:"我就知道。"

"阿斯莫得"听到这话脸色微妙:"为什么你这么笃定啊?"

叶渐白又变成了那副糊弄人的嘴脸:"我就是知道啊。我还知道地球是圆的呢。"

"乱跑火车吧你!"女生笑着捶他的肩,又转头来看尤雪珍,"那要不要我帮你介绍一些我认识的男生?"

尤雪珍嘴角一抽:"那倒不用了。"

袁婧轻嗤,立刻维护说:"我们珍珍是不想找,想找还不是分分钟的事。"言外之意,哪用得着你介绍。

叶渐白听后也跟着起哄:"是啊,况且你认识的男生有什么好介绍的。"

"阿斯莫得"皱起眉:"我认识的都很不错呀!"

"我不是那个意思。"叶渐白笑了,"她口味比较成熟,不喜欢小男生。"

"阿斯莫得"意外地看向尤雪珍:"啊,你喜欢老男人啊?"

尤雪珍现在觉得十分倒胃口,没有再回答这个问题,随便找了个理由起身准备回宿舍。

袁婧看她要走,也跟着她一起走。

两人并肩慢慢散步回宿舍,袁婧追问刚才被中断的话题:"那个老男人是怎么回事?之前我怎么没听你说过你喜欢年纪大的?"

"因为那不是我的口味啊。"

"啊?那叶渐白为什么那么说?"

尤雪珍沉默半晌,交代道:"要说是也算吧。因为我高中喜欢过我当时的音乐老师。"她顿了顿,又补充,"也是我的初恋。"

"天啊——你玩这么大?"

"没谈!是我暗恋他,但是被叶渐白知道了。"尤雪珍语气无奈,"高三毕业的时候,老师结婚了,知道他婚讯的时候我才明白过来,原来我不是喜欢他,而是崇拜他。崇拜和喜欢根本就是两回事。不过知道他要结婚的那天我还是哭得很惨。"

袁婧很困惑:"既然你明白过来了,为什么还会哭?"

因为尤雪珍那天还同时知道了一件事——

叶渐白交女朋友了。

所以真正让她明白过来崇拜和喜欢的区别的,根本不是老师的婚讯,而是叶渐白开始谈恋爱这件事。这两件事发生在同一天,以这种巧妙的排列嘲笑着她的后知后觉。

尤雪珍收起回忆,懒洋洋地打了个嗝,含混道:"忘了为什么哭了。"

两人踩在门禁的最后一刻回到宿舍。

这一晚上折腾得够呛,尤雪珍一到宿舍已经没力气干任何事,直接趴桌上懒洋洋地刷手机。

手机的通讯录里多了一个新人,就是那位"阿斯莫得",真名叫黄芊茹。

尤雪珍点开她朋友圈刷了刷,最新一条就是刚才的那顿夜宵,她举着手机自拍,顺势把大家都框了进去。

为了表示礼貌,尤雪珍给人摁了个赞。

刚赞完,微信就来消息了。

阿凡达：到宿舍了？

珍知棒：嗯，卡点。

阿凡达：OK。

阿凡达：对了，我车子明天修好。

珍知棒：那怎么了？

阿凡达：说好的啊，带你去兜风，让你见识我真正的技术。

指尖在屏幕上游移，尤雪珍最后还是敲下一行字，发送。

珍知棒：你不带黄芊茹去兜风吗？

尤雪珍本意只是想刺探叶渐白和黄芊茹的进展，但他回了句语音。

"这是我们之间的约定。"

语气好认真。

尤雪珍将那行语音转成文字，眼睛盯着它，不知不觉抱起双臂，姿势像一个沙漏。在每次对他的喜欢细碎地往下泄，以为可以就此放空的时候，她就会像这样，被他随手拨回去。

于是她又被倒过来，用完的喜欢跟着一点一滴倒回，静悄悄的，无法控制。

第二天袁婧睡到自然醒，准备着手处理昨晚拍摄的素材，下床时一惊。

尤雪珍居然在仔仔细细地化妆。

"你干吗？有约？"

"没有。"尤雪珍用力地夹翘睫毛，眼睛瞪得很狰狞，"业精于勤荒于嬉！需要时常练练手。"

"嘁……"袁婧嗅出一丝不对劲，"肯定有约会。"

尤雪珍心虚地手指一颤，睫毛夹狠狠地夹到眼皮上，疼得眼泪瞬间乱飙："痛痛痛——"

"天啊，你睫毛都被夹下来一排了！"

一阵兵荒马乱，袁婧忘记再追问缘由。

尤雪珍最后端看镜子，把抹上的口红又擦掉，涂了没有颜色的润唇膏，抱着笔记本电脑溜到了图书馆。

但对着文档的这一下午，她愣是没写出一个字，视线总是会飘到电脑端的微信上。

没有冒出红点。

于是她又会看一眼手机，确认不是电脑卡了。

叶渐白说了今天带她去兜风，但没说具体的时间。他以前也经常这样，约好要干什么的时候都是兴之所至，没有任何铺垫，就像那年夏天突然开着车冲到她家门口说要带她去兜风。如今还能提前约个大概的时间，已经算进步了。

等待的过程比想象中难熬。

这个下午，她观察到前桌的人好认真，居然可以一直不走神地看完一篇文献。隔壁桌的人就逊色多了，写半小时习题就摸鱼一小时打游戏。靠窗的同学也不遑多让，打开一篇文档后就趴在阳光里睡觉。

不过最逊色的就是她了吧。她看着看着，也逐渐犯困，俯下身，趴在桌上成了一个"广"字。

再这么坐下去，她怀疑自己就会变成那个简单的字，被收进字典，安放在这个图书馆里最深层的书架上，慢慢落灰，不会被人借阅。

太阳已经落下好久了。

尤雪珍不停地翻看和熄灭手机。

终于，通讯录首位的人姗姗来迟地发了两条消息。

阿凡达：我这边突然有点急事。

阿凡达：下次吧。

其实尤雪珍已经有了他不会来的预感，在意识还未彻底厘清前，手指已经本能地打出一行字发送。

珍知棒：啥啊？

珍知棒：哦，你说兜风啊？我都忘了。

阿凡达：……

看着叶渐白无语的省略号，她仿佛扳回一城地舒了口气。

她宁愿先承担无所谓的罪名，好过得到一句抱歉。

她摁灭手机屏幕，强迫自己把视线挪到文档上。不就是被放了一次鸽子吗，这有什么大不了的？

她卸下期待，集中注意力，手指噼里啪啦在键盘上打字，打出的字句却不成逻辑。

尤雪珍疲惫地停住手，电脑待机后屏幕暗下去，映出等了太长时间妆面泛着油光的脸。

她赶紧又摁下触碰板，屏幕重新亮起，将这张失落的脸覆盖掉。

电脑微信此时累积了好多红点，下午等得心急如焚时没有一个人找她，她仿佛被投放到了无人岛，到了这会儿消息却络绎不绝。先是袁婧问她要不要一起吃饭，再是辅导员狂轰滥炸各种消息，最后是……

最后居然是一个非常意外的人，孟仕龙。

孟仕龙：你在学校吗？

她疑惑地回了个"在"。

孟仕龙：好的，我半个小时后到你们学校，你方便吗？

珍知棒：方便，什么事？

孟仕龙：我来送个东西。

什么东西？尤雪珍疑惑地回了个"OK"。

又在图书馆坐了二十分钟，时间差不多了，她收拾好东西往约定的校门口走，一边走一边刷手机。

她刷着刷着，脚步不自觉慢下。

朋友圈一分钟前刷新出一条最新动态——

黄芊茹发了一张打点滴的自拍照，配文：感谢某人开车带我来医院，真是雪中送炭了。

后面还有个"可怜"的表情包。

图片的角落露出了一双鞋子，她认得，是叶渐白的。

那双鞋是S品牌的合作限量款，数量很少，至少她没在其他人脚上看见过。

原来这就是他的急事啊……

暧昧对象突然生病和与老友一次无足轻重的兜风，用脚指头想当然是前者比较重要。

所以她活该被放鸽子，更没什么可以抱怨的。

心头冒出无数理由为叶渐白开脱，尤雪珍站在原地，突然走不动路了。

好像脚下铺的不是冷硬的水泥，而是细软的流沙，那些沙子都是从她身体的沙漏里顷刻间泻下来的。沙子漏光了，身体变得空荡荡，秋夜的晚风簌簌从她身体里穿过。

在这个当口，她抬头，看见了孟仕龙。

他没有穿昨晚她给他挑的那身衣服，也没有喷她给的香水，好像那些对他而言是过了午夜12点的魔法，不属于他，所以即便那些东西最后给了他，他依然不用。

"给。"

"……餐券？"

他递过来的是两张日料店的自助餐券。

"给你和你朋友。"他很不好意思地说，"本来想送你们更好的回礼，但我最近打算买相机，所以要省一点。"

尤雪珍看着餐券，心里有些哭笑不得——这个人一点都不会送女孩子礼物，哪有人送这个当回礼的？

"你特意过来给我们送这个啊？"

孟仕龙很诚实地回答："也不是特地吧，刚好在附近送一个老顾客的餐，顺道过来。"

尤雪珍收起一张餐券，把另一张还给他："给袁婧的我帮你转交，给我的我就不要了。"

"为什么？"

她胡诌了一个理由："我不太喜欢吃生的。"

"你就喜欢烧烤？"

"倒也不是……我比较喜欢甜品啦，杧果蛋糕啊马卡龙啊什么的。"

"这样……"他点点头，"不如等你有空我请你去吃陈记吧，是我在西荣吃过的比较正宗的一家粤菜，他们家的甜品做得最好。"

他还能吃出正宗呢？尤雪珍轻轻"咦"了一声，又回神说："不用这么麻烦的，甜品吃多了也容易胖！"

孟仕龙微微皱眉,有些伤脑筋的样子,很直白地问:"那我该送你什么?"
"真不用,你的心意我收下了。"
他却很固执地说:"不行,要回礼的,我不能白收你们东西。"
"……那我一定得说个想要的了?"
"对。"
尤雪珍怔怔地看着路灯下的孟仕龙和他的摩托,昏黄的光线将摩托的影子照得像野兽,似一匹凶猛的坐骑,乘着它就可以逃离这片流沙地。
"我想兜风。"她脱口而出,"那你可以带我去兜风吗?"

第四章
祝你今天快乐

话脱口而出的那一刻,大脑没有太多思考,好像是藏在自己身体里的另一个人的呐喊,说完后就立刻理智回笼了。

她哈哈打岔:"哦,我记得你说过你不载人的。那算了,没事。"

孟仕龙沉默半晌,说:"那是谎话。"

"啊?"

"我经常载阿爸去早市采购。"

"……好家伙。"

这小子居然这么深藏不露,他当时拒绝那个女生说自己只载过外卖的口吻完全不像作假,她都被他骗到了。

孟仕龙主动说:"所以可以载你。"

"真的吗?"

"作为回礼的话,可以。"他看了眼手机,"但是你能再等我一个小时吗?有顾客刚下单了让我送,我得回趟店里。"

等等等,又是等,可她不想再等下去了。

尤雪珍转念一想:"要不我和你一起去送吧,这个过程不也是兜风吗?"

孟仕龙一怔,也不再多说什么,很痛快地把挂在车把上的头盔递过去:"你戴上这个。"

尤雪珍依言将头盔往自己头上一套,他的头盔很大,一套上感觉自己像顶了个空荡荡的金鱼缸,摇摇晃晃的。

孟仕龙低头看着她戴头盔,比画了下头盔边缘的松紧带:"你头太小了,得调下这个。"

"这样吗?"她试着调了一下。

他摇摇头,又看了会儿她不熟悉的动作,冷不丁倾身,一手连着头盔捧住她整个脑袋,另一只手抽了下松紧的系带:"现在紧了吗?"

"……紧……紧了。"

他突然靠过来,她回答的语气跟着不自觉地卡了一下。

孟仕龙长腿一迈,跨在车上,扭头冲着她歪了下脑袋:"上来吧。"

-051-

尤雪珍小心翼翼地够到他的后座上。

这个摩托还真高啊,坐上去之后,视线都跟着腾空了。

不安和迟疑在这一刻被新奇感打败,这还是她第一次搭摩托,迫不及待想要感受在风里飞驰的感觉了。

她语气开始兴奋:"我坐好了!"

孟仕龙又扭头看了她一眼,又对她说了句话。

尤雪珍顶着"金鱼缸":"啊?你说什么?"

孟仕龙放弃言语,直接化为行动——伸手隔着衣服扣住她的手腕,搭到了他的腰上。

他依然穿得很薄,一件黑T恤,因此能摸到布料下肌肤的余温,还有坚实的触感。

碰到的一瞬间,尤雪珍就不由得弯了下指尖,不自在地想要回缩。

但飙起的引擎声没有给她这个机会。

车身像离弦的箭,她好像被巨大的气压摁着往前推,紧紧地贴住孟仕龙的后背,头盔还砸到了他的肩头。

"……对不起啊!"

她连忙道歉,但他似乎没听到,轰鸣声灌满他和她之间的距离。

摩托驶入街头,但说实话,尤雪珍有点失望。

并没有多大的爽感,毕竟摩托只是很普通的交通工具,自己想要的也根本不是兜风。

但是想到被甩在身后的校门,还有那个今天她傻傻等了一整天的地方,她还是想振臂高呼,觉得这一刻头也不回的自己潇洒极了。

摩托车七拐八拐,离开大学聚集的区域,往南町开去。无数幢摩天大楼鳞次栉比,将夜晚照得熠熠生辉。

尤雪珍忍不住在心里嘀咕,不会吧,他家的烧烤店居然开在南町这么繁华的商区?

她很少来这一带活动,但也知道这边出没的全是白领,因此她现在根本不清楚,在这个光鲜亮丽的城市中心还有一处城中村。

巷弄犬牙交错,与一旁高耸入云的大楼相比,这里就是一溜儿的矮房。如果从空中俯瞰,这里就像是一处被陨石撞击后凹陷下来的盆地,地面都不平整,高高低低。整条巷弄上空飘荡着隆隆的土嗨流行歌,巷口的霓虹彩灯闪得人眼睛疼。

这个地方充满了一种为了生存而拼命强调自己的高饱和度。

孟仕龙就将摩托停在这跟前熄火,示意她可以下来了。

"里面特别窄,得走进去。"

"哦,好。"

"你在这里等我也行,我很快回来。"

"那怎么行?来都来了,当然要看看你家的店啊。"

尤雪珍摘下头盔，很好奇地跟着孟仕龙往里走。

里面完全就是五线小城的样子，菜贩将蔬果堆在门口，旁边的杂货铺跟着把一箩筐的零食也搁在门口方便挑选，全是散装的，包装纸晶晶亮。隔两步就有一个发廊，三色灯忽明忽暗地转着，模糊的毛玻璃窗里映出一个中年男人正坐在里面剃头。

明明就走了几步路而已，世界翻天覆地，几步路之外就是宽阔的街道，写字楼灯火通明。

未免也太讽刺了。

尤雪珍被这强烈的对比画面所冲击，一路上都没开口讲话，跟在孟仕龙身后左右张望，终于看见了一个熟悉的招牌——孟记烧烤。点过几次外卖，还是第一次看见店铺，她有一种网恋奔现的兴奋感。

比起旁边的平房，店铺看着气派些，是一栋二层小楼。一楼就是烧烤店，二楼……尤雪珍仰头看着漆黑的窗户，心里想：那大概就是他们的家吧？怪不得他身上总是萦绕着油烟味。

孟仕龙停下脚步："我进去拿单子，很快。"

"好。"

尤雪珍站在门口没有进去，怕给人添麻烦，只粗略瞄了一眼。

店内有几桌客人，坐在压着报纸的桌边。她这才注意到店里的陈设有点违和，碧绿色的格纹瓷砖墙壁上贴着一些港式剪报，如果忽略外面的烧烤招牌，这里怎么看都像一个港式餐厅。

一个中年男人拿着瓶啤酒从后厨出来，相貌和孟仕龙有几分相似——应该是他爸。

两人一个出来，一个进去，擦身而过时简单地招呼对方：

"有两袋，唔好漏拎（不要漏拿）。"

"知啦。"

他们说的是粤语。

尤雪珍又看了看餐厅的装潢，心里揣测他们父子不会是港岛人吧？她不确定，因为不同地区粤语腔调的微妙区别在她这个外行人听来都一样。不过，她觉得粤语是非常动听的一种语言，源于她从小就对港岛有种情结。

孟爸把啤酒拎到某桌，尤雪珍怕和他对上眼，便走到更偏僻的门外角落等。只剩自己一个人的时候，那种沉甸甸的感觉又回来了。

她告诫自己别去看手机，但盯着脚尖放空了一会儿，还是控制不住点开微信。

没有来自叶渐白的消息。

她又偷偷点进黄芊茹的朋友圈，发现更新了一条动态：病号只能来喝粥了，惨兮兮。

配了一张食物的图：两碗粥。一碗白粥，另一碗是生滚鱼片粥。

生滚鱼片粥，是叶渐白的口味。

—053—

看来转移阵地去喝粥了。

尤雪珍吐出一口气,迅速摁灭屏幕。

这时孟仕龙正好拎着两个烧烤袋出来,她仓促地将手机收进口袋,指了指袋子:"我帮你拿吧!这样就不用挂车上了。"

孟仕龙停在她面前,轻微侧头看了看她。

"放心,摔不了。"他果断地说,"你今天只管享受兜风。"

等孟仕龙把外卖送到,完成任务后,尤雪珍才明白他刚才说的话是什么意思。

——接下来才是真正的兜风。

他载着她往郊外驶去,车速突然极快,她就像坐上跳楼机,在他提速的刹那失神,接着胸口狂跳。

这个时候,她才终于有了一点自己真的是在兜风的实感。

摩托越开越快,也越开越偏,周遭开始变得冷清,这让尤雪珍的心也跟着跳得越来越快——不仅因为速度,还掺杂了一丝疑虑和恐惧。

自己是不是太鲁莽了?现在载着她的人和她完全不熟,满打满算加起来也就相处了那一个晚上。

她其实并不了解他到底是个怎样的人,不知道是不是真的无害。

万一他会伤害自己呢?

尤雪珍想张口勒令他立刻停下,返回去,别再往那么荒凉的地方开了。

她的确也这么说了。

周边没那么吵闹,于是他听见她在说话,可是没听清她说什么。

"你说什么?"

"我说——"尤雪珍突然又犹豫了,脑海里闪过地铁里他的手一路垫着老人脑袋的画面。

于是,她这么一犹豫,话再出口就变成了:"我说你开得好快。"

"太快?"

风声模糊了她的音节,他会错意,慢慢降速。

"我开慢点,你别怕。"

尤雪珍深吸了口气,最后闷闷地"嗯"了一声。

一个小时后,车子已经驶到近郊的山道上。

摩托不能再往上了,只能停在半山腰,但眼下的景色已经足够壮丽,仿佛夜班飞机快降落时从舷窗望下去的景色,西荣市的夜色尽收眼底。

尤雪珍坐在摩托上,连头盔都忘记摘,整个世界隔着一层塑料罩,变得影绰而梦幻。

"好美⋯⋯这又是哪里?"

"峰山。"

这是她今晚第二次遭受冲击,感觉在西荣的这三年大学白读了,竟然有这么多出乎她意料的地方。

不过也不奇怪,自己懒到学校周边都还没有完全摸清楚。

两个人忽然都安静下来,夜虫鸣叫的声音在深秋也隐约可闻。背后就是黑漆漆的山林,面前又是如棋盘般辉煌交错的灯带,甚至还能眺望到西荣湾,江水切开了城市南北。

此刻他们似乎离城市很近,又离城市很远。

尤雪珍跳下摩托,拿出手机拍了好几张夜景,庆幸自己刚才没有胆小地缩回去,错过这样的景色就太可惜了。

孟仕龙也跟着下车,两人隔着半寸距离,一起靠在摩托上眺望。

尤雪珍问:"这里你是怎么发现的?"

"阿爸偶尔会带我来这里爬山。"孟仕龙的视线里映着远处的灯火,"他说这里有江,有船,有楼,会让他想起太平山。但从太平山望下去的景色更拥挤,也更明亮,人也更渺小。"

"港岛的太平山吗?"

他轻描淡写地回了一句粤语:"係呀(是呀)。"

尤雪珍笃定道:"所以,你是港岛人?"

孟仕龙点头:"我十八岁前都在港岛,然后才来的这里。当时阿爸想开个餐厅,开了段时间才发现好像烧烤的生意更好做。"

"哇,这么说你爸爸很会做粤菜了!说起来,我还没去过港岛吃正宗的港式餐厅。"她一下子来了精神,眉飞色舞道,"不过我一直很想去港岛!"

"你喜欢港岛?"

"是啊!"

"为什么?"

"嗯,非要说个缘由的话……"尤雪珍忽然问他,"你喜欢听无线电广播吗?"

孟仕龙摇头。

"我爷爷很喜欢无线电,我小时候会跟他一起听广播。一般收听的频道范围是有限的,我们只能听到我们那儿的电台。"

"你是哪里人?"

"连城。你去过吗?"

他再次摇头。

"有机会你可以去看看,很漂亮的。但是别冬天去,可冷了,绝对比港岛冷!"

"有多冷?"

"海会结冰,更冷的时候海岸边都是雪。"

"雪啊……"孟仕龙似乎陷入想象,"我在港岛的时候从没见过下雪,在这里四年了也没见过。"

"西荣毕竟也是南方城市嘛,下雪的概率不大。但是我们那里冬天一定会下雪。"她又把话题拉回来,"扯远了,刚说到广播,就是我小学的时候,有天傍晚也不知道怎么回事,收听广播的时候突然就听到了粤语。奇怪的信号持续了几分钟,我听不明白,但爷爷跟我说,里面的人在讲太平山缆车,讲维多利亚港。他告诉我,那信号是来自千里之外的港岛。"

孟仕龙不了解这其中的门道:"这很特别吗?"

"当然!"尤雪珍言简意赅地解释,"无线电的信号可以在世界上的任何一个角落穿梭,但它有固定的频段,一般信号只会在这个频段里传输。所以我们那时候在连城听到你们那边的信号,就觉得和收听到宇宙信号一样,太不可思议。"

他似懂非懂地点头:"原来如此。"

"在某些时候,信号会飞去你想不到的地方,所以那个时候的我听到了。我就想着之后有机会一定要亲眼去看看广播里提到的维多利亚港,坐一下太平山的缆车。"

孟仕龙第一次从这个角度听到港岛:"……是很奇妙。"

尤雪珍的语气突然变得沮丧:"可惜,前两年我本来打算去的,因为一些原因没能成行,但今年我一定要去,计划圣诞节的时候。那个时候港岛的圣诞氛围应该很浓吧?"

他愉快地点头:"很浓。我很喜欢港岛的圣诞节,因为那天是阿婆生日。小时候她会带我去教堂,那天晚上会有唱诗班,隔很远都能听到颂歌。街头亮满了彩灯,花花绿绿的。"

随着他的描述,尤雪珍眼前不自觉浮现出画面,感叹道:"听上去好快乐。"

孟仕龙却话锋一转:"所以你现在感觉快乐点了吗?"

尤雪珍一怔:"怎么突然这么问?"

"我感觉你今晚不是很开心。"

尤雪珍沉默。

这个看似很钝感的人,居然意外敏锐,一早就注意到了她情绪的低落。

所以才不嫌远地带她兜风到这里转换心情吗?

如果是这样,那他的的确确是一个很好的人。

尤雪珍为自己刚才在内心怀疑他默默忏悔。

也许在并不了解的陌生人面前更容易袒露心声,她本想嘴硬地说自己没有不开心,但话临到嘴边又变成:"嗯……有一点点不开心。"

孟仕龙似乎并不擅长安慰人,想了一会儿,笨拙地说:"今天不是什么节日,但也祝你今天快乐。"

像是在回应那天她对他说的那句万圣节快乐。

但尤雪珍更喜欢他的这句祝福。

祝你今天快乐。

简单的一句话,却让人情不自禁想要做到——好,不去想昨天明天,只要今天快乐,哪怕只是最普通的一个日子。

不过……

尤雪珍摇了摇食指,笑道:"其实今天是节日哦,只不过这个节日很少有人知道。"

他疑惑:"节日?"

尤雪珍故弄玄虚地拖长语调:"世界——厕所日!"

她本来是打算制造笑话的,结果说完就冷场,因为孟仕龙完全没笑。

他一脸长知识的惊讶,点点头:"居然还有这种节日。"然后一本正经地同她讲,"那更好,祝你世界厕所日快乐。"

如果是别人这么说,尤雪珍一定会觉得对方在阴阳怪气,但从孟仕龙口里讲出来就不一样,像真的更有由头祝她快乐,哪怕是这种听上去奇奇怪怪的节日。

她一愣,然后哈哈一笑:"那也祝你世界厕所日快乐!"

拂过夜风的半山腰上,两个人看着满城的灯火互相祝彼此世界厕所日快乐。

尤雪珍下山的时候忍不住觉得他们俩太煞风景,对着美景满口厕所干什么?但又觉得心情很轻盈。

回去的路上运气不错,一路绿灯,畅通无阻,开着开着,孟仕龙在某个转向途中突兀停下了。

尤雪珍奇怪地探头一看,才发现面前是一条人行横道,转道的绿灯和行人的绿灯是并行的,可没有一辆车愿意让行,全都"唰唰"转弯。正在过马路的一个小女孩被迫等在半路上,眼看着绿灯就要过去,孟仕龙立刻停下车,轻轻地按了下喇叭。

女孩一愣,回过头看了他一眼,而后意识到他在为她让路,立刻像只小猫一样小跑过去了。

目送小女孩到了路边,孟仕龙才一拧车把,踩着绿灯的尾巴驶出。

风声再度呼啸,一切又滚动起来:深夜渐渐弱下去的喇叭声、轮胎轧过地面的摩擦声、红绿灯、灯下晕成块的广告牌、卷起的气流、猛烈的晚风、她裹在头盔下的呼吸,还有很高很远的月亮。

尤雪珍抓紧孟仕龙的衣角,放任自己被扔进这座迷幻的城市。

风越来越猛,尤雪珍干脆闭上眼,一片漆黑的视线里却浮现刚才他停下车的那一幕。

她忽然有种很奇怪的感觉,就好像真的有一只小猫踩着她心头跑过一样。

尤雪珍赶在门禁前的最后一刻回到宿舍,袁婧还蓬头垢面地窝在电脑前捣鼓视频,吃剩的外卖放在一边,汤汁都凝固了。

尤雪珍脱下外套,凑过去看她剪得怎么样,顺便把口袋里的那张餐券给她:"这是孟仕龙给你的。"

"给我?"袁婧惊讶地看了看餐券。

"对啊,那些衣服鞋子什么的他的意思是不能白收。"

"不都说好的嘛,那些衣服给我我也没用,下一任男朋友都不一定能穿,还这么客气给我回礼呢。"袁婧虽是这么嘟囔着,但还是嘻嘻笑着收下,便宜不占白不占,又突然眉头一皱,"不对啊,这么说你今天化了妆……是为了去见孟仕龙?!"

误会大了……

尤雪珍刚想澄清,但又不能说自己其实是为了见叶渐白,顿了顿,干脆含混地点头:"嗯,去兜风了。"

"你俩兜风?"

"对,庆祝世界厕所日。"

"什么玩意儿?"袁婧露出迷惑的表情,"别给我胡说八道妄图蒙混过关!老实交代,你是不是铁树开花了?"

"什么乱七八糟的?我们就是出去兜了个风!"

"那你化什么妆?"

尤雪珍义正词严:"和朋友出去不能化妆吗?"

袁婧狐疑地"喊"了一声:"和我出去怎么不见你化妆?"

"你和我妈一个级别,谁和妈出去化妆?"

"好吧,乖女儿。"袁婧口头占个便宜便舒坦了,扭头继续剪刚才暂停的视频,口中嘀咕,"你真对人家没意思?我剪他剪了一下午,感想就是,真帅啊。"

袁婧按下的这一帧定格在他正视镜头时,画面中,孟仕龙轻轻抬眼。

尤雪珍看着屏幕,仿若与他对视。

仔细一看,孟仕龙的眼神真奇特,灼人,但又显出一种并不自知的清纯。

袁婧睨她一眼:"怎么样?"

尤雪珍回过神:"……还好吧。"

袁婧仔细观察着孟仕龙,用自己的毕生所学飙出了一句惊人的形容:"我觉得他的眼睛好像一杯冷开水。"

尤雪珍本来不觉得袁婧的这条短视频会获得她想要的热度,但看了片段后,觉得她实习的位置稳了。

事实上,岂止是稳了,一周后视频在平台上播出,当晚袁婧就收到了一条好友申请,该申请来自该平台短视频组的老大。

他发来了一条后台的点击量实际抽水数据,袁婧都吓到了,半夜三点在宿舍惊呼出声,睡得半梦半醒的尤雪珍直接被她吵醒。

"怎么回事?!"尤雪珍一个鲤鱼打挺,拔剑四顾心茫然。

袁婧的床位和她的挨着,听到她的声音唰一下拉开帘子,举着手机给她看。

"我的视频！！点击量爆了！！"

"天啊！"

尤雪珍听到这个结果彻底清醒了,替袁婧高兴,毕竟这其中也有自己的劳动成果。她赶紧拿起手机点开平台确认,视频刚发出的时候评论点赞还寥寥无几,现在底下的评论呈几何级数增长,刷都刷不到底。

——帅哥你好……

——点开前:让我看看又是哪个搔首弄姿的自信普男！点开后:天啊,老公！

——这是什么香水推广视频吗？

有人注意到孟仕龙手上拿着香水,误以为这是哪个未听说过的新人小演员来推广香水的广告,结果翻遍全网都只有这一条视频,姓甚名谁一概不知,更别说本人的账号了。

尤雪珍心里冒出一点无用的得意,打开微信,轻松地戳开这个大家都在找的人,把这张爆炸的点击量截图发给他。

珍知棒:耶！谁说你不行的？行得很！

珍知棒:行到都要被全网通缉了。

"全网通缉"当然是夸张的说法,但是的确有好多人在评论里求孟仕龙的账号想关注他。越是神秘越有流量,这大概也是这则视频爆点击的原因之一。

她发完倒头就睡了,第二天中午醒来一看,孟仕龙已经回了她消息,清晨六点回的。

孟仕龙:你平常都睡这么晚吗？

尤雪珍纳闷,一般人最起码都会好奇一下吧,好歹自己是视频中的主人公,他一点都不在乎被别人评头论足吗？回复的重点居然是这个。

她只好对称地回复过去。

珍知棒:你平常都起这么早吗？

孟仕龙:嗯,要去早市采购。

看他这副完全没有身在旋涡中心的态度,尤雪珍也不好再打趣他。她发了个"你真勤劳"的表情包,转头看见袁婧回来了。

袁婧昨晚兴奋得几乎整宿没睡,直接顶着熊猫眼去公司谈入职的事情。尤雪珍一看她的表情就知道事情妥了,因为她满脸写着喜气洋洋。

尤雪珍开玩笑:"那你是不是该请我一顿？"

袁婧却爽快答应:"请！"

"真的假的？"

"真的！"袁婧说,"我们明晚去孟仕龙的店里吃吧？这可少不了他的功劳啊。"

她这热情的态度一反常态,尤雪珍立刻就嗅出了不对劲。

"你不单纯是去吃烧烤的吧？"

袁婧只好坦白："你知道,我们公司也签人做网红流量的嘛,他们就问我视频中的人是不是我朋友,能不能签约,我一个激动就说当然能……"

尤雪珍一愣。

"这是我入职第一天收到的任务,我能说不吗?"

尤雪珍叹气："我觉得你要出师未捷身先死了。保重。"

"别别别……你不是和他关系不错吗?你也帮帮我吧,珍珍美女!"

"我咋就和人家关系不错了?"

"你俩不都晚上相约一起去兜风了吗?总比我熟啊!我连他微信都没加。"

尤雪珍语塞,一个误会引起了另一个误会,现在再解释显得多么苍白。

最后没办法,她只能答应了第二天陪袁婧去找孟仕龙问问。她先在微信里和孟仕龙打了招呼,跟他说自己和袁婧大概晚上七点过去吃饭。孟仕龙客气地回复要给她们打折。

第二天白天袁婧去了公司,尤雪珍照例抱着电脑去图书馆,等袁婧回校后两人再会合过去。

午后阳光正好,尤其是深秋的阳光,像一张看不见但能感受到的毛茸茸的毯子,因此很多人喜欢挑窗边坐。

这正合她意,她不喜欢晒太阳,挑了里侧的座位坐下。

刚敲了没几个字,电脑微信就蹦出来一个红点。

阿凡达:在学校?

珍知棒:嗯,图书馆。

阿凡达:我记得你下午没课,下午去兜风吧。

尤雪珍早已没有了他上一次提起时的期待和雀跃,面无表情地拒绝。

珍知棒:要学习,没空。

阿凡达:那晚上吧!

珍知棒:晚上也不行,和袁婧约了饭。好了,我要学习了,勿扰!

她利落地退出了电脑微信,又把手机塞进包里,隔绝了一切消息,让自己静下心。

但毫无摸鱼手段的学习真的太痛苦也太乏味,她对着电脑不到半小时就开始哈欠连天,眼皮越来越沉,最后挂不住一点重量,合上了。

她立刻一激灵,捏着大腿让自己痛醒,结果睁眼发现自己屁股下坐着的不是图书室的椅子,而是特斯拉的副驾。

转头一看,驾驶位上的人是十八岁的叶渐白。

少年神采飞扬,单手转着方向盘,看她醒来,另一只手伸过来弹她脑袋:"猪啊,你睡了一路了。"

她搞不清状况地问:"我们这是要去哪儿?"

"海边啊。"

这一瞬,伏桌的尤雪珍醒过来了。

她从十八岁那个暑假的梦中苏醒,如果他们的车没有追尾,就该像梦里这样,在一个晴好的下午开去海边,一路海风猎猎。

陷在梦的余韵里不舍得回神,她过了好久才睁开眼。

映入眼帘的画面却让尤雪珍怀疑自己还在梦里——

已近黄昏,夕阳变了角度,斜长地透过图书馆的落地窗照进来,本该波及她的,但她幸免了,因为她笼在另一片斜长的阴影里。

而这片斜长的阴影,是因为有个人坐在阳光下充当着城墙的影子。

叶渐白单手支着下颌,百无聊赖地翻阅着一本书,整个人陷在橘黄色的光晕里,头发根根分明,闪着光,仿佛要随落日烧起来,变成透明的尘埃。

纸张翻到一页,他忽然感受到什么似的抬眼,和趴在桌上的尤雪珍对视。

随即,他倦怠的眼神一变,笑盈盈的,压低声音道:"猪啊,说学习怎么睡了一下午?"

和梦里差不多腔调的话,让尤雪珍更恍惚了。

她似梦非梦地反驳:"我才刚眯了一小会儿。"

叶渐白用手指点了好几个座位:"我从那儿那儿一直坐到这儿,这叫一小会儿?"

阳光一直在移动,他为了帮她挡光,接连换了好几个位子。

很多年前,他们还是小孩子的时候,她在电视上看着包青天哇哇大哭,叶渐白从窗台外探进脑袋,用细细的声音问:"你哭什么?吵死了。"

她哭得打嗝,断断续续地说:"我好黑啊……"

他不懂:"黑怎么了?"

她抽噎着低下头:"会被大家笑话。"

男孩沉默一瞬,从窗台里探进一只瘦小的拳头:"我看谁敢?"接着他又自言自语地嘀咕,"还有,太阳也不许欺负你。"

他起誓:"这样吧,以后我来帮你赶跑太阳!"

尤雪珍恍惚地坐直身子,太阳慢慢落下去了,墙面上照出叶渐白稀薄的影子。他就坐在这里,给她挡了好久的太阳,仿佛还给了她那个寂寞的下午。

她的心好像被戳破了,那些酸胀的情绪跟着太阳一起落没了。

"来了就叫醒我啊。"她一边抱怨,一边偷偷摸了摸自己的嘴角,还好,没有流口水。

心软了,语气却还硬邦邦的。

"让你睡饱了晚上才好去兜风啊。"

……他还在执着于兜风这件事。

尤雪珍张了张嘴,差点就改口决定去,但她没忘记和袁婧以及孟仕龙的约定,一旦放鸽子就要放两个人鸽子,这事儿她可做不出来。

她合上电脑,摇了摇头:"真的不行,说好了和袁婧去吃饭的。"

叶渐白微微眯眼:"你们舍友天天都一起吃饭,少吃一顿怎么了?"

尤雪珍隐去了孟仕龙的名字没有提,因为说来话长,也没有提的必要。

面对叶渐白的疑问,她含混地回答:"因为我讲信用啊。"
这话回得令叶渐白语塞。
他很快又变得理直气壮:"喊,到我这儿你就不记得要和我兜风了,你怎么这样?"他拉长语调,像在耍无赖,"和我兜风不重要吗?"
尤雪珍扯出一个假笑:"重要啊!我下次就算上厕所忘带纸都不会忘记和你兜风这件事!"
叶渐白又语塞,最后无奈地憋出一句:"……那你还是记得带上纸吧。"
到了差不多该和袁婧会合的时间,尤雪珍拎起包自顾自地出了图书馆,朝宿舍楼走去。叶渐白插着兜跟在她身后,一路跟到了女生宿舍楼下。
"你还跟着干吗?"
"真不和我去?"
"真不去。"尤雪珍投降,不得不搬出孟仕龙,"不光袁婧呢,我们还有个朋友。"
叶渐白语气一顿:"谁?"
"你不认识的。"
他稀奇道:"你还有我不认识的朋友?"
"那你多的是我不认识的朋友,我有你不认识的朋友怎么了?"她脱口而出,随即转移话题,"不说了,我上去找袁婧了。"
她转身走向宿舍大楼,回头一看,叶渐白还没走。
"我在楼下等你们。"他气定神闲的,"风兜不成,饭总能一起吃吧?加我一个。"
话都这么说了,尤雪珍也没有拒绝的理由:"那我问一下袁婧。"
袁婧听了这事后问出唯一关心的问题:"他自己点的菜他买单吗?"
尤雪珍哭笑不得:"你别太抠了。"
两人换了身衣服下楼,叶渐白站在花坛处,就这么十来分钟的工夫,已经有女生围上去找他要微信。
袁婧忍不住吐槽:"他是'花坛编外分花'吧!够招蜂引蝶的……"
尤雪珍见怪不怪地"嗯"了一声。
叶渐白偏头看到她们,招了招手。
等女生走远后,袁婧才凑过去,半开玩笑说:"叶同志,你这么个加法,微信到现在还没爆吗?"
他微微一笑:"你不知道微信还有删除功能吗?"
袁婧愣了愣,感觉智商被霸凌了。

叶渐白的车就停在校门口,她们搭他的车过去。两人一起坐进后座,尤雪珍拿过他的手机输入了孟记烤串的地址帮他导航。
叶渐白看了眼路程,问:"我以为就在学校周边,还跑挺远,探店?"
"不是。"既然他也要去,尤雪珍还是简单解释了一下,"这就是我们那朋友的店。"

叶渐白单手驱动车子开到主干道:"我之前怎么没听你讲起过这位开烧烤店的朋友?"

"就是那天说的帮袁婧面试忙的那个人。"

"那个男生?"叶渐白的眉头微皱,"这人多大?都开店了,不会四十岁了吧?"

"你问题好多,先开车吧。"

尤雪珍懒得回答他的追问,现在正值晚高峰,窗外是堵塞的车流。这相似的路线,难免让她想起那晚和孟仕龙的兜风——

摩托不受这条长龙的拘束,嚣张地在各个空隙乱窜。把车子甩向身后时,她会故意往后看,看着不知还要停在那里多久的车,然后产生一种微妙的雀跃。

而现在,她就坐在这样的车里了。

思绪越来越游离,又是叶渐白叫了她几声她才听见。

"你说什么?"

"我问你生日。"他点开手机日历,"下周日就到了。你想怎么过?"

生日在同一天的缘故,从小到大他俩几乎都是一块儿过的。

哦,除了有一年,高三那会儿,他们分开各过各的。

说是分开各过各的,但她其实没把这天当回事。她对生日没有应有的仪式感,以往都是叶渐白操持这些,他一抽身,这对她而言就成了生活中相当普通的一天。

于是,她只在上晚自习前的十分钟休息时间里去小卖部买了个奶油小蛋糕。等她捧着小蛋糕回来时,班上快满座的位子还空了三个。她坐下后,空位就变成了两个。

叶渐白的,还有另外一个女孩子的。

那个晚上,她盯着那两个空位发呆,蛋糕上的奶油闷在课桌里流下两道白色轨迹,像花妆的泪痕。

但她最后还是把蛋糕吃完了,现在她还记得那个味道,像是吞了一团棉花,絮丝糊满口腔,咽喉被一并堵住,她说不出话,也不想说话。

尤雪珍清了清喉咙,吞下嗓子里仿佛还存在的涩感,回答:"我都可以。"

叶渐白无奈:"你是不是都忘了马上要生日了?"

袁婧没多想地替尤雪珍回答:"那没有,她连生日礼物都给你买好了,够朋友吧?"

尤雪珍头皮一麻,赶紧找补:"看着合适就顺手买了。"

闻言,叶渐白看了好一会儿后视镜。

"算你有点良心。"他收回视线,眼角弯起,"既然是大学的最后一个生日了,我们搞大点吧。"

尤雪珍张了张口,最后憋出两个字:"好啊。"

心里期待的根本与这两个字背道而驰,她希望越小越好,小到和以前一样,只剩他们两个才好。

车子堵堵停停，终于到了目的地。

叶渐白和袁婧对这个隐在摩天大楼旁的城中村都表现出了适度的惊讶，尤雪珍摆出一副你们真没见识的面孔，昂首挺胸走在最前面给他们带路。

她高中的时候地理并不好，对地图经纬度之类的图标数字并不敏感，但她的记忆力非常好，只要走过一遍的路，哪怕再曲折，都能准确无误地按照原路走回去。

因此她顺利领着二人弯弯绕绕地来到了孟记烧烤店门口。

袁婧往里张望一眼，发出了和当时尤雪珍一样的感慨："这装修好讲究，看上去不像个烧烤店，倒像个餐厅。"

"对！他家就是港岛那边的。"

"欸，"叶渐白睨了袁婧一眼，"他不也是你朋友吗？你怎么这么惊讶？"

"其实我和人家不熟……珍珍先认识他的，我其实应该算朋友的朋友。"

闻言，叶渐白看向尤雪珍："这人你怎么认识的？"

"其实你们很早就见过他。万圣节那天晚上，我点的就是这家的外卖，他来送的。"

叶渐白皱了下眉，忽然反应过来："我好像有点印象。"

"啊？真的假的？"尤雪珍微微吃惊。

他怎么记得？都过去大半个月了。

结果他还真记得，笃定地说："那个你给了他一颗万圣节糖果的外卖员，是吧？"

"……对。"

叶渐白模糊地回忆起那个外卖员的样子，很无所谓地念叨了一句："哦，这个人啊……黄芊茹什么眼神，这都能认为是你男朋友。"

他一改刚才兴致勃勃追问的样子，兴致缺缺地踏进店里。

三个人在靠窗的位子坐下，店内此时并不忙，一个面生的小哥拿着菜单慢悠悠地过来。

叶渐白瞥了对方一眼，语气不确定了："是这人吗？"

他当时没看清那人的脸，只记得挺高，除此之外挑不出任何优点，但眼前这个连高度都没有。

对方一开口，操着东北口音："几位点点啥呀？"

尤雪珍小声回复叶渐白："这应该是店里的员工。"

叶渐白"哦"了声，主动拿过菜单，三两下就点完了烤串和几个凉菜。

尤雪珍低头给孟仕龙发微信，留言说他们到了，对方没回。

"孟哥怎么不在啊？"袁婧左右张望。

尤雪珍扣住手机，说："给他发微信了没回，可能在忙吧。"

烧烤陆陆续续被端上来，热气腾腾的，袁婧忍住饥肠辘辘，说："那我们等孟哥一起。"

她话音刚落,后厨的帘子就被掀开了,一路盘旋在他们话题中心的人物从里头走出来。

孟仕龙还是穿得单薄,T恤外多加了条黑色围裙,手里正端着一碟凉菜,径直走向尤雪珍这一桌。

他将碟子放在尤雪珍跟前,说:"菜这下就全上齐了。"

尤雪珍一愣:"啊,你刚在后厨?我还以为你只负责台前呢。"

"平常确实是,但今天是你们来。"

袁婧"哇"了一声:"所以你特地为我们下的厨呀?"

一直懒散靠在椅背上的叶渐白没搭腔,视线从那盘精致的凉菜一路往上,定格在孟仕龙的脸上。

他很诧异地挑了下眉。

孟仕龙自然也没错过这张新面孔,只不过他很快就瞥过去了,和看盘中的凉菜一样没什么区别,目光只在尤雪珍的椅背上微顿——那儿搭了叶渐白的一只手。

他收回目光:"那你们吃,有什么事叫我就行。"说着指了下后厨。

袁婧赶紧攥住他的黑色围裙:"等等!其实我现在就有事!"

"什么?"

"孟哥,来来,你先坐。"她指了指自己旁边的空位。

但孟仕龙没有坐下,只问:"什么事?"

"这个……"袁婧冲尤雪珍挤眉弄眼,示意她助力自己一把。

尤雪珍跟着说道:"你就坐五分钟吧!下一个客人来了你再去忙嘛。"

孟仕龙犹豫片刻,总算在袁婧身边坐下,他对面正好是叶渐白。

叶渐白看人都坐到跟前了,这才抬手简单地打了声招呼:"叶渐白。"

听到这个名字,孟仕龙微微皱眉,又想起什么似的松开,这回停在叶渐白身上的视线长了几秒。

他回道:"孟仕龙。"

袁婧很殷勤地替孟仕龙倒水,递过去:"来来,孟哥辛苦一天了,喝点水。"她借着尤雪珍的话题先和他套近乎,佯装不满地抱怨,"欸,你们之前去哪里兜风了啊?居然不叫我!明明上次还是我们三个人一起出去的。"

正事不关己地夹着菜的叶渐白筷子一停。

他抬起眼,看向袁婧:"兜风?谁和谁?"

"还有谁?他们俩啊。"袁婧指向尤雪珍和孟仕龙。

-065-

/ 第五章 /
希望有一天，我能不再喜欢这个人

尤雪珍被指到时正在吃羊肉串，她缓缓侧头，对上叶渐白的视线。
叶渐白皮笑肉不笑地指了指她的嘴角："沾上了。"
三个人的视线于是都汇聚到她沾着孜然的嘴角上。
她赶紧拂掉，哈哈一笑："这个肉串真香啊！"
孟仕龙一本正经地接话："谢谢。"
叶渐白一反刚才的沉默，主动搭话："那我也挺好奇的……"只不过他的侧重点和袁婧截然不同，"你们哪一天去兜的风？"
尤雪珍嚼着肉串，含混地说："我忘了。"
孟仕龙看她这么说，以为她是真忘了，记忆很好地帮她补充："15号。"
尤雪珍噎住。
"15号啊……"叶渐白呢喃着看了眼微信的聊天记录，"唔"了声，又睨了尤雪珍一眼，打趣说，"怪不得你忘了，原来是记着和别的朋友兜风。"
尤雪珍听着他的话，垂下眼睛。
刚才袁婧无意提到兜风这件事时，她内心其实涌出了一股隐秘的期待——虽然是阴错阳差，但叶渐白知道自己在这一天和别人去兜风，会不会有一点超出朋友关系的在意？
这种期待如同路过彩票店门口时的心痒，但买到手刮开后，才相信果然是要落空的。
她扯出笑脸，故作轻松地回他："旧不如新啊，你这个旧朋友当然一边儿去。"
叶渐白听不出认真还是玩笑地说："哦？行，那兜风就别去了。"
眼见兜风这个话题没完没了，袁婧赶紧把话题拉回来，直接说明来意——邀请孟仕龙进一步合作。
"这次不是白白帮忙，签约的话是有分成拿的！你可以当一份兼职！而且这个东西很灵活，绝不会耽误你做生意！"
孟仕龙却直接回道："帮一次忙还可以，但如果要签约……我觉得我并不适合做这个。"

"你怎么不适合？！我觉得你肯定能火！"袁婧点开平台上的那条视频在他面前晃，"这条视频才上传了几天，已经是这半年公司的数据第三了。"

孟仕龙看了眼屏幕，满脸写着不明白为什么会有这么多人看的不解。

袁婧适时地拍了下马屁："孟哥，你对自己的脸真的没有清晰认知啊！对不对，雪珍？"

她把话头抛给尤雪珍，让尤雪珍跟上。

尤雪珍配合道："是啊，你看你的脸我其实都没怎么给你化妆。"

叶渐白悠悠地插了一句："原来你说的帮忙是给他化妆？"

"是啊，怎么了？"

他"哦"了声："没事，问问。"

袁婧看向沉默的孟仕龙："孟哥，你觉得怎么样？"

他还没来得及回答，店门突然被拉开，有两拨客人陆续进来了。他急匆匆起身，留下一句"我会想一下"。

他离开后就没有再回来，店内生意忙碌，他们也就没有再打扰。但袁婧不会这么轻易放弃，第二天下班后直奔烧烤店守株待兔。尤雪珍当晚有选修课，没法儿陪她，只能祝她马到成功。

尤雪珍优哉游哉在食堂吃完饭，抱着笔记本电脑走向教学楼，口袋里的手机突然振个不停。

尤雪珍掏出手机，奇怪地打开来一看，发现自己被拉入了一个微信大群里。

群名粗暴直接——周末生日趴。

群主是排在首位的叶渐白，自己排在他后面被邀请入群。接着，群内消息刷得飞快，手机叮叮咚咚响个不停，显示不断有人正在被加进来。

她有些蒙地私信叶渐白。

珍知棒：啥情况？

阿凡达：我不是说过要搞个大的？已经订好别墅了！

珍知棒：怎么会这么多人？群里的人我好多都不认识。

阿凡达：没事，我也不认识。

珍知棒：啊？

阿凡达：很多都是朋友的朋友，我让他们随便拉，反正人多好玩嘛。

阿凡达：你把你想叫的人也拉进来。

珍知棒：哦。

她点开微信的好友名单，翻了半天只给几个人发了消息，其中包括袁婧。

袁婧隔好久才回了个"哭哭"的表情，说自己来不了。她前两天接到公司通知，部门老大的助理请病假，自己这个实习生被捉去顶包，得和老大一起出差。

生日当天，袁婧一大早就起来收拾行李赶飞机。尤雪珍被她吵醒，躺在上铺昏沉沉地探出个脑袋。

-067-

"要走了？"

"吵醒你了？对不起啊！我动作再轻点。"

"没事。"尤雪珍趴在床边叹了口气，"你干脆把我塞到行李里一起打包带走好了。"

袁婧嘿嘿笑："这么舍不得我啊？"

"你不在的话好尴尬，这里面我就和你最熟。"

对于人多的场合，只要有一个熟人在，尤雪珍就会自在很多，她就指着袁婧呢，结果……

"那不是还有叶渐白吗？"

"他？晚上肯定一堆人围着他。"根本指望不上。

"也是……"这下轮到袁婧叹气了，"但你不能这么'社恐'啊，好歹你是寿星，你要记住，你是主人公！"

"我就是讨厌这种场合。"

"你要是讨厌的话，当初干吗同意办趴？"

尤雪珍在心里默念：因为另一位主人公是叶渐白啊。

袁婧将行李箱拉上，急匆匆地准备出门。关门前，她冲尤雪珍眨了下眼："放心，我虽然人不在，但对你的生日祝福一定会在，你晚上就等着吧！"

袁婧走后，尤雪珍又捂上被子开始睡，再次醒来是被一通电话打醒的。

她眼睛半睁着，摸索着拿起手机接通，发出一个简单的气音："喂？"

"还睡着？"叶渐白的声音顺着听筒传来，"起床了'尤雪猪'。"

她瞥了眼屏幕，显示的是12:14。

"这不还早吗？"

"你现在快起来收拾，然后我来接你。"

"我们不是傍晚才过去？"

"是，但是去之前你得先到我这儿来。"

"……干吗？"

"帮我化妆。"

尤雪珍彻底醒了，看着天花板直瞪眼："你疯了啊？突然化妆干什么？"

"男生不能化妆吗？"

"能啊……但就是很奇怪啊。"毕竟这人之前从来没化过妆，也根本没有化妆的必要。

"今天我生日，这么有仪式感的日子，我想尝试下化妆怎么了？"

她顿了顿，说："你要真想化，去找黄芊茹啊。"

"谁？"

离谱……他前阵子还因为这个人放她鸽子，居然听到人家名字的第一反应是问谁！

"你最近不是和她打得火热？"

叶渐白懒洋洋地"哦"了一声："她啊，已经互删微信了。"

尤雪珍不免愕然，虽然知道这是必然的结果，只是没想到这次这么快。若其他人的热度有三分钟的话，那叶渐白一定只有三秒钟。

"就这么说定了，今天我是寿星，寿星最大，三点来接你。"

"拜托，我也是寿星！"

电话已经嘟嘟转成忙音。

尤雪珍又躺了十分钟，才没睡够地从床上爬起。

接着是兵荒马乱的一顿操作，洗澡洗头、敷面膜、吹头发、吃外卖、化妆、做发型、翻箱倒柜试衣服，终于赶在三点前整顿完毕。

她最后审视了一眼镜子，后景的桌子上堆满了从衣柜里抽出来的裙子，但镜子里的自己穿的还是一身普通的卫衣牛仔裤。临出门前，她又将门后挂着的帽子压到脑袋上，刚花了半小时吹蓬松的头发被藏得一干二净。

叶渐白把车停在校门口，看见尤雪珍出来按了下喇叭。

她拎着化妆包还有给他的礼物袋小跑过去，拉开副驾的门，坐了进去。

他从头到脚扫了尤雪珍一眼，伸手把她的帽子摘下，吐槽："不知道的还以为你是我今天叫去帮忙布置趴的小妹。"

尤雪珍把帽子抢回来戴上，语气硬硬的："我确实是小妹，给你这个大寿星做造型的化妆小妹。"

"你这口气怎么这么不情愿啊？亏我还好心给你买礼物。"叶渐白拉开副驾上的车拉屉，"生日快乐。"

拉屉里此时躺着两份包装好的礼物，一份毫无疑问是叶渐白买的，而另一份是叶妈妈买的。她每次给儿子准备生日礼物都绝不会忘记也给尤雪珍买一份。

"哪份是阿姨的？"

"左边。"

尤雪珍雀跃地伸向左边的袋子，里头装着一副棕色耳套，旁边还有一根电线。

"这是蓝牙耳套吗？"

"嗯。之前有次你提了一嘴戴着耳套耳机嵌着耳朵疼，我妈就想说冬天别戴耳机了，给你买个冬天能听音乐的耳套。"

尤雪珍手指摩挲着耳罩的绒毛，鼻尖有点发酸。她点开叶妈妈的微信道谢，还发了好几个"爱你"的表情包，接着把刚才提上车放在脚边的袋子拎起来递给叶渐白："抱歉咯，可惜你的礼物只有一份。"

他皱起眉："他们是不是又忘了你今天生日？"

尤雪珍瞄了没有红点的家庭群一眼，"嗯"了一声："无所谓啦。"

叶渐白沉默，过了片刻腾出一只手，揉乱她的头发："没事，我把我妈给我那份也给你。"

尤雪珍的鼻子又开始发痒。

她拍掉他的手，嫌弃道："不要，我讲公平，现在我们每人都有两份，正好。"

车子驶到叶渐白的公寓。

房子比上次尤雪珍来的时候要乱一些。

叶渐白随手拨开沙发上的游戏机和外套给她腾出空间，指着空位："就在这儿化吧，我去洗脸。"

趁着他去洗脸的工夫，尤雪珍把化妆包摊在茶几上，眼睛还是惯性地分析着茶几上的物品：游戏碟、没喝完的可乐、纸巾、耳机……都是属于他的东西。

卫生间的水声停止，叶渐白洗完脸出来，她不动声色地收回视线。

他擦着头发走到开放式的操作台边切了三片柠檬丢进马克杯，加两勺蜂蜜，一杯速成的蜂蜜柠檬水就到了尤雪珍手边。

紧接着，他又一边操作着手机蓝牙放歌，一边来到她面前蹲下，一切就绪，说："开始吧。"

"你蹲着？"

"对啊。这沙发矮，你坐着正好。我坐着你得全程给我鞠躬，这大礼我受不起。"他虽然嘴上犯贱，但姿势是屈就她的，两只手臂撑在大腿上，整个人敞开面对她，仰起脸，闭上眼睛。

音箱连上蓝牙，随机放到一首 Say You Love Me。

整个房间被歌声环绕。

下午三点半，天空中只有一两朵流云，大把的阳光穿过落地窗，毫不吝啬地停留在他的发梢和侧脸上，让他半明半暗，明亮处的皮肤就像一块一尘不染的玻璃。她感觉伸手轻碰下就会弄碎。

但她知道，摇摇欲坠的是她自己，尤其是听到开头那句"Don't you know that I want to be more than just your friend"。

——我不仅仅只是想当你的朋友。

她原以为可以轻松地搞定这次化妆，就像帮孟仕龙时那样，其实根本不行。

不过一指宽的距离里，杂念就像空气里的尘埃那样多。她反复抿紧嘴唇，害怕过速的心跳被听见，想迫切地结束这场对于她定力的考验，又贪心地迷恋这个距离。因此她不让自己去看他的嘴唇、他的睫毛，或者别的什么，而是盯着他的发旋瞧，于是突然发现他发旋和额头交接处的那颗痣变小了，或者说不是痣变小了，而是他变大了。男孩已成长成青年，原本在小孩子脸上醒目的痣就不再起眼，但依然存在。

她举起遮瑕刷，假公济私地碰了碰小痣，小点顷刻被遮盖住。

她把它藏了起来。

很多此一举，她却莫名满足。

她制造了他身体里只有她知道的秘密。

其他地方就没有必要再遮瑕，直接上隔离，连粉底都不用。叶渐白的脸同样不需要过多修饰，比孟仕龙的更简单。毕竟他的眉形早就修过，她只需要锦上添花画两笔就好了。

化妆的整个过程十分钟不到，但她仿佛蒸了一小时桑拿，后背全是汗。

尤雪珍收起眉笔，呼出一口气："好了。"

叶渐白这才缓慢睁开眼，却没起身，眼皮懒懒上抬，盯着她的脸瞧。

看者无心，被盯的人却心虚。

她讷讷道："怎么了？"

"嘴唇。"

她不明白："嘴唇？"

叶渐白笑话她："你自己的口红都涂出去了，这技术来帮我行不行啊？"

那哪是涂出去的口红？分明是刚才总抿唇造成的。

那是她心里有鬼的罪证，被他不知情地点出来，她心头不免一紧，手忙脚乱地去抽纸巾。

叶渐白更省事，他单手一撑，起身，另一只手直接扣住她下巴，就这么把尤雪珍挟持住。她动弹不得，唯独下巴跟着他的手上抬，眼睁睁从俯首看他变成仰头看他。

他将她包围在一片阴影中。

他垂眼，四目相接，指腹扫过她的下唇边，指尖还带着柠檬微酸的气息。松开手后，他的大拇指指腹沾上了她的口红，很淡的红，可在她眼里，台风来临前的落日、岩浆、熊熊燃烧的火、山楂、割破皮肤流出的鲜血……这些红色，好像都不及他手上的这一抹浓烈。

等尤雪珍反应过来时，她的身体迅速同步做出动作，很大力地拍掉了叶渐白的手，沉下语气说道："我自己会擦。"

叶渐白一愣，似乎没想到她这么排斥，脸色也有点不好："干吗？帮你擦你怎么还甩脸子了？"

"你这么蹭会蹭掉粉底！"她拿过镜子假装观察嘴角。

"别照了，没蹭掉。"叶渐白一把抢过镜子照了照他自己，"我嘴巴好像有点干，你怎么没给我涂个润唇膏之类的？"

"你自己涂。"尤雪珍从化妆包里拿出小圆盒润唇膏递给他，"这个直接拧开，手指蘸一点在唇上抹。"

叶渐白一听，不肯接："那手指黏死了，你帮我涂吧。"

"你刚刚口红都沾了，怕什么啊？"

"口红又没有润唇膏黏。"

"明明都很黏。"

"那更不公平了，既然都黏，我都帮你擦了，你怎么不能帮我擦？刚刚我帮你，你还语气那么凶……"

尤雪珍腹诽：因为我心里有鬼，而你没有啊。

最后两人就涂唇膏这个问题掰扯了半天，掰扯的结果是反正她不帮涂，叶渐白自己也不涂，抱怨她一句"让你帮忙化个妆，脸能拉得跟阿凡提一样长，你帮别人倒挺热心的"。

启程前往别墅区的一路上，气氛就这么诡异地冷下来，两人谁都没主动开口，莫名其妙变成冷战状态，只有车内的广播持续地播报着听歌电台。

半小时后，车子开到远郊别墅。

这座别墅是民国时期的洋房，有三层楼高，最上面一层是木质的甲板露台，地势够高，足够眺望到远处绵长蜿蜒的西荣湾。两人到达时正好夕阳快落下，走上露台抓到了一点浸到江面上的余晖。

趁着其他人都还没来，他们着手装扮露台。整个过程亦是谁都没开口，持续着这场幼稚的较劲。

十一月底的天气算不上温暖，但叶渐白却执意晚上在露台上开趴。他当时订这儿就是看中了这座别墅自带的室外火炉，他兴致勃勃地说这样就可以眺望江景围炉喝酒，而且人多有人气儿，根本不会冷。

在搞气氛这一点上，叶渐白绝对是一把好手。

他事先订了些鲜花和彩灯送到别墅，两人就把这些鲜花插到露台长桌自带的花瓶里，然后将彩灯往沙发上一挂，又把露台上其他的照明灯一开，比夕阳还灿烂的昏黄便在露台上亮起。

尤雪珍把彩灯往栏杆上挂的时候，看见有车辆往山上的车道上开，是大家陆续来了。有些人她认识，都是叶渐白的朋友，大家一起玩过一两次，有些则完全面生。

夜幕渐浓，大到显得冷清的别墅开始变得热闹。

露台自带的椅子已经坐不下了，大家纷纷从一楼二楼搬椅子上来围着长桌坐下，各自带来的酒水零食铺满桌面。

尤雪珍挂好了栏杆边的气球，走到桌边随便找了个还空着的座位坐下。隔了片刻，她身边的椅子被拉开，叶渐白很自然地占据了她旁边的位子。

她接收到他想要让步的信号，于是状似随意地问："你要不要苏打水？"

叶渐白"哼"了一声："要。"

"给。"她把距离他比较远的一瓶苏打水拨到他跟前。

不知所起的冷战宣告解除，叶渐白拧开苏打水喝了一口，终于笑起来，打了个响指，说："人差不多到齐了，蛋糕还没开始配送，我们先玩起来吧。"

"玩骰子啊？"

"这么多人骰子都算不过来！"

"那玩世界大战啊，这个人多才好玩。"

"你们行不行？提的游戏一个个都要喝酒，现在这么早开喝没到12点就全趴了，到时谁给我们两位主角庆生啊？"

"那玩点儿轻口味的桌游咯？"

"血染钟楼？"

"那个我不会，还是狼人杀吧！"

大家七嘴八舌议论，最后定下来还是先玩几局狼人杀热热气氛。

正要抽身份牌，有人嚷着："等等，大家慢点抽啊，又有人来了！"

尤雪珍漫不经心地转头，看见从露台的楼梯口走上来两个女生。

她略微诧异地停住视线。

左边这位女生，她打过照面，现在还有印象，是那次联谊会上的焦点女生，毛苏禾。

毛苏禾和叶渐白并不认识，估计是被谁拉过来的。

尤雪珍几乎是下意识地偏过视线看了身边的叶渐白一眼，他正在撕开一包薯片，头低着，没在意谁来了。

毛苏禾找到空位坐下，坐得离他们有点远。和上次聚会一样，她落落大方地和众人打招呼："路上有点堵车，不好意思啊！"

"没事没事，我们正要开狼人杀，来来来，一起！"

"好啊，不过我玩得很菜……"

立刻有人充当起护花使者："哈哈哈，没事，美女首刀首票保护啊！谁都不许把她先弄出去！"

叶渐白嚼完薯片，点了下人数，说："既然人又多了，那可以玩更花的板子。加个有趣的身份牌进来吧？丘比特？"

"可以可以！"

丘比特的身份牌可以将任意两个人连成情侣，如果被抽到的两人身份刚好对立，比如一个是狼一个是神或平民，那么他们会形成特殊的第三方阵营，需要背叛各自的阵营才能获胜，这样确实更好玩些。

第一轮开始，尤雪珍抽到自己的身份牌，毫无惊喜，一个平民。

有人充当上帝的角色，开始主持流程："天黑请闭眼！"

她放松地闭上眼睛，听着上帝反反复复叫有身份的人睁眼睛。漫长的过程结束，天亮，所有人睁眼，准备上警抢警徽带队的人纷纷举起手，共有四人。

令尤雪珍感到意外的是，一向喜欢在这个游戏里上警的叶渐白没有举手，反而是刚才称自己玩得不好的毛苏禾举手了。

她上来发言："我上警的原因很简单，因为我是预言家，昨天晚上查杀了八号，她是狼。请大家把警长的票投给我，我会带领大家走向胜利的！"

尤雪珍点点头，正想着那就投她吧，又一想，这八号不是自己吗？无语。

可惜没有上警的人不能发言，尤雪珍憋着一股气没地儿发。好在毛苏禾发言完毕后，下一个发言的男生出来替尤雪珍平反了。

"我才是预言家，我昨晚摸了下师妹，她才是狼！好啊，还贼喊捉贼！大家给我拍死她！不能让好人蒙冤！"

两位预言家必定有一人在说谎，投票就是在这两人当中二选一了。但遗憾的是，男生是公认的油嘴滑舌，几乎没什么人相信他。

-073-

到问谁投给他时,满桌只有两只手举起来,分别是尤雪珍的左手和右手。

有人见状忍不住笑了:"寿星,你这是狼自爆投降?"

大家哄笑。

最后压倒性地,毛苏禾当选警长。

接下来每个人都可以轮流发言再决定投票谁出局,终于轮到尤雪珍说话。

玩这种游戏,她不喜欢过多表现,但更不喜欢输,关键的地方就该好好玩。

她正了正神色,思考该怎么发言。

此时强调平民的身份很无力,自己需要讲出更有逻辑的发言去说服大家,于是她根据刚才的票型分析道:"其实刚才只有我一个人投票就很有问题了。苏禾师妹能吃到这么多票,为什么?肯定是狼队有在带头冲票。她说话没有攻击性,上来说自己是预言家很有说服力,所以狼队早在夜里就计划好了派她出来悍跳。我在看清我自己底牌是好人的情况下,毫无疑问是要撕掉警徽的,今天投票出警长!"

尤雪珍的话动摇了不少人,大家开始怀疑毛苏禾是狼的可能性,眼看局势就要扭转,然而到了最后投票环节,尤雪珍却被投出局。

尤雪珍比毛苏禾多一票。

而那一票,是叶渐白投的。

法官让尤雪珍发表"遗言",尤雪珍笃定道:"我又找出来一匹狼!"她指向叶渐白,"他不可能听不出来我是好身份,但他依然投我出局,就说明他也是狼。我真的是平民,遗言完毕。"

接下来,尤雪珍就能以上帝视角围观,她信心十足地在狼人睁眼阶段盯叶渐白,却发现他紧闭着眼。

睁眼的是毛苏禾和其他四个人。

一个被她忽略的可能性蹿上心头:难道叶渐白跟某一个狼被连成了情侣?目前是第三方阵营,所以才要最先干掉她。

果然,在情侣睁眼交流的环节,她看到叶渐白慢慢地睁开眼。

而他看向的人,是毛苏禾。

怪不得啊,她果然没猜错。

毛苏禾去悍跳的战术根本不是狼人安排的,背后出招的人,其实是叶渐白。

是他让毛苏禾把她设为查杀对象,这样她早早出局,他的第三方身份就不容易被揭穿,毕竟她太了解他了。

此刻他对着毛苏禾继续发出指令,用手势比画接下来的战术。毛苏禾不懂他手势的意思,解读得很费劲,尤雪珍却一下子明白过来了。她默默围观两人你来我往半天,耗时长到上帝都在催促了。

游戏继续往下进行,但已经不关尤雪珍的事。狼人杀一局耗时很长,她出局了无事可做,只好意兴阑珊地刷着手机。

忽然,微信一跳,居然是家族群里的消息。

尤雪珍惊讶地点开微信,是妈妈发来一条拼多多链接。

妈妈：帮妈妈砍一下。

除此之外就没了。

以为他们会记得自己生日的期待落空，尤雪珍点开拼多多链接一看，心脏有股熬夜熬多时突然隐隐的不舒服感。

链接里是一箱柚子，她记得妹妹很喜欢吃这个。

尤雪珍的手指在屏幕上按下"助力"，这股不舒服感就这么被自己按下去了。事到如今，她还能有什么情绪呢？不然只会被念叨"你都这么大了，和七岁的小孩子争什么争，没个大人样子"。

大人？她都不记得自己好好当过小孩，怎么就成大人了？

离家上大学前一晚，一家人吃着饭，她闲聊说："我今天去办新电话卡，营业厅在搞活动呢，换一个新手机可以免费送套餐，是不是挺划算的？"

坐在主桌的男人皱眉："不要贪图小便宜，缺钱和爸爸说。"

她嘟囔了一句："反正我这个人本身就是小便宜。"

"你在说什么？"坐对面的老妈这才听不明白地看她一眼，始终侧着脸，在妹妹要伸手拿冰可乐时才又扭回头，眼疾手快地把可乐拿远，"今天说好了只喝一点的，不然又要长蛀牙了。"

尤雪珍看着这一幕，想大声喊一句——"我说，我就是小便宜！你们不觉得妹妹就是你们想买的新手机吗？而我就是销售塞给你们的赠送套餐！"

然而事实上，她连用开玩笑的口吻把这句话发泄出来的勇气都没有，这个场面仅在脑海里过了一遍。她平静地把那罐喝剩的可乐拿到手边，维持着餐桌上的和谐，说："我替妹妹喝了吧。"

有些话就像可乐的碳酸泡，刹那涌上来，接着就消失了。

不说为好。

能怪得了谁呢？要怪就怪自己出生时机不好吧，正好赶上父母的事业关键期。而妹妹运气很好，在他们事业稳定时投胎到这个家，于是他们有再来一次当爸妈的机会，但她没有再来一次当孩子的机会了。

她就成为一张被揉皱的试卷，他们知道，无论怎么抚平，那些折痕已经在那儿了，不如更细心地对待一张崭新的、洁净的考卷。

尤雪珍心里的这种落差感最严重的时候是在高一，妹妹刚出生，最需要呵护的时期，全家人的重心都在小婴儿身上，他们分不出一点精力注意她，而最关心她的爷爷在那一年离世。

她童年的记忆几乎都与爷爷有关，空荡荡的家里总是只有他们俩，爷爷陪她看《樱桃小丸子》，她陪爷爷听无线电广播，屋子里总是响动着各种各样的声音，好热闹。

爷爷走后，她依然还在听广播，但她没再看过一集《樱桃小丸子》了。

她想，自己会忌妒小丸子，忌妒到会忍不住掉眼泪的程度。全世界最偏祖小丸子的爷爷会一直在，可她的爷爷不在了，不在很久了。

尤雪珍顶着那张小丸子和爷爷手拉手的头像在群里回复。

-075-

珍知棒：砍啦。
妈妈：你再多发几个群呀，人还不够。
珍知棒：OK。
她将链接随手转给袁婧，不一会儿袁婧发了几个问号。
袁扒皮：你不是讨厌柚子吗？
珍知棒：没啥。你出差还顺利吗？
袁扒皮：还行吧，贼忙。
袁扒皮：但我没忘记给你的礼物，它已经出发啦！
礼物？
尤雪珍查看短信箱，并没有收到闪送发来的验证码，于是也给袁婧回了几个问号，结果一条预料之外的消息跳进来。
孟仕龙：袁婧要送你的生日礼物在我这儿。是这里对吗？
后面是一个地址。
珍知棒：啊？她找你送？
孟仕龙：嗯。
她立刻切换窗口狂敲袁婧。
珍知棒：什么情况啊？我以为你会叫闪送！
袁婧终于慢吞吞地回复。
袁扒皮：叫闪送很贵的，礼物我已经大出血了，真的没钱了。
袁扒皮：那晚我不是刚好在他店里，就试着拜托了一下。孟哥好像蛮吃撒娇这一套，非常爽快地答应了。
尤雪珍赶紧又切回和孟仕龙的聊天。
珍知棒：不用不用！我叫个闪送过去取吧！
但孟仕龙没有再回复。
不会已经出发了吧？
尤雪珍起身走到一边给他拨了个语音电话，他没接，估计的确在路上了。
她只好又去找袁婧。
珍知棒：给你发个五百红包吧，下次别那么抠了。
袁扒皮：真的吗？
尤雪珍发了个"伍佰拎着红色皮包"的表情包。
袁扒皮：……
尤雪珍收起手机，听到身后吵嚷的动静，知道这局终于结束了。最终是叶渐白和毛苏禾两人的第三方阵营大获全胜。
叶渐白好心情地扬起嘴角，眼神投向毛苏禾："合作愉快。"
毛苏禾谦虚道："多亏师哥带飞。"
"你们这对'奸夫淫妇'把我们骗得好惨。"毛苏禾的狼队友控诉。
另一个人跟着吐槽："丘比特真会连，居然第一把就赢了！丘比特给我出来受死！"

没想到是叶渐白回答他:"好啊,想我怎么死?"
尤雪珍走到桌边,刚好看到叶渐白恶趣味地掀开自己的底牌。
丘比特。
连了他和毛苏禾的人居然是他自己。
刚才吐槽的人拉长语调揶揄:"噢噢噢!这妥妥的假公济私啊!"
叶渐白笑道:"济私?济什么私?我点兵点将点到的人。"
点兵点将?
尤雪珍在心底嗤声,根本不相信叶渐白的鬼话。
不可能是随机,他就是有意的。这个举动或多或少是一种暗示,就像万圣节那晚他点了黄芊茹要糖一样。
回想刚才的细节,就是在毛苏禾出现后,叶渐白才提出要加入丘比特,偏偏那么巧,老天真顺着他的意让他抽到了。
怎么不算这两人有点缘分在呢?
尤雪珍嘴里泛起一股陈年的涩感,仿佛又含着高三那年在课桌里闷化的奶油。

但她已经不是那个十八岁时的自己了,不会再看着那两个空荡荡的座位就心头难受,借着上厕所跑出教室在黑暗的楼道里边走边哭。她已经长大,可以麻木地看着他路过许多人,也不会再随便泄露自己。
为了演好好朋友这个身份,她甚至还能走到毛苏禾身边说:"不介意的话,咱俩换换位子?你这里离火炉近,我有点怕冷。"
毛苏禾很贴心地起身:"没问题呀。"说完就朝叶渐白身边的那个位子走去。
尤雪珍一坐下,就看到叶渐白隔空给她比了个赞的手势,似在感谢她的助攻。
她嘻嘻哈哈地回了个"小样,还是我了解你吧"的眼神。
近乎自虐的欣喜。
她没那个天分得到他的青睐,没关系,这份青睐他想给谁就给谁,她唯独有一份别人没法有的亲密和默契就足够。
因为我们是最好的,朋友。

游戏继续,尤雪珍又连续抽到两把平民,体验感非常无聊。但她挺满意的,光是伪装开心就很难了,分不出更多的力气去斗智。
第三局她好不容易拿到预言家的牌,但树大招风,第二天晚上就被狼人刀出局。又只能无所事事地等待游戏结束时,她收到了孟仕龙的消息。
孟仕龙:我到了。
她精神一振。
珍知棒:!
珍知棒:我下去接你!

尤雪珍起身走到栏杆边往下望,夜色里停着一辆黑色摩托,有个高大的身影靠在车身边。

她在露台上冲孟仕龙招手:"嘿!"

他闻声抬头,也跟着招手,手中粉粉嫩嫩的袋子跟着摇晃。

尤雪珍忍不住笑,那袋子握在孟仕龙手中显出很不相称的滑稽。

她来到楼下,指着他手中的袋子:"这是袁婧的礼物吗?"

"对。"

"辛苦辛苦,还麻烦你特地跑一趟。"她接过,讪讪道,"其实你不用不好意思拒绝的……"

孟仕龙却说:"我已经拒绝过她一次了。"

"啊?"

"那个签约……"他解释,"我考虑过后还是回绝她了,所以这个小忙能帮就帮,也还好今天店里不忙。"

"这样啊……那没耽误你就好!"

东西送完,孟仕龙跨上摩托,忽然又将车把手上挂着的袋子取下来,示意尤雪珍拿着。

"嗯?怎么还有?"

他压低声音说道:"这一份是我的,生日快乐。"

这有些出乎意料,尤雪珍愣了愣,手足无措地接过:"谢谢……"

他不甚在意地将手一扬准备发动车子,她连忙出声:"等等!"

孟仕龙回过头来。

"你要不要上去坐一会儿再走?"尤雪珍想人家大老远跑来给她送了两份礼物,她就这么让人走了实在太不像话。

"我?"孟仕龙看了眼顶楼的露台灯光,轻轻摇了摇头,"不用了。"

"为什么?你刚刚还说不忙的。"见他神色略有迟疑,她直接伸手扯着他的袖子把人从摩托上拽下来,"来吧!"

她将孟仕龙领上露台,他一露面,顷刻成为焦点。

尤雪珍介绍说:"这是我朋友,孟仕龙。"

叶渐白露出意外的神色,似乎惊讶于他会出现在这里。

女生们对孟仕龙的到来却尤为热烈,纷纷说:

"天,这么帅的朋友,你怎么现在才介绍给我们?"

"这位该叫师弟还是师哥?"

"坐我这边吧,我旁边没人坐!"

孟仕龙一言不发地站在入口处,颇有种耍酷的做派。

妙的是,其他人看他这样也没什么不愉快的感觉,仿佛这张脸就该配合这样的神情。

但尤雪珍知道,孟仕龙大概不擅长应对这种阵仗,沉默是出于紧张,于是拉住孟仕龙的袖子往自己身边带:"你坐我旁边吧。"

他跟在她身后，说："好。"

她插了把椅子进来，旁边的一个师妹眉飞色舞地把位子往外挪了挪，方便让孟仕龙坐下。

他刚入座，那个师妹就盯着他的侧脸瞧，兴致勃勃道："欸，我好像刷到过你啊！前两天有个变装前后的视频是不是你啊？"

孟仕龙有点不好意思地点头。

师妹兴奋起来："你比视频里还要帅……我们加个微信可以吗？"

孟仕龙二话没说，像上回那样掏出手机点开二维码递过去。

尤雪珍这回近距离目睹了师妹从期待，到扫上二维码的惊喜，再到看见大烤串头像后的迷惑。

她适时帮忙解释："他做餐饮的，有空可以光顾，他家可以全城送！"

"原来是小老板啊！"师妹继续暗示，"那小老板的私人号……"

孟仕龙抱歉道："我没有。"

对方露出你在逗我的表情。

尤雪珍凑过去小声说："你真的不考虑多创个号吗？"

他摇头："按你的说法，等想拍拖的时候再弄吧。"

她摆出一副久经沙场的老师做派："恋爱可不是做菜等客人下单让你提前预知的，喜欢上就是一瞬间的事，你再创号怎么来得及？所以要未雨绸缪。"

孟仕龙被她教育得一愣一愣："你好清楚。"

尤雪珍心虚地连忙摇头："不不不，这不是我切身感受啊！其实我也没谈过恋爱，更没喜欢过谁！爱情电影里都是这么说的！"

她一边澄清，一边眼神不易察觉地飘到了叶渐白那儿。

他正在和身边的毛苏禾聊天，不知道聊到了什么，笑得挺开心。

她抿了下唇，又不着痕迹地把视线挪开，下意识地念叨刚才的话题，显得自己投入话题，完全没在意到他们的样子。

"而且也不一定是要谈恋爱才行。你想啊，你把所有人都分在一个账号上，那你重要的家人啊朋友啊不就和普通的客人一个级别了吗？"

"因为整天都要看那号。"孟仕龙这才为自己简单辩解了一句，又一顿，"不过你说的也有道理，是我偷懒了。"

刚才的游戏又要再开下一局，尤雪珍意识到一个问题——

"你会玩狼人杀吗？"

显而易见，孟仕龙不会，但他不在意："我看你们玩就行。"

"那不行。这一局我也先不玩好了，给你讲解一下规则。"

她从恋爱导师又切换到桌游导师，随着游戏开始不停地跟他小声讲解上警是什么意思，抢警徽又是什么意思，诸如此类，讲到喉咙都干了。

"我前面说的你都听明白了吗？"

孟仕龙沉默地和她对视。

"……好吧。"尤雪珍耐心地说，"没关系，我再从头开始给你讲。"

—079—

"不用,我差不多得走了。"孟仕龙看着她,"但我很高兴你邀请我上来。"

他的语气不是那种假惺惺的客套,尤雪珍迎上他的目光,本来只是随口邀请一下,其实心里并不在意他来不来,听到他这么说,心里突然涌现出一股微妙的愧疚。

"这么快就要走了吗?"

"嗯,最近店里客人突然多了很多,很忙。"他起身,"你好好玩。"

"那……那我送你下去。"

游戏还在继续,她不由分说地跟着孟仕龙起身,在上帝说着"天黑请闭眼,守卫请睁眼"的背景音中,两人一起摸黑离场。

恰巧这一局,叶渐白是那个守卫。

昏黄的寂静中,他睁开眼睛,看到了这一幕。

他眉头轻微一挑,随即移开目光看向其他人,似乎在思考今晚的守卫对象该选谁。

见他没有摆出手势,上帝只好出声提醒:"请守卫尽快告诉我你今晚要守护的号码。"

叶渐白比画了个"在想",视线在场上移动,心不在焉。

最后,视线溜了一圈,又定格在那两个即将消失在露台拐角,并不在局中的背影上。

尤雪珍把孟仕龙送下楼,他跨上摩托,回头和她说再见。

"对了,蛋糕如果今天不吃的话回头放冰箱里,可以放两天。"

"什么蛋糕?"

"送你的礼物。"

他就这么把自己送她的生日礼物说出来了。

正常来讲,大家送礼都会保留一份神秘吧,毕竟送礼最主要的一份喜悦就是来自拆开时的惊喜。

可眼前这位朋友根本不按流程来。

尤雪珍啼笑皆非地点头:"放心,我们人多,肯定能吃完。"

孟仕龙却说:"别和别人分,这是给你的。"

尤雪珍一愣:"啊?"

"听袁婧说了你和你那发小同一天生日,我猜你们应该只订了一个大蛋糕。"他好像在原原本本地复述当时思考该送她什么的心路历程,"所以我想单独做一个蛋糕给你。"

尤雪珍更惊讶了:"是你做的?这么厉害!"

她一听蛋糕嘛,自然而然就认为是买的,毕竟现在大家选礼物很少会亲自做什么送给对方了。

孟仕龙被她大惊小怪的语气弄得有些不好意思,清了清嗓子说:"我很少做,其实做得一般。"

"没关系，没关系！"尤雪珍的眼睛在夜色下显得很明亮，"我会一个人把它全吃光的。"

他对上她的眼睛，顿了一下，撇下一句"不好吃就不用勉强"后，引擎轰轰地骑车从坡道离开。

尤雪珍此刻迫不及待想看看孟仕龙做的蛋糕，迅速跑上露台，回到位子上，偷摸拆开他送的袋子。

里面是一个四方形的小白盒，还绑着一根银色小丝带。她拆开丝带，将盒子的盖子挪开，层层包装被拿掉后，露出里头躺着的椰奶柊果蛋糕。

看着蛋糕的样子，她发现孟仕龙还是谦虚了，这块蛋糕放在橱窗里和那些网红蛋糕陈列在一起都不会有违和感。生日蛋糕的牌子还是手写的，字体是圆圆的花字，很可爱。

更令她惊喜的是，蛋糕正好是她喜欢吃的口味。

奇怪，自己和他说过喜欢柊果蛋糕吗？

没印象了。

蛋糕真的挺小，完全是只给一个人准备的分量，多出一点点都没有，显得小气。可当自己是被排除在这份小气之外的那个人时，这份小气就变成了偏心。

盒子里还放了一根蓝色蜡烛，下面压了一张卡片，上面写着：食多一個蛋糕，吹多一次蠟燭，就能許多一個願（食多一个蛋糕，吹多一次蜡烛，就能许多一个愿）。

是很漂亮的繁体字。

它们扭动着变成一只小猫，又踩着软绵绵的爪子从她心头跑过去了。

原来他送她的不只是一个蛋糕，而是多一个愿望，所以才不让她分给别人啊。

游戏还在进行，尤雪珍把蛋糕放在楼道里，跑回露台向旁边抽烟的师妹借了打火机，接着又悄悄离座，回到楼道席地坐下，捧起蛋糕插上那根蓝色蜡烛，点燃。

楼道里的灯在长久的明亮后忽然熄灭，寂静无法再将它们唤醒。眼前只有蜡烛在黑暗里燃烧，细长的火光在尤雪珍的脸上跳着古典舞，昏黄一片，朦朦胧胧，这种接近夕阳时分的颜色很容易令人沉醉。

该闭眼许愿了，她想起那张字条，却不知道该许什么愿，只好盯着烛光发呆。

往常她都是和叶渐白切同一个蛋糕，他们同时闭眼，但其实她会偷偷慢他一拍，趁他闭眼时看他，并许愿：希望有一天，这个人能喜欢上我。

这已经成为她的习惯。

因此这个突然多出来的愿望让她有点无措。

在蜡烛燃尽前，一个念头鬼使神差地从脑海里跑出来——既然如此，就许一个和之前南辕北辙的愿望吧，看老天爷会在这两个愿望里更眷顾哪一个。

—081—

她合上眼睛,在心里默念:希望有一天,我能不再喜欢这个人。

尤雪珍刚许完愿,楼道里忽然传来"咔嚓"一声,应景地亮起了灯,仿佛老天爷真的听到她的许愿在操控着开关。

事实上只是她的手机响了。

打语音电话过来的人是叶渐白,她一接通,他就劈头盖脸地问:"你人呢?"

"我……我在厕所。"她随口胡诌,"你们这局结束了?"

"嗯。蛋糕快到了,快回来。"

"哦好,马上马上。"

看来是来不及吃完整块蛋糕了,她匆匆尝了一口又将蛋糕放回去,若无其事地返回露台。

虽然是很仓促的一口,但味道很霸道,一开始吃感觉没什么,可当她切完巧克力大蛋糕吃完一整块之后,口腔里弥漫上来的居然是椰奶和杧果的清香。

太神奇了。

切完蛋糕唱完生日歌之后开始进入下半场,喝酒的喝酒,唱歌的唱歌,鬼哭狼嚎。也有人陆续离场,剩下的一小撮人最后就围起来玩骰子。大家从长桌换成了圆桌,换位时,毛苏禾又坐到了叶渐白旁边。

但不是她主动要求这么坐的,而是全场只有这两人没法喝酒。毛苏禾说自己酒精过敏,叶渐白说自己吃过头孢,不能喝,于是他们被发配到一起坐,面前放了两个喝水的杯子。

这一局叶渐白输了,他在大家的嘘声中端起杯子优哉游哉喝了一口。

大家嚷嚷:"你这不行啊,再罚做十个俯卧撑!"

叶渐白笑了笑:"十个你确定是罚?"

"哎哟,开始装了,那你来一百个。"

"一百个就算了,单手来十个行不行?"

"给你牛的,行行行。"

他放下杯子,将外套解开一扔,一边卷着袖子,一边走到宽敞的地方单手撑地,脸不红气不喘地起起落落。

所有人都在看叶渐白,只有尤雪珍没看他。

她的视线停在他刚放下的杯子杯口上。

大概除了她,没有人注意到叶渐白拿错了杯子。他左手边的那个才是他的,而他错手拿了右边的,那是毛苏禾喝过的杯子。

只怪他拿杯子的姿势太过自然,也许连他自己都没发觉拿错了。

又也许他知道,但觉得无所谓。

尤雪珍平静地拉开一罐啤酒,"噗"一声,泡沫溅了满手。

玩到后来大家醉得东倒西歪,还好别墅够大,足够大家分房间各自进去睡。尤雪珍也喝得晕头转向,找到还空着的房间倒头就睡了,连妆都没卸,唯一挣扎着做了的事情就是把只吃了一口的椰奶杧果蛋糕好好地储存在冰箱里。

没睡几个小时,她迷迷糊糊中感到一股反胃快要冲到头顶,挣扎着从床上爬起来,摸索出房间,跌跌撞撞找了好一阵才找到卫生间,把泛上来的一堆黄色消化物吐掉。

卫生间的方窗透进来的光淡淡的,整个别墅都很安静,太阳还没有完全升起来。尤雪珍摁下冲水键,又把溅出的呕吐物擦干净,洗了把脸,拉开门,才发现门外等着一个人。

看清来人是毛苏禾,尤雪珍忙给她让位:"对不起,我用得有点久。"

"没关系,我不用。"毛苏禾没进去,反而关心地看着她,"我点了早餐要下去拿,听到你在里面吐了,不要紧吧?"

毛苏禾的关心让尤雪珍受宠若惊,她有点迟钝地甩了甩头,说:"没事没事,我就是酒量差。"

"你吐过之后胃里最好垫点东西,不然会不舒服。刚好我叫了粥,我分你点吧?"毛苏禾还是很热情,语气温温柔柔的,让人难以拒绝。

尤雪珍抿了抿唇,感觉口腔有些苦涩,没有再推辞,跟着她下到一楼的餐厅。

下楼时,毛苏禾提到昨晚的狼人杀:"其实昨晚我就想跟你道个歉的,但是人太多,找不到机会……"

"啊?"

"我是真的不太会玩这个,昨天第一把完全是跟着在玩……没想到让你有不好的游戏体验了。"

尤雪珍微愣,然后笑着摆摆手:"这有什么啊,游戏而已。"

毛苏禾松了口气。她从大门口取来粥,动作很利落地从厨房里翻出别墅自带的碗筷,分出一碗皮蛋瘦肉粥给尤雪珍。

尤雪珍没过去看她推过来的碗,视线呆呆地落在毛苏禾脸上。

毛苏禾觉得奇怪,摸了摸眼角:"不会有眼屎吧?"

尤雪珍连忙回过神,掩饰地摇头,吹了"彩虹屁":"美女的眼屎怎么能叫眼屎?那叫珍珠!"

毛苏禾也盯着尤雪珍瞧,说:"那你眼角现在也挂了一些'珍珠'。"

尤雪珍都不好意思了。

这人热心、温柔,还懂得打趣,找不出一点儿不好。

叶渐白对这样的人动心,她只能替他高兴。

毛苏禾用勺子舀起粥小心地吹着,慢条斯理地开吃。尤雪珍则埋头暴风吸入,一会儿就见了底。

毛苏禾指着自己的碗:"要不要再来点?"

尤雪珍忙摇头:"不用啦不用啦,谢谢!我吃饱了!早餐多少钱?我转你一半吧！"

"干吗啊？就几块钱，我请你。"但毛苏禾还是将自己的二维码递过来让她扫，"不过我们可以加个微信吗？"

"当然啊。"尤雪珍摸了摸口袋，"啊，我手机还在房间，你可以在群里找我，我一会儿回房间了加上你。"

"好呀。"

尤雪珍猜毛苏禾这么主动想加自己微信多半是因为叶渐白的关系。昨晚他们两人后来有没有互动她不知道，喝太多了，记忆都很模糊，但毛苏禾大概也对叶渐白有好感吧，不然不会主动提出来加微信。

曾经很多和叶渐白暧昧的女孩子都来加过她的微信，她们知道她是叶渐白的发小之后，想通过她旁敲侧击打听叶渐白的情史或者试探他的态度，以此掌握一些砝码来增加这段关系的安全感。

毛苏禾划着手机，点开群成员里小丸子的头像和她确认："这个是你吗？"

"对。"

"我加啦。"毛苏禾按下添加好友，返回群成员的界面，手却还在继续往下划，一直划到底才状似不经意地问，"珍珍，你那个昨天坐了一下就走的朋友，他不在群里吗？"

尤雪珍以为她只是随口一问，回得也很随意："你说孟仕龙啊？他不在。"

"他的名字叫孟仕龙？"毛苏禾念到他名字时语速缓下来，似在舌尖绕了一圈又吐出，带着感慨，"听起来像二十世纪的名字，很衬他。"

"很衬他？"

"你不觉得他长了张二十世纪的脸吗？就好像自带了一种很有韵味的滤镜。"

尤雪珍听到这句话，雷达后知后觉嘀嘀狂响。

长了张上个世纪的脸……

这抽象的评价让她听出了一丝非常微妙的意味。

这份猜测果然在下一秒得到证实。

毛苏禾语气微微一顿，仿佛鼓足了勇气才试探地问出口："珍珍，你方便……把你朋友的微信推我一下吗？"

/第六章/
5分朋友

尤雪珍回到房间,本来吐完后还有点晕的大脑此刻已经完全清醒了。

毛苏禾居然找她要孟仕龙的微信?

天。

她心头巨震,一时间有点茫然。如果她没理解错,毛苏禾竟然是对孟仕龙有意思?

不怪她惊讶,因为叶渐白在钓人这方面从未失手。如果说每个人生下来都带有一个初始装备栏,那么叶渐白的栏里估计装了块磁铁,那些女生被他吸引好像是水到渠成的事。而如今出现了一个对他免疫的人,最好笑的是这个人被派对上只有一面之缘的孟仕龙引起了兴趣。

坐在床上思考片刻,尤雪珍决定不管叶渐白死活,着手帮毛苏禾和孟仕龙牵线搭桥。

她敲开和孟仕龙的对话框,先酝酿了一句开场白。

珍知棒:你做的蛋糕真的太好吃了!!!

这个点孟仕龙已经起床很久了,他很快回复了消息。

孟仕龙:谢谢。

尤雪珍抠着嘴皮,在对话框里反反复复斟酌,最后发送。

珍知棒:我跟你说,我有个朋友,昨天也在派对上,她想要你的微信。

孟仕龙:哦。

孟仕龙:她要点单吗?

珍知棒:不是……

孟仕龙发来了一个"黄脸问号小人"的表情包。

他恐怕还没理解这句话背后代表了什么吧?

珍知棒:我觉得你要不然现在就搞个私人号吧。

孟仕龙:为什么?

珍知棒:因为人家不是冲着食物来的,而是冲着你,想交个朋友,你懂了吗?

尤雪珍决定耐心引导他,希望能在自己的牵线助力下让他们俩开个好头。

孟仕龙现在的脸很具有欺骗性，所以她倒也不奇怪毛苏禾会仅打个照面就陷入。但这小子对恋爱一窍不通，对浪漫也很过敏，她担心毛苏禾真正接触到他反而会失去兴趣，所以她得帮帮他。

珍知棒：如果把这个号推给她，我朋友会以为我们在联合诓她拉生意，人家女孩子自尊心会受到打击。她可是大美女，没受过这种委屈的。

尤雪珍从朋友圈挑出一张毛苏禾的照片发过去。照片里，她穿着紧身的小黑裙，很松弛地靠在钢琴边看落地窗外的高楼和灯火，头发半撩不撩地挡住小半张脸，更显出嘴唇和鼻尖的优异。

孟仕龙半天没动静，就在尤雪珍纳闷这难道对他不起效的时候，一个微信默认的灰色头像出现在她的好友申请栏里。

好家伙，原来是去申请小号了。

之前空口说的时候他不听，现在给他一发照片就行动了，男人啊……

尤雪珍忍不住翻了个白眼，默默通过。一看孟仕龙的微信昵称，她白眼翻得更深了，差点没翻回来。

他给自己取的昵称叫"小龙"。

珍知棒：你怎么取这么个昵称？

小龙：大家都这么叫我。

珍知棒：……挺好。

珍知棒：就是微信昵称和真的昵称还是可以区别一下，别这么有亲近感。

半晌后，他把昵称改了，删掉了"小"字。

龙：这样还亲近吗？

尤雪珍默默叹气，他没把"小龙"改成"大龙"已经是一种进步，她不能揠苗助长苛求太多。

珍知棒：可以了……

珍知棒：对了，你头像还没换呢。

这个微信默认的灰扑扑无脸小人看上去真的很没有感情。

龙：已经换了，你刷新下。

尤雪珍刚想夸他，结果点进头像一看，心力交瘁。

她的双目被一串大肉串暴击，发了个"尴尬"的表情包。

珍知棒：你干吗用一模一样的头像？

龙：不一样的。

珍知棒：什么不一样？

龙：那个号的烤串上面有孜然，这张没有。

珍知棒：……

你跟我玩大家来找碴呢？

不过尤雪珍最不缺的就是耐心，她继续温和地建议。

珍知棒：其实我觉得这个号你可以拍自己的照片当头像，你觉得呢？

对话框显示对方正在输入中，好半天才回过来两条。

龙：感觉很别扭。
龙：我也没有自己的照片。
珍知棒：没事啊，你要不要现在自拍几张，我帮你挑张好的？
她记得他在学习人像摄影的课程，还懂打光，自拍应该也不在话下吧。
对面长久地沉默，估计真的听她的建议去拍照了。
尤雪珍趁这间隙把睡了一晚花成狗的妆赶紧卸掉，敷上面膜，拿起手机一看，有好几条未读消息。
她看见提示是孟仕龙发来的三张图片，欣慰地点开。
第一张，鼻孔对着镜头。
没事，直男开拍初始姿势都这样，下一张肯定有进步。
下一张……怎么又是鼻孔对着镜头？
还有一张，也许就突飞猛进了！
尤雪珍满怀希冀地点开最后一张，和他的鼻孔撞了个满怀……
这三张唯一的区别可能就是头歪的角度略不同。
又跟我玩大家来找碴是吧？
尤雪珍看得直上火，但最上火的是，这个看上去很智障的自拍姿势竟然还显得他鼻型英挺，让她想挑剔都无法很理直气壮。
珍知棒：拍得挺好的！下次别拍了。
孟仕龙很迅速地回她一个"黄脸小人对手指"的委屈表情，仿佛一直捧着手机等待她的检阅。
这个表情看得尤雪珍一激灵，她知道孟仕龙绝对没有卖萌的意味，但她不知怎么就品出了这种感觉，有点心软地撤回了刚才那条消息。
珍知棒：……没事，我又想了想，帅哥一般不需要自己的照片当头像，随便放张自己喜欢的图片就行了。
对面又沉默了，不一会儿，尤雪珍刷新了他的头像，出现了一群人的合照。
画质很复古，最中间是一个穿蓝色polo衫、戴墨镜的男人，他旁边是两条腿都踩在椅子上的龅牙女人，两人身后是一群穿得流里流气的同伴。大家一起站在包浆撒尿牛丸的店门口，每个人都笑得很灿烂。
珍知棒：！
珍知棒：这是《食神》里的截图吧？
龙：对。
珍知棒：你也喜欢这部电影啊？
龙：你也喜欢？
珍知棒：是啊！
尤雪珍尤其喜欢电影里男主角在街头碰见自己暗恋的女生的那段——车来车往，他一路循着她的背影追过去想打个招呼，转眼却跟丢了。男主角正懊丧时，女生绕回来，咬着冰棍，背光对他笑，说："嗨，这么凑巧。"
背景音一直回荡着莫文蔚唱的《初恋》："……遥遥共他见一面，那份快乐太新鲜……"

当年看完电影后,她疯狂想找完整版来听,但遗憾的是因为版权关系,只有电影里那一分钟就戛然而止的版本。

微信里,孟仕龙给她发了"大拇指"的点赞表情。

尤雪珍还想纠正他少发微信自带表情,多用表情包才会显得可爱,但指腹往上一划,看到那个委屈的黄脸小人,她犹豫刹那,没发出去,把这句建议删掉了。

好像微信自带的表情也还蛮可爱的……

她切换成和毛苏禾的聊天框,终于把孟仕龙的号推过去。

珍知棒:他说没问题,你们加上聊吧。

Susu:谢谢宝!我冲了!

珍知棒:冲!

如果这两人真能发展出一段故事,那她也算功德一件。佛祖应该会原谅她包藏的一点小私心吧——拆东墙补西墙,这样一来,她就不必目睹叶渐白和毛苏禾走到一起。

她预设着叶渐白吃瘪的样子,忍不住开始幸灾乐祸,就着敷面膜握着手机的姿势又睡了个回笼觉。

等她再起来时,脸上的面膜已经干成一坨,扯下来都一阵痛。手机在振,是家人微信群,尤雪珍点开一看,哭笑不得。

妈妈:祝我们的宝贝珍珍生日快乐!

爸爸发来微信红包。

尤雪珍点了接收红包,平静地回复。

珍知棒:距离昨天过去快12个小时咯,延时费一小时100块。

妈妈:不是今天吗?

爸爸又发来微信红包。

尤雪珍点开,真的是1200元。

她回了个"谢谢老板"的表情包,希望明年他们时间记岔记得更离谱点好了,晚个八九十天的,这不轻松发一笔小财?

对他们来说,也不是不可能的事。

她推开房门下楼,一楼动静不小,原来大家都起了,一堆人围在餐桌边分比萨。

尤雪珍本来还惦记着冰箱里的那块蛋糕,想当早饭吃掉,但这么多人……她总不好一个人在桌上吃独食,只好打消了吃蛋糕的念头。

她刚走到桌边,毛苏禾就注意到她,扬起笑脸招手说:"珍珍,来,我给你拿了一块夏威夷,你喜欢这个口味吗?"

尤雪珍刚要开口,餐桌上的叶渐白开口了:"她不吃菠萝。"说着指了指手边早已经给她拿好的一块薯角培根比萨,"过来吃。"

"哦。"尤雪珍拿了叶渐白的比萨,也没有辜负毛苏禾的热情,转而坐到毛苏禾身边。

叶渐白瞥了两人一眼，奇怪道："你们怎么这么熟了？"

尤雪珍和毛苏禾相视一笑，两人默契地没有回答。

尤雪珍偷偷凑近毛苏禾，关心道："早上你们聊了吗？"

"聊是聊了……"

"怎么样？"

毛苏禾咬着比萨，沉默下来，露出一丝苦笑。

她直接给尤雪珍看了眼手机屏幕，是她和孟仕龙的对话。

Susu：嗨。

龙：您好。

Susu：雪珍和我说你家的烧烤很好吃，希望有机会尝尝。

龙：您可以直接在我微信下单。

龙：您是尤雪珍的朋友，我可以给您优惠。

Susu：嗯……

Susu：有机会一定。

孟仕龙回了"握手"和"抱拳"的表情包。

接着就没有然后了，两个人谁都没有再主动挑起话题。但尤雪珍能从这段聊天记录里感受到毛苏禾已经很努力地在抛话题给孟仕龙，最后没回他一个"黄豆流汗"的表情已经是她最大的温柔。

毛苏禾撩了下头发，难为情地收起手机："说实话，我也是第一次主动加别人……加完就不知道该说什么。"

以往都是别人主动加她，她的前任都是这样来的，他们会负责抛出话题和邀约，她只要回答或者选择就好了。

她第一次加别人，第一次遇到完全不对她主动的男生，这种感觉非常新奇，又让人非常无措。

"我本来想点进他朋友圈找找话题的，结果他朋友圈什么都没有……"

尤雪珍擦汗，心想：他那号刚建的，能有才怪。

"而且他不是我们学校的，我也找不到什么共同话题。感觉我加他这件事就会让他觉得莫名其妙吧，我不想让他觉得我很主动，毕竟我本来就不算是主动的类型。"

眼看毛苏禾纠结了，尤雪珍赶紧劝她，给她支招："要不这样吧，你们别光微信上聊了，见见面看看呢？今天是周四，他应该会来我们学校蹭摄影课，你要不然也去上这节课？装作偶遇？"

"撞了……我晚上也有课。"她想了想，叹气道，"算了，再说吧。"

那怎么能再说？如果放任不管，尤雪珍怀疑这两人的聊天记录可能就会彻底停在这一天。

吃完比萨大家就彻底散了。叶渐白转着车钥匙，问沉思在这个难题上的尤雪珍："回学校吗？"

—089—

尤雪珍回过神，点点头："回。"

他又看向毛苏禾："你呢？也回学校的话，我顺带捎你。"

尤雪珍忍不住腹诽："顺带"这两个字用得真鸡贼。

奈何毛苏禾未察觉到他的伎俩，爽快道："好啊，谢谢师哥！"

上车前，尤雪珍把大家送的礼物一一放进后备厢，尤其没忘记冰箱里的那块蛋糕。怕到时候蛋糕被甩得乱七八糟，她唯独拎着蛋糕上了车。

临出发前，叶渐白又捎了一个回学校的师弟左丘，仿佛真是好人做到底无差别地捎人回。

这师弟尤雪珍接触的次数比较少，但印象很鲜明，每次见面他从头到脚都是绿的，除了头发是黑色。这次生日他送了她一个绿色马克杯，同时也送了叶渐白一顶绿色帽子。

他一上车就对叶渐白说："谢谢叶哥！你要是喜欢绿帽子，别跟我客气啊。"

叶渐白嘴角一抽，皮笑肉不笑："不用了，你自己戴吧。"

"哦，我好多顶呢！"

后排的尤雪珍和毛苏禾听到他的回答都忍不住憋笑。

左丘一边环顾车厢，一边继续叨叨："师哥，你这车很不错啊。"

叶渐白对这吹捧不痛不痒："还好吧，就是个代步车。"

"师哥要是不介意的话……下周末车能不能借我两天啊？"

"介意。"叶渐白干脆利落地拒绝，"我另一辆车借别人给我撞了，这车再撞一下我手边可没第三辆备用车。"

"不不不，我不开。"左丘连连摇头，"我和我对……前女友报名了一个下周末的后备厢市集，想去玩玩，顺便赚点小钱，本来她有车，但我俩最近闹掰了，我就想说我自己去租一辆的，这不正好碰见师哥你了嘛。"

毛苏禾好奇道："后备厢市集？那是什么？"

"现在很流行的一种用车后备厢当摊位组成的市集，比过去搭摊子方便很多。卖什么的都有，吃的喝的用的，我前女友说一晚上能赚不少。"

刚还满口拒绝的叶渐白此时慢悠悠道："听上去还蛮有趣。"

左丘打了个响指："哥，你也感兴趣吗？不然你和我一起去呗，你站那儿什么都不用做，我们这摊位就能客流量爆满！到时候我俩五五分咋样？"

"不错啊。"叶渐白又话锋一转，更异想天开，"要不我们这车里的人都去帮忙怎么样？"

尤雪珍冷笑，腹诽：又来了又来了，果然醉翁之意不在酒。

毛苏禾根本不知道这个提议其实是冲着她来的，挺兴奋地回答："好啊！我应该可以，那天没事。"

左丘高兴道："人多好啊，热闹。尤师姐呢？"

尤雪珍含混地说："再说吧……我不知道那天有没有事。"

"那你如果没事一定要来啊！"左丘有点纠结，"或者帮我们出出主意也成，现在我还不知道卖什么。"

毛苏禾问："那你们之前计划卖什么？"

"我前女友会做手工饼干还有手作曲奇，本来要卖这些的。"他叹气，"但我都不会，不然去网上进点便宜货倒卖？"

毛苏禾沉吟："没有特色，那很难卖出去吧？"

尤雪珍本来打定主意不想去，没搭腔，但是她视线一低，看到怀里的蛋糕，刚才困扰她的某个问题突然柳暗花明。

她沉默了一会儿，忽然清了清嗓子："我有个想法，卖手作蛋糕怎么样？"

左丘惊讶道："原来师姐你会做蛋糕啊？！"

"不是我，是我朋友。"尤雪珍暗示地对着毛苏禾拍了拍怀中的蛋糕盒，"就是昨晚过来了一下的那个朋友。这个蛋糕就是他做的。我可以去试试拜托他来帮我们忙。"

毛苏禾接收到尤雪珍的眼神，顿时心领神会——尤雪珍这是在为她制造和孟仕龙的相处机会。

于是她立刻接话："好啊！正好我也会做点甜品，可以帮忙。"

左丘狐疑道："噢，是那个男生啊！那能好吃吗？大男人做的东西……"他语带嫌弃，扭过身子跃跃欲试，"让我尝一口判断判断。"

尤雪珍却一口回绝："不行哦。"

左丘"喊"了一声："得得得，那就蛋糕吧。师哥觉得怎么样？"

叶渐白从后视镜里睨了一眼尤雪珍抱了一路的蛋糕盒，回答："行啊，我无所谓。"

要拉孟仕龙入伙的想法一出来，当务之急就是去拜托他，毕竟人家不一定有空。

尤雪珍本来想直接杀去店里，但实在有点远，她想想又懒得折腾，干脆今晚去摄影课上找人。

下午回到宿舍后，她先把蛋糕吃完，再把其他人送的礼物都一一拆开放好，最后轮到叶渐白给自己买的礼物。

她特意放到最后，就像吃饭时总把最想吃的放到最后那样，她也不知道自己何时养成了这个习惯，也许是受到小丸子的影响吧。

叶渐白送的东西特别薄，以至于她完全无法猜到会是什么。

这么薄……不会是信吧？

带着一丝紧张和期待，她慢吞吞地拆开包装，看见了里面的东西。

居然是一张行程单。

里面的乘客名单分别是她，还有叶渐白。日期就在12月22日，圣诞节前两天。

行程单上有一行他的手写字：

天天光查飞港岛的机票又不买，那就我来买吧。

后面还歪歪扭扭地画了个小猪头。

尤雪珍的心几乎要从嗓子眼跳出来。

她想去港岛旅游是叶渐白一直知道的事情，其实高中毕业旅行时他就提过要陪她去，但因为追尾那件事他在医院里躺了小半个月，这事就那么不了了之了。

这是大学最后一年，她无论如何都要把这桩心愿了却。但她没再和叶渐白提过这件事，计划也是自己一个人去。

大概是自己刷机票的时候被他看到了吧？这就是不贴防窥膜的后果。

行吧，这后果她甘之如饴。

尤雪珍小心翼翼地把行程单收到抽屉里，给叶渐白发了消息。

珍知棒：谢谢，省钱了。

过了半小时，他回她一张照片。

他臭屁地拿着手机在穿衣镜前自拍，试的就是她送他的新外套，还非常懂地把手机摄像头倒过来，显得腿长到比例失衡。

虽然手机把脸遮住，但轮廓流畅的下巴和微翘的唇形又没遮全，露出来一些。可以说这是一张心机又自然，可以打满分的自拍教科书。

这一刹，她忍不住在心里去对比另一张鼻孔对着镜头的憨憨自拍，不自觉地，在无人的宿舍里笑出了声。

在食堂吃过晚饭，尤雪珍装模作样地抱着笔记本电脑到了F楼的阶梯教室。

她印象里，这节课选的人并不多，然而她刚踏入走廊，就远远看见教室门口围了一圈人，这很反常。

她加快步伐往教室走去，这些人的议论声随之传入耳中。

"是新生吗？之前没见过。"

"妈呀，这脸真的很帅……"

"早跟你说了今晚不过来看绝对是你的损失！"

尤雪珍顺着她们的视线看去，轻而易举地发现了话题的中心人物——很巧，就是她今晚要找的孟仕龙。

而孟仕龙本人似乎还没意识到自己正在被围观，在这之前他常来蹭课，默不作声地坐在后排从未引起过任何注意。突然多起来的这些人和他有什么关系呢？即便她们都占据了他前后左右的位子，想试图和他亲近一些，但他事不关己的沉默一时让人难以接近，于是他更认为这些骚动和自己无关。

尤雪珍有些蒙地走进教室，感觉在这个时候搭话很不妙，先不动声色地坐到了最后一排，位于孟仕龙斜后方的一个空位上。

任课老师推门而入，尤雪珍发现他快秃的发际线居然比三年前靠前了。不知道是戴的假发，还是偷偷做了植发。

教室里的灯熄灭，投影亮起。尤雪珍盯着那个被幻灯光打亮的脑袋开始思索这个问题。

老师捋了把头发，滚动着幻灯片开始讲解："今天跟大家来解析一下纪实摄影大师庄学本的作品，他是中国影像人类学的先驱，从1934年开始在四川、云南、甘肃、青海这几个地方的少数民族地区进行拍摄……"

这些内容尤雪珍还记得，她一边听一边狂打哈欠。等开始具体分析图片的景别色阶参数时，她更是困得不行，主要是这昏暗的灯光可太适合睡觉了。

尤雪珍旁边，也就是坐在孟仕龙正后方的女生的头也往下一点一点的，比尤雪珍更快进入状态。

这间阶梯教室不算大，座位都离得很近，因此女生的腿不知不觉往前伸，啪一下就踢到了孟仕龙的腿。

女生迅速从瞌睡中惊醒，涨红脸，赶紧把腿收回来。

尤雪珍侧过头目睹这一幕，她的视野里能清楚地看到这两个人的坐姿，因此她看到女生慌张地把腿收回后，孟仕龙默默将腿分开了。

他原本是两腿并拢，很板正的坐姿，但感受到后排踢过来的鞋子后，他便改成了岔腿坐，给后排的女生留出了踢腿的自由活动空间。

女生并没有发现这一点，因为她的腿后来一直都紧紧地缩着，不让自己再踢过去。但即便如此，孟仕龙也一直岔腿坐着直到下课。

这大概是他并不习惯的姿势，他坐得不太舒服，好几次腿晃动几下想要并拢，最后又没动。

尤雪珍的视线不由自主地就从老师的发际线挪到他身上，看得很愣怔。脑海中零星闪过之前的几个碎片：地铁上的手掌、绿灯时的暂停，还有现在岔开的双腿。

这算什么？当代活雷锋？

她想到这个形容忍不住笑出声。

"孟仕龙！"

不知什么时候已经下课，眼看他起身要走，尤雪珍连忙停住胡思乱想在后排叫住他。

他惊讶地回过头，看到她笑着冲他挥手，然后迅速收起东西追上来："你什么时候……"

"我一开始就在了，是你没发现我。"尤雪珍感慨，"没想到你真的挺喜欢摄影的。"这么无聊的课都能不走神听那么认真。

"其实一开始不觉得喜欢，而是觉得必须要做好才行，但现在确实觉得有趣。"

这个回答出乎意料。

"为什么是必须？"

他抬头看了看月亮，说出了一个更让人意外的回答："因为想给一个人拍照，拍出最好看的样子。"

尤雪珍心猛地一跳。

这个语气……他不会有喜欢的人了吧？

特地为了一个人去学并不感兴趣的摄影,这种壮举多半只有为了喜欢的人才甘愿去做。

她连忙小心试探:"难道是女孩子?"

"女孩子?"孟仕龙愣了愣,继而笑起来,"是啊,女孩子。"

他笑起来的一瞬间,尤雪珍呆住了。

这似乎是她认识孟仕龙以来第一次看他笑,之前相处他都是很平静的一张脸,平静到有些无趣的地步。

可他一笑起来,冷硬的五官线条软化,脸颊两边有两抹凹陷下去的线条,像一对小括号,分外有感染力。

光是提到这个女孩子就这样笑,尤雪珍可以确定这就是他喜欢的人了。他之前是说过自己没有谈过恋爱,但不代表没有喜欢的人啊。

那给毛苏禾牵线搭桥这一通可就白忙活了……

尤雪珍回过神,有点愁眉苦脸,叹气说:"那我建议你直接去搜如何给女朋友拍照的攻略,比上这种课更有用。"

孟仕龙不解:"女朋友?"他"哦"了一声,回过味,"你误会了,我说的是我阿婆。"

"啊?"尤雪珍傻眼。

"怎么了?"

"你不是说女孩子……"

他点点头:"是啊,阿婆不也是女孩子吗?"

"呃。"尤雪珍一愣,"的确……"

孟仕龙很认真地说道:"而且她比很多女孩子都要爱美,不肯剪短发,衣服变着花样穿。我前阵子回港岛看她,照相留念的时候她嫌我拍她拍得不靓,郁闷到晚饭都没吃。"

尤雪珍咋舌:"所以你最开始是想让她高兴才特意来听课学的?"

"对,她快过生日了,我这次也准备回去看她,所以想磨一下技术。"他反过来问她,"那你呢,怎么今天会来?"

他记得她上过这门课的事。

尤雪珍大方道:"我啊,今天特意来蹲你的。"

孟仕龙很意外:"蹲我?"

尤雪珍把后备厢市集的事情跟他说了一通:"而且我们商量好了,最后赚到多少钱大家分,但你分大头!毕竟没有你就卖不了,所以拜托拜托!"

她做出祈祷的姿势,睁大眼望着孟仕龙。

她记得袁婧说孟仕龙好像吃撒娇这一套,但遗憾的是,她长这么大最不会的一个表情就是撒娇。因此在孟仕龙看来,这人刚才还好好的表情,突然眼睛一瞪,让他想起庙里怒目圆睁的金刚。

于是尤雪珍莫名其妙地目睹孟仕龙又笑了,但他很快抿住嘴唇把笑压了下去,只是回答她的声音里还浮缀着一丝没憋下去的笑意:"我可以抽空帮你们做蛋糕。"

"太好了！"

尤雪珍就知道孟仕龙应该不会拒绝，结果他却话锋一转："作为交换，你也可以帮我一个忙吗？"

很顺理成章的请求，却让她有点惊讶。大概是之前他已经给她留下了心软的印象，好像总是不求回报的，都快让她习以为常了。

她连忙在心里提醒自己，不能把这点当理所当然。

"可以可以。"她立刻应下来，"什么忙？"

"我想该买相机了，你能帮我挑一挑吗？"

"就这啊？没问题。什么时候？"

"现在。有空吗？"

她干脆利落道："走！"

尤雪珍第二次跨上孟仕龙的摩托后座就得心应手多了，她想这个忙也太好了，又可以体验一次兜风。

孟仕龙回头确认她坐好后，问道："去数码城？"

"不不不。"她示意他把手机递过来，在导航上输入一家小店的名字，"去这里看看。不知道还开没开着，我大一时要拍作业就是在这家店买的相机。他家有个好处就是都有样机，你买前可以先试手感。"

"好。"

他循着地址，车子疾驰飞出。

二十分钟后，摩托稳稳当当地停在一条在这座城市里如同毛细血管般存在的小巷前。

"从这里走进去就是了。"尤雪珍跳下摩托，指着巷口。

这条路很小资，两边大多是各种文创店铺，梧桐叶落了满地，空气里还浮动着鲜花店的香气。

他们要找的相机店夹在一家唱片店和书店之间，尤雪珍记得书店的位置以前是一家吉事果的小吃店来着，不知道是何时换成的书店。可惜，她本来还打算买份吉事果尝尝的。

幸好，相机店还在，店铺看上去并不起眼，店内的灯打得很暗，低瓦数的光感觉随时会欠费断电一样。

橱窗里一半陈列着中古的二手胶片机，另一半陈列着数码相机，二手和新品都有。尤雪珍找到当年自己买的那一款，放在中古那一栏里，这款对于现在来说已经太旧了。

"你预算是多少？买微单还是单反？"

"预算没关系，哪个拍人像更漂亮？"

"我觉得入门先买微单好了，够用，然后人像的话，我个人觉得佳能的比较好。但是如果你不会后期的话，可能富士也不错，它自带滤镜。"尤雪珍指着橱窗里的两款相机,"要不然你两种都拍一下试试看好了。"

此时没有其他顾客,店长正专心致志地看着iPad。尤雪珍敲了敲柜台,说想要试拍。店长懒洋洋地抬了下眼,告诉他们小心使用,就低下头继续看剧了。

"你先试试这个。"尤雪珍从橱窗里拿下一款家喻户晓的佳能试用机递给孟仕龙。

他小心翼翼地接过,开始摆弄镜头,东看看西看看,一会儿对准整齐的橱窗,一会儿对准窗外的一棵梧桐,就是没按下快门。

尤雪珍在他试拍的时候低头摸出手机,搜索着对相机更详细的测评。

信息冗杂,翻找得投入之际,她突然听到自己的名字被不轻不重地叫了一下。

"尤雪珍。"

她抬起头。

"咔嚓——"

不知何时,孟仕龙将相机对准了她。

灰蒙蒙的店里,闪光亮起,如薄淡的烟花转瞬即逝。

她茫然的样子就这么被孟仕龙捕捉进了相机中。

"啊——"尤雪珍意识到自己被拍了,尴尬道,"你怎么不提前打声招呼?"

孟仕龙的眼睛离开取景器,看向她:"对不起,你不喜欢被拍吗?"

"……也不是,你得给被拍的人一个摆造型准备!"尤雪珍凑过去看他刚拍的照片,"让我看看你刚才拍的。"

他将刚才那张照片调出来,两个人都沉默了。

因为那猝不及防的闪光,尤雪珍下意识地眨了下眼,镜头抓到了这一瞬间。这就罢了,被拍到闭眼也没那么丢脸,但照片上的她眼睛只闭到了一半……好销魂的一双白眼。

孟仕龙又对她说了遍:"……对不起。"

说到最后"起"这个字的时候,声音还抖了一下。

尤雪珍面无表情:"你想笑就笑吧。"

他摇摇头,抿住嘴唇。

她气得牙痒痒:"怪不得你阿婆会郁闷到吃不下饭,换我我也会!你给我好好拍!"

他正了正表情,回道:"好的,放心。"

能放心才怪。

"再拍一次!这回你跟我说'三二一'再拍哦。"

"好。"

他又调整了下参数,然后眯起眼睛贴近取景器,再度将镜头对准她。

她的脸在小小的四方取景器里看起来很迷你,像一只小玩偶。

"三,二,一……"他轻声倒数,按下快门时做好了某种预期,譬如她会摆出个"小树杈",或者露出八颗牙齿的微笑,又或者装酷,总之就像她说的,留下好形象。

但快门按下的瞬间,他在取景器里看见了一张挤着斗鸡眼抠着鼻孔吐舌头的鬼脸。

孟仕龙呆住,眨了下眼睛回过神:"……这是你的造型?"

"你没看出来吗?"尤雪珍给他提示,"《食神》!"

他一点就通:"女学生,斯斯文文?"

这句话直接飙的电影里的粤语。

尤雪珍做了个表示正确的手势,刚刚这个表情就是模仿电影里的这一幕。她和特工对暗号似的接下句台词:"等你好久了!"说完又问他,"这句粤语该怎么说才标准?"

孟仕龙看着她,说:"等你好耐了。"声音拖着点懒音。

"等你好耐了!"

她便跟着鹦鹉学舌了一遍。

"挺标准了。"说完,他切换成普通话,低头去看刚才拍的那张鬼脸。

尤雪珍还品味着刚才他教她的那句台词,突然又听到他说普通话,有点奇怪地感慨:"你讲粤语和讲普通话感觉像两个人。"

"我的普通话也不算很烂吧?"

"不是这个意思。"她想了想,笨拙地形容,"你讲普通话的时候感觉很老实,但讲粤语的时候感觉很坏。"

孟仕龙听到这个形容,不是很明白:"很坏?"

"嗯……反正就是如果你一开始讲粤语的话,我会不敢搭你的车去兜风。"

其实更确切来说不是不敢,而是不好意思。但至于为什么会不好意思,她也不太能说清楚。

所以,还是用不敢来形容吧。

接下来尤雪珍又陪着孟仕龙试了几台相机,最后他觉得还是第一台拍得最好。

店长按下暂停键,勉强分出注意力帮他们结账:"不好意思,那台没库存了,目前只有样机。"

两个人面面相觑。

尤雪珍无语地问:"那什么时候会进货?"

"说不好。你们要是不介意,这台样机可以便宜卖你们,摆出来没多久,功能完全没问题,如果出现问题拿来报修。"

尤雪珍第一反应是不要了,虽然是样机,但从某种意义上来说也算是二手货,何必委屈自己买。

但孟仕龙不一样,他问店长:"能便宜多少?"

店长说:"八折。"

"六折。"

"七折。"

"六六折吧。好数字,祝您生意六六大顺。"

店长想了想:"……行吧。"

尤雪珍瞠目结舌地看着两人简单明了的几个交锋,孟仕龙就唰唰砍了好多价,以她意想不到的价格拿下了相机。

出了店铺,她还在感叹:"你真牛。"

他不置可否:"是店家比菜场里的公公婆婆们好说话。"

今晚任务圆满完成,尤雪珍示意可以自己回学校,不用他再特地送她回去,两人就在巷口分道扬镳。

孟仕龙似乎还想坚持,她已经眼疾手快地打上车了。

"那下次我们就市集见咯!"

他迟疑道:"市集当天我不一定有时间去。"

"啊!你不是都答应了吗?"

"对,蛋糕我会帮忙做的,不会影响你们拿去卖。"

尤雪珍听明白了,他这是打算完全幕后出苦力啊。

"那怎么行?市集很好玩,你不来很可惜。"

最主要是他不来就和毛苏禾见不了面了!

他似乎对她描述的市集也很心动,停顿了一会儿,还是说:"要看店里那天忙不忙,不忙的话我会过去。"

"……好吧。"

尤雪珍知道这已经是他最大程度上的承诺了。

但有没有更确切的、可以保证他们见面又顺理成章的机会呢?

她一拍大腿,忽然想到了个好办法。

"对了,你准备做蛋糕的时候告诉我吧,我们都过去帮你采购,然后打下手,不然你一个人负担很重,毕竟摊位是大家一起组织的。"

一辆打着双闪的车停在马路对面,正是她叫的车。

她不给他拒绝的余地,直接小跑到马路对面,回头对他挥手:"就这么定了,拜拜!"

尤雪珍坐上车,车子缓缓开动的瞬间,她突然又想起一件事,赶紧摇下车窗,对着还在原地目送她离开的孟仕龙大喊:"对了——相机里那两张丑照——记得删啊——"

尤雪珍刚下车回到学校,孟仕龙的微信紧接着就发过来了。

孟仕龙:安全到学校了吗?

珍知棒:到了!

珍知棒:你登一下你的私人号吧,我拉个群聊!

紧接着,她创了个群聊,把叶渐白、毛苏禾、左丘,还有孟仕龙一起拉进去,改了群名叫"后备厢市集小分队"。
　　珍知棒：朋友们，我刚刚请来我们的 chef（大厨）啦！
　　珍知棒：@龙。
　　龙：你们好。
　　Susu：欢迎！
　　绿巨人：大佬！！！
　　绿巨人：有什么需要帮忙的就说哈。
　　珍知棒：还真需要，我们去帮孟 chef 忙，一起做蛋糕。
　　Susu：好呀好呀。
　　龙：多谢大家。
　　绿巨人：没问题！一定鞠躬尽瘁，死而后已！
　　珍知棒：@龙 你预计哪天做蛋糕呀？
　　龙：下周末出摊的话就周五做。
　　珍知棒：OK，我那天可以！
　　Susu：我也没问题。
　　绿巨人：啊啊啊，我周五有事。
　　珍知棒：@阿凡达 你咋样？
　　被"艾特"的人没动静。
　　绿巨人：话说市集那边让我提交一下咱们摊位的名字，大家给个建议啊！
　　群内沉默了片刻，尤雪珍先想到了一个名字。
　　珍知棒："喜游记"怎么样？西游记的谐音，我们人数刚好和西天取经小分队一样。
　　刚刚没动静的叶渐白这时候倒是出现了。
　　阿凡达：哪儿一样了？唐僧他们不是四个人？
　　珍知棒：你忘了把你自己算进去。
　　阿凡达：我？
　　珍知棒：开车的白龙马。
　　阿凡达：……
　　尤雪珍故意挖坑等着叶渐白跳呢，套圈成功正爽得不行时，孟仕龙跟着发了条消息。
　　龙：哈哈。
　　这条消息不知道为什么戳中她笑点，彻底笑崩溃了。

　　接下来的一周尤雪珍都过得无比痛苦，她把自己搭的论文框架完善后发邮件给指导老师，得到的回复是不够严谨，需要重新搭。
　　修改的过程让人想吐，袁婧一直在外地出差，宿舍里就尤雪珍一个人，她连去图书馆的工夫都省了，醒来就爬下床开始和论文搏斗，到深夜再奄奄一息地爬上床，唯一的盼头就是周五做蛋糕这件事。

099

几人最后约定周五晚上烧烤店打烊后在店里碰头，叶渐白也会来，他在群里说了开车来学校接尤雪珍和毛苏禾一起过去。

预计今晚可能会通宵，白天尤雪珍抓紧时间补觉，醒来天都黑了。宿舍里静悄悄的，她在被窝里翻了个身，这才慢悠悠地去摸枕边的手机。

估计也没什么值得看的消息。

有些人的手机是最繁华的机场，电子显示屏上的信息翻得飞快；而有些人的手机却是被推到宇宙后失灵的人造卫星，寂静地飘浮在轨道之外，收不到和世界的联络。

显然，自己属于后者。这一下午如果有十条未读短信，那么有九条必然是商家推送，还有一条就可能是叶渐白发的。

只不过这次预估错误，叶渐白也没私聊她，只在市集小分队群里说了晚上十点在校门口见。

按照往常，尤雪珍必是按约定时间到的那位，但今天下午睡得太嚣张，被子全踢掉导致肚子受凉，她临出宿舍楼又跑回去上厕所。

估计是她迟到这事儿很罕见，市集小分队的微信群里叶渐白在疯狂@她。

阿凡达：@珍知棒 人呢？

阿凡达：被外星人抓走了？

阿凡达：掉厕所里了？

叶渐白发了个微信红包。

一秒后。

——珍知棒领取了您的红包。

叶渐白马上发了个"微笑"表情包。

尤雪珍嫌弃地看着红包里的"0.01"。

珍知棒：你这点钱都不够在公厕买厕纸的。

阿凡达：你在拉屎？

珍知棒：嗯，拉肚子。

珍知棒：要不然你们先过去店里吧，我一会儿打车过去好了。

Susu：我其实也没好呢。

阿凡达：不急，慢慢来。

尤雪珍看到最新的这条消息，胸口一闷。

逆反心起，她遵循着这并不是对自己说的"原则"，又硬生生蹲了半天才来到校门口，可毛苏禾居然还没到。

尤雪珍习惯性地拉开副驾驶门准备坐上去，突然看到座位上放着一杯奶茶。

"你怎么还点奶茶了？"

她伸手要去拿，就听见叶渐白说："这杯不是你的。"他扬了扬下巴，指向后排，"你的在那儿。"

他一边说，还一边冲她眨了下眼，神情落在她眼里，那是一种残酷的轻快。

有那么一瞬间，尤雪珍怀疑自己无法很好地控制表情。

-100

但实际上,她很娴熟地回了个不以为意的白眼,甩上门,从副驾换到后座,捧起奶茶,用吸管堵住自己不知道该说什么的嘴巴。

紧接着毛苏禾也到了,她这次妆容精致很多,前两次都淡淡的,但这次甚至还贴了假睫毛。

而叶渐白可能误会了这份精致是冲着他来的,微妙地挑了下眉,下车帮毛苏禾拉开副驾车门,手掌挡在门框上尖锐的位置,非常绅士。

毛苏禾转头看到副驾上的奶茶,还没问"这是给我的吗",他就已经先一步开口:"帮你点的无糖。"

"哇,谢谢师哥……"她坐进副驾,和后排的尤雪珍挥了挥手,"不好意思呀,临出门又换了件衣服,让你们久等了。"

尤雪珍抛去一个理解的眼神:"没事,这件好看。"

"真的吗?"

"真的,肯定能迷死别人。"

叶渐白很快又坐进车内后,两个人不再说话,默契地交换了一个眼神,对这个"别人"是谁心照不宣。

叶渐白发动引擎,说道:"那我们就出发了。"他侧头看了一眼毛苏禾,"安全带。"

"噢!"毛苏禾赶紧伸手去扯安全带,可拉了两下都没拉下来。

她侧过身又使了点力气去拽,忽然,一个庞大的阴影覆过来——驾驶座上的人径直帮她揪出了安全带。

"这个安全带有点难扣。"他说。

叶渐白探身过去的身形被椅背挡得七七八八,可那只去够安全带的手很清晰地露在尤雪珍的视线前方。

而毛苏禾的手也正拉着安全带,差了些微的距离,两只手并没有任何触碰。

这个姿势并不算逾矩,但仿佛精妙计算得出的空隙,就好像微震下藏在地表的裂缝,让人摇摇欲坠。

她听到前方传来毛苏禾礼貌的声音:"哦哦,谢谢师哥!"

"不用这么客气吧,难道要一整晚都和我说谢谢?"叶渐白撤回身体,轻笑说,"原来我旁边坐了一台复读机。"

尤雪珍刚好吸上一颗巨大的珍珠,她猛地咳嗽两声,惊动叶渐白回头。

"干吗喝那么急?要不要紧?"

她嘴里还含着珍珠,囫囵道:"噻四的……"

"别喝奶茶了,先喝点水。"他皱起眉头去摸抽屉里的矿泉水,没摸到,便解开安全带,"我去买一下,很快。"

"不用……"还没等她说完,他已经甩上车门跑进学校。

尤雪珍怔怔地盯着叶渐白越来越远的背影,忽然想起高中毕业前夕的某个夜晚。那晚月色也很好,可惜他们只能困在教室里上晚自习,还要完成班主任布置的一个无聊任务:每个人都要在班级里挑三个人打分,满分10分,

-101-

最后得分最多的前三名会有小礼物。

大家自然都写自己亲近的朋友,尤雪珍也不例外,第一个就写下叶渐白的名字,但只给他打了5分。

叶渐白看了分数眉头直皱,他也写了她,并且打了满分,所以对自己只有一半的分数特别不满。

晚自习快结束时,他从后排揉了个小纸团扔过来敲她脑袋:为什么只有5分?

她写完也朝他的脑袋扔过去:你是我的5分朋友。这个说法听上去不是很酷吗?

他摊开纸团看到她的回复,露出一个无语的表情,唰唰写了两笔又扔回来:5分朋友?我是没烤熟的牛排吗?

她却答非所问:你知道3.1415926再后面一位数是什么吗?

叶渐白:?

是5。

但尤雪珍没有再回,她把那张表格翻过来,偷偷在背面写下一行小字。

我们是像3.1415926一样滚瓜烂熟的朋友,你不会再往后看了,跟在这一串数字后面紧接着的5,是其实一直存在但不被人知道的、我对你的喜欢。

后来,她曾试过把字条夹进他的课本里,那是那么多年来自己最有勇气的一次。

然而课本却丢失了,连字条的下落都和这个5一样,不会被人知道。

/第七章/
唯一的玫瑰

快到店时,尤雪珍给孟仕龙发了条消息,他没回复。

店铺已经打烊,招牌灭了灯,门还开着,直通后厨的走廊上留着一盏黄色的小灯,隐隐可以听到最里头的动静。

三个人掀开帘子进去,尤雪珍才知道孟仕龙为什么没回消息了。

他一个人已经忙活起来,正开着小火不停地翻炒着什么东西。两只耳朵塞着耳机,穿着黑色短袖T恤和黑色围裙,应该是嫌热将短袖卷边到了肩头,露出了之前一直看不到的皮肤——左边肩头上有一块文身。

小半边图案隐没进了衣服里,看不太出来具体是什么,但露出的文身和动作间鼓起的肩头肌肉让他整个人的气质看上去又变得不一样了,比较适合手上拿一把枪,而不是握着锅铲。

他烹饪的时候很入神,被叫了三遍名字才有所觉地回头。

"你们来了。"孟仕龙匆忙摘下一边耳机。

他用的还是有线的那种,耳机耷拉在胸前轻晃,有轻微的漏音,隐约传出熟悉的旋律。

尤雪珍立刻辨认出他听的应该是《食神》里的那首《初恋》。

于是她打完招呼后情不自禁顺着哼了两句。

叶渐白懒着身子斜靠在门边,听到尤雪珍的哼歌声,看了她一眼。

"我们是不是来得太晚了?"毛苏禾悄悄拉过尤雪珍耳语,"他都已经做起来了。"

尤雪珍撇过头,注意到毛苏禾不敢直视孟仕龙,又忍不住想看他,视线径直落在那根晃荡的耳机线上,仿佛一只无法忍住被吸引的小猫。

毛苏禾这个神情是一种男女通杀的可爱,尤雪珍都觉得自己在这一瞬间心跳加快。

她立刻去观察孟仕龙。说起来这是这两人真正意义上的第一次见面,来时她还在想他们会有什么样的反应,他都因为毛苏禾的照片而去建了个小号,肯定存了好感。

结果,她偏过视线去看孟仕龙时,只瞧见他极速转回去的后脑勺。

-103-

他根本没多看任何人一眼,非常匆忙地打了个招呼,又匆匆回头去关注自己的锅,仿佛那才是他最心爱的人,只剩下漏音的耳机还在晃荡。

尤雪珍略无语地跟着看向锅,安抚毛苏禾说:"没事。"又努了努嘴,问孟仕龙,"现在炒的是什么?我们不是要做蛋糕吗?"

"绿豆沙。"孟仕龙言简意赅,"泰国的一种小吃,叫露楚,可以捏出各种形状,拿去卖比较有亮点,会比蛋糕好卖。"

尤雪珍一惊:"你怎么连泰国的小吃都会做?"

"现查的,这个学起来很简单,其实就是绿豆糕。"

叶渐白斜靠在门边,接话:"挺厉害啊,一学就会。"

虽然是夸奖,但听上去仿佛在质疑孟仕龙的水平。

孟仕龙却好像没听出来,一板一眼地回道:"谢谢。"

叶渐白语塞。

孟仕龙还在专注于锅中的绿豆沙,待火力调小后才分神跟他们说:"等绿豆沙出锅你们就可以来捏形状,就像捏橡皮泥那样,很简单。"

之前大家在群里已经聊过自己的厨艺水平,尤雪珍会煮面,和会烤蛋糕的毛苏禾一起排中间,叶渐白则是四体不勤五谷不分,完全垫底。

所以,孟仕龙大包大揽了前面所有琐碎的细节,留下的是谁都可以上手捏的模型,可以说已经和厨艺无关了,跟玩橡皮泥似的。

尤雪珍连连点头:"包在我们身上!"

毛苏禾也跟着点头:"好的。"

叶渐白则问出了一个很关键的问题:"捏什么形状?"

孟仕龙说:"小动物、植物、水果,都可以。"

叶渐白似乎想在这个部分掌握主动权,率先拍板:"我要捏玫瑰。"

"要选植物吗?"毛苏禾顺着叶渐白的思路说,"那……我捏向日葵吧!"

尤雪珍却不这么想。

她在叶渐白说玫瑰时思绪开始发散,一个绝妙的商机在她脑子里突然成型。

"都做植物挺没意思的,其实我们可以做一个主题类的东西,比如现在确定做玫瑰花,其他三个人就可以做狐狸、星球、小王冠。"

毛苏禾"啊"了一声:"《小王子》?"

"正确!"尤雪珍越说越觉得自己的点子可行,"到时候我们把摊位名改成'B612星球',我宿舍里还有《小王子》的周边徽章,到时候我拿来,你们都戴上。我们这个摊位一定能脱颖而出!"

徽章是去年暑假袁婧去台北玩,从诚品书店买的伴手礼。尤雪珍不知道用在哪里好,一直放在抽屉里,也许就是为了等这次机会亮相。

叶渐白"嗯"了声:"不错啊,比西天取经强多了。"

毛苏禾也眼睛一亮:"听着我都想买一打了,肯定会有不少来我们摊位打卡拍照的。"

尤雪珍看向孟仕龙："大厨觉得怎么样？"

孟仕龙顿了顿："我没看过那个，所以不了解，你们定吧。"

叶渐白扯起嘴角："你连《小王子》都没看过？"

这话听着多少有点刺耳。尤雪珍忍不住微微皱起眉，却听到孟仕龙"嗯"了一声："是啊，我书读得少。"

有句话怎么说的来着？真诚是永远的必杀技。

连一向很会奚落人的叶渐白都噎了一下，沉默了。

尤雪珍连忙打圆场道："那现在就算……全票通过了？"

毛苏禾举手："我可以申请捏星球吗？我有点手残，小狐狸和王冠对我来说都有点难。"

孟仕龙一听，直接包揽了最难的："那小狐狸我来捏吧。"

毛苏禾听到他这么说，视线从他的耳机线慢慢上移到他的眼睛上，她的眼睛亮晶晶的，抿了抿唇，笑着说："谢谢呀。"

而孟仕龙居然还在看绿豆沙，波澜不惊地回道："没什么。"

尤雪珍有一种想把那锅绿豆沙扬了的冲动。

最后还剩下王冠分给了尤雪珍，四人任务分配完毕。

锅里的绿豆沙也不再流动，孟仕龙关掉火，把它倒出来晾置，接着又取出一次性手套给他们三人。他像个不停转动的陀螺，但神色又游刃有余，把一切安排得井井有条。

四个人搬着冷却后的绿豆沙来到前面的餐厅，一人各占一张桌子，着手捏自己负责的露楚。

虽然孟仕龙负责捏的狐狸是最复杂的，但他的手速却是最快的。他们三个才捏完一两个，他已经捏完一排，甚至还捏得栩栩如生。尤雪珍瞟了一眼，像是真有一群小狐狸从他的裤腿爬上去，在他手边排好队。

毛苏禾捏的速度是最慢的。尤雪珍发现她真的不擅长手工，捏圆球捏了半天最后出来一个椭圆。

尤雪珍眼睛一亮，心想机会来了——她可没忘记自己今晚组这局的根本目的是什么。

于是，她刻意装出有些挑剔的样子，指着毛苏禾捏的星球说："这个样子好像……到时候很难卖出去吧？"她看向孟仕龙，"大厨，你教教她呗。"

对于这种请求孟仕龙完全不会拒绝。他看了看毛苏禾手里的绿豆沙，果然卖相比较滑稽，立刻放下了手里的小狐狸，起身坐到了毛苏禾对面。

他一坐下，毛苏禾刚有点弯下去的背微微挺直了。

孟仕龙从盘里挖了块绿豆沙，动作很慢地展示给毛苏禾看。

尤雪珍继续助攻："你得手把手帮忙捏一下，光看是学不明白的。"

他手上动作一顿："是吗？"

然而毛苏禾脸皮薄，阻止了孟仕龙："不用不用，我看得明白。"

于是尤雪珍也点到即止地闭嘴了。现在这个场面也算进展顺利，但是她

-105-

有点得意忘形过头，忽略了一个最重要的变量，那就是叶渐白。

叶渐白在孟仕龙坐过去不久后，也慢悠悠地起了身，手上把玩着刚捏出来的玫瑰花，坐到了毛苏禾那一桌："我也来偷个师。"

他摆出好学生的姿态，自然地坐到了毛苏禾旁边同她一起观察，远比坐在对面的孟仕龙距离更加近。

好好的计划被打乱，尤雪珍余光看见他坐下的那一刹，手上一用力，王冠被她一把捏断了。

可恶的程咬金！

既然如此，她也干脆坐到那桌还剩下的一个空位。

两个人坐对面也许能产生暧昧，三个人坐三角也许能构筑修罗场，而当四个人坐一桌，那就只是个学习小组。

尤雪珍顺理成章地亮出刚才捏断的王冠："我也捏坏了，这个还挺难的。"

"那我都给你们捏一遍吧。"

说着，孟仕龙便依次展示了如何捏出漂亮的星球、玫瑰以及王冠，还化身为孟老师指导他们："主要还是掌握好力道，你们现在再试着捏捏，我看看。"

尤雪珍依言搓揉着手中的绿豆沙，眼神却又跟着心思不知不觉跑偏。毛苏禾和叶渐白坐在她对面，两个人的肩膀因为手上的动作若即若离，她偷看着，像是坐在涨潮海面上的木舟上，跟着他们肩膀晃动的幅度一上一下，心头摇摆不定。

"啊……"

一不留神，她又把王冠给捏断了。

"你别太用力。"孟仕龙捡起断掉的半边，重新塞到她手中。然而他的手没有抽走，顺势包住她的手背，一起握紧了那块绿豆沙。

尤雪珍愣了半拍，下意识抽出手："……干吗？"

"怎么了？"孟仕龙全然是正经的神色，直视着她搬出了那句她刚才说的话，"你力道总是掌握得不对，带着你上手捏一遍你会比较知道些。"

回旋镖居然扎到了自己头上。

她语塞的半秒，孟仕龙又再次捉住她的手，隔着塑料手套将她的手掌包住，带着她往手心里那一团柔软按去。

这一刹，仿佛桌面是一条公路，他的手心、她的手掌，还有那团绿豆沙，像三辆小车砰地追尾，紧紧咬合在一起。

"事故"当然引起了对面两人的注意，毛苏禾和叶渐白同时抬头，目光像两道由绿转红的信号灯，在他们叠起来的手上闪烁。

尤雪珍在他们的注视下本想立刻抽出手，但她一犹豫停住了动作，任由孟仕龙带着自己捏了一遍，同时在心头盘算着什么。

等回过神时，孟仕龙已经在她的手心里留下了一个小巧的皇冠，速度极快，她唯一深刻的感受是塑料手套发出的窸窣声很吵。

"这么带着学一遍真的好上手！"接着她像模像样地独自捏了一遍，亮出她的小算盘,"你们也都来手把手感受一下啊!"

毛苏禾刚刚的表情还有点不舒服,但此刻领会到尤雪珍的意图,向她投来佩服的目光。

而表情不佳的人变成了叶渐白。

尤雪珍偏过头极快地扫了他一眼,他其实表情没变,只不过指尖在没有规律地上下捏绿豆沙,泄露出一丝情绪——眼看自己瞄准的猎物要和别人有亲密接触,哪怕只是正经的教学,也很难愉快吧。

记忆中,她没见过他会为女生露出这种表情。他在之前每段关系中都游刃有余,不存在对手,更没有这样需要吃瘪的时刻,是唯一的常胜将军。

因此,在看见他脸上出现这样的表情后,她就像叛臣,心里觉得痛快,可又夹杂着一丝不痛快。

叶渐白皮笑肉不笑地耸肩:"我就不用了,笨手笨脚的人才需要像婴儿一样被带着教。"

这话明显是怪她起了这个头,给毛苏禾和孟仕龙搭了桥。

尤雪珍心头的那点不痛快在他这句话后,彻彻底底地消失了。

那就叛逆到底好了。

她立刻回撑:"笨手笨脚不可怕,可怕的是笨手笨脚还没有自知之明,玫瑰花捏成大白菜,小王子都得配合某人改名叫小农夫!"

她话音一落,孟仕龙笑出声。如果他的头顶有弹幕,此刻应该会跳出他在微信上发的那两个大字:哈哈。

叶渐白额头的青筋跳了一下,撒手把绿豆沙往桌面一扔不干了,从飞行服外套里摸出烟和打火机走向店外。

毛苏禾无措地看着叶渐白离开,小声说:"手残而已,会不会说得太严重了啊?"

尤雪珍"哼"了声:"别管他,我们继续捏。"

"你教教苏禾吧?"她示意孟仕龙上手教毛苏禾。

毛苏禾却又拒绝了:"不用不用,我真的看明白了。"

她刚才听叶渐白那么说也有了点顾虑——比起亲密接触,更担心孟仕龙真的会认为她笨手笨脚而对她扣印象分。

孟仕龙听毛苏禾这么说,便干脆地撤回手。

尤雪珍眼睁睁看着自己的算盘又落空,不甘心地挣扎了一下:"你刚刚不是这样的啊!难道你也是觉得我笨手笨脚才直接上手的?"

孟仕龙一指桌面上另一块王冠的残骸,很平静地看着她:"断了两块了。"

尤雪珍灰溜溜地把这块铁证收回来。

"捏完模型就是上色。"孟仕龙接着从后厨里拿出早就准备好的色素放在桌上任大家取用,"没问题了,那就继续吧。"

他去后厨时,顺手把自己的手机也拿回来了,腾出手看了眼手机,接着没坐稳又站起来走向后厨。

尤雪珍只当他又漏拿了什么，但过去一会儿他还没出来，倒是帘子后传来了开火的动静。

毛苏禾探头向里张望："他又去重新炒一锅？不是还没上色吗？"

尤雪珍没多想："可能是一起多做点吧。"

结果她刚说完就被打脸，孟仕龙又掀开帘子出来了，手上没有拿任何东西。

尤雪珍狐疑："你刚进去不是在煮绿豆沙吗？"

他坐下开始捧起"狐狸"们上色，回答："夜宵，等一下饿了可以吃。"

她惊道："你太周到了吧？不用这么客气的！"

"顺手的事。"

她感叹："那就谢啦……正好真有点饿了。"

毛苏禾没说话，只是偷瞄孟仕龙。他就坐在她正对面，低着头，目光专注。

如果她能被他用相同的目光注视，她的脸应该会和他手中的狐狸尾巴一样，逐渐被染上红色吧？

思索之间，她的眼神被孟仕龙察觉，来不及收回，两人对视了个正着。

毛苏禾微微屏住呼吸，就听见他说："你也饿了？"

她庆幸他的迟钝，又有点微妙的失望，点点头："……是啊。"

"你等一下。"

他手上的"狐狸"还没拿热，又匆匆放下去了后厨。丁零当啷一阵响之后，他端了一碗公仔面出来。

一碗。

毛苏禾注意到他端的碗数，不管这碗面的味道如何，这个仅有的数字已经完全取悦了她。

尤雪珍自然也注意到了这点。她本来以为孟仕龙至少会端两碗出来，毕竟刚才她也喊饿，他都没反应，非等到毛苏禾说饿了才有反应就算了，怎么还只端了一碗出来？

还以为孟仕龙是不开窍的榆木脑袋，结果怎么比叶渐白还狗？

算了，就当为这两人的红线事业添砖加瓦了。

尤雪珍默默在心里吐槽，手上动作不停，兢兢业业地把所剩的绿豆沙捏完。

孟仕龙看了看她手上的活，很欣慰地说："捏得不错。"接着对她招招手，"尤雪珍，你再过来帮我个忙。"说完就闪身掀开帘子又进去了。

不会是要帮忙刷锅吧？

尤雪珍狐疑地瞅着帘子起身跟上。

孟仕龙正在关火，炉子上煮的不是刚才端给毛苏禾的面，而是一碗黄澄澄的小米粥。

分量特别少，他倒出来只够一人吃。

尤雪珍这才意识到，刚才那丁零当啷是他煮面的动静，而他说的做夜宵，就是只煮了这么一碗粥。

"你就别吃面了。"他连勺子一起把这碗小米粥推到她跟前，"肠胃不好吃这个,看你群里说的。"

尤雪珍愣住,手足无措地看看粥,又环顾四周:"要帮的忙呢?是什么?"

孟仕龙点了下碗:"帮忙把它吃掉。"

尤雪珍捏起勺子的瞬间,忽然就想起了高中时某个周末的夜晚。

那天住家阿姨请假不在,就由妈妈肩负起下厨的重任做三餐饭。做完晚饭实在耐心耗尽,因此当尤雪珍想要吃夜宵的时候,她只是懒懒地打开手机外卖平台,递给她让她自己点,想吃什么点什么。

尤雪珍美滋滋地接过手机,正划拉着界面,衣角被拉了一下。

她低下头,妹妹眨巴着眼睛望着她。

"姐姐,我也想吃。"

"好啊!你想吃什么?"

她刚说完,手中的手机就被抽走了。

妈妈用手机轻轻敲了敲妹妹的大脑门,说道:"你小孩子吃什么外卖啊?那个不健康的。"随后无奈地从沙发上起身,趿拉着拖鞋往厨房走,"好了好了,你俩想吃什么?我给你们做去。"

爸爸从球赛上分出目光,转头喊了一句:"也算我一份!"

"那一会儿你洗碗。"

尤雪珍记得最后她们跟着爸爸一起看球赛,妈妈做了四人份的豆沙汤圆,她吃得特别少。

爸爸边收拾餐桌边嘟囔:"一开始就你嚷得最欢,结果吃那么少,不要没事学网上那些人减肥。"

她点头说:"好哦,不会的。"

妈妈捏了捏妹妹肉嘟嘟的脸:"对啊,女孩子还是胖点可爱。"

那真是一个其乐融融的夜晚。

"不想吃吗?"孟仕龙见尤雪珍傻站着不动,以为她是为难,"不吃也没事的,给我吧。"

尤雪珍连忙捧起小米粥,摇头如拨浪鼓,迅速舀了一勺送进口中,尤其还站在灶台边,那样子活像个打了一天黑工终于能趁热吃口饭的衰仔。

孟仕龙手握成拳放在嘴边假装咳了一声,掩住上翘的嘴角。看她这吃相,他会错觉自己做的是什么山珍海味,让人很有一种想再煮点什么的手痒感。

于是他也直接问了:"要再来一碗吗?"

她摇头,嘴里还嚼着东西以至于口齿不清:"狗吃了(够吃了)。"

孟仕龙像是听不明白似的,笑着重复了一句:"小狗吃了?"语气很像在捉弄她,又好像是真的没听清。

她瞪大眼,他已经背过身准备洗锅洗碗。

尤雪珍见状阻止他:"忘着唔来洗,你粗去吧(放着我来洗,你出去吧)。"

他依旧没听明白:"你说什么?"

她吞下嘴里的小米粥,终于能清晰吐字:"我说我来洗!"

他并没有停下手中的动作:"你慢慢吃。"

尤雪珍看他不出去的架势急得上火,外面刚好只有毛苏禾在,这是一个大好的促进他们感情升温的机会!

思来想去,她直接上手去抢孟仕龙手里的碗,撞到他沾着洗洁剂的手指。没有手套的阻隔,她清晰地碰到他指腹的茧,混着滑腻的泡沫擦过她的手指边缘。

两个人都愣了一下。

明明刚才还紧握了十几秒手心,为什么这一秒碰到却感觉奇怪?也许是意外让人不知所措……

尤雪珍极快地松手,蜷起手心,说:"我总得帮点什么忙才好……你就让我洗吧。"

孟仕龙顿了顿,放下碗,冲干净手上的泡沫:"好,那就谢谢了。"

他一走,尤雪珍赶紧竖起耳朵听外面的动静,也不知道那两人有没有在聊天,似乎没有,因为她什么都没听见。

拖到差不多的时间,她才撸起袖子洗剩下的碗,刚要找钢丝球和洗洁精,就发现孟仕龙已经把它们放到了显眼的位置。

尤雪珍洗完出来后,叶渐白也已经抽完烟回来了。他大概在外面站了许久,散尽了烟味,身上只有隐隐的夜露的气息,捧着看不出是白菜还是玫瑰的绿豆沙又开始捏,表情逐渐暴躁,手边废了一堆卖相不好的"大白菜",竭力跟手中的绿豆沙搏斗。

毛苏禾刚勉强把面吃完,打了个饱嗝,难为情地捂住嘴巴。

孟仕龙倒毫无异样地把面碗撤走,说一会儿他来收拾,但毛苏禾根本没回过神,还在懊恼自己打嗝出声的事情。

就这样,四个人的步调都不一致,做得最快的当然还是孟仕龙。他上完色后又马不停蹄地去后厨做琼脂,那是露楚最外面包裹的一层亮晶晶的东西。

最后拖拖拉拉的,他们都把自己该完成的露楚制作完毕后上交。其中卖相最丑的就数叶渐白,捏得几乎没有一朵能看的。

尤雪珍凉凉道:"看来我们的摊位真要改名叫开心农场了。"

叶渐白冷笑两声,懒得回嘴。

孟仕龙把这些小甜品沾上琼脂后在铁盘上一一排列摞好,准备放进冰箱冷冻层。他一边放一边自言自语:"虽然是大通铺也要好好睡觉。"他在这些绿豆糕上面又加了层纸膜,"给你们盖床被子。"

他的呓语声很低,只有离他很近的尤雪珍能听见,"扑哧"一下笑出声。

一旁的叶渐白看过来:"干吗?"

她正色:"没什么。"

他"哦"了声,走过来莫名其妙地拍了下她的肩膀。

这下轮到尤雪珍奇怪:"干吗?"

他模仿她:"没什么。"

尤雪珍很快发现了一点异样，口袋里多了一点轻微的沉坠感。

她伸手摸索，掌心碰到一个四角坚硬的盒子。

那是……

她掏出一看，是烟盒，他刚才拿出去抽的那一包。

盒子里面已经空了，开口处插着一朵比那些放进冷冻层里都要漂亮的、唯一的玫瑰。

尤雪珍看着手心的这朵绿豆玫瑰，知道这自然是叶渐白的把戏，应该是他趁刚才拍她肩的时候悄悄丢进来的。

她走过去，用手肘撞了撞叶渐白："喂，给我这个干什么？"

"哎呀，我说这朵玫瑰花怎么不见了，原来掉你那里了。"他装模作样地从她手心里拿过烟盒，抽出玫瑰，像被人强制慢动作似的从她眼前晃过去，"我不太认识这个，你帮我认认，是玫瑰还是白菜？"

尤雪珍翻了个白眼，顿时明白了他演这么一出的意图，说白了还是幼稚，记仇自己刚才撑他的那句话，非要自证一下。

她用毫无起伏的语调说："哇，好漂亮的玫瑰花啊——"

叶渐白这才满意，随手又把绿豆玫瑰丢回她手心："那这朵漂亮的玫瑰花送你吃了。"

"我才不要。"她又故作不屑地把玫瑰丢给他。

"你不要就丢垃圾桶好了。"说完他就径直离开。

他的语气极为不真诚，尤雪珍盯着手心里的玫瑰，心却依然被折了一角。

这是他捏出来的最漂亮的一朵，给了她。虽然是孩子般怄气，虽然是绿豆沙捏出来的，但依然是一朵花。只要不吃它，就是一朵永不会凋谢的花。

尤雪珍小心翼翼地把它放回烟盒里，飞快地揣进口袋，像怀揣巨款怕被人发现，但依然有眼尖的人察觉到了。

孟仕龙不着痕迹地收回视线，关上冰箱门。

凌晨三点，他们在暗下灯的孟记烧烤店前解散，孟仕龙回了二楼，剩下的三人走到巷口，按照来时的座位坐进车里。

毛苏禾给叶渐白报了个地址，她是西荣本地人，平常会住宿舍，但这种过了门禁的情况就会回家，于是叶渐白就先将她送到，再送尤雪珍。

说是送尤雪珍，但他根本没问她要去哪儿，就直接导航了自己的公寓。

尤雪珍在后排拍了拍他的座椅后背："干吗？我订了酒店的。"

"酒店？"他嗤声，置若罔闻地转方向盘开上既定的路线，"那你不如把这钱给我，我给你连洗澡水都放好。"

"没和你开玩笑，我真订了。"

她知道今晚一定赶不上门禁，所以一早就订好了房间。

"我也没和你开玩笑，你浪费那钱干什么？住我那里不就行了？"

"不要。"她胡诌了一个理由，"你那床太软了，我睡了腰疼。"

—111—

"怎么就腰疼？有没有去看医生？"

他突如其来的关心让尤雪珍心虚地摸了下鼻子："不用……就是这段时间一直泡图书馆，没怎么活动。"

叶渐白的手指点了点方向盘，忽而说道："那就活动一下吧。"

"哈？"

他清了清嗓子，对导航重新报出了一个地址："荷光汽车影院。"

尤雪珍本来瘫在后座，听他报出这个名字不由得直起身："你不睡觉啊？明天我们还要摆摊啊。"

"那是晚上啊。反正离天亮也就三个小时了，睡什么睡？我们俩都别回去了，去看一场电影的时间不是刚好？"

他一扫困倦的神色，兴致勃勃地在前面路口掉头，往另一个截然不同的方向驶去。

"我才不要……我要睡觉！"

她的抗议和身体一起被突然的加速度带进后座。

……算了，随他去吧。

不心血来潮就不是叶渐白了，他比台风还没有规律，也没有预警，唯独没差别的，是能将人连同衣角和心脏一起吹鼓。

车子在路灯昏黄的街道上疾驰，不一会儿就开到了一家二十四小时营业的露天汽车影院。他们之前也来看过几次，下午和晚上这里会放一些实时上映的影片，到了后半夜就会放一些大屏幕没有公映过的电影，比如今晚放映的就是《她》。

这部电影他们两人早都看过了，因为叶渐白对人工智能的题材很感兴趣，当时一有资源就拉着她一起看了，在他的房间。

除了记得这是一个人类和人工智能相爱的故事，其他的细节尤雪珍根本没印象了。能回想起来的，是叶渐白起身去拿薯片时挡住了投影仪，银幕上照出他的影痕，那一瞬他好像成了电影里的人，遥远，注定不能被观众拥有。

此时电影还未开场，工作人员挥着荧光棒指引着他们把车停到位，叶渐白熄火，打开天窗，夜晚的虫鸣声便像浪潮扑进车厢。

他松开安全带，扭头看向后座："一起下去买点喝的？"

"好。"

尤雪珍跟着一起下车，环顾四周，稀稀拉拉地停着两三辆车。尽头的集装箱里有人售卖可乐，这次他们来发现还多了咖啡，由机器人现磨的。

叶渐白一看到机器人就来劲，兴致勃勃要现磨咖啡。

机器人缓缓从沉睡状态启动，电子屏上的眯眯眼变成了神采奕奕的豆豆眼，用兴高采烈的声音说："能为您泡咖啡真开心！"

他问小机器人："有多开心？"

尤雪珍斜睨他一眼："神经。"

叶渐白回看过来，模仿着机器人的腔调："能和你一起看电影真开心！"

她顿了顿，轻哼："有多开心？"
她本来以为他会模仿自己的那句"神经"回敬她，结果他取来咖啡，将温热的杯壁往她脸上一贴，说："就像有点冷的这个夜晚喝到这杯热咖啡一样开心。"
尤雪珍一愣，咖啡已经被他拿开，颊边的热意却还贴着没散。
她回过神，嫌弃地扬手挥了挥空气，嘟囔："这个机器人还挺有文学素养。"

两人看完电影时是清晨的五点四十八分，接近冬天的黎明还很远，整片天幕仍旧被一股深蓝笼罩着，车内的蓝牙音响仍在播放着电影，尤雪珍模模糊糊地听到，从睡梦中转醒，意识到已经是尾声了。
醒来的时间很巧妙，就像坐电车总能在快到站时醒过来一样，潜意识真是很神奇的东西。
脑子里胡乱闪过这些思绪，鼻子也逐渐苏醒，闻到了一股烟草玫瑰的香气，她这才感觉到身上很沉，似乎盖了一件外套。
叶渐白的外套。
尤雪珍想睁开眼确认，但身体没有动，仿佛昏昏沉沉的大脑更快一步发出了指令，想继续沉浸在这股味道里。
她轻轻耸了下鼻尖，忽然听到车里传来手机来电的振动，吓了一大跳。
身边是窸窸窣窣掏口袋的动静，尤雪珍赶紧将眼睛闭得更紧，一动不动，耳朵却静悄悄地竖起。
叶渐白接通了电话，心不在焉地问："你是？"
电话那头的声音很大，像是在酒吧，震耳欲聋的，夹杂着一个女孩子的声音："你好，是叶渐白师兄吗？我是黄芊茹的舍友，她喝得特别醉，你能不能来接她一下？"
"黄芊茹？知道了，我帮你们叫个车。"
电话被夺走，换成了一个醉醺醺的声音："叶渐白——我要你亲自来接我！"
他语调未变："你的确喝醉了。"
黄芊茹变得声嘶力竭："我不明白，你为什么能说断就断？难道就是因为我开玩笑说想和你用情侣头像吗？"
叶渐白很冷静地说："你都直接上手要换我头像了，还算玩笑吗？"
黄芊茹咬着牙一个字一个字往外蹦："谈朋友为什么不能换情侣头像？根本就是你微信里养了太多条鱼吧！用情侣头像会阻碍你'养鱼'不是吗？"
她斥责完，叶渐白叹了口气："我没有当养殖场主的爱好，每段感情我都是想认真去喜欢一个人的。只是感情讲究你情我愿，没意思了就及时止损不好吗？你如果觉得我在'养鱼'，那你不如就想象自己是一条鲨鱼吧。"
电话那头传来黄芊茹胡乱的叫嚷："什么鲨鱼？我听不懂你在说什么！"

—113—

"黄芊茹，你知道鲨鱼什么时候最有魅力吗？在海里遨游的时候。"他语调放软，说出口的话却让人难受，"所以你不用游到我的鱼缸里来，应该去更广阔的大海。"

挂断电话前，他最后说了一句："对了，我不想换头像和情侣头像没关系。"

说完，电话被他掐断，很干脆。

尤雪珍不动声色地翻了个身，将身体背向叶渐白，面对车窗悄无声息地吐出一口刚才全程屏住的气息，心里之前泛上来的蠢蠢欲动也在这通电话结束后消失殆尽。

她装作才睡醒的样子，迷迷糊糊地打个哈欠："结束了没啊？"然后坐直身体，胸口上盖着的宽大外套滑了下来。

她一皱眉，故作嫌弃地把外套丢过去："这香水熏死我了。"

"你倒真会挑时间醒。"远处的大银幕上只剩下滚动的字幕条，叶渐白把外套收回来，手指捏着空掉的咖啡纸杯把玩，视线收回来看向她，"开场十分钟你就睡着了，小猪佩奇都没你能睡。"

"毕竟看过一遍了。"她为自己辩解，"而且我对和 AI 谈恋爱这种故事没什么兴趣。"

他挑眉："是对 AI 不感兴趣还是对恋爱不感兴趣？"

"恋爱啊。我倒挺希望真有一个很牛的 AI。"

"那你用 AI 做什么？"

"帮我写论文。"

"出息。"

"不仅要帮我写论文，还要每天叫我起床，难过的时候陪我聊天，困难的时候帮我出谋划策，开心的时候能和我一起哈哈大笑……"

"那不和电影里的 AI 一样吗？"

"不一样。电影里的定位是恋人，但在我这里……"尤雪珍一顿，"更像是家人的一种存在吧。"

叶渐白"哦"了一声，尤雪珍本来还掏心掏肺地在那里畅想，听见他敷衍的语气，扭头一看，这人居然开始低头玩手机了。

她瞬间急刹车，也无语地点开手机看时间，即将六点。

"走吧，回去了。"

他又"嗯"了一声，尤雪珍忽然看到微信一跳。

这么早，难道是……

孟仕龙的名字在脑海里闪过，点开却发现是身边的这个人。

阿凡达：尤小姐您好，我是您的专属小助手 001 号，今日刚刚上线，还处于试运营阶段，感谢您的选择。现在是东八区时间 05:58:43，我检测到您还没有入睡，是因为身边坐着一位帅哥的缘故吗？

尤雪珍低头，看着屏幕上他编辑的这一长串消息，眼睛不由得弯起。

珍知棒：果然是试运营，bug 好多啊，连我旁边坐着的是丑男还是帅哥都分不清。
　　阿凡达：你再说一遍？
　　珍知棒：这小助手怎么还急眼了？
　　叶渐白发了个"微笑"表情包，直接举起手机自拍了一张，点击发送。
　　阿凡达：我扫描了您身边的这位男士，经过专业分析，他的五官都是黄金比例，如果这都不算英俊，那这世界上恐怕没有能算英俊的人了。
　　珍知棒：我不相信你的专业分析，除非你再分析我看看。
　　阿凡达：收到指令，正在检测分析……
　　阿凡达：没有办法客观分析呢。您在我眼里是这个世界上最可爱的人。
　　尤雪珍看到这行字，心跳又陡然加快，虽然知道这只是叶渐白尽职尽责扮演 AI 才说的漂亮话。
　　她又继续吹毛求疵地发问。
　　珍知棒：为什么不是最漂亮？
　　阿凡达：因为那是客观分析后的结果。
　　尤雪珍"喊"了一声："少来这套。"
　　"我没开玩笑。"
　　闻言，她一怔。
　　"以前你学化妆的时候我就和你说过，你不化妆也很漂亮啊。"叶渐白收起吊儿郎当的神色，"就像我就觉得我是世界上最帅的，你也要相信自己是世界上最漂亮的。"

/ 第八章 /
这里好像更需要我一点

叶渐白总是这样对尤雪珍说——
"你要相信你自己。"
高考前夕,尤雪珍压力大到胃绞痛,他翘了晚自习骑车带她去看急诊。医生诊断她是因为精神压力过大引起的神经性肠胃功能紊乱。从医院出来后,他拍拍她的背,语气平淡地说:"你要相信自己一定可以。不要紧张,不要怕,大不了考砸了我们一起复读。"
高考最后一门考试结束那天,校门外的家长人山人海,等着给从"战场"上归来的学子们拥抱。而等尤雪珍的那位"家长"却是叶渐白。他们被分在不同的考场,一打铃他就冲到了校门外,看见她就上去勾她肩,笑着问她考得怎么样。
她烦躁地抓抓头:"不知道啊,希望能考上第一志愿。"
他笃定地说:"肯定可以,相信你自己。"

尤雪珍默默截图了这个清晨的聊天记录,尤其是那句"您在我眼里是这个世界上最可爱的人",连同他送给她的绿豆玫瑰,小心地拍了照,一起存进了手机的某个相册。
为了掩人耳目,她把这个相册取名叫"待删"。只不过这里面的照片一张都没删过,反而越积越多。
存好照片后,她抓紧时间睡觉,虽然市集在晚上正式开张,但他们作为摊主需要提前到场地布置,所以左丘在群里约了下午从学校出发。
定好闹钟,尤雪珍在无人的宿舍里蒙头大睡,做了很多光怪陆离的梦,醒来时头痛得要命。
依旧是叶渐白开车来接,只不过这次多了一个左丘。左丘一来,副驾驶的位子就成了他的,一路上依旧叽叽呱呱地问关于他们昨天做甜品的事情。
叶渐白懒得搭理他,一句话堵住他的嘴:"一会儿你自己看。"
他们要先绕道到孟记烧烤去取保存好的露楚,烧烤店下午两点到五点关张准备,门口挂了暂停营业的牌子,不过门还开着,一看就是为了他们特意留着的。

一帮人驾轻就熟地来到后厨,只有左丘走在最后东张西望,最后看到孟仕龙从冷柜里拿出一大盘露楚后,下巴都惊掉了。

"天啊,这也太牛了!这是你们做的?"

"是孟仕龙的点子。"尤雪珍颇自豪地说道,"早说了他很厉害。"

左丘夸张地对着孟仕龙一鞠躬:"哥,你是我亲哥!"

大家把东西搬上车,左丘还主动把副驾让出来,说:"哥,你坐副驾,我去挤后排!"

孟仕龙摆手:"不用,我不去。"

"啊——"

这声则来自毛苏禾。

她连忙收声,有些尴尬地和尤雪珍对视了一眼。

尤雪珍之前被打过预防针,知道孟仕龙可能不会去,此刻听他这么说也不算太惊讶,但接收到毛苏禾的眼神,还是小声替她问道:"真的去不了吗?"

孟仕龙不假思索:"应该是。今晚有客人下了大单,估计会很忙。"

"好吧……"尤雪珍从包里掏出一枚徽章,上面刻着一只奶黄色的小狐狸,还有一行英文小字,"The Little Prince"。

"那这个还是给你,我上次提到过的徽章!我们小王子摊位的标志!"接着她掏出另外几个分别递给其他三人,"大家都有。"

她很细心地按照大家捏的图案分发每个人,毛苏禾的是星球,叶渐白的是玫瑰,她自己的就是小王子。

至于左丘……

"我为什么是悲伤蛙?这个画风不太对吧?"

"因为只有四个……我就拿这个凑数了。"尤雪珍张口就来,"谁叫你没来捏,而且你不是喜欢绿色吗?这个悲伤蛙你不喜欢?"

左丘哽住:"……喜欢。"

他默默把悲伤蛙别上胸口。

孟仕龙把徽章揣进口袋,挥挥手目送他们离开。

尤雪珍注意到身边的毛苏禾一下子变得情绪不是很高,她刚才在车上时还不停掏出手机用前置摄像头检查妆容,现在不折腾了,有些懊恼地盯着车窗外看。

尤雪珍想了想,还是掏出手机给孟仕龙留了一条微信。

珍知棒:市集到晚上12点结束,这中间如果你有空了就随时过来吧!我们等你!

市集的广场两旁已经陆续停了不少车辆,大家都在忙忙碌碌地准备摊位的开张,品种琳琅满目,有卖手工艺品、黑胶唱片、古着手饰和衣服的,也有像他们这样卖甜品和饮品的。

左丘抢到的停车位非常好,正好在一棵树下,虽然因为快入冬,叶子已经七零八落了,但枝头绕满了主办方挂的彩灯,为他们的摊位增色不少。

几人打开后备厢,摊开露楚——陈列,旁边布置上一些《小王子》相关的摆件。叶渐白从公寓里拎来了他的蓝牙音响,放上歌,顿时气氛就起来了。

晚上六点,天已经黑透,五颜六色的彩灯亮起来,有人结伴陆续进场。

尤雪珍和毛苏禾负责包装和收银,左丘自告奋勇地站到最前面拉客,而叶渐白……他打了个哈欠,说自己困了,拉开后座躺进去开始睡觉。

客流量比尤雪珍预想的好很多,但大部分人绕来绕去都三过他们的摊位而不入,也有一些女孩子掏出手机拍他们的摊位,直夸甜美可爱,但真正购买的人很少。

尤雪珍琢磨片刻,拿了个托盘把一部分露楚分出来摆好交给左丘:"这部分拿来做试吃吧,不然你干号着也吸引不到人。"

左丘疑惑:"那他们光试吃不买呢?"

尤雪珍义愤填膺:"谁试吃了还不买谁就是味觉失灵,这种人挺可怜的,就不赚他们钱了!"

左丘擦汗。

他清了清嗓子,举着盘子大喊道:"走过路过不要错过!免费试吃,欢迎品尝!"

尤雪珍本来以为这下该有起色了,结果愿意停下来试吃的人也不多,可能因为露楚的形状太别致,大家反倒不愿意轻易破坏这份精致。

"这咋办?"尤雪珍犯愁地看着旁边的摊位,那边后备厢旁围了一圈人正在挑东西,把顾客都吸引走了。

毛苏禾没精打采地坐在位子上,对卖出去多少东西漠不关心,拍拍尤雪珍的肩头,说:"没关系啊,大家就是来摆摊玩的嘛,最后结果不重要。"

"我就是觉得卖不出去很可惜,毕竟是大家一起做的。"

别无他法,尤雪珍只好使出最后的招数,美人计。当然这个"美人"指的是叶渐白。

她拉开后车门,将脑袋探进车里一通吼:"起来了起来了,起来干活了!"

叶渐白缩在后座,脑袋耷拉在窗户边,明明已经被吵醒,但一动不动装死。

他这点演技根本骗不过尤雪珍,她将身子探得更进去一点,省略无用的语言,精准地挠中他腰侧。

"尤雪珍!"叶渐白敏感得往空中弹了一下,整个人直接坐了起来,掀开眼皮看向她,手指横在她锁骨往上一点脖间的位置,威胁,"你给我小心一点。"

尤雪珍条件反射地捂了下脖子,她这一处和叶渐白的腰相当,很怕痒。以前她自己并不知道这处皮肤敏感,完全是叶渐白想知道她的"弱点"硬试出来的。

"你自己装死在先,还怪我?"尤雪珍打掉他的手,"生意难做,你赶

-118

紧起来和左丘一起去分发试吃的。"

"等会儿,实在太困了。"叶渐白又缩下了。

"喂……早跟你说了要摆摊你还通宵看电影……"

叶渐白懒洋洋地抬起手指比了个五:"就再睡五分钟。"

尤雪珍无语地合上后车门,车门一关,她突然注意到旁边摊位的客人慢慢散去,竟然聚拢到他们这里来了。

她惊讶地走到前面一看,人群聚拢的中心,孟仕龙正拿着一盘试吃的露楚在叫卖,朝路过的所有人都露出非常有亲和力的微笑。

这事儿对他来说太简单了,一对上别人的眼睛他就招呼道:"尝一下吗?不要钱的。"

不出十分钟,试吃的人排成了一小段队伍。其他人一看这个摊位前居然有人排队,也跟风过来了。

尤雪珍瞠目结舌,还没等惊讶完,试吃完的人已经过来准备买了,她和毛苏禾手忙脚乱地包装、收银。只是两个人都没有经验,中间有客人用现金,她们还找零找错,最后左丘被发配过来支援,试吃那儿光凭孟仕龙一个人就搞定了。

好不容易等这一大波客流量走完,大家终于能歇一歇,毛苏禾连忙拿着一瓶水过去递给孟仕龙:"辛苦了,还以为你不来了呢。"

孟仕龙接过水道谢:"本来确实不打算来的。"

"那怎么……"

他顿了顿:"感觉比起店里,好像这里更需要我一点,我就过来了。"

毛苏禾点头说:"真的,你一来,我们生意就好起来了!"

左丘看着毛苏禾那样子,看出了点门道来。

他撞了撞尤雪珍的肩头,悄悄地八卦:"你说她是不是……"

他还没说完,车门"啪"一下打开,终于睡饱的某个人从后座大摇大摆地出来,眼皮一抬,视线扫过毛苏禾和孟仕龙。

尤雪珍从这人脸上读出一种"这个人不是说不来吗?怎么会在这里"的不爽。

尤其是孟仕龙还在和毛苏禾说话,叶渐白估计更不爽了吧?

他随手抄起一个托盘,对孟仕龙扬了扬下巴:"我跟你一起发吧。"

"行。"

孟仕龙把托盘里的一半露楚倒给他。

叶渐白掂了掂托盘:"单纯发这个有点无聊,比个赛吧,看谁先一步发完?"

孟仕龙听了后有点不明所以:"先发完又能怎么样?"

"没想好,谁输了就先欠着一个呗。"

孟仕龙显然觉得这个提议很无聊,但也无所谓,点头:"随便。"

于是这两个人各拿着一个托盘,像两块精心布置的立牌杵在摊位前,瞬间就吸引了比刚才还要翻一倍的注意力。

尤雪珍也打起十二分精神闷头打包。那两人拉客的效果立竿见影，尤其是叶渐白，他有意要分高低，招蜂引蝶的招数那是一套一套的，一边将露楚分给人试吃，一边夸人可爱，露楚的那点甜根本比不上他的嘴。他还主动提出可以合照，这一套下来把排队的小姑娘拿捏得死死的。

比较而言，孟仕龙就差了一小截。他和之前那样，叫卖的方式没有什么花样，但态度还是很好，因此当姑娘看到叶渐白那边可以合照后，眼睛一亮，问他可不可以合照。

他下意识地看向了尤雪珍。

尤雪珍刚好包装完一个抬头，接收到他的视线，发射疑问光波。

他站过来两步，压低声音问："和女孩子合照能比耶吗？"

尤雪珍忍不住想笑，说："可以比啊。"

"可是……上次袁婧说很土。"

"这次和上次拍袁婧那个不一样，你随便比！没关系！"

他似懂非懂地"哦"了一声，又站回去。

女孩子刚好点开美颜相机，上一次自拍的"妖娆小猫咪"特效滤镜还在，孟仕龙的脸一出现在前置镜头中，镜头识别到他的脸，于是他的眼睫毛变成浓浓一串，头顶两只小猫耳，拿着手机的妹子快被他萌翻。

孟仕龙顶着这张特效猫脸，面无表情地伸手，竖起食指和中指，比出一个大大的耶。

尤雪珍瞄了一眼，笑得手抖，差点把露楚掉地上。

"你笑什么？"

闻言，她一回头，看到叶渐白举着已经空了的托盘，同样面无表情地盯着她。

"啥，你发完了？"她敷衍道，"厉害哦。"

他"哧"了一声，把空托盘往旁边一扔。

在孟仕龙也把试吃的露楚分完后，剩下的根本就不够卖，不到十二点，后备厢被扫荡一空。然而排队的人还没散，眼看就要排到自己的两个女生看着空荡荡的摊位，略不甘心地向叶渐白搭话："帅哥，你们摊位要收了吗？没得卖啦？我们排了好久的队。"

"露楚卖完了。"叶渐白话锋一转，"但我们摊位还有别的卖，要买吗？"

两个女生很兴奋："还有彩蛋吗？"

他直接拿起空白的价格标签，即兴地写下"1000"，女生们不明所以，他接着又在后面加了"000"，女生们满脸问号，最后他又加了"0000"，直到标签写不下为止。他最后却又把这些"0"全部画掉，只留下最开头的"1"。

尤雪珍根本没注意到他们的对话，正低着头收拾桌子，忽然脑袋被拍了一下。

她迷茫地抬起头，看着叶渐白指了指自己："我们摊位的小王子，便宜卖给你们了。"

两位女生十分无语。

尤雪珍依旧茫然："什么东西？"

忽然，脑袋另一侧又被碰了一下，她侧过头，看到孟仕龙已经缩回手，指尖夹着那张刚粘在她发丝上价格为1元的标签。

他一言不发地将它揉进手心。

叶渐白抬眼看他："看不出来我在开玩笑？"

孟仕龙将揉成一团的价格标签扔进垃圾袋："我觉得把人当商品的玩笑并不好笑，很冒犯。"

"哈。"叶渐白从喉间逸出一丝讥讽的声音。

他站直身体，直视孟仕龙："你了解我和她有多熟吗？我和她的关系，不是你们这种刚认识两天的朋友。你当然不可以开这种玩笑，但我可以，你懂吗？"

刚刚还在摊前笑脸相迎的两个人此刻针锋相对，排队的人还没走，干脆看起了热闹。

尤雪珍万万没想到会变成现在的局面，连忙出来打圆场。

"哎，叶渐白和我闹着玩的。"她拉了拉孟仕龙，"谢谢啊，但真的没事的。"

孟仕龙看她这么表态，于是不再说什么。叶渐白的脸色倒是瞬间好转，只是在听到她说谢谢后脸色又开始臭。

左丘跟着出来和稀泥："两位哥哥站一晚上拉客陪笑肯定累了！咱们一会儿去搓一顿，到现在晚饭都没吃呢，饿死了！"

毛苏禾帮腔道："是啊是啊，我也饿了。"

尤雪珍举起双手提议："吃火锅吃火锅！两位，可以吧？"

叶渐白"嗯"了一声。

孟仕龙摇摇头："我吃过了，这里没事的话我就回店里了。"

左丘一拍大腿："怎么会没事儿啊？这可算是我们的庆功宴！来吧，哥！"

"真的不用，你们吃吧。"

尤雪珍当然也不会就这么放人回去，毕竟好不容易凑出来的一个局，就这么散了下次就不知道在哪里了。

她拉住孟仕龙："当然用，你是我们的 chef，主心骨！没有你，我们还怎么庆功？再说你现在回去店里，算上路上的时间也要打烊了。"

孟仕龙神色动摇："……那等一下。"

他走到一边去打电话，接着尤雪珍就被叶渐白拍了下后脑勺。

和刚才往脑袋上一拍贴标签时的力度不一样，带了劲儿。

她捂着脑袋回头，怒瞪叶渐白："你干吗？"

他轻飘飘地用口型说了两个字：手痒。

尤雪珍反手一掌拍回去，被叶渐白闪身躲过。

最后孟仕龙打完电话回来，说是不回去了。大家着手收拾摊位，很快整理好了后备厢。但离凌晨市集结束还有一段时间,车子开不出去,他们便在广场二楼找了家火锅店。

五人进了有圆桌的包厢。除了叶渐白,尤雪珍和其他三人都是第一次一起吃饭,但大家都没有什么忌口的东西,一开锅像打劫,食材刚煮下去几双筷子就跟着进来,锅里瞬间就空了,连吃东西斯斯文文的毛苏禾也在这种气氛带动下大快朵颐。

最慢吞吞的那个人反倒是孟仕龙,最后捞上来的就剩一些白菜和豆皮。

他就像在那个绿灯路口停下来给别人让路那样,也把挑菜的机会先让给他们。

与总是第一筷子把想吃的东西夹走的叶渐白相比,孟仕龙和他完全是两个极端。

尤雪珍咀嚼着好不容易抢到的午餐肉,忍不住好奇,这样的人自私起来会是什么样?他会有想要去争抢的时刻吗?又是什么会让他萌生争抢的念头?

孟仕龙夹完一块豆腐,对上尤雪珍探究的眼神,一愣:"你要吗?"

他误会了她的眼神,说着就要把刚捞上来的豆腐递到她碗里。

"不用不用,你自己吃。"

尤雪珍赶紧又拨回他碗里。

下一秒,就听见某个人冷飕飕地飘过来一句话:"真是新时代的孔融让豆腐啊。"

尤雪珍没忍住翻了个白眼,夹了块脑花丢到叶渐白碗里:"多补点吧,缺啥补啥。"

叶渐白刚想回击,他手机响了,只好起身去接电话,回来后急匆匆地套上外套说:"我先走了,之前接的一个外包程序说出了点问题,我过去看看怎么回事。"

左丘扬起筷子:"放心去吧师哥,我一定继承你抢菜的衣钵。"

尤雪珍更直接,一只手意思意思冲他挥了两下,另一只手已经拿着筷子抢肉去了。

叶渐白无语地把车钥匙扔给左丘:"等结束了记得把车开回来。"

这顿深夜的火锅吃得热汗淋漓,一群人胀着肚子出来,楼下的市集还没散。

左丘趴在二楼栏杆上,看着底下攒动的人头,打了个饱嗝:"接下来咋办?还走不了,要不逛逛市集?"

这个角度看底下的市集一览无余,感觉并没有什么好逛的。

左丘挠了挠头,打开点评软件搜索附近还有什么东西可以打发时间。

"哎,这旁边有个挺有名的密室。玩吗?"

毛苏禾眼睛一亮:"什么密室?"

"SG。有个主题叫怨婴的很多好评,我哥们儿也玩过,说不错。"

毛苏禾很兴奋:"这个我知道!我在小红书上刷到过,一直想玩来着!"

-122

左丘惊讶："你居然对密室这么感兴趣，那我们就去玩这个吧！你们觉得呢？"

他转过来询问尤雪珍和孟仕龙的意见。

尤雪珍听到"怨婴"这两个字已经头皮发麻，但她并没有表现出来。在大家一起出来玩的场合，她基本不会主动破坏气氛，都是随大流。

最后还剩孟仕龙没表态，左丘抓紧他，说："孟哥你可不能走啊，你要再走就不好玩了。"

孟仕龙一顿："密室我没玩过。"

毛苏禾立刻接话："很好玩的！你有什么不知道的话……可以问我。"

孟仕龙回道："好的，谢谢。"

接着尤雪珍手机一振，毛苏禾在微信上私聊她，发了个"青蛙发癫"的表情。

Susu：你听到他语气没？我感觉我在和淘宝客服说话。

Susu：他就差没叫我"亲"了。

尤雪珍差点笑出声。

她正了正神色才回复。

珍知棒：不慌，等会儿密室里黑灯瞎火的，还不拿下？

后面跟了个"药水哥抽烟"的表情包。

事已至此，她更不好说自己其实不是很想玩密室这回事。

左丘赶紧在网上买了最后一场的票，步行过去十五分钟，大家转场到了SG密室。

本来他们就打算四个人进去，但店主过来问能不能一起拼一拼，刚好有三位客人想要拼场，说着指了指站在等候处的三个人，其中有一对情侣，外加一个落单的女生。

大家当然没意见，这个密室的最标准开局就是七个人，因为游戏总共设置了三对双人线，还有一条单人线。

这个以医院为布景的怨婴主题密室是五颗星的恐怖程度，其中还会有工作人员扮演的NPC追逐环节，会手持电击棒追赶玩家，电击棒是真的带电。可想而知单人线的难度会有多大，谁都不想落单，开始分线时大家很自觉地组队想要玩双人线。

但因为大家都是一起过来的，所以自然而然单线就变成了那个落单的女生玩了。尤雪珍主动表示要和左丘一组，毛苏禾顺理成章就和孟仕龙一组。

只是那个女生却很出乎意料，转向他们四个人，问道："请问你们当中有情侣吗？"

左丘很热情地回答："没有，怎么了？"

她不太好意思道："既然如此……你们当中谁可以带我一下吗？我今天本来是和朋友一起来玩的，但是被放鸽子了，我实在没勇气一个人进去玩单线……"

左丘为难地挠了挠头："可是我们都是一起来的，都分好组了……"

女生苦笑了下:"那对不起,打扰了。"

"等一等。"尤雪珍猛地叫住女生,"妹子,要不然你和左丘一组吧。"

左丘惊讶道:"师姐你要玩单线?"

尤雪珍比了个耶:"对啊,还没试过单线,感觉很有挑战。"

女生小心翼翼道:"真的可以吗?"

尤雪珍连连点头:"没事。"

她扭头去和店家要单人的身份卡,回来时肩头被身后人摁住。

是孟仕龙,问她:"你一个人进去行吗?"

她脱口而出:"行啊。"

"不害怕?"

尤雪珍稍微侧过身,对上孟仕龙的眼睛,他在认真询问她害不害怕。

本来应笑着说出口的"当然"停滞在喉咙里,尤雪珍清了清嗓子,很含混地说:"有……一点吧。"她冲孟仕龙笑了笑,"不过也不是第一次玩了!"

是第二次。她在心头默默嘀咕,毕竟第一次体验过后就不想再去,今天算是赶鸭子上架了。

孟仕龙"哦"了一声,接着,他突然把她往回扯了两步。她踉跄着向后,站稳时,已经到了他身边,手里的单人卡也到了他手上。

他看向毛苏禾说:"对不起,不能和你一组了。"

毛苏禾拿着双人卡的手愣在半空,不明所以:"怎么了?"

他亮出原本应该属于尤雪珍的单人卡:"感觉单人线比较有挑战。"

尤雪珍听到那句话,好一会儿都说不出话来。

于是,分组又临时调换,变成了她和毛苏禾一组。每一组成员的手臂上都分别挂上了不同颜色的丝巾,红、白、蓝,只有孟仕龙作为单人拿到了一个绿色荧光灯的手环。

准备就绪后,他们先去柜子里把随身物品包括手机都存好。左丘在锁上手机前看了眼微信,发现叶渐白在群里问他们在干吗。

绿巨人:我们正准备进密室呢!师哥,你那边还好吗?

叶渐白回了三个问号。

绿巨人:怎么了?

叶渐白又发了一串省略号,随即让左丘把密室地址发过来。

左丘虽然不明白他抽什么风,但还是把地址发过去,紧接着在工作人员的催促下赶紧把柜子锁了,然后在工作人员的带领下走到了外面的停车场,那里已经停了一辆车。

孟仕龙不明所以:"还要去别的地方?"

工作人员已入戏:"对啊,去我们今晚的目的地——"他压低声音,幽幽道,"第九儿童医院。"

尤雪珍搓了搓胳膊,一摸全是鸡皮疙瘩。

虽然她不是第一次玩了,知道这都是把戏,这辆车并不会真的开往什么儿童医院，只不过是在停车场转几圈再绕回来，因为要的就是这么个形式感。

车子是辆小型的商务车，驾驶座和后座中间还有隔板，两旁的车窗上都贴满了黑色胶布，观感就像一具沉闷的棺材。

怕车子的缝隙贴得不够严密漏进光，工作人员还在上车前给每个人戴上了眼罩。大家摸黑上车，慌乱中还有人踩到其他人的脚，抱歉和惊呼声此起彼伏。队伍一下子乱了套，尤雪珍也跟着踩到了不知谁的脚。

"对不起对不起啊！"

她连忙道歉，回应的却是孟仕龙的声音："没事。"他停了一下，又说，"你抓着我的袖子吧，不要摔跤。"

说着他摸索着向后伸出手，碰了碰她的手腕。

尤雪珍碰到他衣服的布料，柔软的棉布，她虚虚试探地攥住，像是在黑暗中摸到了一片云。

她抓着他的袖子前进，终于没有再踩到谁。大家全部坐定后，车子发动，在停车场弯弯绕绕了好几圈，但在感官被剥夺的情况下，仿佛真的开出了很远。冷不丁一下，车子来了个急刹，工作人员隔着隔板大喊："快快快，快下车！"紧接着车门被粗暴打开，有人上来把他们全都带下去。

所有人都蒙着眼罩，失去方向感地重新被指引进楼，终于进了主题医院的密室。

"可以取下了。"

工作人员丢下这句话，"咚"的一声锁上了大门。

尤雪珍伸手扯下眼罩，眼前的光线和刚才戴着眼罩相比没有什么变化，依旧漆黑一片。

孟仕龙又不明所以地问："会一直这么黑吗？"

"会一直这么黑倒好咯，等下就会亮灯……等一亮灯……"左丘故弄玄虚地收住话头。

孟仕龙略微攥紧了手中的眼罩。

左丘撞了撞他的肩头，揶揄："孟哥，你可别说你有点怕了吧？"

孟仕龙坦诚地点头："是有点可怕。"

左丘哈哈一笑："别怕啊，都跟在我后面！"

左丘走在最前头推开门，尤雪珍跟在中间进去，眼睛稍微适应了黑暗能看清密室轮廓了——眼前是一条长廊，整个装修风格是二十世纪九十年代的小镇诊所风，墙壁做出了斑驳的年代感，上面还挂了一些医生的照片，但全部的人像都耷拉着眼皮，面无表情，不像是工作照片，倒像是遗照。

尤雪珍一对上照片里的眼睛，心中一惊，立刻闪开视线。

长廊特别狭窄，只能排成单人队列。左丘在前，妹子在后，再是那对情侣，然后是毛苏禾和尤雪珍，最后是孟仕龙垫底。大家按这样的顺序慢慢往前走，逐渐看见了走廊尽头的手术室。

就在他们看见手术室的瞬间，原本黑着灯的手术室倏忽亮起"手术中"

的红灯。

所有人立刻集中精神。

红灯闪烁得非常快，最后"啪"一下，转成了绿灯。同时，原本漆黑的走廊两旁亮起了安全通道的绿色荧光。

绿光交错在一起，墙面上出现一道硕大的影子。

尤雪珍还没反应过来，就被前面那一对情侣的尖叫声吓得一激灵。

"啊啊啊，鬼来了，快跑！！！"

尤雪珍听他们这一吼，根本不敢细看出现在手术室门口的人，立刻撒腿要往回跑。结果大家刚跑出去，那个鬼居然也瞬移到了另一头。

众人齐齐刹车，赶紧又无头苍蝇般地转向刚才的手术室。

尤雪珍撒腿跑出几步，忽然感觉到身后凉飕飕的，孟仕龙好像没有跟上来。她抽空回头一看，惊呆了。

他没跟上来就算了，居然还往那鬼的方向又跑了两步，接着蹲下了。

"你干吗？！"不会是吓到腿软吧？

尤雪珍满头问号，孟仕龙没回头，她举棋不定地站在原地，此时她也不敢靠近站在走廊那头的"鬼"——医生打扮，衣摆处有大片大片的血迹，头低垂看不清脸，手臂上下摆动着一根电击棒。

这根电击棒就是传说中带有电流的武器，但大部分情况下NPC（非玩家角色）并不会拿来电玩家，只在几个特殊情况之下会采取袭击，比如玩家故意挑衅NPC，破坏游戏氛围，看到NPC故意不逃之类的。

眼下，孟仕龙不跑反而扭头的行为，显然踩中了大忌。

这些条例在进密室前工作人员都强调过，尤雪珍不太理解的是孟仕龙为什么会这么做，他一点都不像是故意唱反调的那种人。

"啊啊啊！小心——"

眼看着NPC手上的电棒就要挥上去，她慌张地喊出声，下一刻电棒就贴上了孟仕龙的胳膊。

他胳膊很明显地抖了抖，手却紧紧地捏成拳头，那副样子感觉要控制不住和NPC干仗，于是NPC做了一个很明显的后撤的姿势保证自身安全。

就在NPC往后撤的空当，孟仕龙赶紧站起身，像是被电棒教训后知错就改，终于乖乖地跑回来了。

尤雪珍一看到他过来才撒丫子往前跑，直到确认身后的NPC没有继续追过来才停下。

她赶紧指了指他的胳膊，一边喘气，一边问："你刚才被电棒电到的是这只手吗？还好吗？"

孟仕龙甩甩胳膊："还好，麻麻的，刚被碰到第一下稍有点痛。"

她松了口气："你刚干吗呢？吓到跑不动啦？"

"不是，是这个掉了……"他松开紧握的拳头，"幸好找回来了。"

尤雪珍看向他的手心，是那枚她给的，却不知何时掉出口袋的徽章。

徽章的别针没有扣紧,戳破了他掌心的皮肤,泛出一点血丝,在密室的光线下变成了微妙的橘色,就像是……徽章上印着的橘色小狐狸掉下了一根绒毛。

尤雪珍看着他紧攥在手心里的狐狸徽章,心脏同他的手心一样,有一种被徽章上松掉的别针扎到的触感。

"……这个干吗还去捡啊?也不值钱的,还擦破皮了……"

"这是你的东西。"

所以怕丢了不好意思?

尤雪珍挠挠头,不知道该说他太礼貌还是拘谨。她连忙打消他顾虑地补充说:"其实这个徽章等于是送你的,你不用想着还给我。等会儿要是跑起来再掉,你就别再捡了。"

孟仕龙看着她:"送我了?"

"嗯嗯,送你了。"

他却更小心地把徽章放回口袋:"那更要好好保管。"

尤雪珍讷讷地撇过头:"……随你咯。"

因为刚才的插曲,他们俩和大部队跑散。这个密室总共有三层,一下子也找不到人。两个人又都是菜鸟中的菜鸟,一个只玩过一次密室,一个零经验,根本不知道接下来怎么办,只好先随便进一个房间看看。

孟仕龙打头拧开门把手,进去后发现这个房间应该是病房,几张病床凌乱地排在一起,诡异的是最后一张病床,相隔的帘子紧拉着,藏住了最后那一张床。

不知道哪里吹出一股风,帘子便在这股气流中幽幽地摆荡着。

一看里面就藏着"惊喜"。

尤雪珍默默吞咽口水,扭头就往门口冲,但根本拉不开门。

门是自动反锁的,进来了就无法轻易出去,估计是要他们在房间里找到钥匙才可以。

而这个寻找钥匙的线索……怎么看都只有拉开帘子才能知道。

尤雪珍拉了拉孟仕龙,抖着声音说:"咱们……一起拉开帘子看看吧?"

他说:"好。"声音也透着点虚,但主动上前一步走到了尤雪珍前头,直接伸手将帘子拉开了。

里面有一张病床,鼓起的被子下不知道盖的什么东西,这个大小,难道是……婴儿的尸体模型?

恐怖就像俄罗斯套娃一层裹着一层,尤雪珍手心都出汗了,她紧了紧手心,从孟仕龙背后站出来,说:"这回我来掀吧!"

她预感到这次肯定会有暴击,但不能总是让孟仕龙来承受吧。

不等孟仕龙反应,尤雪珍一鼓作气,一个箭步冲上去掀开了那团拢起的白色被子。

里面却只有一只枕头。

"喊，搞什么。"

尤雪珍把枕头拨开，底下就是带有血迹的床单，没有任何钥匙或者线索。

孟仕龙耐心地说："那可能是在其他病床上吧，我们再找找。"

两人搜索其他病床，依然没发现什么。但这个过程尤雪珍已经慢慢熟悉了房间的构造，恐惧源于未知，当心里有个大概之后就不再那么害怕。她逐渐放松下来，蹲下身拉开下面一排柜子，猛地和一双几乎全是眼白的眼睛打了个照面。

一个穿着病号服的女人趴在里头，抬头冲尤雪珍笑。

尤雪珍几乎心跳骤停。

她回想起小时候看过的一部港式恐怖片，叫《山村老尸》，封面的女人就和眼前的 NPC 一样，嘴巴大张着，像个黑洞，像是要流出黑色的脓，眼睛却布满眼白。

那是爸爸借来的影碟，那时他创业压力大，迷上了看恐怖片解压，看完就随手放在茶几上。她半夜起来上厕所经过客厅，借着月光瞄见碟片封面，然后就走不动道了，和那双白到空洞的眼睛对视了好久后，一股潮意顺着腿根流淌开，弄湿了脚下的地毯。

客厅里弥漫开一股难闻的臊味，她裹着湿淋淋的裤子，砰砰敲主卧的房门，惊慌得说不出一个字，只一味地敲门，越敲越响。

瘦小的拳头敲了十来下，房门内才传来窸窣的脚步声。接着房门被拉开，妈妈皱着眉低头："怎么了？"她耸耸鼻子，摆出尴尬的表情，"……你都这么大了怎么还尿裤子啊？我的天。"

我的天。

六岁那年的恐惧经历，如今回忆起来充满了那股臊味——她被妈妈扒下裤子，身后客厅的黑暗里，那双空洞的白眼睛在盯着她看。

从此以后，她的胆子好像就停留在了六岁那年，总是害怕黑暗。

尤雪珍回过神，恐惧将胸腔塞满，短促的尖叫卡在喉咙里，几乎是瞬间就往反方向跑，最后猛地撞进一个人的怀抱。

完全陌生的怀抱。

那瞬间，她下意识地以为是另一个从角落里钻出来吓她的工作人员，眼睛都不敢睁开地破音大喊："我投降我投降我投降，放我出密室吧，求你们了！"

"是我……"

那个人的怀抱将她裹住，她闻到了他身上那股隐隐的油烟味，于是，记忆中的臊味不知不觉飘散了。

尤雪珍即刻紧扒着孟仕龙胳膊不放，迅速弓起背将额头也抵在他胳膊上，整个人缩成一团，碎碎念："我后面有吓人的，你也赶紧闭眼！别看了！"

"……哦。"

他应了一声，闭上眼睛。

闭上眼的漆黑与密室的漆黑所带来的感官完全不一样，至少这一刻，胳膊的触感被瞬间放大了。

这是他第一次和别人如此接近。

她的头发很蓬软，像洗碗擦其中一面的海绵，却又比那软多了。

而当她的发丝因为害怕而微微颤动着，在他的皮肤上来回拨动时，很奇怪，这时他又觉得她的发丝像洗碗擦另一面粗糙的硬毡。

有一次洗碗的时候，他拿着硬毡的那面，毛刺戳进皮肤，他没留意，后来很长一段时间，推门的时候，握筷子的时候，搬重物的时候，总有一股突如其来又不能摆脱的骚动。

而这种感觉，在这一刻又突然回来了。

尤雪珍的头抵着孟仕龙的胳膊，清晰地感受到了他的变化——他的胳膊肌肉突然紧绷。

"别害怕啊，你一害怕我更害怕了！"她理所当然地出声安慰。

孟仕龙的喉结轻轻一滚，没说话。

两个人在黑暗中像两只小动物凑作一团，一动不动的，只不过其中一人是真的害怕，而另一个人是紧张。

良久，尤雪珍才小声问："吓人的还在吗？"

"不知道……"

"哦，你还闭着眼。"

"嗯……"

"那我们一起睁开看看？三，二……"

"我已经睁开了。不在了。"

"你怎么不按常理出牌呢？"

尤雪珍还是有点小心翼翼地半睁开眼，瞄向刚才柜子的位置，吓人的的确不在了，并且帮他们打开了紧锁的门。

原来这个女鬼 NPC 才是这个房间里他们要找的"钥匙"。

她一边在心里破口大骂这个密室，一边松口气，立刻松开孟仕龙刚才被自己抓得很紧的胳膊。

他的袖子都被她抓出了一片褶皱，尤雪珍心虚地伸手将它抻平，说："不好意思啊。"

孟仕龙摇头，也跟着捋她的衣领："我们扯平。"

她一摸衣领，才发现孟仕龙也将她的领子翻上去了。

他是故意隔着衣领抱住她，没有直接碰触她的皮肤。

意识到这一点，她的心跳又像刚才被锁在房间里时那样加快，却没有不安全的感觉。不由自主地，她往他那侧靠近了一点点。

他们从密室的上锁房间里出来，在走廊的转角，尤雪珍终于看到了一个模糊的落单的人影，不知道是谁，但好歹终于碰上人了。

她招了招手："喂，你也跟他们跑散了吗？"

那人越走越近,尤雪珍逐渐蒙圈,居然是一个根本不该出现在这里的人。

她惊讶道:"你怎么会在这里?!"

叶渐白的脸上露出无语的神色:"你胆子长好了又来玩密室?"

尤雪珍上次和袁婧还有一帮人进密室玩,据说被NPC追的时候所有人都吓得鸡飞狗跳,大家推搡着跑,结果尤雪珍前面的那个人没站稳,摔了之后大家跟多米诺骨牌一样都倒了,她被压在倒数第二个,万幸的是没有受伤。

叶渐白想,这件事绝对不能再重演。

尤雪珍语塞,叶渐白这才瞥了一眼她身旁站着的人,忽然有一种说不上来的不对劲。

——距离。

走廊这么狭窄,他们不一前一后,而是并行,肩头擦着肩头,胳膊挨着胳膊,这两人却不嫌挤。这是原本该放在自己和她身上才不会觉得奇怪的亲密。

尤雪珍对上叶渐白的目光,却并没有那份已经和孟仕龙过分靠近的自觉,还在奇怪他突然进来:"那你怎么进来的?做单线吗?"

叶渐白伸手亮出绿色荧光手环:"算是吧。"

"啊,那就是孟仕龙和你一组了!"她拍了拍孟仕龙的肩,"那太好了,不用落单了。"

孟仕龙情绪并不高昂地"嗯"了一声。

叶渐白看着他手上的绿色手环:"你也是单人?那你们俩怎么会在一起?"

"说来话长,反正就是被NPC追……"

说到一半,尤雪珍的话卡在喉咙里,瞪大眼睛指着叶渐白背后。

熟悉的电棒医生阴恻恻地站在不远处,看见尤雪珍发现了他,挤出一个露出牙花的笑。

"啊——"她大喊一声就要扭头跑,手却在这个时候被一个人紧攥住。

叶渐白在慌乱中抓住她,仓促地说了句:"你跟着我跑,别像上次那样摔了!"

四周依然是昏暗的,只有走廊的淡淡光源,但尤雪珍却清晰地看见了两只手交握的姿势。好像她握住的不是叶渐白的手,而是一盏钨丝灯,光源从指缝里漏出,灯罩被摘除,只剩下滚烫的灯芯,烫着她的手心。

她愣愣地任叶渐白抓着她往前跑,他一个急转弯跑向了另一个岔路口,借此将NPC甩开,但NPC咬得很紧。

尤雪珍不忘回头确认孟仕龙,看见他一言不发地跟在她身后,没有出现之前那样的状况,放心地松了口气。

NPC一直追着他们,刻意将他们逼进了一个房间,三个人立刻准备关门,尤雪珍却发现这扇门跟之前那个截然不同。

——这扇门根本没有锁。

她傻眼了,这个门板就是个摆设,NPC随便就能冲进来。

回头一看，更傻眼，整个房间就是简易版太平间，空荡荡的，除了陈尸的冰柜，什么都没有。

最底下的一格冰柜开了一道缝，叶渐白玩这种密室次数多，扫了一眼整个房间就锁定了那格柜子，这肯定是密室过关的提示，二话不说拉开柜门钻进去，喊道："进来这里！"

尤雪珍毫不迟疑紧跟在叶渐白后面钻进去。

轮到孟仕龙时，他却停住了动作。

尤雪珍也意识到不对劲了，这个柜子的大小仅能容纳两人。

如果全是女生的话，或许还有能挤下第三人的空间，现在塞下她和叶渐白算是正好，如果再加上孟仕龙……这两个人的身材在男生中都是少见的高大挺拔，要挤下怎么看都很勉强。

所以孟仕龙没有勉强，后退一步："没事，那我就不进去了。"

尤雪珍听见走廊外头传来越来越重的脚步声，很着急地说道："不进来你能藏哪里啊？赶紧的，鬼要进来了！"

叶渐白在柜子里弓着背，语气轻飘："就一个游戏而已，至于吗？他进不来就自己去找别的地方。"

"这和游戏不游戏的没关系。"尤雪珍的神色变得严肃。

不如说因为这就是一个游戏，一个无足轻重没有人认真对待的游戏，所以被放弃的那个人会怎么想呢？在这样的事情上都不被选择，那在其他更重要的时候呢？会被考虑吗？

她经历过太多这种时刻，一顿没吃到的夜宵、一次没被祝福的生日……说出来也会像现在这样会被评价为矫情。所以，藏在其中同等分量的寂寞只能像一根针掉在地上，静悄悄的。那片地对其他人来说就是坚硬的水泥，可对她而言，是心脏。那些像被搁置在两元店里一样廉价的情绪，她尽可能地希望别人不要有机会体验到。

尤雪珍又往里缩了几分，直接撑住冰柜门，示意孟仕龙："不过就是挤一下，谁坐地铁还没被挤过？进来啊！"

叶渐白此时也感受到了她情绪的变化，没再说什么，往里头又退了一寸，给孟仕龙让出空间。

孟仕龙在黑暗中盯住尤雪珍撑开门的那只手，怔了片刻，躬身钻进来。

柜子里立刻呈现出地铁早高峰的密度，挤爆了。

说是"冰柜"，但并没有真实做出制冷的效果，只是个普通的合金柜，还因为塞下三个人而变得闷热，漆黑一片里是此起彼伏的呼吸声。

三个人挤缩成一排，尤雪珍觉得自己和被闷进烤箱的黄油没差，左边是叶渐白，右边是孟仕龙，他们两个人好像两堵墙，她被夹在中间热到眼睫毛都快滴汗了。

他们前脚关上冰柜门，后脚"太平间"的大门"砰"一下就被踹开，声势大得吓人，接着外头传来冰柜被持续拉动的动静。

-131-

"咣当——砰——"冰柜门被持续拉开又关上的声响令人想起电影《闪灵》里那个发疯的男主角。

刹那间，尤雪珍觉得一股冷意从脊椎骨顺势而上。

不全是因为这个动静，更多的是她的左手被叶渐白重新握住了。他从他们相碰的胳膊察觉到她细微的战栗，便握住她的手示意她不要害怕。

两手握住的同时，她的右手手背正挤贴着另一个人的手背，连对方凸起的血管都能清晰地感受到。

而他像敲门那样，用手背轻轻地叩了叩她的手背，也在安慰她不要紧张。

/第九章/
零点的旋转木马

拉冰柜门的NPC终于拉到他们这一格,孟仕龙眼疾手快地往里反拉住门把,两个人隔着薄薄的合金板较劲。

单只手不好使力,但他始终没有抽出里侧那只他们相碰的手。

仅靠一只手,他硬是拉住了柜门,把外头的NPC给挡了回去。他用劲的时候,里侧那只手也跟着充血,原本就凸出的青筋更明显,随着他姿势的轻微摆动摩擦着尤雪珍的手背。

很痒。

尤雪珍一门心思克制着想要去挠的冲动,这个时候,叶渐白忽然低下头,在她耳边用气声说话:

"一会儿出去的时候别急着跑,我估计这里有任务道具。"

这下好了,连耳朵也开始痒,她含混地"嗯"了一声。

煎熬的时间流速总是特别慢,好不容易等到NPC离开,叶渐白松开手,孟仕龙推开柜门。这三样同时撤走,让尤雪珍搞不清楚到底来自哪里的战栗终于随之停摆。

他们依次钻出冰柜,果然如叶渐白说的,在拉开的其他冰柜里发现了一把凶器,这是剧情的重要线索。

过了一会儿,三个人总算和大部队会合,但因为这个密室实在吓人,除了必要的分开任务,大家几乎都紧紧地扒在一起不松开。

一个多小时后,所有人筋疲力尽地从密室里出来。尤雪珍已经一脸菜色,连最开始兴致勃勃进去的左丘和毛苏禾都一副大脑宕机的样子。

市集早就在半个小时前打烊,这会儿都收摊收得差不多了,终于能打道回府。

孟仕龙骑着摩托回了餐馆。

左丘刚要打开副驾驶的门坐上去,就被叶渐白拎下来塞进驾驶座:"你送她们回去吧。"

左丘惊讶:"师哥你呢?"

叶渐白无奈地说:"那边没完事呢,我先过去了。"

—133—

左丘一边发动车子，一边嘟囔："他这么喜欢密室啊？这都能中途跑来玩？"

尤雪珍目视着叶渐白拦车离开的背影，胸腔里的一颗心乱跳。

三个人赶在门禁前最后一分钟冲进宿舍。尤雪珍第一时间把宿舍的大灯和台灯全打开，这时候她无比想念还在外地出差的袁婧，不敢穿越长长的走廊去水房卸妆，只好怒刷几个搞笑视频驱散今晚密室带来的后遗症。

刷得正起劲，突然跳出微信消息。

左丘在群里甩了几个分段的视频，尤雪珍点开一看，居然是他从老板那里要来的回放。

绿巨人：哈哈哈，欣赏一下大家的屁样。

她点开的这个刚好是他们刚进去就被追着乱跑的那一段，明明当时怕得要死，怎么开了夜视的上帝视角会这么好笑？

她又接连点开其他几个，看到某一段后，笑容不知不觉僵住，逐渐不知所措。

她看到的，是只有她和孟仕龙两个人进到病房密室的片段。

夜视把两个人照得特别清晰，这个并不算常规意义上的拥抱，却比普通的拥抱更紧密。当时被恐惧包围而忽略的其他感受慢慢回到她的身体里，像被过滤的杂质又倒进了澄澈的水中，噼里啪啦的，水面激起涟漪，她却说不清那是一种什么感受。

她迅速关掉了视频，又担心毛苏禾看到那个视频心里会不舒服，想了想，还是私聊了对方。

珍知棒：那个视频你别介意啊，是当时我太害怕了……

Susu：这有啥呀，密室常规操作。

毛苏禾转过来一条视频，是他们分散那个时候的片段。毛苏禾和左丘在一起，左丘声称自己是坦克，确实是坦克，因为他的叫声震耳欲聋，被吓得直接熊扑到毛苏禾身上，两人也抱成一团，旁边还有可疑的白色物体。

珍知棒：那坨白色的是啥？

Susu：他的增高鞋垫，哈哈哈。

珍知棒：哈哈哈。

尤雪珍跟着松了口气，原来是这样，怪自己密室玩得太少，太当回事了。

毛苏禾把那张鞋垫截图发到群里，再次嘲笑了左丘一番。左丘不客气地截了一张毛苏禾的"奇行种"跑姿回击，毛苏禾又不甘示弱地甩出一张。

绿巨人：毛苏禾，你再发，今晚我们赚的钱你那份我就扣押了！

Susu：啊，我们还赚钱了呀？

绿巨人：我刚大致算了下有一千多，牛！

绿巨人：我等会儿就转给你们，大家zfb还是wx方便？

珍知棒：wx 吧。

Susu：我也微信。

绿巨人：另外两位哥哥呢？

叶渐白隔了很久才回复了一个"wx"，最后只剩下孟仕龙。

大家都以为那是孟仕龙常用的微信号，只有尤雪珍知道那只是他临时创的小号，这会儿他应该是又切回大肉串头像的微信号上去了，所以才会一直不回。

她于是私敲了一下大肉串头像。

珍知棒：你是不是登着这个号呢？

孟仕龙果然登的这个号，因为她马上就看到了"对方正在输入中"的提示。

孟仕龙：怎么了？

珍知棒：哈哈，没什么事，你有空登小号看下群里吧，发钱了！

孟仕龙：钱？

马上，群里，"龙"上线了。

他姗姗来迟地回复。

龙：谢谢，我就不用给了。

尤雪珍转去私聊他的小号。

珍知棒：你干吗不要？晚上辛苦你跑来跑去的，这笔钱你应该拿的。

龙：不辛苦。

龙：我今晚过得很开心，好像我也在过大学生活一样。

这句话将尤雪珍轻轻击中。

隔了一会儿，他又发过来一句。

龙：谢谢你叫我。

尤雪珍看着这句话，再一次感到似曾相识的心虚。她每次叫他的目的都不纯粹，而她视作无聊的大学生活，在他看来却很珍贵。

她反思了一下自己，这次特别认真地打下一行字。

珍知棒：那下次再一起玩吧。

随即，她在群里提议。

珍知棒：那我那份也不用给我咯。

珍知棒：要不干脆把这笔钱当作我们的活动经费怎么样？大家可以再出去干点什么。

Susu：好啊！

绿巨人：没问题！

绿巨人：干点啥好呢？要不……还是密室？

Susu：哈哈哈……

然后是"鞋垫"的截图。

绿巨人：这次我必将一雪前耻，你等着！

尤雪珍背脊一凉，眼见真的要再次敲定密室，她得赶紧制止他们的危险思想。

但反对的话还没打出去，另一个她没想到的人替她把话说了，更干脆更

-135-

直接。

阿凡达：不玩密室。
阿凡达：换一个。
尤雪珍抿了抿唇，把反对的话语删除，帮腔地回复了一句。
珍知棒：同意，换一个吧！
绿巨人：好吧……换什么？
尤雪珍卡壳。

她其实也不是多么喜欢到处活动的人，此刻也非常茫然，倒是叶渐白直接在群里发了个链接。

阿凡达：就去这个吧。
尤雪珍点开他发的链接，是一个海边的露天电影放映节，看上去挺不错。
绿巨人：好酷！
绿巨人：说起来我还没在海边看过电影。
Susu：我也没有，想去。
珍知棒：没有+1。
阿凡达：这个我朋友有策划参与，他有票可以给我们。
阿凡达：就是来回折腾，估计得在海边住一晚，你们可以吗？

西荣并不是临海城市，这个海边的露天电影放映节的地点在邻市，坐动车半小时，自驾的话快四个小时，电影放映完十一点多，动车没有班次了，要开夜车回来确实很勉强。

只是在外面住一晚，对他们来说都没问题，有问题的是孟仕龙。

他来参加生日会和市集都是挤了碎片时间赶过来的，去外面游玩过夜，对要顾店的他来说显然并不现实。

叶渐白估计没有考虑到这一点。
尤雪珍斟酌了一会儿发消息。
珍知棒：有没有不用出市的啊？大家不一定都有时间。
叶渐白迅速回了三个字。
阿凡达：不知道。
珍知棒：……
罢了，她自己找。
尤雪珍打开App刚准备搜索，微信群里，孟仕龙说话了。
龙：我可以。
她一愣。
阿凡达：你可以？
龙：对。
阿凡达：……
龙：怎么了？
阿凡达：没事。

-136

尤雪珍也很疑惑，和孟仕龙私聊确认。

珍知棒：你店里没关系吗？

龙：没事，放心。

龙：我也从来没在海边看过电影，很想看看。

看来他真的对这个挺感兴趣的……既然如此，尤雪珍也没什么问题，在群里回了个"OK"的表情包。

大家商量过午出发，自驾前往，依旧由叶渐白开车，其他人各自领了其他任务，像之前出摊一样各司其职。左丘负责预订民宿，孟仕龙准备大家看电影时吃的三明治，毛苏禾就带佐餐的饮料，尤雪珍则包揽了这次观影必备的杂物：铺在沙滩上的野餐垫、垃圾袋等。初冬的夜晚，又是海边，肯定很冷，她忙不迭往行李箱里又塞了毛毯。

她看了许多攻略，又塞了很多东西，情绪莫名高涨起来，重新拥有了已经消失很久的、小时候去秋游时的期待，久违地尝试到了一种兴奋的失眠。

到了出发当天，大家定好在校门口集合。这回再加上一个孟仕龙，车内一下子拥挤不少。他身形比左丘更高，原本属于左丘的副驾让给了他，左丘则换到了后排来。

左丘坐进来的瞬间，尤雪珍感受到一种似曾相识的拥挤带来的触碰。对方的胳膊紧贴过来，但触感却很平淡。

尤雪珍一怔，忍不住和之前的记忆做对比，可草草的思绪很快被左丘的大嗓门打断——

"出发出发！"他兴奋地嚷嚷。

叶渐白发动车子，同时按开电台，手动输入频率调到了某个频道。

左丘敲了敲叶渐白的车座靠背："师哥，可以连我蓝牙吗？放点歌听。"

"不了。"叶渐白一口回绝。

"……这个广播讲无线电什么的不无聊吗？"

"觉得无聊你就睡觉。"

"哦。"左丘悻悻缩回手，只好自己塞上耳机听起来。

电台的内容估计其他人都不感兴趣，甚至包括叶渐白本人。

可他却清楚地记得电台的播放时间，以及播放的频率。而最开始，他根本连调频是什么都不知道，虽然他一直有从尤雪珍口中听到这个词，但仅限于听到而已。

尤雪珍此刻才后知后觉地反应过来，不知道从哪天开始，她坐上他的车时，如果赶上电台固定播出的时间，她从来不会错过，但收听那个声音已经成为一种习惯，因此换了个地点出现她竟也不觉得奇怪。毕竟连叶渐白也是她习惯里的一环。

尤雪珍抿了抿唇，忽然，她身体里的那个沙漏又天翻地覆，倒过来了。

因为她知道要收听那个电台有多麻烦，尤其是对无线电一窍不通的门外汉而言。

每次,在她以为自己能不再在乎他流向谁,像个小心翼翼钻出脑袋的地鼠想要逃离这份单恋的黑洞时,紧接着,就被他渗透在她生活里的细节一棒子打回来。

这份喜欢就好像灰尘,尽管下定决心要打扫干净,但过不了几天还是会重新堆积,也许是因为他触碰她的皮肤、突然跑过来的姿态,或是定点为她调好的电台,喜欢的灰尘就静静飘落了。

电台不知不觉已经结束播放,叶渐白这会儿才往后排打了个响指,示意左丘开蓝牙。

尤雪珍瞄了身旁一眼,替左丘回答:"他睡着了。"

刚才的广播声音大概非常催眠,不止左丘,毛苏禾和孟仕龙也都歪着脑袋,睡得挺沉。

叶渐白"哦"了声:"你不睡?电台都放完了。"

"不睡。"

"不困?"

"不困啊。"她刚说完就打了个哈欠。

他失笑:"你睡啊,嘴硬什么?"

"真的不困。"

叶渐白手指点着方向盘:"怕我一个人开车很无聊,想陪我说话才不睡?"

……完全被他洞穿。

尤雪珍的沉默昭示了答案。

"睡吧。"他语气变轻,像一阵风吹过来。

尤雪珍固执地同样回他两个字:"不睡。"

前方红灯转绿,叶渐白启动车子。他们都没注意到副驾驶座的孟仕龙微微侧过脸,随着车辆启动,假寐的眼睫毛颤动了一下。

车子在日落时分终于开到了海边。风变得湿润,夹杂着微咸的气息。离海岸线越近,就越能听到海浪声,还有举办电影放映节场地那头传来的音乐声。

遥遥望去,人头攒动,附近的停车位已经停满。

没办法,叶渐白只能先回一趟订的民宿。他们订得晚,人又多,海边的住宿订不到了,只能将就订到了别处,但距离海岸也不远。

大家在民宿把行李箱都放下,只带必要的东西轻装上阵。

再次回到海岸边时,日头已经完全落了,检票口却还排着长队。

托叶渐白朋友的福,他们有幸直接从工作人员的通道入场,朋友还提前预留了前排的 VIP 观影区。

大家进到场内,里面气氛极为热闹,正中央是一块支撑好的巨大电影银幕,两边摆设了一些饮料和啤酒摊位,还有卖一些简易的热腾腾小食,像烤肠、薯条、爆米花之类的。食物的香气混在海风里,似乎还能听到油溅在铁板上的声音,但尤雪珍回头一看,才发现是有人在身后的海岸边放冷焰火。

不是那种一根烟火棒的冷焰火,而是一根长长的可以拿在手中甩的那种,舞动手臂,冷焰火便转成一个圈。

"好漂亮啊……"毛苏禾驻足,忍不住盯着看,"那边也很漂亮!"

尤雪珍对冷焰火的兴趣倒是不大,注意力已经被场内布置的一个小型旋转木马完全吸走。

只是这个装置实在很迷你,一、二、三……尤雪珍悄悄数了下,只有三匹小马,根本坐不过来。

木马周边还排着长队,一看这个队伍的长度,估摸着可能电影开始了都轮不到自己。她有些遗憾地打消了想坐的念头,来到位置上拿出准备好的野餐垫。

大家七手八脚地一起帮忙铺,叶渐白把东西放下,说去和朋友打个招呼暂时离开一下,剩下他们四个人在垫子上坐下,把准备好的三明治和饮料啤酒全都拿了出来。

等候电影开场之前,大家优哉游哉地聊天吃喝,配上场内暖烘烘的灯光和动感的音乐,烟火气让初冬的海边显得不那么冷。

尤雪珍觉得一切都很完美,如果海风不是这么大的话。

海风大到什么程度,几乎头发长一点的,比如她和毛苏禾,头发都像被雷劈过似的在狂风中乱舞。

视线被乱七八糟的头发挡住,从缝隙里望去,只有孟仕龙幸免,但他前额的头发又长出来了点,上回理发师虽说贴头皮的发型最适合他,但他的表情很勉强,袁婧最后还是和理发师说剪差不多就好,不用太短。

尤雪珍拍了拍他:"你是不是从那次去理发店之后就没管过头发了?"

孟仕龙点点头。

她提醒他:"好像又有点长了,你现在这个发型不勤快修的话会不好看的。"

孟仕龙"嗯"了声,忽然问道:"这回剪更短怎么样?"

尤雪珍一愣,说:"好啊。"

"那你可以帮我剪吗?"

"啊?我?"尤雪珍连忙摇头,"我只会剪刘海,让我剪发型肯定不行。"

"没关系,肯定比我厉害。"

见尤雪珍表情犹豫,他又说:"就算剪坏了头发也会再长,没关系。"

她才点点头:"那我试试。"

一旁的左丘咬了口三明治,一边吃一边又要吹孟仕龙的彩虹屁,刚说了一句"真好吃",一阵风刮过来,糊了一嘴沙。

毛苏禾眼疾手快,赶紧抓拍下他龇牙咧嘴的样子,笑得肩膀抖个不停:"你怎么这么好笑啊?"

"……祖宗,删了,求你。"

"那你先把刚才偷拍我风中凌乱的照片删了。"

"我哪有偷拍你啊？"

"那你把相册调出来！"

"在说什么？这么热闹。"叶渐白拿着一杯啤酒回来了，另一只手拎了一个袋子，他把袋子往野餐垫上一丢，"玩吗？"

尤雪珍微怔，因为看到塑料袋里露出的包装袋……是冷焰火。

毛苏禾大概也没有想到，刚才自己随口的一句感叹，不出一会儿，一包冷焰火就真的摆到了眼前。

她诧异地抬眼："师哥……你什么时候买的啊？"

"不是买的，我朋友那儿刚好有多的，我就顺过来了。"他掏出打火机，"玩吗？"

"可是……"毛苏禾蠢蠢欲动，但对于袋子里仅限一个的数量很犹豫，看向尤雪珍，"你玩吗？我看看就行。"

叶渐白替她回答："她不喜欢玩这些的。"

尤雪珍点点头，把袋子推到毛苏禾跟前："是啊，我不喜欢玩的。"

毛苏禾又问其他两位男生："那你们要玩吗？"

左丘举起手机："祖宗，我给你拍个美照。你等会儿记得帮我把丑照删了就行！"

孟仕龙则是很干脆地摇头。

毛苏禾这下才没有顾虑，欢天喜地地抱起袋子准备往海边走。

尤雪珍看了看孟仕龙，他这次也带了相机过来，就是上回买的那一部。她拱了下他的胳膊："你不去帮忙拍吗？这可是练习拍摄人像的好机会。"

孟仕龙"哦"了一声，拿出相机起身，却看见尤雪珍坐着没动："你不过来？"

尤雪珍拍拍野餐垫："风太大了，我留在这里看东西吧。"

刚起身的孟仕龙脚步一停："你过去吧，我在这里。"

"不用，我又不喜欢看那个，就不折腾了。"

他低下头："你真的不喜欢？"

尤雪珍仰头对上他询问的视线，一瞬间仿佛回到密室的门口，他看着自告奋勇的她，认真地问她害不害怕。

她轻轻耸了下鼻子，点头："这回是真的。"

真的不喜欢冷焰火，可也是真的喜欢冷焰火背后的那个人，所以才会在刚才装出满不在乎，等到大家都起身走了，背对着自己，脸上放松后流露出一些寂寞。

可有个人回过头来，捕捉到了这一点点寂寞。

尤雪珍见孟仕龙盯着她瞧，察觉到他似乎并不相信，又强调一遍："真的！还不如坐旋转木马。别废话啦，你快去拍吧！加油磨炼技术！"

他掂了掂手中的相机，收回视线，走上前，加入他们。

他们放冷焰火的位置并不远,在尤雪珍的视线所及范围内。她可以看到毛苏禾举着冷焰火,叶渐白帮忙点燃引线,其他两个人一人拿着手机一人拿着相机,在逐渐暗下来的蓝色夜幕下,星火噼里啪啦地烧起来。
　　也许是那一刹烟火烧得太旺盛太明亮了,尤雪珍觉得刺眼,忍不住低下头揉了揉眼眶。
　　揉了一会儿,其中一只眼睛却越揉越不舒服,不知道是不是手指上沾着的细沙被揉进了眼眶,眨一下就像是在眼球上割一刀。
　　尤雪珍无语地取下左眼的隐形眼镜,那种刀割般的异物感顿时消失。她打开手机手电照了一下隐形眼镜,发现居然是镜片破了。
　　怎么会这么倒霉……
　　难得来海边看一次电影,偏偏最重要的工具出了问题,高度近视的她摘下眼镜能看清东西才有鬼。
　　不幸中的万幸大概就是只坏了一只,另一只隐形眼镜没问题。
　　要不只戴一只……这么想着,她干脆抬头看向前面的大银幕,视线里就像有两片不吻合的拼图拼在一起……不行不行。
　　尤雪珍干脆将另一只完好的隐形眼镜也取下来,抱着最后一丝希望点开外卖软件。好消息是还真有隐形眼镜卖!坏消息是显示超出配送距离,且搜不到跑腿小哥可以代买。
　　她茫然地摁灭手机,远方的冷焰火在视线里晕成一团亮晶晶的色块,现在似乎放到了最旺盛的时候。
　　明亮的大色块下,突然有一团阴影逼近,海风吹起对方乱糟糟的头发。
　　尤雪珍眨了眨眼,终于看清了来人。
　　孟仕龙在她跟前蹲下,盯住她的眼睛:"怎么了?"
　　"没事啊。"
　　孟仕龙指着她的左眼:"眼睛很红。"
　　尤雪珍摆摆手:"隐形眼镜出了点问题,现在摘了,真没事。"
　　"多少度?"
　　"啊,一只五百一只五百五。"
　　"那怎么叫没事?电影不是都看不清了?"
　　"这也没办法……我刚搜了,附近没有卖隐形眼镜的。"
　　孟仕龙跟着掏出手机也搜了一遍,忽然说:"这里有。"
　　尤雪珍凑过去看他的手机屏幕,神情失望:"这家我也看到了,太远了,不给送的。"
　　"那我们自己过去买。"
　　"就算开车都来不及,电影马上就开始了。"她耸耸肩,"没事,这样也能看。"
　　其余三人放完冷焰火回来,时间卡得正好,电影放映前的宣传广告放完,海滩边的喧闹也逐渐平息。有位子的都回到位子上坐定,没位子的举着啤酒站在最后排看得津津有味,只有孟仕龙起身准备往外走。

尤雪珍吓了一跳:"你干吗去?"

"卫生间。"

"哦……那快点,只有五分钟了。"

叶渐白瞥了眼孟仕龙离开的背影,漫不经心地来了句:"你们刚在聊什么?"

尤雪珍摇头:"没什么。"

他盯着她的脸看了一圈:"隐形眼镜摘了?"

"……是啊,破了。"

叶渐白叹了口气,也突然起身。

"你也要去厕所?"

"给你拿美瞳。"

尤雪珍一惊:"你怎么会有?"

"好像有,我忘记扔了。不过度数应该不是正好,四百?反正差不多。"

叶渐白不是近视,车里的那副美瞳大概是坐过他车的某位前任留下来的。

尤雪珍压抑着语气里的不耐烦,轻描淡写地:"差很多,戴上也看不清的。"

"总比你现在这个小瞎子样强。"

说完,他就直接跑去车里把美瞳取回来,在电影开场前一分钟气喘吁吁地扔到她怀里。

尤雪珍仿佛被扔了两颗炸弹,和它们僵持了一会儿,在瞎着眼看了五分钟电影什么都没看清之后,沉默地把美瞳戴上了。

戴上的那瞬间,眼睛又痛了一下,或者说是酸痛。

挺可笑的,她还需要用他前任留下的东西解围。

电影正式开场,大家在野餐垫上三三两两地坐着,尤雪珍下意识看了看叶渐白的位置,他坐到了垫子的另一端,和毛苏禾中间隔着一个左丘。

尤雪珍在暗下来的光线里笑了笑,开始集中注意力看电影。

虽然依旧有一百多度的视力差,但银幕大体能看清了,只不过还是略微朦胧,看的体验不算舒服,像踩着挤脚的鞋子登山,但总比留在山脚下强。

她乱七八糟地想着,电影不知不觉过去了半小时,她动了动有些僵住的身体,漫不经心地环视四周,忽然察觉到孟仕龙一直没回来。

记得他说是去卫生间来着……

尤雪珍想了想,还是抽出手机给孟仕龙发微信。

珍知棒:你没事吧?需要帮忙吗?

又过去十分钟,一个黑影不停地说着抱歉,穿过横七竖八的野餐垫,艰难地回到了他们这个野餐垫上。

失踪人口终于出现了。

尤雪珍朝孟仕龙招招手,不可置信地低声问道:"你去厕所怎么去了四十分钟？"

这要给他讲剧情都无从讲起，错过太多了。

孟仕龙没说话，呼吸带着气喘，朝她张开的手心里塞过一个纸袋。

里头是两盒隐形眼镜，500度和550度的。

远处电影银幕变亮，忽明的光线照亮了纸袋上的Logo——是软件上那家不能配送的店。

尤雪珍震惊："你不是去卫生……"她收声，意识到自己被他糊弄了。

这人根本就是不声不响地去买了隐形眼镜。

海边这条路现在根本打不到车，而海风送来他带着粗喘的气息。

衡量了一下他花费的时间，尤雪珍不可置信地问："你不会是……跑着去的吧？"

孟仕龙笑了笑，只字不提是不是跑着去的："快戴上吧，别错过电影。"

"所以你真的是跑着去的。"尤雪珍真的不知道该说什么了，"都说了不要紧的……"

"我偶尔会夜跑，还算轻松。"他说，"比起你第一次来海边看电影却看不清怎么不要紧？"

尤雪珍哑然。

他不也是第一次吗？

孟仕龙应该比他们中的任何一个人都更期待这次的海边电影吧？却因为她错过了开场的四十分钟，本来很完美的一次观影体验变成了残缺的走马观花。

她握紧手里的袋子："谢谢。"

他点点头："赶紧戴吧。"

尤雪珍一手拆开隐形眼镜的包装，一手点开手机的电筒。怕光亮妨碍到周围看电影的人，她把腿盘起来，手机放到盘腿的中央，用身体将光亮的范围压到最小，但同时那束光又从底下射得她眼睛根本睁不开。

她刚要调整手机的位置，孟仕龙的手从旁伸过来，指着手机问道："我帮你拿着？"

"啊，好哦……"

孟仕龙突然靠过来，大腿外侧不小心撞到她盘起的膝头。虽然这碰撞隔了两层厚厚的裤子布料，但依然让她的小腿肚在这刹那缩了一下。

尤雪珍对他突然的靠近有一点不知所措，虽然知道他是为了不让光亮漏出去。

孟仕龙躬起背，整个人俯低身子，靠着她，等两个人形成一片小小的空间才点亮手机的电筒。

她也微微弯低身子，靠近他握着的光源，在这片微小的白色荧光中继续拆开包装，然后费劲地把隐形眼镜换上。

她虽然低着头，但是似乎能感受到孟仕龙的视线。他好像一直低头看着她，直到确认她换好隐形眼镜后才收起手机,将目光移到大银幕上。

尤雪珍眨了下瞬间变回清明的眼睛,忍不住想,又害他错过了几分钟。

隐形眼镜换完了,但孟仕龙就这么顺势坐在了她的旁边。电影情节来到了第一个小高潮,交响乐随之响起,随着海风传遍四面八方。可不知为什么,那些激情澎湃的音乐仿佛在她耳边隔了一层,像戴上降噪耳机后外界的声音被抽空,接着耳机里传出另一种清晰的声音——身边的孟仕龙还没有平复下来,异常快速的呼吸声很重,又很轻。

刚才一定跑得很累吧?

尤雪珍微微斜过眼,用余光瞥了一眼身旁的人。他正被高潮情节吸引,仰头盯着银幕异常专注,好像从四十多分钟前就坐在她身边。如果他的身体没有泛着跑动后的热潮,她真会这么觉得。

电影在一个小时后结束,大银幕滚动着黑底白字,已经有人迫不及待离场。

他们几人并不急于起身,夜晚还很长,大家坐在垫子上有一搭没一搭地闲聊,聊对电影的感想。

这部电影是倒叙的结构,开头是电影的结尾,而结尾是故事的初遇,直到看到最后才能体会到最开始那幕的韵味所在。

尤雪珍这下更不好意思了,孟仕龙没有看到前面,也就体会不到电影的精华。大家讨论的时候,他没有说话,默默地收拾着垫子上散落的垃圾。

等到字幕全部滚动完毕,他们才起身。

左丘摸了摸肚子,提议说:"接下来去附近找个店吃饭?"

毛苏禾担忧道:"可是现在肯定哪儿哪儿都是散场的人去吃饭,感觉排队要排很久。"

"直接回去。"叶渐白晃了晃手机,"开场前我就预订了外卖送民宿了。"

"师哥机智!"

尤雪珍"啊"了一声:"现在就回去吗?"

叶渐白看向她:"怎么了?你有想去的地方?"

她摇摇头:"……没,走吧。"

大家收拾好东西往住的地方走。路过旋转木马时,她放慢脚步,侧头望了一眼。开场前很有人气的旋转木马此刻已经重新运转,排了一小段队伍,但比起开场前已经少了很多,估计排个十分钟就能排到。可如果让大家饿着肚子等她十分钟,那还是算了吧。

尤雪珍回头,加快脚步跟上大部队。

他们订的民宿是一栋小楼,两层楼,五个房间,正正好,还带一个小院子。只不过初冬天气冷了,小院里的植物都落了叶,看上去有些荒凉。他们也没去到院子里,而是聚在一楼客厅,空调温度打得很高,刚送到的食物裹着锡纸,都还热腾腾的。

大家吃饱喝足,也没别的事做,就聚在一起玩左丘带来的牌。

直到毛苏禾打了个哈欠,叶渐白才把牌一扣,说道:"差不多了,休息吧。"

散场前大家还很有兴致地约好明早一起去海边看日出。

尤雪珍根本不困,洗完澡更有精神,走到一楼一看,没人下来。

她瘫到沙发上,一楼有投影,很想再看点什么解解闷,毕竟晚上那场电影她因为隐形眼镜的小插曲也根本没能享受其中。

担心声音会传到楼上,她想了想还是没打开投影,就这么半躺在沙发上有一搭没一搭地刷手机。

"在看什么?"

一个声音从楼梯上传来,她侧过头,看见孟仕龙正从二楼下来。

他也刚洗完澡,身上套了件清爽的白T恤,头发湿湿的,还有水滴在了衣领上。

尤雪珍慌忙调整了下自己的躺姿,从沙发上坐了起来:"没看什么,有点睡不着。"

"那你现在有空吗?"

"有呀,怎么了?"

孟仕龙摸了摸自己的额发:"那可以帮我剪头发吗?"

"现在?"尤雪珍挠了挠头,"但我没带专门的剪发刀。"

"没关系,用普通的剪刀剪就行了。"

尤雪珍汗颜:"你对待自己的头发还是这么随意啊……"

她拍了拍沙发,示意他坐过来,然后跑到厨房搜寻了一把剪刀。

她回到客厅时,孟仕龙已经乖乖坐在那里了。

这个场景让尤雪珍回忆起第一次帮孟仕龙化妆的时候,他闭眼仰头,五官带来的冲击记忆犹新。

但这回总不会了吧?

她信誓旦旦地想着,手撩住孟仕龙的额发,低头瞄他的脸时,反应又慢了半拍。

她回过神,听到孟仕龙正在问她:"你之前也帮别人剪过头发吗?"

尤雪珍想他可能是在担心她的技术吧,实话实说:"之前袁婧的刘海我帮忙剪过很多次,不过剪头发是第一次……"

孟仕龙"嗯"了一声,眉梢忽然轻轻上扬,沉默了一下又追问:"你没帮叶渐白剪过吗?"

"他?"尤雪珍嗤声,"他才舍不得别人碰他那宝贝头发。"

孟仕龙眉梢扬起的弧度更大了。

尤雪珍却根本没心思注意这些细节,"咔嚓"一声,剪下第一刀,手心都在抖。

虽然明明和第一次化妆时差不多,同样是空旷的房间,同样是他们两个人,她却觉得好像有哪里不太一样,没有上次自如,捏着剪刀的手不知不觉沁出热汗,滑得有些握不住。

也许是第一次帮人理发,虽然说剪坏了可以重新再长,但也得养个把月,责任重大。

她轻轻拉远了和孟仕龙的距离,终于感觉没刚才那么紧张了。

可是再拉近距离,那股紧张又卷土重来。

察觉到她一直没有下手剪第二刀,闭着眼睛的人突然睁开眼,近距离盯着她看:"怎么了?"

尤雪珍支支吾吾:"不知道怎么下手……"

他随意地捋了把头发:"没关系,就算你剪成光头都可以。"

尤雪珍想了下他光头的样子,忍不住怀疑以他的头型,可能光头也会挺帅,所以真的剪坏了也没关系吧……

她的紧张像被扔在海里的漂流瓶,上上下下起伏,这会儿又下去了些。

"好的好的。"尤雪珍用手掌遮了下他的眼睛,"你快闭眼,我要剪了。"

"好。"

闻言,她撤下手掌,却对上一双仍看着她的眼睛。

尤雪珍舌头打结:"怎、怎么还不闭上……"

孟仕龙笑了,似乎就是想看她被吓一跳的反应,然后才把眼睛闭上。

"剪完了!"

最后一刀剪完,尤雪珍抽回手,走到两步外,大松了口气。她觉得这根本不是在帮人剪头发,而是游了一场泳,有种累到筋疲力尽的感觉。

孟仕龙睁开眼睛,连前置摄像头都没开,就着手机黑屏扫了眼,说:"挺好的。"

尤雪珍不满道:"你这是敷衍!"

他语气认真:"真的挺好的。"

"好吧……你满意就行。"

她回厨房把剪刀放好,回到客厅时发现孟仕龙还坐在原位,正低着头很认真地刷手机。

难得啊,很少看到孟仕龙沉迷手机的样子。

尤雪珍叫了他一声:"你不回房玩吗?"

他头也不抬地"嗯"了一声。

……这么沉迷。

尤雪珍见状不再打扰,轻轻说:"那我先上去啦。"

在她即将踏上楼梯时,身后传来一句:"想不想现在去海边转转?"

"啊?"尤雪珍停住脚步,"你说现在去海边?"

"想把漏掉的开头补完。"孟仕龙把手机屏幕反过来,"我在这个网站上找到了今晚放的电影,你前半部应该也没看清吧?一起再看一遍吗?"

尤雪珍其实并没有多大兴趣再看一遍这个电影的开头,但邀请人是今晚为了自己才错过开头的孟仕龙,她很难开口拒绝,毕竟一个人在海边看电影会感觉很孤单。

就是没想到他还挺有仪式感，非要再去海边，哪怕只是在海边拿着手机看。
犹豫两三秒，她拍板："那走呗！"
两人回房收拾了下，尤雪珍还给毛苏禾紧急弹了个视频电话，想问她要不要一起出来，但她一直没接，不知道是在洗澡还是已经睡了。
最后尤雪珍只得放弃，在门口和孟仕龙集合时碰到了正好下楼的左丘。
左丘诧异地看着穿上外套的两个人："你们俩这是要出去？"
"对，我们去海边转转。"尤雪珍听到"你们俩"这三个字时莫名有些心虚，于是问他，"你要一起来吗？"
"不了不了，"左丘语气意味深长，"你们好好玩。"
民宿区这一带还比较好打车，两人刚上车不久，尤雪珍摸了摸口袋，脸色微变。
"怎么了？"
"手机没拿……"
"要回去拿吗？"
"算了。"她摆摆手，"反正你拿着手机就行，不折腾了。"
而那个被她遗忘在房间里的手机，此刻正不断跳出微信消息。
阿凡达：我记得之前还欠你一次海边兜风。
阿凡达：现在走不走？
阿凡达：睡了？
阿凡达：猪。
阿凡达：真睡了啊？

别墅内，左丘在一楼转了一圈，发现自己的打火机不在这里，不知道跑哪里去了。
他无语地上到二楼，敲了敲叶渐白的房门。
"师哥，睡了没？"
"没，直接进。"
左丘推开房门，看见叶渐白正在阳台上抽烟，一手捏着烟，另一只手捏着手机。屏幕的光照亮他的脸，他偏过头吐出烟圈，眉头微蹙。
左丘乐颠颠地凑过去，掏出烟："哥，打火机借我下呗。"
叶渐白摁灭手机，从裤兜里掏出打火机扔过去。
左丘点上烟，两人在阳台上边抽边聊。
叶渐白瞅了眼左丘活蹦乱跳的样子，随口道："不困？你还挺精神。"
左丘"啧"了声，八卦地同叶渐白分享："我哪有孟哥精神！"
"孟仕龙？他怎么了？"
"这个点带着你好姐妹去海边咯。"
"是吗……"叶渐白闻言笑了笑，"确实更有精神。"
他手里把玩着返还的打火机，轻描淡写地附和完，手指突然发力，"啪"

的一声，火嘴里喷出一束急促的火舌。

　　车子驶到海边，海岸线上热闹的景象已经消失，剩下的只有暗色的安静海潮。如海潮一般汹涌的人潮此刻也退去了，只有零星的人三三两两在海边散步。
　　这并不是一个适合散步的季节，初冬、海风、深夜，三者叠加在一起除了冷还是冷。
　　尤雪珍在海边站了一会儿就感觉被吹傻了，她指了指电影节的场地，心生一计："不然我们进那里面去吧？"
　　这里面虽然也是露天的，但商家支的摊位没收，勉强可以挡一挡风。
　　孟仕龙说好，两人便光明正大地从检票口溜进去。
　　里面也是漆黑一片，孟仕龙打开手电领路，他的光照扫过某一处时，停了一下，然后又绕了回去。
　　尤雪珍看着手电光打的位置，微愣。
　　他照着的是那个旋转木马。
　　"坐吗？"他晃了晃灯光。
　　尤雪珍笑了："啊，你说坐那上面看啊？太奇怪了吧！"
　　"你不是想玩这个吗？现在没人排队，我们可以偷偷玩。"
　　尤雪珍惊讶："你怎么知道？"
　　"猜的。"
　　这猜得也太准了吧？
　　尤雪珍抓了抓头："可是设施都关了。"
　　"这种移动的设施应该自带独立的电源。"他朝旋转木马走过去，"我找找。"
　　尤雪珍以为他是开玩笑，没想到他蹲下身，一手拿手电照光，一手在旋转木马的底盘处环绕着摸索，全神贯注的，有种非要找出来不可的气势。
　　摸索到另一半边的侧面时，孟仕龙忽然表情一松，抬头喊："找到了！"
　　他的声音听起来像咒语，话音刚落，金黄色的彩灯瞬间点亮了那片海风萧瑟的黑暗。蹲在其中的人跟着现身，被光晕托着，蓝色月色金色，都从他眼神里反射出来。
　　尤雪珍对上他闪着光亮的眼睛，看到了藏在黑暗里的自己。
　　风很大，又很静，吹得似乎连灯光都在抖，又或许是她的眼睛在颤动。
　　尤雪珍回过神，朝他鼓掌："好牛啊，居然真的能亮！"
　　但，旋转木马只是亮着，并没有动。
　　"好像不对……"
　　孟仕龙嘟囔着，又低下头研究刚才找到的开关，发现那只是控制灯光的，至于启动的开关，他又绕着底盘摸了一圈都没找到。
　　尤雪珍过去一起寻找，两个人折腾一圈才发现那个启动的开关是安装在里面的，需要钥匙才能打开。

不用说，钥匙肯定被工作人员收走了。

"算了吧。"

尤雪珍倒没有什么失望的感觉，生活反正总是这样的，就算无意间燃起了一些希望，最后基本都是空欢喜一场。人要学会的就是不要在开头就过于高兴，不要去期待就能得到平静。

在这门课题上，自己应该能拿A吧。

她伸手要把灯光按灭，因为这些灯光似乎已经吸引了路人的注意。

孟仕龙却没让她关，指着小马说："来都来了，不如坐一下。"

她摇头："关着的有什么好坐的？"

"试一下。"他还在怂恿她，拍了拍小马的坐垫。

"……那就坐一下。"

尤雪珍不想辜负他费了一番力气打开的灯光开关，坐上了旋转木马。

她刚坐稳，耳边呼地闪过风声——

旋转木马居然动起来了。

尤雪珍来不及说话，吓得一把抓住木马的抓杆，只看见流成线的光、寂寞地扑着岸的海浪，还剩下几个酒瓶没被收走的空荡荡的摊位，还有推空木马让它转动的孟仕龙。

他正在笑着，海风吹着他的头发，一切像走马灯的各个切面，在她的视线里旋转、旋转、旋转。

世界摇摇晃晃，快要飞起来了。

这迷你的旋转木马以尤雪珍意想不到的方式启动了。

也亏它是迷你的，孟仕龙才能转动它。他就像推秋千那样，转了两三圈，慢慢地有了惯性之后他便收手，站在一边看着。

尤雪珍本来紧抓着把手不放，但在一圈过后慢慢试着松开双手，转动的速度并不算快，海风簌簌穿过，很像一个温柔的怀抱。

有一点亮的灯光忽然闪了一下，她侧过头，孟仕龙正举着相机，在她看过来的一瞬间，闪光灯又亮了一下。

这个时候都不忘记练习拍照，真有他的。

旋转木马旋转的速度越来越慢，最后悄无声息地静止，小马的位置竟然很神奇地从摊位那一面晃到了孟仕龙跟前。

他低下头，拍了拍小马的脖子，给尤雪珍一种像是在拍她脑袋的错觉。

"好玩吗？"

"嘿嘿，还不错。"尤雪珍从小马上跳下来，伸手向他讨要相机，"我看看你刚才拍的，没有像上次那样丑吧？"

他把相机递到她手心："上次拍得丑吗？"

"明明就很……"

尤雪珍按亮相机的电子屏，哭笑不得地卡了壳。

她的头发被海风吹得乱七八糟，他抓拍的时机真妙，刚好是头发将脸挡得七七八八的时候被定格下来，加上煞白的闪光灯，很适合拿去做鬼片的封面。

还有一张就更绝了，她的身体被旋转木马的柱子挡得结结实实，只照到伸开的两只手，比上一张更像鬼影。

"拍得挺好的。"

她笑眯眯地拍了拍孟仕龙的肩膀，反手按了删除键。

两张照片被删除后，电子屏接上的是他在电影播放前拍的毛苏禾玩冷焰火的照片，尤雪珍瞟到，无可救药地摇了摇头。

拍她的那两张照片好歹还是"人像"图，而这张照片连人的半个部分都没见到，只有白亮亮的冷焰火。

真是构图奇才。

他语气闷闷的："拍得很差吗？"

尤雪珍语重心长地说："虽然我觉得我拍得也没有很好，但至少比你强点。要不这样，我给你示范一张。"

她干脆举起手中的相机对准孟仕龙，示意他摆姿势。

他依然对怎么摆姿势一窍不通，还是像上次袁婧拍摄他时那样直勾勾地盯着镜头，但盯了几秒，他忽然摸了下鼻子，揣着口袋侧过头去。

尤雪珍按下快门，拍下他的侧脸，拍完却意识到自己又忘记开闪光灯了。

"哎不行不行，重新来。"

"怎么了？"

"这张也拍得不好。"

"我看看。"他直接探过身来看照片，歪斜下来的侧脸快要靠近她的头顶，像将她笼罩起来。

尤雪珍不自在地翻转手腕，将相机屏幕面向他。

孟仕龙笑了笑："拍得很好啊，我喜欢。"

"什么啊？哪里好？"

"整体的氛围很好。"

虽然被夸很受用，但她还是秉持着实话实说的原则，不惜伤敌一千自损八百："怪不得你拍不好，你要练的不只是技术，还有审美！"

他看了她一眼，难得反驳："我觉得我审美很好。"

自信也是一种本领，尤雪珍无话可说。

余光里瞄到刚才被灯光吸引的路人正在往这边靠近，她才想起旋转木马还是偷偷打开的，立刻做贼心虚地压低声音："快，把灯关了……"

好奇的路人还未完全走近，灯光就骤然暗下，两道背影拉着手匆匆往远处跑去，没扣好的外套衣角抖动着，被迎面的海风吹飞。昏暗的夜色下，也许会错看成两只欢快的、准备起飞的海鸟。

深夜两点，民宿别墅内。

两只飞回巢的"海鸟"一前一后静悄悄地拉开院落大门回来。

尤雪珍以为大家都睡了,因此刚走进客厅,就被坐在沙发上的黑影吓了一跳。

她瞪圆眼,客厅关着灯,投影仪亮着,却开着静音,沙发上的人半支着脑袋看电影,眼皮微微下耷,脸上没有任何随着情节波动的表情,只有银幕的光影在他脸上闪来闪去。

身后孟仕龙跟着进门,停在她身后,轻轻挑了下眉。

"这么晚还没睡啊……"尤雪珍觉得自己的招呼声还残留着一股在海岸边的那种心虚。

"不太困。"叶渐白这才扭过头,看了她和孟仕龙两眼,似乎对两人居然一起从外面回来感到惊讶,"这话倒是问你们俩比较合适吧?不止没睡,还出去。"

"哦……我们就随便出去转转。"尤雪珍回道。

叶渐白发出一声鼻音,重新扭过头去看投影,一副只是随口一问的神色。

猜到他会是这样的反应,尤雪珍并不多做解释,迅速结束了话题:"那我们先上去了,你早点睡吧,明天不是还要早起看日出吗?"

孟仕龙象征性地冲叶渐白点了下头,叶渐白斜斜飞过去一个眼神,皮笑肉不笑地也点了下头,目送两人一起上了二楼,消失在各自房间门口后,嘴角的笑立刻松垮下来,抿成一条直线。

不一会儿,被他扔在一边的手机振了一下。

珍知棒:啊,我手机落房间了,才看见……

叶渐白摩挲着手机,紧绷的嘴角软化了一些。

手指在键盘上游移一圈,最后又什么都没按,转而点进尤雪珍的头像看了看朋友圈。倒是和往常一样,她的朋友圈是一个月可见,但什么时候点进去都是一片空白,懒得发的状态。

看来今晚也是一个平平无奇的、不值得发什么的夜晚。

他摁灭屏幕,关掉投影,边打哈欠边起身,上楼梯时又漫不经心地打开手机,确认了下群聊里约的看日出时间。

左丘下面是孟仕龙回的一个"OK"的表情包。

他没有加孟仕龙好友,但不妨碍他可以看孟仕龙的朋友圈。这个人的微信根本就是出厂设置,不是好友点开也能看到最近十条状态。他上次点开看过一眼,孟仕龙发过一张头像的食神截图,很无趣的一个人。

这样的一个人……

叶渐白面无表情,手指仿若随意一点,恰巧点进这个头像。

没有更新。

他立刻退出来,却在个人资料界面那里急刹车。

头像换了。

那张随手一截的电影截图被偏深蓝色的海岸取代。

再返回看群聊时，孟仕龙的头像已经更新成这张，和自己的头像挤在同一个界面里——相似的海，相似的深蓝，相似的出自同一个人之手的侧脸构图。

闹钟响起来的时候，尤雪珍的意识还沉在梦里。

她迷蒙地睁开半只眼，白纱窗外的天色仍暗着，整个世界只有轮廓。她翻了个身想继续睡，被子从肩头滑落，冷空气侵袭过来，好冷。

空调开得不够足，尤雪珍被这点冷意冻清醒了，挣扎着从床上起来，套上衣服仍旧觉得好冷。

此时离黎明还有一点时间，她的闹钟比其他人应该都早，因为特意预留出了一段时间来收拾自己。她洗漱完化了个简单的淡妆，戴上隐形眼镜，把睡到翘上天的刘海打湿又吹干，一切准备就绪，下楼时反倒成了最晚的那个。

她和其他人打招呼，叶渐白戴着耳机，好像没听到她的招呼，抱着臂，面无表情。

气氛很微妙，有些尴尬，尤雪珍觉得莫名其妙，权当叶渐白有起床气，转头去指左丘手中抱着的大被子转移注意力。

"你拿这个是？"

左丘很得意："带去海边啊。"

"啊？"

"这个点海边冷死了，这个被子够大，可以把我们都塞进去，裹着被子看日出，想想就暖和。"

尤雪珍嘴角一抽，很难想象他们五个人真的卷在一床被子里看日出的画面，有点嫌弃地说："哪有这么冷？你不嫌麻烦就带着吧。"

叶渐白将车开到海边时，天色亮了许多，但太阳还未露头。大家走到海岸边，短短几百米的距离，冷风刮得人想扭头钻回车里。虽然昨天半夜在海边也冷，但绝没有此刻冷，大概人刚睡醒的时候热量太稀薄，感受到的温度差也就尤其明显。

刚才还嫌弃左丘带被子的尤雪珍直想夸他有先见之明。

左丘察觉到大家希冀的眼神，立刻抖开被子。

但被子很大，他一个人撑不开，还没出声让帮忙，孟仕龙已经示意他把被角递过来。

尤雪珍瞟到这个动作，心想，原来孟仕龙总是能不动声色地察觉出对方的需要啊，不论对象是谁。

她抿了下唇，一股难以形容的感受浮现又消散。

在她分神的刹那，毛苏禾已经在左丘的招呼下钻进了被子里。她故意和左丘唱反调，嘴上说着："才不站你旁边！"然后有些拘谨又顺理成章地站到了孟仕龙身边。

尤雪珍条件反射地用余光瞄叶渐白，他也正在看孟仕龙，眼神微眯，像极了《动物世界》的片头，下一秒两只豹子就在黄昏的原野里厮杀起来，只不过此刻是日出时分。

只是看到毛苏禾站到人家旁边就露出这种危险眼神，至于吗？

尤雪珍觉得夸张，内心噼里啪啦滚过很多小石头，胸口硌得慌。她侧过脸看见孟仕龙和毛苏禾站在一起的画面，石头滚动的速度更快了，快演变成一场突如其来的滑坡。

毛苏禾仰起头正在对孟仕龙说话，然后孟仕龙将带过来的相机递给她，她又低头查看相机。也许是快升起的日光很猛，孟仕龙微微躬身，将被子压下来，好让她看清。

怎么会这么心烦？

尤雪珍将这一切都归咎到叶渐白身上，看着他动身走到了被子中间，也就是毛苏禾身边的位子。现在只剩下他和左丘中间的空位，她怄着气不愿意站到他身边去，推了推左丘的胳膊："我来拿被子，你挪到里面去好了。"

左丘狐疑："干吗？你拿不住被子吧？"

"换不换？"

左丘恍然大悟："你要和孟哥搞对称位哦？"

什么跟什么？左丘脑子有泡吧？

左丘"嘿嘿"笑着松开手，挪到了叶渐白和尤雪珍中间，任她接手被子。但他说得没错，她有点拿不住，身高差男生们一大截，被子到她这儿开始一股脑向下倾斜。

尤雪珍连忙举高双手，将被子顶起来，甚至还踮了踮脚。

海风猖狂，他们撑起的挡风被子却让这一小块沙滩成了一片白色巢穴，虽然她撑得有点吃力，不过日出撑死了也就十来分钟吧，坚持这么点时间还是没什么问题的。

海平线已经被染出金色流线，左丘兴奋地掏出手机准备开始录像。尤雪珍没空手去拿手机拍，索性也懒得拿，全神贯注地眺望远方。

宽阔的视线里，一个高大的黑影从旁插入，将她的视线挡得严严实实。

尤雪珍不爽地抬起头，瞪着眼前的不速之客："你干吗？"

叶渐白面对着她，一抬下巴："换位子，我来拿。"

哈，他居然舍得离开毛苏禾身边那个暗中较劲的位子。

尤雪珍在心里碎碎念时，被角已经被叶渐白扯走，不耐烦地示意她走开："你这么拿着被子，中间都塌下去了，冻不死我。"

好吧，原来是嫌她撑得不够高。

尤雪珍看着他的臭脸，随他去地一把将被子都塞给他，挥了挥泛酸的手臂，要走到他的空位上，挥着的手臂却被他一把抓住。

他侧过脸："你就站我旁边。"又看向左丘，"你站过去点。"

左丘一脸问号。不是你们要换位子吗？关我什么事？

但在叶渐白不容置疑的语气下，他"哦"了一声，下意识就站过去了。

兜兜转转，尤雪珍依旧没能逃掉，又站回叶渐白身边，仿佛他能感觉出

-153-

来她的不愿意所以故意跟她对着干，看到她吃瘪的表情才开心。

他脸上的"天气"也和日出一样同步到来，眉头的冷意随着光照在脸上后一点点升温。

四周的温度并没有随着太阳的到来有所升高，海风比刚才更猛了。

头发被风吹得乱七八糟，尤雪珍一边缩着脖子，一边拨头发。阳光照进眼睛的瞬间，身边的叶渐白一把揽过她的肩，将她卷进被子里。

尤雪珍吓了一跳，抬头看向叶渐白。

他弯曲胳膊，将支撑着的被子拽到更前面，帮她挡风。

但他这么一拽，另一侧的被子就得被迫挪位。

抓着另一侧被子的孟仕龙猝不及防，手中的布料一松，被子滑出去一小半。

孟仕龙扭过头看向那侧，视线就再也没有收回去。

站在他身边的毛苏禾感受到他视线的偏向，也悄悄侧了点身，用余光去确认他看的方向。

太阳在正前方，但在年轻人的世界里，太阳在四面八方。

尤雪珍从来没见过这么灼热的日出。

海风猎猎，她缩在无比拥挤的被子里，怀疑那一瞬间太阳不是从海平线升起的，而是从她和叶渐白挨着的身体间升起。

可让她方寸大乱的这个人却神色平静，就好像初中的时候他们一起坐最早班的公交车，踩着太阳的尾巴去海边看日出，她冻得瑟瑟发抖时他脱下外套披到她身上。这次，只不过是将外套换成了被子，对他而言没有什么不同。

他的心思已经在欣赏日出上，在太阳完全升起的最后一刻，游刃有余地掏出手机拍了张海平线的照片。

/第十章/
在圣诞夜见面吧

从海边回来后,尤雪珍又开始宅,尤其袁婧不在,没人拖着她外出社交,她心安理得地过着宿舍、食堂、图书馆三点一线的生活,唯一期待的娱乐就是收听时隔两周的无线之声。

她躺在床上刷手机,登上电台的官网去找今晚的频道,结果却意外发现了一则公告。

一直收听无线之声的朋友们,我们怀着遗憾的心情向你们宣布一则重要消息。由于一系列问题的出现,我们不得不做出一个艰难的决定——无线电台将不再继续运营……

尤雪珍心一沉。

这大概是官网论坛最热闹的一天,许多人在帖子底下表达疑惑、惊讶、尊重、挽留……尤雪珍也迫不及待地留言,拜托他们不要关闭电台。

算不上特别震惊,其实早在电台推迟频次时她就有种悲观预感,但当这一天真的来临,她仿佛又一次经历得知爷爷时日无多的噩耗时的茫然。

知道也不能够做什么,只能眼睁睁看着陪伴自己人生的重要的一部分被抽离。

这个公告让她萎靡不振了好几天,袁婧结束出差回来,看见她瘫在床上的鬼样子被吓了一跳。

袁婧把尤雪珍拉起来去后门吃夜宵,逼问她发生了什么事,听到是因为电台关闭,略无语地说:"这有什么,你就当追星塌房了,寻找下一个更乖。"

"这完全不一样的……"

尤雪珍知道袁婧是在安慰她,只是这件事在袁婧看来无足轻重,但对她而言,这是她小时候和世界的第一次连接,也是她和故去的爷爷的连接。

尤雪珍不想解释那么多,也不想把气氛搞得不愉快,干脆转移话题,问袁婧这次出差怎么样。

袁婧开始大吐苦水,虽然大部分内容都已经通过微信聊过一遍,尤雪珍正听得有点走神,突然听到袁婧提到港岛,一下子又回过神来。

"你圣诞要去港岛?"

袁婧很兴奋:"我喜欢的那个组合圣诞在港岛开con(演唱会),本来票都买不到!结果这次出差我老板为了犒劳我送了我票!所以我就立马订机票了!"

说完,袁婧又扔下一句让她更意外的:"到时候就拜托孟仕龙带我玩了。"

"孟仕龙?"尤雪珍听得很蒙,"他怎么带你玩?"

"哦,他圣诞节会回港岛啊,好像是回去陪他家人过生日。"

尤雪珍将吸管咬扁,这才勉强回忆起好像有次他们去半山腰看夜景时,他的确聊到过圣诞节是他阿婆的生日。

"你怎么会这么清楚?"

他们私下也联络得很勤吗?

脑子里冒出这个意识时,尤雪珍已经跟着脱口而出。

袁婧倒没觉得这个问题其实有点刨根问底,随口回答:"这不是想找他问问攻略嘛,结果他说他也要回去,这不巧了。"

"还有更巧的。"尤雪珍稍作犹豫,"今年圣诞我也去港岛玩。"

袁婧睁大眼:"啥,你一个人?"

"……还有叶渐白。"

"啊,他啊,居然不和妹子一起过哦?"

"这次还没找到可以过的人而已,不然怎么会找我?"尤雪珍摆出个没心没肺的笑,"偷偷和你说,他在追人,还没追到。"

袁婧深表震惊,继而拍腿幸灾乐祸:"居然有他还没追到的!"

尤雪珍也跟着幸灾乐祸:"人家不喜欢他这款的。"

"哦?听语气那女孩有喜欢的人啊?"

脑海中闪过日出时毛苏禾挨在孟仕龙身边的画面,尤雪珍的笑容在自己未察觉的时候淡下来,摇摇头,说:"没有啊,我猜的。"

从海边回来后,她和毛苏禾没有过多聊天,她察觉自己有点抵触继续和毛苏禾谈论孟仕龙,大概是因为只有他们两人溜出去的那个夜晚,事后回忆起来似乎有点"背叛"了毛苏禾的意味,因此难免有些心虚。

"喊,你嘴巴还挺紧,连我都不说。"袁婧才不信她这套说辞,见她不说就算了,"那你酒店订了没?咱俩刚好可以拼一间房啊。"

"行啊。"

尤雪珍虽然有些可惜原本计划里和叶渐白的二人旅行不能成行了,但她更不可能放任袁婧落单。

吃完夜宵回宿舍的路上,她赶紧把袁婧也要一起去港岛的事情告诉了叶渐白,顺带提了一嘴孟仕龙或许可以带他们玩。

等她回到宿舍,叶渐白回了她一个微笑的表情。

阿凡达:行,人多热闹。

阿凡达:既然这样,不如更热闹一点。

尤雪珍还没理解他这话什么意思,转眼就看见西天取经群被顶上来,叶渐白在群里问其他两个人圣诞节想不想去港岛。

在尤雪珍看来，叶渐白其实是想邀请毛苏禾一起去，这下终于让他逮到机会了。

那两人一拍即合，最后的结果，原本只是两个人的圣诞之旅变成了六个人一起的小团队游。

尤雪珍却没有很遗憾的心情，只要能去港岛，以怎样的形式去并不是最重要的。她把袁婧拉进了西天取经群，二次利用，将群名改为"西天取圣经"。

大家 12 月 23 日出发飞往港岛，孟仕龙和他们的行程不同，和他们约定好平安夜那天晚上再来找他们。

袁婧在机场见到毛苏禾，之前没从尤雪珍口中探到的八卦之火顿时熊熊燃起，在排队安检时她偷偷撞尤雪珍的胳膊，小声说："这师妹是不是就是那个叶渐白还没追到的？"

尤雪珍含糊其词地"嗯"了一声。

"那也难怪了。"袁婧的眼神在前面排队那三人之间游移，"那我更好奇，她喜欢的人是谁啊？难道是那个左丘？看着也挺帅的。"

排在前面的左丘此时轮到安检，他摘下绿色帽子，一根睡翘的呆毛顶在头上。

袁婧收回前言："好了，我知道不是。"

尤雪珍哈哈一笑，心想，如果袁婧知道了那个真正的人是谁，她会做什么反应呢？会意外吗？还是会认为他们足够相配？

飞机在傍晚时分落地港岛，等出机场时，天已经黑了。

一出机场就吹来一股温和的风，他们刚从湿冷的海边回来，觉得靠近赤道的港岛异常温暖。

这个时候身上的大衣就过于厚重，尤雪珍等不及回到民宿再换，等车时拉着行李箱到角落准备抽出开衫换上。

她刚拿出开衫，叶渐白跟着走过来挡在她面前。

她的视线被他的背挡住，疑惑道："你干吗？"

"给你当换衣间。"

"神经……脱个大衣而已。"

尤雪珍无语。他偶尔会发一些这种神经，她见怪不怪地把脱下来的大衣甩到他肩上。

叶渐白感受到肩膀一沉，回头看她把衣服穿上了，才蹲下身把她的大衣叠好塞进行李箱。

圣诞期间酒店紧俏，临时加了三个人不好订，最后选了跑马地的一间大公寓，正好五个房间，还有一个小阳台。

五个人分成两组打车，尤雪珍理所当然和袁婧一辆，可略让她意外的是，关车门时，叶渐白也钻到了她们这辆的副驾上。

袁婧指了指副驾上的人，偷偷给尤雪珍发了条微信。
袁扒皮：欲擒故纵。
尤雪珍恍然。
车子往跑马地驶去，尤雪珍内心还没有完全落地的感觉，似乎还飘在云端上，俯瞰这座城市，就像从万里高空眺望一般。
路遇红灯，出租车停在岔路口。街口有一家正在排队的食铺，招牌上用繁体字写着"荣记撒尿牛丸"。
尤雪珍顿时联想到《食神》，继而又联想到那个使用《食神》剧照头像的人。
虽然孟仕龙已经换了头像。
他换头像的事她还是在飞港岛前一天发现的，大家在群里聊港岛行程的安排，没在群里说话的孟仕龙突然私发了一份攻略过来，列了一些他觉得好吃的餐厅给她。她这才发现他换了头像，换的还是那张她拍得并不算好的照片。
尤雪珍没有问孟仕龙为什么换上了这张照片，是真的觉得她拍得好吗？也没有问他为什么只把这份攻略单独发给她，不发在群里。
发呆的工夫，红灯转绿，车子往前开，尤雪珍急急忙忙按开摄像头，用一种拧巴的姿势探手向后，将这家店拍下来。
她戳开和孟仕龙的聊天框，将这张照片发给他。
珍知棒：像不像《食神》里的那家店？
隔了很长一段时间，他们去了趟公寓，在外面吃完晚饭，尤雪珍才收到孟仕龙的回复。
龙：挺像。不过这家我没吃过。
珍知棒：哈哈哈，不是问你这家好不好吃。
珍知棒：就是突然看到发给你。
又隔了好一会儿，尤雪珍收到孟仕龙的消息，是一张图片。
居然是她学校的大门，左下角露出他的摩托后视镜。
龙：路过这里想到你。
龙：也发给你。
看到"想"字，尤雪珍心跳慢了一拍，意识到原来自己那句"突然看到发给你"，用语文的缩句做题，原来就是"想"啊？
"联想"不一定会促使人表达，但"想"会。
她的心脏在那瞬间急速收紧了一下，在人来人往的街头，她惴惴地将手机揣进口袋，仿佛这样就可以将那个字压回去。
街头到处都是圣诞节的气息，他们正在前往朗豪坊的路上，为明天的平安夜挑选交换礼物。为了保持神秘，大家在商场门口散开，各自去买各自的礼物，半小时后再集合。
不知道谁会抽到自己的礼物，最后也有可能是自己抽到自己的，不如就买个自己想买的。
尤雪珍没有过多犹豫，直奔化妆品柜台买了一盘圣诞限定眼影，前后花了不到十分钟，剩下的时间就随便在商场里乱逛。路过一家精品店时，她看见摆在橱窗里的某样东西，忍不住停下脚步。

她思考了几秒，买走了摆放的这样东西。

时间这会儿差不多过半，尤雪珍拎着两袋东西准备往门口走，迎面一个人从化妆品的专柜晃出来。

叶渐白也眼尖地看到她，抬手挥了挥。

看来他买的圣诞礼物是化妆品啊……尤雪珍暗自在心里估量，不像她是为自己买，他肯定是想送给女生的。

还能有谁？这个答案就像 1+1 = 2 一样好猜。

她手都没抬，提不起劲地走去和叶渐白会合。

他瞅了眼她的袋子，似乎想偷看里面。她连忙把袋子往身后一挡，戒备地摆手：" 不许偷看。"

"谁说我在偷看？"

"你就是。"

幼稚的对话翻来覆去，两个人继续走下行扶梯时，看见了同样买好东西的毛苏禾。

尤雪珍正打算出声叫她，但她已经快一步上了同样往下的扶梯，接着，有另一个熟人跟在她身后，站在她后一级阶梯上。

那人手上拎着两个购物袋，毛苏禾双手空空的，显然，她的袋子落到了那人手上。

那人虽然双手不得闲，却还要抽出一只手，像小学男生抓前桌女生辫子那样，忽然在毛苏禾头顶上弹了一下。等毛苏禾转过头时，他又将脑袋转向别处，一副与我无关的样子。

于是毛苏禾气鼓鼓地打了一下他的小臂。

下行电梯是相对的，转回身的时候，尤雪珍隔着比较远的距离，模糊地看到毛苏禾有些可疑的笑脸。

她收回视线，消化着心头的惊讶。她并不是多惊讶这略显暧昧的一幕，而是这略显暧昧一幕里的熟人居然是左丘。

她以为毛苏禾还陷在对孟仕龙的一见钟情里，但将回忆倒带，毛苏禾确实在和左丘密室搭档之后开始慢慢不再提及孟仕龙，至少微信上是这样，反而和左丘熟了很多。

但在看到这一幕的前一秒，尤雪珍还归咎为那只是一种朋友间的熟稔。只不过现在看他们两人独处，从旁观者视角看，似乎有一点点微妙的、超乎朋友关系的暧昧。

尤雪珍下意识看了叶渐白一眼，他当然也看到了刚才那幕，脸上露出无语的神色："这两个人怎么……她不是……"

注意到尤雪珍看过来，他突然有一点点恼怒，瞪她一眼："你什么眼神？"

她故意用贱贱的语气回复："可怜你被偷家的眼神。"

他脸色一黑，学着左丘的样子在尤雪珍头顶弹了一下，只不过力道不是左丘的小打小闹。尤雪珍吃痛，立刻捂住头，回身无语地剜了他一眼，两人间的气氛像是下一秒就要拔刀相向。

叶渐白没好气地说："什么叫偷家？我根本没在追行吗？"

尤雪珍点头："是是是。"

都把人喊来港岛还说没在追，算了，维护一下他受挫的自尊心吧。她意思意思给他留点面子，毕竟这人现在显然很受打击。她又瞥了一眼那两个人消失的方向，眉头微微皱起。

两人走到大门口时，其余三人都买完了。袁婧一看这两人黑漆漆的脸色，就明白他们八成又在里面吵了一架。她拍拍尤雪珍的肩，凑过去问对方买了什么，尤雪珍把袋子一遮："保密，嘿嘿，看你到时候能不能抽到了！"

最后大家在商场里吃了点东西便打道回府。

一整天赶路下来已经很疲惫，尤雪珍却依旧兴奋得睡不着，跑到阳台上看窗外港岛夜色下的车水马龙，却依然没有自己已经到达梦中情地的真实感。

一个地方向往太久，是不是就会有失真的感觉呢？

身后的阳台门被轻轻叩响，尤雪珍闻声扭头，是毛苏禾。

毛苏禾拉开阳台门，指了指楼下："我要去楼下便利店买点东西，你有没有什么需要我帮忙带的？"

尤雪珍看了眼手机时间："这么晚你一个人下去吗？我陪你吧！"

"不用不用，"毛苏禾顿了顿，有点不好意思，"左丘说他陪我一起。"

尤雪珍想起刚才在商场里看到的那一幕，犹豫片刻，将毛苏禾拉进阳台，关上门，神情略有些严肃："你和左丘现在是……"

尤雪珍抓了抓头发，欲言又止，觉得自己这么问不太妥当。

但毛苏禾能明白她的意思，笑了笑，摇头说："现在还只是朋友啦。"

"哦……那……"

那你还喜欢孟仕龙吗？

她想，自己会在意这个也不奇怪吧，毕竟之前她勇当牵线人，如果毛苏禾已经改变心意，她再给两人牵线就不太好。

毛苏禾背过身，趴在阳台边缘，声音突然变得闷闷的："我也不知道，但我觉得他应该不会喜欢我的。"

"那不一定吧？"

"其实在海边看日出那一天，我们俩没什么话聊，我就问他要照片看，看完后他说把照片传给我，结果一传完，他就当着我的面把那些照片删掉了。那一刻我就知道他完全不会喜欢我。"

"有可能是那几张照片他觉得拍得不太好，所以才没留呢？"

毕竟她看过照片，拍得确实没有留下来的必要。

毛苏禾晃了晃脑袋，声音越来越轻："如果我没翻到最前面的两张照片，我还能这么说服自己。"

"最前面的两张照片？是什么？"

毛苏禾没说话，只是扭头望过来，无言地告诉了尤雪珍答案。

毛苏禾离开后，尤雪珍又独自在阳台坐了一会儿，但已无心观看夜景，满脑子都是毛苏禾最后看着她的眼神。

她想起来了，她陪孟仕龙去买相机时，他试手时拍下的照片——她的照片。

那他为什么不删掉她的照片呢？是没听见她当时在车上对他说的删掉吗？可是毛苏禾都没主动要求让他删照片，他却删除了……

最简单的一种可能，就是那晚他忘记删了。

还有一种可能，是他的新相机里最开始的两张照片也许比较有纪念意义。

但是毛苏禾离开前又很轻描淡写地提了一个小细节——

"那天看日出的时候，他全程都在看你那边，我也是在那一刻决定放弃的。我发现我还是比较适应别人来追我。"

尤雪珍却不合时宜地想，如果自己也能像毛苏禾这么潇洒地放下叶渐白就好了。

躺在床上时都是这些念头在打架，以至于睡前她都忘记给手机调闹钟，直接导致第二天她从梦中惊醒，发现睡过头了。

她慌张去看手机，已经过十点了。

不至于吧？大家都没醒吗？就算没闹钟也该有人来叫她一声。明明约的是九点下楼吃早茶，集体磨蹭也不至于到十点都没动静。

她正疑惑，点开微信，有一条来自叶渐白的留言。

阿凡达：醒了扣1。

珍知棒：你们难道已经去吃早茶了？

叶渐白没回复，尤雪珍又给袁婧发了个疑问的表情包。

袁婧倒是回得很快。

袁扒皮：是啊，我们都快吃完了。

珍知棒：？？？

珍知棒：怎么不叫我？

袁扒皮：我要叫你的，叶渐白不让我叫，说你……

此刻坐在餐厅内的袁婧顿了顿，想了一下叶渐白的原话——

"她就是很'猪'，现在叫她不一定起得来，起来化妆还要一个小时，我们还吃不吃饭了？走吧，帮她打个包就行了。"

他那语气像是饿死鬼一样，结果屁股都没坐热就又说："你们吃，我还有点别的事。"

尤雪珍知道了估计会气死。

袁扒皮：说你比较爱睡……

尤雪珍大翻白眼，早已猜到叶渐白根本不会说这么好听，这人心眼比针孔还小,肯定还在记恨昨晚的事所以故意不叫她。

袁扒皮:别担心,我已经帮你打包了,一会儿给你拿上来。

肚子在空荡的房间里发出很大的声响,像代替这股委屈在发出声音。尤雪珍踢开被子,揉着头去刷牙。

电动刷头的声音盖过了又抗议了两三声的肚子,也盖过了大门开关的声音。

尤雪珍洗漱完出来时,毫无防备地被客厅里的人吓一跳。

叶渐白正站在桌边,将手里热腾腾的袋子打开,端出里面的两碗撒尿牛丸。他抬眼看她,拉开椅子拍了拍椅背:"吃早饭。"

尤雪珍撇撇嘴,语气还夹枪带棒的:"哟,你没在楼下吃得爽啊?谢谢你还记得这里躺着一个人哈。"

他没吭声,慢条斯理地扯开竹筷摩擦。尤雪珍坐下,看那袋子莫名眼熟……是荣记撒尿牛丸。

"这是?"

"你昨天还拍了它,没印象了?"

尤雪珍一愣:"啊……是那家店啊。"

"你不是喜欢才拍的?"

"不是啊,就……"想到是拍给孟仕龙看的,她说话声音不自觉小下去,"随手拍拍。"

他点了点桌子:"好了,赶紧吃。"

不等叶渐白说完,尤雪珍已经夹起一个丸子囫囵塞进了嘴里:"这家店不是挺远的?你跑这么远干吗?"

他却不急着开动,盯着她咬丸子时鼓起的半边脸颊,顿了顿,视线移回自己手上那份:"哦,楼下的餐厅不好吃,我就想吃点别的。想起昨天看这儿排队的人挺多的,觉得肯定很好吃。"

"确实挺好吃。"尤雪珍满足地咂嘴,"塞翁失马啊,要不是睡迟了还蹭不到您这顿美味的早饭。"

叶渐白一副你想得倒挺美的表情,伸手在她眼前比了个五。

"给你去掉跑腿费,友情价50港币,支付宝转我。"

两人在楼上解决完撒尿牛丸,去楼下和其余三人会合,正式开始今天的平安夜之旅。

虽然夜晚还没有到来,但街头的节日气息已经满溢,商店的橱窗外随处挂着槲寄生的铃铛花环,最普通的苹果摇身一变,摆放在最耀眼的位置,像一颗水晶。

到了傍晚气氛就更热烈了,他们一直在中环逛,本来决定去西九龙,那儿有一棵巨大的圣诞树,可以去蹲点灯,但是商量了一下,又觉得那个地方肯定人挤人。

最后叶渐白想了个点子，决定去坐中环边上的摩天轮，从高处能看到对岸维港的圣诞树，虽然距离有些远，只能看个大概氛围，不过总比人挤人舒服。

然而真的到了那里，才发现来得很值。

摩天轮上的视野比想象中壮观，洒满夕阳余晖的维港一览无余，远处的巨型圣诞树衬着这布景，模糊得像在燃烧。

五个人挤满一个轿厢，轮流换着面向维港的位子坐，遥远地和圣诞树合影。尤雪珍单独拍了一张只有圣诞树的风景照，发给了孟仕龙。

他是今天清晨的飞机，出发前给她拍了一张飞机的侧窗，除此之外没有多余的话，只是延续着昨天的"突然想到你所以发给你"。

她因为睡过头的关系当时正在怄气，看了这条消息却忘记回复，此时连忙补上了这张圣诞树照片。

摩天轮晃晃悠悠往上转，不一会儿，孟仕龙也发来了一张同样的圣诞树，只不过角度在对岸那一侧，距离也很远，全赖这棵树够庞大，他拍到了一小截树尖。

龙：在阿婆家的阳台这里也能看到。

珍知棒：你已经到家了啊？

龙：嗯，在陪阿婆。

珍知棒：昨天买交换礼物的时候，我给阿婆也挑了件礼物！晚上见的时候拿给你。

珍知棒：提前祝她生日快乐！

微信那头反反复复地显示"对方正在输入中"，可最后她收到的只是"谢谢"两个字。

珍知棒：哈哈哈，你就不问我送的什么吗？

龙：你送了什么？

珍知棒：相框。

珍知棒：说起来，你给阿婆拍照片了吗？

孟仕龙发来一张老人在看电视的背影照，老人倚在翠绿色的沙发上，后脑勺的头发乌黑锃亮，别着一枚木雕花的发簪。

珍知棒：你技术越来越好了，这张拍得不赖。

珍知棒：看背影就知道是大美女。

龙：那这个呢？

尤雪珍看着屏幕一愣，那头又发来另一张背影照——有着宽阔的肩背肌的男人卷着袖子在阳台给植物松土。

她放大照片，还能看到他的发丝被冬日的暖阳照得毛茸茸的。

珍知棒：哦唷！谁给你拍的？

龙：阿婆。

珍知棒：阿婆拍得比你好。

孟仕龙直接发来一条五秒长的语音，前两秒是沉默，后三秒说："那我继续加油。"

尤雪珍在输入框里敲敲删删，最终又打下一行字。

珍知棒：对了，之前我的那两张丑照你是不是忘删了啊？

龙：没忘。

龙：要删的时候觉得很可爱，没忍心删。

后面这句话紧接着发送过来，尤雪珍的心在高空上紧急停滞了一秒。

可是他夸得过分坦然，反倒让人觉得可能答案就是这么简单，没有更多不该有的心思了。

她陷入愣怔，身边袁婧推推她，示意轮到她和圣诞树合照了。

尤雪珍清空思绪，和上一个拍的叶渐白换位子。但叶渐白没坐回去，而是坐到她旁边，直接举着手机说："我帮你拍吧。"

然而，他话音刚落，轿厢内部的音箱突然发出杂音。

接着传来工作人员的播报："摩天轮出了点小故障，会尽快修复，但需要在空中停留一分钟左右的时间。"

大家本来还没觉得摩天轮已经停了，这么一提醒，前后左右一看，才发现真的停了，尤其他们还停在一个尴尬的位置，未到顶点，但离顶点只差一节车厢，有参照物就知道这是一个非常高的高度。

尤雪珍瞄了下窗外，恐高的情绪一下子被高高吊起，腿瞬间软了。

不过轿厢内的其他人都表现正常，拍照的拍照，刷手机的刷手机，没觉得这是个事儿。

尤雪珍吞咽了下口水，继续对着镜头挤出个笑脸。

叶渐白却放下手机，忽而抬了一下手，手掌盖住了她的眼睛。

她的视线被一片漆黑覆盖，听见他轻描淡写道："怕就不要低头看了。"

摩天轮停了一分钟，他就这么举了一分钟的手。

但是，一分钟过后，摩天轮再次启动，叶渐白还没有放下手。

此时太阳正好从海平线上掉落，天空被蓝色接棒的刹那，他松开手，维港对岸的圣诞树点灯绽放，天地在尤雪珍的侧身后亮起来。

尤雪珍眨着眼睛，从黑暗切换到金光满目，神色不免怔然。

不知道叶渐白是不是计算好的，还是巧合放下手，总之他放下手的电光石火间，原本已经暗下去的维港被满树的灯光点燃，再次燃烧，影影绰绰延伸向这里，像是整个港岛都在为她制造这一份惊喜。

无意间的浪漫简直令人震撼。

尤雪珍回过头，叶渐白"咔嚓"拍下照片，扔给她："平安夜快乐。"

在摩天轮上看完了圣诞树的点灯，吃完饭，他们为了和孟仕龙会合特地又绕到九龙的半岛酒店搭敞篷观光巴士。

今晚是圣诞的特供巴士，车头车尾都挂着彩灯和花环，像游乐园的花车。

他们排到第一批上了车，占据了上层后两排的六个位子。其中一个位子是为孟仕龙预留的，但到了快出发时间还不见他的人影。

最后一分钟，他在群里很抱歉地说阿婆还没睡，他抽不出身，估计来不了。

阿凡达：没关系，陪家人最重要。

尤雪珍回了一条省略号，当然，针对的是叶渐白的回复。

这人要不要变脸这么快？知道孟仕龙不再是潜在情敌就一下子好脸色了，居然还发一条这么贴心的回复。

入座时，尤雪珍和袁婧并肩坐到最后一排左边的两个位子，而左丘和毛苏禾也坐到了一起，落单的叶渐白倒是很无所谓地坐到最后一排，和尤雪珍隔了一个过道的距离。

她忍不住侧头看他，心里还在想刚才摩天轮上的那一幕。

愣神间，她对上他的眼神。

他眼睛微眯："干吗？"

尤雪珍立刻嬉皮笑脸，示意他看前排那两人坐一起的背影，意思是在说他输得真彻底。

在叶渐白要动手弹她脑袋前，她就迅速从车过道缩回身体。巴士刚好启动，她斜倒进袁婧怀里，视线旋转，入目是一片亮堂堂的夜空，没有星星，城市的灯光却足够照亮每一片流动的薄云。

袁婧嫌她重，拿腿顶了顶她的背，她耍赖地躺着，眼睛直直地盯着云朵，仿佛这样就不会错过圣诞老人驾着麋鹿从这朵云跑到那朵云去。

她处在港岛的中心，移动的车站人来人往，彩灯挂满街道，鲜花、火鸡、热红酒，多么盛大的节日。

脑海里最后落幕的，依然是摩天轮上那一簇火树银花，还有叶渐白覆在她眼皮上的掌心。

入夜后的油麻地依旧人群熙攘，水果摊、旧戏院、老书局……昏黄路灯下的空气仿佛能摸到只存在于胶片上的颗粒。

孟仕龙从阳台上将晾晒了两天的被单床套取下，这是阿婆知道他要回来时特意洗的，棉质的布料上弥漫着皂角的香气，盖过了楼下冰室飘上来的油烟味。

他盯着远处的圣诞树尖，低头看着手机群里某个人回复的省略号，心不在焉地将被单折好收进房间。

客厅里，阿婆正在洗苹果，对于平安夜的仪式感方面，她比孟仕龙强，一早就出门挑选了红润的大苹果回来，然后将苹果洗好再用丝带打上一个漂亮的蝴蝶结送给他。

以往他接过后丝带都不会拆，直接将之拨到一边不妨碍咬就行。阿婆看了就会说他不解风情，怎么一点都不重视过节。

可在他的概念里，这个所谓的平安夜不过是阿婆生日前一天的夜晚而已。平安夜是世界上所有人的节日，比起阿婆，他并不在乎其他人。

因此，从来都不在乎这个夜晚的人，在今晚接过阿婆的苹果后，居然捧着它没有下口。

阿婆眼睛微眯，笑着晃手："你咩事咁怪呀（你不对劲啊）？"

孟仕龙将苹果往桌上一放，摸着鼻子摇头："冇啊（没啊）。"

阿婆轻哼一声："仲想呃我，系唔系拍紧拖啊（别骗我啦，是不是有在谈恋爱啊）？"

"……真系冇啊（真没有）。"

她举起手掩住哈欠："唔使陪我啦，我要去训靓觉啦（不用陪我了，我要去睡美容觉了）。"

孟仕龙觑见她掩住的嘴根本没有哈欠打出来，摇摇头，蹲到电视柜旁边拿影碟，翻出其中一张《甜蜜蜜》。

"你头先唔系仲话要睇呢个碟嘅咩（你刚才不是说要看这个碟吗）？"

阿婆走过来抢过碟盒往他脑门上一拍："睇呢个不如你真系畀我嚟一段甜蜜蜜（看这个不如你真给我来一段甜蜜蜜）！"

"唔好乱谂啦（你别乱猜了）……"

"我仲唔识你咩？你听日成日都可以陪我，唔差呢一下（我还不知道你？明天你可以陪我一整天，不差这一下）。"阿婆又改口，"听日都唔需要你过嚟（其实你明天都可以不用来）。"

"我特登飞嚟同你过生日,唔系陪你过节做咩啊（我特地为你生日飞来的，不来陪你干什么）？"

"我过生日又唔一定要你陪，生日最重要嘅系许愿唔系你（我过生日又不一定要你陪，生日最重要的是许愿，不是你）。"

孟仕龙失笑："你每次许愿都要许好耐，我睇你系唔知许咩愿望嘅（你每一次都要许好久，我看你是不知道许什么愿望吧）？"

"系呀，就许得三个愿望咩，太少啦，唔知捡得边个许。嚟到呢把年纪，我先发现我有好多好多嘅遗憾啊……（是啊，只能许三个愿望，太少了，不知道挑哪个许。到了这把年纪，我才发现我有好多好多的遗憾啊……）"阿婆笑了笑，眼皮耷拉下来。远方灯影幢幢，她走到阿公的灵位前，擦了擦明净的桌台，呢喃，"可惜呢啲时日过去就过去啦。阿龙，人唔可以返转头再靠许愿生啊（可惜那些时日过去就过去了。阿龙，人不能回过头再靠许愿活着啊）。"

夜风很静，阿婆好像在叹息，听上去又似乎只是风的声音。

她再出声，语气里的寂寞早已经跑光，不耐烦地催他："快啲走啦，我要训觉了（快点走啦，我要睡觉了）！"

孟仕龙抿了抿唇，抬眼望向墙上嘀嗒着竞走的时钟，手心开始出汗。

他的棒球服口袋里装着一个沉甸甸的小盒子，和桌上摆放的苹果一样，上面系着漂亮的蝴蝶结丝带。

"知啦……咁我就走咯——（知道了……那我就走了）"时钟不停嘀嗒

摇摆,孟仕龙起身飞速抱了下阿婆,食指钩住苹果上的系带将其揣进另一只空口袋,压上鸭舌帽,一气呵成,"听早陪你食早餐(明早陪你吃早餐)!"

他话还没说完,声音已经随着啪嗒跑下楼的脚步声飘远。

"臭小子……"

阿婆笑骂,慢吞吞地走到阳台上目送他。

这么短短两步路的时间,孟仕龙已经冲到楼下,背影很快活。

街角戏院正在火热上映今晚的圣诞特辑片单,白底的海报上是红彤彤的字体,青年从海报前跑过,路灯打下的影子从一个字一个字上飞过去。

在,圣,诞,夜,见,面,吧!

在圣诞夜见面吧,他跑出这条街角,朝想见的人飞奔。

"现在来交换礼物吗?"

观光巴士刚过两站,坐在尤雪珍和袁婧前排的左丘就迫不及待地侧过身,晃了晃带了一天的礼物袋。大家为了在圣诞巴士上交换平安夜礼物这个环节可是拎了一天。

"来来来!"袁婧期待这个环节已久,把脚边放着的袋子拿起。

尤雪珍被迫起身,跟着把袋子拿出来。

"我们稍微增加点趣味性吧。"叶渐白把准备抽签用的字条拿出来,"1代表下一站,2代表第二站,车子开到站,抽到那个数字的人才能抽礼物。"

大家附和:"行啊。"

尤雪珍随手一抽,看到字条上的"5",心想挺好的,免得苦恼抽哪个,反正落到最后的就是她的了。

袁婧在旁边摊开字条得意扬扬:"我是第一!"

敞篷巴士悠悠停在朗豪坊,也就是他们昨晚挑选礼物的商场,很适合作为他们来交换礼物的初始地。

袁婧闭上眼睛,在打乱了顺序的礼盒中随手摸到一个袋子。

"让我来看看是啥!希望贵一点贵一点贵一点……"

她碎碎念地搓手,从袋子里将礼物拿出来,还没完全拿出来,尤雪珍就惊呼出声:"哦哟,抽到了我的……"

她自己轮到垫底抽,她买的礼物倒是拔得头筹。

"真的假的?"袁婧一看居然是香奈儿的圣诞限定眼影,"唉,我手气真烂。"这化妆品对她来说吸引力实在不大。

尤雪珍气鼓鼓的:"喊,你不要给我。"

"那不行,这是游戏规则!"

两人交头接耳的,巴士停到了永兴里。

抽到第二顺位的左丘不等车停稳,闭上眼就在礼物堆里一通乱摸,拎起中间的一个袋子,拿出来一看,里面是一套洗发水。

"这是谁买的?"

尤雪珍一看那包装上的明星,手指向袁婧:"肯定是她啦!"

袁婧嘿嘿认领:"我'爱豆'代言的洗发水包你不秃头。"

左丘摸摸头顶:"……我头发很多好不好,你别咒我。"

礼物现在还剩三个,下一个抽的人是叶渐白。

随着巴士驶到西贡街,他背过身去,反手随便抽出左边的一个袋子,打开来是一顶绿色帽子。

不用认领,大家自动把目光投向左丘。

左丘拍了拍叶渐白的肩头:"师哥,咱俩有缘啊,你抽到了我的。戴上看看帅不帅?"

说完,他拧了一下自己头上的帽子。

叶渐白嘴角一抽:"帅,你最帅。"

说完,直接把绿帽子往左丘头上一扣。

"抽到的礼物你不能不要啊!"左丘乐呵呵地把帽子取下来,礼尚往来地倒扣到叶渐白头上。

叶渐白瞪了他一眼。

最后还剩下两份礼物,袁婧打乱再打乱,推到毛苏禾跟前:"该你啦。"

尤雪珍盯着那两份礼物,细数着刚才三个人抽到的礼物,意味着这两份礼物的主人是叶渐白和毛苏禾。

毛苏禾有些怀疑:"不会我运气那么好抽到自己的吧?"

左丘帮腔:"要真抽到了,一会儿下车你去买张彩票咯。"

毛苏禾的手在两份礼物上游移来游移去。尤雪珍偷偷看了一眼叶渐白,心想他肯定希望毛苏禾能抽到他买的那份礼物,她可没忘记是在化妆品柜台那层撞见他出来,司马昭之心不用多猜。

尤雪珍赶紧又把眼神收回来,假装不在意地看手机。

这一看,她发现孟仕龙十分钟前在群里问他们在哪里,但没有人回他。

珍知棒:我们刚到百德新街。

她赶紧回复完,抬起头,毛苏禾已经选完礼物了。

她悄悄捏紧手机,像镜头慢放,看着礼物从袋子里一点一点被抽出。

毛苏禾笑了笑:"哎呀,还真得去买张彩票了。"

叶渐白挑挑眉,视线转向尤雪珍:"看来我的礼物要糟蹋到你手里了。"

尤雪珍"喊"了一声:"谁稀罕哦?你买东西品位差死了,我抽到是我倒霉好吧?"

这话不是骗人,她宁愿抽到毛苏禾的礼物,也不想抽到叶渐白想着别人买的那份。

虽然礼物没有悬念了,但还是要遵循游戏规则,等巴士驶到下一站,她才能去拿最后那一份来自叶渐白的礼物。

巴士驶到时代广场时,整点的钟声响起,尤雪珍的手指摸索到袋子一角,装出不急不缓的姿态勾到自己跟前。

视线里，却有什么比期待之中的礼物更具冲击地撞进来。

"你怎么不拆？"

叶渐白见尤雪珍恍神，顺着她的视线往下望。从二楼往下看，时代广场的人流里有一只"黑鸟"气喘吁吁地飞跑着，在巴士即将启动的前一秒，他攀了上来。

那人跑上二楼，额头还在滴汗，热得摘下帽子，和他们打招呼。

"嗨，我来晚了。"

大家看着突然现身的孟仕龙表情不一，袁婧最先反应过来，惊讶道："孟哥！你不是说不来了吗？"

他笑了笑："毕竟说好的，不想失约。"

"哦哦，反正能来就太好了！"袁婧没心没肺地拍手，"节日快乐啊！"

他回道："大家都节日快乐。"

接着是此起彼伏的节日快乐，除了叶渐白，他没说话，左手不知道何时掏出了已经没油的打火机，有一下没一下地按着按钮。

尤雪珍的手横过走道拍了下叶渐白，示意他让位："你愣着干吗？往里坐一下啊。"

叶渐白定睛看了尤雪珍一眼，那一眼看得她心里发毛。

叶渐白撇过头，慢吞吞地往里一坐，将自己的位子让出，看着孟仕龙皮笑肉不笑地开口："我们真的以为你不来了，所以都交换好礼物了。"

所以你的出现有点多余。

尤雪珍听出了他的潜台词，心里纳闷，他怎么对孟仕龙的敌意还是那么深？刚在微信上可不是这样的。

左丘自觉很聪明地建议："没事，我觉得孟哥的礼物可以当彩蛋嘛！大家再抽一遍，看谁是那个幸运儿，抽到的那个人今晚请夜宵。"

毛苏禾吐槽："我看你就是想蹭夜宵吧。"

左丘"哎哟"道："这话说的，你抽到了由我来请夜宵，成吗？"

毛苏禾轻哼了一声。

孟仕龙打断他们的对话："既然是我的礼物，无论谁抽到都由我来请吧，毕竟我迟到了。"

左丘"哦"一声："孟哥够意思！那我们就黑白猜吧？"

大家出手心手背，尤雪珍伸出手背，在第一轮就出了局。

她不自觉地撇了下嘴。

最后挺进决赛的两个人是袁婧和左丘，剪刀石头布决定礼物的去向，最后赢的人是袁婧。

她兴高采烈地从孟仕龙那儿接过礼物，得意道："看来等会儿下车要去买彩票的人是我咯！"

尤雪珍好奇地把头伸过去："看看是什么。"

袁婧打开袋子，一股食物的香气立刻四散开来。

她把袋子里的食物取出来："哇，这是撒尿牛丸吗？"

孟仕龙点头："嗯，荣记撒尿牛丸。"

尤雪珍心里咯噔了一下。

她侧过头看了孟仕龙一眼，他也正在看她。他眼睛看着她，话却是对着袁婧说的："不知道交换礼物送什么好，就买吃的，大家可以分着吃，这样每个人都能分到。"

袁婧开玩笑道："哎呀呀，孟哥好心机，每个人都不得罪。"

她探身把撒尿牛丸推到过道中间，嚷嚷着："还很热，大家快点拿，不然我就独吞了。"

尤雪珍局促地收回视线，夹了一颗咬进嘴里。

大家七手八脚来夹撒尿牛丸，叶渐白又搞特殊，没去拿，而是若有所思地看着荣记的包装盒。

左丘招呼说："师哥，你吃啊。"

叶渐白立刻回绝："我吃过这个，一般吧。"他的视线转向尤雪珍，"别光吃了。"

尤雪珍半边脸颊鼓着，含混不清道："怎么了？这个很好吃啊。"

"你是不是忘了什么？"

这一打岔，她才想起来叶渐白的礼物还没来得及拆。

她"啊"了一声，赶紧拿起被冷落许久的袋子，拉开往里一看，蒙掉了。

这里面居然装着一盒圣诞限定眼影，要不是袁婧刚才抽到的那份还放在一边，她都怀疑自己拿错了。

尤雪珍看向叶渐白："你也买了这个？"

"你不是想要这个？"

"是想要没错……"

叶渐白模仿她刚才的语气："所以我买东西品位差死了？"

回旋镖扎到自己头上，尤雪珍却很想翘起嘴角，但不行，得压抑住，然而捏着袋子的手指还是代替嘴角忍不住翘起来了。

然而她觉得这并不意味着叶渐白是冲着送给她而买的，毕竟眼影这个东西被毛苏禾抽到也是不出错的礼物，他分明是偷懒，通过她知道时下该买什么容易讨女孩欢心。

她高兴的是，记不得是哪次聊天时她随口提到过一句这个圣诞限定眼影，之后再也没有提过，她不是那种喜欢把想要的东西挂在嘴边的人。

但是他却记得了。

巴士快驶到港岛的尽头，即将往对岸的九龙半岛开，"轰"一下，车子驶入红磡海底隧道。

光线陡然昏暗，尤雪珍慌忙把礼物放到袋子里，刚收好，小臂就被人碰了碰。

她侧过头，用询问的视线看向刚才碰了她一下的孟仕龙。

-170

他将帽子重新戴上,一双眼睛在隧道昏黄灯光下的阴影里分外明亮,看着她。尤雪珍以为他有话要说,但他却没说话。
　　隧道安静又吵闹,没有鼎沸的人声和欢快的圣诞歌,风和无数车流带起的气流霸占了通道。巴士即将冲出隧道时,正在举办演唱会的红磡场馆将歌声送进来,隐隐约约的。
　　"蝴蝶满心飞,不过未走近。多想一见即吻,但觉相衬,慢慢抱紧……"
　　藏在歌声里的,是孟仕龙一声不响递过来的小盒子。
　　尤雪珍惊讶地接过。
　　孟仕龙不动声色地收回手,随后埋头按手机。
　　紧接着,尤雪珍的口袋振了一下,消息来自他。
　　龙:担心交换礼物送不到你手里,所以又带了一个苹果给你。
　　龙:平安夜快乐。
　　巴士的后排过道,温热的隧道风中,一首歌还没唱完,秘密的交接已完成。
　　当然,也不全是秘密的,总会有一两个目击者,比如坐在尤雪珍旁边的袁婧,又比如坐在孟仕龙旁边的叶渐白。

第十一章
分分钟都渴望跟你见面

尤雪珍打开铁盒,里面装着一个大苹果,拿出来,几乎将她的掌心撑满了。拆开的蝴蝶丝带在隧道的穿堂风里上下翻飞,缠住她的手指。

她就着被丝带缠住的手指在键盘上敲敲打打。

珍知棒:哇……谢谢!

珍知棒:可惜我没准备苹果。

手机屏幕在昏暗的隧道里此消彼长地亮起。

龙:你不是有相框吗?

龙:不用有心理负担,这个苹果是阿婆给你的回礼。

哦,原来如此……苹果的重量顿时轻了不少。

尤雪珍被这句话提醒,想起自己还没有把那个相框给孟仕龙,但孟仕龙没有带包,估计不好拿。

珍知棒:相框先放我这里吧,走的时候你记得提醒我拿给你。

龙:好。

巴士驶过海底隧道,一直往前开,终于到达终点站。这里是码头,可以乘坐天星小轮去另一个对岸的中环。

这一天他们就好像是飞行棋上的小棋子,走到某一格就会触发机关往回飞,然后再前进,乐此不疲,并不大的港岛成了他们专注探索的地图。

孟仕龙的加入让这段探索变得更易如反掌,他驾轻就熟地走到最前面,由他负责帮大家沟通买票。

他说粤语的时候,尤雪珍忍不住问袁婧:"你觉不觉得他说粤语的时候感觉不太一样?"

袁婧沉吟:"好像是有点,说不上来的感觉。"

"语言这个东西好奇怪啊。"尤雪珍嘟囔,"切换了语言,人的气质好像就跟着不一样了。"

袁婧斜睨她:"嗯哼,你是不是想说他帅?"

尤雪珍连忙撇清:"那可是你说的。"

"喊。"袁婧压低声音,"我刚刚明明看见他送你苹果,你们怎么回事?"

原本就站在两人附近的叶渐白站得更近了一些,忽然从口袋里掏出两小时前就没电的耳机塞上。

尤雪珍懒得解释,长话短说:"就是礼尚往来。"

"什么礼尚往来?"

"快快,上船了。"尤雪珍扯开话题,拉着还在追问的袁婧登上码头。

大家上了船,今晚人满为患,连甲板和过道上都站满了人。

"我们一会儿去哪儿?"袁婧把问题抛给孟仕龙,"孟哥,有没有你觉得好玩的地方可以带我们去的?不要那种烂大街景点。"

孟仕龙略一思索:"你们想滑旱冰吗?"

于是,四十分钟后,他们跟着孟仕龙来到了一家挂着"浆果"牌子的滚轴溜冰场。

尤雪珍其实算不上会滑旱冰,她只接触过两次,一次是小学时,爷爷带着她去的;第二次是和叶渐白,那次一起去的还有他交往的第一个女孩子。当时那两人牵着手,她在后面扶着栏杆,慢吞吞地落下半圈。叶渐白回过头来找她,她笑了笑,踩着假模假样的冰面,露出假模假样的开心。

在那之后,她就再也没有去过溜冰场。

滑旱冰被她列入世界上最不快乐的娱乐项目之一,但是孟仕龙提到时,她没有表露出来,和其他人一样举起手,捣蒜般点头说好。

但这一次不像上次去玩密室那样勉强自己,而是她开始好奇。既然是孟仕龙喜欢的地方,说不定会有不一样的体验呢?

这份好奇驱使她想前往那里。

这个叫浆果的滚轴溜冰场实际上真的很漂亮,一踏进店里就让人眼前一亮,红白蓝的霓虹灯光交错,休息区也铺着红白蓝的三色格子瓷砖,墙面挂着滑轮相关的老电影海报,像《轮滑女孩》《台风太阳》《冰上浪漫曲》……放的歌也和其他溜冰场不同,不放劲歌,而是旋律绵绵的粤语情歌。

平安夜的缘故,场内人也很多,而且大多数都是情侣。

左丘吹了声口哨:"孟哥,这是不是你专门带妹子来的地儿啊?"

孟仕龙从柜台拿了储物柜钥匙过来分给每个人:"我都是自己来的。"

左丘揶揄:"这地儿这么适合谈恋爱,我才不信哥你一个人来咧。"

"确实很适合拍拖。"孟仕龙面不改色地附和,"所以以前我有想过,如果我拍拖的话,我会带她来这里。"

他说这话时,手里的储物柜钥匙刚好发到尤雪珍这儿。

尤雪珍略微抬眼,对上孟仕龙的眼睛。

她去接钥匙的小指微微抽了下,迅速把钥匙抓进手心,跑出两步去找柜子,才发现连钥匙的号码都忘记看了。

"192……"尤雪珍嘟囔着数字,绕了好几排,终于在最后一排的尽头找到了属于她的柜子。

位置真够偏的,好像只有她被分到这一排。

-173-

她刚把开衫和包放进柜子里，又有人走进了她这一排柜子的通道。

尤雪珍侧过头，看见了拎着轮滑鞋的孟仕龙。

她抓了抓脑袋，没话找话："你是哪个柜子？"

孟仕龙的食指尖转了下钥匙环，将有数字的那面转给她看，193，她隔壁。

穿上轮滑鞋后，尤雪珍感觉双腿退化成了史前时代的原始人类，光是站起来都有点勉强。第一下站起来的时候要不是孟仕龙伸手扶住她，她脑袋就撞柜子上了。

"你不太会滑？"孟仕龙流露出些微懊恼，想也不想地说，"那我们换一个地方滑。"

尤雪珍微微睁大眼，不确定他是不是在开玩笑。大家都已经在换鞋子了，怎么能说换就换？但他的语气听上去好像只要她说换，那他就真的可以直接走。

"不用不用……我只是很久没滑了。"

她想摆手，忽然意识到自己的手还被孟仕龙牵着，马上局促地抽了出来。

孟仕龙视线掠过空掉的手掌，继而说："对不起，我应该问一下的。"

尤雪珍很意外。

因为在这种场合下，她经常听到的都是这样一句话——

"你应该早点告诉我的。"

她有些不习惯，于是换成自己把这句话说出口："怎么怪你？是我应该早点说的。"

"还是我的错，不够了解你。"他再次伸出手，"那给我个将功补过的机会，我带你过去？"

尤雪珍不自觉握了下手心，心脏在奇怪地、高速地鼓动。

在她犹豫着要不要把手伸过去，依赖他的帮助时，另一个人出现在了通道口。

叶渐白踩着轮滑鞋，问道："你们在磨蹭什么？还不过来？"

尤雪珍的手停住，又缩了回去。

叶渐白滑过来，停在她面前，扫了一眼孟仕龙伸出的手。

"我就猜到你不行，还非要来滑。"说着，他也把手伸过来，"走吧，我带你。"

场面有一些古怪的僵持，尤雪珍打了个哈哈，调节气氛说："哎哟，要不一人一边，你们搞得我好像太皇太后啊。"

那两个人对视一眼，在这个时候难得有了同一种不知道该说什么的默契。

最后，尤雪珍率先提步往前滑，谁的手都没有牵。

"不用啦，我自己可以。"

她尽量回忆仅有两次的轮滑体验，很神奇，就好像曾经骑过的自行车，她很久没骑后试着骑了一次，不仅没有摔跤，还越骑越快，从起点的斜坡往下，有一种像是要飞起来的感觉……原来，身体一直帮她寄存着某种她以为失去的甚至连习惯都称不上的东西。

尤雪珍欢呼一声，虽然滑得还是很笨拙，但已经不需要依赖柜子前进了。

她试着松开手，转身冲身后观察她的那两个人比了个得意的剪刀手。

孟仕龙像是在面对一个小学生，眼睛微弯地冲她竖大拇指。叶渐白则移开视线，越过她滑进了场内。

三人进到场内时，另外三人都已经进场了，大家各自分开滑了几圈，场馆内突然响起了一阵诡异的音乐声。

在他们不明所以时，场馆老板开麦，叽里呱啦说了一串粤语。

大家不约而同看向孟仕龙。

他翻译道："老板说等下整点有个圣诞特别活动，因为最近某个剧很火，就模仿了剧里的一个游戏，叫作'一二三木头人'，感兴趣的可以一起来玩。他当鬼，然后在他转头时不被发现有动作，顺利滑到终点就算赢，可以免单。第一个冲到终点的人还能拿个胜利苹果。"

"免单！"袁婧二话不说就举手，示意自己要参加。

叶渐白更直接，已经扭头去报名了。

袁婧看向其他人："那就都参加呗？"

"我不了，我给你们加油。"尤雪珍摆手，自觉溜到休息区观战。

她很有自知之明，以自己仿佛史前人类刚学会走路的水平，在这场角逐中只会出丑。平常的木头人游戏突然喊停她也难免会东歪西倒，更别说脚上蹬着轮滑，得有极其高超的水平才能自如地控制平衡，不如老老实实看戏。

其他几个人倒是都兴致勃勃地报名了，此刻统一在起点线准备。提示游戏开始的音乐响起，他们都争分夺秒地滑出去，在老板第一次突然回头后，参加的人中有一半的人都惯性滑了出去。

其中就包括刚开始最积极要参加的袁婧。她灰溜溜地坐到尤雪珍旁边，尤雪珍毫不留情地笑她："早跟你说过了，不要冲在丢人第一线。"

袁婧盯着另外四个人，气愤道："他们居然都滑得还行呢……"

她刚说完，毛苏禾就一个没站稳，往旁边一倒，压倒了旁边左丘及后面的一排人。

老板这才回头两次，场内都快清得差不多了。

毛苏禾和左丘一起下场，尤雪珍将视线投向场内的两个人，他们甩其他人一截，幸免于刚才的多米诺连环倒，而且他们每次停下都反应极快地压低重心，双手撑住地面就能防止鞋子打滑。

袁婧猜测："估计冠军就是他俩当中的一个了。"

左丘唉声叹气："我差一点点也能……"

毛苏禾接腔："那怪我呗。"

左丘话锋一转："你脚没崴吧？"

"……没有。"毛苏禾笑了笑，"不如我们来猜猜他们谁会拿到第一？"

袁婧不怀好意地撞了下尤雪珍："你肯定赌孟哥对不对？"

她还在借机揶揄刚才苹果那件事。

—175—

尤雪珍送她一个白眼,点了场上同样滑在前头的一个路人:"谁说一定是他俩当中的一个?我赌他。"

"喊……你最好是。"

尤雪珍耸耸肩,最后结果是谁确实不好判断。孟仕龙和叶渐白的轮滑鞋仿佛成精,很听他们的话,两人姿态悠闲得像在散步,但脸上的表情却相反,都很戒备,不时瞟一眼对方到终点的距离。

"那俩居然都是玩游戏这么严肃的人吗?"左丘有些惊讶,"幸好提早下来了,没和他们接着比下去。"

游戏进展到关键节点,距离终点线只有几步之遥,意想不到的是,尤雪珍打赌的那个路人居然后来居上了。

尤雪珍得意地撞了下袁婧:"要是我赌赢了,今晚我的单你买啊。"

"那我也赌他!"

袁婧估计真长了张乌鸦嘴,她话音刚落,那个路人男生在临近终点的最后一次暂停时突然歪倒,笔直地要往前扑。

一切发生得太快,尤雪珍还没看清,孟仕龙就已经伸手拉住那个男生,让他免于摔到狗吃屎的惨烈境地。

而孟仕龙并不应该在此时出手,因为这一拉,他自己也算动了,和那个男生双双出局。

叶渐白嘴角闪过嘲讽的笑,收回余光,轻松地越过终点。

孟仕龙来到休息区,迎接大家遗憾的视线。

袁婧早就忘了赌注在路人身上的事,恨铁不成钢地说:"孟哥,你手贱呢,干吗拉他?"

说着那人也跟过来这一桌,扔了瓶可口可乐给孟仕龙:"啫啫多谢啦 bro(谢啦兄弟)。"

孟仕龙接过可乐,对那人回了句"唔使客气(不用客气)",转过头对袁婧掂了掂手心的饮料:"就当用门票钱买了瓶可乐。"

尤雪珍倒是完全不意外,如果那人摔在孟仕龙面前他却无动于衷只想着赢才会让她奇怪。

大家围着孟仕龙表示惋惜,明明赢得冠军的叶渐白反而被冷落。

他领完胜利苹果走到休息区,一脸不爽地叩了叩桌面:"就没有人欢迎下冠军吗?"

尤雪珍不客气道:"你这个冠军拿得很侥幸啊。"

叶渐白听到这话气笑了:"我不会脑子进水去拉竞争对手,所以我赢是必然的事情。"

"脑子进水"的孟仕龙悠悠地拧开可乐喝了一口:"嗯,刚才没有,现在真的进水了。"然后指了指可乐。

集体被孟仕龙的冷笑话弄得沉默,但刚升起的硝烟也被冻住了。

大家接着又上场滑了几圈,尤雪珍最先累趴打算结束,下场时左右摸不到储物柜的钥匙,仔细一回想,估计是落在休息区的桌子上了。

她匆忙返回休息区一看,却只有一堆空饮料瓶。

"在找这个?"叶渐白从她身后递过来她的储物柜钥匙,"知道你会落下就替你收起来了,天天丢三落四的。"

尤雪珍从他的手心拽回钥匙,"哦"了一声,郁闷地去开柜子。

帮忙还不忘数落她一句,真是心眼比针尖还小的男人。

柜子里有她的鞋子、开衫、包,本该都是属于她的东西,却突然多出了一样不属于她的——

那个红灿灿的、粘了小皇冠的胜利苹果,塞在她的柜子中央。

这明明是叶渐白的胜利品,怎么会出现在她的柜子里?

尤雪珍看着插在柜子上的钥匙,反应过来,大概是他刚才用她的钥匙开了柜门,然后把苹果放进来了。

裤袋里的手机一振,叶渐白像是掐准时机一样发来消息。

阿凡达:看到了吧?

珍知棒:?

阿凡达:看好了,这可是冠军才有的苹果。

珍知棒:……

珍知棒:两只眼睛都看到了,您老赶紧拿走。

阿凡达:给你了。

珍知棒:你当我收破烂的啊?

阿凡达:不要就丢垃圾桶。

珍知棒:你以为我不敢吗?

又是这套把戏,她莫名觉得有点心烦,一把拿起柜子里的苹果,想将它扔到一边去。

忽然,身后传来一个声音:"不滑了吗?"

尤雪珍连忙回过神,看向出现在通道口的孟仕龙,下意识地又把苹果塞回了柜子。

"啊……是啊,感觉滑得差不多了。"

孟仕龙速度很快地滑到她的柜子边,头一偏,似乎看见了柜子里放着的那个苹果。

尤雪珍又伸手将柜门掩了一下。

孟仕龙跟着打开自己的那格柜子,说道:"对了,你说要送阿婆的礼物要拿给我。"

"哦哦,是……"她把掩起的柜门又打开,捞出包,掏出相框,同时把那个小皇冠苹果塞了进去。

孟仕龙不动声色地看着她的动作,忽然冒出一句:"好像还是我带来的那个更大一点。"

-177-

从轮滑馆出来已经挺晚了，他们又在附近觅了一顿夜宵才结束今天的平安夜。

尤雪珍收获最丰，拿到一份交换礼物，以及两个苹果。

睡前，她的脑海里闪过孟仕龙说的那句话——"好像还是我带来的那个更大一点。"

好意外，怎么感觉他某方面也挺幼稚的？

她翻了个身，闭着眼，嘴角勾起连自己也察觉不到的笑意。

第二天就是圣诞节，这日比昨夜的节日气息更浓厚了，连地铁都配合节日将会运营一整夜。

白天他们按照攻略打卡了几个游客必去的地点，孟仕龙依然缺席，今天是他阿婆的生日，他铁定是要在家里陪阿婆的。

不过，他依然私信尤雪珍，拍了阿婆收到相框的照片给她。

龙：她很高兴。

珍知棒：阿婆开心就好。

龙：她很想见见送她礼物的这位朋友。

珍知棒：那还不简单！

此时他们逛累了，正坐在一家糖水铺吃下午茶，尤雪珍打开手机前置摄像头自拍了一张，眉头一皱，又火速打开美颜。

一旁的袁婧探头过来："怎么突然开始自拍哦？带我一个。"

坐对面的叶渐白奇怪地看了尤雪珍一眼。

她不好意思说是自拍发给孟仕龙，就势拍了张双人的发过去。

珍知棒：朋友来了。

龙：我让阿婆猜是哪个人送她的，她说左边。

珍知棒：猜这么准！

孟仕龙发来一段语音。

尤雪珍贴近听筒，响起的居然是苍老的女声，估计就是孟仕龙的阿婆。只不过她说的是粤语，尤雪珍没听明白。

孟仕龙又发来一条更长几秒的语音，这回点开是他的声音了。

"她坚持要自己说，我帮你翻译一下，她说的是，因为左边的看上去非常漂亮。"

尤雪珍被夸得飘飘然，虽然她有点不理解漂亮和送礼物有什么关系。

龙：你们晚上去哪里吃饭？如果不介意，可以来我阿婆家吃。

珍知棒：啊……会不会打扰她？

龙：她平常都是一个人住，人多的话她会很开心。

珍知棒：那我问一下他们。

芋圆上来了，尤雪珍一直在低头和孟仕龙发消息，叶渐白用铁勺敲了下她的碗："你在干什么？再不吃冰要化了。"

"哎，问下你们。"尤雪珍抬起头，"孟仕龙问我们晚上要不要去他阿婆家吃饭。"

袁婧"啧啧"两声:"我就说好像听到他的声音了,原来你刚才一直在和他聊天啊?"

"就是说晚上要不要去吃饭这事儿。"

"今天是他阿婆生日吧?"

"对,所以其实我觉得可以去帮老人家一起过生日,热闹嘛。"

叶渐白嘴里的一块芋圆还没完全吞下,迅速说道:"你忘了我们早就订好了餐厅?"

尤雪珍嘟囔:"我知道……不过有句话叫计划赶不上变化啊。餐厅还有下次圣诞去吃的机会,人的生日一年过了就是过了。"

他惊愕半晌:"……别人的生日和你有什么关系?"

"怎么就是别人了?那是孟仕龙的阿婆啊。"

"所以孟仕龙和你又是什么关系?"

两个人的语速越来越快,其余三人早已噤声,扒着碗里的甜品,余光却在围观他们吵嘴。只有袁婧早就习惯了这两人时不时爆发的局部战争,在硝烟四起中淡定吃冰。

尤雪珍听到叶渐白的质问很来气,张口就说:"朋友啊。你不把人家当朋友,但不要觉得所有人都该和你一样不友好吧!再说你自己也时常改变计划啊,只许州官放火不许百姓点灯?"

叶渐白语气一滞,气极反笑:"好,行,你要去就去。"转头看向其他三人,"你们谁想去过生日,还是跟我去预定的餐厅?"

袁婧率先举手,轻松地全身而退:"我今晚要去看演唱会,就不跟大家一起吃饭了。"

尤雪珍也没让剩下的两人为难,直接拍板:"就我自己去吧,你们和叶渐白去餐厅吃好了。"

她草草解决完芋圆就离开了糖水铺,问孟仕龙要了阿婆家的地址,搭上地铁后,和叶渐白吵嘴的气愤很快被自己一个人去孟仕龙的阿婆家的紧张所取代,心里还隐约飘浮着一层捉摸不定的空落。车厢在黑暗里晃动,她盯着地铁窗外流动的广告牌,忆起很多年前的一个冬夜。

爷爷的生日也是在冬天,更冷的一月。她那时候年纪太小,对过生日这种事情没有概念,只记得每年那个日子爷爷都会给自己煮一碗面。

那碗面他不舍得给自己放什么料,一个荷包蛋、两根青菜,最多再加半包榨菜,但是莫名很美味,她就跟在爷爷后面偷吃两口。

爷爷走后的第一年冬天,他生日那一天,她第一次学着在厨房煮了碗面。一个荷包蛋,两根青菜,半包榨菜,又放了很多爷爷最爱吃的虾仁。她把面端到爷爷的房间,热气上扬,飘散在空荡荡的房间里。

她仰头望着消失的白雾,没有再偷吃一口。

可那碗面也不会有别人来吃了。

地铁停在油麻地站,尤雪珍拎着袋子一出站,就看到了人群里的孟仕龙。他一直看着出站口,和她对上视线,在人群中跑向她。

傍晚的油麻地,夕阳跃动着,他跑过来的影子被人群切得很碎,像树枝下的樱花被阳光切碎后的影子。

他停下来,眼睛很亮:"没想到你真的会来!"

"阿婆都夸我漂亮呢,我怎么都得来。"尤雪珍晃了晃手里的食材,"本来想买蛋糕,但感觉对老人家身体不好,所以买了一些面条。"

孟仕龙面露惊讶:"你要下厨?"

"看不起我哦?"她挺起胸膛,"我其他的不会,但做长寿面的手艺一绝。"

孟仕龙眼睛微弯,将她手里的食材接过来:"行,那我和阿婆就期待尤大厨的长寿面。"

他在前面带路,领着尤雪珍往阿婆家走。

路过街口的戏院,她抬头,看见巨幅电影海报,白底红字的片名写着"在圣诞夜见面吧"。

孟仕龙指着海报斜对面那栋窄窄的长楼:"就到了。"

房子在三楼,没有电梯。走上二楼时,照片中的老人出现在了楼道间,扒着扶杆探头往下望,神态像一个等不及的小女孩。

尤雪珍忍不住笑起来,朝她挥挥手,大声说:"阿婆好!"

阿婆笑眯眯的:"真人仲靓过上镜,快入黎啦(真人还靓过上镜,快上来啦)!"

尤雪珍拉了拉孟仕龙的衣角:"阿婆是不是在夸我漂亮啊?"

"是的。"

尤雪珍在那儿傻乐,没听见孟仕龙在后面又跟了一句"好睇(好看)"。

他笑了笑,收回视线。

两人终于上到三楼。阿婆将尤雪珍一把拉过去,接连说了几句粤语。尤雪珍枯竭的词汇量告罄,求助地看向孟仕龙。

他连忙将阿婆拉开:"你别吓到她。"

阿婆意味深长地笑,这才放开尤雪珍,费劲地挤出一句普通话:"乖女,谢谢你来。"然后将尤雪珍迎进门。

屋子里的摆设她其实在孟仕龙发过来的照片里大致瞟到过,房子很小,两室一厅,花砖绿墙。客厅的角落堆满了各式各样的物件,有杂物,也有空鸟笼、花,还有个用萝卜雕的麋鹿放在茶几上。那应该是鹿吧?尤雪珍多看了一眼,猜到这可能是孟仕龙雕的,他的手可真巧。

厨房的门半开着,炉子上的小锅里正炖着汤,香味散开。

尤雪珍晃了晃手里的袋子:"阿婆,我也给您露一手,长寿面!"

"我帮你。"孟仕龙跟着她进厨房。他说的帮就仅仅是帮着把厨具和调料一一摆出来,余下的他不再插手,在旁边看了一会儿就退出去陪阿婆,很信任地把厨房交给她。

尤雪珍有些紧张。

说是一绝,对比的基准是她太不擅长做其他的菜,而长寿面她每年必定做一次,算得上练习次数最多的。

但是实际上她从来没尝过面的味道,总是放一夜就倒掉,所以实在对味道很忐忑。

三个人围坐饭桌边,其余菜色都是孟仕龙一手包办的,色香味俱全,其中最寒酸的就数她的那碗长寿面。

没想到阿婆吃完一筷子,又接连吃了第二口,发出欶欶的吸面声。

她声音含混地称赞:"好食,乖女嘅厨艺唔输比我哋小龙(好吃,乖女的厨艺不输我们小龙)。"

孟仕龙紧接着帮她翻译:"她说好吃,厨艺不输给我。"

尤雪珍哈哈大笑,知道是夸张说法,但应该能算上好吃吧,悬着的心终于放了下来。

孟仕龙像是对这话不服气要亲自验证一下似的,将筷子伸过去拨了一口面到自己碗里:"俾我分一口食啫(给我分一口吃)。"

阿婆打掉他的筷子,将面往自己跟前一挪:"呢个係我嘅(这个是我的)。"

孟仕龙哈哈笑着,笑得肆意又孩子气。尤雪珍一愣,这好像又是她从来没见过的一面。

他挑起筷子将面一口吃进去,笑意还没散,看着她的眼睛:"我心服口服,真的很好吃。"

尤雪珍移开目光,筷子不经意戳乱了面前炖的烧鱼。

阿婆很快将那碗面吃完,起身说不能白吃,也要给尤雪珍露一手。

尤雪珍连忙把人留住:"不用啦,阿婆,您送过我那么大的红苹果了,我还没谢谢您呢。"

阿婆愣了愣:"苹果?乜苹果?"

孟仕龙翻译:"她说不用在意苹果。"

阿婆立刻反应过来,点点头说:"对。"还用手轻拍了下孟仕龙的后脑勺,叹着,"傻仔。"

尤雪珍"哦"了一声,拿着筷子的手沁出细汗。

不巧,她贫瘠的词汇量中,刚好可以听懂那句"乜苹果"。

——什么苹果?

所以,那不是阿婆给她的回礼,对吧?

入夜,港岛的餐厅是最忙碌的时候。

网红店门口排着长队,订不上的人不肯走,宁愿花上大把时间等待。

叶渐白三人预订的是窗边座,能看到在风中等待的长龙。

左丘看着窗外啧声:"这家店这么火爆啊?!"

-181-

叶渐白淡淡回道:"提前两个月才能订上位子。"

"那算是让我们蹭到了!"左丘没心没肺地看着外头,"这菜啊,看着人家排队吃起来就更香了。"

毛苏禾白他一眼,尝了口摆盘精致的菜,说:"不过他们家的菜确实值得排队来吃,多亏了师哥。"

叶渐白侧着脸,也看着窗外笑:"没什么,好的餐厅就是要和懂得领情的人来吃才愉快。"

毛苏禾噎住,不知道该怎么接话。

左丘大刺刺道:"师哥,你和师姐经常吵架吗?"

叶渐白心不在焉地点头。

"那你俩怎么关系还那么铁?"

"没办法。"叶渐白一副无可奈何的语气,"如果你和你旁边这个人的家只有一条马路的距离,如果你们一起上过幼儿园、小学、初中、高中、大学。"

如果这个人的生命跨度和你纠缠到这种地步……

左丘假设地想了想,嘟囔:"那确实,不熟也得熟。"

毛苏禾略带羡慕道:"我也很想有这么个一起长大的朋友,感觉很好。"

"很好吗?"叶渐白捻了捻头顶新长出的黑色发根,"有这样一个朋友,其实感觉更像是这就算不停补染也会再次长出来的头发。"

左丘一脸蒙:"哈?"

服务员又上了一道菜,叶渐白拿起刀叉,含混道:"很碍眼的意思。"

毛苏禾哑然:"那还真是……"她顿了顿,"损友啊。"

"阿嚏——"

油麻地的旧公寓里,尤雪珍打了个巨大的喷嚏。

她及时地遮手背身,没破坏餐桌气氛,不过他们也都吃完了,已经在吃饭后水果。

阿婆非常关切地给她扯了一张纸,问她是不是感冒了。

尤雪珍捏了捏鼻子,笑着说:"没事的,阿婆,指不定是谁在背后说我坏话来着。"

孟仕龙洗完碗从厨房出来,蹲到电视柜前去拿那张昨晚没看成的碟,问阿婆:"今天要看吗?"

阿婆打了个哈欠,摆出倦懒的神色:"唔得,美容觉唔得中断。过咗生日又老一岁,要更加注重保养。你哋两个后生玩吧(不了,美容觉不得中断。过了生日又老一岁,要更加注重保养。你们两个后生玩吧)。"她起身往房间走,又折返,"我哋三个人嚟张自拍(我们三个人来张自拍)。"

尤雪珍主动请缨:"用我的手机吧,我的美颜软件多!"

阿婆喜笑颜开:"好好好。"

尤雪珍擎着手机主动站到最前排,中间是阿婆,最旁边是孟仕龙。从镜头里看到大家都摆好了姿势,她说着"一、二、三",然后按下拍摄键。

拍出来后,照片里最不好看的人居然是孟仕龙……

他的下巴轮廓在普通镜头下足够锐利,套上美颜尖过了头,反而看着有点畸形,都可以当自行车坐垫骑走了。

阿婆压根儿不管孟仕龙的死活,她看自己拍得很美,很满意地说这张照片她要洗出来,放进尤雪珍送她的相框里。

等阿婆进了房间,尤雪珍抱歉地看向孟仕龙:"早知道我就把美颜功效开小点了……"

这照片洗出来还放相框里实在有点黑历史。

孟仕龙却毫不在意:"我还有比这丑的。"

"你的照片?"

"小时候我和阿婆的合照,在我房间。"他轻轻歪头,"要看吗?"

"要要要!"

小时候的孟仕龙,她还挺好奇的。

孟仕龙推开半掩的房门,示意她进来。

尤雪珍先站在门边向里张望,这是她除叶渐白以外第一次踏足男生的房间,感觉很新奇。房间十分窄小,她的宿舍都够逼仄了,这间小房间大概只有宿舍的二分之一大,但在寸土寸金的港岛也正常,还好床边有一扇百叶窗解救了一点房间的沉闷,但窗户也很小,百叶拉到一半,隐约能看见油麻地的街景。

最小的是孟仕龙的床,完全塞不下他的感觉,床上的四件套居然是圆头圆脑的面包超人。

孟仕龙注意到尤雪珍的视线在床边徘徊,坐下来拍了拍唯一一个枕头:"这是我以前来阿婆家睡的床,后来阿婆就一直给我留着这个房间,我也不怎么回来,就一直用的我以前睡的床。我记得当时我身高就……一米六吧。"

"一米六?"

尤雪珍非常震惊,无法将眼前快撑破这个房间的人和一米六这个数字联系在一起。

他轻描淡写地笑着说:"是啊,中学被叫了三年的矮子。我的身体开窍比别人慢一拍,到了高中才长,把我老豆(父亲)吓了一跳。"

那三年被嘲笑的时光在他嘴里是这么轻描淡写的一句话。

尤雪珍走进房间,拉过桌边的藤椅坐下,用闲聊的语气和他提起小时候的一件事。

"我之前好像和你讲过……有一天傍晚收音机的频道突然连到港岛,然后我听到了维港的开船信息,还有太平山的缆车售票信息之类的东西,一些数字,我听得很模糊。你还记得吗?"

孟仕龙点头,却不明白她怎么突然聊到这个。

"然后我和我班上的同学讲了,他们没一个信我,说我是为了吸引大家

-183-

的注意力编故事的骗子,一直叫我吹牛大王。"

刚刚还笑着的人,却在听到她的话后轻皱起眉头。

两个人表情颠倒,现在笑着的人反而成了尤雪珍。

"然后我就气不过,干了件大事!"

"是什么?"

"我偷偷给港岛的那个无线电台写了一张明信片,说我在11月3日的下午6点18分不小心连到了他们的广播信号,然后把我听到的还记得的几个数字写下来,结尾写上'希望你们能为我做证,给我写一封回信'!"

孟仕龙的眼前不知不觉就出现了一个豆丁大的小女孩,气愤地鼓着脸颊,花费很大劲找到千里之外的地址,用积攒的零花钱去买明信片,然后写下一长串或许还带着拼音的文字。

对小孩子来说,这的确是干了一件大事。

想到这里,他锁着的眉头又不自觉地松开,眼角弯起,忍不住问:"后来呢?电台给你回信了吗?"

尤雪珍骄傲地挺胸:"当然!而且我收到信的那天也恰好是圣诞节。那些人后来可佩服我了。"她循序渐进,"那些当初嘲笑的人,看到你现在的样子,肯定也会佩服你的。"

孟仕龙彻底笑开,终于明白她绕了一大圈的终点是在哪里。

她在安慰他。

尤雪珍觉得他此刻笑的样子和刚才说起小时候的笑容是截然不同的两种感觉,不带有一点粉饰。

孟仕龙仿佛察觉到自己笑得有点过,微微收敛,继续追问:"所以你现在才那么爱听无线电台吗?"

"有这个原因吧。"尤雪珍想起之前看到的那则公告,情绪猛地低落下来,"可惜,我现在收听的那家电台就要关闭了。"

"为什么?"

"不清楚具体原因,总归无线电是小众爱好,要为爱发电确实很难。我后来每天都会登录网站去看一眼,他们就停在那则公告没有再更新了。虽然我很想继续收听下去……"怕孟仕龙也和袁婧一样听后觉得自己矫情,她又补了句,"说起来也不是什么重要的事。好了,话题跑远了!你刚才说要给我看照片的!"

"就在你背后的桌子上。"

尤雪珍回过头,看见了那张他说的丑丑的照片。

看样子是在一辆缆车里,照片里有三个人,小小的孟仕龙、阿婆,还有一个女人,眉眼和孟仕龙很像。

孟仕龙走过来,点着照片上的那个女人,说:"这是我妈妈,她……"他沉默下来。

在他的沉默中,尤雪珍却知道了答案。

她刚想说什么转移话题，他却拉开了袖子，露出之前她未能看到全貌的文身。

那是一朵红色山茶花。

"这是她最爱的花。"孟仕龙很平静地叙述着，"她和阿婆相反，不爱拍照，除了和我爸的结婚纪念照，就留下这么一张照片，所以照片留给阿婆做纪念了，我干脆去文了她最爱的花在身上。"

尤雪珍无措道："……对不起。"

他摇摇头，拇指摩挲着相框："这是她们带我去太平山的时候拍的，虽然我不太记得了。后来回看这张照片，隐约想起来那天的黄昏特别漂亮。"

照片里，缆车外是一片夺目的夕阳。照片虽然有些年头颜色略有些黯淡，但那过分耀眼的昏黄似乎用手碰一碰就能擦出火花，将薄薄相纸点燃，漂亮到就像老电影里才会出现的失真天气。

接下来的半个小时，她坐在藤椅上，他坐在单人床边，两人面对面，隔着半张地毯的距离，通过他房间里摆放的东西聊着他的过去。街外的霓虹广告牌亮着灯，从橘红变暗蓝变深紫，绕了一圈又变为橘红，从百叶窗打进来铺在床上，将床单上有着圆圆腮红的面包超人衬得更害羞了。

孟仕龙的桌上有一本《刺猬饲养手册》，床底下有一个当时除了他自己谁都不能打开的盒子，不过如今就连他自己都忘了里面装了什么。他先偷偷看了一眼，迟疑了一下，才在她面前打开。

里面装着一张鱼蛋铺的集邮卡，两根化了的巧克力棒，以及一本地理杂志。一张作文纸夹在第 16 页里，那上面刊登着一座叫布罗莫的火山，而那张纸的作文标题是"我的梦想"。

尤雪珍粗粗瞟到第一行。

我的梦想，是亲眼去看布罗莫火山，传闻它是世界上最像月球的地方……

孟仕龙很快把盒子合上了。

尤雪珍笑着问："你喜欢火山？"

他不太好意思地说："……小时候。"

"现在不喜欢了吗？"

"也不是……只是觉得好像这个不能再称为梦想，我老豆评价这和别人的梦想比起来简直不像话。"

尤雪珍不认同地撇嘴："为什么梦想非要是远大的？我觉得只是想去看一座火山也很好。梦想，梦和想，明明都是很柔软的东西啊，托着一些很重的包袱反而会坠下来，于是大家嘴上说着梦想，其实都灰头土脸的。"

他听她一本正经地胡说八道，很认真地思索："那你现在的梦想是什么呢？"

尤雪珍一怔。

她的第一反应不是毕业，不是找一份好工作，不是出人头地，而是……

孟仕龙看着她："让那个无线电台起死回生吗？"

她愕然:"你怎么猜到的?"

"虽然你刚才说那不是很重要的事,但你的眼睛不是这么告诉我的。"

尤雪珍低下头,轻轻"嗯"了一声:"不过我也不知道怎么做,好像也只能这样了。"

孟仕龙皱起眉,摆出思考的表情。

好半响,他给出了一个令她完全没想到的、大胆的提案:"不如你来创办一个新的电台。"

尤雪珍愕然:"你知不知道这句话听起来就像是来造一个新的火箭……很难很复杂的!"

他笑起来:"那不是更酷了吗?"

尤雪珍连忙摆手:"不行不行。"

他没有被反驳的恼怒,检讨说:"是我了解得不够多,你就当我瞎讲吧。"随后起身去厨房端了两杯自制的冻柠茶回来,手里还握了张碟。

"《食神》吗?"

"嗯,我从最底下的碟里翻出来的,想重温一下吗?"

"看呗!"

他打开老式的笔记本电脑,将影碟放进去,又将笔记本电脑放在地毯上,席地坐下,拍了拍身旁的位子邀请尤雪珍过来。

尤雪珍从窝着的藤椅里起身,回头看了眼他没关严实的房门,指了指:"门没关呢,我去把门关上。"

孟仕龙却说:"开一条缝吧,我故意没关的。"

"啊?为什么?"

"你第一次来家里,还是我的房间……陌生的封闭空间我担心你会不舒服。"

在他说完这句话后,尤雪珍在这个敞开的房间里,真实地感觉到被妥善收紧的安全感。

她无言地点点头,任由门继续开着条缝,走到地毯边靠着他坐下,用肢体语言告诉他,她完全没有一点不舒服。

只是坐下的距离没把握好,她的膝盖很轻微地撞了他一下。

这一下,她好像立刻回到那个挨着他坐看露天电影的海边。只不过现下四面都是墙,没有人群,世界被压缩成只有他和她,就好像他们被嵌进电影里,也成为某一帧,此刻被屏幕外的谁观看着。

尤雪珍抓着冻柠茶的杯壁,水珠沾湿指尖,她将它放远,偷偷背过手用衣服蹭掉黏腻的触感。

孟仕龙已经完全投入电影中,丝毫没注意到她悄悄挪远了一点点。

电影按照记忆里的情节毫无差错地播放着,尤雪珍看着小小的屏幕也慢慢投入。也许楼上在放《真爱永恒》,楼下在放《小鬼当家》,每个人都有自己的圣诞夜片单,对于他们两个人而言,毫无疑问就是《食神》。

播放到男主角在人来人往的街头和暗恋的女生偶遇时，《初恋》的歌声响起，两个人都不由自主地开始哼唱，不过明显孟仕龙占上风，尤雪珍不想班门弄斧就只哼旋律，他就直接把歌词一并哼了出来——

"爱恋没经验，今天初发现……"

他的喉结随着哼声震动着，视线不知什么时候从屏幕移到了尤雪珍的脸上。

百叶窗被风吹动，楼外的广告牌切换了颜色，像橘子皮一般的橙红，仿佛窗外有一场大火。

尤雪珍下意识又去抓杯子，冰已经彻底化掉，将她的手指沁湿得一塌糊涂。

"分分钟都渴望跟她见面"，这是原歌词，而他看着她，唱错了："分分钟都渴望跟你见面。"

/ 第十二章 /
然后我联到了你

尤雪珍喝了口冻柠茶，咽下喉咙里突然冒上来的紧张感。
孟仕龙哼完，问道："唱得还行吗？"
"挺好听。"她含混道，"就是唱错歌词了。"
"是吗？"他笑了笑，侧过脸继续看电影。
尤雪珍脑海里的播放器却还在回闪刚才的片段。
电影播到牛肉丸那里，孟仕龙按下暂停键，问道："现在还能吃下东西吗？带你去吃下一摊。"他指了下屏幕，"吃这个。"
"想吃！"尤雪珍忙不迭地答应。
她有点害怕继续和孟仕龙在这个狭小的房间里独处下去，这个提议正中下怀。
两人搁置下看了一半的电影，轻手轻脚地从老房子离开，钻入人群熙攘的街头。
孟仕龙走在外侧挡住人潮。之前他们一起走时，他会稍微走在她前面错开一点距离，但这次却是正好走在她旁边，靠近她那侧的手插在裤袋里，冲着人潮的手垂在裤袋外，手指握住又松开。
两人一路弯弯绕绕地走进一条小街，孟仕龙要带她去的店就在小街尽头。店铺特别小，左右被音像店和便利店夹击着，店内只有六张桌子，已经坐满，门口还排了一小截队伍。
"这里我以前常来。"孟仕龙领着她排到队末，"好吃不贵，唯一的缺点就是要排队。"
尤雪珍扬了扬手机，屏幕上显示还不到八点："没事，有的是时间。"
"感觉还要排很久。"孟仕龙话锋一转，"不过我现在不觉得这算缺点了。"
"啊？"
他定睛看着她，撇过头去："……没什么。"
尤雪珍一头雾水，但孟仕龙没有再解释的意思。
队伍流动得很慢，好半天才有一桌进去，尤雪珍忍住了没掏出手机来刷，因为孟仕龙也没有掏出手机来玩，她如果玩手机就显得很不礼貌。

但干站着等非常无聊，她小心地戳了戳孟仕龙，心血来潮地说："不如趁这个时间你教我几句常用的粤语吧？"

"你想学什么？"

"比如去吃饭点菜常用的一些词语。"

"招呼waiter（服务员）的话一般都先说唔该（劳驾），类似于excuse me的意思。"孟仕龙立刻摇身一变当起了粤语老师，"不好念菜名就直接指菜单上的字，说我要呢个（这个），结账就是埋单。"

尤雪珍鹦鹉学舌，这几个词语都很简单，她跟着念完全没压力，反倒勾起了更大的兴趣。

"接下来教我难一点的吧！"

孟仕龙有点犯难，不知道接下来该挑什么来教。

他抓了抓额头，掏出手机说："我搜一下。"

尤雪珍好笑地看着他犯难的样子，手打牛肉丸旁边的音像店都换到下一首歌了，他还在搜。

忽然，耳边传来熟悉的旋律，尤雪珍有一种自己听过的错觉，却怎么也想不起来是什么歌。

这种感觉特别难受，她逼迫自己非要想起来不可。

直到男声唱到某一句，她脑中灵光一闪，猛然想起这是在巴士过隧道时隐隐约约听到的那首歌，顿时心里舒坦了。

旋律真的好听，可惜她听不懂是在唱什么。

她按开软件听歌识曲，但是周围环境太嘈杂，软件识别不了。

尤雪珍拍拍孟仕龙，将他的注意力从搜索引擎里拉回来，问道："这首歌你知道是什么吗？"

他蒙蒙地摇头。

"那歌词唱的是什么哦？你帮我翻译一下，我百度。"

他侧耳凝神听了听："是情歌……"

然后，他把歌词挑着翻译给她听。

"……饭后未倦吗？跟我逛逛，再送你归家。"

尤雪珍低头把他口述的歌词打进搜索栏，跳出了歌名。

"找到了！"她把手机界面分享给他看，是一首《老派约会之必要》。

"这歌名和歌词都挺好的。"他顿了顿，问，"那你喜欢歌里唱的这种老派约会吗？"

"什么？"

"如果你和喜欢的人约会，你会想要什么样的？"

这下换尤雪珍被问蒙，她脑子里立即浮现出叶渐白的脸，却没办法想象他们之间的约会是什么样的，朋友的身份过分地框定住他们的交往模式，她甚至可以想象她和身边一个陌生人的约会，想象他和其他女生的约会，唯独没办法想象自己和他。

她含混道:"就像歌里这样我觉得挺不错的。"继而转移话题,"你别光问我,那你呢?"

"我吗?"孟仕龙认真想了半天,"我会配合她想要的。比如,她喜欢这种老派约会的话,我就可以一路都不要牵手,但……"

说到这里,他突然住口,尤雪珍没等到下文好奇得不行。

"但什么?"

见她追问,他才把吞下去的话说出来:"但我會喺送佢返屋企嘅最後,忍唔住親佢啫(但我会在最后送她回家的时候,忍不住亲她)。"

尤雪珍听得晕乎乎的,抗议:"你要赖啊!我听不懂!"

他微微笑:"那就留给你当作业。"

"喊……"

终于排到他们了,尤雪珍闻着食物的香气,注意力很快转移到菜单上。

两碗热气腾腾的牛肉丸端上来。他们点了两份不同的料,孟仕龙主动把一口未动的牛肉丸推到她跟前:"你尝尝我的。"

尤雪珍也没跟他客气,也把自己的那一碗推过去:"那我们先交换。"

他接过她的碗,用干净的筷子拨了一颗牛肉丸。

两人都是吃饭的时候不怎么说话的类型,埋头专心解决碗里的食物。给孟仕龙分完后,尤雪珍加了很多辣椒进自己的碗里,吃得大汗淋漓,非常过瘾,最后还情不自禁打了个饱嗝。

她连忙捂住嘴,摆着手说:"这下真的吃不动了。"

孟仕龙递了张纸巾过来,很随意地问:"那去逛逛消食吗?"

尤雪珍接过纸巾,碰到他的指尖,脑海中刚才他翻译的那句歌词仿佛随着纸巾一起被递到她手心——

"饭后未倦吗?跟我逛逛,再送你归家。"

一时间,心跳得很快。

她没说话,他闷在口袋里的手机发出提示音打破沉默。

与此同时,她放在桌边的手机也跟着一起在振。群里那三人吃完了圣诞大餐,问他们俩以及袁婧要不要去太平山顶看夜景。

袁婧刚结束演唱会,在群里回复说可以。

尤雪珍手里的纸巾不知不觉被揉皱了,她松开纸巾,划拉着群聊,突然松了一口气:"我们也去和他们会合吧?"

孟仕龙便在群里回了一个"好"。

晚上九点的地铁依然满载,他们上了最末尾的车厢依然拥挤。孟仕龙背过人群挡在尤雪珍面前,她就缩在由他的上臂撑起来的小片空间里,晃荡着驶过一站一站又一站……原来地铁有时候也可以是一条船,会让人发晕。

尤雪珍偷偷抬眼看孟仕龙的下颌线,心里闪过这个念头。

一行人到达山脚下时,只剩下袁婧还没来。

左丘手上拎着一打从餐厅打包的咸柠七和冻柠茶，说一会儿去山上喝，默契地不提因为吃饭发生的不愉快。

孟仕龙掏出钱包，说："那我请大家坐缆车。"然后就跑去窗口买票了。

尤雪珍拍了拍左丘："谢谢。"

左丘朝叶渐白的方向努努嘴："谢师哥吧，他买的单。"

叶渐白却一言不发，他刚才在群里就没说话，此刻与尤雪珍隔了两个人站着，低头在旁边摁手机显得很忙的样子。

尤雪珍犹豫片刻，悄悄站过去，撞了一下叶渐白的胳膊。

他头也不抬，还把身体背过去了一点。

她这会儿气已经消了，反省这一场吵架是自己爽约有错在先，所以她情愿先低头。

她默默站到他背过去的那侧，又撞了他一下。

叶渐白这才停住动作，摆出被打扰的表情出声："干吗？"

尤雪珍别别扭扭地说："明天你想吃什么，我请行了吧？"

刚说完，她斜眼看见他的手机屏幕。

他正在聊微信，对方的昵称和头像一看就是女生，她匆忙扫到了两句对话，对方问他现在在干什么，他回没干什么，很无聊。

尤雪珍看见这段对话，沉默了一下，站直身体，语气冷淡下来："不要超过50港币就行。"

叶渐白微微瞪大眼睛："这叫请？你有没有诚意？"

"哦。"尤雪珍耸肩，"你不要我请客就算了。"

说完就没有停顿地从他身边走开。

叶渐白的视线这才从手机上挪开去追她的背影，张了张嘴，又抿上，烦躁地摁灭手机。

袁婧到了，大家登上缆车出发去往太平山顶。

尤雪珍一扫刚才的阴霾，挤到末尾探头看徐徐远去的夜色。

这是她心里期待了很久的画面，如今真实地体会到，却觉得不真切。

她又开始幻想，十四年前她收听到广播的那一天，这辆缆车也是像这样在运作吧？坐在这里的有多少人呢？站在她这个位子的又是谁呢？那人看到的景色会和她看到的有一些区别吗？

缆车驶到山顶的凌霄阁缆车站，他们还没下车就已经被占满山头的人潮吓到，闪光灯此起彼伏。

这哪是看夜景，根本是看人头。

孟仕龙看了看四周，拿主意道："不然我带你们去卢吉道吧，那里的人应该稍微少一点，也是观景的好地方。"

袁婧在从演唱会出来时被挤得够呛，再次感叹自己英明地委托了孟仕龙，忙拍马屁说："果然还是要有熟人带着好啊！"

"不过那个观景台更高，也很窄，晚上上去有点危险，你们一定要注意脚下。"

孟仕龙叮嘱完，从右手边的环山路带他们往上走。

尤雪珍习惯性地走在后面，她低头打开手机手电的工夫，身后已经多出一个人，是哪怕还在冷战也还是会习惯性走在她后面的叶渐白。

她在心里叹了口气，还是没忍住回头看他一眼，提醒："无聊也别聊天了，注意路。"

叶渐白反应过来："你刚偷看我聊天了？"

"谁偷看了！"她心虚地加重声音，"你自己手机放那儿，我不小心瞄到的。"

尤雪珍飞快扭回头，听见叶渐白在身后幽幽说："我不是说爬山无聊，是指刚才那顿饭。"

她微愣，纳闷地问："怎么会无聊啊？"

身后的脚步声听上去略显沉闷，她一直没等来叶渐白的回答，不由得又扭过头去看。他走过山道的路灯下，尘埃在他头顶的光下飞舞。

他不知道何时嚼了片口香糖，看她回头，才鼓着腮帮子回答："因为你丢下了我。"

见她一怔，他又立刻改口，笑着说："开玩笑的。"

尤雪珍默不作声地继续往前，手电筒照着夜晚的山路，莹白的光线拂过草丛，竟有种飘雪的错觉，好似多年前的圣诞夜，飘满大雪的连城。

大概是因为来之前和孟仕龙提到了多年前在圣诞夜收到的那张明信片，已经很久没想起的回忆纷至沓来。

不像港岛不下雪，那年的连城圣诞夜是她记忆里下得最大的一场雪。雪从前一天的平安夜开始下，一直没停，雪势过大，学校发了停课通知，其中最快乐的人莫过于尤雪珍。

她受够了班上的同学说她是骗子、吹牛大王、说谎不打草稿。他们不能够理解无线电，于是把不了解的东西粗暴地归类为谎言。

她窝在被子里，看着窗外不停歇的雪，默默在心里期盼：再一直下下去吧，这场雪永远都不要停就好了。我一点儿也不想去上学，大雪赶紧把学校埋掉吧！

可惜，她的心声没有被采纳，第二天清晨，雪终于停了，只是积得很厚，车辆甚至都开不出去，他们住的别墅区一早就有人在车库门前铲雪。

她走出家门去查看门口的信箱。自从将明信片寄出去之后，她每天都会来看是否能收到回信。这已经和吃饭睡觉一样成为她的一个日常动作。

雪没过膝盖，她哆嗦着拉开信箱，眼睛慢慢睁大。

一张她日盼夜盼的小卡片躺在里头。

"我收到了！"她跳起来，差点滚进雪里，"我收到了！"

不过这么大的雪，邮递员是怎么派送的呢？或许是圣诞老人在帮忙也说不定吧？她很快说服自己，迫不及待去品读明信片。

正面是维多利亚的全景，灯火璀璨，完全不是连城的夜色可比拟的辉煌。背面有一行字：
謝謝你的收聽，給你做證！
意思是谢谢你的收听，给你做证。
最后的感叹号还加粗了。

与正面的风景相比，背面的字体就逊色一些，尤雪珍纳闷地想，原来港岛人写字这么丑啊。

直到小学毕业的那个暑假，尤雪珍才意识到自己误解了港岛人。

她和叶渐白双双醉倒在阁楼的那个下午，她比叶渐白先醒来一步，迷迷糊糊地找着下去的楼梯，踢到了阁楼上堆着的箱子，随即掉出了一堆印着港岛风景的明信片，包装上写着店名"臻好印刷来图定制"。

她仍旧在酒精的作用下意识不清，蹲下身去把散乱的明信片收进箱中，无意间瞟到明信片的背面，发现了熟悉的一句话——
謝謝你的收聽，給你做證！
上百张的明信片，每一张的背后都是这句话。
唯一的区别就是每张的字都有进步。

从丑到不行根本连字都称不上的笔迹，慢慢越来越好，直到接近最后塞到她家信箱里的那一张。

而她也终于知道，为什么圣诞节后学校复课，叶渐白却没有来上学。她去他家里探望他，他重感冒卧病在床，烧得鼻头通红。

大概是那个足以将连城浸没的风雪夜，冒着大雪将明信片塞进她家信箱的圣诞老人，其实根本是一个莽撞的小小少年。

尤雪珍再度和叶渐白搭话时，语气已经软下来："所以我刚说了啊，明天回请你，大不了预算涨一倍，100港币吧，怎么样？"

"你是不是被袁婧传染了啊？抠死。"
走在尤雪珍前面的袁婧回头："怎么还声东击西呢！"
尤雪珍哈哈一笑。

"那我想想我要吃什么。"叶渐白"哼"了声，不经意地问，"你们今晚吃的什么？"

尤雪珍骄傲地挺胸："我煮了长寿面给阿婆。"

话说到这里，叶渐白微怔，这才反应过来为什么她今晚执意要去。他沉默了一会儿，什么都没说，揉了把她的脑袋："算了，明天还是我请你吧。"

尤雪珍低头，情绪忽然低落下来。

那种情绪本来可以藏得好好的，但被人洞穿和发现之后，它就很难再忍住。

叶渐白主动转移话题："那其他的菜呢？还吃了什么？"

"嗯……三杯鸡、腰果虾仁、芦蒿生啫肚尖、煲凤爪、木耳炒菜心……"说着说着她开始咽口水，"又开始馋了。"

"孟仕龙的阿婆手艺这么厉害。"

"不是她，全是孟仕龙做的。"

叶渐白话锋一转："还行吧，也不是什么难做的菜。"

"米饭都没煮过几次的你怎么口气跟食神一样？"

"我评价冰箱还得学会制冷？"

两人不知不觉间又开始斗嘴了，因为晚餐闹出的不愉快终于黑不提白不提地过去。

卢吉道的观景台上的人果然比凌霄阁那一片少，视野也开阔许多。

尤雪珍俯瞰整片港岛的夜色，鳞次栉比的高楼灯火闪烁，仿佛世界变成一个舞厅，这些高楼是来参加宴会的宾客，都穿着晚礼服，窗口的灯火是礼服上的亮片，在夜色中勾住山顶上众人的视线。

大家先后和背后的"宾客"们合了影，又留下若干集体照，最后又是三三两两地拍合影。

尤雪珍先是被袁婧拉着自拍了两张，拍完袁婧又把手机塞给孟仕龙，让他帮忙给她们俩拍。

他拍照技术进步很多，还知道要蹲下给她们拍，显腿长。

袁婧检查了下照片，满意地收回手机，有意地反手把孟仕龙推过去："我给你俩来一张合照。"

孟仕龙踉跄着被推到尤雪珍身边，站姿很拘谨，一会儿把手插进口袋，一会儿又抽出手，两只手都背到身后。

袁婧看着镜头里的孟仕龙实在觉得搞笑："孟哥，你这个姿势好像领导来视察太平山……放松一点。"

他虚心请教："那摆什么姿势比较好？"

袁婧起哄道："那就学我们刚才那样手挽手呗。"

尤雪珍白她一眼："别听她瞎扯。"

"那这个姿势可以吗？"

突如其来的，他将手伸到尤雪珍的肩头。

袁婧看着手机里的他姿势突变，吓得嘴巴微张，但仔细一看，才发现他并没有真的环到尤雪珍肩头，手只是浮在空中。

感受到他手臂的靠近，尤雪珍也吓了一跳，以为他会揽住自己的刹那，他却只是停在她肩头上方比出了一个"小树杈"。

她哭笑不得，还以为是什么姿势呢，结果只是这样而已。

"行，那这个姿势摆好了……"

袁婧倒数到三，即将要按下拍摄键时，画面里却闯进一个不速之客。

叶渐白走到了镜头里。他好像才看见他们在拍照，于是站到尤雪珍的另一侧，实打实地把手往她肩头一搭，说："合照啊？带我一个。"

袁婧正好按下拍摄键，拍下了这张尤雪珍被夹在中间、诡异的三人合照。

他们在山上待到很晚，互相聊着乱七八糟没有营养的话题。讲到口干舌燥，咸柠七和冻柠茶不够喝，大家便轮流分，没意识到时间流逝。从卢吉道下到凌霄阁时已经空无一人，只有路灯还持久明亮地照耀着，和山下耸立不眠的高楼灯光交相辉映。
　　缆车早已经关闭，像是他们手中的空罐子，空荡荡地列成一排。
　　不知是谁说了一句"那就走下山吧"。
　　已经陷入安静的太平山道被他们六个人的脚步声吵醒，骏黑的树枝在凌晨的晚风里摇曳，山下的灯火被茂密的枝叶覆盖，只剩下一盏一盏的路灯晃过每个人的脸，天上的月光这时才变得非常清晰。
　　尤雪珍不经意顺着月光往天上看，喃喃感叹："每个来太平山顶的人好像都只记得往下看，不知道有多少人会抬头看一一看一直悬在天上的月亮。"
　　走在前方不远处的孟仕龙回过身，跟着仰起头看了看夜空。
　　他说："嗯，现在至少有两个人了。"
　　"是三个。"走在最后的叶渐白幽幽插嘴，他的视线也正飘向月亮。
　　袁婧也抬头："四个！"
　　"五个"
　　"六个！"
　　最后大家全都仰头，乍一看六个人像全都脖子犯病了一样。
　　尤雪珍哭笑不得："这个不是在网上买月亮，不需要大家助力砍一刀，不用争了啊。"
　　为了打发无聊的下山路，他们玩起了"逛三园"，由一个人先打头说一个类别，比如逛动物园，接着每个人轮流说出一个动物的名字，不能重复。这是很常见的酒桌游戏，他们都有经验。孟仕龙是第一次玩，但他很聪明，只卡壳了一次就会举一反三，轮到他起头时便说"港岛"，把游戏引到只有自己擅长的领域上来。
　　下山路太长，以往只玩几轮就结束的游戏硬是不断地持续下去，常见的分类都被说了个遍，动物、植物、电影、城市、食物、车牌、商场、天气……就连玩这种游戏经验最丰富的叶渐白都有点黔驴技穷。
　　他在上一轮卡了壳，这轮负责重新出一个题目，叹气说："大部分都被你们说遍了啊。"
　　毛苏禾很贴心道："那我们换个游戏吧？"
　　"等等。"叶渐白抬起手示意，"我想到了。今天我们逛三园，逛什么园……"接着，他偏过头，视线飘过，"尤雪珍。"
　　尤雪珍被叫到名字："怎么了？"
　　叶渐白笑了："我的意思是，我的题目是你。"
　　她瞪大眼睛，其他人也一愣。
　　左丘咋舌，竖起大拇指："还能这么出题目？"
　　叶渐白耸肩："谁说人就不能做题目？不都是讲熟悉的范围吗？这个

我熟。"
孟仕龙微微抿起嘴唇。
左丘还在纳闷:"可这个要怎么说?范围有点太广。"
"那这样,就限定在尤雪珍喜欢的东西上。如果说错……"叶渐白指了下尤雪珍,"由她叫停,怎么样?"
不知不觉成为游戏中心,尤雪珍有些受宠若惊,心想那自己这一轮岂不是立于不败之地?
她当然没异议:"可以可以。"
"行。那这次来正式的了……今天我们逛三园,逛什么园,尤雪珍园。"叶渐白率先讲出一个答案,"无线电台。"
他一下子就正中红心,袁婧立刻"啊"了一声,她刚想好的答案就被夺走,却偏偏下一个轮到她讲。
尤雪珍眼神危险地看过去,作为她的好舍友,如果第一轮就卡壳,那她们的友情就岌岌可危了。
袁婧急中生智,飙出一句:"宅!"
尤雪珍一愣。
好吧,没错。
接下来的左丘试探地说:"……甜品?"
见尤雪珍比了个大拇指,他松了口气。
毛苏禾和尤雪珍并不算熟悉,在即将超过时间的最后一刻,眼睛亮起:"港岛!"
……聪明人!
下一个是尤雪珍自己,她有意想刁难一下还没说的孟仕龙,心里大概猜到他会说什么答案,于是坏心眼地把他的答案抢过来:"《食神》。"
孟仕龙果然神色一怔,一时间没说话。
叶渐白很愉悦地在一旁打着节拍,姿态悠闲地说:"时间快到了,不了解不用勉强自己硬说。"
孟仕龙并未示弱,带着几分笃定开口:"旋转木马。"
这个答案一出,叶渐白的神色一愣,显然有点超出他的预计。
——尤雪珍什么时候喜欢旋转木马的?孟仕龙又怎么会知道?
他看向尤雪珍,她没有否认这个答案,只说:"又该你了!"
叶渐白微微拧起眉,还陷在上一个答案里,回答得有些迟缓:"海。"
袁婧叹口气,差点脱口而出"痔疮膏",终于还是忍住,但也因此卡了壳。
"我认输,我认输!"
尤雪珍吐槽:"没想到卡在你这儿……友尽友尽。"
袁婧"哎哟"一声:"有种你下把别卡。"
尤雪珍以为她要如法炮制,以她自己为主题,但只猜对一半。
袁婧确实如法炮制也说了人名,但她说的是孟仕龙,让大家猜孟仕龙喜欢的。

尤雪珍精神一振，心里立刻有了答案，而且她排在孟仕龙前面，不用担心他会把自己的答案抢先说出来。

袁婧说完孟仕龙的名字，很自信地先抛砖："做饭！"

左丘依然小心试探："……摩托？"

孟仕龙没有为难他，点头。

毛苏禾抿着嘴，看了孟仕龙一眼，她依然对这张脸没什么抵抗力，嘴巴撇了两下，说出那个令自己并不愉快的东西："照相。"

轮到尤雪珍，她嘿嘿笑着说："火山。"

这个答案又让叶渐白微微拧起眉。

前面三个人的答案或多或少能从孟仕龙的生活轨迹里推断出来，可是火山不是，它是更深入的、隐秘的东西。

在他看不到的角落，这两个人已经互相掌握了只有彼此知道的，类似于秘密一样的喜好。

下一个回答的人是孟仕龙，但大家并不在乎他说什么，毕竟正主本人说喜欢什么就是什么，肯定能过。

尤雪珍已经在心里苦思冥想下一轮自己该说什么，虽然她预感这一轮在叶渐白那里就会断掉。

正在走神盘算时，她听见孟仕龙突然叫了下她的名字。

"尤雪珍。"

"在！"又一次被点到名字，她条件反射地应了一声。

孟仕龙看着她，解释："我是在回答。"

已经有反应快的人回味过来这句话背后的深意，面露震惊。

尤雪珍却还没有，近乎呆滞地发问："……什么？"

"回答题目，关于我喜欢的。"

这句话一出，所有人都沉默了，只剩山林间的虫鸣此起彼伏。

袁婧是最先反应过来的人，之前看到过观光巴士上那一幕，她早有迟早会这样的预感，只是没有想到会是这样的形式……她看了一圈其他人，发现大家的反应都非常精彩。

左丘愕然中带着一丝窃喜的放心。毛苏禾的表情看上去竟没比她意外多少，垂着眼睛看地面。叶渐白面无表情，伸手似乎想去掏烟，但好笑的是居然在走神，袁婧眼睁睁看着他的手直接插到了空气里。

至于当事人尤雪珍，脸上的呆滞比刚才更甚。

袁婧看不下去，主动打破这份安静，替大家问出心声："孟哥啊，你这是……告白吗？"

孟仕龙刚说了一个"我"字，叶渐白终于摸出了一根烟，夹在指尖把玩，嗤笑出声："这也叫告白吗？玩个游戏而已，居然有这么随便的告白？"

"那怎样的告白才不算随便？"孟仕龙反倒很认真地反问他，"你经验

-197-

比较多,你来说说看。"

一不小心,叶渐白指间的烟被他夹成两半。

刚才微妙的气氛又划向另一种微妙的走向。

尤雪珍终于消化了那句话,反应过来,忐忑又故作轻松地摆手:"应该是对朋友的那种喜欢吧,是不是?"

即便孟仕龙说了刚才那样的话,尤雪珍仍旧不敢真的相信这是在对她告白,无关乎形式是否太过随便,单纯的,她只是在被爱这件事情上没有天分。

即便他在相机里留下她的丑照不舍得删,即便他借用阿婆的名义送她苹果,即便她能体会到一些他对待她的特殊瞬间,她依然不敢把这些瞬间归类为这是他对她的喜欢,更别说他是一个很好的、对陌生人都可以很温柔的人。

她觉得每个人生下来都有属于自己的磁场,容不容易被爱也是一种天分。最简单的例子就是演员这个职业,有些人大家莫名都会喜欢,而有些人就是无人问津,甚至被讨厌。

她没有做演员的野心,只是想成为生活中的被爱者。但从小学她在竞选班干部的时候就意识到,自己似乎属于后者。

她永远是得票数最少的那一个。

后来她想,如果成为某人的女儿也需要父母来投票,她不一定会投胎到这里吧。

尤雪珍不会忘记有次帮爸妈收快递,手痒打开一看,是一个刻着"YXZ"的白金胸针。怪不得他们让她帮忙收一下,原来是想给她一份惊喜。

她臭屁得不行,以为这是爸妈买给她的礼物,当晚把自己小金猪里的储蓄和卡里的钱合计一通,也想买一份礼物回报他们。

她刚合计完,终于下班回家的妈妈来敲她房门,问:"那个快递放哪儿啦?"

她有点疑惑,但还是乖乖指了指收进柜子最上面的小盒子里。

"哎哟,放那么高干吗?让你收一下不是让你收进去。"妈妈嫌麻烦地把她小心放进去的盒子拿出来,"你没和你妹妹说这个快递的事儿吧?"

她一愣,像被人从正面打了一拳,正中鼻子,鼻头瞬间发酸。

妹妹叫尤馨竹,名字拼音首字母大写也是"YXZ",尤雪珍一开始没意识到。

从此,她养成了让自己体面的自觉,绝不自作多情。人生里有过这样一个尴尬的时刻就足够了。

这一次,她的预感依然没有出错。她见孟仕龙顿了一下,没有否认她的说辞,只是看着她,最后从喉咙里挤出一个单音节——"嗯。"

看吧,果然是这样。

她得意于自己的先见之明,脸上露出微笑,松了口气,满意于一切都还在她的认知范围里,所以她不需要苦恼如果这个答案并不是自己想的那样,她该怎么办。

若这份喜欢是真的,她反而会觉得恐惧。一直以来她已经习惯了自己的独角戏，如果有人真的坐到台下，她会第一时间跑进帘子里。

最后是怎么下山的，尤雪珍记忆很模糊。她当晚梦到还在太平山上，相同的场景，不同的是，孟仕龙看着她，摇头说"不是你想的那样"。

尤雪珍汗津津地从床上惊醒。天还没亮，窗外是黎明前的深蓝色，广告牌的灯光都未熄灭，亮着"空客"灯的出租车偶尔在楼下驶过，发出的气流声顺着打开的窗缝溜进来。

她在床上呆坐了好一会儿，不知道怎么就梦到与现实完全相反的情境，以至于在知道这个情境只是梦之后居然还有很轻微的失落的感觉。

这下翻来覆去怎么都睡不着了，尤雪珍披上衣服，准备去楼下便利店买点东西打发时间。

她走到客厅，却发现阳台有人，背对着她，半靠在栏杆边，一手夹着烟。昏暗里，烟头的火光忽隐忽现。

尤雪珍靠轮廓就辨认出是叶渐白。

她敲了敲阳台门："你是没睡还是起了？"

他回头看到她，将刚点燃的烟摁灭在栏杆上："起来上个厕所顺便抽根烟，你起来干吗？"

"我肚子饿，想下去买点东西。"

"我和你一起下去。"

尤雪珍"哦"了一声，低头看到地上有一堆烟头……这哪里是起来顺便抽根烟的程度？

她皱起眉，心想叶渐白的烟瘾好像变严重了。

凌晨四点二十三分，两人轻手轻脚地离开公寓走到大街上。圣诞夜的余韵还在，街头关掉的店铺依然亮着灯，照亮昏暗的街道。便利店就在街对面，等红灯的时候，叶渐白忽然蹲下来，把尤雪珍吓了一跳。

"你不舒服啊？"

闻言，他仰头白她一眼，伸手去拽她的衣服下摆。

她披的大衣只扣了前面几颗扣子，最底下的几颗就放任它们了。叶渐白就这么单膝蹲在马路边，将那几颗"漏网之鱼"一一扣上。

红灯转绿，尤雪珍却完全没注意到，只顾盯着他头顶密密的黑发。

他扣好扣子起身，身形一下子又盖过她，数落她："现在不到20度，不好好穿衣服想感冒，天天挂大鼻涕？"

"刚刚抽那么多烟不好好爱护身体的人有资格说我吗？"尤雪珍回过神，拉了一下衣服，指着已经在跳动的灯，"快红灯了，赶紧！"说完匆匆地快一步往前跑过去。

叶渐白还没反应过来，她已经跑远了，信号灯在那一刹跳红，他的脚步刚挪了一寸被迫停住。

尤雪珍回头，看见对面被红灯绊住一脸烦躁的叶渐白，"哈哈"笑了两声，

—199—

指着身后的便利店大喊:"我先进去了。"

"喂!"

看见她真的兀自转身,叶渐白的眼眶收缩,车辆划过,她即将消失在他的视野里。

红灯还未转绿,他的脚尖探出人行横道,向前跑去。

尤雪珍正往便利店门口走,听见一声急促的汽车喇叭声,下意识回头,瞬间惊出冷汗。

叶渐白在车流里穿梭,一辆疾速开过的车擦着他身前开过。

车子已经远去,留下的声音还残留着惊魂未定的警告。

叶渐白却满不在乎,继续穿越人行道。

他还没跑到她面前,尤雪珍已经破口大骂:"叶渐白你是不是有病啊?好好的闯什么红灯啊?"

他抿紧唇,三两步走近,却抬手抓住她的手腕,脱口而出:"尤雪珍,你别和那个人继续来往了。"

完全牛头不对马嘴的这么一句,尤雪珍茫然:"那个人?你说谁?"

"还有谁?"他掷地有声,"姓孟的。"

"怎么又说到这个问题上了?你真的对他偏见很大。但这不是他的问题。"

"你意思是我的问题?"

"不是吗?"尤雪珍轻轻叹气,"毛苏禾没能喜欢你也不是孟仕龙导致的,你不要再看他不顺眼了。"

"哈?这和毛苏禾有什么关系?"

尤雪珍一怔。

那是为了什么?朋友的占有欲吗?

她疲惫道:"不要孩子气了,我不可能只有你这一个朋友吧?"

叶渐白抓她的手腕收紧,力道大到她有点痛。

尤雪珍见他没出声,又说:"再说了,孟仕龙真的是个很好的、很值得交往的朋友。"

"好人?好人会随便便开喜欢的人的玩笑吗?"

尤雪珍小声嘀咕:"如果要说随便,他哪有你随便……"

他双目睁大,不可置信道:"你拿我和他做比较还踩我?"

尤雪珍更小声了:"我说的是事实啊。"

接着,她手腕上的力道一松。

叶渐白松开手,脸上的表情也随之一松,刚才遍布整张脸的奇怪的情绪也散去,变得很冷淡。

"行,他是好人,我是烂人,我说的话都是狗屁,你去交你那更好的朋友吧!"

他转身往回走,尤雪珍停在原地叫他:"喂,你不买东西了?"

他没搭理她,用背影给了她回答。

尤雪珍自问自己这回可没做错什么，没必要为他的小心眼买单，随他去吧。

她在便利店晃了两圈，挑了点零食离开，走出便利店时，视线停在马路对面。

叶渐白依然停在对面，双手插兜遥遥等着她。

直到她走过来，他也没动。她抿抿唇，经过他往前走，他才迈步，隔着些微距离跟在她身后。

两人就这么沉默着，一前一后地走回公寓。

翌日是他们在港岛的最后一天，孟仕龙比他们还提早，当天就要飞回西荣。大家在微信群里给孟仕龙送行。

当尤雪珍在群里敲下"之后西荣见"这句话后，她发现群聊人数少了一个。

叶渐白直接退群了。

此时他们正在逛星光大道，尤雪珍假装没发现，他这个举动在她看来就很幼稚，任他像个小孩子一般闹。只是在看见狄龙的手掌印时，她想起昨晚他最后等她的画面，最终还是无言地撞了撞他的胳膊，示意他看掌印，因为狄龙是他喜欢的武侠影星。她曾在他面前提过很多次憧憬港岛，他也就去看了很多港岛电影，最喜欢的就是邵氏的武侠片。

他此刻却怄气，背过身去，故意不看。

她耸耸肩，继续沿着大道往前走。

左丘也发现群里少了一个人，嚷嚷着："师哥你怎么退群了？"

叶渐白云淡风轻地说："旅行都要结束了，就退了。"

一旁的袁婧一看这个架势，就知道他和尤雪珍又吵架了。

只是没想到最后战火还波及自己。

回程的飞机上，那两人值机值到相邻的座位，尤雪珍二话不说把自己的票和袁婧交换。袁婧没辙，颤巍巍地在叶渐白身边坐下，对方朝她露出一个毛骨悚然的"温和"笑容。

尤雪珍换到了袁婧的位子上，完美地远离了叶渐白。

左丘和毛苏禾两个人的位子也被分开了。

尤雪珍身边是陌生人，于是一起飞她就戴上眼罩睡觉，直到分发餐食才坐直。

她刚掀开餐盒的锡纸，还没扒拉两口，机身就开始剧烈摇晃。还在分发飞机餐的空姐赶紧推着餐车返回位子，同时广播里响起遇到气流请系好安全带的播报。

飞机遇到气流颠簸是常有的事，尤雪珍没当回事，决定继续扒拉，结果机身一个猛烈的起伏，差点将她嘴里还没咽下去的饭给晃得喷出来。

旁边的一个大叔害怕地嘀咕："我的天，头次遇到这么晃的……"

他的话让尤雪珍也跟着心头惶惶，不知是心理还是生理作用，一股恶心涌上来。她赶紧扣好安全带，期盼着颠簸快点停止，最好不要有任何事。

-201-

一分钟过去……三分钟过去……飞机还在颠簸，餐食都被晃得啪一下摔落，残渣把裤脚溅得一塌糊涂。

但她根本没余力管裤子干不干净了，不停深呼吸但仍有一种要喘不上气的错觉。耳边的播报都有些失真，反复就是那句遇到气流颠簸，请大家不要惊慌。

怎么可能不惊慌！

不只是她害怕，她旁边的大叔几乎快哭出来，不停地抖右腿。

机舱里一片混乱，她偏过头去看叶渐白。他回过头，正好也在看她，又迅速回过头去，仿佛还在怄气的样子。

她无语地收回视线，结果余光里扫见他忽然解开了安全带站起身。

身后的空姐大喊着让他快坐回去，他比了个"OK"的手势，三两步跑过来，迅速在尤雪珍手心里塞了一片晕机药。

"不会有事的，你吃完药戴上眼罩继续睡，一觉睡醒就到了。"

他仓促地说完，这才在机身的摇晃里跌跌撞撞地跑回座位。

尤雪珍捏紧手心里的药片，那么小一片，就好像握了粒沙子在手里，心头不断地跟着机舱摇晃，那股作呕的感觉却慢慢下去了。

避免真的吐出来，她还是把那片药吞了下去，然后默念着叶渐白刚才说的那句话，迅速戴上眼罩睡觉。

最后，飞机在她模糊的意识里逐渐趋向平稳，终于安全降落在西荣。

等行李时，尤雪珍磨蹭到叶渐白身边，含混地说了句谢谢。他冷哼一声，并不领情，依旧是之前那副冷冷的样子。

回到西荣后临近考试周，尤雪珍一头扎进复习里，和叶渐白的冷战也就这么持续地进行下去。

几门重要考试结束之后，她疲惫地躺在宿舍床上发呆。袁婧出门和微博上的网友见面了，她无事可做，反反复复点开叶渐白的微信，把这个头像当地鼠打。

以往这个时候，他已经发消息过来问她放了寒假打算几号回去，但现在却毫无动静。

再往下翻微信，还有一个头像也很久没动静了，那就是和叶渐白头像相似的孟仕龙。

虽然她之前在群里说西荣见，但她没有主动去约孟仕龙见面。

在太平山顶上的那个夜晚，那句被澄清了并不是告白的喜欢，回忆起来还是有一种黏稠的暧昧，让她无法像之前那样没心没肺地和他聊天。

而且孟仕龙好像也很忙，很少找她，上一次是在一周前，他发了一张照片过来，像是让她持续检查他的拍照技术。

不过他拍的不是人像，而是一只米菲杯子。

尤雪珍对米菲的印象就是小学用的文具用品上一只呆头呆脑的兔子，但孟仕龙发过来的这只米菲杯子上画了猪鼻子，傻傻的。

他配了四个字：猪兔同笼。

尤雪珍笑得差点从宿舍床上翻下去。虽然她不知道哪里好笑，但就是笑了足足三分钟，以至于扫过聊天记录时嘴角还在往上翘，将心里刚才泛上来的一点堵塞都冲淡了。

她看着和孟仕龙的聊天界面框，忽然很想主动给他发消息，问问他现在在干什么。

但想了想，比起孟仕龙发给她的"猪兔同笼"，她问他在干什么就显得自己好无聊，她想，还是等发现有趣的东西再发给他好了。

尤雪珍退出微信，下意识地登上无线电台的官网，看着停在很久前的更新公告，再一次意识到电台已经不再运营。

这下做什么好呢？她爬下床，打开收音机，没有目的地调试着频率，持续了很久，在她适应了断断续续的沙沙声时，里面忽然传来的人声吓了她一跳。

她似乎意外收听到了一个陌生人的频率。

对方应该是新手，呼叫的方式很缓慢，也不专业："这里是Bravo Hotel Four Echo Nine Lima（这是用标准字母解释法读出的个人业余电台呼号），我的QTH（位置）是西荣市，有人能copy（收到）吗？"

尤雪珍本来并不打算回应，但听见QTH在西荣，有点意外这个萍水相逢的无线电友竟和自己在同一个城市，算是难得的缘分。

而且，她总觉得这个声音有点耳熟。

尤雪珍心生怀疑，试着回答道："这里是Bravo Hotel Four Tango Seven Whiskey，我的QTH也是西荣，信号50，能copy吗？"

一阵电流声闪过，对方的声音很模糊，然后又逐渐清晰起来："你好……信号50。"

"你好……"

尤雪珍越听，心里越有一种奇怪但确切的指向。听了这么多年的无线广播，她早就对声音有高度的敏感。

带着几分不敢置信，尤雪珍试探地说了四个字："猪兔同笼？"

接着，那头传来惊讶的回声："尤雪珍？"

尤雪珍迫不及待断掉无线电，转头在微信上给孟仕龙去了一通语音电话确认。

那头很快接起，她劈头就问："什么情况？真的是你？"

"嗯，刚拿到的证。"孟仕龙笑了，"好久没像上学的时候那样背题刷题了，我太不擅长做题，还以为要拿不到了。"

尤雪珍眨着眼睛，宿舍的白炽灯照得她有些眩晕。

她重新爬上床，呈大字瘫开，将手机放在脸边。

"怎么不声不响去考证了？你之前也没说对无线电感兴趣啊。"

"其实第一次听你说的时候就感兴趣了，不过真正接触是最近。"

-203-

"那你真挺厉害，这么短时间就上手了……今天不会是你第一次尝试通联吧？"

"是。"孟仕龙轻轻地笑起来，很开心的语气，"然后我联到了你。"

然后我联到了你。

尤雪珍跟着默念了一遍这句话，胸口发麻，仿佛心脏被神标记成靶心，指引着某人从千里之外盲射了一箭过来，扎中了这个地方，不可思议。

孟仕龙还在拉弓："如果你之后还有这方面的烦恼，想找人商量的话，可以来找我。我现在了解无线电了，可以给你更好的建议。"

尤雪珍艰难地开口："难道是因为我们那次聊天吗？"

她吐槽他的提议像造火箭一样异想天开，他好脾气地说是他了解得不够多。这其实已经很难得了，可谁能料想到他竟然因此真的去尝试了解无线电是什么样的东西，甚至还在那么短的时间内考到了证。

回味着他笨拙念着那些长串字母的缓慢语速，尤雪珍深吸一口气，将被子拉过头顶，闷闷的声音从听筒里传到孟仕龙的耳中。

"那你现在知道办一个无线电台有多麻烦了吧？"

"嗯，一个人很麻烦。"孟仕龙语气笃定，"那就两个人，你和我。"

/ 第十三章 /
我喜欢你，不是对朋友的那种喜欢

挂掉和孟仕龙的通话后，尤雪珍开始认真思考起原本觉得是天方夜谭的建议。

想着想着，她手脚发热，有一种怎么都坐不住的感觉，立刻翻身下床，摊开笔记本电脑，在上面罗列如果真的要付诸行动该怎么做。

最基本的，是先要拿到无线电台执照，她已经有无线电台操作证，要申请电台执照不难。其次得备好一笔申请许可证的费用。

然后，电台需要的设备也得购买，广播、录音、调频设备，不用很好，但基本的设备得要有，以及播音室的场地……租金可是一笔大开销。

再然后，她得让别人知道有这样一个新的电台成立。这不像大学的广播搞一张海报张贴在宿舍楼下就可以了，最起码也得有个像样的网站，像无线之声一样有可以公布频率信息的平台。这肯定得请专人来做，也得掏钱。

如果播放音乐的话，可能还会涉及版权费用……不过这些可以之后再考虑，现在连地基都还没有，想这些为时过早，但至少可以确定的是，钱是一切的基础。

尤雪珍抓了抓头发，刚涌上来的热血退潮，泄气地趴在桌子上，脸贴着冰凉的桌面，逐渐冷静下来。这么多要用钱的地方，看来是一场漫长的战役。

但无论如何，她不会向家里要钱。

如果是父母认为的"正当"用途他们也许会给钱，但想要创办无线电台，而且只是因为她喜欢，这种事他们只会觉得荒谬，还会倒打一耙教训她，明明都快毕业了，不好好思考未来的出路，居然还在过家家一样捣鼓一些不正经的事情。

她完全可以预见这种结局，所以不会去自触霉头。

但如果只是因为这样就放弃了，她又不甘心。

现在她不是一个人，她有支持自己的"盟友"。

虽然尤雪珍不会真的要孟仕龙帮忙，更何况是钱这种事。对她而言，他的支持本身就已经带给她很大的能量了，让她萌生了想要试一试的勇气。

对啊，试一试，就算最后失败了也没什么，不过就是现在这样，什么都没有。

-205-

尤雪珍重振精神，开始上网找兼职。马上要放寒假了，正经公司的实习是不太可能了，只能打打零工，杯水车薪也好，至少代表自己想做这件事。

她把招聘网站翻了个底朝天也没有特别满意的，找寻无果时，某个兼职发布的薪资数字让她眼前一亮，居然比寻常的兼职要高出很多。

尤雪珍兴冲冲地点开来看，笑容僵在脸上。

果然，天下没有免费的午餐。

看着"殡仪馆仪容师"这个招聘职位，尤雪珍立刻抖着手退出去。

半小时后，她又翻遍了另外一个招聘网站上的信息一无所获后，白着一张脸，抖着手点开了这则招聘，给对方留言。

尤雪珍昨天半夜留的言，第二天刚起床就收到了对方的回复，看起来确实是着急用人。

她和对方通了个电话，大致了解了仪容师的工作范围和时间——要负责管理殡仪馆内的环境，包括灵堂、告别厅、休息室，保持庄重整洁，视情况需要还会帮忙布置花圈和花架。

得知并不需要整理遗体，毕竟她也没那个专业水平，听上去工作职责好像只是换个地方打扫卫生，她说服自己也不是不能尝试……

目前兼职的仪容师还缺晚上的轮班，正常的夜班工作本来就难招，更何况殡仪馆的夜班工作。上一个人辞职之后这个岗位就空缺下来，但人走灯灭可从来不挑尘世时间，别无他法，只能提高时薪来招人。

尤雪珍听完条件和要求后，弱弱地问："我其他都没问题，但是有一个最大的问题，就是我胆子小，怕黑。"

对方"哦"了一声："我胆子也小，不也在这儿上班嘛。"

"万一、万一被吓到心脏病发什么的……"

"你有心脏病史？"

"没有！我只是假设……"

"哦，要是真被吓死了，那就地一条龙服务了啊。"对方笑得非常爽朗，"我们提供员工福利，请放心来上班。"

"……谢谢你们，好贴心。"

思考了两天后，尤雪珍揣着在网上买的护身符，还有一小瓶速效救心丸，决定去了。

坐上摇摇晃晃的夜班公交车，尤雪珍还有点恍惚，不敢相信自己居然真的要在半夜出发去殡仪馆。

她还是秉持着那个信念，至少先试一试，如果第一晚她承受不来，那大不了就辞职不干。总比预设自己做不到就放弃的好。

夜班公交车上起先还有三三两两几个人，但离殡仪馆越近，车里最后就只剩下她一个乘客。

尤雪珍戴着耳机，听着激励的歌曲，浑身充满正气地下车。

然而，等公交车头也不回地开走后，尤雪珍立刻就尿了。

四周是荒凉的郊区，黑魆魆的，隔几十米才有一盏路灯，间或有一盏灯还是坏的。看着这样的夜色，耳边雄赳赳气昂昂的进行曲也生出几分瘆人。

尤雪珍匆忙把耳机摘下，捏紧兜里的护身符，跟着手机导航往殡仪馆走。

场馆建在半山腰，要沿着山路走二十分钟，一月的天气下，她的后背不停渗出冷汗。她怀疑不需要这第一晚的考验了，估计还没走到殡仪馆就能把她干趴下。

那可不行！

她打开微信抓人壮胆，手指下意识地要去点叶渐白的头像，然而在看到他们被冻结时间一般的聊天界面后作罢。

手指往下，她给最近联系的袁婧打语音。

电话响了很久很久，快要自动断掉时才接通，袁婧迷糊的声音传过来："喂？咋啦？"

"你睡了？"

"是啊……"袁婧打了一声巨大的哈欠，"你还没回来啊？这个点进不了宿舍了吧？"

"嗯……"尤雪珍没告诉袁婧自己今天要去殡仪馆打工的事情，袁婧那个小破胆子，让她知道只会徒增恐怖情绪。

尤雪珍叹了口气，改变主意："行了，没事，你睡吧。"

"你找不找得到地方过夜啊？"

"……找得到。"不过不是很想在这个地方过夜就是了。

"要不然你去叶渐白的公寓凑合一晚上？你俩不会还在冷战吧？"

尤雪珍没说话。

袁婧扶额："得，我来当一回和事佬。"

"你别多事啊！"

"我不放心你一个人在外面过夜啊，你去他那里睡我还放心点。"

"别，谁知道今晚人家公寓里有没有人。"

"……这倒是。"

"行了，你睡吧。"

尤雪珍不想再谈论关于叶渐白的话题，痛快挂掉电话。

她重新看着微信的聊天界面，犹豫要不要再抓人聊天，因为手机导航显示还有很长一段路要走。

袁婧下面一个头像就是孟仕龙。

寂静的山林道，她的耳边响起了他说过的那句话——"那就两个人一起，你和我。"

所以……她可以打扰他吧？

她小心地在聊天框里打下四个字。

珍知棒：休息了吗？

-207-

一路上萦绕的紧张不知不觉被另一种紧张所取代，尤雪珍低头看着微信界面，等待着对方的回信。

这份紧张没有折磨她很久，因为孟仕龙很快发来了"没有"两个字。

珍知棒：那来聊聊天吗？可以打电话给你吗？

发送的下一秒，对方的语音通话请求就已经跳了出来。

声音猝不及防，吓了她一大跳。

"你动作好快……"尤雪珍接通语音，"你是不是快睡了？"

"我还在外面。"

"啊？"

"快关门的时候有人点餐，没骑手送，所以只能我来。"

"那我会不会打扰你？"

"不会，我刚好到……这……"

尤雪珍听到他那边传来电梯门打开的声音，然后是脚步声，随后信号变差，他说的话断断续续，听不太清。

"你那边信号不太好哦。"

"可能……电梯……"

尤雪珍叹了口气，想挂掉电话："没事，你先送完吧！"

"等等，我马上就送完了。"

电梯"叮咚"一声，孟仕龙似乎进到了楼道里，两人的脚步声重叠在一起。

他问："你在哪里？"

尤雪珍本想打个哈哈，但觉得有必要跟他报告，便还是诚实地说出口："我在采纳你的建议。"

他一下子就明白过来："创办电台的事吗？"

"对，所以先从打工挣钱开始，慢慢来嘛。"

"这么晚打工？"孟仕龙那头隐约又传来叩门的声音，然后门开了，"您好，您的餐。"关门，他的声音重新回到她这里，"在哪里打工？这个时间……是便利店吗？"

尤雪珍静静等着他把餐送完，听到他再次发问，突然生出一点小得意，回答他："你绝对猜不到的地方。"

"那我猜对了有奖励吗？"

"你先猜对再说。"

"酒店？"

"不对！"

"机场？"

他走了一段路，脚步声停止，似乎在等电梯，只剩她的了。

"不对。还剩最后一次机会了。"

他投降："嗯……猜不到。"

"叮咚"一声，他那边的电梯开门了，尤雪珍随之报出答案："殡仪馆。"

对面一愣:"殡仪馆?哪个?"

尤雪珍报出名字,孟仕龙短暂沉默了一阵才说:"山上那个永安殡仪馆?"

"这个你倒是猜准了。"

他语带不解:"怎么想到去殡仪馆?"

"因为薪水高啊,哎,现在你那边电梯信号变好了。"

她刚说完,就听见他那边重新响起脚步声。

"不对,你没坐电梯下去吗?"

"嗯。"他像是走入了楼道,说话的声音比刚才空旷,"电梯里会断信号。"

"断信号就断啊。"

"那你会害怕吧。"他的语气像一片云,飘过来,托住她,"走楼梯你就不用等,我们可以一直说话。"

尤雪珍不知不觉停下脚步。她的鼻子猛地泛酸,突然讲不出话,电话里只剩孟仕龙下楼梯的声音,很长、很慢地盘旋着。

她故意提高嗓门掩盖冲上喉咙里的莫名其妙的酸涩:"我没有怕。"

"好……"他笑了,"是我害怕,这个公寓很吓人。"

她轻轻嘘声:"那你胆子好小。"

他"嗯"了声:"所以你要陪我说话。"

"好吧……"她顿了顿,"你这样走下来不累吗?"

"不累,才几层。"

"这样啊。"

时间过去很久,她已经看见殡仪馆的大门,听筒里,孟仕龙下楼梯的脚步声却还没停。

他为了不错过任何一点声音,用肩膀和耳朵夹住手机,脱下外套。

有人走进大楼回家,刚才一直停在孟仕龙按下的楼层的电梯终于缓缓从高空下行。

16层、15层……

在殡仪馆兼职的第一个夜晚,尤雪珍就遇上了明天预定的一出白事。

她和上前半夜班的人交接工作,被交代后半夜需要布置灵堂,并且要辅助其他仪容师帮忙化妆,主要是递递工具之类的杂事。虽然不需要接触遗体,但直面是必不可少的。

逝者的家属在灵堂内守夜,四周都是低低的啜泣声、安抚的对话声、从这头到那头的脚步声,唯独灵堂中央是安静的。

另一个专业的仪容师正在着手替遗体上妆,尤雪珍待在一边听候指令,不敢多看遗体一眼——那是一个年迈的老人,穿着一丝不苟的中山装、布鞋、戴帽,像只是睡觉忘记脱去了衣服。

空气里塞满了滂沱的情绪,尤雪珍不断递着化妆品,经手的感觉仿佛举着千斤重物,很吃力。

整个过程下来，天快亮了。遗体整理完毕，仪容师嘱咐尤雪珍把东西收拾好。她点点头，逐个把那些用来处理遗体的器具和化妆品都清洁完毕再收纳进箱。

化妆刷、海绵、粉底、腮红、口红、眉笔……这些都是看上去和平常并无二致的化妆用品，她平时使用的时候，只把这当作变美的手段，出去游玩、和朋友聚会、参加一些重要的场合，能光鲜和亮丽一点。

但在这个夜晚，尤雪珍触碰着这些过于鲜艳的色号，心头震动。

它们粉饰在沉睡的皮肤上，底色是静默的。所有的美与丑都被粉碎，剩下的是不知道该怎么面对的告别。

尤雪珍扣好箱子，又看了一眼已经非常得体的遗体，居然一点都感觉不到恐惧。

她想起了一些别的。

告别爷爷的那一天，他也这么躺在黑色的棺木中央，两边铺满花，爷爷脸部的皮肤竟和花朵别无二致，柔软、惨白、平静，平静到任她怎么声嘶力竭都没有颤动半分。她记得自己伸手去捏爷爷的脚，被爸爸打掉手，凶她不要乱动，也不要再哭，爷爷会伤心。她上气不接下气地抽噎着缩回手，心想，爷爷身体那么硬，怎么还会伤心呢？

爷爷已经不会再对任何人心软了，包括她。

或许这是件好事。

第二天爷爷被火化的时候，她不用爸爸呵斥，自觉地没有发出一点声音，也没有再乱动，仅是透过玻璃，注视着爷爷那具已经完全发硬的尸体被慢慢吞没在焚化炉的尽头。

她的眼泪很安静地滚落下来。

从那之后，她哭泣时的声音也被那把大火烧干净了，绝不会发出声响，因为爸爸说，听到她哭的人会伤心。

可是她心里知道，没有了，再没有这样一个人了。

尤雪珍拎起化妆箱，走到休息室外的台阶边。膝盖酸痛，她席地坐下来，揉着腿，把头埋下去，一直到换班的人来。

那人看到尤雪珍的眼睛吓了一跳，说："小妹，你不会被吓哭了吧？"

尤雪珍揉揉眼眶，连忙说自己没事，非常不好意思地低着头跨出殡仪馆，掏出手机准备导航下山。但之前来山上一边打着手电一边导航，手机掉电很快，用了三年的手机过了一晚已经自动关机，而她忘了带充电宝出门。

冬天天亮得很晚，天色循序渐进，很远的地方隐隐露出一片白光，中间地带是晨昏交界的夜色，头顶则依旧漆黑一团。

远方的这一点天光让下山的路看上去没有上山时那么可怕，可也正因为那一点遥远的天光，近在咫尺的路灯知道到了自动熄灯的时间，通通关灭。

尤雪珍吐出口气，振作精神沿着灭了灯的山道往下走。

冬日的黎明好寂静啊，连稀疏的虫鸣都听不见。

她细声哼着歌，一鼓作气地往下走，不知道是不是幻觉，竟然在转弯的树影里看到一个光点。

直到那个光点越来越亮，越来越清晰，尤雪珍慢下脚步，惊讶地愣在原地，看向光点的来源——那是手机的手电光。

而举着手机的人正一步步地从下往上，走到她面前。

尤雪珍话都有点说不利索了："你……你怎么会过来？"

孟仕龙回答："看你快下班了，可天还黑着。"

"……都说了我没有怕。"

孟仕龙忽然又往前走了一步，用一种近乎要亲她的姿势俯下身。

尤雪珍吓得浑身僵硬，身体条件反射地微微后仰，睁圆了眼睛看着他放大的面孔。

他在距离她鼻尖一寸的地方停下。

孟仕龙靠近只是为了看清她的表情，验证那肿起来的眼睛不是他的错觉。

他向后退开，眉头皱起："你哭过了？"

尤雪珍继续嘴硬："没有啊！"

他没有被糊弄，追问："真的被吓哭了？"

"……这么看不起我？"

"所以确实是哭了。"

尤雪珍撇撇嘴，甩下他先一步往前走，含混道："好像是吧。"

"发生什么了？被欺负了吗？"

"没有……"

看尤雪珍一副的确不想开口的模样，孟仕龙安静下来，默默地跟在她身后。

山路又寂静下来，走出一小段路，尤雪珍又主动开口："我问你，你昨晚到底是从几楼走下去的？"

"忘了。"

"那你让我看一眼你的送餐地址。"

他只好投降："16楼。"

尤雪珍低下头，脚尖踢着山间的小石头，小石头骨碌骨碌地沿着斜坡一路滚下去。

她小声说："那你很晚才到家吧？又几点起来的？"

"四点半。"

"……太早了吧？"

"我每天都起很早，要去早市。"

"那今天不用去早市吗？"

"今天提前了一个小时过来，不耽误。"

为了她，提前了一个小时起床。

"那下次你别来了，还是让自己多睡会儿吧！"

兴许是自己昨晚的那通语音电话让孟仕龙产生了某种要安抚她恐惧的责任感,所以他会在这个早晨突然出现,对她的恐惧负责到底。

这绝对是他能做出来的事,心软到固执。

他却笑了:"谁知道你明天还会不会被吓哭。"

"……都说了不是。"

"那是什么?"

又被他绕回来了。

尤雪珍抿唇,山路重归寂静,只剩两个人的脚步声前后重叠,像昨晚的那通语音,他的脚步仿佛踩过她的耳朵,传来长长短短的回响。

她听着听着,紧抿的嘴唇渐渐松开,刚才紧闭的话匣子自己打开,跑了出来。

孟仕龙听到前方传来很小的声音,像被暴雨打湿的小动物在求救一般。

"我是想到爷爷了。"

下山的道路很长,长到尤雪珍足够把那些憋了很久的思念一点一点倒出来,关于自己不敢再看的《樱桃小丸子》、没能给爷爷吃到的长寿面、再也无法一起听的无线电台……

"我偶尔走在路上的时候会看看那些小孩子,想着如果爷爷已经进入下一世,那就是七岁了。"

孟仕龙轻声问:"你怎么知道他进入下一世了?"

尤雪珍说着说着又揉了把眼睛:"因为他很久没有来过我梦里了。"

说完这句话,她不得不停下来,刚擦掉的眼泪又掉了出来,视线模糊得一塌糊涂。

有温热的指腹代替她粗暴的手指,慢慢地爬上,从下巴摸到她的眼眶,将还滚烫的泪水拭去。

"我觉得他没有走。爷爷只是知道你胆子小,才不来你梦里。"

孟仕龙说完,尤雪珍突然回过神,意识到自己太卑鄙了。她陷入了过去,但不应该拉着他也沉进那种回不来的遗憾里,这是卑鄙的行为,尤其是他并不是一个没有伤口的人。

尤雪珍定了定神,转换语气,故作轻松地了结话题:"过分啊,说来说去还是在说我胆子小呗。"

他放柔声音:"好好好,胆子不小。"

她笑了:"干吗用……这种哄小孩子的语气?"

"那带你做点大人的事。"

"哈?"

"兜个风再回去。"

"……啊,哦。"

尤雪珍吓了一跳,大人的事,原来是这个意思。

孟仕龙的手从她脸庞上滑下,仿佛要退开一步,滑下的指尖抚过她的手腕,却猛地一把攥紧,拉着她往山下跑去。

尤雪珍迷迷糊糊的,哭完之后大脑还眩晕着,下意识地跟着前面宽阔的背影迈开脚步。

太阳冒出了头,金光从遥远的天际线逐渐渲染,山林的漆黑尽数褪色,树影遮盖的天空漏下明亮的日光。尤雪珍边跑边仰起头,那一点日光洒在了她脸上。

孟仕龙不经意回头,乱了步伐。

他看见无数只晶亮的光斑蝴蝶绕满尤雪珍身边,她似乎会跟着一起飞走。

尤雪珍余光里看见他回头,视线从头顶的天空看向他,他却仓促地又转过头去,同时松开了她的手腕。

她心里刚产生一点不明状况的疑惑,他的手又重新抓住了她。

这次,他抓住了她的手心。

尤雪珍蜷缩指尖,似乎想把手抽出来,又似乎是一种从最初无意间手背贴着手背到此刻故意手心贴着手心的无措。

两个人气喘吁吁地跑下山,孟仕龙的摩托车就停在山脚,座椅的皮垫迎接了日光的照耀后有了些微温度。

孟仕龙这才松开手,替尤雪珍扣上头盔。

尤雪珍时隔很久再一次坐上他的摩托后座兜风,感觉却和上一次大不一样。也许是因为上一次是夜里,这一次是清晨。

清晨的街道给人不一样的体验,马路上车不多,街两边的商铺都拉着卷帘,少的是人,多的是炽热的阳光。尤雪珍偶尔被强风灌得贴近他的背脊,闻到青草的气味,不知道是他用的沐浴露,还是风带过来的味道。

尤雪珍模糊地想到,他到现在都还没用她送的香水。

孟仕龙将她载到学校附近,好多早餐铺已经开门,他停在其中一间店铺前。饥肠辘辘的两人钻进店里,各要了一碗馄饨。

尤雪珍想起自己手机没电,向老板借了充电器,插上没多久,手机开机,信息要爆炸了。一堆微信未读消息,还有一排未接来电。

阿凡达:袁婧说你今晚要流落在外面了?要不要来我这儿?

阿凡达:在哪里?我去接你。

阿凡达:人呢?

阿凡达:回消息,别怄气了。

阿凡达:回话,来不来都说一声。

阿凡达:尤雪珍,你最好是故意看到短信不回我。

阿凡达:接电话。

阿凡达:再不接我报警了。

除此之外,还有袁婧给她发的消息。

尤雪珍完全蒙了。

-213-

她哪会想到袁婧居然还是去找了叶渐白。到了殡仪馆之后，她就把手机锁在置顶的储物柜里没有再看一眼，导致这些消息都没看见。

尤雪珍还在看叶渐白的消息，手机突然又蹦进一通电话，看见来电显示叶渐白的名字，她心头更慌。

尤雪珍连忙起身，跑到外面接通电话。

叶渐白比她还慌张的声音传过来："尤雪珍？是本人？"

"……是啊。"

电话那头传来很重的松气的声音，声音又陡然一变开始兴师问罪："你到底在干什么，消息不看电话不接？"

"我……"解释起来太麻烦，她简明扼要，"手机没电了。"

"那你现在在哪里？"

"学校附近。"

"你昨晚在学校附近找酒店住的？"

"不是……我刚回来，在吃早餐。"

"我看到你了。"

说着说着，叶渐白突然蹦出这么一句。

尤雪珍环顾四周，发现叶渐白没在开玩笑。

不远处的校门口停着一辆熟悉的车子，他正举着手机开门下车，大步往馄饨店门口走过来。

他像是也彻夜未睡，脸色很差，在亲眼看见她平安无事，表情才彻底放松下来。

然而，没撑过一秒就变得极为僵硬，因为他看见了停在她旁边的摩托车，如果没记错，那是孟仕龙的。

稍微调整角度，叶渐白看向店里，看见了某个人的背影。

原来没有记错。

他站在原地，胸口快速起伏，没有说话。

尤雪珍没察觉出这些细枝末节，还在惊讶他的现身："你……怎么一大早就在学校？今天有早课？"

"怕你出事，去派出所人家说时间太短还不能立案，我不知道该怎么办，只好等在校门口等到现在。"

叶渐白语气竭力平静地回答，同时还在看着里面的人影。

孟仕龙似有所察觉，回过头。两个男人隔着嘈杂的店面，都看不出神色地对视着。

"结果你呢？"叶渐白气极反笑，"你整晚和他在一起？"

后半句话，他是从喉咙里一字一字挤出来的。

尤雪珍坐在早餐店里，身侧坐着叶渐白，对面坐着孟仕龙，三人面前各放了一碗馄饨，都已经放凉了。

叶渐白支着手,听着尤雪珍解释昨晚的来龙去脉,知道自己误解了她,脸色连刚才的平静都难以继续维持。他甚至希望事实是自己误解的那样,而不是像现在这样无比清晰地认识到,明明应该是和他最熟悉的这个人,不知不觉间居然和另一个半道进入,认识甚至连半年都不到的人更亲近,让她在害怕的夜晚选择了给那人打电话。

这个半道进入的人,已经很清楚她的喜好、知道她的害怕,还会鼓动她去做一些之前她不会做的事。

她身上慢慢有了他不熟悉的东西,仿佛逐渐变成了另外一个人,而不是那个和他一起长大的尤雪珍。

尤雪珍解释完,不明白叶渐白脸色怎么比刚才更阴沉,笨拙地舀了一颗馄饨到叶渐白碗里。无论怎么说,他担心她一整晚,等了她一整晚,她单方面在心里给这场冷战画下休止符。

在她把馄饨舀给叶渐白之后,她的碗里紧接着也被放入了一颗馄饨。

孟仕龙把他碗里的一颗舀了过来,代替了她碗里的空缺。

尤雪珍和叶渐白都一愣。

可孟仕龙浑然不觉自己的举动怎么了,很自然地说:"吃吧。"

尤雪珍低头看着碗里那颗浮在最边上的小馄饨,戳了戳,它往下沉,又浮上来。

孟仕龙刚准备开吃,他面前的碗里也被丢进一颗馄饨。

他动作一顿,尤雪珍又趁机丢了一颗进来。

她丢了两颗进他的碗里。

尤雪珍摸了摸鼻子:"你多吃点!"

叶渐白舀动勺子,在沉默中捏紧勺柄。

他深吸一口气,对尤雪珍说道:"你别去打工了,钱我这里有。靠那点钱你要赚到什么时候?"

尤雪珍不为所动:"我不要借你的钱。"

叶渐白笑了,加重语气:"跟我这么见外?"

尤雪珍下意识看了孟仕龙一眼。

他之前说过的那句"那就两个人,你和我"在她脑海里回放。

而此刻,孟仕龙正好停下咀嚼,直勾勾盯着她看,也在等待她的回答。

她心头一慌,低头吞下一口馄饨,嚼啊嚼,嚼到面皮几乎变成了粉末。

她慢吞吞地开口解释:"不是和你见外,你也一下子拿不出这么多啊,你爸妈要问起来怎么说?我爸我妈知道肯定要数落我,我才不想让他们知道。这个兼职我做着感觉还可以。"

叶渐白好像接受了她的这个说法,沉默一会儿,话锋一转:"那你寒假打算什么时候回去?"

尤雪珍想到回家过年,兴致缺缺地摇头:"这个寒假我不回去了吧,要兼职,你自己先买票吧。"

叶渐白觉得不可思议:"你要在殡仪馆过年?"

"那倒不至于这么吓人!主要是那里除夕前一天才开始放假,所以我就懒得折腾回去了。"

叶渐白还是很诧异:"那你除夕那晚怎么办?"

"反正宿舍可以住,就和往常一样呗。"

孟仕龙冷不丁接了一句:"你可以来我这里。"

他看似沉默地坐在对面,但一说话,就可以轻易地改变整个对话的走向。

尤雪珍差点呛到:"咳咳——你过年不回港岛?"

"吃慢点。"孟仕龙替她倒了一杯水,"过年店里不休息,阿婆会过来这边。除夕那天我们就自己家人吃饭,你要是决定不回家,就来我这里。"

尤雪珍没有像上回那样一口答应,泄露出些微犹豫。

虽然已经去过孟仕龙的阿婆家里,见过他的家人,但那次只是纯粹想帮独居的阿婆过生日,一听老人家喜欢热闹就冲动答应了。

但这回的邀约……过年除夕夜,除了阿婆,还有孟仕龙的爸爸,这算是家庭聚餐了吧?她去蹭饭好像不太合适,虽然孟仕龙没想这么多,估计就是看她一个人落单于心不忍。

见她不答应也不拒绝,叶渐白滚动喉结,压下心头翻滚的躁动后才开口:"你真不回去了?我妈念叨你,她昨天还问我们几号回去,她来机场接我们。"

尤雪珍"啊"了一声,刚才一副铁了心不回去的表情略有松动。

孟仕龙刚刚闷不吭声地听着他们的对话,却又在此时开口了:"昨天阿婆也和我通电话,还问到你了。"

叶渐白迅速抬眼看向孟仕龙,神色阴沉。

尤雪珍又"啊"了一声:"阿婆问我什么了?"

"她说你做的那个面很好吃,让我向你讨教一下怎么做的,过年好做给她吃。"

尤雪珍立刻得意得合不拢嘴:"哎哟,我就随便做的……真有那么好吃啊?"

"好吃。"

"那我回头写个菜谱给你!"

孟仕龙若有所思地说:"嗯……但我没有能还原的自信,肯定比不上你亲手做的。"

尤雪珍晕晕乎乎的,脱口而出:"行吧,那如果我在西荣过年的话就……"

"尤雪珍——"她的话猛地被叶渐白打断。

他刚要张口继续说点什么,结果紧接着,他自己的话也被别人打断了。

有人走进店里,轻轻惊呼:"叶师哥?"

三个人都侧头看向声音来源。

一个短发女生背着帆布包正在挥手,快步朝他们这桌走来。

叶渐白皱眉:"你是?"

—216—

女生尴尬道:"上周我们在秦老师的课上见过。"

叶渐白点点头,但看表情就知道他根本没有想起来。

女生看了看四周,全部满座,试探地问:"这里可以坐吗?我就一个人。"

尤雪珍友好地点头:"当然可以,我们正好吃完了。"

她看了眼孟仕龙已经空了的碗,放下勺子,对孟仕龙说:"走吧。"

她行云流水地起身让座,就要拉着孟仕龙一起离开之际,沉默的叶渐白又突然出声:"尤雪珍!"

她回头。

空气凝滞了几秒,他再开口,却只是波澜不惊地指着桌上的充电器:"又丢三落四了吧。"

尤雪珍一拍脑门,赶紧拿上去还给老板。

女生不动声色地看着叶渐白的视线一直追着那两人,假装不经意地问:"刚刚那个女生是?"

他回过神,长长吐出一口憋了很久的气息:"我最好的朋友。"说完,又近乎自言自语地重复一遍,"嗯,最好的朋友。"

尤雪珍和孟仕龙在校门口道别,回宿舍后立刻昏天黑地地睡了一觉,醒来时是下午了。

袁婧正在下铺整理行李,她买了周末回家的票,看尤雪珍醒来,指了指桌上从食堂带的米粉,担心地盘问尤雪珍昨晚的来龙去脉。

尤雪珍这才把自己昨晚在殡仪馆打工的事和盘托出。

袁婧大跌眼镜:"你认真的?"

尤雪珍嗦着米粉点头:"今晚继续上工。"

"你不怕啊?"

"上下山那段路最可怕,但也不是不能克服。"

"真的假的?那你今晚也不回来了?"

"嗯,你先睡吧!"

在宿舍埋头赶论文到十一点,尤雪珍收拾完毕准备出门,手机忽然一振,两个人的消息一前一后发进来。

龙:你今晚几点过去?

阿凡达:校门口等你。

尤雪珍一一回复。

回孟仕龙。

珍知棒:我现在准备出门。

回叶渐白。

珍知棒:干吗?

两人都几乎是秒回。

龙:今晚一起过去吧?

—217—

阿凡达：送你去兼职啊。
尤雪珍受宠若惊，又对眼下的状况感到头痛，不知道该怎么办。
想了想，她干脆直接拿袁婧挡枪，以袁婧之后都会陪自己过去为借口将两边都回绝了，最后独自一人走完了山林夜路。
她竟觉得很轻松，原来自己一个人也可以做得很好。
今天晚上的工作相比第一天轻松很多，没有预定的白事，只需要检查和打扫灵堂、休息室和告别厅的卫生，再把昨天用到的化妆工具全部清洗一遍。
就这样持续了一周，她逐渐适应了打工的生活。唯一的不好是作息时间颠倒，晚上一熬夜，白天就在宿舍补眠。
好在期末考陆续结束，学校已经开始放寒假了，开学之后她的这个兼职估计也无法维持下去。这样盘算下来，她的确没时间抽空回家了，能抓紧多挣一天钱是一天。
决定好后，她在家族群里发消息，说自己过年不打算回来了。
她上午发的，直到下午家族群才有动静。
妈妈：怎么不回来呀？
珍知棒：要打工。
妈妈：是哦，你都大四了，该实习了。
珍知棒：不是实习……就是兼职。
爸爸：缺钱了？
珍知棒：不是，就是想打打工。
妈妈：长大了，知道自己挣生活费了。
妈妈还竖了个大拇指。
爸爸：缺钱了跟爸说。
然后是个红包。
尤雪珍毫不手软地收下红包。
珍知棒：谢谢老爸。
妈妈：发工资了记得给你妹妹发个红包哦，她可想你，结果你又不回来。
珍知棒：好哦。
她反扣住手机，把脸埋进手臂里。
宿舍里空荡荡的，袁婧昨天已经回家过寒假了。
不知道叶渐白有没有回去。
尤雪珍抬起头，给他发了条消息。
珍知棒：你订了回家的票了吗？
过了十分钟他才回复。
阿凡达：没有。一起？
珍知棒：我确定过年不回去了，你赶紧买票吧！
珍知棒：记得帮我向阿姨问好。
阿凡达：你难道要去孟仕龙家给人煮面？

尤雪珍无语，切成语音："我留下来过年又不是因为想去他家过年，是打工，打工！"

叶渐白也切成语音："所以你会不会去他家煮面？"

这是重点吗？

不过这一点尤雪珍自己也没想好，敷衍道："再说吧。"

也许是不满意她的态度，叶渐白直接一个语音电话打来，开口就把尤雪珍问蒙了："那要不要干脆我们两个人过？"

"……什么意思？"

"我也不打算回去了。"

尤雪珍不信："你刚刚不是还问我要不要一起回吗？"

"我刚刚还没决定。"他理直气壮，"现在决定了。"

"你留下来干吗？你别告诉我你也要打工。"

"我要赶毕业设计，公寓里那两台台式机才带得动。"

"那阿姨不会念你吗？"

"到时候我俩开视频给她看呗。"

话说到这份上，好像是最好的选择。

尤雪珍却在这个时候犹豫了："嗯……我想想，再说吧。"

电话那头陷入安静，不一会儿，听筒里传来"咔嗒"一声，是他一言不发地把电话给挂了。

尤雪珍愣了愣，心里犯嘀咕，但还是想着去孟仕龙家，毕竟他邀约在先，叶渐白这边八字都还没一撇，说留下来也许只是玩笑。

可到了晚上，叶妈妈发来微信消息。

叶阿姨：雪珍，听小白说你过年和他一样确定都不回来了吗？

尤雪珍不敢怠慢，立刻回复。

珍知棒：对的，阿姨。

叶阿姨：小白说你是要兼职，是吗？

珍知棒：嗯嗯。

叶阿姨：想自立是好事情，但不要太辛苦，不要什么都自己扛着。

珍知棒：好的，辛苦我就跟阿姨说。

叶阿姨：我做了酱菜，还有一些你爱吃的零食，明天我都寄出去，让小白都拿给你。

珍知棒：谢谢阿姨！

叶阿姨：除夕夜不要随便糊弄吃，我嘱咐小白要带你去吃好的。

尤雪珍这才回味过来，叶渐白白天打过来的那通电话兴许是叶妈妈让他打的，所以他才提出要两个人一起过。

不然按照叶渐白的个性，他不回去过年早就在朋友圈昭告天下，集结没能回去的酒肉朋友一起开趴了。

尤雪珍恍然，知道是叶妈妈的意思之后，她反而不好拒绝了。

—219—

尤其是在和自己爸妈的消息对比之下,如果遮掉对话框的昵称,很难说谁是她的真正父母。

这时候她就无比羡慕叶渐白。

是不是太轻易获得爱的人总是不在乎爱从何处来,又流向哪里,不必费劲争取?好比穿着雨靴踩过一地碎玻璃,就算爱被碾碎也不会觉得惋惜,反而会微笑,感叹清脆的碎裂声音很动听。她忌妒、痛恨,却又迷恋这份残酷的从容。

第二天,尤雪珍认真地用备忘录把长寿面的做法写下来,截图发给孟仕龙,很不好意思地告诉他除夕那天大概没办法去做面了。

从那天在早餐店分开后,两人一直没怎么聊天,偶尔有一次是孟仕龙主动找她,他看见了袁婧回家了的朋友圈,担心她又要一个人。

尤雪珍不想再撒谎,直接说其实这阵子都是自己一个人去的殡仪馆,已经习惯了。

他沉默很久才回复说知道了。

没有问她为什么,没有抱怨,没有多余的言语,只有分外冷淡的三个字——知道了。

尤雪珍觉得自己有病,一整天都吃不下饭,光咀嚼着那三个字就嘴里泛苦。直到晚上出门前再度收到孟仕龙主动发的消息,很神奇,她嘴里的苦居然变成了噼里啪啦的跳跳糖。

龙:那你明天有时间吗?我按照你的菜谱做了,但味道感觉不太对。

龙:你方便教我一下吗?

珍知棒:白天可以!

龙:早上怎么样?我去接你下班,正好做完当早餐吃。

龙:不要饿着肚子睡觉,彪哥。

尤雪珍一愣,而后忍不住扯动嘴角。

珍知棒:没问题,龙小弟。

快天亮时,孟仕龙如约而至。

不像上回是半路撞上,这回他是等在殡仪馆门外。天气日渐转冷,他穿了一件丑丑的棉衣,里面是圆领的白色T恤,脖子上挂了条围巾,松垮垮的。

他朝她说了句"嗨",尤雪珍也回了句"嗨"。

两人说话时带出的白雾在空气中缠作一团,气氛却像白雾融在空气中慢慢消散,有种无所适从的空白。

他们保持着一前一后的微妙距离往山下走,聊着并不重要的天,几乎都是她问他答。

她问他煮面的食材有没有准备,他回答顺路去早市买。她问他最近有没有尝试通信无线电,他说后来连了几次,但没有联络到想联络的人。

尤雪珍张开嘴又闭上,他反客为主地发问:"怎么不问我想联络到谁?"

她搓了搓手指:"哦……谁啊?"

"一个很有意思的大哥,说自己以后的梦想是把信号连到宇宙。"

"哦……哦。"

好险,差点自作多情了。

这些天困扰自己的那个想法——孟仕龙是不是有点喜欢我,大概就和这个问话一样,根本就是乌龙吧。

那些压着的想法跑走了,心头一松,也变空了,她裹紧衣服。

两人走到山脚,上车时孟仕龙把围巾摘下来,不由分说地圈到了她脖子上。

尤雪珍想取下来,被他摁住手。

"早上骑车很冷。"

"我不冷。"

明明他在对她好,她却突然对这份善意感到很恼怒,略带强硬地从他手里把自己的手抽出来,把围巾还给他,自顾自地坐上后座。

孟仕龙看了手中的围巾一会儿,不确定地问:"你在生气吗?"

"什么?"她下意识否认,"好端端的我为什么生气?"

"那我是做了什么让你讨厌了。"

已然是陈述的语气。

尤雪珍头摇得像拨浪鼓:"怎么可能!"

"你不是在疏远我吗?不然为什么都不让我送你?"他微微叹气,将围巾慢慢地一圈一圈围到她脖子上,"不要因为是我的围巾就讨厌它,它很暖和的。"

真的很暖和。

被围住的那瞬间,毛线戳着她的脖子,痒痒的。

她伸手去拉孟仕龙的衣角,小声说:"绝对没讨厌你,骗你是小狗。"

孟仕龙一愣,沉默了一会儿:"不够。"

"嗯?"

"光是不讨厌,还不够。"

他不自在地垂下脑袋,浓密的黑发下是通红的耳郭,像是刚才骑车路上冻的。

"尤雪珍,我喜欢你,不是对朋友的那种喜欢。"他说得一板一眼的,如上台演讲的人,虽然听众只有她一个。

/第十四章/
谁会舍得只和你做朋友？

这一下，的确是告白吧？

尤雪珍有点迷茫。

毕竟到现在为止，她没有收到过几份像样的喜欢。高中的时候有人在QQ空间里用小号留言说喜欢她，她点开那个号，却显示禁止她访问。她到最后都不知道是谁，也不知道是不是恶作剧。

上大学之后也偶尔有人向她表达过喜欢，通过系群加的她，聊了没两句就说你很漂亮哦，我很喜欢你，要不要晚上出来看电影？她没搭理，然后就不了了之。

她不知道是现在的人告白都这样，还是只是独独自己运气不好，似乎很难被爱的人好不容易碰到喜欢也莫名很潦草。

可是，这次好像不太一样。

即便此时此刻的气氛看上去也很潦草——在殡仪馆的山脚下，她身上还有刚打扫过灵堂染上的消毒水味，熬夜到脸泛油光，但她看着孟仕龙黑发下的红色耳郭，心跳得快死了。

难道她为了兼职买的速效救心丸是用在这一刻的？

仿佛在回应她的内心活动，孟仕龙有些懊恼地喃喃出声："对不起，好像又变成了随便的告白。"

"什么意思？"

"那次在太平山，我撒谎了。"他深吸一口气，"因为不想在你看来那是很随便的一句告白，但对我来说，是没办法忍住的一句话，一想到你，就脱口而出了。

"后来我一直想，不行，至少要挑一个好的时机，准备一些用心的东西，再向你告白……"他垂下眼，和她对上视线，"但你一跑掉，我就开始慌张了，什么都想不了。"

尤雪珍呼吸加速，在听他说完后手一抬，将围巾拉到脸上蒙住。

她完全不知道自己该怎么回答才好。

围巾的毛线挡不严实，线条之间的缝隙依稀勾勒出还站在她面前的人的轮廓。她好像看见本来很紧张的他在看到她这样后忍不住笑了一下,随即走开,腿一跨上了车,贴心地留给她一个背影。

过了片刻,等她上了车,他才说:"抓紧我,要开车了。"

尤雪珍呆呆地"哦"了一声,双手像耍杂技似的在空中挥了半天,最后被孟仕龙直接摁到了他的腰上。

他回头说:"安全第一。"

尤雪珍无措地"嗯"了一声。

被告白后紧接着就亲密地环抱对方,这种体验真的太奇怪,虽然不是没抱过,但现在的感觉又完全不一样。她刻意将脸远离他的脊背,但还是被风推回。棉衣在冷冬的早晨贴到脸上却一点都不冷,她能感受到他的体温,他的脊背微微弓起来,撑着她柔软的身体。

摩托一路疾驰,开到他店附近的一个早市,他熄火下车。

"你坐在这里等我一下。"他想了想,"还是说,你也想一起进去看看?"

尤雪珍没来过早市,她偶尔做饭买菜都是去超市或者叫外送,对这种场合感到很新鲜,因此没忍住好奇心点头说:"我也去吧,你漏了什么我还能提醒你。"

于是两人一起走进早市,她跟在他后面探头探脑。

孟仕龙和摊位上的人显然都相当熟悉,但熟归熟,称斤杀价绝不含糊。

走到一家肉摊前,他没再杀价,直接说:"张叔,老样子。"

摊主是个手脚麻利的中年男人,正在剁排骨,听到孟仕龙的声音头也不抬地说:"给你切好咯,就左手边那两个袋子。"

"好,谢谢张叔。"他打开手机扫码,等付款声响起,才拎起两个袋子,"走了。"

张叔这才抬头,看见孟仕龙身后跟着的尤雪珍一愣,直接说道:"终于交女朋友了?怎么带过来也不说一声?"

尤雪珍的心一抖,手还没摆起来,孟仕龙抢先一步说:"不是。"他一停顿,又说,"现在还不是。"

加了三个字,意思却截然不同。

尤雪珍领会到这其中的区别,脸一下子烧起来,慌乱地指了下门口:"我还是去外面等你。"

"等一等。"张叔叫住她,把刚才剁好的排骨装袋递过来,"你拿着,见面礼。"

尤雪珍连忙推回去:"不用不用,谢谢叔叔。"

"拿好!"张叔又推回来,不苟言笑的表情看着还挺严肃。尤雪珍下意识就拿住了。

他满意地点点头:"你就当我为这小子加码吧,多考虑考虑他。"

孟仕龙不好意思地掏出手机。

张叔瞪他:"干吗?要给我转账啊?"

-223-

"张叔手下留情，会给她压力的。"

孟仕龙手脚很快，下一秒就传来付款成功的提示声。

尤雪珍真的已经面红耳赤，也掏出手机对着孟仕龙说："多少？我转你！"

他笑了笑："不要。"

"……刚刚不是你说不要给我压力的吗？"

尤雪珍无奈，最后也没跟他较真，默默拎上排骨，心想反正到时候留给他就好了。

从早市出来后，两人提着东西往店的方向走。不到八点，整条巷子还是很安静的。孟仕龙拉开卷帘门进去，小声示意尤雪珍他爸还在楼上睡。尤雪珍做了个"OK"的手势，轻手轻脚地跟在他后面进后厨。

孟仕龙把菜全都列好，尤雪珍迟疑道："教的话……要怎么教？"

"你不用顾我，自己做就好了。我看着你做就会。"

"……哦。"

尤雪珍脱下外套，挽起袖子点火、倒水、切菜，前面的傻瓜步骤就不讲解了，只不过在放调料的时候，她还是一边放一边嘱咐孟仕龙要放多少。她扭头示意孟仕龙注意用量，却抓到他根本没在看锅或者看她手的眼神。

他就这么笔直地盯着她的侧脸，她一扭头，眼神就直直撞进来。

她连忙别过头去，把生抽瓶拧紧，声音匆匆忙忙的："你记得了吗？"

他"嗯"了一声。

尤雪珍想，也许那一下只是凑巧，于是借着放香油时再次回头，再次和他看了个正着。

证据确凿，她提高音量装凶："你有没有在看我做？"

他点头："在。"

怎么感觉他们说的不是一个意思？

尤雪珍噎住："算了。"

孟仕龙直白到不加掩饰的眼神让尤雪珍也掩饰不下去了，放完生抽和香油之后，她甚至思考了好几秒接下来到底要放什么，心神不宁的。

他的告白又自动在她脑海里重播，就算她当时什么都没回答，也无法装作好像什么都没发生过的样子。

"这么煮下去，都快把水烧干了。"

她再次愣神的时候，他从身后靠过来，伸手将火调小。

"怎么这么不专心？"他很快退开，故作轻松地笑问，"是在想怎么拒绝我吗？"

尤雪珍咬住嘴唇，想说不是的。她根本不知道自己到底想说什么，是拒绝吗？好像不是。是答应吗？好像也不是。

她对孟仕龙充满了矛盾的、无法归类的情绪。

但他把她的沉默当作默认，刚才露出的笑容慢慢维持不下去，抿起了嘴角。

他低声问道："因为你喜欢他是吗？"

炉子上的小火苗跃动着，仿佛在烧灼她的心。在听完他这句话之后，尤雪珍立刻否认："你在说什么？什么喜欢谁？"

"尤雪珍，"孟仕龙又清晰地叫着她的名字，然后把话一个字一个字地凿进她心里，"你可以对任何人撒谎，但要对自己诚实。"

尤雪珍嘴唇微颤。

长久的沉默。

她不说话，他也不逼问，时间流逝，小火将水烧干，之前在锅里打下的流心蛋将心露了出来。

尤雪珍极小声地承认："是。"

她怎么也不会想到，自己藏了这么多年无人知晓的感情，居然被他看穿，而她竟然也真的把这个秘密告诉了他，而他们仅认识不到一个学期。

或许就是因为认识过于短暂吧，她才敢在他面前承认。

她忽然觉得无比松快，原来不用一个人藏这份感情的感觉是如此轻松。

孟仕龙听她这么说，表情没有刚才沉闷了，有种既然如此，那他也没什么好顾虑的坦然。

他又单刀直入地问："我不明白你为什么不让他知道你的这份喜欢？"

"还能为什么……"她理所当然地脱口而出，"都当那么多年朋友了，我不想让他尴尬。"

当然，更深层的原因，其实是不想让自己尴尬。

"为什么尴尬？害怕做不成朋友？"

尤雪珍苦笑："对啊。"

"可是……"他弯下腰，盯住她一直躲闪而低垂下去的眼睛，"谁会舍得只和你做朋友？"

尤雪珍听后，第一反应是好笑。

他是不是说反了，谁会舍不得？

这句话怎么会拿来和她适用？一个在爱与被爱上都没有天分的人，在他的口中，居然变成了如果不被她爱或者爱她就会抱憾的种子选手。

"我不舍得。"

可他的语气那么认真，她无法当作一个笑话，只能去相信她真的是那样被他看待的。

这一刻，尤雪珍很想掉眼泪。

这个可恶的人却浑然不觉，还在催动她的泪腺。

"所以我们要不做恋人，要不做陌生人，你选。"他话锋一转，"但我知道你现在不会选前者，没关系，来日方长。那在我们成为陌生人之前，给我一个我们绝不会成为陌生人的机会。"

"让我追你，尤雪珍。

"不要只做朋友。"

在我们第一次见面，你在那个万圣节的夜晚把糖扔给局外人的我的时候，

-225-

我也许已经知道，我当不了你的朋友。

最后，答应要示范给孟仕龙的那一锅面并没有很好完成，煮成糊了，尤雪珍借口食材不够做第二碗，匆匆忙忙地从店里落荒而逃。

食材当然是够的，只是她的心思不够了。

谁能听到那样的告白还有心思去煮面？她完全不能招架，所以她逃了。

整个白天，她躺在空荡宿舍里的单人床上翻来覆去，折腾到晚上堪堪眯了两个小时。很浅的睡眠塞满了胡乱的梦，可每一个都和孟仕龙有关。她醒过来后累极了，但还是不得不爬起来去殡仪馆打工。

太惨了。

她拖着沉重的步伐哈欠连天地走向公交站，走到校门口时突然很紧张，本来就慢的步伐几乎近于停滞。

她站在门口探头探脑，有点紧张——孟仕龙会不会来？

如果他在的话，她该怎么和他相处呢？自己早上还那样落荒而逃……他还是别来比较好。

抱着这种祈祷，尤雪珍忐忑地走到校门口，寒风卷着地上的几片叶子，一个人都没有。

什么啊……这个人明明早上像宣誓一样说要追她，怎么一点行动都没有？

尤雪珍完全忘记了自己刚才还担心地希望他别来，撇着嘴走到公交站，刚坐下，就听到街头传来引擎轰鸣的声响。

尤雪珍迅速抬头，看到了孟仕龙。

她的嘴角在那一刹不自觉地翘起，翘了一会儿突然觉得脸颊好酸，猛地拍拍脸，在心里问自己笑什么。

而孟仕龙已经停下来，却没有下一步动作。

他不打算让她上车吗？不会是来送外卖的吧？

尤雪珍仔细地看了看他的车头，没发现外卖袋子，内心更犯嘀咕，实在忍不住问："你是来送我过去的吗？"

他点点头。

她垂下头："我不是和你说过我习惯了，不用来送我的吗？"

"你一个人走夜路，我放不下心。"

尤雪珍还想嘴硬，但已经乖乖起身，准备向他走过去时，听见他说："车来了，快上车吧。"

"哈？"尤雪珍傻眼。

什么意思？不是说来送我过去吗？

孟仕龙看懂了她脸上的疑惑，解释说："天气太冷了，昨天早上你从车上下来时脸都被吹红了……头盔还是不保暖。"

尤雪珍被他说得一愣一愣的，其实昨天早上坐他车的时候根本没感觉到冷。

他指了指公交车:"所以你坐车好一些,我看着你过去。"

看着她过去是什么意思?

车子已经停下,司机催她要不要上车,孟仕龙替她喊了句,她才迷迷糊糊地坐上去。

等车子缓缓启动,她才明白刚刚那句话是什么意思。

孟仕龙同样也发动摩托,慢吞吞地跟着公交车。尤雪珍坐在窗边,一侧头,随时就能看到他。

深夜,马路上车辆稀少,到最后,只剩下这辆公交车和孟仕龙那辆被当作"电驴"开的摩托。

尤雪珍低头按开手机,时间 23:34,气温 -3 摄氏度。

公交车停在某站时,尤雪珍将窗户拉开一条小缝,对着不远处的孟仕龙喊:"天气太冷了,你还是回去吧!别跟着了!"

他挥挥手,意思是不冷。

公交车再度启动,一股凛冽的冷风顺着窗缝拂过尤雪珍的面颊。

……怎么可能不冷。

她又侧头,看见孟仕龙再度跟上来的身影,黑色的,穿着薄夹克,已经不知被冷风吹了多久。

她仿佛又清晰地看见了他的那双耳郭,那双被害羞紧张和寒冷一起夹击后,变得通红的耳郭。

尤雪珍伸手按亮下车的按钮。

公交车在无人的下一站停下,车门开启,孟仕龙也停住,意外地看见尤雪珍从上面跳下来。站台的灯下,她回过头来找他,视线定住后,整个人跑向他,像曾经捏在她手中的那颗糖果,在夜色下清晰地抛向他。

他还有点没反应过来,傻傻地看着她由远及近停在他跟前,疑惑地问:"你是不是下错站了?"

尤雪珍笑了笑,伸手一撑,跳上他的后座:"没有,是车里太闷了。"

孟仕龙扭过头来看她:"闷?外头很冷啊。"

尤雪珍抓住他露的马脚,把这句话送给他:"冷?谁刚刚在摆手啊?"

他心虚地逃避视线:"我是不冷,我怕你会觉得冷。"

"我都说了很闷,没事,开车吧!"

他没办法,把头盔给她戴上,又把自己的围巾像堆雪人一样给她堆上,不等她拒绝,迅速拧起把手就启动了摩托。

车子开到山脚下就不好再往上了,孟仕龙停下车,说:"我送你上去。"

尤雪珍深知和他犟没用,点点头,但拿腔拿调地说:"围巾你戴着吧,我戴了一路了,现在换你戴,这样才公平。"

他笑了:"戴围巾也要讲公平吗?"

"公平很重要的。"尤雪珍踢着路灯下的小石子,不让它寂寞地待着,"就算是你在追我,也不应该只是我一个人享受被爱的感觉,你也要对自己好啊。"

孟仕龙怔怔地看着她。

尤雪珍没听见他回答，抬起头看见他的眼神，形容不出来是什么感觉，只觉得心头发毛。

"……干吗不说话？你不同意吗？"

孟仕龙终于收起那让人发毛的目光，点头："同意。"

"同意那就把围巾戴上！"尤雪珍摘下来伸手递给他。

他看到她的手，忽然眉头一皱，轻轻碰了碰她的指尖，语气有些懊恼："我忘了，应该带手套过来的。"

"不用啊，你自己不是也没戴吗？"

"万圣节那天我就是戴了手套开车，不太灵敏……从那之后我就不戴了。"

原来是这样。

这个人看上去开着很拉风的摩托，其实内心很怕撞车，小心翼翼到手套都不敢戴，只能在冷风里瑟瑟发抖。

尤雪珍憋不住，不知道为什么觉得他很可爱，嘴角不自觉翘起来。

孟仕龙还不明白他的形象已经因为这句话悄然改变，在那边很认真地把围巾给自己围上。

尤雪珍在他系完抬头后就立刻收敛嘴角，正色道："走吧，我快迟到了。"

"等一下。"孟仕龙一把攥住她。

他将她的手包在手心里，一边哈着热气一边搓，慢慢将她的手搓热。

尤雪珍觉得奇怪，他明明被风吹了一路，贴上来的手却那么热，好像美甲的照灯，将她的手包在里面，暖烘烘的。而他撤开后，他的温度像是薄薄的甲油，封存在她的指尖。

在尤雪珍的强烈要求之下，孟仕龙答应早上不再过来。但离除夕还有一周，这一周他如果每晚都过来送她也非常折腾，不过孟仕龙在这一点上并不退让，坚持说深夜不安全。

他说："假设我没喜欢上你，只是把你当朋友，我也会坚持这么做。"

听上去像是为了让她不要有心理负担才故意这么说，但尤雪珍知道他是真的这么想，也这么直说了。

一时之间，关于孟仕龙的事逐渐塞满她的脑袋，他的告白，他的接送，他的摩托，他的围巾，他的手掌……直到叶渐白的电话打过来的时候，她才惊觉自己已经好几天完全没想起过叶渐白了。

他问："你在宿舍？"

"对。"

尤雪珍刚补完一觉，声音还沙沙的。

"都晚上了，才睡醒？"

"我现在都是早上睡好不好。"

"你自讨苦吃，非要在那儿干。"叶渐白烦躁道，"还没吃饭吧？赶紧起来来我这儿,我妈寄给你的东西到了,顺便一起吃晚饭。"

以往尤雪珍肯定一下就起来了,但最近一直熬夜精神十分疲倦,以及想见他的渴望竟然并不急迫……沉吟半晌,她提议道:"哦,要不你叫个闪送给我吧。"

叶渐白立刻驳回了这个提议:"不行,你过来。"

"又没叫你出闪送费,我这边叫!"

叶渐白吸了口气:"尤雪珍,这几步路你是自己过来还是我去接你?"

看样子是非要她过去不可了……

"行行行,来就来。"

尤雪珍暗骂他神经病,想着算了,反正他的公寓确实很近,就当省一笔闪送钱。自从她有了电台计划后真是勒紧裤腰带过日子,不是吃食堂就是去网上搜罗外卖优惠券抢券各种满减下单,不再大手大脚花钱。

看她等会儿不狠狠敲他一笔。

尤雪珍打定主意,起床的动作麻利许多,半个小时不到,人已经出现在叶渐白家门口。

她按响门铃,叶渐白隔了很久才匆匆跑来开门。他戴着帽子、墨镜和口罩,整张脸包得严严实实。

尤雪珍以为他要出门,但他完全没有那个意思,伸手摘了墨镜让她进来:"怎么老不用密码进?我又没改。"

尤雪珍心道,这还不是给自己培养优秀习惯,免得开门开顺手了看见一些不该看见的画面被恶心到。

她闻着空气里飘过来的味道,答非所问:"好香,你叫了外卖啊?不是出去吃吗?"

"什么外卖?"叶渐白怒瞪她一眼,"那是我刚做出锅的!"

尤雪珍换拖鞋的手一颤,鞋子差点飞到叶渐白脸上。

她不信:"你吹什么牛皮啊?"

叶渐白怒指厨房:"战场遗迹还在,不信自己去当战地记者实地调研。"

尤雪珍狐疑地走到厨房一看,锅碗瓢盆堆在一起,真的跟被炮轰过没两样。她嘴巴张得老大,可以塞下他打在垃圾筐里的三个鸡蛋壳。

"所以你这么执着喊我来,是想让我吃这顿晚饭啊?"

"不然呢?"

尤雪珍默了一下,"哒"了一声,说:"不好意思,我有点急事先走了。"

叶渐白悠悠道:"尤雪珍。"

她哭丧着脸:"不是,大哥,我不想半夜犯急性肠胃炎进医院啊……"

"我怕你吃了之后确实会进医院,但是吃太饱撑的。"

尤雪珍端详着他脸上弥漫出来的自信,实在不忍心打击他:"行吧,那我就尝一口。"

她走到餐桌边,菜还散发着热气,光从味道和卖相来看,居然还挺有模

-229-

有样的。

而且这些菜……都是她爱吃的。

锅包茄子、葱烧鸟贝、青椒肉丝、糖醋黄花鱼、辣炒鸡胗……

尤雪珍压下心底的古怪,拉开椅子坐下,挑了一筷子辣炒鸡胗,盘算着就算炒得难吃,鸡胗自身的味道还能挽救一下。

在叶渐白紧张却又故意飘走的目光之下,尤雪珍将鸡胗送进嘴里,在她吃完一口,叶渐白才又轻飘飘地看过来,见她不说话,紧张地"喂"了一声。

"评价一下,难道不好吃?"

尤雪珍摇头,诚实道:"好吃到让我有点惊讶了,不知道说啥。"

她刚才满肚子准备好的全是吐槽,一下子全都用不了。

叶渐白云淡风轻地"哦"了一声。

刚说完,他一只手掩在鼻子下面,另一只手开始摆弄手机,装出撑着脸在玩手机的样子。

但尤雪珍已经看见了他眼下因为偷笑隆起来的卧蚕……

她又尝了一口糖醋黄花鱼,这种难处理的菜居然都做得有模有样,虽然算不上美味,但能入口。

她真的佩服了:"你什么时候这么会做菜了?"

这人以前连米饭都能烧煳,这一桌子菜……

"你真的不是叫的外卖再倒进盘子里的?"

叶渐白还保持着那个动作,一边欣赏着她的惊讶,一边云淡风轻地说:"就寒假开始练的。我妈还说让我带你出去吃年夜饭,我说不用,我直接做给你吃。"

尤雪珍愣愣的,用筷子戳着碗里的菜:"突然那么好兴致哦,学做菜……"

他耸肩:"年夜饭啊,还是得亲手做,有家的味道才好对不对?你不回家,那我就把家搬过来给你。"

他将离尤雪珍最远的葱烧鸟贝和她刚才吃过的菜调换位置:"这个你还没动,快吃。"

他将碟子拿远时,伸长的手臂滑开半截衣袖。

极快的一瞬间,尤雪珍却看到了。

他露出的手腕上,被油点溅到的地方像烟火棒上的残灰。

尤雪珍捉住他的手腕,将衣袖撩上去,那痕迹居然延伸到上臂。

她一惊:"这是什么?"

叶渐白拨下衣袖盖住疤疤,有些丢脸地回道:"没什么,就是被油溅到。"

"怎么会溅得整条手臂都是啊?"

"我开始还挺好的,后来有次大意了,就随手一放,没想到油可以溅那么高。"他拧起眉头,"不知道会不会落疤。"

"像你这么没常识的也不多了,把菜跟扔东西一样扔油锅里……你就庆幸吧,还好没溅到你脸上。"

不然叶渐白一定会发疯。

-230-

尤雪珍说着说着，突然意识到怪不得他刚才戴着帽子、墨镜和口罩。

"所以你刚刚穿成那样是为了做饭？"

他干咳两声，有点尴尬："嗯……那样不就不容易被溅到了吗。"

尤雪珍很想笑，又觉得很意外。在她的意识里，如果叶渐白被油溅成那样，早就把厨房掀了，这辈子都要跟做饭决裂，结果他只是默默把自己包成个球继续练，还练得像模像样。

她用一种很慈爱的目光看向叶渐白。

他眉头一皱："你有毛病，这么看我干吗？"

她欣慰地点了点头："感觉你长大了，知道做事情不要半途而废，面对挫折迎难而上！"

"喊，还不是因为你。"叶渐白撇过头，"要不是决心给你做年夜饭，我早就把厨房掀了。"

他的话好像一只只风铃，每落下一个字，她的耳边就会响起玻璃被拍打的声音。

她还以为自己内心不会再有这样的波动了，但……

尤雪珍埋下头快速扒饭，最后不仅把饭吃光，还把所有的菜几乎都吃光了，已经完全超出了她平时的食量，肚子圆成西瓜。

叶渐白听着她接连不断的饱嗝，有点哭笑不得："吃不下了还吃？这么给面子。"

尤雪珍瘫在椅子上："不是啊，是真的还蛮好吃，不知不觉就吃这么多了。"

她这句话让叶渐白心情大好，他挽起袖子，哼着歌把空盘子端进厨房。

水声响起，尤雪珍探进脑袋，看着他在那里费劲地冲盘子，实在看不下去了，说道："我来帮你吧。"

就那炸翻天的厨房，等他收拾完毕一个世纪都过去了。

叶渐白"喊"了一声："你的家务水平和我半斤八两，你一边待着去吧。"

尤雪珍见他执意要自己洗碗，耸耸肩回到客厅，看见桌上横七竖八扔着的烫伤药膏。

等他从厨房出来，她提醒道："你今天涂了药膏没有？"

他"啊"了一声："……忘了。"

他擦干手挨着她坐下，拧开药膏要抹，尤雪珍接过他的棉棒："我来吧。"

倒不是真的怕他留疤，而是光享受却什么都不做让她觉得难受。

叶渐白也没和她客气，乖乖地把胳膊伸出来。

尤雪珍撩开他的袖子，看见那些大大小小已经转变成棕色的疤点时，心头还是有一些说不上来的滋味。

叶渐白垂眼看着她轻轻把药涂上伤口，有一搭没一搭地问："你今晚是不是还要去打工？"

"对。"

"真要到除夕前一天？你这耐力真行。"

-231-

"也就坚持这一个寒假，开学了我不可能这么熬。"

"行吧。"叶渐白突然"啐"了一声，"哎，对了，袁婧是不是已经回去了？"

"不然呢？你没刷朋友圈吗？她最近发她家狗的照片发得可勤。"

"最近太忙了，除了学做饭就是作业，没怎么刷。"

尤雪珍回想了下，确实都没看到叶渐白发朋友圈，连给别人点赞都没有。原来他说要留下来赶毕业设计是真的。

她之前还在心里偷偷揣摩，他是不是因为她才要留下来在西荣过年，毕竟赶毕业设计也不差这一时半会儿。但他这几天为了作业可以连手机都不刷，就知道这不是假话。

叶渐白另一只手摸索着拿起沙发上的手机，开始刷朋友圈，仿佛要把这几天错过的内容给一口气刷回来。

尤雪珍一边给他涂药，一边忍不住往他手机屏幕上瞟……实在是他放的角度太适合她看了。

他毫不吝啬地点赞和评论，花蝴蝶似的在好几条朋友圈底下留下踪迹，再点开自己的朋友圈，上传了一张刚才餐桌上的摆盘照片，配了一个墨镜的表情包后点击发送。

不一会儿，他的朋友圈就多了消息提示的红点。可这个狠人愣是没去点，又开始往下刷别的内容。

尤雪珍很想直接抢过手机把那些红点都点了，最后深吸一口气，强迫自己把目光收回来。

叶渐白终于翻到了袁婧的朋友圈："还真是……她家狗真够丑的。"

"袁婧听到这话会和你拼命。"

"做人要实事求是。"

"有种你留言跟她说。"

"行啊。"

他真的开始单手打字评论。

阿凡达：狗狗可爱，长得和尤雪珍有点像。

他的胳膊被尤雪珍恶狠狠扭了一下。

很大力。

叶渐白痛得表情扭曲："你还偷看我手机。"

"我可没看。"尤雪珍面无表情，"刚刚手滑了一下。"

"算了，我以德报怨。"他突然又"啐"了一声，"那这几天你怎么过去的？"

尤雪珍动作一顿。

"你自己去的？"叶渐白无语，"你早和我说啊，我今晚就送你过去。"

尤雪珍脸上露出为难的表情。

只不过叶渐白没看到，他以为她没回答就是默认，已经又低下头去看手机，终于去处理朋友圈的红点。

接着，他听见尤雪珍说："没关系，不用的。"

他皱眉:"这怎么没关系?万一出事怎么办?就这么定了,等会儿送你过去。"

尤雪珍视线一瞥,再次不小心看到他的手机屏幕。

消息提示栏里有一个最新回复,是一个她曾经偷看到过的头像,那个圣诞夜聊天的头像。

女生给他评论:你还会下厨?感觉错过了一个亿,哈哈。

他回了一个戴墨镜的表情。

女生很快回复:不知道有没有机会尝尝你的手艺。

他没再回,但尤雪珍忽然感到手里黏黏的,她匆忙地低头,发现药膏被她挤爆了,糊了一手。

叶渐白看着滑到裤子上的药膏:"喂——"

尤雪珍摊了下一塌糊涂的手心:"对不起咯,不小心挤多了。"

她"唰"地站起来,背过身走到洗手台边冲手。

房间里很安静,只有水流声,但尤雪珍又听见了那无数只风铃的声音。只不过这回它们不是被吹动,而是在碎裂,吵得她脑袋发痛,也把她从梦里吵醒了。

——可以感动,但不要再心动了。

朋友始终是朋友,有享受对方对你好的福利,但绝对没有独占这一份好的权利。这个女生虽然不是他的女朋友,却提醒了尤雪珍一件事,不久又会有某个人出现,拿走属于恋人的特权。

当然,朋友也有朋友的特权,比如给女朋友做出精致美味的料理前,朋友就是那个可以叫来先试吃的对象。或许有一天他决定向某位女朋友求婚时,说不定还会拉着她排练一遍,末了参考下她的意见:"你说她会感动吗?"

想到这里,尤雪珍笑出声,胸口跟着一抽一抽的。

叶渐白看她突然莫名其妙地笑,还很开心的样子,有些摸不着头脑:"你笑什么?"

尤雪珍把手擦干净,答非所问:"你先别弯手臂玩手机,有几个油点在肘窝那里,药膏会粘开。"

他追问:"所以你刚才到底笑什么?"

她没再说话,靠在台子边,从口袋里摸出手机,看到微信里跳进两条消息。

龙:我出发了。

龙:手套和暖宝宝我都带了,你出门最好穿件防风的衣服。

尤雪珍反复地看着那两条消息,抬起头来看向叶渐白,将刚才没说出口的那句话说出来:"等会儿你真的不用送我了。"

叶渐白略有点不耐烦:"怎么这个问题要掰扯那么久?我车上是有炸弹还是什么?"

她沉默片刻,想了很多理由,最后还是如实回答:"其实孟仕龙会来接我。"

叶渐白漫不经心刷着手机的动作被按下暂停键。

他没有立刻吱声,又滑动手指刷了几下页面才不咸不淡地"哦"了一声:"你和他关系这么铁了?"

"铁……"

尤雪珍默念这个字,脑海中闪过孟仕龙说过的话——

"谁会舍得只和你做朋友?"

"我不舍得。"

她下意识地摇了摇头。

叶渐白双眼微眯:"为什么摇头?"

尤雪珍愣了愣。

为什么摇头?因为我和孟仕龙现在应该已经不算是朋友的关系了吧?至少他单方面不想再和我做朋友。

她很想这么回答,叶渐白听后肯定要刨根问底,但这是她和孟仕龙的事,她没必要在这里说。

于是她又摇摇头,含混道:"没我和你铁的意思。"

叶渐白嗤鼻:"是吗?我可不觉得。你现在都宁愿麻烦他而不是我。"

"因为是他先发现我一个人的。"

叶渐白一怔,抿住唇,有点生气的样子,却不知道是在对谁生气。

尤雪珍将手机揣进兜里:"阿姨的东西呢?我该走了,他已经过来了。"

叶渐白坐着没动,好似这样就可以让她留在这里。直到她再一次出声问"你到底要不要拿东西给我",他才慢吞吞起身,像开了零点五倍速一样把冰箱里冻着的货拿出来,说:"走吧,至少送你去学校。"

一大袋子,确实不好拿,尤雪珍没再说不用,点点头帮着拿了一点下楼。

公寓到学校的距离很近,叶渐白也就顺理成章一个字都没说,沉默地上车,开车,下车。

尤雪珍感觉到一股压抑的气氛,干脆塞上耳机听音乐看着窗外。

两人下车后一起往学校里走,但又不聊天。路灯冷冷清清,这个时候留在学校的人少之又少,即便如此,以叶渐白的人缘还是碰到了熟人。

迎面走来的男生冲叶渐白招了招手,惊讶道:"叶渐白?你怎么还没回去?"

"今年不回去了。你怎么也在学校?"

"我是忙实习的事儿,这破公司硬是说实习生也得到最后一天才能放假,然后就放七天回来继续卖命……我干脆就不回了。"男生把视线投向尤雪珍,"这是你新女朋友?"

"我发小,尤雪珍。"

"罪过罪过。"男生笑了笑,同尤雪珍打招呼,"叶渐白太劣迹斑斑,所以我自然而然就这么想了。我是经管金融系的程文峰。"

尤雪珍也自报家门,随即深表赞同地点头:"没事,我和你同感。"

叶渐白有些无语。

程文峰哈哈笑着撑了下叶渐白的肩头："开个玩笑。对了，你不回去过年的话正好啊，除夕来和我们一起过！"

"你们？"

"就上次我们一起玩狼人杀的那几个，他们当中有几个人也不回去，就搞了除夕趴。"

叶渐白指了下尤雪珍："不了，我和她一起过。"

"那还不简单，你们一起来啊。又不是情侣非要两个人单独一起过，对不对？过年就是人多热闹才好啊。"

这话一出，两个人都一怔，异口同声说了句："当然。"

他们互相看了对方一眼，似乎用眼神在商量该怎么办。

最后叶渐白回道："这样吧，吃完年夜饭我和她去你们那里，因为我妈要查岗，得给我妈做做样子。"

"好，回见。"

程文峰挥手和他们道别。

待他走远后，叶渐白又问："你想去吗？你要是不想去，我回头再跟他说下不去就好了。"

尤雪珍稍作犹豫："没有啊，去呗。"

他无奈道："行吧，你就爱热闹。"

……才不是。

而是有很多东西在提醒她，那个朋友圈的回复，他有很多她不知道的朋友——这些人都在提醒她，他无法被她这个朋友独占，她不能贪心过多。

叶渐白帮她把东西拎到宿舍楼下，挥挥手："走了。"

尤雪珍回到宿舍楼，给叶阿姨拍照发了照片报备，顺带也表扬了一下叶渐白今晚的手艺。

她又在宿舍里休息了十来分钟，手机收到了孟仕龙到了的消息。

尤雪珍从柜子里翻出一件防风的衣服，临出门前，又急匆匆跑到衣柜前抽了条围巾出来，一路小跑到校门口，身体都在隐隐发热。

路灯下，孟仕龙摘下头盔，朝她一笑。

她差点绊一跤……

总算明白什么叫美色误人。

她有点丢脸地正了正步伐，孟仕龙已经脸色微变地跑到她跟前，迅速伸手稳住她："不用跑那么快。"

她知道时间充裕，可就是不知不觉想跑过来。

当然她没这么说，顿了顿："这样路上就能开慢点，不那么冷嘛。"

"对了，你先把这个贴上。"

孟仕龙从口袋里掏出还没开封的暖宝宝，塞到她手心里，同时拿出来的还有手套。

-235-

尤雪珍看到手套一愣。

她以为他肯定带的是他自己的手套，但他拿出来的是一副崭新的、有雪花图样的白色毛线手套，小小的，躺在他的手心里。

"你……新买的吗？"

"我不太会挑，你不要嫌不好看。"

"很好看。"尤雪珍觉得分外烫手，"但没必要特地买。"

其实她冬天不喜欢戴手套，因为总是玩手机，穿戴不方便，曾经买过一副丢失了，之后怕再丢就一直没再买。

"经过一家店的橱窗看到这副手套。"孟仕龙指了一下雪花，"想到你的名字，觉得很适合你，就买了。"

"谢谢……"尤雪珍接手给自己戴上，试了下，"大小很合适！"

"很衬你。"他说。

尤雪珍立刻用围巾挡住自己有点泛红的面颊，支支吾吾道："不过我戴了自己的围巾，你不用给我你的围巾了。"

"还是再戴一条，更不会冷。"

于是他在她的围巾上又盖上一层他的，把她裹成粽子，一张脸陷在里面显得分外小。

他看着她的样子，忍不住又笑了。

尤雪珍垂眼，看了眼自己脖子上挂着的围巾，又去看他空落落的脖子，想说什么又紧抿唇，呈现出很不安的神色。

孟仕龙注意到，低下头问："是不是想说什么？"

尤雪珍不知道怎么说。

他没有再开口询问，只是一直看着她。

在孟仕龙始终平缓的目光之下，尤雪珍深吸一口气，尝试着把总是习惯性隐藏起来的情绪摊开，发现好像也不是很难。

但是她不敢继续看他的眼睛，只是盯着地面说："我在想，我是不是应该坚定地拒绝你才好。拒绝你来接我，拒绝你给我戴围巾，总之，我应该拒绝你对我示好。"

他微怔："为什么？"

"如果我回馈不了你给我的同等的感情，现在却享受你对我的好……这样不应该，根本就是在占你便宜，这样对你不公平。"

孟仕龙忽然提起以前的一件事。

"你还记得你给我的那个小狐狸徽章吗？"

"那个……啊。"尤雪珍点点头。

"后来我去看了那本书，书很薄，一个下午我就在店里抽空读完了。里面有一句话说，'如果你下午四点钟来，从三点钟起我就开始感到幸福'。本来读完的时候根本不记得这句话，是自这两天你同意我来接你开始，突然脑子里不断想起来。去接你之前的这段时间，店里打烊，我收拾桌子椅子、

-236-

洗水槽里的碗、清点账目，然后骑车来接你，路上风很大很冷，这都是以前觉得很单调琐碎的一些事情，却让我觉得好开心。"

尤雪珍听得一愣一愣的。

孟仕龙轻轻抿了抿唇："所以……我想享受的人不是你，而是我，是我享受和你在一起的时候。"

尤雪珍内心被他这番话冲击，像一场台风在脑子里过境。

她看着他，思绪有些混乱地说："可是为什么？其实这些天我一直在想，你为什么会喜欢我？"

他的脸色严肃："你不相信吗？"

"不是，我是有点纳闷……你是很好很好的人，不应该来喜欢我，明明我还喜欢着别人。"她又低下头，"我哪里值得你这么喜欢。"

孟仕龙想，如果要说值得，那他可以列举出很多她好的地方。

最开始见面，只有她在意他手臂的伤口，祝他节日快乐；送给他那瓶她认为他并不应该被油烟味吞没的香水；在密室里执意他不应该被丢下而让他硬挤下来的瞬间；又或者是明明非亲非故却还特意给阿婆买生日礼物……她对他的好似乎没有一点清晰的认知。

但他不会列举这些事情，因为这些都与他喜欢她无关。

虽然听上去好像很不讲道理，但也许爱情就是这么不讲道理，不讲逻辑，不讲因果。他并不因为她某些时刻对自己散发出的善意而喜欢这个人，也很难说具体是她哪一处让他迷恋，回过神的时候，自己总能注意到她的默不作声，以及害怕漆黑却笑着说要一个人进密室，隐形眼镜破了还将就戴着在漆黑里看电影，想玩旋转木马怕排队占大家时间只用余光偷看……

他不想她总有这样寂静的时刻。

仔细想来，他从没想过值不值得喜欢这件事。如果想这个问题，就好像是期待她光临自己的店铺是为了卖出自己的菜品，这样他就不会亏。

可他想的，是如果她能进他这间店铺，吃下他的菜，她能因为味道会开心一点就好了，如果过分一点，她能流连忘返就更好。

昨天晚上他来接她的时候，一路上，远远地听到消防车在街头呼啸，好像爱情在鸣笛，警示他这个新手要逃离，要知分寸，不要陷太深。

如果真有这一刻，他只想把油门踩到最大，快一点，再快一点，好下一秒就能见到她。哪怕鸣笛声嘶力竭，叫到全城惊醒，他也不在乎。

如果这是爱情的失火，他已经决定要用最快的速度扎进去。如果逃不出来，那就看看他的心能不能烧成一颗舍利，然后留给她，当作一个纪念品。

他最后什么都没说，扶住她肩头的手往中间移，拉起他的围巾下摆，在她的脖子上打了个结，像是把自己挂在了这里。

远处一直没开走的黑色特斯拉里，叶渐白坐在驾驶座上看着这一幕，起雾的前车玻璃令他的面目也变得模糊。

/第十五章/
那见一送一,也见一下我吧

兼职的日子单调枯燥,但因为孟仕龙的关系,让原本枯燥的日子多了难以捉摸的变数,时间仿佛变得很快,转眼就到了除夕。

除夕前一天,孟仕龙送尤雪珍去兼职的路上,两人沿着山路走,他问她:"你明天准备怎么过?"

她当时只说自己有事不能去他那里,并没有说具体的打算。

当下,她有点心虚,支支吾吾着。

他却猜到了,直接问:"叶渐白也没有回去?"

"嗯……"

尤雪珍想开口解释自己改变主意是因为叶渐白的妈妈,但听上去又像辩解。如果他反问"难道你自己就一点也不想吗",她恐怕也无法否定。

好在孟仕龙没有继续追问,而是说:"阿婆今天到了,会在西荣待上一阵。你如果这几天有空,可以随时过来看她。"

尤雪珍忙答应:"那太好了,我一定来!"

除夕当天,她依旧睡到傍晚才起,看见家族群有消息。爸妈终于还记得有她这个人,发微信问她今天怎么过。

她忍不住翻白眼,现在才问是不是有点太晚了?

珍知棒:叶渐白也在西荣。

珍知棒:我俩一会儿去超市买菜,然后去他公寓做年夜饭。

爸爸又二话不说发来一个红包,让她多买点。妈妈发了一段视频过来,视频里妹妹正在桌上写毛笔字。她最近在练习书法,字写得还不算漂亮,歪歪扭扭的。

尤雪珍眯起眼凑近屏幕才看出妹妹写的是"姐姐,新年快乐,天天开心"。

她很轻地叹了口气。

年龄差距过大的关系,她和妹妹相处时间很少。她已经成人,妹妹却还是小孩,可这个小孩依然在有限的相处里不吝啬表达对她的亲近。

因此,她每次对这个家产生怨气的时候,就更加觉得这份怨气无从消解,只能对自己说一句"别矫情,算了吧,你已经长大了"。妹妹就是一个柔软

-238-

的小孩，应该得到那么多爱。

然后她就想，是不是爸妈也是这么想的，所以他们可以这么心安理得？

她笑了笑，随即也在群里发了个红包，爸爸发了个问号的黄脸表情。

爸爸：怎么又把红包退回来了？

珍知棒：那是我自己兼职赚的钱，给妹妹的红包。

随后，显示爸爸收下了红包。

爸爸：给你点赞。那我先帮你妹妹保管。

妈妈：我们珍珍真厉害！

眼看快到了和叶渐白的约定时间，尤雪珍敷衍地发了个表情包结束家庭寒暄，摁灭屏幕，起来收拾自己。出门前，她延续着这两天出门的习惯，穿了防风服，还戴了那副白色手套。

半小时后，叶渐白将车开到校门口，视线掠过她的手。

他状似随意地问："买新手套了？"

她点头。

这几天天天出门都戴着，慢慢习惯了，车里空调开得很足，她上车不久就觉得热，把手套脱下塞进口袋里。

叶渐白踩下油门，继续漫不经心地问："之前你不是觉得手套很碍事吗？"

尤雪珍随口搪塞："因为后半夜太冷了。"

"是吗？"

闻言，尤雪珍看了他一眼，总觉得他话里有话。

车子很快开到附近的超市，临近饭点，来采购的人很多，超市里应景地播放着喜庆的音乐。叶渐白推车，尤雪珍负责拿东西，按照列的单子往推车里放，不过也塞了很多不在单子上的零食进去。路过冰柜时，她没忍住拿了两盒八喜。不过它们还没在推车里待够两秒，就被叶渐白丢回了冰柜。

他一边往前走，一边说："你过两天就来姨妈，这个还是别吃了。"

尤雪珍看了下日子，还真是。

她自己都记不太清的这些日子，他却能神奇地记住。

尤雪珍转而指着冰柜里的酒："要不要拿酒？等下带去你朋友那个趴。"

"拿呗。"

搬了一箱酒，推车已经塞得很满了，两人又陆续挑了一些坚果之类的零嘴。

结完账，尤雪珍核对了一下小票价格，忍不住咋舌："是这里的超市物价贵还是因为今天除夕啊？东西怎么这么贵！"

叶渐白把两大包食材搬进后备厢，随口附和："贵吗？还好吧。"

"我上次去的早市玉米才6毛一根，刚刚买的要10元，差了十倍不止，这还不贵？"

"哪儿那么便宜？"

"就孟记烧烤附近的那个早市。"

叶渐白放好东西,"啪"一声将后车盖合上,声音略大,吓了尤雪珍一跳。

她刚要抱怨他干吗那么大力,他已经先一步说话,笑道:"你们的关系现在真的很亲近啊。"

尤雪珍一顿,收住话题。

两个人上了车,尤雪珍觉得气氛沉闷,不想坐副驾,于是借口困乏想到后排躺一躺,但坐过去后也没真的躺下,而是半缩进位子里。

叶渐白看了一眼后视镜,收回目光,点开了车内广播,背景乐也是《恭喜你发财》。他皱了下眉,切到音乐电台,主持人字正腔圆地说:"接下来我们听一首 Gigi 的冷门好歌,《烟雾弥漫》。"

怀疑你从来都知道,

为何你从来不倾诉,

如路灯长夜不引路,

如十指同遇一秒变逃……

歌声环绕,气氛没那么闷了,尤雪珍扯着话题和叶渐白闲聊,想打破这一直弥漫着的奇怪气氛。

"今天居然是大年三十了呢,很神奇。"

叶渐白语气不咸不淡的:"神奇什么?"

"虽然平常在家也会在这天一起串门,但只有我们两个人过是第一次。"

"嗯……"

"感觉很新鲜。"尤雪珍想起来什么,"不过好像还有一次是我们单独一起过年的,你爸妈出去旅游了,留你一个人在家,我去你家陪的你。"

"不记得了。"他并不是不记得的语气,显然一直在耍性子。

尤雪珍耐心告罄,提高音量:"你从刚才起就在不爽些什么?"

叶渐白没回答。

隔了很久,他才牛头不对马嘴地来了句:"我看见了。"

尤雪珍皱眉:"什么?"

"前几天孟仕龙来接你那次。"

"哦……"她有些不自然地问,"所以呢?"

"手套是他给你的。"

尤雪珍一顿,点头承认:"是啊。"

"所以刚刚为什么撒谎?"

"因为这是我的私事。"他的态度实在奇怪,让尤雪珍的心里难免七上八下。她喉咙发痒,忍不住咄咄逼人,"朋友之间不需要一一汇报这些吧?就像你也不会给我汇报你今天送哪个女生礼物。"

"所以……"叶渐白品味着这句话的意思,"你们现在是在谈?"

"不是。"

"为什么没谈?他很明显是喜欢你吧?"

路遇红灯,叶渐白停下来,前车的尾灯将他的脸照得通红,表情在这片红色里失真。

　　他的手指敲击着方向盘，补上一句："你好像也挺喜欢他的。"

　　你真的对我为什么不谈不知情吗？——尤雪珍听叶渐白这么说，忽然很想脱口问他这个问题。

　　心里已经开始在歇斯底里，却讲不出口一个字。

　　一旦把这个问题抛出来，他和她这架长年稳定的天平就会倾斜，那么他们会倒向决裂还是其他？她不知道，或许也不是不能接受决裂，可能更无法接受的是决裂那一刻自己如穿新衣的皇帝般的浑身赤裸，他会残忍又温柔地说"你以为我这么些年一直都察觉不出来吗？我只是想给你作为朋友的体面"。

　　那是可以将人心脏麻痹的恐怖故事。

　　因此，如从前无数次想要脱口而出的瞬间，被自己硬生生摁下来，揉成一团，丢进月亮背面。

　　她只说："你不要多管闲事了。"

　　红灯转绿，叶渐白重新启动车子，脸上的红色散去，渗进一片阴影里，随后又被街头流动的霓虹灯映照得五光十色。

　　他说："我和你什么关系，你第一次谈恋爱，怎么都得把把关。"

　　尤雪珍转头看向窗外："你自己恋爱都乱七八糟，还是免了吧。"

　　"怎么着还是能给你些建议的吧。大学快毕业了，你也确实该谈恋爱了。"叶渐白笑了笑，"只是这个类型和我以为的不太一样。虽然他也算成熟，但还是和你喜欢的有很大差别吧？"

　　尤雪珍看向他："你说谁？老师吗？"

　　"不是吗？你当时可是喜欢得死去活来。"

　　闻言，她又看向窗外，心想，月亮表面明亮，纯白得那么坦荡，却不知道背面到底藏了多少心事。

　　她不自觉想起了一次很无足轻重的晚自习逃课，虽然作为人生里第一次逃课的布景显得有些许奢侈——应该月黑风高才对，可它当时的明亮，和她当时的心情一样，还来不及藏任何尘埃。

　　那是高一的某节晚自习，她本来以为就这么草草过了的时候，一个纸团从前面砸过来，骨碌碌地滚到作业本上。

　　她打开纸团，属于叶渐白的一行飘逸的字迹映入眼帘：

　　翘掉下半节晚自习吧，带你去个地方。

　　她抬头时，坐在最前排趴在课桌上的叶渐白扭过头，两人的目光在安静的教室里相接，他冲她做了个逃跑的手势。

　　她没问去哪里，就坦然地接受了他的提议。两人耐心地等巡逻的班主任离开后，悄无声息地从教室后门溜走。

　　长长的走廊，一间间教室灯火通明，里面明明塞满了人，却只有笔和纸摩擦的声音，像风在吹动操场的旗子。两人猫着腰从窗户底下潜伏而行，缓慢得堪比两只蜗牛。终于到达尽头，他们扔掉背上厚重的壳，雀跃地跑下楼。

-241-

校服的衣摆在黑暗的楼道里鼓荡，扑上扑下的影子像两只展翅的白鸽。最后他们从校棚里取了车，蹬着踏板一口气冲出校门。门卫在他们身后追出校门大吼"你们是哪个班的"，吼声终于打破了这个夜晚的宁静，却又模糊在夜风里。

自行车顺着坡道随风向下，轮胎轧碎一地月光下摇动的花影。

此刻，特斯拉的车轮也压着光影快速前进。

车内，她沉默着回忆，任由歌声依旧悠悠。

怀疑你从来都知道，

为何你从来不倾诉，

由目光和目光相拥抱……

尤雪珍看向驾驶座的叶渐白，视线落在他的后脑勺。

他的发丝不会像当年那样在风里翻飞，而是安静又柔顺地裹在车厢里。

她声音很轻："我很早很早……就不喜欢老师了。"

叶渐白一愣，而后喃喃道："也是，以前不喜欢的旋转木马，你也不知道什么时候开始喜欢了。"

"人都是会变的。"

"可我总觉得你好像没变。"

他微仰起头，扫了眼后视镜里的她，她却低下头。

他们连目光都不拥抱。

两人回到公寓后，刚刚车上那股奇怪的氛围慢慢退去，但又没完全退去，像洗过澡的浴室镜子，没有擦，水珠就这么蒸发了，但还是留下一些淡淡的痕迹。

电视里放着春晚，两个人鸡飞狗跳地做菜，中间连线了叶妈妈，特意拍了已经出炉的"满汉全席"给她看。叶妈妈也拍了他们的年夜饭，色香味俱全的一桌，两方对比，视觉冲击实在有点强烈。他们龟速做完最后一道菜后第一道菜早就凉了，红烧茄子看上去像一团黑炭，可乐鸡翅还煮烟了。

尤雪珍汗颜："你上次那桌菜不是做得挺好吗？怎么这次滑铁卢成这样？"

叶渐白心虚："这几道菜我还没练熟而已。"

尤雪珍叹气，最后还是说："不过已经很厉害了。"

面对她突如其来的夸赞，叶渐白露出狐疑的表情，以为她在挖坑。

"说真的啦。"尤雪珍白他一眼，拉开两罐饮料，把其中一罐递给他。

毕竟整桌菜几乎都是他包揽的，作为新手真的很厉害了。

他终于露出得意的表情，接过饮料，隔着桌子同她碰杯。

然后他们异口同声地说："新年快乐！"

尤雪珍咕噜咕噜喝下一大口雪碧："好了，有什么不痛快就翻篇，新的一年了……"气泡返上喉咙，"嗝——"

叶渐白看着她，露出一个笑容。

尤雪珍丢脸地清了清嗓子："新的一年了，"她微顿，继续说，"我们还要做彼此最损，也是最铁的朋友。干杯！"

叶渐白的笑容淡下来，把罐子挪开，言辞讽刺："干杯就免了，别打嗝打我身上。"

两人吃完年夜饭，忙活着把东西收拾完，程文峰在微信里催叶渐白过去。

去的路上，尤雪珍收到毛苏禾的微信。毛苏禾知道她在西荣过年没回家，本来也想邀请她来自己家里的，但不巧毛苏禾家计划了今年去国外度假过年，过几天才会回来。

毛苏禾遇到一个摊位，上面摆放的小东西很可爱，她拍下来问尤雪珍喜不喜欢，说可以给尤雪珍和袁婧每人带一个。

尤雪珍心里暖乎乎的，连忙回复。

珍知棒：好啊，爱你！

Susu：我也给左丘买了，你帮我参谋参谋哪个好。

后面还有一个"嘿嘿笑"的表情包。

尤雪珍连忙八卦他们进展到哪一步，毛苏禾发了一个"敲木鱼"的表情包，说他们目前还是朋友。

尤雪珍挠头，她还以为他们已经在一起了，没想到居然还是朋友，感情真是让人摸不着头脑。

除夕夜的街头，街道畅通无阻，转眼就到了郊外。

程文峰一帮人租了郊外一栋带院子的小楼，因为只有郊外允许放烟花。尤雪珍到那里的时候，看见院子里摆放了好几桶烟花。

里面更是热闹，大门开了一条缝，鬼哭狼嚎的声音从缝隙里漏出。推开门一看，唱歌的唱歌，打牌的打牌，搓麻将的搓麻将，玩游戏的玩游戏，餐桌上一片狼藉，堆满了外卖盒和七零八落的酒瓶，没有家人束缚的除夕夜，一个个都放飞自我，怎么胡闹怎么来。

叶渐白一进门，就被拉去填一个牌桌的空位，他扭过头来说："让尤雪珍来吧。"他则在她背后"指点江山"。

就这么玩了一圈，尤雪珍觉得不太有意思，起身跟叶渐白换位子，在桌边看了一会儿叶渐白打牌后，就有点无趣地坐到了沙发的角落边休息。

她坐下没一会儿，身边的沙发跟着下陷。

"嗨。"

尤雪珍侧过头，程文峰招呼着递过来一包锅巴："吃吗？"

她意思意思地从里面拿了一片："谢啦！"

"客气。"他饶有兴趣地看着她问道，"你怎么今年也没回去过年？忙着实习吗？"

尤雪珍语气微妙："嗯……算是吧。"

"在哪里实习？"

她笑了："你确定要听吗？"

"哦哟，是哪家大公司？"

尤雪珍清清嗓子："殡仪馆。"

程文峰的表情非常精彩，尤雪珍忍不住笑出声。

两人又漫无目的地扯了些闲话，他看着电视机前空出来的位子，对她扬了扬下巴："玩 PS 吗？闲着也是闲着。"

尤雪珍迟疑道："……我不太会玩。"

"没事，我教你。"

程文峰拿起手柄按来按去，调出一个赛车游戏，人物还可以自己创建捏脸。他示范该怎么选择，尤雪珍本来还推托说不想玩，但看着他捏脸兴趣就上来了，接过手柄开始挑。

程文峰示范的时候已经挑好了一个男性的建模，尤雪珍顺着他创作的这个角色开始捏，浓眉、深眼窝、高鼻梁……感觉还缺点什么。

尤雪珍审视着刚被自己捏出来的这张脸，情不自禁看向那个鼻子，如果那里再多几颗晒斑……

她一怔，那这张脸就无限逼近于孟仕龙了。

在意识到这一点的瞬间，她的手指已经慌张地按下了重置键。

程文峰还以为她按错了："手柄的'X'才是确认键，'O'是返回。"

尤雪珍将错就错道："哦哦，这相反的也太容易搞错了。"

"没事，刚上手都这样。"程文峰鼓励她，"就是可惜刚刚那脸捏得还挺帅的。"

尤雪珍这次干脆连脸都不捏了，直接随机了系统自带的一个形象进入游戏，迫不及待地想要用游戏冲淡自己刚才像是被鬼附身的不受控的念头。

她先跟着新手教程跑了几圈，逐渐适应后正式开启第一个挑战关卡，限时在一分钟内跑完一圈。

尤雪珍集中注意力，操作着跑车加速、转弯、跨越障碍，眼看就要一次通关，临到终点时，一个滚动的易拉罐从草丛中"唰"地飞出。她反应不及，车子轮胎要轧上罐子的电光石火间，身旁的程文峰突然靠近，单手覆住她的手掌，迅速按下手柄的某个键："快快快，要撞了！"

手背上的触感热热黏黏的，尤雪珍本能地抽回手，手柄掉下去，车子没能冲过终点。

气氛有些冷场，尤雪珍找补说："不好意思，我有点晕 3D。"

程文峰略有点尴尬："没事。"

"还是你玩吧，我就不玩了。"她捡起手柄还给他，起身走到屋外吹风。

嘈杂的声音被关在身后，院子里只有远处山林在呼吸的声音。

她看着这片漆黑，有种熟悉的安心。这一阵子的兼职生活让她习惯了走山林的夜路，以及那个总是跟在她身后的人。

虽然此刻孟仕龙并不在，但尤雪珍还是不断地在想起他，尤其是当程文峰把手覆上来时,她想起的是孟仕龙覆上来的手。在殡仪馆的山脚、在港岛的溜冰场、在黑漆漆的鬼屋……她竟没有一次产生过刚程文峰覆上来时的相同感受。

有的是什么呢?慌张、失速,就和刚才游戏终点时飞出来的易拉罐一样,将预定的轨迹扰乱。

原来,孟仕龙的特殊在那么早之前就已经静悄悄地产生了。而在此刻,她才真正有所察觉,并承认这一点,如她一贯的后知后觉。

尤雪珍往外走了两步,到了落地窗的位子。窗帘半掩,叶渐白背对着她低头在看牌,手指翻飞着调整刚摸到的牌。

她悄无声息地看着他的背影,心头似乎还有阵痛残留。

后来她无数次想,自己如果早点发现心意,早于其他人向他告白,结果会怎么样呢?

不会怎样吧?他又不喜欢她,连朋友都会做不成。

这么想,她也就对自己的后知后觉不感到遗憾了。

但现在不一样了,如果她再后知后觉下去,那份明确的、正在等待她的喜欢会不会就溜走了,真的变成一份看得见摸得着的遗憾?

尤雪珍怔怔的,背过身去,摸出手机,按下一通语音电话。

音乐连第二声都还没有循环,电话就被接通了。

孟仕龙的声音传过来:"尤雪珍?"

她紧张道:"嗨。"

他也回道:"嗨。"

她摆出那句万金油的问话:"你吃过晚饭了没?"

"刚吃完,我和老豆还有阿婆一起。"

"哦哦,我也是。"

"你看微信。"

尤雪珍顺着他的话打开他们的聊天框,孟仕龙发了一张餐桌上的照片,尤雪珍一眼就捕捉到了她教授的"长寿面"。

她笑道:"真的做了啊?阿婆满意吗?"

"还行,她说还是不如你做的。"

尤雪珍哈哈一笑。

听筒那头传来粤语,似乎是孟仕龙的爸爸在叫他。

尤雪珍便说:"那我挂了。"

孟仕龙急匆匆道:"这么快吗?"

"嗯……本来也没什么事,就是……"她抓了抓脑袋,"就是想亲口跟你说声新年快乐。"

孟仕龙沉默片刻,声音里压抑着某种渴望:"我也是。"

"虽然更想当面跟你说新年快乐。"

一种心照不宣的暧昧弥漫开来。

-245-

尤雪珍呼吸加速，脱口而出："我明天去见你……阿婆吧，怎么样？"
"只是我阿婆吗？"孟仕龙追问。
尤雪珍抿了抿唇，这回只放一个"对"字从嘴里跑出去。
"那见一送一，也见一下我吧。"
孟仕龙的声音在耳膜里乱撞，带起了小小的静电。尤雪珍摸着耳垂，低下头，脚尖一下一下踢着院子里的枯叶，说："那好啊。"
屋内的牌桌上，有人甩出一张幺鸡，叶渐白将牌一推，笑道："不好意思了。"
"你又和！"
大家叫苦连天时，叶渐白的视线已经越过屋内一圈，搜索无果。
他忽然感受到什么，转过身去看向窗外。
尤雪珍举着手机在聊电话，屏幕的光透过指缝，照亮那个轻快的背影。
他忘了转身，就这么一直盯着她。
而她一直没有转过身来。

尤雪珍打完电话回到屋里取暖，牌桌上已经换了人。她环视一圈，叶渐白正在和程文峰聚在吧台的角落喝酒。
叶渐白推了罐啤酒给她："喝吗？"
尤雪珍摇头，看到叶渐白手边不仅有空的啤酒瓶，还有威士忌酒瓶，便去冰箱里拿了两瓶水过来，把其中一瓶推给他。
"这样混着喝容易醉。"
叶渐白像是已经有点喝大了，眼神蒙蒙地看着水，没反应。
程文峰笑着调侃："没我的份哪？"
尤雪珍挠头："不好意思……我给忘了。"
她说着要再去拿，叶渐白这时倒有反应了，快一步起身从冰箱里拿了瓶水甩给程文峰。她耸耸肩，坐回沙发上按开电视。
快到十二点了，不知谁说了一声"该放烟花了吧"，大家都放下手里的娱乐往屋外走。程文峰也放下酒瓶冲出去，吧台边只剩叶渐白一个人还扒着酒不放。
尤雪珍走过去拍拍他："外面放烟花了，走啊。"
台面上数个空酒罐东倒西歪，就这么点时间已经喝了这么多，唯独那瓶水被他握在手里没开封。尤雪珍扫了眼他挽起袖子的手臂，他喝酒不上脸，喝多了胳膊却容易泛红。
叶渐白置若罔闻地又开了罐啤酒，递给她："你真不来？"
她接过罐子搁到一边："别喝了，你胳膊已经红了。"
"你不喝啊？那给我。"
酒被尤雪珍拿得有点远，他够不着，只好懒懒地起身，越过她去拿。
"砰——"

-246

尤雪珍被动静吸引,侧过头去看,院子里刚点燃了第一桶烟花。

叶渐白也被这声音惊到,原本就有些晃的身形微微踉跄。

"砰——"

第二束烟花绽开,尤雪珍却顾不上看了,因为她的肩头也响起了"砰"的声音,是叶渐白倒在了她肩头,确切地说,是晃着压到她身上的。

她被重力压着连连后退了两步,一手撑住吧台才没让两个人一起倒下。

她怒吼:"起开!重死了!"

叶渐白再次置若罔闻,两手摸索着攀上她的背脊,顺着她薄薄的脊柱骨往下,到了腰附近的位置。

屋内的空调打得很热,她早就脱了外套,只穿了一件紧身的黑色针织衣,所以那触感就尤为明显,像是有两条蛇在她的背后乱爬,冷冰冰地游动,而后寻了她的腰身当栖息地,紧紧缠住。

他甚至还弓起背,好让自己的身体放得更低,将头埋进她的肩窝,鼻端的热气混合着酒气喷上来。这一刹,她的肩窝像一处来不及关窗的小屋,被一场暴雨袭击了。

她僵硬地站成暴雨里的树桩。

"都说了让你别喝……起来,很重!"

他听到她的声音,似乎听话地准备站起身,然而他只是把脸撑起来,面向她,说:"我没有喝醉。"

他的眼神被窗外的烟花照得过分明亮,好似真的没醉。

尤雪珍推他的动作一滞,因为他的脸突然压下来,停在一个十分危险的位置。

"砰——"

第三束烟花轻盈地爆开,世界落下缤纷的彩色碎片和金星,溅满了两个人视线的余光。时间静止的魔法失效,叶渐白重新动起来,头一偏,嘴唇擦过她的头发,脑袋重重地降落在她脖间,双臂收拢,将她抱紧。

除夕这一晚,叶渐白喝了很多,晕在吧台边,尤雪珍和程文峰合力才把他弄进房间。

尤雪珍累得没有余力,最后随便找了一间房间睡下。

到了真正躺下的时候却睡不着,也许有点习惯了熬夜,或是陌生的床让她感觉不舒服,又或许都怪该死的叶渐白。

她关了灯,睁大眼睛望着天花板,窗帘忘了拉,屋内外都很黑,但天花板上好似有一块亮起来的银幕,重播着他紧紧拥抱着她的画面。

他们从小到大拥抱过很多次,代表着各种情感的拥抱,安慰对方、分享喜悦,又或者只是单纯的取暖,没有一次像现在这样,是充满微妙的、难以言喻的情绪。

她觉得叶渐白好像有很多话要讲,但在他没说出来之前,她慌张地用尽力气一把将他推开了。

最微妙的其实并不是那个拥抱,而是抱之前的对视、他的眼神,还有似乎随时要落下来的嘴唇。

她只能归咎为他喝醉了,人喝醉的时候,不必去深究一些并不正常的行为。

快到天亮尤雪珍才睡着,所以起来得最晚。她来到客厅时,那群人刚吃过午餐,又凑在一起开始复制昨晚的打牌、唱歌、游戏,无所事事地度过新年第一天。

叶渐白冲她招手,示意给她专门留了一份。

尤雪珍尽量让自己看上去若无其事,但坐下来一面对叶渐白,表情还是些微不自然。

叶渐白指着头说好痛,像是不记得昨晚的那个拥抱了。

尤雪珍顿了顿,云淡风轻地说:"你下次别喝那么多了,免得把我认成哪个前女友。"

他捏着太阳穴,惊讶道:"我昨晚怎么了吗?"

看来是真不记得了,那最好。

她低头扒饭,含混地说:"就是发酒疯咯。"

他递过来一张纸巾:"你投胎吗,吃那么快?"

她接过纸巾擦掉嘴上的酱汁:"我等会儿有事。"

尤雪珍本以为叶渐白会追问一下是什么事,结果他只是淡淡点了下头:"需要我送你吗?"

她摇摇头,回道:"不用……"

他又点头:"如果要送的话再叫我。"说完就转头去和程文峰搭话。

尤雪珍闷头吃完,和其他人打完招呼后直接叫了个车去了商场。

叶渐白看着刚还在餐桌上的人迫不及待地出发了,他的视线追着她离开,灵魂似乎也跟着一并离开,程文峰"喂"了好几声,他都没有再回过神。

尤雪珍在商场里逛了一个钟头,终于选好了礼物。

大年初一去人家家里,怎么也不好空着手吧?她琢磨着给每人买一份礼物,昨晚睡不着的时候,她就在脑子里列了一遍清单:阿婆的话就挑一条漂亮的丝巾;孟仕龙的爸爸可以给他买一个锅,她上次去店里的时候发现锅已经很旧了,是时候换个新的;至于孟仕龙……她左想右想也不知道该买什么,要不然直接当面问他好了,不然买得不合适也是浪费——那瓶她送他的香水他好像一次都没喷过,她不想再买他用不上的东西了。

东西买好,她拎着两袋礼物打车到了孟记烧烤。

今天他们休店,卷帘门拉着,但透过二楼的窗户能看到有人走动的身影。

尤雪珍偷偷走到斜对面的屋檐下,抬头往上望,不一会儿,那个人影拉开了白色的窗帘,让日光透进去。

看到孟仕龙,尤雪珍下意识地缩起脖子,赶紧低下头,过了一会儿又小心抬起。孟仕龙并没有发现她,他站在窗边,举着镜子对着日光整理头发。

尤雪珍忍不住翘起嘴角,心想,好啊,表面上不在意打扮,背地里还挺臭屁的。

她像欣赏一出默剧,不知不觉就站了十来分钟,直到口袋里手机一振。楼上窗边的人给她发消息,说准备出发来接她了。

尤雪珍看向二楼,虽然隔着距离看不清他的表情,但是他的每一个动作都好清晰。他靠在窗边盯着手机,发现她没回复就一直盯着看,真像一只等待的小狐狸,在洞穴里连踱步都嫌多余,就趴在手机边,以为用两只眼睛盯着就能盯出回信。

他姿态太可爱,尤雪珍想多看一会儿,也好奇他是不是就这么一直等她的消息,于是故意拖着没回复。

他又专注地盯了一会儿,蓦地握住手机,大步离开,只剩窗帘在卷起的气流下微微摆动。

他下来了。

大脑接收到这个信号,尤雪珍意识到自己应该往前走到巷子转角那边,不然就要暴露了。

她赶紧逃离偷窥地,趁着孟仕龙从里拉开卷帘门的工夫,倒转回头,假装自己才过来。

拉开卷帘门的孟仕龙看到尤雪珍从远处慢慢走来,神情微怔:"……怎么这么早到了?"

"我买好东西比计划的时间早,就提前过来了。"

"你还买东西了?"

"当然啦,过年总不能空手来吧!"尤雪珍扬了扬手里的两个袋子,"这一袋给阿婆,这一袋给你爸爸。"

孟仕龙没有一开始收她礼物时的推诿,很高兴地把礼物收下,然后眨着眼睛看向她:"没有我的吗?"

"有,不过你得先告诉我你想要什么,不然我怕你不喜欢。"

"怎么会不喜欢?"

"怎么不会?我送你的香水就是证据。你到现在都没有喷过吧?"

孟仕龙语塞,没法否认自己的确还没喷过的事实。

他转移话题道:"先进来吧。"

尤雪珍走进店铺,通往二楼的阶梯在后厨,她跟在孟仕龙后面往上走,略带紧张地问:"你爸和阿婆都在吗?"

"老豆刚被阿婆拎去剪头发了,说他丑得不像话。"孟仕龙边说边笑,"他们应该等一下才会回来。"

尤雪珍恍然:"原来你爸也不爱剪头啊?"

孟仕龙再次语塞,半响才小声说:"嗯,其实往年被拎过去的还有一个我。"

-249-

尤雪珍笑得肩膀发抖。

终于走上二楼，一上楼梯就是客厅，客厅往前是走廊，尽头是一间敞开着门的房间。

他指着那处："那里是我的房间。"

与港岛公寓偶尔才住几晚的房间不同，尤雪珍一想到这是他每天都会睡觉的地方，一种奇怪的窥视欲就涌了上来，最后羞耻感打消了进去参观的念头，在客厅的沙发上坐下来。

"我就坐这里吧。"

"好。想喝鸳鸯奶茶吗？"

"哎，有吗？"

"你来前我就煮上了，应该快好了。"

孟仕龙把袋子放在茶几边，说着就跑下楼去，不大不小的客厅回荡着脚步的余音。

尤雪珍拘谨地坐在沙发上不敢随便乱走动，只用目光继续观察着这里。

她刚上来就一眼注意到了靠近阳台的灵位，上面挂着一张女人的黑白照，留着齐肩短发，笑着，嘴唇扬起的弧度几乎和孟仕龙笑起来的样子一模一样。

尤雪珍在那张太平山的缆车合照上见过这个女人——孟仕龙的妈妈。

灵位被打理得很干净，花瓶里插着的山茶花是刚换的，水果很新鲜，最旁边还放了一卷邓丽君的磁带：《何日君再来》。

尤雪珍觉得自己光是这样看着很失礼，连忙站到灵位前鞠躬。

孟仕龙端着奶茶回来时，看到的就是这样一幅画面。

尤雪珍听到脚步声侧过头，懊恼地说："我应该再带点水果来的。"

他神色微怔，表情柔和地开玩笑道："不如你等会儿煮面的时候多做一碗给她？"

尤雪珍却当真了，拍手说："好主意。"

孟仕龙随手扯了一张茶几上的单子，铺在杯子下面放到茶几上："先来喝奶茶吧。"

尤雪珍重新坐下，但看着奶茶，眉头微微皱起："这个要不要紧？"

她指着杯子底下的纸，"摄影展报名表"这几个黑字被杯底洇湿，她担心这是什么重要的东西被他不小心拿错。

孟仕龙跟着看向那里，有些不好意思地把纸翻过来，继续垫着："不要紧，之前我在买相机的那个店里留下过邮箱，他们发过来的。"

"是吗？"

尤雪珍没被他随便糊弄，又把纸翻回来，扫了一遍，才看明白是一次面向新人的摄影展征集，对报名的人没有资格限制，若是选中的话就能参展。虽然不是什么一飞冲天的比赛，但对新人来说还是一次不错的机会。

"你不试试看吗？"

孟仕龙迟疑地摇头："不了吧，以我的摄影技术肯定会落选，没太大必要。"

尤雪珍蹙起眉头："可是你明明是有兴趣才会把这张单子打印出来吧？"

他笑了笑，这次回答得很快："没关系的。"

"什么叫没关系？"

"我的兴趣。"

他没有半分委屈，说得极为坦然。

高三那年妈妈生病花掉家里太多钱，变卖了港岛的房子却还是没能救回她，还欠了一些外债。老豆天天半夜三点起早去给人做便当还这笔钱，却说自己一点不累。难得两人都得空的周末，老豆带着孟仕龙去郊外的公园钓鱼，黄昏时分从钓箱里拿出多做了一份的便当塞到他手里，说这一份偷偷多加了一个蛋，要他吃好，吃好了身体好才能好好念书。

老豆把便当递过来，耳鬓的白发并不符合他的年纪。

老豆大概是从那时候起就不爱剪头发，他笑话自己一剪兴许就长不出黑发了。

孟仕龙想，那自己就陪着老豆不剪吧，做一对头发乱糟糟的父子也挺好。

孟仕龙沉默地吃着便当里的荷包蛋，老豆手中的钓竿依然没动静。他没完全咽下蛋白，含混不清地同老豆讲："我知你留在港岛伤心，不如我们找个租金便宜点的城市开店，港岛太贵了，寸土寸金。"

老豆想也不想就反驳："外头再便宜也要一大笔钱。"

他轻描淡写道："我不想上大学了，也没有想学的专业，那笔给我存的钱就拿出来用吧。"

老豆自然是震怒。

孟仕龙垂下脸，数次吞咽喉咙，还是没忍住抹了一把眼睛，这些天没流出来的眼泪滴进了便当里。最后他说："这样你就不用再半夜三点起来做便当了，我不想你也累倒。"

"我不能再失去你。"

老豆听后，手心都在颤抖。

没有一条鱼在水底下，水中的浮漂却不住地抖动着。夕阳把老豆的眼眶和水面都照得通红。

他不知道老豆到底看没看穿他撒谎了，反正到最后，他没把自己想报考地质学的事情透露给任何人。反正就是把手中的岩石换成锅铲，他并没觉得有多么不好。

今天，他第一次把这事告诉了第二个人，对着她和盘托出，没有遗憾，神态轻松，像是一个天生的冲浪手，温和地接受了命运加注在他身上的波动。他原本可以浮出海面，却被浪头打下去，就干脆把自己折成浪板，托住他在乎的人。至于他自己，他无所谓。

可这样不好。

尤雪珍清晰地感觉自己的胸口在起伏，他那些刻意压住的遗憾和委屈通通都跑到了她这里。

奶茶的杯壁烫着手心，她踌躇着，还是说出了口："不要再这样了。"

"什么？"

"不要总是做那个最后往火锅里夹菜的人，"尤雪珍把他只倒了一杯的奶茶推给他，"偶尔要做第一个下筷子的人。喜欢的食物、喜欢的东西……既然喜欢，就要去争取，去尝试，对不对？"

孟仕龙定定地看着她，奶茶的雾气无声地往上飘，模糊了他眼中某种汹涌的情绪。

他握住掌心，就像在摁住某股冲动，但视线还是一寸寸地在她脸上开拓。

"那……先从喜欢的人开始好不好？"

他仿佛在自问，可他那双眼睛那么直白地看着面前的女孩。

这个时候的孟仕龙和"温和"两个字一点都沾不上边了，让尤雪珍不敢看他。心脏像一颗皮球被重重往地上一拍，连续地弹跳出好远，远到她觉得好像不能再捡回来。

尤雪珍断断续续地说："还是先从喜欢的东西开始吧……对了，不如我送你个镜头吧？"

孟仕龙摇头："我跟你开玩笑的，你不用送我新年礼物。不是还要存钱办电台吗？"

尤雪珍不依："要讲公平，阿婆和你爸爸我都买了礼物，所以你也要有。"

他微微叹气，心里已经深知"公平"这两个字对她而言的重要性，妥协地说："那谢谢老板了，不过不要送镜头，太贵了。"

"那你还有其他什么想要的？"

"其实没有特别想要什么，只要是你送的我都会喜欢。"

"骗人。"话题又绕回来，尤雪珍耿耿于怀地提起香水，"香水你就没喷。当然，我不是说你需要喷香水，绝对没有这个意思！"

相反，她觉得他身上有时候沾上的油烟味反而很好闻，像在冬夜街边闻到的热腾腾的食物香气，让人觉得很温暖。

孟仕龙听完她的"控诉"后，忽然起身急匆匆地跑进房间，再出来时手上多了一样东西——那瓶潘海利根的狐狸香水，连包装都完好。

尤雪珍差点以为他要完璧归赵，他却说："不是因为不喜欢才不喷的。上次袁婧说我喷的方法不对，后来我查了，有好多说法，最后也不知道正确的喷法到底是什么。"

"所以你就不喷了？"

"嗯。"他将香水递到她手边，"你都是怎么喷的？"

尤雪珍哭笑不得，万万没想到居然是这样简单的理由。

"这个确实没有统一的规定啦，我觉得怎么喷都可以……这是我平常自己惯用的喷法，你可以按这个来。"

她拔开盖子，本来想往自己身上喷示范给他看。但她出门前已经喷过香水，再来一遍会太浓，等下见孟仕龙的爸爸和阿婆会熏到他们吧？

"你过来一点,我帮你喷。"

她招手示意他走近,拉过他的手往他的腕骨喷了两下,然后指导着他去蹭耳朵后面。

"我一般会先喷两下手腕,然后在耳后涂开。噢,除了腕骨,一个比较心机的做法是我还喷手指尖。"

她说着又往他指尖喷了两下,然后示意他抹开。

孟仕龙听着她的指令搓手,姿势非常标准,标准得就像是她刚才喷出来的是消毒酒精一样。

尤雪珍扶额:"不是这么搓,要像抹营养油那样抹开。"

他疑惑:"抹营养油?"

呃,忘了孟仕龙根本不是会做手部护理的人。

她直接上手示范,大拇指和食指的指腹夹住他食指的指甲盖,轻轻抹了抹:"像这样。"

他的指甲修剪得很整齐,指甲盖上的月白像刚升上夜空的半月,形状非常饱满。

她不知不觉低头仔细观察着他的指甲,而他低头观察着她。她看得太入神,过长的刘海垂下来,挡住了眼睛也没在意。

他抬起没被她抓住的那只手,将她那绺头发拨到她的耳后。

他动作很轻,尤雪珍还没反应过来他的触碰,只感觉到耳郭痒痒的,紧接着闻到了一股不同的香水味入侵她的耳后。

她慌张地抬头,孟仕龙垂眼看着她:"头发滑下来了。"

"哦哦……谢谢。"

她松开他的指尖,下意识也拨了一遍自己的头发,然后发现自己耳后的香水味更重了——刚才涂抹着他的指尖,导致她的手指也沾染上了这个气味,慢慢和她自己的香水味混合在一起。

"对了,还有这个地方也会喷一点。"尤雪珍这回虚虚地点了一下他的锁骨,不敢再碰,"一般我就涂这几个地方,但如果穿裙子的话我还会……"

她喋喋不休地说着,忽然戛然而止。

孟仕龙追问:"还会怎么?"

还会喷大腿。

她意识到后半句说出口有些不妥,立刻刹车,转口说:"没什么,穿裙子的话我还会喷一下膝盖,像你穿裤子的话就不用了。"

最后她又在空气里喷了几下,让孟仕龙在空气中走来走去,香味迅速裹住他。

尤雪珍不动声色地轻轻吸气,闻着他身上的味道——

那是来自她挑选的香水的味道,萦绕着他的发丝、耳后、肩颈、锁骨、腕骨、手指,还有一部分也纠缠着她的指尖和耳后。

心头涌上诡异的满足感,她盖上香水盖子,慢吞吞地说:"这个味道真的还蛮适合你，以后按这样的方法喷就好了。"
他应声说："好。"
"我不是勉强你啊，要是你真的不喜欢这个味道就算了。"
他迅速说："喜欢。"
这简单的两个字听上去似乎并不只是在说香水。
尤雪珍结巴道："那个……所以还是事先问过你喜欢什么再当作礼物送才好，不然总要担心你是不是真的喜欢。"
本以为他这次也是一样的态度，却不料他朝她的方向微微凑近。
气味变得更浓郁了。
他问："真的可以直接说我想要的礼物？"
"当然啊，我不是一直让你直接说？"
"说了你就会给我？"
尤雪珍大言不惭："对啊！"
她相信孟仕龙不会狮子大开口，或者要什么为难人的礼物。刚刚还贴心地说什么都不要的人能提什么过分的要求？
"这是你说的。"孟仕龙紧盯她不放，"那……明天跟我出去玩？"
尤雪珍想，看吧，他果然太好说话了。
"就这个啊？也太糊弄了吧？这也算礼物？"
他缓慢地"嗯"了一声，比刚才还要靠近。
"不是和朋友的那种出去玩。"
尤雪珍一愣。
"是一次约会。"
被气味裹紧，尤雪珍猛地从沙发上站起来，顾左右而言他："我刚才给你喷的香水好像有点过浓了……"
她急促地走到窗边，推开窗户让冷空气灌进来，不经意地低头，看到两个人影正朝店的方向走来。
其中一人是孟仕龙的阿婆，另外一个人应当就是孟仕龙的爸爸，她之前在店里看见过他。
她猛地松了口气，扭头对孟仕龙说："他们回来了！"
孟仕龙跟着走到窗边一望，但没被她糊弄过去，追问："你答应吗？"
尤雪珍理直气壮地说："现在不是说这个的时候！"她挺直背脊，像等待检阅的士兵那样，掏出手机检查自己的头发和妆容。
孟仕龙看到她准备的样子，笑道："别那么紧张。"
其实，这份紧张里还混杂着刚才他索要"礼物"的原因，她有点招架不住。
她根本就误判了他。
尤雪珍含糊其词："要留下好印象啊……"
孟仕龙伸手捏了下她僵硬的肩膀："放松，阿婆就不用说了，老豆也会喜欢你的。"

-254

"你怎么这么笃定?"

"因为有个词叫爱屋及乌。"

这人怎么开窍了后随时随地拐着弯告白啊?

尤雪珍不是很凶狠地瞪了他一眼:"等下不许在你爸和阿婆面前乱说话!"

孟仕龙没应声。

"你干吗不说话?不同意?"

"你瞪起人来很可爱。"他还在笑,"想让你这样看我久一点。"

"……神经。"尤雪珍下意识更想瞪他了,慢半拍反应过来,赶紧把眼神转开,听见孟仕龙憋不住的轻笑声。

几分钟后,尤雪珍迅速给自己戴上了乖巧面具,对着阿婆和孟爸爸问好,说自己是来给阿婆做面的,也馋孟爸爸的手艺来蹭一顿晚饭。

一句话让两个长辈都听得十分舒心,尤其是孟爸爸。

她本来担心他会很严肃,但只是吃了一顿饭,她就完全打消了这个顾虑。

孟爸和孟仕龙一样都有一张冷峻的脸,看上去不太亲近人,但两个人的性格简直是如出一辙。在餐桌上时,他和孟仕龙都没有用粤语接话,偶尔习惯性说了一句粤语后就即刻纠正自己。就连不怎么会说普通话的阿婆都不时蹦出几个白话单词。

吃完饭,尤雪珍才意识到自己能听懂餐桌上谈话的所有内容。他们聊食物,聊天气,聊孟爸新剪的头发,聊孟仕龙最近怎么总是雷打不动半夜出去。

尤雪珍心虚地把脸埋进碗里。

孟仕龙瞥了她一眼,面不改色地撒谎:"最近觉得夜跑很舒服。"

孟爸疑惑:"大冬天的半夜夜跑?"

孟仕龙仍旧面不改色:"就和冬泳一样。"

孟爸接受了这个说法,若有所思地说:"怪不得你最近精神挺好,早上也起得比以前早了。"

尤雪珍把脑袋埋得更低了。

饭后她主动请缨和孟仕龙包揽清理工作,刚洗了两个盘子,就被孟仕龙轰走,让她去休息。

客厅里,孟爸和阿婆正在看电影,两人私下里终于切换成用粤语交谈。尤雪珍不打算过去打扰,默默从沙发后面走过,能去的地方只剩下孟仕龙的房间了。

她站在大开着门的房间门口,举棋不定,最终还是默默走进去,但只停在门口的位置。

这里和港岛那个房间很不一样,前者还是男孩的房间,她就算走进去也不会不自在,而这里是孟仕龙每天睡的地方。

整整大了一号的单人床,不再印有面包超人的纯白色床单,进门左手边

-255-

就是一张书桌,东西理得齐整,上面是他们一起买的相机、一升的运动水杯、和她那款型号一致的无线电收音机、两罐果酱,分别是蓝莓和草莓的,还有几本食谱,最上面是一本《业余无线电通信》。

这本书她也买过,现在应该被搁置在她老家的书架上。

尤雪珍怀念地翻了下这本书,随便翻到的一页就有黑色水笔画过的痕迹,足以证明看这本书的人有多认真。

怪不得能在那么短时间内就考到证书……

尤雪珍又往后翻了几页,上面的字比她高三那年做的课堂笔记还要密密麻麻。

她难为情地把书放回去,抬头看向对面。

书桌斜对面是一个落地衣架,挂着几件冬天的厚外套,其中有一件格外出挑。

尤雪珍觉得很眼熟,拨到这件确认,就是那件当初她给他挑的外套。从那次拍摄之后就没见他穿过,还以为被压箱底了。

不过,这件外套多了一处之前没有过的细节。

尤雪珍的视线怔然地看向外套的左胸口——

那枚在密室里被他摸索着捡回来、刺破他掌心后她顺势就送给了他的小狐狸徽章,不偏不倚地别在了心脏的位置。

尤雪珍重新回到厨房时,孟仕龙已经在清洗最后一个盘子。他随口问:"怎么下来了?"

她没说话。

孟仕龙双手还湿着,匆忙扭过头看尤雪珍:"怎么了?"

她摇摇头:"没事。"

"真的?"

"好吧,有点事。"

尤雪珍深吸一口气,回忆着刚才看到的那一幕,胸口的鼓动再次怦怦作响。

"你要的礼物,"她脱口而出,"我答应。"

第十六章
吹进心里的风就该是这样的

一言既出,驷马难追。等尤雪珍意识到自己答应了什么的时候,为时已晚。

孟仕龙愣在原地,水龙头还开着,冲着最后一只碗,只是水快要满溢了,他的指尖都在滴答滴答往下滴水。

尤雪珍提醒他:"你还洗不洗啦?"

他如梦初醒,赶紧关了水龙头,回过神时又说:"真的?"

尤雪珍点头。

没有办法,孟仕龙现在期待又小心的神情,就像眼前已经洗好摆在高架上的那些碟碗,如果她反悔,它们就会摔落下来,通通碎裂。

孟仕龙神色一松,不过也没有表现出更特别的欣喜,垂下头继续干手里的活,很镇定的样子,只是……

尤雪珍小声提醒:"别搓了,那个碗够干净了。"

孟仕龙含混地"哦"了一声,匆匆忙忙地去拧水龙头,另一只手也跟着慌乱,握着的碗"砰"一下又砸进水槽里,溅起好大的水花,他又着急忙慌地去捞碗。

尤雪珍盯着他手忙脚乱的背影,"扑哧"一下,忍不住笑出了声。

不过第二天,尤雪珍就笑不出来了。

她对着镜子仔细修剪着眉毛,面庞绷得很紧,仔细审视着脸上的瑕疵。

这次脸比较争气,没有冒出新痘痘。但那颗万圣节长出来的红肿大痘却很霸道,虽然瘪下去了,但没有完全消痕。几个月过去,那一小片肤色还是比周边深一些。

尤雪珍给这一处皮肤上了两层遮瑕才盖得七七八八,然后继续其他的化妆步骤,又卷了头发,喷上香水,还把脱色的指甲油补了一遍。她看着衣柜,皱眉想要穿哪件,感觉从没有哪次打扮像现在这么精心过。

毕竟这是她人生中的第一次约会。

虽然这也并不能算是真正意义上的约会,如果非要定义的话,大概算是"模拟约会"吧?

不过,她完全不知道这一天的计划是什么,孟仕龙不告诉她,只说到点来接她,他都会安排好的,只嘱咐她穿厚一点。

不过他真是不了解女孩子,哪有人第一次约会要温度不要风度的?尤雪珍没听他的话,挑了件漂亮的薄大衣提前出门了。

在这次约会之前,她要去补上昨天没给孟仕龙买的那份新年礼物。

虽然孟仕龙把这次约会称作礼物,但尤雪珍觉得这好像太高看自己了。如果她欣然接受这种说法,好像默认了跟自己约会对他来说是一种恩赐,会让她很不好意思,所以还是要补上真正的礼物。

她又去了那家小巷里的相机店,却忘了今天是大年初三,人家不营业。她跑了空,赶紧又连跑了两家商场才买到了想要的礼物。

就这样磨蹭了一会儿时间,她重新赶到校门口时,孟仕龙果然已经等着了。尤雪珍跳下出租车,望见他的那一刻,脚步因为视觉冲击而慢下来。

他今天好不一样。

他穿上了她挑的那件夹克,左胸口的地方已经空了。长时间别在那里的徽章骤然被取下来,布料一时间还适应不了它的离开,留下了两个很浅的针孔。

他头发打理过,走近了,隐约可以闻到她送的那瓶香水的香气。

他整个人像是她玩游戏捏的建模,每个细节都合乎她的审美。

孟仕龙一直在往校门内看,听到脚步声才回头,惊讶于尤雪珍居然是从背面出现的。

尤雪珍晃了晃手中的袋子,解释:"给你买礼物去了。"

孟仕龙恍神,视线却并不往袋子上聚焦,而是凝视她的额头。

她穿得很薄,一件呢大衣,没系扣,里头是一件低圆领白色毛衣,戴着围巾还是露出一小块皮肤,腿也是,毛毡短裤和长靴将没有穿袜子的腿分割开来。她看上去明明很冷,额头却沁了一层汗,刘海都有些蔫巴了。

这是为他买礼物奔波而流的汗。

"愣着干吗?接呀。"

孟仕龙回过神,伸出去的手先擦了擦她的鬓角,然后才去接袋子。

尤雪珍被他的动作整得一愣,他的动作太自然了,又透着不同于朋友的亲昵,好像他们真的是一对正在交往的恋人。

她愣神的工夫,孟仕龙已经打开了袋子,把礼物拿了出来。

是一台富士的胶片机。

尤雪珍怕他不领情,忙说:"先声明哦,这个相机挺便宜的,一百来块,是那种一次性的,拍完就不能用的胶片机,所以你不要有心理负担。"

复古黄和浅绿相间的胶片机小小一只,落在孟仕龙手里就显得更小,好像个玩具。孟仕龙小心地握着,仿佛举着千斤,手背上青筋凸显。

他轻轻地吁了口气:"好,谢谢。"

"里面好像有27张,你练手用应该够了。"

她刚提醒完,孟仕龙就举起相机,像上次在相机店里那样对着她按了下快门。

-258-

尤雪珍措手不及："……虽然有27张，但还是别乱拍呀，你这不是浪费胶卷吗？"

他收起相机，语气平常道："不拍你我才觉得浪费。"

尤雪珍瞬间语塞，被围巾盖住的脖子泛红。

她慌张道："不行，这之后不许拍我了。"

孟仕龙顺着她说："好，你不喜欢就不拍。"他把相机放进飞行服的上衣口袋，"走吧。"

"你还没告诉我去哪里。"

她这才注意到他今天没有骑车过来，但是他手上拎了一个帆布包，鼓鼓的。

孟仕龙没和她卖关子，说："我们坐火车去海边野餐。"

尤雪珍惊讶："上回放电影的那个海滩？"

"不是，是更偏僻的一个海滩。"

"不会很冷吗？"

"我带了帐篷，还有保暖的小太阳。"

噢，怪不得那个包那么鼓。

尤雪珍点头说："行，那我们走吧。"

孟仕龙有些迟疑："你要不要再回去穿件衣服？"

她立刻说："不要。"

他不解："你刚刚自己都说了会很冷。"

尤雪珍不想说是因为自己想在他面前穿得好看，所以宁愿冷一些也没关系。

她只好转移话题："是先去火车站对吧？那我叫车了。"

"我已经预约过了，马上就来。"

"哦哦，那好。"

两人在校门口等车子过来，尤雪珍却在这个时候接到一通叶渐白的电话。

她走远两步接起，叶渐白那边语气焦急："你在学校吗？"

"在是在……"

"太好了。"他明显松了一口气，"你能现在去一趟我公寓吗？我身份证落家里了，帮我闪送到机场！"

尤雪珍一头雾水："啊？机场？你要去哪里？"

"我表哥结婚，回去参加婚礼。"

"怎么之前完全没听你提过这事儿？"

"本来不打算去的，但我表哥让我一定要当面交份子钱，没辙。"

"你作业不用赶了吗？"

他一顿，淡淡回道："就回去两天，应该不要紧。"

尤雪珍看向孟仕龙那边，车子已经开过来了。

她匆匆道："可是我刚好也要出门……"

"那不是正好吗？顺道拐一趟的事。"他放软语气祈求，"拜托拜托，

-259-

回来请你吃饭。"

尤雪珍听到那边确实传来机场广播的声音，短暂权衡过后，撂下一句"你怎么这么麻烦"后挂断电话，着急地跑向孟仕龙跟他说明情况。

孟仕龙二话没说在手机上改了终点，先去叶渐白的公寓。

到了之后，尤雪珍让孟仕龙在楼下等，自己冲上楼去找。

叶渐白在微信上说身份证放在了玄关，结果进去后一看，根本没有。

尤雪珍急得打电话过去质问："你确定落在家了？"

"确定，我身上没有。"

"可是玄关也没有。"

他的语气也有些茫然了："那可能是被我搁在茶几或者哪儿了？"

尤雪珍无语地掐断电话，一头扎进房子里，四处搜寻可能被他放身份证的地方。十来分钟后，终于在书房里找到了掉在墙壁和电脑桌缝隙之间的卡包，里面有他的身份证。

她赶紧叫了闪送过来，等待期间看见他电脑的主机还亮着灯，心想他到底离开得有多匆忙啊？

尤雪珍叹了口气，伸手握住鼠标想帮他关机。

原本黑屏的电脑桌面在她的操作下亮起，她瞥了眼屏幕，确认是不是需要保存的东西，如果是就不关机了。

屏幕里正开着一个论坛界面。

尤雪珍微怔，面露惊讶。

怎么会是一个与无线电台相关的论坛？

但奇怪的是，这个论坛没有名字版头，她只从几个版块的分类里察觉到这是关于无线电台的论坛。直到随手点进交流版想看一看，她才察觉出这股怪异感来自哪里。

这不是现有的论坛，而是正在制作的半成品网页。

叶渐白的"作业"里难道还包括这个吗？

显然不是。

这怎么看都和她有关，一个开办无线电台后需要发布消息相关的论坛。

他居然在默默地做这个东西……

尤雪珍松开手指，长时间没有再被触动的电脑暗下屏幕，再度一片漆黑。她忽然觉得下巴很痒，抬手轻轻一碰，那个痘印还没消失的地方不知不觉又新长出了一颗。

都快大学毕业了，靠着这几颗总是翻来覆去的青春痘，总让她觉得自己还陷在青春期里。焦灼的、茫然的、无能为力的漫长青春期，还有藏在朋友名义下偷偷喜欢着一个人说不出口的感情，就和这几颗顽固的青春痘没差，羞于见人，想要遮起来，或者以为不会再长的时候，突然就违背意志地冒头。

她抓起身份证，飞速地逃离了这个房间。

-260

尤雪珍把身份证闪送走，下楼看到等在原地的孟仕龙。他没坐在车里等，而是站在车边，因此她一出公寓大门就看到了他。

不知为什么，心里有种难以言喻的复杂情绪。

她小跑过去，若无其事地说："走吧，可以了。"

两人火急火燎地赶到火车站，很极限地在发车前一分钟走进车厢。搭这趟前往海边的火车的人不多，车厢里零零散散地坐着几个人，很空荡。她和孟仕龙面对面坐下，两个人大眼瞪小眼，不知为什么气氛有些尴尬。

孟仕龙先打破沉默，说："大概要一个半小时，你可以睡一下。"

他好像万能的哆啦A梦，居然从随身的那个帆布包里掏出了一个蒸汽眼罩和U型枕，但是只掏出来一份。

尤雪珍问："你不睡吗？"

他紧接着又从包里掏出一本摄影相关的书籍："我看一阵书。"

"哦……好，那到站了叫我。"

她现在心里很乱，顺着他的好意拆开眼罩戴上，脑袋歪在枕头的侧边，感受着眼皮处逐渐上升的温度，鼻尖还能隐隐闻到枕套上皂角的味道。火车快速向前，孟仕龙坐在对面翻动书页发出轻微声响，一切都很舒适，引导着人昏睡，可眼皮却偏不安分，不时在眼罩下转动着。

闭上眼，她就能想到方才在叶渐白的电脑上看到的半成品论坛，还有除夕夜他喝醉时的拥抱，做饭时被油点烫伤的手臂，在港岛的缆车上他知道她恐高而遮过来的手，绿豆玫瑰……这些都井喷般地开始闪现，闪到后来却又加入了很多不属于叶渐白的画面——孟仕龙的红色耳郭，他骑车时鼓起的衣摆，接到她电话时从十几层高的楼梯里走下来的脚步声，别在心脏位置的小狐狸徽章，红色苹果……

视线虽然是黑的，却比万花筒还要绚烂，好像一架天平上各放了两桶烟花，此起彼伏地往上发射。火车经停某站又开启，她的心脏随着车轮一起摇摇晃晃。

她完全没有睡意，因此清晰地听到了孟仕龙似乎在脱衣服的窸窸窣窣声，紧接着，一阵香气袭来，她的身体被一股用体温焐热的温暖包裹了。

——他把外套盖到了她身上。

她遮在眼罩下面的睫毛抖得更厉害了，幸亏他看不见。

火车上没有暖气和空调，空气里弥漫着寒意，这时候他搭上来的外套确实无比温暖，她却不敢缩进他的外套里取暖，整个人保持着一种很僵硬的坐姿，微妙地感受着那股残留在外套内胆里的体温。

而真正让她心头一跳的，是火车播报着快到终点站时，他又默不作声地把外套穿了回去。

他藏起给她盖了一路衣服的事实，波澜不惊地温声将她叫醒："尤雪珍，到了。"

她假装才睡醒，慢了两拍摘下眼罩。火车逐渐停止前行，车窗外虽然看不见大海，但是一下车，就能感受到冬天海风的凛冽。

-261-

她精神一振，海风似乎也将脑海里走马灯样的画面全部刮跑了，只剩下马上要野餐的期待。

他们下了火车就往海边走，路程不长，十来分钟后就听见了涛声，扑着浪花的海岸线逐渐清晰。

这片海不算漂亮，没有澄澈的蓝色，尤其今天阴天，整条海岸线都雾蒙蒙的，有几分萧索。好处就是没有人和他们抢这片荒芜的海滩，于是他们决定把帐篷驻扎在海滩的正中心。

孟仕龙动作利落地支帐篷，把野餐垫铺在帐篷外，再将餐垫固定好。尤雪珍则帮忙把包里的食物取出来，里面装着不同口味的三明治，一种夹了培根、鸡蛋和西红柿，另一种夹了奶油和草莓，卖相让人看了食指大动。除此之外还有几个不知道里面是什么馅的饭团、一盒水果沙拉、一包绿豆糕，不是市面上卖的包装，似乎也是他自己蒸的。

看着眼前琳琅满目的小食和甜点，她肚子开始咕咕叫，再次折服于孟仕龙的手艺。自然而然地，她想到了叶渐白做的那一桌年夜饭，卖相比不上不说，味道也不好。他做饭的姿势就像打仗，把锅盖当盾牌，铲勺当长矛，回想起来就好笑。

她不知道自己下意识露出了某种心不在焉的笑容，孟仕龙将帐篷的最后一个角固定好，转头看见了她的表情。

他蹲下身，在走神的她面前轻打响指："现在饿吗？"

尤雪珍定了定神："有一点点。"

"那就拿进去吃吧，外面海风有点大。"

"行！"

尤雪珍像偷家的小松鼠，美滋滋地把孟仕龙从包里拿出来的食物全部搬运进了帐篷。帐篷里面被孟仕龙铺了一层软绒的毛毯，如果孟仕龙有养小动物的话，那只小动物应该会过得很舒适，他一看就像很会布置窝的样子。她这么想着，半坐在帐篷里，惬意地打了个哈欠。

头发被海风吹得打了几个结，尤雪珍捋发尾的时候，孟仕龙拿着充好电的取暖器也钻进了帐篷。他一进来，反手把帐篷的拉链拉上了。

刚才海风吹动着帐篷而漏进来的日光随之被隔绝在外，而里面的这个世界，光线稀疏，只有取暖器映出的一圈橘色光晕。两个人的影子打在上面，无比巨大。其中一个影子靠过来，覆盖住了另一个影子。

是孟仕龙坐了过来。

他并没有故意坐近，只是帐篷太小了，显得他们瞬间无比靠近。

尤其是他随手拉上的拉链，让这里仿佛成为一间这片海滩上拔地而起的房间，上了锁的那种。

尤雪珍抓发尾的手指一顿，心跳忽然很快，局促道："怎么突然把拉链拉上了？"

孟仕龙亮出 iPad，解释："外面很冷。"

"哦哦……可是你觉不觉得有点闷？"

"是有一点。"

那我们把拉链拉开？不等她说出口，孟仕龙已经快一步脱掉了外套。

尤雪珍这才发现他外套里面居然只有一件很单薄的短袖。

她惊讶："你这样不冷吗？"

"还好，刚才活动了一下有点热。等下就穿回去。"

尤雪珍点点头，忽然皱了一下眉。

等等……

那之前在火车上的一个多小时，他把外套给自己披，岂不是一直都只穿一件短袖？火车上甚至不如这个帐篷里暖和。

孟仕龙侧过头，视线在她愣怔的脸上晃了一圈，肯定道："你又走神了。"

尤雪珍一惊："……又？"

"从公寓下来的时候你就是这样的表情，总在想着什么。"

她语塞，惊讶于他的观察力，同时泛起一阵心虚。

"所以我才拉的拉链。"孟仕龙坦白道，"至少约会的这一天，这一刻，这里小到你转眼只能看到我，注意到我。算是我的一点自私吧。"

他学以致用，根据她教的，尝试去做第一个下筷子的人。

尤雪珍无话可说，用手扇了扇，嘀咕："……可是真的有点热。"

孟仕龙见状，还是伸手拉开了帐篷拉链。但是他只拉开最底下的开口，一道仅够空气流通的缝隙。

他仿佛还是当时那个在港岛油麻地的旧公寓，在房间里故意为她留出礼貌缝隙的人。

只是他现在给出的缝隙根本不可能让她离开。

这是一道装装样子的缝隙。

孟仕龙神色自若地去翻 iPad，说："来看吧。"

此时此刻，连城。

叶渐白下了飞机先回家放了趟东西，时值晚饭点，手机振个不停，微信群里催他赶紧去火锅店。

上午在机场候机时，他在高中的哥们儿群里说了句自己要回来，那几个哥们儿本来晚上就有局，说让他干脆一块儿来聚聚。他没有其他事，百无聊赖地前往赴约。连城的交通远不如西荣堵，即便是春节返潮，依旧畅通无阻。

他开着他爸的车来到预订的火锅店，在路过大堂时忽然被叫住。

"叶渐白？"

他回过头，停了几秒，认出来眼前这个穿着小香风套装的女生——他第一个交往的人，郭茹。

两人分手后就再没有联络过，因此这场偶遇大概是他们隔了四年的再

-263-

见面。

他略意外地招呼:"巧啊,在这里见到你。"

郭茹也颇意外:"你不会是来参加老邢的局的吧?"

他点头,稀奇道:"他们也叫你了?以前不见你来啊。"

"那是因为以前有你。"她直白道,"这次我以为你不来才来的。"

叶渐白莫名:"我们分手也挺和平的吧,怎么搞得像有什么深仇大恨似的?"

她笑了:"看来你到现在都还没谈过一个分手后不要再见面的人,看你过得这么惨,我就舒服多了。"

"得,看来这顿火锅姑奶奶你吃吧,我就不倒你胃口了。"

他摸出手机和老邢说自己飞机晚点,抬步往店外走,却又被郭茹叫住。

"等一等。"她又出乎他意料地问,"你家里的地址没变吧?"

叶渐白戒备道:"干吗?"

郭茹沉默了片刻,耸肩道:"有样东西早该还你的,既然这次碰上了,就还你吧。"

叶渐白懒得问那东西是什么,扔下一句"随你便"就头也不回地出去了。

此时此刻,千里之外西荣郊外的海边,小小的帐篷里,孟仕龙操作着iPad,准备放尤雪珍刚点到的电影。

他来之前在 iPad 里下载了很多港台的老电影方便她选,她点兵点将,随手点到了一部千禧年出的电影——《花好月圆夜》。

尤雪珍以为自己小时候就看过,直到电影放起来才发现自己根本没看过,只对电影的主题曲《花好月圆夜》耳熟能详——之前中秋晚会时电视上总会放这首歌。

电影放了十来分钟,与手机同步的 iPad 突然跳进一条微信消息。

孟仕龙按下暂停,抱歉地说:"可能是店里的消息。"

"没事没事,你快看。"

她示意他赶紧看消息,他也完全不避讳,直接当着她面把微信点开了。

尤雪珍赶紧避嫌地把头扭开了,那是他的隐私,就算他不介意,她也还是要保持尊重。

只不过他点开的速度太快,她的余光还是瞄到了一眼。

而这一眼,让她心里直犯嘀咕。

如果她没眼花,那应该就是自己的小丸子头像,占据着界面最上端的位置。

联系人按照消息排序,刚明明有新的消息进来了,她的头像却纹丝不动。

尤雪珍看着帐篷发呆,晕乎乎地想,啊,原来他把我置顶了。

孟仕龙回完消息,重新切回了电影画面。尤雪珍扭过头继续看,心思像煮沸的水,咕噜咕噜冒泡。

本来和他待在这个狭小的密闭空间里就感觉紧张,现在更是不知道电影演了什么,光是维持着平静看电影的姿势就已经很难。

直到电影中段,两个主角合唱这首歌,尤雪珍才被熟悉的旋律唤回神。她倍感怀念地想跟唱两句,结果尴尬地发现他们唱的是粤语版,而她一直听的都是国语版。

"原来粤语版的歌词是这样的啊……"她无意义地感慨。

而这么无意义的感慨,他也能附和:"说起来我反而没听过国语版的。"

"国语版的歌词也写得很美,我给你找找。"

她着手在网易云里搜歌,手机屏幕却被旁边伸过来的宽大手掌压住了:"不如你唱给我听?"

尤雪珍拨掉他的手,奋力摇头,说:"不行不行,我唱歌又不好听。"

虽然她刚刚有想哼的念头,但被他要求着唱,她反而不愿意了。万一唱跑调怎么办?她不想在他面前丢脸。

"上次我们一起看《食神》的时候你哼了两句,不是唱得很好吗?"

"那……那是因为我对那首歌比较熟啊。这首歌我大概就记得开头怎么唱了。"

"那就唱开头,好不好?"

已近黄昏,阴天不见落日,帐篷里氤氲着淡淡的昏色,衬得孟仕龙的眼睛更清亮。

他用这样的眼神注视着她,不用言语就能令人晕头转向。

回过神,尤雪珍已经点了点头,好像色令智昏道:"那就只唱开头两句。"

"好。"他那双清亮的眼睛弯起来,做出洗耳恭听的姿势。

尤雪珍清了清嗓子,仰头看着帐篷顶开唱:"春风吹啊吹,吹入我心扉。"唱完这一句,她戛然而止,因为唱"吹啊吹"的时候,直接唱破了音。

她迅速捂住脸,无助道:"没了没了,下面忘了。"

孟仕龙很给面子地鼓掌:"好听。"

她不相信:"好听?都破音了。"

"不是吗?有一种春风吹得很猛烈的感觉。"他认真地说,"吹进心里的风就该是这样的。"

尤雪珍被他这形容给震惊了。

她佩服道:"你这么捧场我也不会给你支付宝打五毛钱的!"

孟仕龙笑了:"那再多唱一句?"

"都说了后面的词忘了。"

"刚刚你说唱开头两句的,明明还有一句。"孟仕龙又开始发动眼神攻势。

尤雪珍头皮一麻,嘟囔:"好吧,就再唱一句,后面是真的忘了。"

怕破音重演,她这回酝酿了好几秒才开口,还特意压低了声线,语气柔柔的:"想念你的心……只许前进不许退。"

YES!这句完成得不错,尤雪珍挺了挺背,有一种三百六十度托马斯回旋转稳稳落地的得意。

-265-

然而，她却没有听到他的夸奖。

尤雪珍心里一咯噔，不会是唱跑调了自己还没察觉吧？果然还是应该及时止损不该继续唱的……

她刚懊悔完，就听见孟仕龙开口，却是在跟着轻哼："……想念你的心，只许前进不许退。"

"原来国语版的这句歌词是这么写的，我喜欢这句。"

尤雪珍不是笨蛋，知道他又在话里有话。但是一般情况下，不会有人继续将潜台词说出口，这是一种不用学习就能心照不宣的恋爱把戏，这样的点到即止能让自己看上去游刃有余，也不容易落得难堪。

可偏偏有人不玩这种把戏。

他继续说："很符合我想你的时候。"

这瞬间，帐篷里的氧气好像都被他这一句话抽干净了。尤雪珍脸色通红，左看看是帐篷，右看看是孟仕龙。他脸不红气不喘，仿佛刚才说的根本不是情话。

尤雪珍不禁纳闷，憋了又憋才问他："为什么你总是能这么……这么直白地说这种话？"

"哪种话？"

"就……"尤雪珍很不好意思讲出口，"什么喜欢啊，想念啊，这种很直白的表达情感的话。"

"因为这些话不在那个当下的时候说，也许就晚了。"

尤雪珍怔住。

"我以前不是这样的，几乎从来不说这些。感情这种东西，行动不就可以表达吗？"他垂下眼睛，"我妈妈走了以后，有一天我去看她，在墓园里从早坐到晚，回想和她所有的日子，尤其是最后的时间里熬过无数次的粥、在看护病房打过的数次瞌睡、在充满消毒水的卫生间流下的眼泪……"

妈妈看他这副样子就会很难过。她最后说不出话的时候，捞过他起茧的掌心，在被推进手术室前写下潦草的三个字"对唔住（对不住）"。

他抓住她的手想说点什么，但护士已经急切地将病床推进去了，他抓了个空。

准备手术的红灯闪烁，像是警车上的红色警灯,悲戚地在他的脑海里回旋。

他从来没好好表达过对妈妈的爱，让妈妈觉得自己成为他的负担。

她怀抱着这样的念头离开了，那是他们最后一次见面。

他什么都没来得及说。

整段回忆，孟仕龙三言两语就讲完了，语气也很平静，但尤雪珍能感觉到一种难以承受的寂寞。那股寂寞和海潮、月亮一起上涨，逼退落日。帐篷像一张曝光不当的明信片，暗暗的，静止的，他的侧影印在那里，只能触摸信纸而无法靠近。

哪怕是徒劳的安慰也好，尤雪珍还是试着伸出手，抓住了他的衣摆，问道：

-266

"你给她烧过纸吗?"

"当然,每年都会。"

"那今天我们来烧一种特殊的纸吧!"

孟仕龙不明所以:"什么?"

尤雪珍没有随身携带纸笔,掏出手机搜索附近的文具店或者杂货店。这片海滩实在偏僻,最近的店铺也在一公里之外。

麻烦的念头刚涌上来,她立刻压下去,决定有些事就算麻烦也必须要做。

她迅速起身:"我去买点纸笔。"

"现在?"

"嗯!"

虽然不知道她到底要做什么,但孟仕龙没有质疑,也没多问,跟着起身:"那一起去吧。"

"不用啦,万一我们走后帐篷被人偷了怎么办?"

"不会有人偷吧?"

她把他摁下去:"你就在这里等我。"说完拉开帐篷抓着手机头也不回地冲了出去。

她没有孟仕龙跑着来回的体力,老老实实地打车,不到半小时就把纸笔买了回来,还买了火柴。

尤雪珍拎着袋子回到海滩边的时候天已经完全黑了,阴天连月亮都看不见。孟仕龙坐在帐篷外面,对着海面发呆。

她从背后小心地接近他,无聊地想吓吓他活跃气氛。

她还在酝酿姿势呢,孟仕龙就已经回过头。她只酝酿了一半的姿势看上去一定像个傻子,因为他都憋不住笑了。

尤雪珍尴尬地坐下来,把袋子推给他。

"把那天你没来得及跟你妈妈说的话写下来吧,然后我们今晚就在这里烧掉。"尤雪珍自己也抽了一张,"我也写一份给我爷爷。"

孟仕龙摊开她买的纸,是信纸,纹样是金元宝,她画的。

她凑过头:"那里没有冥纸,我只好自己画了,画工有点丑。"

孟仕龙喉头滚了下,轻轻地"嗯"了声:"是有点。"

她佯装生气:"喂!"

两人打开手机手电朝上放在野餐垫中间当夜灯,脑袋挨着脑袋趴在垫子上书写。长长短短的时间过去,他们一前一后搁下笔,把信纸折起来,捧着它走到了靠近海边一点的位置。

接着,两人面对面蹲下身,把这两团纸放到沙滩上。

尤雪珍掏出火柴,深吸口气:"那就准备开始烧了。"

"好。"

红色的火柴头摩擦过纸盒,声音沙沙的,暖黄色的火光在下一秒亮起。两个人都沉默着,注视着这束火光转移到了那两团薄薄的纸上。纸张在火中舒展，燃烧，火焰在两人的眼睛里跳跃，仿佛把眼睛都烧痛了。

于是尤雪珍看见孟仕龙揉了揉眼睛。

火光熄灭的那一刻，天地暗下去，他放开揉着眼睛的手，摸索着来抓住她。

她被抓得好紧，手背碰到一抹并不明显的潮湿。

心在这个时候产生一种淡淡的抽痛。

反应过来后，她反手同样紧地回握住他，变成用手心去贴他湿润的指节——

她用手心接住了他的眼泪。

初三夜晚的海边实在太冷，最后两个人冷得不行，收拾好没吃完的东西提前从海边离开。

但回去的过程并不顺利，眼见最近的一班火车就要启程，孟仕龙突然停下脚步去翻包，脸色不对劲地说："好像有什么东西落在海边了。"

尤雪珍也跟着焦急："是什么东西丢了？"

他含糊其词，兀自低头翻包，翻到一半又吁了口气："没事了，找到了。"

尤雪珍看着手机时间，只剩下一分钟，不够他们进站了。

她往下拉手机，就剩下最后的班次，叹气道："只能等末班车了，不过要等半小时。"

孟仕龙也微微叹气："只有半小时啊……"

尤雪珍警觉，狐疑道："你刚刚不会是故意的吧？"

他还是含糊其词："我去买水。"

两人走进站台时空无一人，车站的等候室没有空调，一切都冷冷清清的。尤雪珍感觉肚子隐隐作痛，也许是在海边吹风受凉的关系。她急匆匆跑去厕所，回来时看见孟仕龙低头在看手机，聚精会神的。

"在看什么？"

尤雪珍扼制住了偷看的眼神，但没扼制住疑问。

孟仕龙倒是大方地把屏幕转过来，她看见一股赤红色的岩浆快从屏幕里喷出来。

"这是哪里？"

"冰岛。刚刚刷到的新闻，昨天喷发的。"

"好壮观……"

孟仕龙把手机横到两人中间让她一起看，还把进度条拉到最开始。视频有2分18秒，他们看完了一场数万公里之外的火山喷发。岩浆滚烫的画面仿佛让寂静的冬夜站台也变得炽热，尤雪珍回过神，发现也许是因为他们靠得太近了，那份炽热来源于孟仕龙温热的呼吸，喷在她的耳后。

尤雪珍没有将身体坐直。

孟仕龙也依旧将手机横在他们中间。

尽管这个视频已经放完了，自动跳到下一个视频，又是火山，系统的推算法暴露了他最近频繁看的类型。

她打趣:"你最近对火山又重燃爱火啦?"

"归功于你打开了那个盒子。"他坦然承认,"从港岛回来后,我不知不觉就开始刷一些,看着很解压。我还看了一部关于火山学家的纪录片,记住了一个很有意思的地方。"

"什么?"

"火山检测仪会在火山喷发之前快速反应,指针打出来的图表线条七上八下地波动……"他想了想,"看上去就像地球的一张心电图。"

尤雪珍虽然没有看纪录片,但仅凭他这句话也延展出想象:"要是这样的话,每一次火山爆发,就是地球的心跳加速了。"

孟仕龙怔然,她的说法让火山更蒙上了一层浪漫色彩。

站台始终没有人进来,等末班车到来时只有他们两人上车,相当于他们包场了这趟火车。虽然车上依旧很冷,但比起灌满冷风的站台已经算得上温暖。

尤雪珍一坐下就打了个哈欠。

她将头靠在车窗旁,将包放在桌面上,和桌对面的孟仕龙说了句"我睡一会儿",然后踏踏实实地闭上眼睛,什么都没再想。

不知过了多久,尤雪珍迷蒙地听到孟仕龙在叫她。

"到了?"她困倦地睁开眼,却见孟仕龙摇头。

"还没到,叫醒你是接下来的……你不能错过。"

他说得含糊,听得她云里雾里,还想问什么,下一秒,火车车厢里的白炽灯毫无预兆地灭了。

起初尤雪珍还以为是火车故障,但她听见黑暗中孟仕龙的声音从对面传来,是毫不惊讶的语气,叫她往车窗外看。

尤雪珍便静下心转头,惊讶得逐渐失去言语能力。

火车两侧是开得正盛的白梅花,每棵树上都绑了夜灯,朝上照着花枝,将花瓣的纹理都照得通透。火车上的灯一关,窗外的夜灯就格外分明,烘托得夜色下的梅花涌成两条泛着清香的花河,又似雪落在其中。

她感觉火车的速度甚至都慢了下来,贴心地照顾着火车内的乘客,方便他们仔细地看清"梅花河"。

尤雪珍觉得自己现在的样子一定没眼看——嘴巴微张,像个傻子。

一句"天啊"憋在胸口,好在压抑住了,没像个文盲似的脱口而出,而是文质彬彬地称赞:"太漂亮了!"

好吧,也没有文化到哪里去。

她完全不舍得收回视线,一边盯着窗外,一边问孟仕龙:"你早就知道这个?这是什么?"

他这才坦白:"我在网上查到的,说这趟火车的末班车会在梅花盛开的这几天经过这一段路时关灯慢行,让大家赏花。"

尤雪珍恍然大悟:"怪不得你要拖到坐末班车……果然是故意的。"

-269-

"对,但当时告诉你就没有惊喜了。"

如果此时车内骤然开灯,她就会在车窗玻璃上发现看着窗外的自己,以及侧脸看着她的孟仕龙,那么她的大脑应该就会拉响某种危险警报。

可惜车厢依然昏暗,唯一的光源就是窗外的灯光。他们沉浸在这片昏暗中,她听见孟仕龙低声道:"我會喺送佢返屋企嘅最後,忍唔住親佢啫。"

尤雪珍看向他,脸一半暗一半微亮:"你在说什么?"

"还记得这句话吗?圣诞夜我们在港岛吃饭的时候,你问我是什么意思。"

"啊——"尤雪珍回忆起来,"你现在才要告诉我?"

"嗯。"他翻译自己的这句话,"这句话的意思是,我会在最后送她回家的时候……"

他一边说着,一边看着她的眼睛。

火车慢慢向前,梅花的影子一片接着一片在两人的侧脸摇曳。孟仕龙半起身,越过横亘在他和她之间的桌板。

"忍不住亲她。"

他一只手撑着车窗保持平衡,凑到她跟前。

"她愿意给我亲吗?"

梅花的影子变成他弯下腰的影子,占据了她的侧脸。

尤雪珍的心猛地紧缩,以为他会有下一步动作,但是没有。

没有等来她的首肯,他便只是看着她,用欣赏窗外梅花的目光近距离地看着她,恪守着并非恋人的距离,也绝非是朋友的距离。

两人加重的鼻息凑在一起,如夜风侵袭花朵,气味便融在一起。

尤雪珍被动地仰起头,对上他垂下来的眼睛,还有……他的嘴唇。

她从没好好凝视过他的唇,仅有的可以近距离观察的契机是那两次化妆。但一次刚熟起来不好意思,还有一次虽然熟了,但还是不好意思。

而此刻,想凝视他的欲望压过了不好意思。

借着不清晰的光线,她看清了他嘴上的纹路,发现他大概不爱用润唇膏,导致嘴上有好几处死皮。

"你嘴巴好干……"她描摹着他的唇线,"我借你润唇膏吧。"

她边说边在包中摸索,真的掏出来一支唇膏。

孟仕龙伸手要接,尤雪珍却虚晃而过,涂到了自己的唇上。

一片梅花瓣被夜风吹向车窗,窗内孟仕龙撑着窗户,花瓣贴在车窗上,像是刚好落在他的掌心。

他的掌心却慢慢滑下去,和他的围巾一起,被尤雪珍拉下来,拉到她微抬起脸就可以亲住他的位置。

不一会儿,车窗上的梅花又被吹落。

它飞开的瞬间,车窗内侧的尤雪珍闭上眼睛,像一只献祭的小动物,抖着睫毛,贴上孟仕龙干燥的嘴唇。

一分钟之后,车灯亮起。

两人慌张地分开,尤雪珍的羞耻感就像这突然亮起的车厢白炽灯,措手不及,却又无处可藏,最后慌张地扯了个蹩脚的理由:"你看,你现在嘴唇不干了吧?"

孟仕龙听完后就笑了,又在她的瞪视下正色,装模作样地对她说谢谢。

听到这两个字的尤雪珍差点没把头埋到座椅下面去。

孟仕龙坐回位子,尤雪珍完全不敢再看他,仿佛多看一眼就会引火烧身,和刚才拉他下来接吻的自己判若两人。

但尤雪珍知道,这个接吻不是意外。或许有一点气氛烘托到那里的头昏脑涨,那也先得有东西可昏头。

原来被另一种爱情击中的时候,心不光是动的,还是痛的。是一种大拇指踢到那个人鞋后跟的痛,那瞬间会连导到心脏都会抽痛,她不以为然,不知道脚趾已经留下瘀血。

对叶渐白的那份喜欢像是涂在指甲上的指甲油,这么多年刷了一遍又一遍,她把它们藏到了鞋子里,没有被任何人看见,于是连她自己都看不见了。

如果不是对孟仕龙产生接吻冲动的这一刻,她不会发现指甲油在不知不觉中已经脱落得快不剩了。

于是,藏在斑驳下的爱情的瘀血,沉甸甸的红色,触目惊心,她看见了。

火车快到站的时候,她的手机开始振动。

看到来电界面上"叶渐白"的名字,尤雪珍默不作声地将手机翻了个面,将其塞进大衣口袋。

这一天孟仕龙最后将尤雪珍送到了学校,分别时捏了下她的手,对火车上的那个吻没有任何多的追问,以此来告诉她不必对这个吻感到压力。

尤雪珍也没说话,看着他的眼睛,点点头,和他分别。

叶渐白像是一个沉重的书柜,放在地毯上好多年了,即便下定决心把柜子挪走,但挪走的当下,地毯上仍有一块属于他形状的凹陷。

她想,得给自己一点时间等待心里那一块地毯复原,不然这对孟仕龙来说不公平。

第二天睡到中午醒来,尤雪珍第一时间去看微信。各个群里,新年问候到大年初四了依旧火热,袁婧给她发了跟家人去海岛度假的照片,让她帮忙挑哪张更好看。叶渐白问她昨天怎么不回电话。毛苏禾给她截图了一张和左丘的聊天记录,问她该怎么回复比较合适。

她扫过这些消息,手指不停歇地往下滑,终于翻到了孟仕龙的消息。

他是清晨最早发来的,第一条是一张图片,消息被压在下面。

龙:看到了很漂亮的日出。

尤雪珍嘴角浮出笑,轻微翻过身,脸压在枕头上,双手摁在聊天框里反复斟酌。

-271-

珍知棒：今天店不是不开吗？怎么起这么早？

她盯着屏幕干等，没有收到回信，毕竟间隔太久。

尤雪珍回复完其他人的消息，放下手机爬下床。从水房洗漱完回来，脸上的水珠还来不及擦，就又爬上床去摸手机。

她刚发给孟仕龙的聊天界面又被一堆无足轻重的群聊压下去了。

他还没回。

尤雪珍无意识地鼓了下嘴，刚想摁灭屏幕把手机扔到一边，忽然心思一动。

她点开孟仕龙的个人界面，一口气将他置顶，中间那些恼人的群聊终于消失不见了。

这好像是她第一次对自己如此诚实，从前想将叶渐白置顶都不敢，怕暴露多余的情绪，于是借着备注将他顶到首字母的联系人第一位就满足了。甚至有时候他消息来的时候，她都要故意憋着不看。哪怕身边没有任何人，她也要憋一会儿再打开——因为暗自单恋已经处于下风，这些无用的矜持会给她一点点体面的支撑，好让她觉得自己还能掌控自己。

但这一刻，她想，自己为什么会愿意诚实？

脑海里闪过孟仕龙将她置顶的那个界面，她想，大概是在明确又柔软的爱意面前，虚假的矜持不再是支撑，而是讨人厌的架子，容易将人隔开。

所以，她要慢慢把它丢掉了。

下午尤雪珍准备认真地在宿舍里修改论文，写着写着哈欠连天，撑着手臂头一栽，直接昏睡过去，直到手臂被压麻才醒。

尤雪珍擦了擦嘴角流出来的口水，第一时间又去摸手机。

一眼扫见置顶的那一个红点，她心满意足地点开。

龙：不是早起，而是一直没睡。

尤雪珍撑着额头，慢慢地品读这一句话。

很普通的一句话，读起来却像在读诗歌。它和诗歌一样，背后潜藏着需要解读的深意——为什么没睡？

也和我一样因为那个吻吗？

脸又慢慢地烧起来，尤雪珍将额头抵在冰凉的桌面上，深深吐气，就着这个姿势回复了他一句不痛不痒的话。

珍知棒：那你今晚早点睡！

以为他又要隔一会儿才回复，结果消息很快就过来了。

孟仕龙说自己在陪老豆钓鱼，因为明天店开张后就没有空闲了。他还发了一张从侧面拍的照片，孟爸爸握着钓竿坐在河边，他的半只手也入了镜。

尤雪珍的注意力却全在那只手上——昨夜虽然是她主动吻上去的，但她吻了一下就想后退，是这只手追上来，捧住她的脸。她没能逃开，但是他又很笨，不会下一步，只是嘴唇贴着嘴唇。两个人像被丢在末班列车上的弃猫，紧贴着彼此，发出忽浅忽重的气息。

他的嘴唇比猫爪的肉垫还软热，她感受着他的温度，在昏暗中整整持续了一分钟。

尤雪珍倒扣手机，将这张勾起回忆的照片压住。

孟仕龙左等右等，没等来下一条消息，直勾勾地盯着手机。

身边老豆看他一眼，随口问："刚你影我做咩（刚你拍我照片做什么）？"

他含糊其词："练习影相（练习拍照）。"

孟爸"哦"了一声，良久才冷不丁说过年之后店里要再招一个人。

孟仕龙皱眉："点解？间店唔系够人咩（为什么？店里人手不是够吗）？"

孟爸叹气："我係想俾你唔驶咁多时间帮手间间啦，既然钟意影相，多D时间学下（我是想让你少在店里帮忙了，既然喜欢拍照，就多花时间学学）。"

孟仕龙摇头："我顾得过嚟（我顾得过来）。"

"做事唔好一心二用，你睇你而家一条鱼都钓唔到（做事不好一心二用，你看你到现在一条鱼都没有钓到）。"

孟仕龙无言，他该怎么说呢？他的心不是用在拍照上，而是在别处，只要看两眼湖面，第三眼就会飘去看手机。

孟爸主意已定："甘啦，反正间店而家生意顺，唔驶再顾住间店啦，爸爸可以。早就想同你讲，你呢个人硬颈，一直唔听我嘅（就这样吧，反正店里现在生意走上正轨了，你不用再顾着店里了，爸爸可以。早就想跟你说了，你这个人倔，一直不听我的）。"

"嗰係因为我担心你身体（那是因为我担心你身体）。"

"我之前同意你唔去读大学唔係因为爸爸需要你帮手，呢个世界唔一定要按部就班咁长大，当时你有啲咩动力做任何嘢，我逼你读书你都唔一定读得好，咁学一门煮饭嘅手艺都可以安身立命啊。但而家你有自己想做嘅嘢，你就去摸索你想过嘅人生啦。唔使担心爸爸（我之前同意你不去念大学不是因为爸爸需要你帮忙，这个世界不一定要按部就班地长大。你那个时候提不起劲干任何事，我逼你去念书你也不一定能念得好，那学一门做饭的手艺也可以安身立命。但你现在有自己想做的事了，你就去摸索你要过的人生。不要担心爸爸）。"

一条鱼咬住鱼饵，孟爸三两下收杆，解下鱼口中的钩子，又将它放回静谧的湖中。他钓鱼总是如此，钓上来，却从不将鱼收起，而是放它们回到它们该去的地方。

孟仕龙视线追着鱼的身影，直到水面上那点波动完全回归安静。

一切都像过去的那个傍晚，落日，湖面，他们并肩坐在一起，他草率地做出决定，自以为是在牺牲自己来帮助爸爸。但他这一刻才发觉，也许一直以来都是父亲在包容他，接纳他的止步不前。

他该重新出发了，不再让自己背负遗憾，为自己想要去的世界、想要喜欢的人挣得底气。

孟仕龙慢慢握紧掌心，出声打破了安静："老豆，我可唔可以同你要个生日礼物（老爸，我可不可以向你要个生日礼物）？"

"真係难得你会主动开口问我要（真是难得你会主动开口问我要）。"孟爸笑了，"好啦。日子过得真快，你又要大一岁啦。"

孟仕龙一鼓作气："唔如下个月关几日间店啦，我哋两个出去旅游吧，点睇（不如下个月关几天店，我们俩出去旅游吧，怎么样）？"

孟爸面露惊讶："好啰……你想去邊度（好啊……你想去哪里）？"

"印尼。"

"啊……"孟爸想了想，"嗰度係唔係有个罗布泊火山（那里是不是有个罗布泊火山）？"

"有咩？我点解唔知（有吗？我怎么不知道）？"

孟爸拧着眉头："点解冇啊？你细细个仲写入篇作文入面（怎么没有？你小时候还写进作文里）。"

孟仕龙反应过来，失笑说："嗰个叫布罗莫火山，罗布泊係盆地（那个叫布罗莫火山，罗布泊是盆地）。"

"哦，布莫罗……"孟爸尴尬地重复了一遍，"原来係布罗莫，对唔住（哦，布罗莫……原来是布罗莫，对不起）。"

"呢个有咩好道歉嘅（这有什么好道歉的）。"

"是对唔住……隔咗咁耐，应该当年就带你去嘅（是对不起……隔了这么久，应该当年就带你去的）。"

闻言，孟仕龙轻皱鼻子笑起来，仿佛变成了当年那个一笔一画在作文簿上写下"我的梦想是亲眼去看布罗莫火山"的小孩。

他伸了个懒腰，轻快道："而家都唔算太迟啦，系咪（现在也不算晚，对不对）？"

孟爸揉乱他的头发："几时都唔算迟（什么时候都不晚）。"

接下来的几天，孟仕龙家的店开张，他开始忙碌。而尤雪珍这边还不需要去殡仪馆兼职，索性就成天泡图书馆，非常清静。

两人时不时通过微信联络，虽然并不是实时的，经常一条消息隔很久才会被对方看见，但这种缓慢又知道一定能得到回应的频率就很舒适，像在互相陪伴对方做事。

初七的时候，她收到叶渐白的消息，叶渐白说他今晚回来，又捎了很多土特产及叶妈妈的爱心酱菜，让她去家里拿。

尤雪珍正处在跟自己暗暗较劲的截断期，但又因为是叶妈妈带的东西，她不得不收。

珍知棒：这回直接闪送吧，我在学校。

阿凡达：行。

结果晚上一直没有联络，尤雪珍猜想可能飞机晚点，也就没顾这茬，直到晚上十一点她都回宿舍准备躺平了，又突然收到叶渐白的微信，说他快到学校了,十分钟之后校门口见。

尤雪珍有些惊讶。

珍知棒:你不是叫的闪送吗?

阿凡达:有些话想跟你说。

尤雪珍内心嘀咕,不会是叶渐白和他爸闹什么矛盾了吧?

她略感不安地穿上外套,看时间差不多了来到校门口。

而叶渐白的车已经停在那里了。

他下车同她招招手:"先上来吧。"说着就拉开了副驾的车门。

尤雪珍有些奇怪地看着叶渐白。虽然只是隔了一周不见,她却觉得叶渐白的神态让她觉得有一些难以表述的陌生。

她坐进车内,等他也重新上车后,单刀直入地问:"有什么事吗?"

叶渐白的肚子在这时候不合时宜地响了一声。

"刚下飞机我就赶过来,没怎么吃东西。"他抿了下唇,"要不一起去便利店买点儿吧,在那里也可以边吃边说。"

他酝酿着的气氛让尤雪珍更觉得很古怪,莫名有一种将要进诊室听医生说报告的慌张。

两人最终还是一起下车。

便利店隔了条街,距离不远不近,却因为午夜过低的温度变得有些许难熬。

尤雪珍走得哆哆嗦嗦,下一秒,身上多了一件外套。叶渐白把衣服脱给她,按平常,他绝对会先笑她两句皮薄或者数落她是不是又想感冒,才不会这么温和地表达关心。

尤雪珍反而感觉更冷了,把衣服还给他:"不用啦,就这么几步路。"

他话锋一转:"就几步路也很冷啊,那要不然你的外套给我?"

刚才的古怪在这一刹消弭,他似乎又变成了她熟悉的那个叶渐白。

尤雪珍无语又松快地朝他翻了一个白眼。

便利店里的空调打得很足,尤雪珍一推开门顿时感觉活过来。她本来不饿,但经过刚才一路上冷空气的摧残,导致她看见柜台上热气腾腾的关东煮忽然就很想吃,可以暖暖身体。

"我想吃关东煮,你吃吗?"

"不了,我热个便当吃。"

他去冷柜里拿了个猪排便当,她则跟店员要了关东煮,让人家帮忙多加一点汤。

尤雪珍捧着关东煮坐到落地窗前,趁热喝下一口汤汁,发出"呼"的满足喟叹。

柜台上摆放的微波炉发出"叮"的声响,猪排的香气随着热气散发出来,叶渐白拿着热好的便当坐到尤雪珍旁边。刚坐下,就神不知鬼不觉地捞走了她碗里的一根蟹棒。

"你又抢我的!"尤雪珍怒瞪他。

叶渐白耸肩，把自己的猪排推过来："给你夹一块，公平吧？"

"才不公平，我又不想吃你的猪排。"

"行行行，还你。"他把蟹棒丢回她碗里。

尤雪珍翻了个白眼，又丢回去："掉地上的我不吃。"

"哪有掉地上？"

"被你夹过和掉地上没差。"

"那你等着——"

叶渐白说着作势又要夹尤雪珍碗里其他的东西，尤雪珍赶紧护住碗，心头的不安终于完全消散，心想大概刚才都是自己的错觉。

两人打闹时，他们面前反射着店内白炽灯的玻璃窗上，忽然贴上一片雪花。

尤雪珍视线顿住，还以为自己眼花了。

接着，第二片，第三片……

下雪了？

她赶紧拍开叶渐白的筷子，靠近窗户，为了看清窗外，鼻尖都快顶上玻璃了。

夜色下正飘着细密的丝线，分不清到底是雪是雨。

看了半天，她才确认这大概是雪，只不过西荣这座南方城市让雪看起来也格外腼腆。

她惊讶道："好难得，西荣居然会下雪。"

他们的老家每年冬天都会下雪，但西荣很罕见，所以她的这份惊讶来自西荣，而不是雪本身。她对雪没什么热情，从小到大早看习惯了。

但是……

尤雪珍的神色忽然有些恍惚，她记起有一个人跟自己提过，他还没见过雪。

很意外，这似乎是他们第一次去兜风时孟仕龙说的话，她居然在隔了这么久后，看到雪的第一时间就迅速想起来了。

也许她比她自以为的要早很多很多就在关注他。

尤雪珍回过神，掏出手机，隔着玻璃想拍下下雪的画面，但玻璃反光，拍不太清楚。她拉上刚松开的外套拉链站起身："我到外面拍段视频。"

便利店的自动门"叮咚"一声打开，尤雪珍被扑面而来的冷意包围，鼻子最先受不了冷热变化，连着打了好几个喷嚏。

真要命……她立刻想钻回温暖的便利店，硬生生忍住了，在呵气成冰的夜里举起手，将镜头对准夜空。

叶渐白没动，隔着玻璃窗看着她兴致勃勃的背影。

尤雪珍拍了十来秒，停下来看拍出来的画面，却发觉拍得像是下雨，估计是在廊下拍的这个角度不行。

她拉上外套帽子，干脆走进雪中拍。看着镜头里出现的效果，果然比刚才好多了。

尤雪珍全神贯注地举着手机，连身后便利店的门又一次开关的声音都没听到,直到后背突然覆上一件外套。

她诧异地回头,看到叶渐白穿着白色毛衣站在她背后,外套已经在她身上。

他跟着看了眼天上的雪:"以前不见你拍雪这么积极。"

尤雪珍含糊其词:"你不懂。"她收起手机,又把外套还他,"好了,进去吧,拍完了。"

两人又返回便利店内坐下,关东煮的汤底变温,尤雪珍草草地夹了一筷子海带放进嘴里嚼,眼睛却没离开过手机——她正在相册里编辑刚刚的视频,把头尾截短,然后点开微信发送给孟仕龙。

她不知道孟仕龙有没有睡着,但还是按捺不住地立刻发给他了。

叶渐白看着玻璃窗,镜面里她的一举一动都让他无法再欺骗自己,她的积极是因为想把这场雪分享给别人。明明他们就在彼此身边,共同看着眼前的这场雪,她却低下头,将这场雪分享给不在此地的人。

他几乎能猜到是谁,但他不想问,假借低头吃东西的动作,用余光去捕捉她的手机屏幕。

她还是没用防窥膜,让他轻易地看到了那个备注的名字,以及那个名字所在的位置。

居然在顶端。

他的脑中闪过一种声音,像是KTV里有人拿着没关的麦克风把玩时猝然迸发的电流声,快要将人耳膜刺破。

尤雪珍见孟仕龙没有回复,猜到他应该已经睡了,等了一会儿才摁灭手机,抬头才发现叶渐白脸色茫然,搅动着筷子,几乎把猪排都戳烂了。

"这个猪排很难吃?"尤雪珍自动理解为他不想吃,"怪不得你刚刚要把猪排给我!"

他一言不发。

尤雪珍见状,有些尴尬地收住话头,问他:"所以你到底要跟我说什么?"

叶渐白沉吟,门口传来自动门打开的"叮咚"声,有人进来了。

思绪被打断,他说:"要不还是回去再说吧。"接着起身将猪排饭盖起来丢掉,又去柜台要了一包烟和一把伞结账。

刚刚消散的不安又弥漫到尤雪珍心头。

到底是什么话,居然三番两次难以说出口?

她把关东煮里的最后一个鸡蛋吞下去,收拾好垃圾跟上来。

雪越下越大,叶渐白撑开伞,遮到尤雪珍头顶。

"走吧。"他说。

地面变得湿滑,安全起见,他们回程的速度不像来时那么快,两人并肩慢悠悠地走。街道似乎变长了,也更安静。

快走到校门口时,他忽然叫她的名字,并说了一句在尤雪珍听来莫名其妙的话。

"我现在能把圆周率背到小数点后十位了。"

尤雪珍疑惑道:"你突然背那个干什么?"

叶渐白低头看向她,答非所问:"终于知道 3.1415926 接下来那个数字是 5 了。"

尤雪珍呼吸一滞。

心头弥漫的不安凝结成的大雾,在这一刻落成飘在身上的雪,一起冷酷地洒下来。一个遥远的回忆浮现,但她希望只是自己多心,若无其事地附和:"哦,原来是 5 啊。"

"是啊,跟你给我打的分数一样。"

尤雪珍愕然,此刻,呼之欲出的念头就摆在眼前。

她深吸一口气,仍不可置信地问:"什么打分?"

叶渐白不再兜圈子,直接挑明说:"我看到那张纸的背面了。"

她彻底沉默。

在这过分的寂静中,尤雪珍才感觉到原来落雪是有声音的,它打在透明的伞面上,发出特别微弱的动静,就好像她的声音。于是也过了很久很久,在今天才被他发觉。

尤雪珍的喉咙发干:"课本你不是弄丢了吗?"

"郭茹把课本还给我了。"他言简意赅地解释,"当年是她拿走的。"

雪飘在伞面无法遮挡的地方,落在肌肤上,冷意浇灭了一些慌乱。

尤雪珍不知道该说什么,对此,她回了一个"哦"。

有些东西就该永远消失,不是所有遗失物被找回来都值得庆幸,就比如那张打分表。

见她不说话,叶渐白轻声问:"那行字,不是开玩笑的吧?"

尤雪珍笑了笑,却没有笑意:"就是玩笑啊。"

"……不要骗人。"

尤雪珍还在笑:"当然没骗你。我一直拿你当最好的朋友,怎么可能喜欢你?"她边说边看着雪后的地面,这里已经有了一个黑色的水坑,水面盛着一束迎面驶来的车辆的车前灯光。车子驶过后,水坑闪着黑色的波纹。

夜里的雪继续安静地下着,渗透进这片黑色的积水中。

叶渐白的喉结一滚,也像玩笑般故作轻松地说:"可是,如果我已经没办法只拿你当好朋友看呢?这怎么办?"

他踩入水坑,将倒映在水坑里的世界,那个他们以好朋友相称的世界,一脚踩碎了。

/第十七章/
对不起，让你久等了

叶渐白说完，四周的雪似乎都冻结了，停在半空，冰晶看上去像世界正在崩裂的裂痕。

尤雪珍的情绪反应已经罢工，木着一张脸问："你这话是什么意思？"

他把伞递到她手中，从伞下退开，难挨地掏出刚才买的那包烟，抽出一支点燃。

白色烟雾从他嘴里逸出，他的喉头滚了又滚，才又说了一句："我喜欢你，尤雪珍。"

尤雪珍听到自己的名字被他念出，和"我喜欢你"四个字关联在一起，却觉得多么荒谬，以至于她觉得这三个字仿佛是别人的名字，不是她的。

她捏着伞柄，指节发白。

叶渐白没有再说话，速度很慢地抽着烟。站在伞外的他和缤纷的雪融为一体，他手中抖落的烟灰也像雪，滚烫的雪。

他抽烟的姿势已经很熟练了，一点都没有她发现他第一次抽烟时的生涩。

他们不仅是朋友，同时也是最初替对方谋杀伤痛的帮凶。

所以他怎么可以那么轻易地说出这句话呢？

尤雪珍在被戳穿的慌乱后，心里浮上来的居然是一种愤怒。

她小心翼翼地维持着、保护着他们的关系不被她的私欲破坏，可他呢？

是出于试探，还是出于好玩？总之不会是出于对她的喜欢。唯独这一点，她不相信。

所以她更愤怒。

尤雪珍冷下脸，一字一顿道："这个玩笑不好笑。"

叶渐白因为冷意吸了吸鼻子，喃喃说："这次新年回家，我回高中看了看，出来的时候，经过那个我们每天上学都会路过的图书馆。那天我走到门口，看着里面的灯，突然意识到我一次都没有进去过。"

尤雪珍一愣，也想起了那个图书馆。

被他这么一提起，她才意识到自己好像也从未进去过，明明那时候每天都会看到，却没有一次想进去的念头。

—279—

叶渐白垂下眼，像是自言自语，又像是在问她："也不是说讨厌图书馆不想进去，好像只是因为天天能看到的地方，总觉得下次有机会再进去。难道是因为这样，才直到毕业都没去吗？"

尤雪珍的舌尖尝到一丝苦涩，仿佛预感到他接下来要说什么。

"不过那天我终于看见它了，决定走进去。坐在那里的时候，我想到了你。"叶渐白望向她，"我在想，你就是那座我一直看见却一直路过的图书馆。"

它和她一样，总是紧闭着门。可比起图书馆，她更像一幢沉默的堡垒，一座青春的地标，总是立在那儿，让人安心，却也不会让人产生更多想法。

直到有人不远万里，先他一步推开了那扇门。

在孟仕龙之前，当然也有人追过尤雪珍，起先叶渐白以为孟仕龙也会是那些人中的一个。那些人个顶个的烂，有人曾用匿名账号在尤雪珍的QQ空间表白，后来打篮球的时候，他无意中听到原来那是隔壁班几个男生的一个赌，他狠狠揍了那帮人一顿。后来他对接近尤雪珍的男生都极为戒备。

同样，他看孟仕龙不顺眼，也认为孟仕龙能是什么好货色。年纪轻轻已经在社会上摸爬滚打，彼此经历这么不对等，尤雪珍怎么玩得过？

他觉得尤雪珍也根本不可能会喜欢孟仕龙。

但在港岛，尤雪珍丢下他去和孟仕龙过圣诞夜的那一刻，他开始意识到，或许这个人是不一样的，或许这个人真的会夺走尤雪珍。

在港岛的最后那个夜晚，他口不择言地让她不要和孟仕龙来往，连他自己都分不太清这到底是出于朋友的占有欲，还是更可怕的心思。

但在除夕的那个夜晚，他终于厘清了这份在胸口横冲直撞、快撕裂自己的情绪是什么。

差一点点，他就要和最好的朋友接吻了。

但是他也知道，自己吻下去就完了。

她已经要走了，顺利的话很快可以开启一段恋爱。他们当了那么多年朋友，在这个节骨眼他要是吻下去，他们就连朋友都没得做了。

至少，在看到那张纸背面的那行字之前，他一直不确认她会对他掺杂除了朋友以外的情感。

试衣间里撞见他和别人在一起，她能轻松地发来微信调侃；黄芊茹急性肠胃炎，他不得已放了她鸽子，却发现她原来根本不在乎和他的约定；生日聚会上以为他对毛苏禾有意，她就主动换位子帮他牵线搭桥……还有太多太多她面对他那些恋情时的云淡风轻。

他偶尔会想，这不会是除了朋友以外该有的反应。

也不是没有觉得不对劲的时刻，但谁又敢说这不是一种对朋友的占有欲呢？就像他也会对她有那样的情绪一样。

这世界上随便谁都可能会喜欢他，唯独尤雪珍不可能。那个见证过他那么多难堪的人，更别说他见过她喜欢一个人是什么样子。

因此，察觉到自己即将失控的时候，他逃了。无论是在圣诞节后让自己疏远她，还是年后借口莫须有的婚礼匆忙订票回家，用拉开的距离和时间让自己调整好如何去假装，至少得学会跟她一样的云淡风轻。

假装对他来说不难，就像曾经假装父母感情很好，他是个很幸福的小孩一样。

现在假装他们依然是很好的朋友，等某日收到她和孟仕龙交往的消息，他会学她调侃他一样调侃她。

他想，人最直白的感情往往需要隐藏。真心话是俄罗斯转盘里藏在空弹里的唯一一发实弹，而人和人的羁绊是躲在山林里的小鹿，越长久越不能惊动，放任自己就是送给这段关系一颗子弹。

他还记得高中那时候自己痛苦挣扎了一个月，告诉妈妈其实爸爸出轨了，问妈妈要不要离婚的那个夜晚，妈妈轻松地插着花，把多余的枝丫剪掉，笑了笑说："小白，我早知道了。"

妈妈没有任何表示，用一直微笑的脸告诉他这就是生活的真相。

从此，那种意识逐渐渗透进他的人生。

所以就算到此刻，他依然并不清楚，自己对尤雪珍的感情到底是现在才意识到，还是很多年以前。

高一的某个黄昏，大家在操场上体育课。他借着上厕所偷溜回空无一人的教室，从书包里拿出揣了一路的《樱桃小丸子》全集，想塞给刚经历爷爷去世的尤雪珍。

他走到她的书桌边，弓着腰一本一本地很努力地把漫画塞进去，塞得太满，她的音乐课本从里面掉出来了。课本里夹着一张音乐老师的素描。

看着静静躺在地上的画像，他突然汗流浃背。

广播里叮叮当当响起下课铃，他用校裤蹭掉手上的汗，匆匆把画像叠好，重新夹进课本，塞进书桌，关上教室门。随着黄昏一起落下去的，是他没来得及去细想到底是什么的心绞痛，也被塞进那年的空教室，塞得很满，很满。

他想过是不是自己误会，试探地问尤雪珍后却得到了不要告诉别人的回答。被戳穿后的尤雪珍在他面前也就不再避讳，他变成她暗恋的唯一出口。放学回家的路上，两人一人一瓶汽水，不过都是他在喝，她在说，说老师今天冲她笑了，老师今天穿的黑衬衫好有气质，老师弹钢琴的姿态很优雅，老师老师老师……

"砰"，碳酸汽水在他胃里爆炸。

他粗暴地打断她，嗤鼻："这点事情都能说成祥林嫂，至于吗？"

尤雪珍不高兴地皱眉，凶他："你没喜欢过一个人，你根本不懂！"

他不服气，喜欢一个人能是什么感觉，真的能像她表现出来的那样快乐吗？

他不想认输，他想在尤雪珍面前也有东西可说，想要感受喜欢一个人的快乐，于是他最后接受了郭茹的告白。

接受告白的那个晚上，他照例和尤雪珍一起放学回家。路上，他模仿着她那样兴高采烈的语气说自己谈恋爱了。

她意外地"哦"了一声。直到走到分开的岔路口，她的眼泪忽然像瀑布一样落下来。

他慌里慌张地问："你怎么了？"

她越擦泪水涌出得越多，语气却是轻描淡写的："老师要结婚了。"

他愣在原地，被那些眼泪淹没，陆地变成海洋。

现在再回想起来，也许当年你的眼泪，是不是有一点是为我而流的呢？

为什么当年让我看见的是那张画像，而不是那张表格的背面？

叶渐白压住心里传导上来的痛感，越发微笑地看着她。

"收到课本后我想了很多，还想着是不是烧了它，就可以装作什么都不知道。"他依旧故作轻松，"但如果……如果我们还有可能……"

尤雪珍没有回答，因为她的手机响了。

她先前给孟仕龙发了那个视频，此刻他给了她回音。

龙：好漂亮。

龙：你名字中的雪。

有时候，风景并没有多大的意义，雨是雨，风是风，雪是雪。尤雪珍从没想过自己的名字也能具化成一场雪，有人喜欢这场雪，是因为她的名字。

叶渐白眼睁睁看着她因为逃避问题去看手机，然后陷入愣怔。

雪下得越来越大，像烟雾，隔在曾经最亲密无间的他们之间。

不知过了多久，尤雪珍抬起头，终于看向他被雪花冰冻的脸。

"事到如今，那就打开天窗说亮话吧。那的确不是玩笑，写下那行字的时候，我真的很喜欢你，喜欢到讲出来就害怕失去你的程度。

"但是现在……"

她想着孟仕龙望向自己的眼神，紧了紧手心。

那里仿佛还留有他的眼泪。

"我心里已经住进另一个人了。"

尤雪珍说完这句话，叶渐白的表情静止，雪花却依旧继续往下落。在这个空隙里，她把伞还给他，转身离开。

曾经，叶渐白向自己告白的场景无数次在她的幻想里、梦里出现过。有时候想象会耗尽人的力气，正式开赛的时候，反而没余力登场了。

她做不出好的对应，甚至到现在依然并不认为这是真的。

这或许是个恶作剧吧！

这是她的第一反应。

但是她发现当她说出"我心里已经住进另一个人了"之后，那副从来只会冷落别人的脸上出现了被人冷落的表情时，她说不上来自己是痛快还是痛心。

压在心里这么多年的感情交代出去，身体突然就空了，上宿舍楼的脚步都是飘着的。她觉得很空，这种空是一种介于轻松与空虚之间的茫然。

-282

尤雪珍很早就认为自己是个大人了,在她过完十八岁生日的时候,在她收到大学录取通知书的时候,在她拎着行李箱登上飞西荣的航班的时候,她都觉得自己要去往新天地,以一副无坚不摧的大人模样。

但转身离开的那一刻,她才知道自己或许并没有成长为自己想象中的大人。

一回到宿舍,身体就承载不住情感的高负荷,她用尽最后的力气爬上床,倒头栽进枕头。

这个晚上她应该是做了很多混乱的梦,醒来后却一个也不记得,唯独能想起的事是孟仕龙的消息自己还没有回。

她赶紧按开手机,被微信里多到可怕的红点消息提示惊到。

谁给她发了这么多消息?

点开微信才发现,原来是被拉进了一个新的小群。

群名叫"告白大作战"。

群主是左丘,他把尤雪珍、袁婧、孟仕龙,还有叶渐白全拉进来,唯独没有毛苏禾。

尤雪珍往上翻了遍聊天记录,才知道左丘要背着毛苏禾搞个大动作——原来过两天就是2月14日,情人节。

这天总是和过年隔得很近,对一向单身的尤雪珍而言,就是一个赖在家挺尸的日子。

不过高中的时候,叶渐白还没开始谈恋爱,他会跑来骚扰她,非要拉着她出去过节,活动无非就是吃饭看电影。两个人都是在家里吃过饭的,便省去这一步骤直接去了电影院。

影院人山人海,叶渐白看了看电子屏上滚动的排片信息:"你想看哪部?"

尤雪珍哪部都不想看。

上映的全都是爱情电影,和叶渐白在这个节日看关于爱情的电影感觉很奇怪。

她皱着眉头说:"别了吧,我们俩看什么爱情电影?"

叶渐白愣了下,点头:"也是,和你一起就应该看点打打杀杀的。"

最后两个人转道去了私人影院,选灾难片,在情人节看世界末日似乎是一对损友的最佳选择。

他们那次看了《2012》。

记得电影快结束的时候,叶渐白在昏暗中转过头来,不经意地问:"如果我们两个人只有一张船票,你说我们会怎么办?"

她想了想,说:"那我们就石头剪刀布,谁赢了谁上船。"

他又问:"如果是你赢了,你就这么上船了?"

她说:"对啊,难道你赢了你会把船票给我吗?"

他说:"那当然不会。"

尤雪珍重重嗤声,却又听见他说:"我会把船票撕了。"

她吐槽:"你有病啊?"

他不置可否。

电影的片尾字幕播放完毕,小小的房间完全漆黑一片的时候,他才说:"无论我独自上船还是把票给你,好像都会很孤独。我们总是一起的,所以不如我们一起留下来,在世界末日的时候像这样并肩再看一部电影,再一起牵着手去死吧。"

那个时候她还没察觉他的心思,却在很久以后能精准地回忆起当时他的语速,像背诵琴谱那样,她记得他在哪个字停顿,在哪个字拖了音。

不过从那之后,他们就没有再一起过情人节。

他身边有了各式各样的女孩子,这一天再不会有空闲。她在朋友圈里刷到他和别人的合影时,一个人窝在房间,重温那年和他一起看过的《2012》。

电影放到诺亚方舟开船的情节,她忍不住想,这个骗子,明明还是一个人去了新世界。

那为什么如今又要从新世界里回来呢?正好在她也准备去往另一个新世界的时候。

尤雪珍继续翻看微信群里的聊天记录,左丘说情人节那天是毛苏禾的阴历生日,所以想组织大家一起给她过生日,给她一个生日惊喜。

毛苏禾此时还在国外旅游,不过情人节前夕会回到西荣。左丘已经买好了回西荣的机票,到那时,除了袁婧,其他人都在西荣,大大增加了这个计划的可行性。

袁婧已经在群里说了她会提前一天到,刚好可以陪陪过年没回去的尤雪珍。

而另外两个人……

左丘先是贱兮兮地特意"艾特"了叶渐白。

绿巨人:师哥,你这天没空不用勉强!

阿凡达:我想一起过节的人就在这个群里,我有什么好勉强的?

左丘回了个泪流满面的表情包。

绿巨人:天啊,师哥,原来你这么重视我们的友谊!

阿凡达:……

接着左丘又"艾特"了孟仕龙。

绿巨人:哎呀,孟哥肯定没问题吧?你这天应该没安排吧?

龙:不好说。

左丘惊得狂发"青蛙发癫"表情包,一看就是从毛苏禾那里偷的。

绿巨人:孟哥你难道交女朋友了?!

孟仕龙没有在群里回复,而是给尤雪珍发了私信。

龙:你去吗?

尤雪珍下意识很想当个缩头乌龟说不去。

叶渐白突如其来的告白令她受冲击，将她未复原的"地毯"划开伤口，露出最里面的那一层皮肤。眼下她不想和任何人见面，只想一个人待着。

尤雪珍清楚自己绝不是个勇敢的人，所以才甘心默守着这一份单恋这么些年。平常就连看剧看到高潮处，主人公的命运处于千钧一发之际，自己作为观众也会紧张到呼吸一滞，紧接着去按暂停键，看着静止的画面大大松口气。

她就是这样的善于自我逃避。

但是，人生没有暂停键。

尤雪珍打下"我去"这两个字。

情人节前的那几天，尤雪珍又开始了每晚去殡仪馆打工的日子，但她没告诉孟仕龙自己已经开始打工。她一个人摸黑走着山路，想通过这种方式来慢慢捋顺心情。

情人节前她向殡仪馆提了辞职，袁婧也提前一天回到学校。

打开宿舍门，看见尤雪珍一张精气被吸干的脸，袁婧吓了一大跳："你去哪儿被采阴补阳了？"

尤雪珍甩锅给殡仪馆："熬夜熬的。"

袁婧不疑有他，劝她："赶紧别做了，快开学了得调整下状态。"

尤雪珍趴在桌上虚弱地点点头："已经辞了。"心想如果感情也能和辞去一份工作一样可以简单抽离就好了。

左丘的计划是让尤雪珍假装单独约毛苏禾在情人节那天出来，把毛苏禾约到KTV，然后大家再推着蛋糕出现。很俗的把戏，不过俗气总是最受用的。

尤雪珍尽量让自己不露马脚。毛苏禾听说尤雪珍要在情人节约自己倒不奇怪，奇怪的是居然要约在KTV。

她疑惑道："我们两个人唱歌吗？"

尤雪珍打哈哈："是啊，外面都是一对对情侣，扎眼，我们躲包厢里唱歌，清静。"

见毛苏禾沉吟，尤雪珍心道不妙："你是不是有安排啦？"

她却说："不是啊，我还以为你会有安排呢，原来……"

尤雪珍没听明白："我？为什么？"

毛苏禾犹豫了一会儿，还是和盘托出："之前孟仕龙有找我聊，问我你都喜欢什么，我当时就想他肯定是在追你吧。"她嘿嘿一笑，有点八卦的语气，"看来他还没追到？"

尤雪珍咬住嘴唇，心口突突直跳。

毛苏禾继续絮叨："说起来还有点丢脸……那是他唯一一次主动找我私聊。不过我已经放下啦，随便咯。"

尤雪珍挂掉语音电话，点开和孟仕龙的微信对话框。

那天之后，孟仕龙经常会主动找她聊天，通常是发他的生活琐碎。

比如送外卖运气不好多遇到了一个红灯、路上看见了非常美的云朵、土豆发芽了但是他没有扔,切了一个小爱心给她……

她虽然回复得很简短,但保存了每一张照片,并且发现他的照片越拍越好了。在有了构图意识之后,他照片里某种温暖平实的气质有了很好的凸显,让人看了很舒服。

当天她跟毛苏禾约了晚上七点开唱,大家在没有毛苏禾的小群里约好提前一小时到包厢,把场地布置一下。

出发之前,叶渐白发来消息,说来接她们一起走。

他并不是私聊的尤雪珍,而是直接在群里发的消息,"艾特"了她和袁婧。

对于群里的"艾特",尤雪珍还是躲避了,说自己还有点事,让他们先去。

袁婧没有察觉到尤雪珍和叶渐白之间的古怪。等袁婧从宿舍里离开,又隔了十来分钟,尤雪珍才打着时间差起身,打车去了KTV。

时钟走到六点,暮冬的夜晚已近全黑,但KTV仍是一只未苏醒的夜行动物。前台懒洋洋地打着哈欠,尤雪珍走进店内,根据左丘报的包厢号一间一间地找过去。

店内的长廊亮着幽蓝色的灯,仿佛深海鱼的骨架,两旁空着的漆黑包房是这些海鱼的栖息所。她越往里走,越觉得自己像个没有携带任何装备的潜水者,越潜越深,逐渐呼吸困难,空气里溢满了看不见的海水,挤压着她最后停在包厢门前的身体。

她听见了左丘的说话声,袁婧的嚷嚷声,还有两道沉重的搬移东西的声音。这声音像两只鲨鱼擦肩而过激起暗涌的水流波动,就在这扇门的背后。

包厢内,左丘正在不停地给气球充气,袁婧把左丘充好的气球一个接一个地挂上墙,孟仕龙和叶渐白在挪桌子,因为左丘要在中心用花摆一个爱心。他除了想帮毛苏禾庆祝生日,还有个计划——向她告白。

他们两个人目前处在只差捅破一层窗户纸的状态,所以他想找个合适的契机,就是今天。不过袁婧听了他的计划后说这个告白方法太土了,十年前可能大家还吃这一套。左丘不忿,表示老套即经典,他反正要搞个仪式感!

于是,大家还是顺着他的意帮他布置了。

尤雪珍拎着蛋糕推开门,最先和叶渐白对上视线。他正好推着桌子转向,和她打个照面。

她有些不自然地展示了下手里的蛋糕:"去取了下这个,来晚了。"

叶渐白将蛋糕接过放在桌面上,说:"其实我们可以一起去取。"

尤雪珍抿了抿唇:"想着你们可以先来布置。"

他调侃:"原来是想让我们把活儿先干了是吧?"

语气那么熟稔,好像他们还是以前那样可以随便插科打诨的损友。

尤雪珍没有他这样的自如,没应声,视线一偏,看见孟仕龙已经转过身,正看着她。

对上一次见面的记忆还停留在接吻那刻,他的眼神近在咫尺,垂下去的睫毛可以碰到她的鼻尖。

尤雪珍心跳漏了一拍，转而略不知所措地跟孟仕龙打招呼："……嗨。"

说完，很紧张地看着他。

孟仕龙回她："嗨。"

一个不久前和自己接过吻的人，一个刚和自己告过白的人，他们好似都没有经历过那些事一样，打完招呼后继续干手头上的事，认真地布置现场，倒显得尤雪珍过分紧绷。

但在他们若无其事的态度下，她也逐渐放松下来，走到左丘身边去帮他一起打气球。

大家紧赶慢赶，总算在七点之前把场地布置完毕。尤雪珍赶紧看手机，发现毛苏禾提前到了，赶紧下去接人。

毛苏禾直到走进包厢前，还丝毫没有怀疑今天的一切都是冲着她来的。

尤雪珍故意走慢一拍，毛苏禾伸手推开门，"啪——"左丘站在门边放起飘满彩带的小礼花。

"Suprise！"

大家将毛苏禾围在中间，一起脱口而出："生日快乐！"

毛苏禾怔在原地："你们……"她回过头看尤雪珍，恍然大悟，"原来是这样……"

尤雪珍赶紧让功，指向左丘："是这家伙的主意，他超级想帮你庆生。"

左丘挠头："没有没有，大家都很想。"

毛苏禾佯装凶巴巴地责问左丘："所以你说你情人节有约了是骗我的？"

左丘连忙摇头解释："没骗你，我不是拜托雪珍师姐约你了吗？那不就是有约了？"

毛苏禾"喊"了一声："诡辩。不过看在你提前飞过来的份上，就原谅你吧。"

左丘难得不善言辞，"嘿嘿"傻笑了两声。

毛苏禾的视线一偏，看见房间中央用玫瑰摆成的爱心，露出无语的表情："这不会也是你的主意吧？"

左丘心虚地支吾。

袁婧煽风点火："可不是吗，我早吐槽过招式老套，你也这么觉得是不是？"

毛苏禾附和地点头："就是就是。"看着左丘完蛋的脸色，她又话锋一转，"但……这样的老套也不是不行。"

尤雪珍见缝插针地溜到点歌机旁，给这两人点播了一首背景音乐。音乐声中，左丘鼓起勇气，将一直背着的手伸出，手心里握着一束饱满的粉色蔷薇。

"送给你的情人节礼物。"接着他飞快地跟了一句，"收下就表示要做我女朋友！"

毛苏禾故意顿了一下才红着脸伸手接过花。

"啪——"

彩带飞舞,为了庆祝左丘表白成功,叶渐白靠在门边及时拉动彩条。

孟仕龙接着端出蛋糕:"来许愿吧。"

尤雪珍赶紧跟着切换成一首《生日快乐歌》。

大家配合有序,袁婧举着手机将这有纪念意义的一刻录下来。镜头里毛苏禾已经完全不好意思,不知是因为被告白,还是大家帮忙过生日,抑或两者都有。

她连连摆手,笑着说:"好了好了,大家唱歌吧。"

尤雪珍双手圈成小喇叭:"那我给你俩先来首情歌对唱怎么样?"

左丘迫不及待拿过麦:"好好好,给我俩来一首《纤夫的爱》。"

尤雪珍看向毛苏禾:"真要点啊?"

毛苏禾听到歌名,无语又好笑:"点吧,他唱我听。"

左丘抗议:"那女声部分怎么办?"

毛苏禾挑眉,说:"你上次看到蟑螂的尖叫声可以毫无压力唱女声。"她笑着吐槽,"这人好奇怪,密室恐怖片都难不倒他,结果看见蟑螂吓得贴到我身上,傻死了。"

左丘拿着麦清嗓子:"那是你不知道我还有比怕蟑螂更害怕的事情。"

"有吗?你还有什么丢脸的,快说出来。"

"我最害怕你不接受我的告白。"

袁婧"哎哟"调侃:"这一晚上光看你们撒狗粮,我真想先走一步了。"

她说这话只是开玩笑,不过一个小时之后,看着包厢里的另外三个人,她是真的想离开这里了。

情侣的"放闪"尚可忍受,但是三个人的风暴,那就该躲远点好。

左丘捏着嗓子唱完了《纤夫的爱》,最后又如愿以偿地和毛苏禾情歌对唱。

袁婧在他们唱的过程中噼里啪啦点了好几首,一看接下来全是自己的歌,赶紧催剩下三个人来点歌。

不过她知道尤雪珍在这种场合向来都"闭麦",也不勉强对方,便把目光转移到了正默默在角落切蛋糕的孟仕龙身上。

"说起来还没有听过孟哥唱歌呢!"袁婧跃跃欲试地怂恿,"快,孟哥给我们唱首粤语歌吧!一定很好听!"

孟仕龙并不接棒,示意自己先将桌上的蛋糕给大家切完。

袁婧只好将目标转移到叶渐白身上:"麦霸可少不了你啊!快来热热场子!"

"行,让我看看我唱什么。"

叶渐白很给面子地起身走到点歌机边,散漫地一页一页翻着歌单。

尤雪珍坐在角落,听袁婧唱了一会儿,静悄悄地起身去卫生间。

将包厢的门关在身后的刹那,她的肩膀垮下来——明明刚才发生的一切都很平静,她却总觉得有一片乌云始终沉沉地压在上空,只是未落下雨。离开了包房,那种闷热的感觉总算慢慢退去了。

她蹲在卫生间的隔间里刷了十来分钟手机,蹲到腿麻才起身回去。

晚上八点的KTV已经开始热闹起来,尤雪珍走过长廊,刚才空着的黑包厢已经亮起暗灯,像夜晚鱼儿归巢。不过仍有空着的房间。

直到被毫无防备地拉进某间空房间,尤雪珍才知道鱼儿为什么没有占领这里——因为黑暗里早已经潜伏了一条鲨鱼。

她惊魂未定地看着黑暗里的人,意识到他是谁后,没有挣脱,任他抓着她的手腕。

孟仕龙关上包厢门,没有开灯,唯一的光源是走廊上的射灯灯光从门口的一处四方玻璃里折射进来,刚好打亮他的眼睛。

"怎……怎么了?"尤雪珍的声线因为过于惊讶而有点发抖。

他先道歉:"吓到你了吗?"

"有一点……"

"因为想给你惊喜……"他懊恼地抓了抓头发,"想单独给你礼物,但一直找不到机会。"

"礼物?"

"今天是情人节,"孟仕龙说,"你也该有礼物。"

尤雪珍慌张道:"可是我什么都没给你准备。"

"那你收下它,这就是给我的礼物。"说着,孟仕龙从黑漆漆的沙发上拎起一个小袋子递到她手中。

"打开看看?不知道你喜不喜欢。"

"哦……好。"

尤雪珍轻吸一口气,伸手去拆包装。这个过程让她想起他第一次送她生日礼物的时候,他直接将礼物说了出来。

而现在,他已经学会如何很好地送给她了。

借着门外透进来的光线,她看清盒子里装着的是一瓶香水,娇兰的VOL DE NUIT,又名"午夜飞行"。

她惊讶地抬头:"我知道这个香水……不是已经停产了吗?"

"港岛有卖的,不过需要提早订,那次圣诞去港岛的时候我就订了。"他笑了,"还好,终于赶在情人节送你。"

"谢谢。"

"来试一下这个味道?"

"好啊。"尤雪珍也迫不及待想闻一闻这瓶传说中大名鼎鼎的香水,刚要伸手去拿香水,它却快一步被孟仕龙握在掌心。

"我来帮你。"他拧开香水瓶盖,"上次你帮我喷的方法,我正好再复习一遍。"

尤雪珍愣愣的:"哦……行啊。"

-289-

在此刻,她还以为他真的只是为了复习怎么喷香水。
得到她的首肯,孟仕龙蹲下身,凭着记忆里她的教导先从她的裙摆喷起。
沉闷的包厢里,香气逐渐弥漫开。
那股味道很奇特,好像晚风送来一朵云,云里藏着快下雨的潮气,让人疑心自己是否正坐上一架私密的飞机,身后包厢门上的玻璃就是飞机的一扇舷窗,往外看去,就能看到夜空,甚至宇宙。
宇宙里正传来地球的歌声,一墙之隔,有人握麦淡淡地唱着:"每一次当爱在靠近,感觉他在紧紧地抱住你,他骚动你的心,遮住你的眼睛,又不让你知道去哪里……"
而在这个包厢包围起来的机舱里,孟仕龙慢慢起身。他细细地喷了一圈她的裙摆,接着抓过她的腕骨,拇指在她可以看见青筋的皮肤上轻摁,香气被他摁进她的血管,在她的身体里流动。
尤雪珍逐渐头皮发麻,赶紧问:"喷完了吗?"
他摇头,虚虚地点了下她的耳后:"还差这里。"
他们的距离近到给她一种他们也许会再接一个吻的错觉。
光是想象就让尤雪珍敏感地缩了下身体,正好不小心碰开了包厢内的开关。
刹那间,自天花板垂下的银色灯球被打开了。
如机舱擦过一列流星,数道万花筒般的银色光线擦着他们的身体飞过去,不,确切地说只飞到了孟仕龙的背上。
因为她已经被他完全覆盖了。
她的耳朵并没有等来香水,而是他的轻声耳语。
"当我知道这瓶香水的灵感来源于 Exupéry(那位写出《小王子》的飞行员)时,我就决定一定要将它买来送给你。"
"……为什么?"
"你给过我那瓶狐狸香水。"他喷湿自己的手指,用沾满了香气的指尖揉了下她的耳垂,"如果狐狸如书中写的那样,会和小王子相遇,被驯养……"
他的手离开她的耳朵。
"我们已经完成了相遇。"
说着,他退开一步,拉开他们的距离。
他没再说下去,可尤雪珍从他的眼睛里读到了他的后半句。
——而现在,我在等你驯养我。

几分钟后,两人一起返回包厢。
尤雪珍走在前头,推开包厢门。左丘正在激情唱歌。袁婧扭头看到他们俩一起进来,凑到尤雪珍身边咬耳朵:"你们出去这么长时间……"
尤雪珍仓促地打断她,防止她蹦出什么虎狼之词,环顾四周,发现刚才在点歌的叶渐白消失了。

"叶渐白走了吗？"

袁婧从毛苏禾手里接过麦："啊？他去买酒了。"

说话间，孟仕龙取了刚才切的蛋糕走过来。

"他们都拿了，这块是你的。"孟仕龙将蛋糕递过来，顺势在尤雪珍身边的位子落座。

尤雪珍接过蛋糕。袁婧看了一眼，故意大呼小叫："孟哥，你偏心啊，这块比寿星拿到的还大！"

毛苏禾也看过来，笑着附和："对哦，好像真的比我那块大！好过分！"

孟仕龙一本正经地解释："可能是最后一块切得比较大吧。"

语气很顾及寿星的颜面，仿佛真就是这样。

左丘打趣："是吗？我怎么觉得你就是故意的，想给师姐最大那块？"

孟仕龙语塞了，笑起来："好吧，我承认。"

话音一落，大家纷纷开始起哄。

"你俩绝对有情况了！"袁婧撞尤雪珍的肩。

尤雪珍还没回答，孟仕龙就挡下了他们的七嘴八舌，先一步出声："我们不是，你们先别这么开玩笑了。"

尤雪珍微怔，然后才附和："嗯……你们唱你们的歌去吧，就你们大嘴巴。"

然而下一秒，孟仕龙话锋一转："只是我在单方面追她。"

"哎哟——"

起哄声掀翻天。

虽然在座的人都各自从不同的角度察觉到这个事实，但从当事人嘴里说出来，那就是另一回事了。

这句话好像遥控器，把包厢里的暖空调都调高了，尤雪珍心口狂跳，手心热烘烘的。

为了掩饰自己的害羞，她嚷嚷出声："什么啊？你们三个嗓门太大了，三百个人都没你们这么吵。"

叶渐白就是这个时候推门进来的。

他拎了一筐啤酒，看着兴致高昂的众人，随口问："这是怎么了？这么嗨？"

左丘兴奋地招呼他："师哥，你刚错过了又一个告白现场！"

叶渐白的视线掠过沙发上坐得极近的二人，却避重就轻地用一句"是吗"回应这个话题，和看戏吃瓜的他们相比，态度显得十分格格不入。

左丘却没察觉到他的怪异，还在那边和毛苏禾卖乖："只是我在单方面追她……哎哟，这话是不是比我告白说的那句帅气啊？还是说你更喜欢我的？"

毛苏禾拍了下左丘的脑袋："你继续唱歌吧！"

"我连着唱好几首了，让孟哥来吧。"左丘还在兴头上，把麦递给孟仕龙，

-291-

"还没听过孟哥唱粤语歌呢,给咱们来一首呗!"

他冲孟仕龙挤眉弄眼,传递着"兄弟只能帮你到这儿"的眼神。

孟仕龙笑了笑,却没有接棒,只是摇头:"我唱歌不好听,听你们唱就好。"

尤雪珍凑过去,小声揭穿他:"你干吗骗人?明明唱得很好听。"

他侧头和她咬耳朵:"我想唱给她听的那个人知道就好了。"

左丘打断两个人说小话:"你们俩偷偷干吗呢?"还不甘心地要磨孟仕龙唱,"不要假装逃避!孟哥你来一首吧,就一首,我可太想听粤语歌了!"

孟仕龙油盐不进,刚要拒绝,坐在旁边沙发上的叶渐白却插了一句:"粤语歌吗?我也会唱,我给你来一首。"

左丘乐颠颠地把麦递给叶渐白:"可以啊,师哥,关公门前耍大刀!"

叶渐白接过麦,径直走到点歌机前点了首《于心有愧》。

叶渐白的粤语歌唱得并不差,他没学过粤语,只是 KTV 去得多,几首拿手的粤语歌翻来覆去地唱。尤雪珍之前和他去 KTV 听过他唱,实话说唱得还真有几分以假乱真的滋味。

不过他当下的这首歌,并不在他平常的舒适圈内,尤雪珍从未听他唱过。

前奏响起,他握住麦弯下身,胳膊撑腿,整个人垂下去,松松地开嗓。

如果我听歌可眼红,

何以待你好偏不懂。

竟怕放怀拥抱你,

让你露欢容,

追悔无用,

转眼发现你失踪……

尤雪珍静静盯着包厢内的投影屏幕,底下的歌词随着他的声音一个字一个字地变蓝,好像字被海水吞没,被卷进浪潮,被染上苦涩的咸味。

大概当初我未懂得顾忌,

年少率性害惨你,

令人受伤滋味难保更可悲……

叶渐白原本也看着屏幕,只是唱到下一句时,他扭过头来。

怎去向你说对不起……

尤雪珍对上他的眼睛。

他没有再继续往下唱,任伴奏汩汩流淌,移开麦克风,用口型对着尤雪珍说"对不起"。

袁婧蒙住,小心地问:"这是怎么了?你俩闹矛盾了?"

几乎所有人的目光都在他们俩之间游移,孟仕龙看着尤雪珍的表情,心下了然。

左丘一看气氛不对,拿着另外一个麦过来想递给尤雪珍,充当和事佬:"朋友之间闹矛盾很正常的嘛,合唱一首歌就好了!"

尤雪珍没有接麦,孟仕龙代为接下麦克风。

"还是换我唱吧。"他看向点歌机旁坐着的叶渐白,"帮我点一首《无赖》。"

叶渐白将视线从尤雪珍身上移到孟仕龙身上:"……噢?我觉得《七友》比较适合你唱。"

坐在他们视线轨道中的袁婧左看右看,又看了看脸色晦暗的尤雪珍,隐隐察觉到了什么,坐立难安。

她佩服尤雪珍还能在这里坐下去。

大家本来计划唱完歌之后去吃火锅,不过左丘的另一个计划是如果告白成功就带毛苏禾去单独约会。于是包厢时间一到,他就重色轻友地拉着人火速走了。

还剩下四人。

袁婧几乎紧跟着站起身,哪还管什么火锅,冲过去拉起尤雪珍就说:"珍珍,我突然有点事,你陪我去个地方吧!"

尤雪珍没反应过来,以为她真有急事,连忙说:"啊……行。"

袁婧拉着尤雪珍麻溜地拉开包厢门,头也不回地冲还在包厢里的那两人挥手拜拜。

这下,包厢里只剩下两个青年了。

叶渐白也准备离开,一边穿上刚因为热脱下来的外套,一边对着即将走出去的孟仕龙说:"这件外套你还记得吗?"

孟仕龙回头,看了看他身上的衣服。

"你应该有印象吧?尤雪珍送给我的生日礼物。我后来看到那则换装的视频,原来是你帮忙试的衣服。"

孟仕龙波澜不惊地问:"那怎么了?"

"没怎么。"叶渐白经过孟仕龙身边,拍了下他的肩膀,"回见。"

叶渐白刚拉开包厢的门,却听到身后孟仕龙又开腔:"你说的都是过去的事了,可时间是一直往前走的,人也是。"

叶渐白停住脚步,又转头回望孟仕龙:"是啊,我也已经在往前走了,所以最后怎么样,谁知道呢?"

孟仕龙对上叶渐白的目光:"那我很感谢你往前走,比起你永远只把她当朋友,现在这样更好,让她有了选择的机会。"

"你想说什么?"

"得不到的人和备选项,当然是后者比较好。当我们站在同一起跑线上的时候,我不怕与你比较。"

叶渐白笑着,插在口袋里的手却因为孟仕龙的这句话攥得几乎将掌心的纹路捏碎。

"同一起跑线?你想得很天真。"他尽可能平静地回击,"时间确实是一直往前走,可经历过的事情不会改变。那些相差的时间,你永远追不上。"

袁婧拉着尤雪珍出了KTV,尤雪珍一头雾水地问:"你突然要去哪里啊?"

"傻子……我是故意把你拖出来的。"

尤雪珍愣住。

袁婧扯了扯她的脸："把你拖出感情旋涡啊！"

尤雪珍嘴角耷拉下来，突然间满腹伤心，又不知道伤心从何而起。她抱紧袁婧，趴在她肩头一言不发。

袁婧拍着尤雪珍的背，轻松地说："情人节还没结束呢，我们俩去过情人节吧，不要臭男人！"说完，她扬了扬刚从包厢里顺出来的没喝完的几罐酒，"今晚我们去喝个不醉不归。"

尤雪珍笑起来，原本沉甸甸的心情在看到袁婧在那种气氛下还记得顺酒的扒皮行为后轻快起来。

她帮袁婧分担几瓶到自己包里，吐槽："你真是袁扒皮！"

袁婧掏出手机看地图："不过这会儿还能去哪儿啊？要不去西荣湾喝？离这里不远。"

"会不会很冷啊？"

"喝酒会暖和起来的嘛。"袁婧抻了下腰，提议说，"干脆我们骑个车过去，活动起来就不冷了，反正这个时候车还难打。"

"也不是不行……"

两人说走就走，各自在路边找到共享单车，扫码后晃晃悠悠地上了路。

情人节的夜晚，即便深夜依旧张灯结彩，不少店铺延长了营业时间。两人经过便利店又买了一些下酒的鱿鱼丝。车筐被酒和零食塞满，两人就这样歪歪扭扭地骑到江边。

江边更冷，但她们下车时已经感受不到这股冷意了，热气腾腾地跑到沿江的长椅上坐下。

意外的是江边也很热闹，有人在街边摆摊吹萨克斯，不少情侣在围观，听高兴了就扫码打赏。

乐声中，袁婧开了一罐仍冒着冷气的啤酒，用一种庆祝的语气说："干杯！"

尤雪珍和她碰杯："干杯！"

袁婧灌下啤酒，满足地喟叹："啊——还是在这里喝酒自在，刚才在包厢里喝酒感觉在喝毒药。叶渐白那家伙……诶……你们不是闹别扭吧？他是不是也喜欢你啊？"

尤雪珍纳闷："你怎么知道？"

"我之前去参加'我担'的线下应援会，结果混进了两个'毒唯'。好家伙，那两人'同担拒否'啊！气氛跟今天一模一样。"

尤雪珍听到这个形容爆笑："哈哈哈，好吧，怪我太迷人。"她呼出一口气，"其实我有想过今天是不是不来比较好。"

"然后当缩头乌龟吗？"袁婧伸手弹了下她的脑袋，"你连我都瞒着，还骗我说熬夜熬得精神不好，原来是为情所困！"

"……我不知道该怎么说。"

"那你就挑重点说。"

尤雪珍仰头咕噜咕噜灌下半罐酒。

袁婧耐心地一口一口喝着酒，等她酝酿着怎么开口。

气泡在喉咙里跳舞，尤雪珍感受着那些气泡破碎，又从她喉咙里跳出来。

"其实我已经和孟仕龙接过吻了。"

袁婧"噗"喷出一口酒："哈？"

尤雪珍揉着耳垂，声音小下去："具体细节别问！"

袁婧只好把到嘴边的一句"感觉怎么样"给硬生生压下去。

"那……既然都接吻了，你应该是喜欢孟哥的吧？"

尤雪珍低低"嗯"了一声。

"那你犹豫的是？"袁婧逐渐露出不可思议的表情，"你对叶渐白……"

尤雪珍将剩下的酒一饮而尽，打了个响亮的酒嗝。

"我曾经喜欢他，很久很久了。"她自嘲地捏紧空罐子，"你应该觉得我很不可理喻吧？"

沉默，长久的沉默。

对袁婧来说，这个信息量超越了今晚的所有——她们在同一个屋檐下相处近四年，自己竟然从未发觉这一点。这个冲击让她觉得自己好迟钝，又或许是尤雪珍隐藏得太好了。

那么天衣无缝地喜欢一个人，该有多辛苦呢？

她伸出手，没有其他言语，给了尤雪珍一个拥抱。

尤雪珍被拉到袁婧肩头，眼睛压在袁婧的脖间。袁婧的体温让她觉得好烫，烫到眼眶里可以烤出水分。

就这样一个简单的动作，尤雪珍却觉得这一瞬间，她独自怀揣多年的少女心事被轻轻分担了。

尤雪珍笑着，很平静地说："我这么多年来一直都许着同一个生日愿望，那就是希望叶渐白能喜欢上我。

"但是遇见孟仕龙的这一年，我多许了一个愿望，希望我不再喜欢叶渐白。

"这个新的愿望明明快实现了。"尤雪珍滑稽道，"结果老天爷让我那个陈年的愿望也实现了。它为什么要这么玩我？"

她原本可以有条不紊地离开，不合时宜的爱却偏要扑面而来，变成藤蔓。

江边，吹萨克斯的人一曲终了，又换到下一首曲子。琴声飘过西荣湾，不知最终会去向哪里。

袁婧沉思了一会儿，慢吞吞道："可是我觉得变成现在这样才是好事。"

"是吗？"

"当然，有爆炸才有新宇宙。"

尤雪珍的脸上流露出似懂非懂的神色。

"我说得可能有点抽象。"袁婧忽然计上心头,"这样吧,我们来玩一个迷宫游戏。"

"这是什么游戏?"

"我来画一个迷宫,出口有两个人,孟哥和叶渐白,看看你会走到哪个出口。我们来看看老天爷会将谁指引给你。"

"……这什么啊?不玩。"

"啧,这你就不懂了。古话说,缘分天注定啊!你就把它当作一次抽签。"

尤雪珍枕在袁婧肩头,看向夜空:"随你吧。"

袁婧掏出手机备忘录,手指在屏幕上点来点去,画出一幅错综复杂的迷宫。迷宫的两个出口则写着两个人的名字。

她把手机塞到尤雪珍手中:"来咯,决定性的一刻。"

尤雪珍坐直身体,虽然刚才嘴上还是不当回事的无谓语气,但是抓到手机后立刻如临大敌,郑重地伸出一根手指,开始顺着屏幕蜿蜒。

左拐、往前、左拐、右拐、往前、死路、退回、左拐、往前……好像她此时钻进了自己的心脏,在血管里胡乱游走。

尤雪珍的眼睛死死地盯着自己手底下的线,终至出口。

袁婧同时屏息凑过去看天意揭晓的那个答案——

叶渐白。

"噢——居然……"袁婧感叹,"不愧是发小,缘分匪浅啊!"

尤雪珍无言地盯着屏幕,淡白色的荧光照出她发愣的脸。

袁婧收起嬉笑的语气,一本正经地问:"珍珍,你现在什么心情?"

尤雪珍如梦初醒般"啊"了一声:"什么?"

"你是庆幸自己选到了这个人,还是在想,我要重来一次就好了?"袁婧抽回手机,"这一刻你心里想到的,才是真正的答案。"

还显示着乱糟糟迷宫的手机屏幕上,显示着时间是23:02,距离情人节结束只剩下不到一个小时了。

尤雪珍没有回答,蓦然从长椅上起身。

"哎?"

"我想我现在有个必须要去的地方……"尤雪珍语无伦次,"对不起,今晚不能继续陪你喝了。"

袁婧直接推了她一把:"废话什么,赶紧去!"

尤雪珍被推得踉跄往前,一边跑一边回头冲袁婧摆手,接着蹬上共享单车,头也不回地往街头冲去。

袁婧坐在长椅上目送着尤雪珍,觉得她的背影像一面飘扬的旗帜远去。那副拼命向谁奔去的姿态,让人忍不住想为她握紧双拳呐喊助威。

袁婧没憋住,真的大喊起来:"冲啊,珍珍——"

12点01分,这个兵荒马乱的情人节终于翻过去,来到了新的一页。

孟仕龙躺上床，今晚月色过分耀眼，就算拉着窗帘依然有清辉透进来。他直直地望着那点捉摸不透的月光，不愿闭上眼。

因为只要闭上眼，就会回到刚才的包厢，回到和叶渐白对峙的那个瞬间。

"那些相差的时间，你永远追不上。"

这句话像悠远的晨钟，就算捂住耳朵，也能隐隐听到它的回响。

他无数次问自己，该如何跟时间抗衡？

妈妈生病最后的那段日子，他只能眼睁睁看着时光流逝，然后将她带走。

时间是一桩悬案，没有人知道它最终会如何发展，但那些既定的过去是不会改变的。

尤雪珍和那个人曾经相处了二十年的日子也是他无能为力改变的事实，但是他不会退缩。

孟仕龙点开床头的手机，点开和尤雪珍的聊天界面，很迅速地打下一行字。

龙：明天可以见面吗？

他没想到回复来得那么快，就在下一秒，对面传来消息。

珍知棒：不如现在就见面吧！

他惊愕地从床上跳起，拉开窗帘。

月光下，尤雪珍骑着单车停在巷子中，不知道骑了多远，她头发上都是汗水。

孟仕龙跳下床，手忙脚乱地套上T恤和牛仔裤就往楼下冲。他拉开卷帘门，急刹车，气喘吁吁地看着她。

"发生什么事了吗？"他语气担忧。

尤雪珍笑着摇头："我来给你送情人节礼物而已。"

"你又去买了？"

她又摇头，抽了下鼻子，晃了晃手机上的时间。

"虽然已经过12点了，"她重复着一句相似的对白，"但是，这次也祝你节日快乐。"

孟仕龙恍了一下神，仿佛一下回到了他们初次见面的那一天。

——"虽然已经过12点了，但还是祝你万圣节快乐。"

时间的确不会改变，既定的过去也无法改变，但这一刻，他忽然发现，原来时间可以重叠。

时间重叠，然后刷新一切。

尤雪珍仰面张开双臂："孟仕龙，你愿意收下我这……"

"礼物"两个字还没有说完，她眼前一黑，已经被人紧紧拥住了。

天地安静，心跳却吵闹，"扑通扑通……"好像全世界的爱都在此刻跳到两个人拥抱在一起的河流中了。

尤雪珍吸了下鼻子，在他耳边喃喃："对不起，让你久等了。"

她缩在孟仕龙怀里，被他抱得密不透风，但她无比满意这个拥抱的力度，好像自己变成了他身体的一个部分。

她埋在他胸前说："所以，这就代表你收下了吧？"

"我真的可以收下吗？"他的语气仍不可置信，"不会我已经躺在床上睡着了吧？"

说完，他又拢紧双手。

尤雪珍这时才发觉孟仕龙的掌心是冰凉的——他连外套都没穿，皮肤已经快冻红了。

她赶紧推了推他："你快上去吧！别感冒了。"

"我不冷。"他看了看尤雪珍身后的单车，又摸了摸她额头上的汗，"先送你回去。"

"不用……"尤雪珍顿了顿，"已经过了门禁时间了。"

他一怔，小心地说道："那……要不要住我这里？"他补充，"我的床让给你睡。"

"那你呢？"

"我睡客厅的沙发就好。"

"这样会不会不太好？"

"睡男朋友的床不会不好。"

他轻描淡写地抛出这句话，惹得尤雪珍脸色通红。

老天爷啊，他怎么可以脸不红气不喘，这么轻易就转换状态？

她刚这么想，视线一偏，发现了孟仕龙红红的耳郭。

"那快上去吧。"尤雪珍反而镇定下来，故意摸了下他的耳朵，"都冻红了。"

于是，他的耳朵在她的触碰下更红了。

尤雪珍跟着孟仕龙上了楼。这还是她第一次在夜晚来到这里，整栋楼静悄悄的，孟爸和阿婆都早已睡下了。

孟仕龙原本还担心自己刚才下楼的动静太大，此刻站在楼下侧耳听了听，依旧静悄悄的。这次为了不吵醒他们，两人猫着腰上楼，也没有开灯。

但尤雪珍却很感谢目前的黑暗，没有寒冷的夜风吹拂，热血上涌的感觉慢慢从头顶退却，她才惊觉自己干了一件多么不像她会干的事情。告了白不说，还在告白之后堂而皇之地一起过夜——虽然他说他会睡沙发。

想到这里，尤雪珍的脚踏了空。

她倒下去的刹那，孟仕龙从身后一把接住了她，刚好是一个从背后环住她的姿势。

尤雪珍惊魂未定地拍拍胸口，回过神后，用手肘往后敲了敲："没事啦。"

孟仕龙却没有松手，手臂反而进一步揽到腰前，将她打横抱起。

身体瞬间腾空，尤雪珍惊呼一声，赶紧圈住他的脖子，心脏跳得比刚才踏空时还剧烈。

她还无法立刻适应这份亲密，小声挣扎："我可以自己走的……"

他不依："抱着你比较好，万一再摔了怎么办？"

"不会摔的！"

"嗯好，不会摔。"

他哄了两句，已经抱着她上了楼梯。

尤雪珍这才被放下。

"你先在这里坐着等一下。"他抓了抓头，"我收拾一下房间。"

话没说完，他已经飞奔进房间，只留下尾音还在空气里打转。

尤雪珍跟在他身后，站门口偷看，还以为会看见他来不及掩饰的乱糟糟的一面，但整洁程度和她上次来做客时并没有什么不同。

孟仕龙正从柜子里拿新的四件套铺床，解释说："这是新的，从来没用过。还有，睡衣穿我的T恤可以吗？"

"好。"她看着他要去换床单，"其实不用换的。"

孟仕龙动作一滞："不换吗？"

"你现在的床单就很好啊。"她想起刚才他在黑暗中突如其来的公主抱，抱着"礼尚往来"的心态，"这样我躺上去就能闻到你的味道。"

尤雪珍平静地说完，立刻扭头走回客厅，脚踝因为走太快还扭了一下。她在黑暗中捂住脸，无声地发出羞耻的哀号。

——尤雪珍，你个痴女！

她走出几步路，手腕被从身后追上来的孟仕龙抓住。

他轻轻晃了晃她的手腕，弯下腰，问："那要来接吻吗？"

尤雪珍瞪大眼："干吗突然……"

"因为你刚刚说的话让我很想接吻。"

尤雪珍手脚蜷缩，小声又急促地说道："接吻这种事不要问。"

孟仕龙一本正经地理解："那就是直接吻的意思吗？"

"也不……"

随即，他箍着尤雪珍的腰将人拉到跟前，压着她的脸吻下去。

这是他们的第二个吻。

尤雪珍本以为会和列车上的那个吻差不多，直到他进一步侵略的动作，顶着她鼻尖的他的鼻尖、托着她后脑勺不让她后退的手，一切的一切，都让她发觉自己已经变成了蜘蛛网上的一只飞虫，她只能被动地接受着丝线缠紧她的口腔。

只是她这只飞虫心甘情愿自投罗网，顺从地张开嘴。

孟仕龙没有吻的技法，好像原始丛林的动物被激发出本能，自然而然地就顺着她张开的嘴深入。

尤雪珍闭着眼，眩晕得站不稳，手指紧紧攥着他的袖子，像抓住跳伞从高空跳落。她从没有过这样的感觉，好像自己变成了蒲公英的种子，随着风飘散出去，随便落在哪里都好。

她轻快得快疯掉了。

一室昏暗，他们在月光的阴影里接了激烈又压抑的第二个吻。

分开后，孟仕龙先让尤雪珍洗漱，然后把自己锁到了卫生间里。

尤雪珍预想到他会在里面做些什么之后，洗完澡回房直接蒙头盖住了脸，不许自己再深想下去。

床单终究还是换了新的，被子散发着阳光的气味，蒙上后，她的世界从深夜变成了白天。

迷迷糊糊睡着之际，她听到门口传来细微的叩门声。

"睡了吗？"

尤雪珍听到孟仕龙的声音，挣扎着发出回应："还没有，怎么了吗？"

隔着门，他模糊地说："没事，只是想再听一下你的声音。"

她于是"喂喂喂"，不断地"喂"下去。

孟仕龙失笑，忍不住说："可以了，快睡吧。"

第二天尤雪珍定了四点半的闹钟，挣扎着从床上爬了起来。

她不想让孟爸爸和阿婆发现她晚上住在这里，怕碰面尴尬，所以干脆先溜之大吉。

天空还是一片灰蓝，她蹑手蹑脚地下床，把衣服被子都叠齐整。收拾好准备离开时，突然看到床单上的一小块血渍，整个人如遭雷击，欲哭无泪。

——她的生理期居然提前了。

难道告白接吻还会让内分泌紊乱吗？

刚交上男朋友的第一天，她就在人家床单上留下了这个东西。哦不，不止床单，孟仕龙拿给她当睡衣穿的T恤也沾上了一点。

看着二楼的窗户，尤雪珍心想不如现在跳下去算了。

客厅里，孟仕龙缩在沙发上睡得很沉，她静悄悄地经过时他也没醒，睡颜很放松，不知道梦到了什么，嘴角都是翘着的。

尤雪珍双手合十，祈祷他千万别醒，穿过卫生间去找洗衣剂。

洗手台上放的都是洗漱用品，种类过分简单，洗手液、洗面奶、刮胡刀、再就是牙膏、牙刷、杯子，还有毛巾，一式两份齐整地摆在左右两侧，中间还有新杯子和牙刷，应该是阿婆的。

东西一览无余，尤雪珍没看到洗衣剂，猜测应该是放在柜子里。但这该死的柜子有点高，伸长手勉强够得到，却看不见里面。她伸手摸索了几下，一个圆滚滚的小瓶子就从她掌心溜出去滚下来。

眼看瓶子要砸到瓷砖上，尤雪珍心提到了嗓子眼，却没听到落地的动静。

她颤颤巍巍地转过身，看到孟仕龙正托着瓶子，睡眼惺忪地站在她身后。

眼下的状况或许不比东西真的掉地上好多少。

尤雪珍头皮一麻，尴尬得不知道说什么，和他大眼瞪小眼。

他晃了晃瓶子："你要找这个？"

他手中的恰好是她需要的洗衣剂。

尤雪珍支吾道："没有啊，我……我就是……准备上厕所。"她话锋一转，

"你起来干吗？再去睡会儿啊。"

"我以为你要走，起来送你。"

"没事，我打算上完厕所再睡会儿，所以你去休息吧！"

"是吗？"他一下子戳穿她，"可是你连被子都叠好了。"

"你已经进过房间了？"尤雪珍面色惨白，"那你看到了？"

他点头："是生理期吗？"

尤雪珍咬住嘴唇："嗯，不知道怎么就提前了。"

孟仕龙对此也感到无措："会不舒服吗？"

尤雪珍愣了愣，摇头："我倒还好啦，只有第一天会比较疼。"

"那就要好好休息。"他神情严肃，"以前妈妈生理期的时候脸色都会特别差，只有躺着才会比较舒服。"

他卷起袖子，又从柜子里拿出刷子："我来洗吧，你去沙发上坐一会儿。"

一听到孟仕龙要洗，尤雪珍惨白的脸色蓦地转红，急于和他抢刷子："不用，怎么能交给你？我还没疼到那个份上，我可以的！"

孟仕龙轻巧地躲过她争抢的动作，顺势压住她的手："怎么不能交给我？"他捏了下她的手心，把她挂在臂弯里的那件脏T恤一并拿过来，"我现在是你男朋友。"他又确认了一遍，"是吧？"

尤雪珍更羞恼了："现在了你还问！"

他翘了翘嘴角，这才拿着洗衣剂和刷子出去。

她还想坚持，但身下涌动的热流提醒她该马上用卫生巾，手边没有，得赶紧去附近的便利店买。

尤雪珍灰溜溜地缩起身体，看着孟仕龙走进房间后，掏出手机搜索最近的便利店。

等她回来时，床单已洁白如初，挂在阳台上随着微风摆动。卫生间里传来些微动静，她走到门口，看见了孟仕龙的背影。

他没有用洗衣机，很安静地在洗手池边弯腰搓着T恤，肩头因为用力而微微拱起。

洗手池上方的小天窗溢进灰蒙蒙的晨光，笼在他身上，泛出淡白的光晕。

尤雪珍感觉一直弥漫在胸口的尴尬在此刻慢慢从身体里剥离，和那些血渍一样被洗去。那并不仅仅是身体本能的尴尬，更是来源于六岁那年的夜晚。那个被鬼片封面吓到尿裤子的自己，没有被妈妈接纳从而烙印在她身体里的羞耻，在这一刻被一起抚平了。

尤雪珍从身后靠近孟仕龙，伸手抱住他的腰。

他动作一停，沾满泡沫的手没办法回抱她，只好催她去沙发上坐着休息。

"不要。"她紧了紧手臂，侧脸贴着他的背，"这对我来说就是休息了。"

孟仕龙一愣，似乎察觉到她语气里微妙的低落，很快冲干净手，转身将她抱住。

尤雪珍将脑袋埋进他怀里，鼻尖塞满了洗衣剂的香氛味道。

如果爱有味道，那么大概就是这股味道吧，不像昂贵的香水那样留香不久，总担心消散。它是廉价的、丰盈的，存在于孟仕龙搓洗衣服的指尖，存在于他拥抱她的指尖。

窗外响起鸟鸣，轻柔得像天使藏在云间颂歌。

客厅的另一头，孟爸打开房间门，正准备去卫生间，却半路被阿婆拦下。

她赶紧将人推回房间："你去训多阵啦（你再回去睡一会儿啦）。"

孟爸一脸蒙："做咩啊？我已经训饱啦（干吗？我已经睡饱了）。"

阿婆笑了笑："有两只猫仔系度亲热紧，唔好打搅哋啦（有两只小猫在亲热，别打扰他们啦）。"

/第十八章/
我会为我的狐狸负责

孟仕龙洗好衣服出来,和尤雪珍一起走到客厅,发现客厅里还是很安静。孟爸和阿婆的房门都关得紧紧的。

尤雪珍松了口气:"还好没有吵醒他们。"

孟仕龙略感奇怪地皱眉:"不过往常这个点他们也该起来了。"

尤雪珍心里敲响警钟:"是吗?那我得抓紧走。"

他匆忙套上外套:"我送你回去。"接着又从房间里拿了件外套给她披上。

尤雪珍注意到他递过来的衣服恰好是他们初次"约会"那天他穿的那一件。虽然昨夜接过比那一天更深的吻,但不知为什么,披上这件衣服,想起那节车厢,那种羞赧又快乐的心情却更胜一筹。

两人踩着晨光出门,帮尤雪珍戴上头盔时,孟仕龙忽然说了句:"等我下个月从印尼回来,就去考驾照。"

尤雪珍惊讶:"怎么突然要考驾照?"

"一个人的时候这个比较方便。"他拍着摩托的坐骑,"但送你还是车子更好,尤其是冬天。"

"没事啊,我比较喜欢坐摩托的感觉!"

"那天气好的时候我们就坐摩托。"他将头盔的带子拉紧,收手时隔着头盔拍了拍她脑袋,"但你不能只有摩托可以坐。"

这一路上,尤雪珍再度抱着孟仕龙的腰,脑海里回想起他们第一次兜风时,她还受困于自己的情感旋涡里。那个时候,她胡乱地想是不是坐着他的摩托就可以逃离那片流沙地。

现在想来,命运仿若预言,竟在那时就写下注脚。

孟仕龙将尤雪珍送回学校。她不想他再停车折腾送她到宿舍楼,车一停就裹着他的外套跑进校门,留给他一个招手倒走的身影。

回到宿舍,她又忙不迭低头查看手机,孟仕龙给她发了一个黄脸小人的再见表情,傻死了。

宿舍里,袁婧还在呼呼大睡。昨晚没喝完的啤酒堆在进门的地上,尤雪珍将它们拎回桌，脱掉外套准备上床再补一觉。

她小心地把孟仕龙的外套挂起来，准备放进衣柜时，"啪嗒"一声，有样东西从口袋里滑了出来，是一盒火柴。

尤雪珍垂下视线，盯着那盒火柴发呆。

这是那天在海边她用来烧信纸特意买的火柴，当时她还以为他连着其他垃圾一起扔了……

她蹲下身将火柴盒捡起，怔怔地盯着盒面。

火柴盒上用黑色水笔画了一幅简笔画：两个面对面蹲着的火柴小人。

孟仕龙的画很抽象，火柴小人的这个姿势其实是尤雪珍靠自己的想象力解读出来的，但她一看就知道他画的是那个晚上，面对面蹲在一起点燃火柴的他们。

尤雪珍拉开火柴盒，里面还躺着没用完的火柴棒。

她取出一根握在掌心。日出即将到来，日光从窗帘缝隙里照到地面，照到她的手掌，照亮火柴。好像此刻火柴被点燃，发出明黄色的光亮。

尤雪珍闭上眼，看见了当时坐在楼道许生日愿望的自己，和记忆里蜡烛的光亮重叠在一起。

这根火柴就是当年的蜡烛。

实现愿望的不是老天爷，而是她自己。

也是孟仕龙。

他将那个摇摆的、踌躇的、对爱总是抱有幻想却畏缩的自己点燃了。

所以，她绝不能再让自己熄灭。

尤雪珍睁开眼，一鼓作气给叶渐白发去消息。

珍知棒：今天有时间吗？我们谈谈吧。

晚上七点，学校附近的私人影院内，尤雪珍提早到了预订的包厢。

她打开选的电影《食神》自顾自地津津有味地先看了起来。叶渐白推门而入时，电影正好播到"初恋"那一段，莫文蔚的歌声在小小的包厢内响起。

尤雪珍如常地仰起脸，跟他打招呼："嗨。"

他也如常地点头，摘下耳机在她身边坐下，看着屏幕说："你又在看这个。"

"是啊，其实只是想听这首歌。"

"那昨天怎么不唱？"

"因为想从这首歌毕业了。"尤雪珍自我调侃，"如果我的单恋也算作一段初恋的话。"

叶渐白沉默下来。

尤雪珍笑着说："其实昨天我想点《初恋》，在曲库搜了搜，你猜我发现了什么？原来莫文蔚在去年就出了一首全新的、完整的《初恋》。"

"今天等你的时候，我就翻出那首全新的歌听了一遍，发现已经没有特别的感觉了。"

但当初她在电影里唱的那首《初恋》,那么一首戛然而止的、从电影里扒下来的残缺的歌,背景音里还夹杂了台词,听歌软件却统计她在某天夜里听了85次,计时401分钟,还有一行小字评价"宛如樱花绽放了3208次"。

可惜这么多次绽放都没有被他听见,她孤芳自赏。

这首歌底下的第一条热评说,因为是"初恋",所以才会不完整。

所以等到了完整的那一天,就时过境迁了。

她想,自己没有错,叶渐白也没有错,两人过早相遇,做了青春的囚徒罢了。但若他们没有过早相遇,大概连朋友都做不成。

所以,这已经是他们最好的结局。

尤雪珍从口袋里掏出一样东西,递给叶渐白。

"这么多年你真的一直陪在我身边,所以我也总是一直习惯偷偷喜欢你。就像你送我的这朵绿豆玫瑰,让我不怎么样的青春时代好像也寂静地绽放过,你给过我很美好的东西,只是它是有保质期的,无法永存。"

叶渐白看着她伸过来的、已经空了的烟盒,眼神微颤。

里面的绿豆玫瑰早就没有了,但她还舍不得扔这烟盒,如今递还到他跟前,好像一副棺材。那时候自己都扑朔的感情,还有那时候没能说出的话,就变成碑文刻在这里。

他不接,她就拉过他的手,将烟盒放入他手心。

"叶渐白,我们不做五分朋友了,还是做十分朋友吧,好吗?"

他没有吭声,既不说好,也不说不好,一味看着电影,仿佛已经深陷其中。

电影里,男主角问大师:"请问大师,一生中吃过最好吃的东西是什么?"

大师说:"施主,这个问题要问你自己才对。"

世间诸事,最怕自问,比如最好吃的东西、最后悔的事、最最喜欢的人。

屏幕的蓝光照着叶渐白的鼻尖,他轻轻吸了一下鼻子,嘴角慢慢勾起,溢出一丝眼带波光的笑容:"我还有说不好的资格吗?"

尤雪珍回道:"我和孟仕龙已经在一起了。"

听到这个回答,他并不意外,良久才说:"对不起。"

尤雪珍怔然,而后耸肩:"干吗啊?好好的干吗又道歉?"

"我在想,你当年第一次听到我和别人交往的消息时,是不是也是这样的心情。"他向后陷进沙发里,眼皮微微合上,笑容变得有几分倦怠。

到底是什么样的心情,他没有说,似乎是被那份情绪压榨到连描述都觉得很困难。

尤雪珍吃力地将头扭到另一边去。

她此刻的心情并不比他来得轻松,喜欢了那么多年的人、那么亲近的朋友,看着他露出这种神色,要说无动于衷是自欺欺人。她身体的某部分大概还藏着会心疼他的惯性,但心里某一处又觉得高兴,那种高兴像是大腿上的一块乌青,按下去夹杂着痛苦的快乐。

—305—

良久,她平复心绪,淡淡道:"当年的事就别再说了吧,都过去了。"

"真的……都过去了吗?"

她没有犹豫地点头。

"其实我开始意识到我们真的没可能的那一刻,是你告诉我,你不想再和我做朋友的时候。你知道那是一种什么感受吗?我以为那是我长久等待的一刻,但当那一刻真的来临……像袁婧告诉我的,有爆炸才有新宇宙。我的感情一直得不到你的回应,一直处在什么都没有的混沌里,所以可以一直混沌下去。但是你点燃了这一切……"

她深呼吸。

"然后,我看见了新的宇宙。"

听到这句话,叶渐白彻底沉默了。

后来两个人都没再说话,就这么安安静静地看完了《食神》。

尤雪珍问他还想看什么,他说:"要不要再看一遍《2012》?"

尤雪珍微怔,点头:"那就看吧。"

时隔多年,他们又一起在私人影院看了遍末日电影,虽然已经是情人节的第二天。

电影放到尾声时,尤雪珍感慨:"那个时候你好幼稚,非要问我'如果我们只有一张船票该怎么办'。"

叶渐白反驳:"你的回答才叫幼稚,居然用石头剪刀布的办法。"

"是幼稚。"尤雪珍承认,"所以现在的我答案不一样了,我会直接把那张船票给你,我希望你能好好生活。"

叶渐白侧脸,眼神是一种真的见到世界末日的不可置信。

她要让他独活,陪另一个人赴死?

是这个意思吗?

半晌,叶渐白再度笑了出来:"那我可不能浪费这张船票了。"

尤雪珍抿住唇。

电影终于连最后一个字母都放完,彻底黑屏。

人生不像电影,不会有这种特殊的节点提示什么时候该结束,于是人就会把这些东西当作坐标。

尤雪珍拎起包,起身说:"该走了,不然我进不了宿舍了。"

叶渐白静止不动,却在她经过时摸黑抓住她的手。

"不是还有时间吗?"他低声,"再陪我去个地方吧。"

深夜,整个城市的灯光仍旧不疲倦,这一点在天台上放眼望去尤为明显。

尤雪珍伏在栏杆边缘,感受着夜风扑在脸上的轻柔声息,没有想到他要她陪着来的是这么一个地方。

这是一座居民楼的天台,居民楼本身并不高,但因为建在山坡上,所以天台的视野非常好,让尤雪珍一眼就想到了他们高中教学楼的天台。那里也是这样，可以一览半个连城的美景。"

叶渐白靠在栏杆上，仰头望着夜空，闲聊道："前阵子偶然发现的天台，心情不好的时候上来看看很舒服。"

尤雪珍伸手碰了碰风，微眯起眼："你以前就爱来天台。"

因此，她高中时代做的事情大部分与天台有关。

一起在天台吃午饭，体育课的自由活动时间搬两把椅子来天台睡觉，有段时间的晚自习偶尔想偷懒的时候，拿着从图书馆借来的漫画一起看，一人翻页，一人拿手电筒加放风，拿累了就互换，就这样心惊胆战又刺激地用了一学期看完一整套漫画。当中也有失手的时候，一起被拎到教导处挨训写检讨，她会耍赖将两份检讨一起推给他写。

冒着那么大风险看的漫画其实没有很好看，现在她都不记得主人公的脸了。或许是当时的手电光打得太亮了，囫囵间翻过去的书页白到失真，跟他们一溜烟就快消失的青春一样仓促。

但还是留下了什么的。如果自己的记忆不够作数，他们还有对方，只要看见他，她就会想起那些日子，那些让人怀念的日子。

或许那才是她一直放不下的东西。

她忍不住鼻头一酸。

失神间，身边传来歌声。

叶渐白拿手机放了一首熟悉的歌。

那是高二的元旦文艺会演，他们班级要表演 The Last Waltz（《最后一支华尔兹》），文艺委员组织大家自行找搭档，班上好多人向叶渐白发出邀请，但他在晚自习的时候冲尤雪珍扔来一个纸团。

来和我跳一支舞吗？

成堆的作业都在那刻变成了乐谱。

她哼着歌，"勉为其难"地回他两个字：行吧。

就这样，他们成了表演的跳舞拍档。

两人都对华尔兹一窍不通，但想比过其他人的好胜心也都旺盛，因此除了集体练习的时间，两个人还会偷偷开小灶，趁着晚饭结束到晚自习开始前的那段空闲时间跑上天台，捏着对方的肩和腰，在暗下来的暮色里踩着彼此的影子练习舞步。

说是踩影子，更多时候其实是踩脚。

那年，她还只是单纯地把他当作朋友，碰着他肩头的时候并不会心跳加速，也从不珍惜那些两人独处的时光，却清晰地记得靠近时他脸庞上衬在薄暮下的绒毛，还有自己无数次踩到他的脚，把他的白鞋头踩出黑色脚印，他会吐槽她四肢还没进化好，但下一句跟着的是："我们再来"。

舞曲单曲循环，一遍又一遍，直到晚自习打铃，他们才松开，发现天已经黑了。

少年时代好像也这样落幕了。

而在熟悉的音乐声中,她的面前伸过来一只手,比当年少年清瘦的手宽大许多,已经是成年男人的轮廓。

叶渐白俯身,做出邀舞的姿势,如当年般问道:"要不要再来跳一支舞?"

尤雪珍陷入愣怔,然后摇头:"早就忘了怎么跳了。"

"我也忘了,不如就当作第一次练习时那样跳。"

"……"

"给你一次光明正大踩我鞋的机会,不要?"

尤雪珍嗤笑:"喊,谁稀罕啦?"

"我稀罕,可以吧?"叶渐白固执地伸着手,"来跳吧,最后一支华尔兹。"

尤雪珍和他对视良久。

最后,她神态一松,将手放上去,脸上漾起笑。

"那你就等着被我一通乱踩吧。"

音乐被叶渐白调回最开始,好像时间又被翻回第一页,他们还是十七岁,彼此身边还没出现比对方更亲密无间的人,最苦恼的事情是在元旦会演上不要踩到对方的脚。

深夜的天台冷风阵阵,但他们并未靠太近,虚握着对方的手,任风从他们的胸膛间穿过。

只这么一个动作,又将时间翻到现在这一页。

叶渐白的声音混在背景乐中:"你和他是昨晚在一起的吗?"

"嗯。"

他不知道是在责怪谁的语气:"你真是一点时间都不肯给我。"

尤雪珍跳错了一个半拍,终于踩到他。

她停下来,低头看着他的脚尖:"可是我们之间……最不缺的难道不就是时间吗?"

他喃喃:"为什么会这样呢?"

我知道你的一切,知道你怕黑,知道你不爱晒太阳,知道你第一次喝醉的模样,知道你第一次化妆化成大红鸡蛋的窘样,知道你爷爷忌日那天你会不开心所以要带你去散心,知道你妹妹生日那天你也会不开心所以也要陪着你再给你买个小蛋糕,知道八岁那年你第一次跟我说要做一辈子的好朋友,也知道高中毕业时为了完成这个约定于是我把志愿改成你的大学。

我却不知道到底为什么,我们会变成这样。

叶渐白的脸上流露出一种很陌生又熟悉的神情,尤雪珍想了很久才想起来那个神情是小时候他发现兔子不见了的表情。

她记得当时他很快就没心没肺地伸了个懒腰,满不在乎地说:"好可惜啊,差一点就能吃到红烧兔头了。"

时隔多年,她再次听到他用同样的语气说:"其实我还是想我们继续做好朋友。"

他们在天台磕磕绊绊地跳完舞，尤雪珍看着叶渐白的鞋子，果然鞋头还是被她踩出了脚印。

他和当年一样无所谓，说："走吧，该送你回去了。"

车里气氛很沉闷，尤雪珍的情绪在天台上耗尽，觉得无比疲倦。她闭上眼睛装睡，想让接下来的这段时间好过一些，结果车内的温度太舒适，不知不觉竟真的睡着了。

迷糊间醒来，她发现车子竟然还在高架上。

"怎么回事？"她坐直身体，惊讶地看着车前停滞不动的车流。

叶渐白手指点着方向盘："前面好像出事故，已经堵了十来分钟了。"

"啊？！"尤雪珍看了下时间，已经快过门禁的点了。

微信里孟仕龙还在二十分钟前问她有没有安全到学校，今晚要单独见叶渐白的事她有跟他提过，因此这一整晚他都没有发消息来打扰她，给她留出空间，只在这个时候发来消息。

她略有些苦恼。

珍知棒：在回去的路上，但是好像路上有状况堵住了……不知道还来不来得及进宿舍。

几乎是下一秒，孟仕龙就回复了。

龙：在哪里？我去接你。

尤雪珍本来想推辞说不用，但一转念，她又把对话框里的两个字删掉了，把下了高架后最近的一处便利店地址发给孟仕龙。

叶渐白撑着侧脸，用余光看着副驾上的人低头，手指噼里啪啦地按着键盘，屏幕光照亮她的脸，刚睡醒的困倦退却，变成一种生动的欢悦。

他觉得自己好似坐在汽车影院，后半夜银幕上播放着二十世纪的黑白默片，女孩碰见心上人，音乐响起，画面变成彩色，落在最圆满的结尾。

哪里都好，如果这幕的主人公不是他喜欢的女孩，如果他不是仅仅坐在这一幕的侧边的话。

尤雪珍抬起头来，说："一会儿你把我在前面放下吧，回学校来不及了。"

他收回视线："他来接你？"

"嗯。"

"你要去他家住？"他使自己的声音听上去极为克制，完全只是一个朋友的建议，"你们才刚谈，我觉得不合适，慢点比较好。"

而她的回答让他失语——

"我昨晚已经住过他家了。"

叶渐白点着方向盘的手指一顿，没有再问下去。

前排车的尾灯亮了，却照不亮后排的车厢，尤其是他，整张脸藏在暗处。

世界上的明暗总是守恒的，有人被照亮，就会有人被笼在阴影里。

他在暗处的时候才看到有束光曾照耀他很久。

高架桥上的事故解决，车流终于再度涌动，很快就驶下高架。

远远地，叶渐白看见了目的地。

他的脚却踩在加速的油门踏板上，大腿肌肉隐隐抽搐着，极力抑制着踩下去的冲动。

踩下去，不管三七二十一，开过那间便利店，永不停歇地往前开，带着她逃跑，让她永远无法下车。

回过神时，车子却已稳稳停在了便利店前。

叶渐白深呼一口气，平静道："我陪你等他来。"

尤雪珍解开安全带："不用的。"

他固执地熄火下车。

尤雪珍看着他进店的背影，也就随他，跟着进入店内。她买了碗关东煮坐在店内吃，他则买了包烟去店外抽了。

尤雪珍坐在里头，难免看到他的背影——略略弯下脖子去打火，好似和多年前那个躲在天台抽烟的少年重叠，已经练开的背此刻看上去竟和从前那样单薄。

嘴里的关东煮有些难以下咽，她垂下眼，还是一口一口将它吃下去了。

很快，一辆摩托呼啸而来，尤雪珍鼓着嘴巴还在嚼东西，立刻扬起手冲来人挥了挥。

孟仕龙风驰电掣地驶到店外，停下，也冲她挥手。

尤雪珍把碗里最后半根香肠塞进嘴里准备出去，站在便利店外的叶渐白却熄灭烟，先一步迎上去了。

她微愣，看着两人站在店外交谈。

他们的表情都很波澜不惊，因此尤雪珍无法通过表情猜测他们说了什么，但应该是一次平和的交谈。

叶渐白回过身，隔着窗对还在店内的她指了指车，示意自己先走了。

尤雪珍点头，看着他坐进车里扬长而去。

她将关东煮的碗扔进垃圾桶，紧接着推开门跑向孟仕龙，好奇道："你们刚才在说什么？"

他难得狡黠，揉了揉她的脑袋："秘密。"

两人亲密贴在一起的身影，哪怕隔很远，叶渐白还是能从后视镜中看到。

他收回视线，看向空了的副驾驶座，神色空空。

多么想她留下，却想起早在之前，他就亲手为了一个无足轻重的人逼她空出副驾。

车子开出街角，终于完全看不到他们了，他把车停在路边，从抽屉里拿出那张陈旧的表格。

他翻到背面，打开车顶灯，在稀薄的光线下盯着那一排字。

这一刻，他想起在港岛时他们离开前因为孟仕龙闹别扭的那一天，他们逛星光大道，其中有他昔日喜欢的武打巨星印了掌印在那里。

他看过对方的一些相关新闻，此时竟无端想起某次采访中对方说的一句话来。

"我的爱意总是抵消不了愚蠢。"

便利店外,孟仕龙原本打算载尤雪珍回家。但在跨上后座前,尤雪珍拉住他摇摇头,支吾说:"还是不要了,昨天是我冲动,不能连着两天都住到你家。"

"为什么?"

"嗯……"她不知道该怎么说,"在长辈们看来会很不像话吧?"

"他们绝不会这么想。"

"可是我也不想再让他睡沙发,这个天气很容易感冒。"

孟仕龙一怔,摸了摸她的耳朵:"看,我手指很热,不会那么容易感冒。"但他还是没有勉强她,"那我载你去学校附近的酒店。"

"去这家吧。"

她把之前住过的一家酒店地址发给孟仕龙,他导航载她过去,又停好车陪她去前台。

前台的工作人员收了尤雪珍的身份证后转向孟仕龙:"你的呢?"

孟仕龙有点尴尬:"我不住。"

尤雪珍也反应过来,脑子里将"孟仕龙"和"酒店"这两个关键词串联起来,一些顺理成章但在此之前从未有过的联想辗转而过,以至于她迅速脸冒热气。

她提高嗓门强调:"只有我住!"

工作人员狐疑道:"是吗?我们这里不登记身份证是不允许住的哦。"

孟仕龙的脸色也有一些可疑的红,他清了清嗓音:"我不会上去的。"

工作人员听到他的保证才把房卡递过来,眼睛还盯着两个人一直到电梯处。

尤雪珍没着急按电梯,又抱了孟仕龙一下,小声说:"你回去路上小心,骑车不要太快。"

"好,我看你上去再走。"他松开她,示意她去按电梯。

电梯从五楼下来,停到一楼居然就是一眨眼的事。

尤雪珍看着打开的电梯门,叹了口气,不舍地挥挥手:"那晚安。"

她即将走进电梯的时候,孟仕龙从背后叫住她。

"尤雪珍。"

她回过头。

"谢谢你。"

她茫然:"谢什么?"

"在这个晚上……"他深呼吸,"最终在我身边。"

他确实没有在她要去见叶渐白的时候多说一个字,但这不代表他没有不安。

那是她独自暗恋了很多年的人,那个人曾贯穿她的青春,他们曾拥有很

-311-

多他所不知晓的过去。他记得和老豆变卖老房子的时候,那些陪伴了他很多年的家具都是该卖就卖。和老豆一起把它们搬到旧货市场的下午,他觉得自己的心变成了扫空的旧房间,甚至有瞬间,一种想回头把它们再全部买回来的冲动浮上心头。

告别一件物品已是那么难,更何况是一份从心里长出来的感情。这难道不是一次从过去的年月里搬出来的壮举吗?

然而在她去见叶渐白之前,他一点都没有透露出这些不安,此刻听到他这句话,她才后知后觉地感受到这份被隐藏起来的心情。

电梯门即将关上,尤雪珍扭过身,无法抑制胸口的冲动,反方向跑过来,一头扎进孟仕龙怀里。

他措手不及,张开手,稳稳将人抱紧。

"原来你今天一直在担心吗?"尤雪珍仰起头来看着他,"为什么不和我说?其实我们可以一起去见他。"

孟仕龙却摇头说:"不是这样的,我反倒是真的希望你一个人去。"

她紧了紧自己的手:"你明明在担心,不要假装大度。"

"不是大度……"他斟酌着用词,"而是如果你真的又因为他动摇,我觉得也没关系。"

尤雪珍瞪大眼:"没关系?!"

他坚决道:"那我就再一次把你对他的心思打扫干净。"

显然,这个问题他已经想过,可以毫无犹疑地脱口而出。

"虽然当初我给过你二选一的选项,不是恋人,就是陌生人,但其实我撒谎了。对我来说,那只是个单选题。"

"我会尽我全力去争取到你。"

这就是他爱一个人的决心。

尤雪珍胸口鼓胀。

二月的天气还是那么冷,她以前不喜欢冬天,走在冷夜中会有分外萧索的感觉,让人觉得好孤独。同样的天气,此刻她的身边多了一个人,哪怕是在他的后座受冷风吹,她都觉得暖和。

那么,她也要温暖他,让他看到自己决定去爱他的决心。

她松开孟仕龙,正色道:"当年我看《小王子》的时候,看到小狐狸让小王子去找他的玫瑰,狐狸对小王子说,你要永远为你驯养的东西负责,你要为你的玫瑰负责,然后小王子就真的离开了。

"我当时就替小狐狸觉得委屈。明明它也被小王子驯养了,明明是它教会了小王子爱和责任,却不要求小王子为它负责,目送他离开去找玫瑰。这不公平。"

尤雪珍眼神坚决地看向孟仕龙。

"我想,如果我是小王子,我一定会当时就打断狐狸,告诉它,可是你也被我驯养了。"

"我浇灌那朵玫瑰花很久了,接下来我会为我的狐狸负责,不会让它孤零零地钻进荒野。"

人生就是一段又一段路,那个时候遇上玫瑰,这个时候遇上狐狸,都是人生,她能做的,就是往前,一直往前。

孟仕龙沉默地听着。

尤雪珍说完就不太好意思了,看他没什么反应的样子,猜想自己是不是说得太肉麻。趁电梯还停在一楼,她仓促地又道了声晚安,扭头就跑。

手腕却在这瞬间被身后的人捉住。

孟仕龙一把又将人拉回自己身边,俯下身,双臂代替了言语,抱住的动作诉说了一切。

前台一直默默观察两人的工作人员翻了个白眼。

无语!

大学最后一个学期开学,虽然课已经很少,但是尤雪珍逐渐变成一只陀螺乱转——除了上课,论文要根据导师的意见再改,各种春招信息贴满了学校官网,班级群里大家无聊的表情包减少,甩过来的更多是求职信息,靠谱的、不靠谱的,令人眼花缭乱。

生活看似没有改变,照常食堂、宿舍、教学楼三点一线,但在这些细枝末节的改变中,尤雪珍体会到了满满的毕业气息。

上学期她其实还不确定自己到底要做什么,但现在不一样了,她很确定自己未来想开设一个属于自己的电台。这是一个很长远也不容易的事,除了必要的钱,相关的工作经验也必不可少。

她开始密切关注广播电视电台的招聘消息,向袁婧学习制作简历,不停地反复修改。

"改!"这是她开学以来从老师和袁婧那里听到最多的一个字,有时候连做梦梦见孟仕龙,他也在对她说,你给我改!

吓得她从梦中惊醒。

然后她会很无理取闹地给他发消息。

珍知棒:梦里的你怎么这么讨厌!

孟仕龙发来一个黄脸问号小人表情包,虽然不知道什么情况,但还是先道歉。

龙:对不起!

她心情变好,脸上恢复笑容。

珍知棒:好了,原谅你。

他又发黄脸小人委屈表情。

龙:为了不让梦里的我招你讨厌,你还是见一下现实中的我吧?

距离两人正式交往快过去半个月了,却到现在还没能约会。

珍知棒:送阿婆回港岛那天我也去,我们见面吧。

虽然依旧不算正儿八经的约会，但机会都是靠创造的！

因为忙的不止她，孟仕龙也分身乏术。店里年后开张，孟爸还没有招到新人，店里的事情还是比较依赖他，同时他在计划认真学摄影，但具体要怎么做，其实他并不明确。

一直以来，他习惯了被需要。有些人会觉得这是一种负担，但对他来说，恰恰是一种支撑。如今这种支撑被抽离，要全靠他自己的意志去摸索着走出一条路，他害怕自己会走不好，尤其是他的未来已经纳入了另外一个人的时候。

但也是这另外一个人，让他决心冒险。

决定下来的那一天晚上，他给尤雪珍打了一通电话，告诉她自己的决心。

"我想重新回到学校。"他的声音带着很轻的颤抖，"我想考西大的摄影系，我知道很难，也许明年考不上，得后年、大后年，要花费很长的时间……"

尤雪珍不等他说完，笑着插嘴，用当时他鼓励她的话回敬他："那听上去很酷不是吗？"

不用再说过多的语言，孟仕龙顿住，然后笑道："是啊。"

"你看我办电台的事也八字没一撇呢，但我也想一点一点给自己加码。这就是生活嘛，哪有速成的人生？慢慢来，慢慢来。"

他在电话那头彻底松了口气，继而打趣："怎么突然说话像小老太？"

"为了搭配你小老头的作风。"

"我哪里有小老头？"

"去做想做的事吧。"

"……好。"他转而又开始关心她，"你投的那些简历怎么样了？"

"没有那么快啦，不过有时候没消息说不定就是好消息，也许还在审查呢。"

"你一定可以。"

"你也是！"

宿舍里，袁婧看着蹲在阳台上披着大衣瑟瑟发抖讲电话的尤雪珍，叩了叩门，对她比画着：进来讲电话啦！不用管我死活！

阿婆返回港岛那天，孟仕龙先来学校接尤雪珍。

尤雪珍想起什么，赶紧问他："你没和阿婆说我们在一起的事情吧？"

"……没有。"他略委屈道，"你说先别说，我就没说了。"

她安抚地戳戳他的背："我是觉得现在说有点早……还没做好心理准备。"

在她的概念里，恋爱是两个人的事情，更何况他们真的才只是刚开始。

孟仕龙没有勉强，只问："那等下可以牵你的手吗？"又补充，"偷偷的。"

尤雪珍挣扎一番："保险起见还是忍一忍！"

他背过身去，肩膀垮了一下，看着像是在叹气。

没有约会，也不让告诉家里人，还不能牵手，听上去好像一场见不得光的偷情。

-314

尤雪珍一看他这委屈的背影，好笑地又戳了戳他的背：“今天送完阿婆我们就去约会好不好？”

孟仕龙顿了顿，立刻转过身来：“好吧。”

因此，送阿婆前往机场的时候，两人特地在后排坐出安全距离，中间隔了好大的空间，让他们看上去好像还和之前一样，只是"朋友"。

阿婆坐在副驾无聊，看了一眼后视镜，起了逗弄的心思。

她用夹杂着粤语的普通话对孟仕龙说：“你要不再陪我回港岛两天啦？”

孟仕龙不解：“怎么了吗？”

"那个秦姨啦，听说她孙女回来工作了，我见过相片，人长得很靓，我觉得你们可以认识一下啊。"

孟仕龙立刻看了尤雪珍一眼：“不用了。”

"认识一下又没坏处。"阿婆说着去掏手机，"我先给你看看相片，一看你就会中意的，反正我觉得很配！"

尤雪珍本来憋着不发言，但一听阿婆说他俩配，气血冲上脑门，冲动开口：“不行啦，阿婆！”

阿婆稀奇道：“怎么你也反对？”

尤雪珍声音小下去，扯了个稀烂的理由：“孟仕龙他……他还小。”

阿婆"扑哧"笑出声：“我在他这个年纪都结婚咗，臭小子仲未拍拖（我在他这个年纪都结婚了，臭小子还没恋爱）！”

孟仕龙无言地摸了下鼻子，无法替自己正名，又悄悄看了一眼尤雪珍。

尤雪珍挠着额头，几欲张口承认又忍住了。

阿婆仿佛根本没察觉后排两人的诡异，已经在手机里找到相片，向后递给孟仕龙：“你睇睇，係唔係好靓（你看看，是不是好漂亮）？”

孟仕龙不想接，但阿婆很坚持，他这才勉强接过，随意瞟一眼，视线就没滑走了。

尤雪珍瞧见孟仕龙居然还敢多看照片两眼，顿时上火。

她悄悄伸过手，拧了一把他的大腿。

孟仕龙吃痛地"嘶"了一声，这才把眼神移开。

她笑里藏刀地问：“这么好看啊？”

他诚实回答：“是啊。”

这两个字差点没把尤雪珍气吐血。

她磨着牙凑过去：“这么好看啊……我也看看。”

——手机屏幕上是当时圣诞节他们在阿婆家的三人合影。

孟仕龙脸上带着促狭的笑意，指着站在最前面的尤雪珍说：“这不好看吗？”

尤雪珍才反应过来，看看孟仕龙，又看看阿婆。

阿婆哈哈笑起来：“我早发现啦。当阿婆咁多年嘅饭系白食嘅咩（当阿婆这么多年的饭是白吃的）？”

—315—

……现在跳窗下车还来得及吗?

车子驶到机场,孟仕龙帮阿婆拿行李,尤雪珍挽上阿婆,三个人很快办完值机托运的手续,将阿婆送到安检口。

尤雪珍松开阿婆,依依不舍地和她挥手道别。

阿婆一派洒脱,不耐烦地挥挥手让他们快走:"年轻人就该抓紧时间拍拖,走啦,送也送够了。"

她这回被打趣没再害羞,一鼓作气牵起孟仕龙的手。

人来人往的机场,尤雪珍大声保证:"阿婆你放心,我会照顾好孟仕龙的!"

孟仕龙被她突如其来的动作搞得一惊,听着她的话又忍不住失笑。

他回握住尤雪珍,玩笑道:"那就拜托你了。"

阿婆翻了个白眼:"真係受唔住(真是受不了)!我走了!你们谁爱照顾谁就照顾吧!"说完就头也不回地过了安检口。

两人目送阿婆的身影消失在安检口,又在机场的咖啡店坐下等阿婆的飞机起飞。机场中心的大屏上隔几秒就刷新着航班信息,尤雪珍抬头看见飞印尼的航班,忽然想起孟仕龙很快也要去印尼的事情。

"你开始收拾行李了吗?"

"已经在网上买必备品了。"

他说着就打开购买页面让她检查。

尤雪珍一看,他别的没买,搜索栏里全是"电话卡""电话卡、网速快"这些关键字眼。

——能和她保持联络,是他旅行准备的头等大事。

尤雪珍意识到这一点,心头一软,拿过他的手机在搜索框里打下"冲锋衣"三个字:"你先买这个啦,我刷小红书的时候说火山特别冷。"说完,又忙不迭打开自己的手机,"算了算了,还是我来挑吧,你不会买衣服!"

孟仕龙手撑着脸,注视着尤雪珍任她动作,随后恍神地笑了:"那我要感谢自己不会买衣服。"

"什么哦?"

"就是因为这一点,你和袁婧才会在最开始找上我。"

不然,他们的故事可能就会停止在那个万圣夜。

"不一定哦。"尤雪珍一手搜冲锋衣,一手伸过去在桌上把玩他长长的手指,"你的烧烤那么好吃,我再多点个几次,一来二去肯定也会变熟,最重要的是我们已经在万圣节那天相遇了。"

"嗯……那看来还是要感谢那天没有接你单的骑手。"

"那我要感谢那天只找到一颗糖果而输掉游戏的自己了!"

"游戏?"

"是啊,那天我们在玩游戏,谁找到糖果数最少谁就要请夜宵,我就成了那个倒霉蛋。"

"所以那是你唯一一颗糖果?"

"对。"

"你把唯一一颗给了我?"

"因为你当时看上去比我还倒霉嘛!"

孟仕龙笑起来,然后说:"我觉得是幸运啊。"

机场人来人往,这里是繁忙的世界港口,上演着无数的离别和重逢,不会有人在意一对情侣靠坐在明净的玻璃窗下,耗费整个下午,无所事事地聊着无足轻重的小事。

窗外,飞机起起落落。

载着阿婆的航班离开,半个月后,也载着孟仕龙和孟爸起飞。

尤雪珍坐在咖啡馆同样的位子,看着对面空了的座位,喝空桌上的咖啡。

飞机才起飞十分钟,她已经开始想念他。

但她勒令自己不许过多打扰孟仕龙,这是他和爸爸的难得的旅行,她希望他没有挂念地尽情享受。

孟仕龙去旅行的这一周,袁婧的实习工作终于转正,为了庆祝,她难得决定大出血在群里说请大家吃顿火锅。但是她抠门本性不改,觉得去店里吃火锅太贵,于是决定蹭叶渐白的公寓,自带食材过去煮。

当然,这一切都是先请示了尤雪珍的意思的。尤雪珍说现在他们还是朋友,吃饭当然没问题,袁婧才在群里"艾特"叶渐白问可不可以。

叶渐白爽快地回了个"好"。

于是,久违地,尤雪珍和大家一起来到叶渐白的公寓里,再度在这样的场合下和他见面。

说是要做回朋友,但再见面还是有一种尴尬,就像绑了很久的橡皮筋,某部分已经松了,回不到过去,但还是可以扎头发,束缚着他们曾经的关系。

叶渐白端了两碗小料过来,习惯性地将其中一碗递给她。

尤雪珍动作微滞,接过小料,小声说:"谢谢。"

他笑了笑,转头将肉下锅,又和之前一样争着抢锅里的食物,一点不带让的。

左丘一边说着"过分啊,师兄",一边忙着给毛苏禾夹肉。

袁婧嚷嚷着:"你们手速太快了吧,好歹给请客的人留一口肉!"

尤雪珍笑着看大家,也伸进筷子毫不犹豫地加入这场火锅大战中,但是她的心思并不完全在食物上,吃两口就看一眼手机,又失望地放下。

叶渐白注意到她的动作,随口问道:"怎么?吵架了?"

"才不是!他今天爬火山,跟我说过可能会信号不好。"尤雪珍不好意思道,"但我就是忍不住想看看他有没有发消息过来。"

看着她的神情,叶渐白快速把眼神扫过,"哦"了一声。

-317-

"珍珍，你帮我看看带来的菜还有没有，我记得好像搁冰箱了！"

袁婧不好意思直接进叶渐白家的厨房，又不敢使唤他，只好拜托尤雪珍。

尤雪珍起身："我去看看，顺便再拿点饮料过来。"

她一走，叶渐白的筷子就松懈下来，锅内的食材被左丘美滋滋地捞走。袁婧不甘示弱，两人抢得风生水起，最后便宜了毛苏禾。

突然，尤雪珍放在桌面上的手机振动起来。

她没有锁屏，来自孟仕龙的通话请求就这么直白地跳入叶渐白的视线。她已经改了备注，简单粗暴的三个字：男朋友。

除了叶渐白，谁都没有注意到这通好不容易占到信号拨进来的语音通话。他面无表情地盯着手机屏幕，随后视线穿越客厅，落在厨房半掩的门内。

尤雪珍还没有回来，看样子她接不到这通语音电话了。

这应该正中他下怀，虽然接不到一通电话改变不了什么，但看见他们甜蜜通话总归是碍眼的。

看着火锅飘起的袅袅雾气，他想起那个深夜在便利店前和此时打来电话的那人最后的一次交谈。

当时，他还是忍不住冷嘲："你就这么放心让她来单独见我？我劝你谈恋爱还是要警觉一些。"

孟仕龙却平静道："当然不是。相反，我知道你在她心中的分量，才让她单独去见你的。"

"……为什么？"

"你是她最好的朋友。"孟仕龙很认真地看着他，"那是你们之间独有的纽带，我不用挤进去，我也不希望她失去你这个朋友。说到底，我只是希望世界上能多有一个人爱她。"

我只是希望世界上能多有一个人爱她。

听完这句话，叶渐白才终于明白，孟仕龙和尤雪珍为什么会走到今天。

他沉默片刻，笑道："那你要小心了，我可不甘心只是做个朋友。尤雪珍见证过我分手很多次，这回轮到我见证她一次，没什么大不了。"

孟仕龙轻描淡写地回击："那你要活得比我更长命才行。"

这小子……

过去这么久，叶渐白想起这事来依旧有想把孟仕龙身上那股信誓旦旦的气焰浇灭的冲动。

叶渐白磨着牙猛地起身，拎起还在振动的手机，三两步走到厨房，"啪"一下将手机扔到尤雪珍怀里。

"电话！吵死了！"

尤雪珍蒙蒙的："我开了振动啊……"

她话还未说完，他已经帮她拉上门头也不回地离开了。

尤雪珍低头看手机，发现是孟仕龙，手忙脚乱地赶在彻底断掉前接通。

她语气兴高采烈的："怎么突然打过来了？"

孟仕龙略显疲惫但又夹杂着兴奋的声音传来:"我到火山口了,发现这里有信号,所以赶紧拨给你。"

"哇,山顶漂亮吗?"

"你现在方便视频吗?我给你看。"

"没问题,我和袁婧、毛苏禾他们在叶渐白家吃火锅。"

"好。"

他切掉语音,转而视频的请求跳进来。

尤雪珍靠在冰箱上接通,入目却是一片黑色。

"怎么回事?"

她咕哝着,孟仕龙的声音紧接着传来:"我现在是把手机放在地上的。"

"为什么啊?"

"让你听一听地球的心跳。"

"啊——"尤雪珍笑出声,想起自己曾经的比喻,显然他还记得,于是配合他说,"地球现在的心跳很平稳嘛,我都听不见。"

"那这个呢?"

手机被他拿起,景色快速闪过,又变成一片黑。

他把手机压在了自己的胸口上。

"现在是我的心跳了。"他说。

尤雪珍静静地听着,这瞬间,她觉得自己的心跳已经超越了地球的。

她不好意思地清清嗓子:"好了,你不是说要给我看火山吗?"

"哦……对。"

他迷糊地又赶紧把镜头举起,于是,布罗莫的火山口出现在尤雪珍眼前。

世界变成一片巨大的冒着热气的切面,孟仕龙坐在切面的最上端,镜头照出他的双腿,脚下就是深不见底的岩浆,它们藏在地核深处,冒着白烟。

尤雪珍被这一幕震惊,第一反应是担心他的安全。

"你这么坐着太危险了吧?"

孟仕龙将镜头翻转,屏幕上出现他戴着口罩的脸,白色口罩上沾了不少火山灰,灰蒙蒙的,衬得口罩上方的眼睛深邃明亮。

"放心,只是错位看着危险,没事的。"尤雪珍头一次听到他这么激动的语气,"坐在这里,甚至能感受到大地在震动。"

尤雪珍惊讶道:"火山不爆发也会有震感吗?"

"应该是岩浆在运动的作用。"

"那会不会很热啊?"

"不热,还在刮风,能闻到硫黄的味道。"

"那是什么味道?"

"嗯……臭臭的。"

尤雪珍笑了:"这什么形容嘛。"

孟仕龙跟着笑了。

两个人傻笑着看了半天，尤雪珍先受不了自己这傻样，说："好了你别笑了，说点什么！"

结果孟仕龙还在笑，连眼睛都不带眨的。

尤雪珍一看不对劲，尴尬地挠了挠头，哦，原来是网卡了。

刚才该不会只有她对着屏幕傻笑了几分钟吧？

过了一会儿，画面重新动起来，孟仕龙的脸离屏幕极近，在不停地"喂喂喂"。

尤雪珍连忙正色："现在好了。"

"这里信号不是很好……"

他说的话开始变得断续。

尤雪珍无奈道："没有办法，能接通都很不容易了。"

他微微叹气："好希望你能在这里。"

"毕竟这次是你们的家族旅行嘛，下次我们再两个人单独去。"

孟仕龙这次不光是和爸爸一起，还带上了那张和妈妈、阿婆在太平山顶的三人合影，是阿婆特地从港岛寄回来的。毕竟阿婆的身体登不了火山，就用这样的方式让孟仕龙带她和妈妈一起去看。

尤雪珍玩笑道："你小心一点，照片别让风给吹跑了。"

孟仕龙拍了拍背包夹层："现在放这里，等一下再拿出来一起合影。"

"哎，你爸爸呢？"

镜头晃到旁边，孟爸站在不远处拍夕阳拍得不亦乐乎。

尤雪珍这时才看到天空，发现夕阳特别漂亮，她下意识也想让孟仕龙看看她这里的天空，但相差一个小时的时差，这里已经天黑了。

刚和他说完天黑，结果发现屏幕又卡住，静止不动。好一会儿，信号又接上，孟仕龙的声音断续传来，但不太清晰。

"还能……听见吗？"

"能，就是很卡……"尤雪珍叹气，"如果现在有无线电就好了，根本不用担心卡。"

她只是随意一说，孟仕龙却认真地分析上了："不过你那台不是不支持2米波段吗？没有办法接收印尼的信号吧？"

尤雪珍一惊："你不会真的有想过带无线电过去和我连接吧？"

"嗯……"他认真地说，"之前你通过无线电听到太平山顶，所以这次也想让你通过无线电听到布罗莫山顶的声音。不过后来查了查，发现你的设备接收不了这么远的信号。"

尤雪珍心头发软，笑道："那也不一定哦，小时候听到太平山顶那次，爷爷的设备按常理也是收不到来自港岛的信号的。"

他一怔："那为什么？"

"爷爷说可能和天气有关系。"

"天气？"

"你还记得书上说的吗？电台信号的传播和天气是息息相关的，太阳辐射会引起电离层的电离，提高波段的传播距离。"尤雪珍猜测道，"也许是那天的天气引发了意外吧，说不定就是像今天这样极盛的夕阳呢？"

孟仕龙的镜头里，云霞四射，夕阳不止一种颜色，红橙蓝紫，鸟群扑棱着翅膀飞过，在这个春天的火山上的傍晚。

孟爸拍完了夕阳，招呼孟仕龙去拍合影。

孟仕龙对着镜头说"等我一下"，将手机放回口袋，掏出包去拿照片。

镜头变黑，尤雪珍没有看到照片的背面有一行小字：

2007年11月3日，摄于太平山。

——那年那天，尤雪珍枕在爷爷膝头，拨弄着无线电台，"刺啦"两声，字正腔圆的广播突然被粤语替代："太平山缆车服务依家係正常运作，为大家提供欣赏港岛（太平山缆车服务依然是正常运作，为大家提供欣赏港岛）……"

窗外晚霞满天，爷爷稀奇地凑近倾听。

她也跟着凑近，问爷爷："这是什么啊？"

爷爷诧异道："这是在千里之外的港岛。"

那年那天，孟仕龙坐在港岛广播播报的那架缆车之上，缓慢朝着太平山上升。阿婆指着缆车外瑰丽的夕阳，揽住孟仕龙和孟妈妈，说："我哋三个嚟影相啦，夕阳咁靓（我们三个合影啦，夕阳真美）。"

孟仕龙听着阿婆的话转头去看，五彩的云朵瞬间塞满他的眼眶。

无线信号就这样被霓虹色的天气迷得失去轨道，错位地从港岛飞跃到连城，又飞跃时间，在这一刻的夕阳下返回只有命运知道的起点。

那年那天，宇宙开了一次小差，却为他们写下了开端。

/番外一/
老牌约会

尤雪珍度过了焦头烂额的开学时间,稍微闲下来。孟仕龙也熬过了年后开张店里最忙的一段时间,店里终于招到了一个新人,他不用再像之前那样守在店里,可以空出时间来做自己的事了。

两个终于得闲又陷入热恋的人,满脑子想的就是约会。

而这次,尤雪珍拍拍胸脯说让她来策划。

之前那次约会是孟仕龙一手包办的,她现在仍对那车厢开到繁花深处突然暗灯的一分钟记忆犹新。所以,她也想为他制造一份同等分量的惊喜。

只是当她打开备忘录,脑袋却一片茫然,怎么也想不出浪漫的计划来。

尤雪珍伤脑筋地回忆着自己看过的小说和电影,却一下子想不起来有哪些可以实现的场面。这个时候再想起孟仕龙特意准备的约会,浪漫得既有新意又恰到好处,毫无经验的他是怎么想出来的呢?肯定是翻了很多很多的信息才办到的吧?这样一思索,她更急迫地想要拿出一个好方案。

袁婧推开宿舍门进来的时候,就看到尤雪珍一副快把自己头发拔秃的抓狂样。

她随口问:"咋了?论文被批了?"

尤雪珍怏怏道:"我怎么觉得想约会比想论文难多了?"

袁婧立刻口气一变,八卦地拉开她桌边的椅子坐下,仰头吹口哨:"要不要我给你建议?"

尤雪珍半信半疑:"你能给出什么好建议?"

"喊,那我不比你有经验?"

说得也是……

尤雪珍准备洗耳恭听:"那你说来听听,我参考参考。"

"我最心动的一次约会就是和前任一起去看'我担'的演唱会!"袁婧流露出怀念的表情,"那种万人之中两个人享受约会的气氛贼好,尤其是大屏幕上出现'我担'的脸,他那天状态绝了,营业得贼卖力……"

"停停停!"尤雪珍擦汗,"你心动的根本不是约会,而是你担吧?"

"是吗?"袁婧心虚,"好吧,你说的也有道理。"

尤雪珍叹气:"以为能从你那里听到真知灼见是我傻。"

袁婧为自己辩解:"我虽然比你有经验,但跟其他人比还是不够看啊,你应该去找个经验丰富的人问一问。"

"你不会是想说……"

袁婧缺德一笑:"你老铁叶渐白啊。"

在尤雪珍抽刀之前,袁婧赶紧逃走。

尤雪珍倒回床上,又想了半天,最终在备忘录上敲下四个字:

老派约会。

关于老派约会,第一步就是绝不用秒传递的通信软件联络对方。

现代通信的便捷与其带来的随便是二位一体的,她并不排斥现代通信,只是更偏爱过去的书信。可能这就是从小听无线电的一种影响,骨子里留存了对于烦琐通信的敬意。轻易地联络到一个人,与克服麻烦去联络一个人的想念程度是不一样的。

于是尤雪珍第二天去学校的后街挑信纸和信封,逛了两家文具店,终于在看到其中图样带有小狐狸的信纸后立刻将其买下,信封挑的是最简洁的棕色纸张,再绕道去邮局买了寄信的邮票。

一切准备就绪,剩下的就是给孟仕龙写信。

尤雪珍趁袁婧不在宿舍的空当摊开信纸,提笔写:

我亲爱的男朋友:

你好!

最近天气还是很冷,给你写信的时候宿舍的空调坏了,所以现在我的手冻得有些僵,字迹不是很好看,我平常写字比这漂亮多了,特此声明!

不知道你那边现在冷不冷,不过你火气一向比我旺盛,第一次见你就发现这一点了,深秋还穿T恤骑摩托……所以冬天被你牵手或者拥抱的时候很舒服,暖和到不想放开。

说着说着好像跑远了……因为这是我第一次给人写信,还是给喜欢的人写,不知不觉话就变多了一些,虽然净是些废话。不过你和我说废话的时候我就喜欢听,我想你也是一样的。

但还是克制一点吧!接下来才是这封信的主题——

你愿意跟我约会吗?

如果答应的话,请给我回信。

尤雪珍来来回回看了好几遍,确认没有问题后将纸折进信封里,贴上邮票,迫不及待地套上羽绒服出门去邮筒。将信递出去的刹那,她对着黑漆漆的投递口左看右看,最后拍了拍筒子的"脑袋",默念着:"靠你了,朋友。"

虽然是同城,但邮递的效率并不快,好几天信都没有派送到孟仕龙手上,以至于孟仕龙误以为她把约会的事情给忘了。

他在微信里发了个黄豆小人对手指的表情，委婉地提示她是不是忘了什么。

尤雪珍揣着明白装糊涂。

珍知棒：啊，怎么啦？

龙：约会。

他直接挑明，尤雪珍却依旧装模作样。

珍知棒：哦哦！想起来了。

珍知棒：实在是最近太忙了……

他发了一个"收到"的表情包，好半天又发了一个"小猫抱膝"的表情包。

尤雪珍看着他发送的表情，捧着手机笑得猖狂，觉得逗他好有趣。

然而两天后，她刚从水房洗漱完回来，就收到了孟仕龙发来的消息。

龙：现在回宿舍了吗？

珍知棒：回了。

龙：我给你叫了外卖。

珍知棒：怎么突然叫外卖啊？

龙：你昨天不是说想吃芋圆吗？

珍知棒：哎呀，我随口说的嘛……

虽说如此，但看见自己随口提及的一句话被他记住，还特地点了外卖过来，说不高兴是假的。

等到外卖的电话进来，她咧着嘴跑下楼，看清楼下站着的人后，整个傻住。

孟仕龙拎着袋子向她晃了晃。

她迅速捂住素颜的脸，在纠结跑上楼和向他走去之间犹豫，最终还是捂着脸走到他面前，结巴道："不是外卖吗？"

刚刚分明是陌生电话打来的，声音也不是他的，因此她完全没有多想。

孟仕龙露出一个得逞的笑："那是拜托店里的人帮我打的，不然你这么聪明，肯定会猜到。"

尤雪珍伸手去掐他的脸，来气地问："这有什么好得意的啊？"

他被掐得说话含含混混："阿婆跟我说拍拖就要这样，时不时给你一点小惊喜……难道不是吗？"

"这话某种程度上是没错……"尤雪珍推了下鼻梁上架着的厚镜框，"但某些情况下就不适用，比如说像现在我这样！"

"现在这样？"

"素颜哪！这大厚眼镜！还有这大羽绒服，可以直接去菜市场买菜了！"

"那怎么了？"孟仕龙眉头微皱，不解，"我们第二次见面的时候你就是这样下来拿外卖的。"

"啊……是吗？"

他果断点头。

尤雪珍哀号一声，尴尬了半天才说："……真亏得你见过我那副样子还

-324-

会喜欢我啊,哈哈。"

"我觉得很可爱。"

这个答案很满分,她压住嘴角,将袋子拿过来:"反正……谢谢你特意送过来。"

孟仕龙打趣:"那给我谢礼吗?"

她当真地问:"好啊,要什么?"

"那——现在和我约会吧?"

尤雪珍"啊"了一声:"现在吗?"

"嗯,只在你们学校走走就好。"

他听说她忙,但又想见她,于是只好想出这个折中的方法。

尤雪珍的心顿时就软了,明明他被她蒙在鼓里呢。

看着孟仕龙的脸,她差点就和盘托出关于信的事,但都瞒到现在了,不能前功尽弃。

她竭力忍住,点头道:"那我们去操场走走。"

十点多了,操场都已经熄灯了,夜跑和打球的人散去,非常安静。两人并肩绕着操场走了一圈,最后走到阶梯看台的角落边坐下。孟仕龙打亮手电光,方便她拆开袋子吃芋圆。

尤雪珍借着灯光看清里面的盒子,没有任何 Logo,猜测道:"你做的吗?"

"昨天学的。"

怪不得,所以才晚了一天吗?

她小声说:"不要把时间浪费在这种事情上面啦。"

"可是我觉得给你做想吃的时间很珍贵。"

尤雪珍说不出话了。她已经舀了一口芋圆进嘴里,正好可以掩饰自己对孟仕龙这句话的无法招架。

如果不是他在某些细节上露出对恋爱的生疏,这些让人听了后就想大叫的情话绝对会让人怀疑他是情场老手,而且是最高级别的,因为真心是无法用任何伎俩抗衡的。

孟仕龙观察着她吃完一口,像做调查问卷似的仔细问:"好吃吗?会不会太甜?芋圆会不会太大?"

尤雪珍连连摇头:"很好吃了,你在做饭上真的很有天赋啊!"

他听后开玩笑道:"那要不还是别学摄影了。"

"不如你去新东方报班!"

"新东方是什么?"

哦,忘了他是港岛人……

"我小时候和爷爷看电视,有个广告特别洗脑,我现在还记得一点点。"她清清嗓子,回忆了下便给他模仿,"传——传——传新东方厨师!"

孟仕龙"扑哧"一下笑出声:"好有趣的广告。"

"因为在模仿太监吗?"

"不是,可能因为是你说的吧。"

"你再说这种话,我只能拿胶带把你嘴封起来了。"

他一脸无辜:"什么这种话?"

尤雪珍狐疑地盯着他,心想,这家伙到底是不是装的?

孟仕龙坦然地接受着她的审视,又好奇地追问:"还有别的有趣的电视广告吗?"

他想知道她小时候都在看些什么。

尤雪珍打了个响指:"那可太多了,比如这个……"她又清清嗓子,"今年过节不收礼呀,收礼只收脑白金!"

"脑白金是?"

"可以用来送我的东西。"

"为什么?你想要这个?"

尤雪珍捂住脸:"不是……是我觉得现在自己有点脑残……"

孟仕龙终于忍不住大笑出声。

尤雪珍瞪他:"你也快给我模仿一下你们港岛的流行广告词!"

"好好好,"他慢慢收声,"我想一想。"

过了一会儿,孟仕龙也学着她清清嗓子,开始模仿道:"同你一齐,未来更明亮。"

他说的是粤语,但尤雪珍却似听懂了,用普通话复述一遍:"同你一起,未来更明亮?"

"是这个意思。"

尤雪珍瞪大眼,这怎么听着像情话?

她狐疑:"你编的吧?"

他笑道:"这是中电控股的广告词,有段时间总能听到,印象比较深。"

"唉……"尤雪珍叹气,"为什么我念广告词听着像喜剧片,你的就像爱情片呢?"

"那我也来念一遍新东方。"

说着他鹦鹉学舌了一遍。

尤雪珍听着他刻意掐尖的嗓音,笑得差点把手中的芋圆打翻。

"可以了,可以了!"她打断他,纠正,"你这不是喜剧片,而是恐怖片!"然后舀起一勺芋圆喂到他嘴边,"啊——"

孟仕龙乖乖张嘴吃了一口,剩下的就不再吃了,让她一个人吃完。

尤雪珍也没再和他客气,埋头把芋圆吃了个精光,毕竟这对做甜品的人来说才是真正的嘉奖。

她打了个饱嗝,又忍不住感叹:"我男朋友的水平就算真去新东方肯定也是特聘荣誉讲师。"

孟仕龙继续玩笑:"那我继续去当厨师吧。"

"你怎么样都好。"

听尤雪珍这么说，孟仕龙微怔，然后摇头笑着说："还是算了，不当厨师。"他伸手擦掉她嘴角吃东西留下的痕迹，"除了家人，我现在只愿意做给一个人吃，注定当不了一个好的厨师了。"

尤雪珍明知故问："那这个人知道我吃了你做的会不会生气啊？"

"不会，"他的手指还在她的嘴角流连，"她特别好。"

尤雪珍的嘴角又忍不住翘起来，连忙打掉他的手，故意说痒。

他的手被她打下去，又锲而不舍地再次攀上她的脸，只不过这回换了目标——碰了碰她的眼镜。

紧接着，她的黑框眼镜被摘了下来。

尤雪珍的心跳在这个时候陡然变快，不自觉咽了下口水。

这……难道是接吻的前兆？

她即将要闭上眼的瞬间，孟仕龙抬手把眼镜戴自己脸上了。

他觉得眩晕，眨眨眼睛："好晕。"

尤雪珍愣了片刻，忍不住笑起来。

这才是他，说情话是高手，因为是不加掩饰的真心话，其实也是个拍拖菜鸟，连摘眼镜是接吻的特大级信号都不知道。

但没关系，她还是比他懂得多一点点的，就由她来教他吧。

"把眼镜还过来啦。"

她假意漫不经心地把眼镜从他脸上取下，身体凑近，肩膀靠着他，感受到他的鼻息，蜻蜓点水地在他唇上啄吻。

尤雪珍迅速收回，热着脸解释："摘眼镜还有一层意思就是要接吻，我只是在教你这个！"

她边说边把眼镜戴上。

孟仕龙半天才回过神，直点头："知道了。"

昏暗的操场中有脚步声传来，居然还有人在夜跑！

尤雪珍吓了一跳，生怕自己刚才"强吻"孟仕龙的画面被人看见，赶紧埋头不敢再造次。

又坐了一会儿，尤雪珍站起身，和孟仕龙又一起绕着跑道走了好几圈，聊着很无聊的话题。

一直到门禁时间将至，他们这才结束这场临时起意的潦草约会。孟仕龙将她送回宿舍楼，两人在楼下道别。

"你骑车回去小心。"

"好，到家了给你发消息。"

"OK！"

她很舍不得他离开，这时才明白之前总在宿舍楼下见到的难舍难分的情侣是什么样的心情。但她脸皮薄，最终做不到像他们那样旁若无人地腻歪，只是冲着孟仕龙简单地摆摆手。

-327-

孟仕龙即将转身的瞬间，忽然又转过来，向她走近两步。
"怎么……"
她话没说完，他就伸手摘下了她的眼镜，随即，他的背遮住宿舍楼昏黄黯淡的灯光，吻了上来。

尤雪珍开始忧心自己那封信的下落。
已经寄出好久了，孟仕龙却一点没提起那封信，以至于她怀疑是不是信寄丢了，效率低也不该这么久吧？
直到她终于在学校收发室收到了一封来自孟仕龙的信，她这才知道，其实好几天前他就已经收到了，但是他硬忍着没提，不声不响地给她写了一封回信。
她迫不及待地拆开来看，孟仕龙特意用了他并不习惯的简体字书写，开头两行字效仿了她。

我亲爱的女朋友：
你好！

尤雪珍会心一笑，嘟囔着："喊，模仿我。"
继续往下看——

现在是晚上十点四十八分，我在家里给你写信。
从早上收到信的时候就想着给你写，但因为不知道该怎么写，所以拖到了晚上。现在很安静，没有别的事打扰，可以认真地给你回信。
这是我人生中第一次给别人写信，也是我第一次收到信，或者，我可以理解为情书吗？

这句话后面，孟仕龙画了一个眯眼笑的小表情，可爱得尤雪珍想隔空掐一把他的脸。

我现在在卧室，这里不冷，如果温度也能分一点给你就好了。天气还没有完全转暖，今天出门的时候在街上看到一只流浪小猫，白色的毛已经变黄了。它好像很冷，缩在车底下发抖。爸爸对猫毛过敏，所以没有办法把它抱回家，我只好买了一些吃的和毛巾给它，送它去了救助中心，希望它能平安地迎接春天。

尤雪珍的心随着他平淡的文字被揪了一下，眼前跟着浮现出缩在汽车下面的小猫的身影。不过它流浪的命运也许已经在孟仕龙写下信的这一天发生拐点，这么想就让人好受很多。

不过因为这事去驾校迟到了,被教练骂了一顿……我好好解释了一通,教练看到猫猫的照片就变脸了,说好可爱,自己的秃头要是也有那么多毛就好了。哈哈。

尤雪珍看到"哈哈"笑出了声。
最后,就到了信的重点。

好像也一不小心多说了一些无关紧要的话,虽然还有很多想说的,不过剩下的话,还是当面跟你说。
那就约会吧。

尤雪珍默念着结尾的三个字,虽然知道他答应是必然的结果,但当它以文字形式呈现在眼前,不知不觉就产生一种珍而重之后引发的怦然心动。
她再次回信,这次很克制,提笔只写了一行字。

这周日的下午两点,我们在友荣百货见面吧!

为了确保这封信能在约会的日子前让孟仕龙收到,这次她没有投递,还是鸡贼地用了快递,物流显示第二天派送到了孟仕龙家。
于是,第四天,也就是约会前一天,尤雪珍再度收到了快递信件,孟仕龙有始有终地给她回复。

好的,期待那天的见面。

尤雪珍选定在友荣百货见面的原因是它的六楼。
友荣百货二十年前曾是西荣最繁华的百货大楼,只是时代更迭,各种新式商场涌现,友荣百货渐渐就变成了土气的代名词。但它的六楼还保存着当时非常流行的拍大头贴机,虽然机器现在好像也更新了。
这是她约会计划中的第一项,拍大头贴。
出发去商场之前,她特地拐道去花店买了一捧玫瑰花想要送给孟仕龙。约会当然不能缺少花,她完全不介意是由自己来送给男朋友,尤其是看到他在信里写他是第一次收到信,于是她想,这可能也会是他第一次收到花。
抱着想创造更多第一次给他的心情,尤雪珍带着花束踏上公交车。人不算少,车厢拥挤,她一直小心护着怀中的花,直到下车都没有让花瓣被压到一点点。
这个过程很辛苦,但等她来到友荣百货,看见提前等在那里的身影后,觉得那点辛苦就变得无关紧要了。

-329-

孟仕龙背着一只黑色双肩包，鼓囊囊的。他转过身来，才发现他手上同样捧着一束精心包装过的白色百合。

看见尤雪珍手里的玫瑰花，他一愣，不确定地问："这是？"

"给你的！"她指着他怀中的百合，"那这是给我的吗？"

他直接用行动证明，将花递过来："我本来也想买玫瑰，但看见百合，觉得白色更适合你。"就像雪堆出来的花。

尤雪珍得意道："我猜到你会送我花，那你是不是没猜到我会送你？"

孟仕龙揉了把她的脑袋："没猜到。"

尤雪珍把送他的花递到他怀里："这样才公平。"

他们像交换某种信物一般，交换了各自手上的花束。

接下来的约会需要一路上都拿着花，算是种甜蜜的负担。

她扯了扯他的书包肩带，很重，问他带了什么。他说是相机，现在想随时随地练习拍照，先从拍自己的女朋友开始。

孟仕龙仍不知道约会到底要做什么，但也没问，乖乖跟在尤雪珍身后走上六楼，看到大头贴的机器才反应过来。

尤雪珍这才说："第一站——大头贴！"

孟仕龙挠了挠额头，终于露出一点点为难的神色："你知道我不太会拍。"

"还好啦，这个大头贴只要想四个姿势就好了！"

"四个……"

尤雪珍好像看到他的面部肌肉抽动了一下。

"不要怕，那边还有好多道具可以选！"尤雪珍指了指琳琅满目的头套、发箍和墨镜，"我们搞个配对的！"

孟仕龙伸手从最高处拿了一只便便头套，往自己头上比画："这样吗？"

尤雪珍忍不住笑他："你干吗选便便啊？"

"我看它都有点落灰了，应该没什么人选它。"他拍了拍头套上面的灰，"那我就选它好了。"

尤雪珍的心又被他这句话不轻不重地戳了一下。

她抢过他手中的便便头套："那这个给我吧。"

"你喜欢这个？"

"谁喜欢便便……"尤雪珍虽嘴上吐槽着，手却把它往头上戴。

只是她和它好像，都是放在最上面很久很久，却一眼被他选中了。

两人最后又挑了一些道具，满手走进大头贴的机器内。

尤雪珍戴上便便头套，孟仕龙拿了根像马桶栓的塑胶道具,往她头上一戳。

"咔嚓"一声，第一张照片完成。

"快快快，换姿势！"

距离机器自动拍第二张只有十秒，尤雪珍慌慌张张地要把便便头套拿下来换上另一套装备，结果便便头套把头发刮得乱七八糟，她啊啊乱叫着去捋头发。孟仕龙也赶紧伸手来帮她捋，连手上拿的马桶栓都忘记放下，还夹在手臂间。

"咔嚓",第二张照片在他们未准备好的情况下拍下,定格的画面里,两个人的身体直接"咔"出残影。

"这破机器也太快了吧!"

尤雪珍好不容易把头发理整齐,有点犹豫要不要再戴头套,但一旁的孟仕龙已经伸手把她选给他的爆炸头假发戴上了。

她瞄到他的样子,那顶假发还是五颜六色的,配上他一本正经的表情,样子真的太搞笑了。尤雪珍没憋住,笑得肩膀都在抖,可恶的机器却在这个时候又"咔嚓"一下,第三张照片拍下,一脸茫然的孟仕龙还有笑得猖狂的尤雪珍被框进画面。

"不行不行不行,就剩最后一张了,得好好拍!"

见她把手上的头套都扔掉,孟仕龙也把那顶好笑的假发摘下来。两人认真地直视镜头,屏幕上的数字倒数到"1"时,孟仕龙忽然伸手,拿过那顶大大的假发盖住他们两个人。

第四张照片,镜头记录了这一瞬间。

被假发挡住的两个脑袋凑在一起干了什么,除了他们自己,不会有人知道。

尤雪珍掀开帘子出来的时候故作平静,装没事人地去等他们的四格大头贴印刷出来,跟在她身后的孟仕龙出声提醒:"方向走反了。"

"啊……哦。"

她镇定自若地再转回来,正对上孟仕龙憋笑的脸。

尤雪珍瞪他一眼:"你是始作俑者你还笑!"

他装无辜:"我做什么了?"

她没气势地回一个白眼:"懒得说你!反正你开始学坏了!"

他笑了笑,不再逗她,指着机器吐出来的照片道:"出来了。"

照片四宫格,没一张能称得上完美,每一张都有各自的乱七八糟。

"都怪机器,那么快,拍出来乱七八糟的!"

尤雪珍抱怨着,却拿着照片爱不释手。

最后他们只打印了一份,借店里的剪刀把照片剪成两半,一人一半,放进各自的手机壳里。

准备离开时,他们路过抓娃娃的机器,尤雪珍多看了一眼机器里的娃娃,那是一只企鹅。

孟仕龙停下脚步:"想抓这个吗?"

"没有……就是想起我以前养过的QQ电子宠物头上也有个粉色蝴蝶结,睫毛长长的。"她怀念道,"它会一直在我的电脑屏幕上乱跳,我有时候上网什么都不干,就喜欢用鼠标乱戳它。"

孟仕龙没使用过QQ,自然也不太能具象化她说的电子宠物到底是什么样的,但这并不妨碍他把尤雪珍推到机器前:"那我们把你的童年再抓回来。"

尤雪珍摇头,语重心长地告诉他:"商场里的这种机器爪子都很松的,

-331-

根本就是浪费钱。"

"花在所有能让你快乐的地方都不叫浪费。"

说着，他已经掏出手机去扫码买次数了。

尤雪珍没能拦住他，只好摩拳擦掌准备大显身手。她记得网上有人传授过抓娃娃的诀窍，要在按下去前先甩甩爪子增加它的紧握度。

她把爪子摇成花手，孟仕龙走到机器另一侧提醒她距离目标的方位差多少，当他说可以的时候，她按下键，机器手哐哐降落，精准夹住了娃娃。

爪子缓缓上升，她立刻不敢动了，生怕呼吸都会惊动机器爪子导致娃娃脱落。

"啪——"娃娃在只差出口一点点的地方掉下来了。

尤雪珍撇撇嘴："我就说，果然抓不上来的⋯⋯"

"我来试试。"

尤雪珍期待地让出位置，看孟仕龙的架势感觉很会抓的样子。

孟仕龙挽起袖子，左看右看确认位置，接着也开始学她晃爪子，一顿操作猛于虎，晃着晃着，"啪"一下按到向下键，爪子乐颠颠地朝着一堆空气进发。

尤雪珍沉默，孟仕龙也沉默了。

如此反复了十来次，两个人都使出浑身解数交替着抓，还是什么都没抓上来。

尤雪珍最后捶了机器两下，把问题都甩给它："坑蒙拐骗的家伙，能抓到才有鬼咧！"

她不是瞎得出这个结论的，受这个机器之苦的还有隔壁一对小情侣。在尤雪珍他们来之前就在那里抓了，女生都等得有点不耐烦了，男生满脸不服气地说："就差一点点，我一定抓上来给你。"

尤雪珍有点受不了这种赌徒心态，当一件好玩的事情变成必须要有结果的执念的时候，就失去原本的意义了。

她和孟仕龙对视一眼，都从彼此的眼睛里读到了"走吧"的信号。

两人痛快地扔下娃娃机，怀抱着对方送的花轻松地离开了这里，去往下一站。

尤雪珍还是保持了神秘，没有告诉孟仕龙目的地是哪里，只告诉他要坐公交车过去，比较远，大概要坐一个小时。

幸运的是公交车最后排有两个位子，他们不必站着。

两人一人一座，孟仕龙就掏出他的有线耳机递过来一只："听吗？"

尤雪珍点头。被他塞上有线耳机的瞬间，她觉得好像时光倒流，回到了中学时代的校车上，塞着有线耳机听歌的那些日子。

线连接着他们的耳朵，如果说恋人之间也存在脐带，大概就是这根细细的电线吧。

尤雪珍乱七八糟地联想着，将脑袋枕在孟仕龙的肩头，亲近的距离让相连的耳机不易脱落，另一只空耳朵听着孟仕龙的声音，听他温柔地问她想听什么歌。

她想了想,说:"给我放一首你歌单里的粤语老歌吧。"

他低下头操作,不一会儿,尤雪珍的耳朵里传来了悠悠的前奏。

平凡亦可,

平淡亦可,

自有天地,

但求日出清早到后能望见你,

那已经很好过……

唱声很缓慢,旋律和下午四点裹着阳光的春风一样柔和。公交车时停时开,窗边流过形形色色的车流和人群。他们靠在一起,什么都不做,什么都不想,眯眼坐在这个午后。

歌曲快结束的时候,她舒服得快睡过去,模模糊糊地问孟仕龙:"这首歌名字叫什么啊?"

他的手指捋过她耳郭的头发,回答:"《每天爱你多一些》。"

尤雪珍醒得很是时候,距离目的地不到两站,她猛地从孟仕龙肩头弹起,赶紧去看现在的站牌,悄悄吁了口气:"还好没坐过……"

孟仕龙被她吊足胃口,有些委屈:"我还不知道我们是去哪里。"

尤雪珍口风很紧:"你马上就知道了,反正是经典约会都不会缺少的一环!"

所谓老派经典,怎么能缺少游乐场?

只不过他们来的这个游乐场稍微有点不一样。

两站过后,尤雪珍带着孟仕龙下车,又走了十来分钟的路,终于到达目的地——梦幻城。

这是他们初次见面的地方,那座废弃的游乐场。

孟仕龙恍然大悟,他之前是骑摩托来的,对公交线路完全不熟,所以一时没想到居然会是这里。

"故地重游——"尤雪珍把花当作话筒,递到孟仕龙嘴边采访他,"心情怎么样?"

孟仕龙仔仔细细地看着白天的游乐场,和当初记忆里的样子截然不同。

他忽然笑道:"其实我已经不太记得这里具体是什么样子了。"

"是吗?"

"因为有点害怕。"他诚实解释,"当时半夜看到餐要送到废弃游乐场就……你又化着那样的妆出现在我面前,我以为是什么怪人。"

尤雪珍瞪大眼,这才知道原来自己在孟仕龙心中的第一印象居然是这样的。

她好笑地追问:"还有呢?"

"还有就是……我走在你后面的时候有点慌,全程都没顾得上看四周。"

尤雪珍撇嘴:"听完你的心路历程,原来我在你这儿第一印象这么差啊。"

"不是差。"他费劲地解释,"是我形容得不好,不是怪人,更像……魔女?"

她很快就被这两个字哄高兴了,魔女嘛,一定是夸她漂亮的意思了。

结果转眼孟仕龙就说:"我记得以前和阿婆看过一部林正英打僵尸的片,有一部专门打西方女鬼的,那魔女就和你穿得好像。"

尤雪珍愣了愣。

他越说越起劲:"我想起来了,叫《一眉道人》!"

"……你闭嘴吧。"尤雪珍赠送了他一个"甜蜜"微笑。

两个胆小鬼趁着还未日落,雄赳赳气昂昂地进入了梦幻城,开始了只有他们二人的游乐场约会。

尤雪珍敞开怀抱,很大气道:"这片游乐园尤总给你承包了,你想玩哪个就玩哪个!"

孟仕龙配合她:"尤总,那我想坐摩天轮。"

"那个……我们游乐园推崇低空摩天轮,所以包厢只在最低点,你接受吗?"

他一本正经地点头:"太好了,正好我恐高。"

演得还挺像那么回事,但两人最后都没绷住,看着对方笑起来。

孟仕龙提议:"尤总,我们还是先去坐旋转木马吧。"

尤雪珍捏了捏他的手指:"喊,这次你肯定推不动了。"

"那就给旋转木马改个名,"他睁眼说瞎话,"叫静止木马。"

尤雪珍又被他戳到奇怪的笑点:"原来木马也会'摆烂'啊。"

他们来到"静止木马"跟前,每个坐骑上都落满了灰,油漆也都斑驳了,看上去分外萧索。尤雪珍随便挑了一匹木马擦干净往上坐,孟仕龙就挑了与她邻近的一匹,坐下后,从卸下的包里取出相机,将镜头对准她。

尤雪珍对着镜头比"小树权",听到快门声后迫不及待地探出脑袋:"让我看看拍得怎么样!"

孟仕龙将屏幕翻转过来,相机的显示屏上是一张尤雪珍坐着的木马特写。

"……你好会抓重点。"尤雪珍抓狂。

孟仕龙逗好就收,手指赶紧在显示屏上往前一滑,露出真正拍的那张——她的小树权撑在脸旁边,笑得眉眼弯弯。

一看照片拍得不错,尤雪珍立马上演川剧变脸,美滋滋地凑近端详,肯定道:"这张拍得不错嘛。"她举起手机,"我也来帮你拍。"

孟仕龙学着她的样子也将手指撑在脸边比树权。尤雪珍"咔嚓"拍了一张,惊呼这张太帅了!

但这句感叹对孟仕龙没什么杀伤力,他都没有探脑袋过来想看的意思,尤雪珍只好主动把手机伸过去:"你快看啊,真的很帅!"

孟仕龙顺势低头,看见屏幕上是尤雪珍的一张自拍。

她拍腿大笑:"被骗了吧!"

尤雪珍还把屏幕往前一滑,让他看到自己真的只拍了这一张自拍,根本没有拍他。

孟仕龙看着她报复成功的表情,顿了下,露出相应的反应,叹气说:"好啊,原来一张都没有拍我。"

"谁让你刚才捉弄我。"

孟仕龙点了下她屏幕上的自拍:"那我照片都没有,这张只好没收给我了。"

尤雪珍打开歌单随机放了一首歌,等歌曲结束,他们才从旋转木马上下来,这样算是"玩完"了。

离开旋转木马后,两人继续往游乐园深处走。

路过某处设施时,尤雪珍的目光从那上面扫过——那排躺在铁轨上的小火车。

孟仕龙以为她想玩,正准备往那边走,尤雪珍把他拉回来,指着前面:"不想玩这个。"

他看了看火车的大小:"确实太小了,玩这个有点勉强。"

尤雪珍听着他无心的话愣了下,然后附和了一句:"是啊,一直缩着就会傻傻地憋得难受。"她笑道,"所以不再玩这个了。"

说着,她随手拍下火车的某一节车厢,发微信给叶渐白。

珍知棒:眼不眼熟?

阿凡达:万圣节那次的游乐园?

珍知棒:牛啊,这记忆力!

叶渐白回了个"臭屁"的表情包。

阿凡达:你去那里干什么?

尤雪珍握紧身边孟仕龙的手,单手打下两个字发送。

珍知棒:约会。

她和叶渐白的对话界面全程没有避讳孟仕龙,而孟仕龙也只是瞟了眼屏幕,牵着她的手拐道往别的设施走去,说:"那我们挑个别的玩,反正这里已经被尤总包场了。"

这个废弃游乐场仿佛又在此刻恢复生机,已经没有任何娃娃摆在陈列柜上的打枪摊、轮子和车身分离的碰碰车、七零八落分散在场地内的旋转茶杯,这些像飘浮在宇宙中心的遗弃物再一次得到光顾,以一种特殊的面貌被两个人玩了一通。

尤雪珍一点儿也不觉得无聊,兴致上来了还故意问孟仕龙敢不敢去最深处的废弃鬼屋。

他回答得很痛快:"那就试一试。"

于是,两个胆小鬼真的走到了落满枯叶的废弃鬼屋前。鬼屋没有门,入口处的帘子早被掀走,一眼望去只有黑漆漆的一片,风声和虫鸣响起的寂静让鬼屋看上去更加瘆人。

-335-

他们深吸一口气，对视一眼，故作淡定地走了进去。

其实鬼屋的吓人装置早被搬空了，里面就是一间比较大的曲折的空房间。两个人也是明白这一点才敢进去，只是一进去两个人就立刻犯怵。

尤雪珍硬着头皮："我们……走快一点吧。"

孟仕龙平静地回了句"好"，但抓着她的手已经出了汗。

两个人拉着手越走越快越走越快，最后默契地一起飞奔起来。途中还不知是踢到了什么，可能是某个没被撤走的道具，尤雪珍吓得飙出美声，几乎挂到孟仕龙身上。黑暗中，他说了一句"到我背上来"，她下意识地跟着这句话搂住他的肩头，弯膝跳起。他同时接住她的双腿，让她安全降落在他的背上。

后半截鬼屋，他就这样背着她跑了出去。

冲出鬼屋的一瞬间，郊外日落的漫天金光兜头而至。

孟仕龙的脚步停住，两人一同抬起头，怔然地看着这一片过分绚烂的夕阳，像是这片废弃游乐园联合了大自然，一起给予他们勇敢冲出鬼屋的嘉奖。

尤雪珍挠了挠孟仕龙的脖子，在他耳边说："好漂亮啊，我们在这里看完夕阳再走吧？"

"那得挑个好地方。"

他想了想，转身背着她往还没乘坐过的摩天轮走去。

摩天轮的最低点停着一节轿厢，门半掩着，孟仕龙把尤雪珍放下，伸手拉开生锈的合页时激起纷扬的灰尘，他第一时间转过身来捂住她的鼻子。

因为他这么一个简单的动作，尤雪珍心里落下万片柳絮。

她情不自禁地伸手揽住他的腰，将脑袋埋进他怀里，因为被他捂住鼻子，说话带着颤音："好喜欢你。"接着又把脑袋往里拱了拱，像不满足只是贴着，想要钻进他身体里，"很喜欢很喜欢很喜欢很喜欢很喜欢……"

他手搂着她的背问："在念经？"

尤雪珍抬头瞪他："我在和你表白！你不要破坏气氛！"

"好好，我错了。"他低下头眨眼，"破坏了的话是不是要再来一遍？"

她开始怀疑这人是故意的了。

尤雪珍站直身体，不好意思地推开他，说："想得美。"率先躲进了摩天轮的轿厢里。

他笑了笑，跟着坐进来，关上轿厢的门，煞有介事的样子，仿佛下一秒摩天轮真的即将启动一般。

"把眼睛闭上。"尤雪珍闭上眼睛，"这样就可以想象它现在正在缓缓上升，等我们睁开眼睛的时候，就离夕阳很近了。"

孟仕龙"嗯"了一声。

她不确定他有没有闭上，眯起一只眼睛偷看。

——他分明睁着眼在看她。

尤雪珍预判了他的视线，伸出手去盖他的眼睛："快闭上。"

他这才乖乖闭上眼。

她撤开手,恢复自己刚才闭眼的姿势。两人就这么静默地想象着,感受着余晖落在脸上的温度。不知什么品种的鸟飞过去,扑棱翅膀的声音在黑暗里变得很清晰。

过后孟仕龙先一步睁开了眼睛,视线落在对面的凳子上,彻底顿住。

那里不知什么时候放了一颗糖果,和那颗万圣节时尤雪珍扔给他的糖果是一样的包装。

尤雪珍的声音在他耳侧响起:"是我放的,希望你今天约会快乐!"

有始有终,这是她为今天的约会制定的结尾。既然回到了这里,那就再给他准备一颗那样的糖果,和他们第一次见面时那样。

孟仕龙恍神片刻,回过神的第一个动作是将尤雪珍抱入怀中。

但是这个怀抱不包含任何情人间的亲昵,而更像朋友间的亲密,有一种安慰的意味在里头,这让尤雪珍很莫名和意外。

他说:"你第一次把糖果扔给我和我说节日快乐的时候,感觉更需要快乐的人是你。"

那个时候没想到给你,也没法给你的拥抱,好像可以在这一刻补给你。

尤雪珍钻进他怀抱里,心满意足。

在这个被快乐遗弃的地方,她得到了最丰盛的快乐。

/ 番外二 /
初体验

三月快结束的时候,尤雪珍期待已久的日子终于来临了。
——三月二十八日,孟仕龙的生日。
关于这天要怎么为他庆生,她又策划了很久,写的提纲简直可以媲美当初写的论文。
最后她预想了一个计划,早早预定了孟仕龙生日前一天的夜晚,和他一起度过生日那天的零点。这样他生日当天晚上回去还可以和他老爸一起过,两边都不耽误。
不过这样的计划就有个问题,虽然毕业在即,但她还没找租的房子,一个是临毕业有太多其他事要忙,还有一个是房租!暂时还住不到的房子平白付房租她肉疼。因此,她目前还是得遵守学校的破门禁。
这意味着如果她要和孟仕龙一起守着过零点,就必须准备好在外面过夜。
最后,她思来想去,把生日的计划安排在了房车露营地,这样他们就可以夜宿在房车里。
而这份计划最让人紧张的地方在于,她下订单时只订了一辆房车。
按下预订键的那瞬间,她"嗷"地在宿舍里尖叫出声。袁婧手一抖,口红涂到了鼻子上。
"你要死啊,别一惊一乍的!"
袁婧刚吐槽完,尤雪珍就回了一句:"我刚下单完了!!一辆房车!!一张床!!"
房车这个点子还是袁婧建议的,所以她完全理解这话背后的意义。
于是宿舍里爆发出第二声"嗷"叫。
袁婧直截了当道:"我没别的嘱咐,你记得戴套……唔!"
"啊啊啊——"尤雪珍尖叫着去捂袁婧的嘴。
袁婧翻白眼,奋力拨掉她的手:"别给我装,难道你不想?"
尤雪珍假咳几声:"想是想……"
"那不就得了!忠实建议你不听!"

"可是万一我真买了这些东西，他又没有那个意思，被他发现我直接吊死在房车。"

"哈！孟哥再怎么样也是个男人！"

尤雪珍半信半疑："那是不是他会买啊？"

"有这个可能。"

"不，我觉得他不会……我们才在一起没多久呢，他不是这么着急的人。"

"那你买咯。"

"这样我被发现就很尴尬啊！"话题又绕回来了。

袁婧抓狂："食色性也，多正常啊！"

尤雪珍就等着她这么说呢，装模作样地点头："嗯嗯，对，你说得没错！"

趁着这股上头劲，尤雪珍当即在网上下单了那些东西，并不是真的一定要用上，但不怕一万就怕万一，那种荒郊野岭如果真的来了兴致想发生点什么，她绝对会感谢自己现在的未雨绸缪。

只不过当东西真的到了手里之后，尤雪珍又开始不好意思起来，脑子里浮想联翩，各种黄色废料挤进来打架。整理行李时，她反复把那两样东西拿进拿出，最后心一横，塞到了箱子最底下，拿洗漱包盖住。

这次过生日，孟仕龙已经叮嘱过尤雪珍不要给他买礼物，能陪他过生日就够了。尤雪珍想尊重他的意愿，所以在其他方面下了功夫：制订了房车计划还不算，她为他准备的蛋糕是她花了半个月在蛋糕工坊亲手学成的。

不过她不打算告诉孟仕龙这是自己亲手做的，万一味道不好还可以赖给无中生有的店家。毕竟孟仕龙做的蛋糕那么好吃，相比之下她的蛋糕就是班门弄斧了。

一下午把该准备的东西准备完，尤雪珍心满意足地拎着小皮箱出发。

孟仕龙已经叫了车来到校门口，接上她之后直接去往房车营地。他的行囊比起她简直轻太多，只有一个双肩包，里面大部分东西还都是为她准备的，比如之前约会走太久她脚后跟被鞋子磨出水泡，他这次就带了创可贴和垫在鞋后跟上的软垫。

尤雪珍存了小心思故意扒了一下他的包，果然没有看到自己所想的东西。

她讪讪地将拉链拉上，说："你怎么光给我准备东西，搞得像我生日？"

"那你带了什么？"

他只是随口一问，结果瞬间将尤雪珍给问得心慌慌。

她硬着头皮回答："都是非常健康积极向上正能量的东西。"

孟仕龙的脸上浮现出一个淡淡的疑惑表情——我女朋友在说什么？

尤雪珍脸色红到爆炸，熟门熟路地从他包里翻出眼罩装睡。

过了快两个小时，车子终于抵达房车营地。天色已暗，走进营地的一路上到处都亮满了黄色小灯，像是有无数萤火虫在为他们引路。

尤雪珍呼吸着郊外特有的新鲜空气，尤其是坐了一路的车，骤然开阔后

-339-

顿觉神清气爽。

两人迫不及待地找到属于他们的那辆房车,虽然这里每一辆房车的外形都是一样的,但当尤雪珍看见写有他们号码的那辆房车后,怎么看都觉得比其他房车要别致。

房车外摆着一张小桌、两把露营椅,旁边还堆放着齐整的烧烤工具。

尤雪珍对目前看到的设施都很满意,紧接着用下单邮件里的密码打开房车门,感叹现在房车都这么高科技了。

车内萦绕着一股松木的淡淡香气,装修一览无余。麻雀虽小,五脏俱全,房车内部总共分为三个区域:最左边是沙发和餐桌,中间是卫生间,最里面是一张大床。

尤雪珍探头张望时,一眼就看见了深处的那张白色大床,想到今晚她将和孟仕龙一起躺在那上面,手脚和思绪都不知道该往哪里放了。

孟仕龙跟在她后面将两个人的行李拎上车,他随后也看到了那张床,表情并不比她游刃有余。两个人快速对视了一眼,然后各自装作镇定地别过头,大床在此刻变成了一件皇帝的新衣。

他把行李放好,清了清嗓子,说:"要先吃点东西吗?"

"嗯……"她局促地应声,紧张得差点忘了把生日蛋糕先放进房车自带的冰箱储存好。

房车营地今晚人不多,他们附近的房车都空着,只有远处一辆房车亮着灯,一对情侣在支摊烧烤,烟雾远远地飘散着,肉的香气传到了这里。

尤雪珍的肚子咕咕叫了一声,孟仕龙笑了,拿手指在她肚子上点了点:"它在示威了。"

尤雪珍也点了点他的肚子:"那它怎么这么安静?"

他一本正经地说:"因为你的是大哥,我这个是小弟,小弟等着大哥发话。"

尤雪珍哈哈笑,拍拍他的肚子:"小弟很有眼色嘛。"

春天时节,不怕冷的孟仕龙早已经脱下厚外套换上了薄卫衣。她打趣地一手拍下去,触到的是隔着衣服也能感受到的硬度。

意识到那是他的腹肌,尤雪珍讪讪地把手收回来,一些刚刚努力压下去的画面又争先恐后地跑了出来,太要命了。

她连忙搬过旁边的烤架,转移注意力说:"我们也来烤吧!"

手却还痒痒的,偷偷回味着刚才的触感。

烧烤是孟仕龙的老本行了,但尤雪珍非要抢过工具说她来烤,因为今天他是寿星,寿星最大。

孟仕龙听后又把夹子拿过来,反驳她距离生日还有几个小时,所以这几小时里他还不是寿星,只是她的男朋友。

烤的时候他还让她坐远一点,因为烟味会熏到她。他自己早习惯了,但怕她会不喜欢。

尤雪珍听了他的话,默默地又将椅子往前搬了一些,非要贴在他转身就能看到的位置。

"我好像没跟你说过，"她托腮看着他挽起袖子刷油的样子，"确实油烟味不好闻，我自己之前下厨的时候都不想染上这个味道……但到了你身上，我却一点都不会有这样的感觉。"

为什么呢？大概爱人身上的油烟味是最高级的味道。

"如果时光能倒流，那天我一定不会送你香水，而是会告诉你，你的味道很温暖。"

孟仕龙听了她的话，微怔。

尤雪珍双手环住他的腰身，很黏糊地拥抱了他一下："蹭一蹭你，让我们的味道混在一起。"

孟仕龙放下手中的烧烤夹，拿湿巾迅速地擦了擦手，也过来抱了抱她，但出口的话却很不解风情："烤茄子马上好。"

尤雪珍咽了下口水："快快快，那别抱了，快烤吧！"

烤串陆续出炉，孟仕龙直接转身就投喂尤雪珍，投喂完再转回去继续翻面。他刚翻完一面，刚才投喂给尤雪珍的食物却又递到他嘴边。

尤雪珍只吃了一半，剩下的一半主动喂还给他。

孟仕龙看向她，仿佛她才是挂在竹签上的食物。他就这么盯着她，把剩下的那半块茄子吃掉。

就这样，他不停地投喂她，她又不停地塞回给他，两个人几乎对半分地瓜分了所有烧烤。

尤雪珍瘫坐在椅子上打饱嗝，肚子像座隆起的小山丘。

这时她又想起孟仕龙的肚子，会不会也变软了一些呢？

这么想着，她不知不觉就把手伸过去，放到了孟仕龙的肚子上。

哦，还是硬的……

孟仕龙又一脸问号地看过来："怎么了？"

她理直气壮地借此将手放在上面："我在感受我们吃完的肚子的差别。"

他"哦"了一声，也将他的手覆在了她的肚子上，轻轻抓了两下。

"像云朵。"他说。

尤雪珍的肚子并不敏感，再加上隔着衣服触碰，她并不觉得很痒，反而觉得自己变成了一只猫，在他宽大的手掌下露着肚皮，静静躺着。

两个人手臂交叉并排坐着，尤雪珍空闲的另一只手摸出手机查看时间，离十二点还有八分钟。她精神一振，立刻坐直："时间快到了，我去把蛋糕拿来！"

尤雪珍将蛋糕从冰箱里取出，放到孟仕龙跟前准备取出来的时候相当紧张。毕竟是自己亲手做的蛋糕，还是希望他能够喜欢。

孟仕龙并不喜欢甜食，所以她糖放得很少，点缀了很多莓果，有草莓、蓝莓、树莓，这都是孟仕龙喜欢的——他就喜欢这种不太甜带微酸的水果。

至于蛋糕的形状，她也是精心设计过的，是一只方正的相机。

她期待地看着孟仕龙将蛋糕从盒子里拉出来,又想掩饰自己的过分紧张,怕以此泄露这是自己做的。

她一边用余光注意孟仕龙,一边故意误导他:"喜欢吧?我好好嘱咐了店家做成你喜欢的口味。"

孟仕龙看着上面的莓果,肯定地说:"好像很好吃。"

尤雪珍大喜,继续装模作样地说:"是吧,我看着就觉得食欲大增,主要是他们家这个蛋糕造型做得也不错呢!"

"造型?"孟仕龙歪头左右端详蛋糕,"这个砖头吗?"

尤雪珍在这一刻变得极为尴尬:"你再好好看看。"

"呃……"他抓了抓额头,"电视机?"

"……好吧。"尤雪珍面无表情,"我跟他们说要做相机的,回头就去投诉他们。"

孟仕龙却笑了:"是相机,我第一眼就看出来了。"

"……"

"做得很好。"他看向尤雪珍,"就是没忍住想逗逗店家。"

尤雪珍涨红了脸,原来他已经发现了,刚蹿上来的一点生气就被那句"做得很好"给抹平了。

她扭捏道:"真的还行?"

孟仕龙直接掏出相机用实际行动回答,镜头前后左右对着蛋糕一通狂拍,几乎给蛋糕拍了一套写真。

尤雪珍不好意思道:"好了好了,赶紧的,马上要零点了!!"

她挡开他的相机,开始往蛋糕上插蜡烛,完成后特意打开手机的秒表计时等着十二点来临。

"10、9……3、2、1!"

"孟仕龙,生日快乐!"

秒针跳到"12"时,她的生日祝福准时到来。

孟仕龙举着相机,将这一秒钟抓住,拍下她即将开口时的样子,嘴唇微张,是要张口念他名字第一个字的嘴形起势。

这张照片颇有他第一次在相机店拍她时的神韵。

可孟仕龙却依旧觉得拍得特别好,当即用蓝牙传到手机上,将这张照片作为屏保。

一旁的尤雪珍看了抓狂:"不行不行不行,这张太丑了,嘴巴还张着,跟二傻子似的……"

孟仕龙没反驳,只是把屏幕凑到面前,隔空"啵"了下照片上她张开的嘴。

这个动作轻轻地秒杀了尤雪珍。

她不再叫嚣换屏保,当作没看见刚才那幕,结巴地说:"好、好了,快吹蜡烛许愿吧。"

说着,她举起手机开始录视频,嘴里哼着的《生日快乐歌》同时录进了视频里。

　　孟仕龙很虔诚地闭上眼，昏黄的烛光长久地映在他脸上，他许了一个很长很长的愿望。

　　然后他睁开眼睛，对着尤雪珍说："来一起吹灭蜡烛吧。"

　　"啊？我？"

　　"嗯，因为我的愿望里有你。"

　　尤雪珍的心头又被他淡淡击中。

　　"这个不好说出来的……"

　　"我没说具体的，应该没事吧？"他又双手合十，"生日神原谅我。"

　　尤雪珍吐槽："生日神是什么东西啊？"

　　他一本正经地解释："掌管人生日愿望实现的神？"

　　"从来没听说过！"

　　他也茫然："那……大家生日许愿的时候总有一个神在倾听吧？"

　　尤雪珍点点头："这倒是。不过我觉得倾听每个人愿望的神都是不一样的。"

　　孟仕龙第一次听到这个说法，很诧异："原来是这样吗？"

　　尤雪珍言之凿凿："是啊！"

　　对她来说，毫无疑问，那个倾听自己愿望的神就是坐在她面前的这个人。

　　只是他浑然不觉，开始很认真地品尝她做的蛋糕，他每一口都细嚼慢咽的，吃出了一种怀石料理的架势。

　　偶尔孟仕龙要喂她，她摇头拒绝："这都是给你做的，你一个人吃完它我就很高兴了。"

　　他吃的时候，她就托腮静静看着他，好像有种在看吃播的感觉，但不会有任何一个吃播比看自己喜欢的人吃东西更让人感觉幸福的了。

　　于是不知不觉，她打了一个哈欠。

　　孟仕龙立刻加快了进食的速度，三两下就吃完了。

　　"我们进去吧，也该睡觉了。"

　　然而一听到孟仕龙说进去睡，尤雪珍涌起的困意就瞬间消散了。她的脸一定像待机的电脑被按了一下鼠标那样，屏幕瞬间精彩纷呈。

　　但孟仕龙没发现。

　　因为他也在暗自紧张中。

　　两个各自掩饰着紧张生怕被对方发现的笨蛋遮遮掩掩地一起走进房车，进门的时候"哐"一下，孟仕龙脑袋撞门上了。

　　他太高，进门忘记低头，额头狠狠地反弹，整个人往外倒退两步差点摔倒。

　　尤雪珍一惊，连忙回头去捞人，看见孟仕龙捂着额头的样子又想笑，那点紧张也被这个插曲打散了。

　　她把人小心地扶进沙发，帮他揉着。

　　两个人看着对方又一同笑了起来，她忍不住调侃："我笑是笑你摔跤，你笑什么？"

"看你笑了我就笑了。"

"等我看看你脑子别是被撞傻咯。"

玩笑归玩笑,她凑近他仔细地看有没有撞出包,确认只是有点红,才松了口气。

她收回在他额头上巡游的视线,微微下落,撞进他的眼睛。

两人无声地看着对方,深夜房车外的虫鸣不停歇,但也不吵闹,时不时地拨动心弦。

孟仕龙先伸出手,手掌盖住她摸着他额头的手,拇指沿着她的大拇指摩挲两圈,再把她的手挪到唇边,很轻地吻了一下,然后说:"睡吧。"

气氛停滞,尤雪珍欲言又止。

她憋回去一口老血,哈哈道:"行……睡吧,你先去洗漱,我还要卸妆什么的,慢。"

狭小的浴室里水声停止,孟仕龙擦着头发出来,看见尤雪珍在走神,笑容很可爱。

他站在原地不动,擦头发的动作都停了下来,就这样看着她。

没有比现在更好的时刻了。世界似乎就只有这么大,她坐在他一眼就能看到的位置,车窗外月色明亮,他们会一起牵手入睡,迎接明天的黎明。

尤雪珍回过神,看见孟仕龙也在走神,只不过是在看着她走神。

她心头一颤,心想,他不会是……

她装腔作势地拎起化妆包,假装淡定地说:"我去洗了,你要是觉得困了就先睡。"

心里想的却是,要是我出来你真的睡了你就等死吧。

为了洗完澡后有可能发生的事,尤雪珍认认真真地洗完澡抹完身体乳,上完护肤后又打了层素颜霜,最后还心机地给头发吹了个造型。漫长的准备时间却没有压下心里的一点紧张,推开门前,她对着门外喊道:"你睡了吗?"

孟仕龙掺杂着困意的嗓音很迅速地传来:"没呢。"

"你把大灯都关了吗?"

"啊……没关。关了你不是看不见了吗?"

"你把大灯关掉,留个床头灯就行。"

她虽然抹了素颜霜,但还是觉得皮肤状态不太好,所以她只能借助灯光让自己看上去尽可能完美一点。

听到孟仕龙说关了灯,她才扒拉着刘海走出门,和坐在床尾的孟仕龙看了个正着。

床单还非常平整,他没躺下,就这么坐着等她。

尤雪珍的心软得一塌糊涂,她对他的期望只是能等着她就好了。

她看他眼皮都快掉下来,刚才心里头藏着的小九九儿就跑光,只剩下心疼。

"快去床上睡啦。"她俯下身推推他的肩示意。

他用力支着眼皮，点点头说："好。"却没有起身，而是环抱住她的腰，脸靠在她的肚子上。

尤雪珍瞬间觉得肚皮痒痒的，好像一只大型犬科动物落在了自己的怀里。他的头发扎着她的睡衣，脸轻蹭着，深深呼吸，闻着她刚沐浴过的味道，和自己身上的味道是一致的。

这个时候，他觉得自己不过是一只低等动物，仅靠一样的气味就心满意足，确认面前他所拥抱的这个人是他的。

尤雪珍见孟仕龙已经困得像在梦游，嘴里却还嘟囔着什么，露出平常不会有的孩子气。她用手指梳着他后颈的头发，辨认出他似乎在说"我找到我的枕头了"。

五月份的时候，孟仕龙顺利拿到了驾照。

他好像在考证上很有天赋，之前考无线电证的时候也是，一次就过。

这之后尤雪珍抽了一天陪他去挑车。他对车子的品牌没有要求，他其实更爱摩托，买车对他而言主要的目的就是方便接送尤雪珍。所以买车的时候他让尤雪珍试坐，购买的标准就是哪辆车她坐起来最舒服就买哪辆。

他问她哪辆坐起来最舒服，她偷偷地在心里比较了车子的价格，选了一辆对现阶段的他来说即便买了也不会觉得吃力的车，告诉他那辆她坐得最舒服。

于是，孟仕龙的第一辆车就这么简单快速地买下来了。

买下来后他还不敢马上让尤雪珍坐，说自己要先上路一阵子，这样才能确保安全。因此买车一个月后，尤雪珍才有机会坐上他的车。

有次尤雪珍去店里时，孟爸还偷偷告诉她，说这个月孟仕龙又天天帮店里送外卖，只不过是开着新车送，油钱都不够一单赚的，他每次看孟仕龙欢天喜地地拎着外卖开车出门都十分忧伤。

尤雪珍笑得肩膀发抖。

孟仕龙问她第一次坐他的车想去哪里玩，她想了想，说："现在刚好是草莓成熟的季节，咱们去郊外摘草莓吧，你爱吃，而且郊外车不多，应该比较好开。"

她说的两点原因，全都是考虑他的。他意识到这点，忍不住想抱她。

他一边想着，一边放任自己的冲动，将人揽到了怀里，下巴抵上她的脑袋蹭了两下，再问了一遍："除了摘草莓呢？还想去哪里？"

他问的话术很高明，借用问备选方案来套出她真正想去的地方。

尤雪珍却摇头："没有了啊，我就想去摘草莓。"

"真的吗？不是因为我爱吃草莓？"

"的确也因为你爱吃草莓。"尤雪珍肯定道，"所以我真的爱上草莓了，这不冲突。"

孟仕龙看着怀里的人，明明她已经在他怀中，却有一种怎么都抱不够的感觉。

他点头:"好,那就去摘草莓。"

到了约定那天,孟仕龙照例来学校接尤雪珍。她走到校门口就习惯性地搜索骑摩托的高大身影,却没见着人。还在奇怪他居然罕见地迟到,就看到远处停着的一辆车打开车门,孟仕龙下了车,朝她挥了挥手。

尤雪珍一拍脑门,这才把思维转换过来,小跑到车边。

孟仕龙替她拉开副驾的门,有模有样地做了个请的手势。

尤雪珍像回到了小时候第一次坐爸爸的车时那般新奇,当然不是对车本身,而是对接着坐进驾驶座的孟仕龙感到新奇。

孟仕龙感受到她的注视,把着方向盘的手一会儿去摸耳朵,一会儿去抓脑门,有一种四肢刚刚被驯化的笨拙,又像是要去参加某场战役,整个人的表情相当严肃。

尤雪珍憋笑,忍不住说:"我现在像不像你的驾校教练?"

他沉吟:"我好像没有在教练面前这么紧张过。"

"没关系的,放轻松!"尤雪珍将手伸过去,覆在他手上,"大不了我们就三十迈开过去。"

他笑了:"那开到就天黑了。"

"那就夜袭草莓!"

"草莓好可怜,觉都睡不了了。"

"还想着睡觉呢,它们都活不过今天了。"

孟仕龙佯装痛惜道:"我们即将是手上沾满数条草莓命的刽子手了。"

尤雪珍用微信给孟仕龙发了无数个"1"。

他看了眼跳出来的信息:"这是?"

尤雪珍一本正经地说:"扣这么多1,佛祖肯定能原谅我们了。"

他略无语:"……嗯!"

两人东扯西扯,孟仕龙的紧张也一点点散去,踩下油门,车子终于驶离校门。

尤雪珍起先还怕他无聊想和他说说话,但她每说一句,孟仕龙都要隔好几秒才回一声,两只眼睛忙得不得了,一会儿看路,一会儿看灯,一会儿又看后视镜,她于是闭上嘴不打扰他了,头歪在椅背上好玩地看着开车的孟仕龙,有种在动物园隔着玻璃看一只小动物上蹿下跳的感觉。

一个小时的车程在孟仕龙"严谨"的架势下硬是又多开了一个小时,尤雪珍中途都睡了一觉,孟仕龙仍旧保持着她睡前看到的姿势。

她这才又小心搭话:"累不累啊?"

孟仕龙看了眼即将结束的导航,迅速地分神看了她一眼,露出开心的笑:"快到了,我没有失误!"

尤雪珍鼓掌,真心实意地夸他:"很厉害!"

停车又是一番艰辛，尤雪珍怀疑孟仕龙下车后可能都没什么精力摘草莓了。
　　但是两人来到草莓大棚，还没进去，他就开始挽袖子，看上去比睡了一路的她精神多了。
　　工作人员给了两人一人一只白色圆桶，说一小时内可以随便摘，但是不能带走，需要在园里吃完，草莓不用清洗，直接摘下就可以吃。
　　这些规则他们来之前就知道了，因此尤雪珍午饭特地只吃了一点点，空出了大部分肚子，务必要把这趟吃回本。一等工作人员说完详细须知，她就争分夺秒地拉着孟仕龙冲进大棚里。
　　一眼望去满棚皆绿，草莓藏在其中，隐隐约约露出几个红色的小脑袋。她上手快狠准，一把将"脑袋"揪下来扔进桶里，不一会儿桶里就"陈尸"了数颗草莓。她迫不及待地试咬了相当大的一颗，眼睛一亮，把剩下的半颗塞到孟仕龙嘴里。
　　"是不是很甜？"
　　孟仕龙被塞得嘴巴一鼓，点头，含含混混地说："很好，看来不是诈骗！"
　　尤雪珍迅速又咬了一颗，如法炮制，只咬一半，剩下一半投喂孟仕龙。他都没来得及摘，就被她一口一口投喂一通。两个人像两只仓鼠站在田里，脸颊都被大颗的草莓塞得鼓鼓囊囊。
　　这种吃法就是不到十分钟，尤雪珍就吃不下了。她停止了摘草莓，说要去休息。
　　她看孟仕龙还可以吃，没让他陪着自己过来，和他说："你自己去摘吧，不要浪费门票！我已经浪费了，你要支棱起来！"
　　于是孟仕龙不负她的期望，一头扎进草莓田。
　　就这样，她晒了半个小时太阳后，孟仕龙拎着满满的两桶草莓回来了。其中一桶是她的筐子，也被他摘满了。
　　尤雪珍看着满满当当的草莓，费解："你怎么不吃？吃不完可是带不走的啊。而且是不是摘太多了？很浪费的。"
　　"不会浪费。"他说，"等我一下。"
　　他又拎着两桶草莓走向入口，和工作人员叽里呱啦说了什么，然后掏出手机扫码。
　　等他返回到身边时，尤雪珍已经意识到他做了什么："你把这些草莓都买了？"
　　他点头："等你饿了的时候就会又想吃了，你拿回宿舍吃，嫌多的话也可以和袁婧、毛苏禾她们一起分。"
　　尤雪珍不知道该说什么。
　　和孟仕龙谈恋爱之后，偶尔在宿舍和袁婧讲关于恋爱的小话，她说自己会有不安，担心感情慢慢就会变淡了，担心自己会不会哪里做得不好孟仕龙在心里给她扣分，也担心他会不如之前追自己的时候，毕竟得不到的总比得到手的来得有吸引力，这是人之常情。

袁婧就宽慰她，一副已经身经百战的样子总结恋爱就是这样子的，慢慢就会冷却，爱情这个东西只有在当下的那一刻才是永恒，之后的每一秒都是瞬息万变的，所以变化太正常了。

但此刻，孟仕龙拎着两桶重重的草莓，在阳光下摘了半个小时，不知道他自己有没有吃过一颗，就要把两桶都给她。她确实切身体会到了袁婧说的话的意思。爱情瞬息万变，她对孟仕龙的感情也早已脱离了最开始的模样，变得越来越喜欢这个人了，喜欢到仅是想象和这个人分离都会觉得恐惧。

她看不到他在这份感情里的懈怠，他们恋爱的这些日子，她就像他手中的空桶，被他一点一点填满。

尤雪珍咽下喉间弥漫的涩意，故作轻松地抱怨："可是买下来不就贵了吗？"

他很得意："还好，我讲价了。"

"那我就拿走一桶，另外一桶你拿去，和你爸爸分。"

孟仕龙笑着点头："好。"

距离草莓摘采时限还剩十分钟，尤雪珍从椅子上起身，说："你累了歇一会儿吧，我再奋战十分钟，把门票的钱再捞回来一点。"

说完，她也没有拎着桶，空着手就飞奔进了草莓田里。

孟仕龙坐在休息区远远注视着她，看她不停地在田间穿梭，但根本没有停下来吃草莓。

难道一边吃一边跑吗？可别噎到了。

他视线追着人漫无边际地思索着，时间快到时，尤雪珍终于回来了。

她跑到他跟前，摊开手掌。

里面是一颗他摘了半小时都没碰到过的巨大草莓。

尤雪珍拉过孟仕龙的手，气喘吁吁地将那颗草莓放了上去。

她仰起头，臭屁地说："我摘不满那么多草莓了，可是我可以摘到最大的一颗，给你。"

五月末的时候，尤雪珍忙得不可开交。

她和孟仕龙上一次出去玩还是坐他的车去摘草莓，那之后就被各种毕业事宜缠身，准备论文答辩、准备就职面试，还有就是准备租房。

她希望能在月底前把房子的事情定下来，到了六月房源比较紧俏，就不太好找了，所以最近一个星期租房成了她的头等大事，一有空就跟着中介到处看房，微信已经被各种中介包围了。

挑挑拣拣，她最终看中了一间距离地铁站步行不超过十分钟的一居室，朝南，客厅有很大的落地窗，能望见西荣湾。

尤雪珍对这个景色一见倾心，房租的价格也还合适，唯一的问题是房间是空的，家具需要自己购置，对比其他可以拎包入住的房子而言就显得比较麻烦。

尤雪珍犹豫不决，先拍了下房子的视频，发给孟仕龙问他的意见。

龙：房子本身不错，地址是哪里？等深夜我去那附近周边转转，看看附近安不安全。

尤雪珍才不想他折腾，连忙回复。

珍知棒：应该挺安全吧！这个房子楼下也有门禁，不用担心。

但孟仕龙还是很固执，还是说要过去看看才放心。尤雪珍没办法，只好把地址发给他。

她以为孟仕龙会明后天再顺路过去看，结果当晚十一点多的时候发来语音，说他已经看过了，周边都安静，是不错的选择。

此时尤雪珍已经洗漱完躺在床上，惊讶地问："你怎么现在就过去了？"

"怕耽误你签房子，反正我开车过去很近。"

"哪里近了……"尤雪珍自言自语地嘀咕。她挑选的基准是按照之后工作的便利性找的，离她现在正在面试的西荣广播电视台很近，坐地铁只有五站，但离孟仕龙家却一点都不近。

尤雪珍躺在床上翻了个身，心想自己连下楼拿外卖都嫌麻烦，更别说深夜开车去一个不算近的地方只为了看看那里环境怎么样。但孟仕龙就愿意，只是因为她而已。

这个认知让尤雪珍心头发软，立刻给他打了一通电话，抱怨："你这样我都不想租那个房子了。"

他一愣："为什么？发现哪里不好了吗？"

"嗯。"她抱着被子叹气，"距离。离你有点远……这样你如果要来找我或者我去找你都要花好多时间。"

他松了口气，笑着说："我还以为是什么。没关系，我来找你就好了。"

"那我就更想换近一点的了。"

如果是她去找他，其实这个距离她还是可以接受的，但如果总是让他来找她，她就不愿意了。

孟仕龙平和的声音从听筒传入她的耳朵："想要见一个人的时候，路上的时间也会变得很愉快，所以距离远一点、期待的时间就变长了，并不见得是坏事。"

尤雪珍虽然知道他这是歪理，分明就是为了说服她的一套说辞，却莫名被他说服，不再辩驳。

"好吧……你开车回去了吗？"

"嗯，正在回去的路上。"

"行呀，现在可以边讲电话边开车了。"

他听出她声音里淡淡的睡意，放柔声音问："困了吗？"

"没有啊……"尤雪珍刚落下去的眼皮在听到他的声音后又勉强撑起，决心要陪他开车回家后再挂断电话，于是絮絮叨叨地主动找话题，"今天晚饭吃了学校后街新开的福鼎肉片,他们家的肉片居然还蛮有弹性的!加了泡椒辣辣的,但又不会很辣。想到毕业以后可能来吃的机会就少了,我今天一口气吃了两碗。"

"这样吗?那下次我们一起去吃,我去跟老板偷个师,这样你就能随时吃到了。"

尤雪珍抱着被子又翻了个面,迷迷糊糊地说:"哪能这么容易被你偷师到?不然老板得气死了……"

说着说着,电话那边没声了,孟仕龙"喂"了两声,很快意识到是尤雪珍睡着了,立刻收声,但也没挂掉通话,让时间一分一秒地往前走。

偶尔遇到红灯停下的时候,他就把目光落在通话界面上,看着流逝的时间和小丸子头像,眼睛微微弯起。

车子平稳驶到家后,他靠近听筒,用气声说:"宝宝,晚安。"

第二天尤雪珍就和中介签完了租房合同,但搬进去前首先要解决家具的问题。她和孟仕龙便决定周末找一天去宜家把必备的家具给买了。

因为要买的家具很多,任务繁重,两人都起了个大早,孟仕龙接上她就冲向宜家,赶在开门的时候进去。

卖场里几乎无人,整齐排列的家具一览无余,观感非常舒适,像他们包场了一样。

孟仕龙推了辆推车过来:"我们先从哪里逛起?"

尤雪珍想了想:"床吧!人少的时候试床比较自在。"

两人直奔床上用品区,尤雪珍早起的困劲在看到一张张蓬软的床后复苏,开始不停打哈欠。她扑腾到其中一张床上,微微眯起眼,舒服地唱叹:"这张感觉不错。"

孟仕龙也跟着坐下来,用手试着床的质地,点头说:"还可以,不过还是再多试试吧!"

"好……但先让我在这张床上多试几分钟。"

孟仕龙看着她耍赖的样子,也不催她了,坐着的姿势放松下来。

尤雪珍感觉身侧床铺一陷,他也躺了下来,却没完全躺下,而是用手支着脑袋,影子笼罩着她。

尤雪珍被他看得有点不好意思,和他对视不到一秒,就转过身背对他。结果这样却方便他伸出手,有一下没一下地揉她的耳垂。

不一会儿,他就眼睁睁看着她的耳朵被自己玩红了。

尤雪珍又无奈地转回来,气鼓鼓地说:"你干吗?"

他一脸正直:"叫醒服务。"

尤雪珍一骨碌从床上起来:"知道了知道了,我起来认真挑!"

接下来她老老实实地在每张床上只躺一下,生怕再被迫享受"叫醒服务"。

最后凭感觉选定了一张,她翻滚了两下,坐起来招手让孟仕龙也过来躺,仿佛只是单纯询问意见："你试试这张怎么样？"

他依言躺了一下，点头说："挺舒服的。"

"好，那床就定这张吧！"她说完，脸有点红地蹦下床，扭头走向杯子区。

孟仕龙知不知道她让他试床的意义呢？

不是单纯的建议，而是她猜想他们之后应该会经常一起躺在那上面，所以他的感受也很重要，虽然他们现在同床共枕的机会只有上次他生日时在房车里……

想到上一次的房车，尤雪珍的脸就烧得更厉害了。她随手拿起架子上陈列的玻璃杯贴住脸，试图让脸降温。

其实他们那次到最后都没有发生过界的行为，她不知道孟仕龙是怎么想的，是真的在克制自己还是完全没有那方面的想法，又或许本来有但因为她洗澡洗太久而困了，最后只剩下抱着她撒娇的力气。

房车里的那张床不算特别小，两个人躺上去还有余裕。她能感受到身边有这样一个人，却只是"感受"，感受他的呼吸、陷下去的重量、沐浴露的味道……

他的睡姿很板正，因此始终没有过界，没有碰到她。

关灯后她小声地叫孟仕龙，问他睡着没有，他没有回答，于是她闭上眼，手却突然被他伸过来的手试探地碰了碰。

她一愣，闭着的眼睫抖了两下，反手去回应他的触碰。

柔软的被子下，两只手不动声色又小心翼翼地牵在了一起，是比被子还柔软的触感。起先是掌心和掌心相贴，再慢慢地，他的指尖深入她的指缝。就这么一直牵着到了第二天醒来，两个人的手上都是汗。

现在回想起来，尤雪珍的手心里依然会有那种湿滑的触感，还有难以言喻的心悸。虽然明明只是牵手而已，但又仿佛是他们的手代替他们的身体完成了某种第一次。

孟仕龙从身后推着车赶上来，还不知道她心里想的那些小九九，看她的脸一直贴着杯子，以为她喜欢，就伸手要把杯子放进推车。

尤雪珍回过神，连忙欲盖弥彰地把杯子放回去，说："这个不行，再看看。"

一整天，他们把大部分需要购置的家具都下完订单，大件的就让宜家配送，小件的就放后备厢。

孟仕龙将东西运回新住处，分两趟全部搬上楼。

但当家具全部搬上楼之后，他又说还没有搬完，再次匆匆地跑下楼去拿东西。

尤雪珍奇怪地清点着地上的一堆物品，明明都拿齐了啊？他是不是记错了？

心里嘀咕着，她先动手拆包装等他。

运回来的小件其实也不算小，桌椅和收纳架这些东西组装起来挺费劲的，拆开包装看着一堆零件的尤雪珍已经感到头疼，拿起说明书开始苦哈

-351-

哈地研究。

身后传来脚步声,孟仕龙去而复返,却不见他拿了什么东西。

尤雪珍看向他背在身后的手。

"什么东西啊?神神秘秘的。"

看她急迫,他也不卖关子了,将手伸出来,露出手中捧着的玩偶——是那只脑袋上有蝴蝶结的企鹅娃娃。

距离那次抓娃娃都隔了个把月,尤雪珍早将这只没抓到的玩偶抛到脑后,如今却看到它神奇地出现在自己面前。

"你、你去抓的?"尤雪珍惊讶得舌头都打结了。

"偶然又路过那里,随手就抓到的。"

孟仕龙把小企鹅放进她手心里,着手来帮她拼摆了一地的碎零件。他挨着她在空荡荡的客厅坐下,不一会儿办公用的椅子就初具雏形。

尤雪珍却还在看着手中的玩偶发呆。她才不相信他的说辞,把他的话里的"偶然"和"随手"全部理解成反义词才是抓到这只娃娃的真相吧?

尤雪珍揪着企鹅头上的蝴蝶结,又戳戳它脸上的腮红,说:"我给你取名叫'龙龙'吧。"

孟仕龙听到这个昵称,这才从椅子里分神抬头纠正:"它是女孩子,取这个名字不合适吧?"

尤雪珍已经叫开了:"龙龙、龙龙、龙龙。"

孟仕龙抬头三次,每次都分不清是不是在叫他。

尤雪珍这才收起揶揄的口气,紧紧地把企鹅抱在怀里,就着下巴搁在企鹅脑袋上的姿势"观赏"他拼装。

他拼家具的样子足够配得上"观赏"二字,集中精神做一件事的人总是很有魅力,而其中又有几分游刃有余的姿态就更显迷人,孟仕龙完全符合这两点,或许拼装家具对他来说就像拼积木一样简单。

尤雪珍看着看着,居然被激起一点好胜心。

眼见他把椅子彻底组装好,她松开企鹅,转头把买的两个收纳架的其中一个分给他,另一个拿在自己手上,提议道:"要不要来比个赛,看谁装得更快?不过公平起见,你要等我先开始十五分钟后再开始!"

孟仕龙把玩着手里根本用不着看的说明书:"那有奖励和惩罚吗?"

尤雪珍思索片刻,打了个响指:"输的人就大象鼻子转圈,十五圈!"

他露出微妙的表情:"……好。"

尤雪珍撇嘴:"你是不是觉得这个惩罚幼稚?那你想一个。"

他一脸正经:"怎么是幼稚?我觉得这个很有童真。"

……那不还是幼稚的意思?

尤雪珍"喊"了一声,抢过他手上的说明书开始埋头研究,就算是幼稚的游戏也要赢!

孟仕龙眉眼弯弯地看着她可劲捣鼓,偶尔看到她出错会出声提醒刚才哪个步骤不对。十五分钟过去后,她手中的架子已经有模有样了。

限定时间到,孟仕龙慢吞吞地收起目光,开始拆自己手中的这一包。

尤雪珍余光注意着他手中的动作,察觉到他有意放慢速度,立刻说:"不要放水!你已经放了十五分钟了!"

他正色:"好,我全力以赴!"

说着,他果然认真起来,拆的速度明显快了。

尤雪珍赶紧加快手中的动作,急吼吼地把细节的部分组装上。

两人各自埋头,连话都分不出神说,专注地拼凑着手里的收纳架。

"我拼好了!"尤雪珍率先兴奋地叫出声,极有成就感地展示着胜利果实。她抬头去看孟仕龙的进度,发现他居然只差最后一根支架没有组装了。

差了十五分钟,居然追得这么快!尤雪珍心里暗道好险,差一点就要大象鼻子转圈了。

但是进度差得如此微妙,她免不了又合理怀疑他:"……你不会是故意放水了吧?"

孟仕龙立刻否认:"我知道你最讲公平,故意让你赢和让你输没有区别。"他神色认真,"我有很努力在追你的速度。"

尤雪珍咧嘴笑:"那看来还是我实力过硬呀,嘿嘿。"

虽然是提前了十五分钟的实力,但那也是实力!

"快快快,十五圈,我帮你计数。"

她拨开地上的杂物,给孟仕龙腾出空间。

他无奈地起身站到中央,弓下身,两只手交错着,一只手捏住鼻子,另一只手垂下来,还真像一只小象鼻子在空气中轻晃。

"一、二、三……"

他开始转圈,尤雪珍给他数数,看他越转越慢后假装数错,跳快好几个数字,在他转了差不多十圈后就说数完了,已经到了。

孟仕龙晕乎乎地停下来,脚步踉跄。尤雪珍连忙上前扶住他,他顺势就压到了她肩头,将人一把抱住。

"好晕……"他晕头转向地嘀咕。

尤雪珍佯装勉为其难道:"那就让你靠一分钟。"

他有些耍赖:"那我再转十五个,是不是还能再靠一分钟?"

尤雪珍双手环住他的肩:"你还转上瘾啦?"

孟仕龙轻抚着她的发丝,点了下头:"真的还挺好玩,你要不要也一起?"

"嗯?"她还在疑惑什么叫"一起",孟仕龙抚摸着她发丝的手忽然下移,双手抱住她的腰,将人托举到半空中。

这一刻,尤雪珍觉得自己又坐到了那匹迷你的旋转木马上。他大概以为她着迷于在空中飞翔的感觉,于是抱着她一连转了好几个圈。

尤雪珍不知怎么就笑出来了,搂紧孟仕龙的脖颈,不连贯地挤出几个字,让他再转快一点。

-353-

最后，两个人都晕得不行，双双躺在了地板上。确切地说是孟仕龙倒在地板上，尤雪珍躺在孟仕龙身上，她的身上还压着那只他带来的小企鹅玩偶。

落地窗外万家灯火，屋内没有开灯，仅靠着城市的灯光就可以照亮这一小个空房间。尤雪珍换了个姿势，更好地枕在孟仕龙身上休息，眼睛环顾着空荡荡的房间，细数着还差什么东西没有买。

孟仕龙静静听着她碎碎念，帮她补充道："杯子没买呢，被你放回去了，你后来也没挑。"

尤雪珍摆手说："本来就不打算在那里买杯子，已经有看中的了。"

她掏出手机，打开收藏夹里的小王子套杯给他看。

"杯底有小狐狸的那个是给你的。"尤雪珍指着墙角，"平时它就和我的小王子杯子一起放在我们刚才拼的收纳架上。"

在此之前，尤雪珍从未很期待自己毕业过后的生日，她一直觉得这就是一个标志自己必须要长大的节点，哪怕她的心还抗拒成为一个成人，因为再没有任何理直气壮的委屈来面对爸妈把爱倾斜给妹妹这一事实。从此面对社会上的困境，她都必须要一个人来扛了。

她是这么认为的，所以惧怕未知的世界，更惧怕要在未知的世界里单打独斗。

但此时此刻，她却开始憧憬毕业后的日子了——她很快会有一个自己的房子，虽然只是租来的，目前也空空荡荡，但她会将这些空白一一填满。这里只存在她爱的东西，包括她爱的人。

未来的工作也许会很忙，也许会觉得领导很讨厌，觉得琐事很内耗，但到了周末，也许他们可以一起生活，他用她挑的茶杯喝水，可以一起煮饭……不，还是他来煮吧，专业的事就交给专业的人做！吃完饭再一起看一部老电影。这样说来，她还得再下单买个投影仪，等会儿拿备忘录记一下。等电影放完，再喝一点酒，聊一些两个人没有见面时发生的事，聊到彼此都困得睁不开眼睛再一起去睡觉，在被子底下手牵手。

她沉默了很久，久到孟仕龙以为她要睡着了，试探地叫了下："尤雪珍？"

她懒洋洋地回应："刚刚走神了。"

"在想什么？"

"在想……企鹅的名字还是叫龙龙吧。"尤雪珍笑着回答。

黑漆漆的房间里，她感觉亮满了灯。

毕业前的最后一个月，如同游戏通关的时限到来，好在尤雪珍把这阶段的主线任务给清完了——毕业论文答辩已过，目标中的西荣广播电视台也给她发了 offer（录取通知）。虽然起步阶段的工资少得可怜，不过电视台只在他们学校招了她一个人，从这个角度来讲，这个名额也算难得了。

收到 offer 的第一时间，她就把好消息分享给孟仕龙，然后再是家族群，最后发到了他们几个朋友在的小群。袁婧第一个跳出来嚷嚷说要她请客。

她回道:"请,必须请!邀请你们来我新家吃火锅。"
她新家的家具都已经备齐了,只是还没有住进去,她决定刚好可以趁这次机会搬进去,然后让朋友们来帮她暖暖房。
于是大家定在周末晚上来吃饭。
尤雪珍便提前一天搬进新居。大学四年的东西说多不多,说少不少,有孟仕龙帮她,袁婧也跟着一起忙前忙后。袁婧也已经找好了房子,只是还没到可以入住的时间,所以她成了宿舍里最后留守的那个人,眼睁睁地看着尤雪珍先一步搬走。
看着宿舍里一直和自己朝夕相伴的朋友床位空掉的那瞬间,袁婧觉得自己身体里好像也有什么东西被搬空,这种感觉就像是看完演唱会,看着偶像从升降台上落下去,彻底消失不见,空荡荡的舞台上只残留着金色彩纸,她擦擦摇了满场荧光棒的手上的汗从出口离开。
尤雪珍察觉到袁婧情绪低落,手指轻弹了下她的脑袋,试图让气氛轻松些:"搞什么,又不是最后一面了,明天不是就要来我家里吃饭?"
"这不一样。"袁婧悠悠道,"以后就不能天天见面了。"
毕业以后,人和人之间似乎就变成了见一面少一面,不是说关系不好了,只是因为曾经实在太亲密了。
尤雪珍也被搞得有几分伤感,自作主张地说:"那今晚你别回宿舍了,和我一起睡!"
袁婧"哎哟"一声:"那不太好吧,你卧室里那张豪华大床的第一次不躺你和孟哥反而是你和我啊?"
"当然了,四个月的男友怎么和四年的姐妹比!"
"四个月的男友"正好上来搬尤雪珍的最后一只行李箱,听到尤雪珍理直气壮的宣言笑了笑,默不作声地提起行李箱下了楼。
尤雪珍猛地收声,尴尬地挠了挠额头。
袁婧在一旁看得乐不可支,煽风点火:"行吧,那作为四年的姐妹,我不能辜负你啊。"
当天晚上,两人一起躺在尤雪珍的大床上聊未来,这让尤雪珍想起了她们大学刚开始时的样子。宿舍里的另外两个人陆续搬走,只剩她们俩,然而彼此的关系却还不算太亲近,直到有天晚上宿舍的空调坏了。
那晚气温还格外低,尤雪珍洗完澡抖着身子出来,听袁婧问:"要不要一起睡?两个人挤挤比较暖和!"
尤雪珍愣了一下,说:"好啊。"
就这样,她俩将两个人的被子加在一起盖上,第一次缩在宿舍那张过分小的床上。不一会儿,厚厚的被褥、她们的体温,以及狭小的床铺,让空调坏掉的冬夜变得暖和起来,似有若无的尴尬也逐渐被融化。她们开始漫无边际地闲聊,一起吐槽班上某个男生的装酷行为,分享最近买过的不错的东西,还有畅想未来。那个时候的未来还很模糊,是一张白纸,可以天马行空地任意规划，不像是这一刻已经有了线稿。

袁婧打了个长长的哈欠，模糊地呓语："我们会变得越来越好吗？还是会变得越来越无聊呢？"

尤雪珍跟着打了一个哈欠，望着天花板上隐隐的灯影，附和说："总之，一定要比现在更好。"

第二天，两个懒人睡到中午才起床，孟仕龙已经发来不少微信问要不要过来帮忙准备晚上的火锅局。尤雪珍知道他下午有一个摄影的讲座要听，说不用，把袁婧薅起来陪自己准备。

她们忙忙碌碌了一下午还没布置完一大桌子火锅和食材，门铃突然响了。

明明还没到约定的时间，大概来的人是孟仕龙吧……可自己分明已经告诉过他大门的密码了。

尤雪珍放下手中正在清洗的番茄跑到门口，拉开门。

叶渐白拎着水果还有一瓶香槟，冲着她扬扬手："嗨。"

尤雪珍也挥挥手："进来吧。"

他环顾四周："不错嘛，就比我那个公寓逊一点点。"

尤雪珍"喊"了一声："按照租金来说，性价比已经很高了。"

他玩笑道："能有我租给你的高吗？"

"啊？"尤雪珍立刻捕捉到他话里的另外一层意思，"你要把房子租出去吗？"

"嗯……"他摇头，"算了吧，不打算租出去，就空着好了。"

尤雪珍微愣："你要去哪里？"

他耸耸肩："拿到 MIU 的 offer 了，工作地点在京崎。"

尤雪珍沉默一瞬，笑着捶了下他的肩："这么好的消息怎么现在才说啊？"

他故作吃痛地揉揉肩头："赶最后一波投的，所以收到消息也慢。我也是前两天才刚收到的，这不来和你说了吗？"

"那今天真是赶巧了，正好也帮你一起庆祝！"

叶渐白也跟着笑，很轻地感叹一句："总是这样啊。"

以前，高考出分的时候一起庆祝，还有中考，就连无聊的运动会比赛拿了奖也是，他们总是一起度过生命中那些值得纪念的时刻。

他本来以为，他们的人生会一直这样平顺地进行下去，但在正式成为大人的关口，世界上多了更多的出口，他知道没必要再勉强自己勉强她继续一起挤着走，所以最后选择时，在西荣本地的一家企业和自己梦想过却因为距离太远而一早就打算放弃的 MIU 之间，于截止日之前的一刻，他转投了 MIU。

他的陪伴对她来说已经不是必需品，也许这样，他们才都会有更好的人生。

叶渐白神态明朗道："虽然如果之后你升职加薪了，或者有什么值得高兴的事情，我可能没办法再当面为你庆祝，但记得打给我。"说着做了个打电话的手势。

尤雪珍揉了揉鼻子,低声说:"好。"

叶渐白的手向她的方向伸过去一寸,又握成拳,背到身后:"哦对,如果孟仕龙那小子对你不好,你也打给我,我第一时间飞回来揍他。"

尤雪珍送他两个白眼:"没这个可能!"

他哈哈一笑。

这之后,毛苏禾和左丘一起到了,两个人提了一打酒进门。左丘还带了一副大富翁,说:"今晚咱们血战到底!"

孟仕龙是最后一个到的,讲座结束正值晚高峰,路上堵了很久,进门看到大家已经都入座在等他非常不好意思。

尤雪珍拍拍身边的座位。她让其他人都不要动筷,就是为了要让孟仕龙做第一个下筷的人。

坐在孟仕龙对面的人是叶渐白,两个人许久没见过面,孟仕龙坐下时,叶渐白仍有一丝不自然,但他很快掩饰过去,随手把刚挤剩的麻酱推到孟仕龙跟前,淡声说:"还有多。"

孟仕龙很自然地接过:"谢了。"

尤雪珍埋头把火开大,锅底咕噜咕噜地逐渐沸腾,白色水汽飘散到空中,不大不小的客厅里,热辣的香味逐渐弥漫开来。

这顿火锅拖拖拉拉吃到九点多,大家没有再聊任何关于毕业和别离的话题,纯粹就把这当作一次庆祝尤雪珍搬家和找到新工作的火锅局。

酒足饭饱后,所有人一起动手,很快就收拾完了,然后围坐一圈开始边喝酒边玩大富翁。为了买一块地,大家争得面红耳赤,好像真能发财似的。左丘看中的一块地被袁婧抢走,他恨得牙痒痒,非得用功能牌把那块地抢回来。于是游戏战线在这种拉扯中迟迟分不出胜负,尤雪珍没撑住,第一个喝趴了。

她香槟和啤酒混着喝,自己那点酒量根本撑不住,加上这是她安心的环境,身边是她安心的人,意识迅速就沉沉地落下去了。

尤雪珍再次醒来的时候,是被渴醒的。喉咙里干得像吞进一个沙漠,她眯着眼,摸索着起身去喝水。房间角落里亮着小夜灯,柔和的光线拂过眼睛,她得以舒服地睁开眼,视线落在床头柜上——仿佛预料到她会需要,那里搁着一个保温杯。

她微怔,拧开盖子喝了一口,水还是温的,顺着喉咙汩汩而下,像沙漠里下了一场温热的雨,每个毛孔都释放着熨帖的气息。

身上还穿着晚上吃东西时穿的连衣裙,里面的胸罩都没解,应该是孟仕龙将她抱进来,但没有擅自帮她脱换,此刻勒得她不太舒服。她赶紧将衣服都脱下来,换上舒服的家居服。

手机也被一并放在床头柜上,屏幕上显示的时间是凌晨三点十六分。她敲了敲头,居然一不留神就睡到了现在,明明当时大家都还玩在兴头上。

尤雪珍端着空保温杯,走到客厅一看,猜想大家应该都回去了,但定睛发现沙发上还躺着一个人。她蹲到沙发边,望着沙发上的人。他很高,即便当初一起挑的时候已经选了大号的沙发,但是他躺在上面还是显得有些屈就。他身上也没有盖毯子,就算是初夏的夜晚也会感冒啊。

尤雪珍抬手晃了晃孟仕龙的肩,柔声唤他:"起来去我房间睡吧。"

孟仕龙睁开眼,睡意让他一时回不过神,维持着躺着的姿势和她对视着,只是瞳孔并未聚焦。这个时候的他看上去好像一具刚刚开机的仿生人,尤其是这张脸在朦胧的夜色下显出一种失真的英俊。

他眨了两下眼睛,终于从似梦非梦中清醒,慢慢地直起身,出声时声音也有些沙哑:"怎么突然醒了?饿不饿?"

"不饿。"尤雪珍环顾四周,客厅已经被打扫得干干净净,还喷了空气清新剂,但仍有一丝火锅的香气残留,"他们都走了吗?"

"嗯,你睡了大家就都回去了。我就怕你像现在这样醒过来一个人见不到,所以留下来了。"

她听着孟仕龙平缓的解释,点点头:"知道啦,那你进来睡吧,这样会感冒。"

他迟疑:"我……我在这里睡就可以。"

"干吗?这样像我虐待你似的。"她去拉他的手,不由分说地要把人从沙发上拽起来。

孟仕龙却难得没有顺着她。

尤雪珍拉不动,反而还倒进他怀里。他顺势揽住她,拇指摩挲着她鬓角的发丝:"让我抱着充一会儿电就好了。"

尤雪珍的脸贴着他的棉T恤,感觉像贴在春天的谷堆上。

她大概知道他的顾虑,不假思索地说:"有什么关系,反正我们已经一起睡过了啊。"

再说,谈恋爱四个月的男女朋友睡一张床上绝不是什么奇怪的事情吧。反而在其他人看来,他们这样的速度也许才是"奇怪"。

她有怀疑是不是自己身上表现出来的老派让孟仕龙在这方面格外谨慎,平常因为学校门禁的关系,如果出去约会他必定会准时送她在门禁前回学校,谈恋爱以来唯一一次在外面一起过夜就是那次租房车。

但那次的表现,让尤雪珍分不清他是真困还是假困,总之他表现出格外淡定,对她的欲望远不如她对他来得强烈。

既然如此,现在一起睡一张床更没有什么吧?

她抱着这样的念头提出建议,脸贴着的胸膛里却传来加速的心跳。

孟仕龙刚才摩挲着她鬓角的手往下游移,若有似无地捏着她的耳垂,略感无奈道:"你好像不知道,其实……我忍得很辛苦。"

尤雪珍枕在他怀中慢慢变得紧张,全身的感官都集中在那片被他捏着的耳垂上,包括他轻描淡写的那句话,也慢慢地溜进她的耳朵里,跑进她的心脏,

-358

噼里啪啦地打着小鼓。

她的心跳和他的心跳混合在一起,分不清此刻是谁的更乱一些。

"为什么会辛苦?"她放轻声音,明知故问。

孟仕龙没回答,手一使力,让两人的位置对调。

尤雪珍被他圈在身下,仰头在昏暗中对上孟仕龙垂下来的眼睛。

他两手撑在她身侧,在对视中身体越俯越低,气息像台风逐渐逼近前涌动的气流,将她拖入危险气压带。

她的呼吸逐渐粗重,伸手轻碰了一下孟仕龙的脸颊,用手去迎接暴风。

孟仕龙微微歪了下脑袋,嘴唇碰了下她的掌心,落下来的却是细雨。

尤雪珍感觉到他在自己手心啄吻了一下,随后,啄吻顺着她手心的纹路往下,到了手腕,再往下,嘴唇沿着手臂内侧的线条扫过去,一直到手肘的转弯处。

尤雪珍的脚尖虽然没有被触碰,却不知不觉间绷成一条直线,膝头却又忍不住轻微屈起。

孟仕龙终于停下来,低落的视线扫过她的身体。柔顺的家居服勾勒着身体的曲线,虽然房间昏暗,只能看到一个隐隐的轮廓,但他扫过她胸口时,还是难以自制地舔了下嘴唇。

刚才互相的触碰让某种情绪清晰地冒了头,像雨后种子破土而出,还能闻到一股新鲜的潮气。

再看下去就无法收场了……

孟仕龙仓促地将视线收回,迅速拉开距离,从她身上退开,声音沙沙地说:"不闹了,去睡吧。"

"我刚刚睡得够久了。你难道还睡得着吗?"

尤雪珍并不动,头发披散着躺在沙发上,家居服因为屈起的膝头向上拢起,露出腰部的皮肤。

此刻,她的姿势就像一封拆开了一半的邀请函。

孟仕龙早已将视线挪向落地窗,看着窗外半明半暗的夜色,往下拉了拉衣服,似乎想遮掩什么,然后说:"我去下卫生间。"

尤雪珍这才有动作,将他拉住。她的脸早已经滚烫,连带着手指也是,拉住他的动作还带着微微的颤抖。

她仰视着他:"如果你想的话……可以。"

孟仕龙的喉结在这刹那迅速滚动。

他反抓住她的手指,捏着她指尖的力度有点没控制好,似乎因为正在极力隐忍某种欲望而分了神。

短暂的沉默过后,他呼吸粗重地摇头:"不行,没有……"

尤雪珍此刻也不怕不好意思了,鼓足勇气道:"其实家里有。"

孟仕龙吃惊得微微睁大眼。

她心一横:"就在那次去房车我拖着的那个箱子里。"

特意为房车之夜而准备的东西没有用上,她一直就放在箱子最下面没有拿出来,确实也是忘了,直到搬过来前整理东西的时候才发现,但又不甘心直接扔了,就这么把它一起带过来了。

孟仕龙愣了好一会儿才意识到为什么会在那个箱子里,于是刚才一直坚守的某种想法也在慢慢瓦解。

他重新俯下身,在鼻尖距她一寸的时候停住,和她对望,小心翼翼地确认:"真的可以?"

"我想。"尤雪珍坦率地说出此刻的心情,"如果你也想,为什么不可以?"

孟仕龙慢慢深呼吸,再一次确认:"不是喝醉了?"

他还以为她在说胡话。

"那点酒睡了一觉早醒了……"她嘟囔。

到了此刻,她对还在解释的状况感到有些泄气,于是说:"算了。"一把推开孟仕龙就要起身。

只是,她的脚才从沙发落地,就被抱起来了。

孟仕龙维持着刚才面对面的姿势,一只手拢住尤雪珍的腰,另一只手托住她的下半身,就这么不打招呼地将她抱离了沙发。她不得不下意识地夹紧腿,免得让自己掉下去。

她搂紧他的脖子,并不讨厌他突如其来的强势,把脑袋埋在他肩膀上。随着走动,头发无意识地挠着他颈间的皮肤。他没空拂开她的头发,只能任它不断撩拨,走进房间的几步路因此极为难熬。

他将人放到床上松开,极为迅速地说:"我去拿东西。"

尤雪珍低低地"嗯"了一声,告诉他:"行李箱放在玄关下面的柜子里。"

再回来时,他的手上已经多了那两样东西。

尤雪珍的眼神瞬间闪躲,听见他关上房门的声音,紧接着是逐渐向床边走来的脚步声,然后,床垫下陷。

她的脖子热出了汗,房间里的恒温空调根本降不了身体的热意,手指不自觉地抓紧了被子的一角,将布料揉得皱巴巴的。

他的手覆上来,终于从她手底下解救了可怜的被子,不过,落入网被钳制的人就成了她自己。

她的嘴唇被他封住,唇齿模糊间,她还挤出几个字,让他关灯。

孟仕龙细密地吻着她,不舍得同她分开,于是伸长手摸索向床头,抓瞎了好几把才"啪"一下按灭了床头灯。

整个房间在这刹那陷入完全的黑暗,布料摩擦的声音和两个人的气息声交杂着,听着像夏天傍晚阳台上溅起了一场匆忙的雨。

而后,一声突兀的抽气声响起。

尤雪珍惊慌地问:"怎么了?"

孟仕龙沉默了好一会儿,用不好意思启齿的语气说:"好像不太对……"

"啊?"

他很小声地解释:"Size。"

尤雪珍完全愣住。

买的时候根本没有尺寸的概念,直接就拿了丢进了购物车,只是在买来后有过担心会不会不合适。但她模糊地记得自己买来后,袁婧看了一眼包装,说这个是最常见的中号,一般情况下大家都用这个,不会有问题,她也就放下心。

她尴尬道:"尺寸不合适吗?"

"其实我也不确定……"他更尴尬了,"也有可能是我不会戴,毕竟我之前也没戴过,可能方法不太对。"

"那……"

孟仕龙已经有几分无奈了:"我开灯研究一下。"

尤雪珍听他说完这句,刚才意乱情迷的气氛已经变成搞笑。尤其当他打开床头灯,看着他背着她埋头摆弄的样子,像一个戴着老花镜的爷爷,她真有一种非常荒谬,又觉得可爱的心情。

她将刚才被他们撇到一边的被子又扯回来,把自己裹紧,只露出脑袋在外面,一双眼睛偷偷地观察着孟仕龙"研究"。

虽然只能看到他的背影,但已经可以了,如果让她在灯光下看到多于背面的部分,她会害羞到原地晕厥。

好半天,孟仕龙有些迟疑的声音传来:"真的不行。"他一顿,"是太小了。"

尤雪珍的脑海中已经有画面了……

她轻吸口气,赶跑那些想入非非:"不然……现在重新叫个外送?"

孟仕龙抓了下头发,吐出一口气,似乎已经冷静下来:"没事,原本也不打算今晚……"

尤雪珍打断他:"又或者,我来帮你。"

她不在意他的反应,不用想也知道他肯定会下意识脸皮薄地拒绝她,她便直接又从被子里钻出来,越过他,将房间的灯再次关上。

黑暗又给人一种可以随便造次的大胆,她贴上孟仕龙的后背,将下巴搁在他肩头,双手也从他腰部穿过。

这瞬间,她无端想起了高中某次班会上组织过的一个游戏,就是去摸索黑箱子里的未知物体,当时她心惊胆战地伸进手,涌动的心跳和此刻重叠。即便她此刻已经知道"箱子"里放了什么,可就因为知道,所以这份紧张比任何时候都要剧烈。

黑暗里传来孟仕龙压抑后泄漏出来的喘息,尾音像一艘处在高空的海盗船,将两人都装在里面,从高空荡到最低点,然后又迅速飘上云端。

她枕着他的肩头,因此能清晰地感受到一直紧绷的肌肉在这瞬间过后彻底松懈下来。

孟仕龙有几分脱力地垮下肩,再出声时声音懒懒的,掺杂了几分懊恼,嘟囔着:"好丢脸……"

尤雪珍蹭了蹭他的脖子，笑着含混道："还好吧，这不是很正常吗？"

她闻着他身上的味道，他今晚洗澡用的是她的沐浴露，散发出来的味道她很喜欢。

尤雪珍转而抱住他的腰，手覆在他的腹肌上流连。

他又迅速地抓住她乱动的手，暗含警告意味地说："好了，别动了。"

她反而起了逗弄的心思，假装没听见，摸得更放肆，有点玩上瘾。

孟仕龙忽而站起身，将她吓一跳。

"干吗？"

他含糊其词："我去拿一样东西。"说着就匆忙拉开门出去了。

尤雪珍好奇地探头，猜想这人这回不会是干脆去卫生间自己解决了吧？

然而，去而复返的脚步声很快响起，显然不是她想的那样。

尤雪珍只听到"咔嚓"一声，房门重新关拢，刚从客厅漏进来的一点月光也被吞没，房间复归漆黑。

"你……"这么短的时间，他显然不是她所想的那样，难道真是拿了什么东西？可现在的情况，还有什么东西是需要拿的？

她刚想问，孟仕龙已经出声回答："现在轮到我来帮你。"

尤雪珍不明就里，已经被他压倒回床上。玻璃瓶冰凉的一角挨到她的脚踝，接着，她闻到一丝熟悉的香气。

——是她放在卫生间的香水。

孟仕龙拧开盖子，按下泵头，香气扩散到他的指尖，而他的指尖，又伸向她的脚踝。

香气弥漫，萦绕到她的脚踝上，再是她的小腿肚、膝窝……她从没觉得这个味道如此让人上瘾，又想摆脱。

尤雪珍用被子蒙住自己，视线漆黑，眼前却有一道白光闪过。不知道是自己在颤抖，还是孟仕龙的手。她屈起腿，语不成句地说："不要了。"脚踝却被他不由分说地抓回去。

他分神抬头，从下而上盯着被子里缩起来的人，淡淡地告诉她："不行，香水还没有帮你喷完。"

/番外三/
十六张照片

孟仕龙决定要报考的西大摄影系并不简单,最难的地方其实并不是通过分数线。毕竟艺术类的专业文化分不会要求太高,难度在于它设有单独的专业考试,需要层层筛人,而筛人的第一层关卡就是个人的作品集,主题不限,只要是自己拍过的照片即可。听上去很简单,但事实上,这一轮筛选几乎就筛掉了百分之九十的人。

孟仕龙对此很重视,一早就设想该怎么完成自己的作品集。

他专程在西大的学校论坛里私聊了一些摄影系的在读生,从他们那里请教到了一些该怎么做作品集的建议。每个人的说法不一,有的人只发送了一张最满意的照片,有的人做了一个厚厚的册子,有的人是数码照片,有的人是胶片……总之,大家给出的答卷都是非常有个性的、具有表达的照片。

孟仕龙思索了很久,最后决定了自己作品集的形式——他决定用尤雪珍曾经送他的那台一次性胶片机来进行拍摄。底片已经陆陆续续拍了十几张,大概还剩下十六张,他打算就用这十六张来制作自己的作品集。

第一张底片,孟仕龙拍摄了这间老豆和他来到西荣后两人合力布置的茶餐厅。

虽然因为装修成本的关系没有再大动,最后变成了不伦不类的烧烤店,装修大抵还是茶餐厅的模样,不过老豆觉得这样比较亲切。

偶尔打烊之后,老豆喜欢给自己还有孟仕龙煮两碗公仔面,父子俩就坐在角落的桌边埋头吃。

老豆贴在墙上的是《胭脂扣》海报。有一次他吃完面,孟仕龙还没有吃完,他就无所事事地抬头盯着海报瞧,玩笑地发问:"你妈会不会也变成如花在港岛街头找我们啊?那我们现在到这里来了,她找不到我们会不会很寂寞?"

孟仕龙想了想:"灵魂不用坐飞机的,漂洋过海来得快,肯定能找到我们。"

老豆喃喃:"是吗?可是她不知道我们现在住这里啊。"

孟仕龙吃完,老豆还坐在位子上发呆。孟仕龙没打扰他,默不作声地起身把两个空碗放托盘里端走,走进后厨前回过身,掏出口袋里的相机。只有指甲盖大小的取景框里,身材已经有点走样的中年男人穿着棕色围裙,仰头

-363-

看着瓷砖墙壁上边角泛黄的海报发呆。

第二张底片,孟仕龙拍下了一间教堂。
那间教堂是他学会开车之后在这座城市里闲转时碰到的。虽然阿婆信基督,儿时他也经常被阿婆带去教堂里做祷告,但事实上他并不真的虔诚信奉耶稣,姑且算是个无神论者。然而看到教堂,他却放慢车速,最后停了下来,下了车走了进去。
这间教堂很小,陈设也简单,唯一亮眼的是左侧那面窗户,每一块都是玻璃花窗,整整铺满了一面墙。此时室外的阳光射进花窗,教堂的地面上散发着五彩斑斓的光线,有一部分还照到了空着的长椅上。
他坐进这片柔和的光里,闭上眼睛,脑子里不知不觉就蹦出了好几件可以祈祷的事情——希望老豆的店铺生意平顺,希望阿婆身体健康,希望尤雪珍面试成功顺利拿到 offer。
孟仕龙在心中默念完毕,起身离开前,拍下了一张满是阳光的玫瑰花窗影子。

第三张照片,孟仕龙拍下了西荣湾。
初夏刚来临的傍晚,街头人群的着装却还混乱,薄羽绒、牛仔外套、清凉短袖等,各种季节的衣服都穿在了一条街的人群上。孟仕龙和尤雪珍约会散步到这里,两个人的衣服也在两个季节,他短袖,她还穿着薄开衫。
不过江边风大,尤雪珍的这身衣服刚好。
远处萨克斯悠缓的乐声随风送过来,她感叹说:"这人居然还在这里啊。"
孟仕龙捕捉到"又"这个字,好奇地问:"你之前听过他吹奏吗?"
尤雪珍点点头,语焉不详地笑着说:"是在一个很重要的日子听到的。"
今夜萨克斯仍在吹,虽然曲子已经换了,但不变的依旧是经典曲目——德彪西的《月光》。两个人沿着江边慢慢走,《月光》的乐声一路跟着他们,天上的月亮也是,照耀着波光粼粼的西荣湾,还有爱人的侧脸。

第四张照片,孟仕龙拍的是尤雪珍的新房子。
那天夜晚突然下起暴雨,他送尤雪珍回家后,她没再让他冒雨回家,两人窝在沙发上听着雨声看了之前她很想看的一部老电影,然后睡了一个很沉很沉的觉。
次日他难得晚于平常的生物钟起来,也许因为依旧是阴天,清晨仍旧像傍晚一般昏暗。床上已经没了尤雪珍的人影,客厅里倒是传来一些动静。
他还未完全清醒地走到客厅去找她,开放式厨房的操作台边,她围着围裙在给两个人做早餐。她费劲地煎着鸡蛋,看到他出来很得意地炫耀说早餐很快就好,让他乖乖坐着等就行。
之前的清晨都是他在忙前忙后,于是这一次他就听她的话,清闲地坐下来,光是看她为自己准备早餐,就已经让他的胃感到满足。

不知不觉,窗外的阴天慢慢被太阳撕破,逐渐将房间照亮。

客厅里早与先前刚搬进来的空荡大不相同,多了很多两人一起挑选的小玩意儿。收纳架顶端躺着他抓的那只企鹅玩偶,旁边摆着另一只小狗玩偶,这是后来两人去了一次真正的游乐园,尤雪珍亲手射击得到的。她把它摆在企鹅玩偶旁边,说也让它们俩近水楼台谈个恋爱。她当时说这话的那副样子比架子上摆放的两只玩偶可爱多了,至少他是这么觉得。

收纳架旁边是几盆鲜花,有些品种他都叫不上来,只是觉得好看就买来给她。其中有几朵还是花苞,但今早看去,居然开始舒展了。窗外刚绽放的阳光将花的影子打在墙壁上,像一件飘扬的芭蕾舞裙。他一边叫尤雪珍快看,一边慌里慌张地掏出相机,抓住阳光转瞬即逝的这一刻。

第五张照片,是孟仕龙来西荣后几乎每天都会去光顾的那个早市。

虽然老豆说如今店里不再需要他帮忙,但他已经养成了早起后就去早市帮店里采购的习惯。虽然平时不再在店里,早起去早市的习惯却还是延续了下去,一方面是习惯,另一方面,他想或许是因为喜欢早市的气息。

好像自进入早市的那一刻起,世界才正式开启。

叫嚷声、讨价还价,肉摊上张叔剁排骨咔咔响,隔壁养殖水箱里螃蟹被捞出溅了一地的水……每一种声音都是生命力,他尤其喜欢被这些声音包围。

孟仕龙这日依旧跟张叔要了排骨,张叔关心地问孟仕龙:"怎么好久没见你上次带来的小姑娘了?不会是人没追到吧?一直不敢问你,怕你伤心来着。"

孟仕龙接过排骨,嘴角上翘,回答:"多买的一块排骨就是准备晚上煲排骨莲藕汤给她喝。"

张叔嘟囔着:"臭小子。"然后喜笑颜开地又往他袋子里塞了一块肥厚的排骨。

第六张照片,孟仕龙拍下了两只"小狗"。

天气热起来,街上流浪的小狗小猫的身影也多了起来,因此他开车启动时总是格外小心,因为有一次就差点碾到藏在车底下的小土狗。他把小狗小心地抱起来,送去宠物医院检查,所幸没有伤到,就是流浪久了身上有皮肤病。

他想在将小狗送去收养站之前把它身上的皮肤病治好,不然收养站里那么多小动物,恐怕工作人员不会有心思来治它。但是老豆对小动物过敏太严重,放几天也成问题,最后,他将这件事告诉尤雪珍,她直接让他把小狗抱去她的公寓。

虽然没办法长久养它,毕竟小狗不比小猫,要天天遛很花时间,现阶段两个人都抽不出精力来,但短时间内等小狗养好皮肤病应该是没问题的。

于是,他将洗得香喷喷的小狗带去了尤雪珍的公寓。一进门,他看见落地窗边已经放了一只小窝,刚拆封的包装还没来得及扔,随手搁在角落里。

即便只有几天,尤雪珍依然为这只暂时寄住的小土狗买了个漂亮的家。

孟仕龙将小土狗放在新窝里,它却动也不敢动,或许不明白自己平常睡的总是堆满垃圾和碎石块的街头怎么会如此柔软。

尤雪珍看着小狗小心翼翼的模样,伸手又将小狗抱起,让它睡在自己怀中。

孟仕龙看着这一幕,眉眼情不自禁变得柔软。

是两只"小狗"啊,他心想。

第七张照片,是孟仕龙去一场演唱会时拍的。

在此之前,他对演唱会没有什么兴趣,尤雪珍也不是对演唱会有兴趣的人,但在袁婧的"盛情"邀请下,两个人陪着她一起去看了她"爱豆"的演唱会。

为了表示对演唱会的尊重,他还特地将袁婧"爱豆"所在的组合的新专辑下载好,专门在开车的时候听,但是……和他平常的听歌风格大相径庭,他勉强全听了一遍,赶紧又换回了他的粤语歌单。

入场时,他和尤雪珍都被袁婧塞了荧光棒,袁婧说:"中间有一起亮荧光棒的环节,为了让我'爱豆'有排面,所以你俩到时候都得跟着我用力挥,不能丢排面!"

两人得令,乖乖点头。

他们进场后坐的是山顶的位子,孟仕龙不介意距离舞台远,毕竟舞台上的人他连长什么样都不太知道,歌也不会唱,但还是跟着摇头晃脑。

两首曲子完毕,身旁有一只手伸过来,悄悄地和他在座位底下牵手。

尤雪珍将身体倾斜到他身边,与他咬耳朵,嘿嘿笑说:"我很早就想在演唱会里试一试偷偷和喜欢的人牵手是什么感觉。"

他反手将人握紧,反问:"那现在是什么感觉?"

尤雪珍沉吟片刻,还没来得及回答,舞台上的偶像握紧话筒大声说:"现在让我们打开荧光棒吧!"

须臾间,他的眼底映入满场的星火,像灯光炸开的烟花和银河。

尤雪珍和他看到同样一片景色,刚才找不到形容词的她终于找到了确切的描述。她跟着打开荧光棒,指了指心脏的位置,黏黏糊糊地说:"是这里也跟着被开了灯的明亮。"

第八张照片,孟仕龙拍下的是自己的手机屏幕。

更确切地说,是尤雪珍发过来的她拍的照片。照片是她随手在路边拍的,因为抬头的时候看到了一朵很蓬松的云,说想起了他,就发给他。

孟仕龙很纳闷,为什么看到这朵云会想起他呢?

尤雪珍给他发了个"小猪头"的表情,然后把那朵云的形状勾勒出来,问他有没有觉得像什么。

他左看右看没看出名堂,回了个问号。

尤雪珍发了个"黄豆白眼"表情包，告诉他那是小狐狸的尾巴啊！然后就想起他了。

他发了个"哦"，在尤雪珍没气坏之前，在她这张勾勒了尾巴的照片上又加了几笔，画了一只小皇冠，发送。

结果几分钟后，他再度收到了这张图片，不过照片进行了再次加工——她在云间又画了一只光屁股的丘比特，有一支箭将小皇冠和尾巴云穿在了一起。

第九张照片，是透过车窗无意间拍到的傍晚的雷电。

彼时他和尤雪珍一起坐在车里，两个人准备去超市买晚餐的食材。晚高峰高架桥上车水马龙，几乎十分钟才能挪动一米，但他没感到烦躁，也许因为副驾上坐着尤雪珍吧。她一直在和他说话，虽然说的都是无关紧要的小事，但他听得很满足。

在天色越来越暗时，突然传来"砰"的一声动静，两个人都被吓一大跳。尤雪珍眨眨眼，惊讶地指着车窗外大叫："那边是不是烟花？"

他赶紧降下车窗确认，昏暗的天际线处亮了一下，隆隆的声音更清晰了。

并不是烟花，而是雷电。

天空没有落雨，只是堆了几团厚厚的云层，闪电就在云层间此起彼伏，看着很诡异。

被堵塞的司机似乎因为这几道雷声而变得有些焦虑，隐隐能听到有人在不停按车喇叭。

尤雪珍有些感慨地嘀咕："还以为是烟花呢。"

如果是烟花的话，或许那些人就不会按车喇叭，反而觉得堵车也无所谓了吧。

孟仕龙微愣，其实早前在海边的时候，他就想问尤雪珍为什么不喜欢烟花，趁着这次机会，他终于把这个疑惑问出口。

尤雪珍思考了一会儿说："如果有人讨厌雷声，大概不会有人问为什么你不喜欢雷吧？而烟花就是它反面的一种存在，可它们其实挺相似的不是吗？都会发出很大的声音，都会发出亮光，都会转瞬即逝。"

她想了想，又说道："如果要在雷电和烟花中选择，我更愿意当雷电的后援会！"

孟仕龙听完，立刻去摸相机。

尤雪珍蒙蒙地看着他抓拍下一刻闪电出现的瞬间："怎么突然要拍这个？"

他理直气壮地回答："因为我也要加入雷电后援会啊。"

第十张照片，孟仕龙拍下了尤雪珍的校园。

那天是她毕业的大日子，不过他没有着急去学校为她庆祝，他想，她应

-367-

该很需要时间和老师、同学、朋友各种合影道别吧，所以他算着时间快到尾声时才来到她的学校。

尤雪珍穿着黑色的学士服，戴着小方帽。看到他来，她把头上的方帽取下来戴到他头上，鼓励他说："总有一天你也会戴上它的。"然后拉着他喜笑颜开来了一张自拍。

操场上人山人海，大家都忙着互相合影，还有很多同学的家长不远万里赶来见证自己孩子毕业的这一刻。两人自拍的时候，后方就有一对母女入了镜，尤雪珍看见之后，伸手按下快门的表情显得有一些落寞。

而孟仕龙一直在镜头里看着她的脸，自然没有错过这细微的表情。她似乎怕他多想，赶紧说："我没有不开心啊，上午已经和爸爸妈妈视频通话过了，他们也很高兴。"

他"嗯"了一声，没有多余的追问，心里对于这一状况其实早有预感。所以，他不止自己前来，还叫上了另外一个人一起来为尤雪珍庆祝。

当尤雪珍看到孟爸爸捧着花出现在操场上的时候，整个人都呆住了。孟爸爸笑着说："祝我们珍珍毕业快乐。"然后挤进尤雪珍和孟仕龙的镜头中，将尤雪珍夹在正中间。

"三、二、一……"

孟仕龙举着胶片机，三张笑得傻气的脸就这么永恒地映在了底片中。

第十一张照片，是一架飞机飞过天边的航迹云。

那架飞机是从西荣飞往京崎的航班，而搭乘那架飞机的人，自然就是叶渐白。

因为公司在京崎，除了入职之外还有很多生活方面的事宜要提前安排，所以叶渐白在毕业典礼结束没几天后就决定离开。

那天孟仕龙开着车和尤雪珍去叶渐白的公寓接他，将他送到机场。一路上孟仕龙没怎么说话，听着那两人像往常一样插科打诨，心头不自觉松了口气，又有些很轻微的失落。到机场之后，他借口找地方停车，让尤雪珍先送叶渐白去值机。

他在地下停车场兜了好几圈才开进并不难找的停车位，熄火按电梯去航站楼和那两人会合。他卡的时间很准，到达航站楼时，叶渐白已经过了安检口。

叶渐白刻意没有等孟仕龙，孟仕龙一点不意外。孟仕龙也觉得没有必要和叶渐白再当面告别，该说的话早在很早之前都已经说过了。

只不过，叶渐白还是托尤雪珍转告了一句谢谢今天开车来送他。

孟仕龙和尤雪珍又去了机场的咖啡馆，坐在老位子等叶渐白的飞机平安起飞。当晴空里载着叶渐白的飞机，又或许并不是他乘的飞机从天际划过时，尤雪珍注视着那一长串航迹云，小幅度地挥了挥手，说："再见。"

第十二张照片，是孟仕龙特地飞去港岛拍的。

其实也并不是为了拍照特地飞去的，而是为了庆祝尤雪珍毕业的旅行。她已经进行了一次毕业旅行，是和袁婧还有一帮同系的同学去的海岛。不过在旅行的尾声没有飞回西荣，订了去港岛的机票，而孟仕龙从西荣出发，去港岛和她会合，延续专属于两个人的毕业旅行。

两个人下了飞机后立刻赶往油麻地的旧公寓，阿婆已经准备了一桌子的菜等他们。阿婆没能像孟爸一样在尤雪珍毕业之际当面为她庆祝，虽然时日迟了一些，但现在为她庆祝也不晚。

只是尤雪珍没有想到，除了这满桌的菜，阿婆还特地准备了一份礼物给她。

是一件阿婆亲手缝的毕业黑袍。

尤雪珍毕业那天，孟仕龙把尤雪珍的照片分享给阿婆，阿婆直夸那衣服衬得尤雪珍特别好看。不过那衣服是学校统一分发的，只能穿一天，阿婆觉得可惜，明明是这么有纪念意义的衣服，居然只能穿一天，于是，她想给尤雪珍做一件毕业黑袍的念头就冒了出来。

尤雪珍看到黑袍的刹那间，鼻头就开始发酸。

她扭头埋进孟仕龙怀里，不想让阿婆看见她发红的眼眶。孟仕龙摸摸她的脑袋，等她平复情绪。她很快再次抬头，把黑袍推给阿婆撒娇，说阿婆已经看过她穿黑袍的样子，她却没看过阿婆穿黑袍的样子，想让阿婆穿上看看。

阿婆也玩心大发，说："我穿上要是比你好看，你可别忌妒阿婆。"

尤雪珍机智地把孟仕龙推到风口浪尖："那要问他到底谁更好看一点。"

孟仕龙举双手投降："谁最漂亮不好说，但我穿上一定最丑。"

阿婆和尤雪珍对视一眼，哈哈大笑。

最后，孟仕龙单独给阿婆来了一张个人写真。她穿着自己亲手缝制的毕业黑袍坐在阳台的摇椅上，转头看着屋内的灵堂，嘴里自言自语地念叨，又像是在问某个人她这样漂不漂亮。

第十三张照片，孟仕龙拍下了一栋大角咀的唐楼。

往上数第六层，那是他从前住过的家。

已经很久没有来过这里了，如果不是尤雪珍想要看看他从前生活过的地方，他应该不会再来这里。也没什么特殊的不愿意再来的理由，只是渐渐觉得这里和自己没什么关系了。

房子还是老样子，和记忆里相比没什么变化。说实话，在西荣住了四年，他的房间比唐楼公寓的客厅还大，如果这个时候再让他回来住原来的家，恐怕已经不习惯了。

只是仰头看见那个熟悉的窗台时，本以为不会再有的某种很淡的怀念的情绪涌上来。

尤雪珍晃晃孟仕龙的手，问："要不要上楼看看？说不定会碰上现在住在里面的人出来倒垃圾呢？"

不过生活不是电视剧，当然不会有那么巧的事。他们走到六楼时，别说人了,连野猫都没碰到一只。

　　站在曾经的家门口时,很突然地,孟仕龙想到了老豆坐在《胭脂扣》海报下发呆的背影。

　　突然间,一个很徒劳的念头闪过脑海。

　　他从口袋里掏出一张便利店购物的小票,翻过来,用尤雪珍带在身上的眉笔写下了目前西荣的住址,然后塞到了门口的地垫下面藏好。

　　掀开地垫的时候,他有一瞬的恍惚,因为曾经总有个人喜欢放一把备用钥匙在那里,而现在地垫下面空荡荡的……这也是理所当然的事情,因为那个喜欢把钥匙放在这里的女人早已经不在了。

　　可是,如果她的魂魄真的能像如花一样返回人间,掀开地垫找不到钥匙也没有关系。

　　尤雪珍看不懂他的操作:"你这是在干什么?"

　　他笑了笑:"我放一把新的钥匙在这里。"

　　第十四张照片,孟仕龙拍下的是两碗公仔面,食物被放在窗边,背景是夕阳下的海岸。

　　这一天他带着尤雪珍去了他曾经的高中。时值暑假,学校关了大门,两人进不去,只能沿着围墙外绕了一圈。尤雪珍一直好奇地往里张望,虽然只能看见教学楼耸立的脑袋,不过也能想象穿着高中制服的孟仕龙曾坐在其中某一间教室里。

　　高中对面就是一处小公园,他们绕累了,最后坐在公园的长椅上休息。尤雪珍忍不住问孟仕龙他们现在坐着的长椅他从前有没有来坐过,如果有,是一个人还是和女孩子一起坐,不许撒谎。

　　他毫不犹豫地摇头,坦白交代自己其实没怎么来过这片公园。学校基本下午五点就放学了,天还很亮,时间还有很多,他会骑车二十分钟去海边看日落。

　　尤雪珍狠狠地叫了一声,说:"我们还有晚自习……"

　　他哈哈一笑。

　　她继续追问:"你去海边是一个人还是和谁?"

　　他想了想:"有时候是一个人,有时候和几个朋友一起打完球散步绕去海边,路上有一家小店的猪扒包很好吃。"

　　尤雪珍兴起,拉着他,说:"那我们就走一遍这个路线吧,我也想吃那个猪扒包!"

　　他有些遗憾地表示走一遍路线可以,但是猪扒包已经关店了。

　　见尤雪珍撇撇嘴,他又说:"不过上次拿地图查过,那家店原来的地址换成了茶餐厅,我们可以去那里吃晚餐,就是不知道好不好吃。"

　　她又精神振奋起来:"好不好吃都没关系,重要的是我们一起去吃。"

　　"以后,我们还要一起吃更多更多你没吃过我也没吃过的东西。"她信誓旦旦地这么说。

第十五张照片，是拍摄港岛的一场暴雨。

他们吃完从茶餐厅出来，又绕着海岸线转了好几圈。上一秒夜空里还能看见白云的痕迹，下一秒白云就变成了乌云，迅猛的暴雨兜头而至。

孟仕龙想脱衣服给尤雪珍挡雨，但身上只有一件T恤，脱了就是半裸奔……比较影响市容，不太方便，只能最快速度地牵起她的手往有遮挡的地方跑。不一会儿，他们又跑回了刚才的茶餐厅，在屋檐下等雨停。

两个人多少还是淋湿了一点，但尤雪珍浑不在意，着迷地注视着街景。霓虹灯牌在雨水的冲刷下变得更鲜艳，并不平整的路面上汇聚了好多积水，映出朦胧的灯晕，好似地下也存在着和地上一模一样的世界，只不过只有在雨后，人们才能看到它。

尤雪珍喃喃地感叹好美，回过神时情不自禁地就要走到雨里。

孟仕龙急忙拉住人，却被她反手拉住，两个人一起跌进雨幕中。

衬着背后一条五光十色的霓虹长街，她兴致勃勃地提议："我们就来个雨中散步吧！"

他无奈，提醒这样会感冒。但尤雪珍置若罔闻，拉着他头也不回地沿街走下去。坡道沿路遇到便利店，他说要去买把伞，她不要，很自得其乐地坚持要在雨里继续走下去。

比起感冒生病，孟仕龙觉得再破坏尤雪珍这一刻的好兴致的后果反而更严重，于是没有再扫兴，配合地从口袋里掏出有线耳机，一人戴一只，在雨中听歌漫步。

那一个夜晚，他数着他们经过的霓虹灯牌，一百三十一块，一直走到清晨，霓虹灯都熄灭为止。

最后一张照片，孟仕龙拍了太平山。

是旅行的最后一天，他和尤雪珍两个人又爬了一趟太平山。不过用爬山来形容似乎不太合适，毕竟他们是舒舒服服坐缆车上的山。

这一天坐缆车的人不多，他们坐到最后一排，注视着日落。天空没有一朵云，显得比往日更辽阔，慢慢上升的高度逐渐将密集耸立的高楼拉下去，世界开始变得轻盈，能看见正在分层的夕阳：最上层的是蓝色，中间的青，到接近天际线的橙黄。被挡住的道路、被挡住的楼、被挡住的故事，都平静地流淌在他们看不见的世界线里，而夕阳给予每一个抬头的人以注视。

孟仕龙拿出相机，和尤雪珍衬着这一幕天地布景，拍下了他们的合照。她笑着，他揽住她的肩头，两个人依靠在一起。

非常普通的一张照片，所以他觉得没必要放进作品集，留下来珍藏更好。

没有犹豫，孟仕龙将这张合照从作品集里摘了出来，单独买了一个相框保存，放在阿婆油麻地的那间旧公寓里，和那张三人合照并列在一起。

照片背面，阿婆替他们写下了一行小字，就像她曾经写在旁边那张合照里的那样。

2023年11月3日，摄于太平山。

另外的十五张照片，孟仕龙全部用作了作品集。提交作品集的名字时，他思索许久，最终在文件名上打下四个字：

霓虹天气。

/番外四/
不远万里

孟仕龙成功拿到西大摄影系的 offer 当天,尤雪珍正在苦哈哈地加班,忙活到晚饭都是在楼下便利店解决的,一份加热的鸡蛋三明治、一罐冰拿铁,打开盖子发现了"再来一瓶"。

她将瓶盖拍给孟仕龙,只字不提加班的辛苦,而是发了个"狂喜"的表情包,说:"我今天运气不错。"

孟仕龙却抓住了另一个重点:"你又在加班吃便利店?"

她这才发了个"哭哭"的表情包:"没事,毕业生刚进电视台就是用来搬砖的。"她早有觉悟,然后配上一个"元气满满"的表情。

放下手机,她又恢复成一脸衰样,将订好的两大袋子咖啡从楼下取来,一一给会议室里正在开会的各位领导送去。

接下来她就无事可做了,但必须要等到领导们会议结束才可以走,于是一直拖到深夜,她最后一个打卡下班。中途她倒是摸鱼给孟仕龙发了几条微信,但他或许是在店里帮忙吧,一直没有回复。

尤雪珍便没有再发,走出电视台大楼,意外地看见了孟仕龙的车。

她不自觉漾出笑容,又立刻板着脸,小跑过去拉开车门坐进副驾:"不是说了不用来接我的吗?"

他卖关子道:"今天不一样。"

"有什么不一样?"尤雪珍心里一咯噔,难道今天是什么纪念日她忘记了吗?

孟仕龙转移话题:"我买了点食材,回家做夜宵给你吃吧。"

"去外面吃吧,这么晚你还要下厨,好累的。"

孟仕龙倾身替她系安全带,抽身时快速地在她侧脸啄了一下,笑道:"加满电,不累了。"

尤雪珍被偷袭后微愣,反应过来后也很想"反击",但目光一扫到旁边的大楼,谈情的兴致立刻被压下去,只觉得倒胃口,催孟仕龙赶快开走。

车子在深夜空旷的街道上疾驰,不一会儿就到了她的小公寓。

下车时,尤雪珍故意拽了拽安全带,嘟囔:"好像卡住了。"

孟仕龙上钩地再次倾身过来，低下头帮她检查的刹那，尤雪珍抓住他的肩膀，压着他的身体亲下去。

孟仕龙有片刻的呆滞，然后迅速扶住她的椅背，以将她圈在怀里的姿势顺势加深了这个吻。

两人已经逐渐对亲吻驾轻就熟，但当尤雪珍感觉到他的舌头忍不住探进来的时候，整个人依旧会有一种被抽干力气的发麻和羞怯。

她攀上孟仕龙的脖子，摸摸他的肩头示意结束，现在有点过火了。

孟仕龙意犹未尽地追着人又亲了一下，这才拉开双方的距离。

"走了，回家。"他按开车窗，让风吹走还残留在车里的燥热。

两人手牵着手上楼，孟仕龙熟门熟路地开门，把东西提进厨房，回客厅一看，尤雪珍连开空调的力气都没有，直挺挺地倒在沙发上。

他把人从沙发上捞起来，摸了摸尤雪珍的脸，被她捏住手："别摸啦，蹭你一手粉底。"

"不去卸妆吗？"

"累。"她闭着眼睛嘟囔，"我再躺十分钟就去。"

她听到孟仕龙离去的脚步声，以为他进了厨房煮面，但不一会儿，脚步声又去而复返。

湿润的化妆棉贴上她的双眼，轻轻打转着揉了一圈。

尤雪珍笑道："卸妆的手法怎么这么专业了？"

"观摩尤老师偷学的。"孟仕龙擦完了眼睛，又换上一片新的化妆棉，沿着她脸部的轮廓轻轻擦拭。

尤雪珍的睡意在他轻柔的抚摸下泛滥，快要睡过去的时候，她突然想起刚才在车上时他卖的关子，挣扎着问："今天到底是什么日子？快提醒我一下。"

孟仕龙在追问下终于慢吞吞地说："嗯……也不是什么重要的日子。就是今天我收到了西大的录取通知书。"

"什么？！"尤雪珍一个翻身坐起，眼睛睁得滚圆，脸颊边贴着的化妆棉掉了下来，"真的？！"

孟仕龙蹲在沙发边，仰头笑眯了眼："真的。"

尤雪珍控制不住地尖叫出声，跳下沙发撞向孟仕龙。两人同时倒在地上，确切地说是孟仕龙倒在地，而她倒在孟仕龙的胸口，像一只扑倒主人的小狗，眼睛晶亮地望着他。

"我就知道的！早知道今晚出去吃了，要好好庆祝一下！"

孟仕龙双手摸上她的腰，将人裹进自己怀里，盯着天花板垂下来的吊灯，略失神地叹息："这一刻就很好了。"

"这样吧，那我去做给你吃。"尤雪珍一骨碌从他怀里抽身，卷起袖子走向厨房。

孟仕龙失笑地在她背后喊："不累了？"

-374-

她挥挥手:"原地复活。"

孟仕龙拗不过她想为他下厨的心意,但又不愿她这么累还要忙前忙后,于是给她做帮手。两人一起动手,效率极佳,很快,两碗热气腾腾的面条出炉。

把面端到茶几前,关上灯,打开电视机,再投屏一部剧。空调已经开始嗡嗡运作,察觉到冷的尤雪珍就缩到孟仕龙怀里。

这样宁静的夜晚如果永远不要结束就好了。

尤雪珍吃完面,肚子胀得圆鼓鼓的,侧头歪在孟仕龙肩头,想起重要的东西还没问。

"开学仪式是哪一天?"

这么重要的日子她可不能缺席,得提前在日历上打好标记。

他知道她的意图,回答:"9月3日。但那天你应该要上班吧?没关系。"

"我可以请半天假,你们的仪式应该也就一上午结束了吧?"

"应该是……"孟仕龙听到她愿意请假,终究还是有点私心,掩不住雀跃,"你真的要来吗?"

"来啊——"尤雪珍抱住他的腰拱进他怀里,"庆祝我的男朋友开启新人生,我会送花过来。"

约定是这么约定的,只是人算不如天算,孟仕龙开学仪式前一周,尤雪珍收到领导安排,正好要出差一周,回来的时间是三号中午十一点——这是一个非常微妙的时间。

她也想提早一天到,但二号晚上恰好有饭局,陪领导应酬完航班也没有了。

尤雪珍想推掉这个出差,但部门人手不够,她很难找机会开口说自己不去,只能寄希望于飞机不要晚点。如果开学仪式稍微拖拉一点,她还能赶上孟仕龙最后的拍照环节。

尤雪珍内心忐忑,但表面上还是告诉孟仕龙自己一定会及时赶到。

孟仕龙并不介意,告诉她工作要紧,如果她为了他耽误工作,他反而不愿意。

尤雪珍相信他的说法是真的,但也相信那天他听到她决定要去的喜悦是真的。

谁会不喜欢惊喜呢?

于是,尤雪珍索性不飞了。

不能把希望寄托于不确定的航班,她决心要确保万无一失地到达。

她在租车的App上叫价长途连夜开回西荣的单子,价格开到上千也没有人接。最后她想了个办法,找开长途的货运司机,这种夜车多,好找。

功夫不负有心人,终于让尤雪珍找到一辆顺路经过西荣的货车。

她把自己的箱子跟货摆一道，自己坐上堆满了司机生活用品的副驾，摇摇晃晃地出发回家。坐了一个小时之后，她屁股就开始生疼，可内心期待着第二天奇迹地出现在孟仕龙面前，她完全可以忍耐这些疲惫。

一路上尤雪珍和袁婧打着语音电话，袁婧知道她连夜赶回去，担心她的安危，坚持要和她连麦。她感动得不行，结果没两个小时，这丫头已经两眼一闭昏睡过去，耳机里只剩下香甜的呼噜声。

尤雪珍只好死盯着地图，随时确认地图路线没有偏移。

然而令她意外的是，来自叶渐白的语音通话突然跳了进来。

她一接起，就听见他说："我来接袁婧的班。"

尤雪珍一愣："她和你说的？"

"嗯，她怕自己支撑不住会睡着，所以让我给她发微信，如果没有动静了就让我打给你。"

尤雪珍尴尬地"哦"了一声，内心把袁婧骂一通，但也知道袁婧是为了她的安全着想。毕竟她和袁婧说过千万不能告诉孟仕龙，不然他会担心死。所以剩下的人选里袁婧也只能求助叶渐白。

虽然从过去来说，叶渐白的确是最合适的人选，他们曾经一起熬过很多次夜，无话不谈，但那已经是很久很久以前的事情了。

尤雪珍捏着手机，调节氛围开玩笑说："你如果睡着了，还有没有人来接你的班？"

叶渐白淡淡回道："我不会睡着的。"

"喊，你最好是。"

叶渐白的语气听不出情绪："你谈恋爱可真疯，为了一个人可以坐那么长的夜车。"

"你是想说我傻吧？"

"这一点你倒不傻了。"

"滚滚滚。"

两人都笑开了，往日的氛围逐渐回笼。

叶渐白总是那么不守诺言的一个人，可是这一晚，他遵循着他的承诺，一直陪她打着语音直到黎明来临。

起先两人聊了聊彼此的近况，后来没么多话好讲后，他就打开了一部电影，一边看一边和她吐槽观后感。

尤雪珍被动地听着，好似也跟着看完了一部电影，然后再接着一部。

货车还没有开到西荣，但天已经亮了。叶渐白的哈欠在听筒里此起彼伏，尤雪珍催他不用再担心，可以挂掉电话。

于是叶渐白也没有再执着，懒洋洋地附和："行，那我挂了，你到了记得来个信儿。"

"好。"

彻底挂掉电话前，他有些失神地呢喃了一句："记得上一次和你这样聊电话是七年前了。时间过得好快啊。"

尤雪珍感慨："已经做了那么久的朋友了啊？"

叶渐白笑了："以后还会做更久的朋友。"

"嗯。"

"拜。"

"嘟——"电话里传来忙音。

终于到达西荣时，时间已经将近中午十一点。货运司机把尤雪珍放到西大附近的一家花店门口。

尤雪珍松了口气，着急地买了花，先联络了孟爸爸，和他确定好位置就向西大走去。

开学典礼已经结束，大家全都聚在操场各自和家人朋友合照。

尤雪珍拿着花来到操场时，发现有女生靠近孟仕龙。

孟仕龙抬头一眼看到她，眼睛一亮，急匆匆地拨开人群朝她走来。

尤雪珍一把将花推给他，笑嘻嘻地说："运气很好啊，老天爷都帮我，飞机没有晚点。"

孟仕龙没有怀疑，兴高采烈地接过花。

看着他的神色，尤雪珍觉得自己坐了十几个小时车的疲倦一扫而空。

"那个女生在问你什么？"

他老实回答："微信。"

"你给了吗？"

"当然没有。"孟仕龙牵起她的手，带到刚才那个女生跟前，迫不及待地介绍说，"这是我女朋友。"

尤雪珍哭笑不得，不用这么自豪的语气吧？

她没吃早饭，肚子饿得咕咕叫，脸也因为熬了一整夜全是油光，身上还沾染了货车上一股不知道是什么的气味，样子肯定很糟糕。

但她早已学会不再自我贬低，挺起胸膛，笑眯眯地应对："你好。"

那个女生抱歉道："不好意思哦……我刚才不知道他……"

"没关系，大家交个朋友嘛。"

女生笑着摆手："不要啦，看得到吃不到，很难受的。"

说完就转身钻入人群中。

孟爸这时才上前，冲尤雪珍挤眼："放心，雪珍，叔叔帮你盯着呢。"

孟仕龙故作夸张地叹气："她才不介意，你看她刚才都说没关系。"

尤雪珍挽住他的手："因为我知道你最喜欢我啊。"

"不是喜欢，"孟仕龙看着她的眼睛，纠正她，"是爱。"

孟爸吹着口哨背过身去，周围也有听到的同学跟着起哄，尤雪珍不好意思地埋身到孟仕龙的怀抱里，偷偷打了一个哈欠。

夏天快结束了，又是一个新的秋天，新的一年，他们遇见的季节。

操场上，同学们依旧兴高采烈地合影，有人抬头望着天空感叹："今天也是个好天气呢。"

是啊，蓝天，微风，这是适合相爱的天气。

我在这样的天气里，不远万里赶来见你。爱我的人，我也爱你。